薩琉軍記論

Satsuryū gunki

架空の琉球侵略物語はなぜ必要とされたのか

目黒将史

Meguro Masashi

文学通信

薩琉軍記論　架空の琉球侵略物語はなぜ必要とされたのか――目次

序章　〈薩琉軍記〉研究の過去、現在

第一部　〈薩琉軍記〉の基礎的研究

第一章　〈薩琉軍記〉諸本考

第一節　諸本解題

付節　立教大学図書館蔵「〈薩琉軍記〉コレクション」について

第二章 〈薩琉軍記〉世界の考察―成立から伝来、物語内容まで―

第二部　〈薩琉軍記〉の創成と展開の諸相

第一章　物語生成を考える―近世の文芸、知識人との関わりから―

第一節　近世期における三国志享受の一様相

第二節　語り物の影響をさぐる―近松浄瑠璃との比較を中心に―

第二章　甦る武人伝承―再生する言説―

終章　琉球から朝鮮・天草へ―異国合戦軍記への視座―

資料篇

序章

〈薩琉軍記〉研究の過去、現在

一　はじめに―〈薩琉軍記〉をめぐる先行研究―

〈薩琉軍記《さつりゅうぐんき》〉とは、慶長十四年（一六〇九）の琉球侵攻を描いた軍記テキスト群の総称である。琉球侵攻を題材にしているが、実際には起きていない合戦を作りだし、様々な武将たちの活躍を創出している。貸本文化を介して、主に写本で流通し、百点を超すおびただしい伝本が残されている。そのほとんどは十七〜十八世紀にかけて成立しており、近世中、後期の日本（ヤマト）側から見た琉球像を知るための恰好のテキストである。

琉球侵攻については、史学の立場からすでに多くの研究がなされている。薩摩藩の琉球侵攻は、琉球王国の基盤を揺るがす大事件であり、中国、明を主体とする冊封《さくほう》体制をも動揺させるものだった。琉球史は、琉球侵攻を境に古琉球以前と以後とに分断され、これは日本史の時代区分の中世から近世への転換にも呼応している▼注[1]。

しかしながら、史学の立場からは〈薩琉軍記〉は架空の合戦を描いた物語として取り扱われず、文学の立場からも、仲原善忠が『琉球属和録《りゅうきゅうぞくわろく》』などを「でたらめな稗史小説である」と紹介した程度で、研究の俎上に載せられることはほとんどなかった▼注[2]。近世文学研究の立場からも、主に写本で流布した〈薩琉軍記〉には焦点が当てられず、横山邦治によって、『絵本琉球軍記《えほんりゅうきゅうぐんき》』出版に関わる文化元年（一八〇四）の出版統制をめぐる論考があるにとどまっている▼注[3]。近年、実録《じつろく》の研究として江戸期の写本を取り扱う研究が活発化してきているが▼注[4]、〈薩琉軍記〉を取り上げる研究はなされていない。

〈薩琉軍記〉に注目が集まったのは、小峯和明による琉球をめぐる文学言説群の再発掘によるものである▼注[5]。これにより、あらためて〈薩琉軍記〉が脚光を浴び、ようやく研究の幕が開けたといってよい。小峯の再発見以前に、〈薩琉軍記〉伝本研究の先駆けとして野中哲照によるものがあるが、出版の事情から刊行が遅れ、二〇一一年にようやく日の目を見た。[注6]小峯、出口による〈薩琉軍記〉研究の下敷きには野中の仕事があり、本著作成にも大きな影響を与えたことはあらかじめ記しておきたい。小峯は、〈薩琉軍記〉を秀吉の朝鮮侵略に関連づけ、蒙古襲来とともに、侵略言説と侵略文化総体の「侵略文学」として位置づけ、〈薩琉軍記〉の意義や問題点をまとめている。[注7]また、出口久徳により〈薩琉軍記〉の書名分類、一覧の作成が行われており、[注8]本研究の下地は小峯、出口の研究を受け継ぐものである。

近年、金時徳により「朝鮮軍記物」との関連への言及がなされている。[注9]また、テキストの公刊も盛んになってきており、[注10]〈薩琉軍記〉は徐々に認識されつつあるといえる。

二　〈薩琉軍記〉の定義と諸本

【定義】

〈薩琉軍記〉は、琉球侵攻を描いた軍記テキスト群の総称であるが、琉球侵攻を描いたすべての資料を指すものではない。詳しくは第一部第一章第一節「諸本解題」で述べるが、〈薩琉軍記〉以外にも琉球侵略を描いた資料は存在する。本著では次に記す物語を有するものを〈薩琉軍記〉と呼ぶ。

薩摩藩の大名島津氏は頼朝からつながる源氏であり、徳川家康の指示のもと、軍団を編制し琉球へ侵攻する。薩摩武士新納武蔵守一氏が軍師に任ぜられ、琉球侵攻の指揮をとる。新納は軍を調え、琉球へと出兵する。薩摩軍は、琉球「要渓灘」より侵入し、一進一退の攻防を繰り返す。、五番手の大将として琉球へと侵入した薩摩武士佐野帯刀は琉球千里山の戦いにおいて、夜討ちにあい大敗を喫する。佐野は新納から叱責をうけ、「千里山」の戦いにおける敗北の責任を問われる。「千里山」に居残り、城攻めを命じられるものの、汚名を返上するべく「日頭山」へと先駆けし奮戦する。佐野は忽ちに琉球国の「都」まで攻め上り、「都」に一番乗りを果たす。その勢いに乗り、「後詰城」へ進軍するが、琉球軍の計略にかかり、大軍に囲まれ戦死する。その後、新納が指揮をとり、琉球国の「都」が制圧され、王や官人らは捕虜となり、薩摩に降伏する。

これはすべての諸本にうかがえる基本的な枠組みであり、薩摩方の武士新納武蔵守《にいろむさしのかみ》と佐野帯刀《さのたてわき》との対立譚を通して物語が展開していく。▼注[11] この物語を有するものを〈薩琉軍記〉と呼ぶ。新納武蔵守一氏は、戦国時代に活躍した新納武蔵守忠元《ただもと》をモデルにした架空の人物である。人物にとどまらず〈薩琉軍記〉世界の構成は、架空の異国「琉球」において、架空の人物たちが、架空の合戦を行う物語である。歴史叙述を描く作品としては極めて稀であり、同時代に流布した〈朝鮮軍記〉や〈島原天草軍記〉においても、ここまでの物語の創作は行われていない。この物語を基に少ない叙述の諸本から徐々に物語がふくらんでいき増広本《ぞうこうぼん》が出現していく。

【諸本】

〈薩琉軍記〉は三群（A群、B群、増補群）に分類することができ、さらに内容から十三類に細分化できる。次に諸本分類表をあげる。

【諸本分類表】

A　群

A1 薩琉軍談《さつりゅうぐんだん》〈甲系〉→〈乙系〉≒ **A2 琉球攻薩摩軍談《りゅうきゅうぜめさつまぐんだん》**（虎竹城合戦、乱蛇浦、松原合戦の描写なし）

←〈丙系〉→ **A3 薩琉軍鑑《さつりゅうぐんかん》**（佐野帯刀叙述の増幅、私評の付加、佐野帯刀を擁護）

・十八世紀初頭の成立→宝暦七年（一七五七）には成立（国立公文書館本『薩琉軍鑑』本奥書）。

A　群

・物語の結末は、島津氏と琉球王家との婚姻。
・若年者による書写

↓

A4
琉球征伐記《りゅうきゅうせいばつき》
・喜水軒著→伝未詳。
・物語の結末は、家久《いえひさ》が駿府へ参勤。徳川の治世ひいては島津家を言祝ぐ。主は絶対であるという武家的思想。
・尾張（三河）における伝来。

↓

A5
琉球静謐記《りゅうきゅうせいひつき》
・稲荷霊験として由来譚を利用。
・物語の結末は、武断を咎める教訓的内容。

↓

増2
琉球属和録
←これらを管見に入れる。

・島津家由来譚を始祖誕生譚として扱う。
・侵攻時の太守を「義弘《よしひろ》」とする。
・明和三年（一七六六）には成立（増2『琉球属和録』の成立年時による）。

群

B1
島津琉球合戦記《しまづりゅうきゅうかっせんき》

↓

B2
琉球軍記《りゅうきゅうぐんき》
・註の付加、新納武蔵守を擁護
・琉球知識の大幅な増加
・十八世紀中頃成立

↓

B3
島津琉球軍精記《しまづりゅうきゅうぐんせいき》
・二十七巻（三十巻）に及ぶ物語の増広。
・貸本を媒介にした流布。

B

・琉球知識の増広傾向。
・島津家由来譚を島津家系譜として扱う。
・稲荷霊験の引用。犬追物射方、高麗伝来の山雀の記事の採録。
・結末は、寛文十一年（一六七一）、尚貞《しょうてい》襲封の金武王子朝興《きんむおうじあさおき》の謝恩使来朝。
・侵攻時の太守を「家久」とする。

増1　絵本琉球軍記　←大幅な物語の転換

増補群

増1　絵本琉球軍記《えほんりゅうきゅうぐんき》
・前篇↓天保六年（一八三五）刊↓七年再版↓安政七年（一八六〇）再々版
　後篇↓文久四年（一八六四）刊（前篇の再々版）。
・唯一の版本。物語の時代設定が十二世紀。為朝の登場。侵攻の命令を頼朝がくだす。

増2　琉球属和録《りゅうきゅうぞくわろく》
・堀麦水《ほりばくすい》（一七一八～一七八三）著↓金沢の俳諧師、実録作者。
・A5『琉球静謐記』を披見。自筆本あり↓明和三年（一七六六）成立。
・前田利長《まえだとしなが》の琉球侵攻への関与。

増3　薩州内乱記《さっしゅうないらんき》
・真田幸村《さなだゆきむら》が琉球へ。新納武蔵守は琉球にて戦死。

増4　薩琉軍記追加《さつりゅうぐんきついか》
（琉球侵攻の後日譚）

増5　桜田薩琉軍記《さくらださつりゅうぐんき》
・桜田備中守と盃亀霊との著述という偽書。

諸本分類に関する分析は各章にゆだねることにする。本文中において各諸本に付される番号は表のものと一致する。

〈薩琉軍記〉はA群とB群が主要テキストである。増補群はA群とB群をもとにした増広本であり、先述した基本的な物語に他作品から多くの記事を取り入れたテキストである。増補群については、本来の〈薩琉軍記〉の物語から大幅に改編が施されているので、いわゆる「諸本」という枠組みの中で扱えるものなのかどうか議論が分かれるものであろう。また、増4『薩琉軍《さつりゅうぐん》記《き》追加《ついか》』は〈薩琉軍記〉の後日譚にあたり、本来は別作品として扱うものである。本著の立場として、「諸本」という枠組みを広くとらえ、〈薩琉軍記〉の基本構造が受け継がれているものすべてを「諸本」として扱うものとする。また、『薩琉軍記追加』に関して、〈薩琉軍記〉によって創り出された「新納武蔵守」や「佐野帯刀」が中心となって琉球侵攻を行ったことが記されており、〈薩琉軍記〉が強く影響している作品であるため、本著では諸本の中に組み入れている。増5『桜《さくら》田《だ》薩琉軍《さつりゅうぐん》記《き》』は最近発見された諸本であり、本著では紹介のみにとどまる。

本著では、各諸本を示す場合、右記の諸本分類表にある諸本番号を書名の頭に記した。また、各伝本を示す場合は、所蔵先（諸本番号・伝本番号）で指示した。例えば、諸本分類表A1『薩琉軍談《さつりゅうぐんだん》』の伝本である立教大学図書館蔵本を指す場合、「立教大学図書館蔵本（A1・甲系⑤）」と示した。これらの番号は資料篇「〈薩琉軍記〉伝本一覧」と呼応している。

三　本著の構成と概要

本著は二部構成となっており、一部ではこれまで行ってきた伝本の書誌調査をもとにした諸本研究を、二部では

〈薩琉軍記〉が創作される土壌となる作品との影響関係や〈薩琉軍記〉がどのように読まれていたのかを明らかにしていく。

第一部では、諸本の解題を示すとともに、十三分類した〈薩琉軍記〉の諸本分類を裏付ける。主に〈薩琉軍記〉の基礎的研究に取り組み、伝本の書誌をもとに〈薩琉軍記〉の成立を追うとともに、貸本文化における伝来、藩校や寺子屋などでの〈薩琉軍記〉享受にも踏み込んでいく。

〈薩琉軍記〉は大きくA群とB群の二つに分けられる。両系統に共通することは、A群は『薩琉軍談』、B群は『島津《しまづ》琉球《りゅうきゅう》合戦記《かっせんき》』という基礎となる諸本が存在し、記事の少ない基礎となる諸本に人物譚や琉球情報などを付加することによって、増広本が出現していく。〈薩琉軍記〉は伝本が多く、諸本の展開構造も複雑である。書名は『薩琉軍談』『薩琉軍鑑《さつりゅうぐんかん》』『島津琉球合戦記』『琉球軍記《りゅうきゅうぐんき》』『琉球静謐記』『島津《しまづ》琉球軍精記《りゅうきゅうぐんせいき》』など様々で、内容も『薩琉軍談』や『島津琉球合戦記』など叙述の少ないものから、『島津琉球軍精記』の二十七巻構成に及ぶ長編の物語まで多種多様で位相差が大きい。そこで〈薩琉軍記〉の各諸本を分類し、解題を示すとともに、付録として〈薩琉軍記〉以外の琉球侵攻を描く諸資料の解題を付し、今後の〈薩琉軍記〉研究の見通しを示す（第一部第一章第一節、付節、二節）。

〈薩琉軍記〉は、薩摩方の軍師を担う「新納武蔵守」を主人物として描き、「佐野帯刀」との対立譚を軸に物語が展開していく。この対立をめぐって、『薩琉軍鑑』や『琉球軍記』では「私評」が付け加えられたり、『島津琉球軍精記』では、先陣をめぐって論争を繰り広げるなど新たな対立の構造が創出され、『琉球静謐記』では、「佐野帯刀」をめぐる霊験譚なども付加されている。〈薩琉軍記〉総体の系統論を確立する足掛かりとして、諸本間における人物描写の相違から〈薩琉軍記〉の変容と展開を跡づける（第一部第一章第三節）。

また、「虎竹城の戦い」で活躍する、琉球の武将「張助幡」に注目して〈薩琉軍記〉の物語の増広を考察する。「張助幡」が薩摩勢を振り切って血路を開く合戦描写において、毒矢などの戦術が用いられる。毒矢は、蝦夷や蒙古の武器として使われる夷敵を表象する常套表現であり、〈薩琉軍記〉においても異国琉球の合戦を彩る武器の表象となっていることがうかがえる。さらに「虎竹城の戦い」では、詞合戦《ことばかっせん》が繰り広げられるが、薩摩方に通辞《つうじ》が登場し、琉球語を理解することで、本格的な合戦の火ぶたが落とされる。この場面は〈薩琉軍記〉諸本間で増幅が際だつ箇所であり、漢文から和文へ翻訳される系統から、琉球語から漢文へ、漢文から和文への翻訳という、より読者に異国語を体感させ、異国感を与える体裁へと展開している。琉球の武将「張助幡」の叙述の分析を通して、毒矢や詞合戦の琉球像など異国を表象する表現による諸本の増広を考察する（第一部第一章第四節）。

〈薩琉軍記〉には、島津氏を源頼朝を始祖とする始祖伝説が取り込まれている。この始祖伝説を仮に「島津家由来譚」と呼ぶ。「島津家由来譚」は島津氏の正史として位置づけられ、島津氏の基本史料である『島津家譜《しまづかふ》』や『島津国史《しまづこくし》』でも起点となっており、江戸期には広く人口に膾炙した言説である。〈薩琉軍記〉で語られる島津家由来譚は、諸本により物語の相違が際だっており、諸本の分類や性格を知る上で指針となる章段であり、島津氏を源氏に格づけるこの由来譚は、〈薩琉軍記〉における徳川氏との関係性をうかがう上でも重要である。島津家由来譚の分析を通して〈薩琉軍記〉を読み解く（第一部第一章第五節）。

〈薩琉軍記〉に描かれる世界は実際の琉球とはかけ離れた架空の世界であり、そこで様々な空想の戦さが巻き起こる。まさに〈薩琉軍記〉独自の琉球世界を構築しているわけだが、これは江戸中期から後期にかけての琉球像を反映するものであろうと思われる。ここでは、〈薩琉軍記〉の基礎研究から書写形態の解明と〈薩琉軍記〉の描く世界観の把握をめざす（第一部第二章第一節、第二節）。

新納武蔵守、佐野帯刀、張助幡といった武将の人物譚、島津家由来譚などから、〈薩琉軍記〉の諸本展開を解明するとともに、〈薩琉軍記〉の全体像を把握していく（第一部第二章第三節）。また、書誌調査から判明したことを踏まえ、琉球をめぐる資料調査の可能性を視野に入れていく。一部では特に基礎研究の重要さを確認していきたい。〈薩琉軍記〉などの異国合戦軍記は多数の伝本が存在しているが、その一つ一つの「本」から何を探られるのか、「本」の歴史をひもといていく。特に家譜《かふ》や辞令書《じれいしょ》に押印される「首里之印」から『島津琉球軍精記』の享受の一端をうかがう（第一部第二章第四節）。

第二部では、〈薩琉軍記〉の物語生成をめぐって三国志や近松浄瑠璃《ちかまつじょうるり》、難波合戦物《なにわかっせんもの》、〈蝦夷軍記《えぞぐんき》〉などに着目し、その影響をうかがうとともに、近世に流布した諸作品との比較を通して、同時代、同類の作品群との位相の一端を明らかにし、〈薩琉軍記〉が生み出され、享受される様相を考察していく。

中世から現代まで三国志は様々な形で受容されてきた。日本における三国志受容の研究には田中尚子の研究があり、[注12]中世期から『通俗三国志《つうぞくさんごくし》』までの詳細な受容史が論じられている。しかし、三国志は『通俗三国志』出版以降の近世期においてこそ多様に享受され、三国志をもとにした種々の言説が生み出されており、〈薩琉軍記〉にも大きく影響している。〈薩琉軍記〉には、三国志をモチーフにしたと思われる場面や表現が随所にある。琉球侵略の軍議において、島津義弘《しまづよしひろ》が軍師新納武蔵守に刀を授け、机の角を切る場面は、三国志における著名な「赤壁《せきへき》の戦い」の場面そのものであったり、軍師新納武蔵守は、異国南蛮へ向かう諸葛亮《しょかつりょう》に比定されてもいる。また、琉球の武将張助幡の叙述は、諸本の増広とともに、三国志を踏まえて生長していく。まさに〈薩琉軍記〉の物語生成の中核には、三国志の享受が大きく関与しているといえる。さらに、版本化された『絵本琉球軍記《えほんりゅうきゅうぐんき》』の挿絵は、三国志イメージを投影した絵画化がなされており、挿絵の構成においても三国志の影響は否定できない。〈薩琉軍記〉における三国志モチーフを追い、近世期に語られる三国志が、〈薩琉軍記〉の物語構成や展開構造にどのように関わったかを追求する（第二部第一章第一節）。

また、近松門左衛門《ちかまつもんざえもん》の作品は〈薩琉軍記〉成立の前代にあたる作品であり、〈薩琉軍記〉には近松門左衛門の作品から影響をうけた様相がみえ、特に近松門左衛門の異国合戦を描く作品とは類似性が指摘できる。〈薩琉軍記〉と近松浄瑠璃『本朝三国志《ほんちょうさんごくし》』には、三国志によったと思われる同様の異国描写がみられる。また、〈薩琉軍記〉には、「無二無三に」という合戦場面における常套句がある。この表現は近松浄瑠璃『国性爺合戦《こくせんやかっせん》』にもうかがえる。また、算盤の珠のような車輪が付き、掛け外しが用意な橋「そろばん橋」なども両者に共通してうかがえる合戦描写である。さらに『国性爺合戦』には「千里が竹」など〈薩琉軍記〉に登場する「千里山」と似通った地名もうかがえ、〈薩琉軍記〉は近松と近い時代に成立したものであろうことは想像に難くない（第二部第一章第二節、第三節）。

また、〈薩琉軍記〉は史書として読まれ、享受されていく。それは江戸中期の対外情勢の変化していくという時代状況に即応するものである。それは侵略言説の流布にもつながっており、近世中期頃から異国を意識した言説が芽生えていき、幕末に再度それらの言説が語り出されていく。〈薩琉軍記〉のみならず様々な異国合戦物語が展開し、生み出されていく背景を明らかにする（第二部第一章第四節）。

近世中期以降多数の異国合戦軍記が生み出され享受されている。〈蝦夷軍記〉もまた近世期において多種多様に流布した作品である。〈蝦夷軍記〉は、寛文九年（一六六九）のシャクシャインの蜂起に呼応したアイヌが蝦夷地内の交易船や鷹待《たかまち》・金堀《かなほり》を襲撃した松前藩に対するアイヌの蜂起、いわゆるシャクシャインの戦いを描いた軍記群の総称である。〈薩琉軍記〉とは描く地域が真逆だが、その享受の背景は極めて近似している。江戸前期において、東アジア諸国を揺るがす一つの事件があった。明の滅亡と清王朝の誕生である。清は東アジアの支配領域の確定に乗り出し、江戸幕府もその流れに巻き込まれていく。その一翼を担ったのが新井白石《あらいはくせき》であり、白石は江戸幕府による国家政策の一環として、日本国土の支配域の確定をめざしていく。白石の言説にある蝦夷を「北倭」、琉球を「南倭」とする論は異国合戦言説の展開に影響し、物語の中に繰り込まれていく。〈蝦夷軍記〉が源義経《みなもとのよしつね》の蝦夷渡海譚、〈薩琉軍記〉が源為朝《みなもとのためとも》の琉球渡海譚を取り入れることもその一端であり、異国である蝦夷や琉球の建国神話や神として崇拝される存在にヤマトの武士の物語を採用するのである。さらに幕末には欧米諸国や露西亜《ろしあ》の東アジアへの進出もあり、そのため「異国に勝つ物語」の需要が高まり、異国合戦言説が様々に享受されていく。徳川幕府の日本の領土確定施策などの国家政策が異国合戦軍記の享受、流布の背景にある様相について明らかかする（第二部第一章第五節）。

また、中世から連綿と続く軍記との関連性なども踏まえて、予言表現の分析を試み、歴史叙述における予言を軸とした物語展開を明らかにする。さらに予言をもたなければ作品として成立しえない未来への予祝性を秘めた物語としての〈薩琉軍記〉について言及する（第二部第一章第六節）。

第二章では、〈薩琉軍記〉にも描かれる『保元物語《ほうげんものがたり》』の源為朝や幸若舞曲《こうわかぶきょく》『百合若大臣《ゆりわかだいじん》』など、近世期以前から連綿と続き、近世期にも影響を与えた物語から生み出された武人伝承の展開を追うことにより、〈薩琉軍記〉の生成を探っていく。近世期には従来の言説が、様々な形で変遷を遂げていく。唐に渡った円珍《えんちん》が琉球に流れ着くという、円珍伝は、〈薩琉軍記〉の諸本『琉球属和録』において、為朝伝承と結びつき、琉球が鬼ヶ島であるとする論拠に用いられる。また、『琉球静謐記』には、琉球における日本風の社に天神や夷《えびす》が描かれる。琉球における夷堂は、薩摩とも関連が深かった日秀《にっしゅう》によって創建されたものであるが、『琉球静謐記』には日秀の言説はなく、むしろ武人譚として社の由来が語られている。さらに『琉球静謐記』を基にして成立した『琉球属和録』では、示現流の祖、東郷重位《とうごうしげかた》の伝説に替わっている。漂流記などの言説を踏まえつつ、〈薩琉軍記〉における渡琉者の物語をうかがい、江戸期における渡琉者伝承の享受、展開から〈薩琉軍記〉における武人伝承への展開について明らかにする（第二部第二章第一節）。

『保元物語』を原拠とする源為朝の鬼ヶ島渡海譚は、その後、為朝が琉球へ渡り、琉球最初の人王、舜天《しゅんてん》の父となるという「為朝渡琉譚」へと生長していく。この為朝伝承もまた〈薩琉軍記〉に大きな影響を与え、薩摩藩の琉球侵略の正当化のイデオロギーとして強固に作用していく。〈薩琉軍記〉に描かれる為朝渡琉譚からは、日本（ヤマト）と琉球とを同一化し、島津氏の侵攻を正当化しようとする思想背景がうかがえる。東アジアにおける日本の対外情勢が緊迫化していく時代において、異国との戦さの物語が国家神話的な意義をも帯びていく背景を、〈薩琉軍記〉を軸に物語伝承の意義を遡行させて考察していく（第二部第二章第二節）。

幸若舞曲『百合若大臣』によると思われる伝承は各地に散見する。琉球における伝承については、永積安明によって宮古諸島水納島《みんなじま》に伝わる百合若伝説が紹介された。この百合若伝説が形を変え、〈薩琉軍記〉の諸本の一つ、『琉球属和録』にも採られている。『琉球属和録』では、イザイホーで知られる琉球祭祀の中心地として崇められ、琉球開闢の聖地である久高島《くだかじま》の由来譚として、百合若伝説が読み替えられている。〈薩琉軍記〉において、百合若伝説は、為朝渡琉譚とも共鳴し、日本（ヤマト）と琉球とを同一化し、島津氏の侵攻を正当化しようとする思想背景をもつ。特に百合若は戦前まで伝承が利用され、対外戦争へと向かう日本の国威発揚の物語となっていく。海を越え、対外戦争に勝利するという武人伝承は、時代情勢とも絡み合い再生産されていく。展開する武人伝承が利用されていく過程を、百合若伝説を例にみていく。〈薩琉軍記〉に描かれる武人伝承を通して、日本をめぐる対外関係の緊張の高まりと〈薩琉軍記〉との関係性、ひいては〈薩琉軍記〉など侵略文学言説の可能性について指摘する（第二部第二章第三節）。

為朝渡琉譚は時代の中で変容していき、読み替えられ、人口に膾炙してきた。それに平行して〈薩琉軍記〉のような異国合戦軍記も同様に読み継がれ、その中で為朝渡琉譚を利用していくのである。ここまで琉球に渡った源為朝の伝承を中心に、近世から近代へ武人言説や異国合戦軍記が語られていく様相を考察し、時代の中で移り変わっていく言説の変遷や利用についてみてきた。羽地朝秀《はねじちょうしゅう》や伊波普猷《いはふゆう》などの知識階層の戦略的利用されていく。ここでは「沖縄学の父」として著名な伊波普猷の日琉同祖論の背景にある為朝渡琉譚の展開を踏まえ、伊波普猷の言説から未来に向けた伊波の沖縄への提言を読み解いていく。為朝渡琉譚を起点に伊波普猷の言説を読み解き、現代沖縄の置かれた状況、戦争を知らない私たちが、いかに物語を読み解いていくべきなのかに言及していく（第二部第二章第四節）。

琉球侵攻から二十数年前、秀吉の命により朝鮮への侵略が行われている。島津氏もこの侵略に参加し、多くの軍記が残されている。この朝鮮侵攻と琉球侵攻とは、歴史研究において、日本の対外戦略において一連の流れとしてとらえられている。〈薩琉軍記〉においても、朝鮮侵攻が前提となる語りがあり、神功皇后《じんぐうこうごう》の三韓侵攻をめぐる言説が異国との戦いの先例として語られているのである。また、琉球侵攻から二十数年後、島原天草の乱が起こる。島原天草の乱をめぐる言説は、江戸期において、とりわけ多く享受され、仮名草子、浄瑠璃など様々な形で出版、上演される。天草における合戦は、まさしくキリシタンとの合戦であり、キリシタンとの戦さ物語は異国との戦いの物語へと変容し、享受されていく。朝鮮侵略や島原天草の乱を描く軍記テキスト群は、〈薩琉軍記〉と同時期に享受され、相互的に影響を与えあっていると思われる。現在、東アジアにおける日本の位置づけが問われ、近年は東アジアをめぐる論考が盛んになっている中、東アジアにおける日本の視座を見直し、文学や史学といった学問領域、作品ジャンルを横断した資料の比較検討から、近世期における琉球侵攻の歴史叙述を考察していくことが必要とされているはずであり、〈薩琉軍記〉の研究は日琉関係にとどまらず、東アジア全体に及ぶ問題に発展、波及していく可能性がある。本著では、〈薩琉軍記〉研究を通して、近世軍記に東アジアの観点にたった視線を入れ、対外戦争をめぐる近世日本の異国観を解明する足がかりを提示していく。

〈薩琉軍記〉は異国琉球での合戦を架空の物語で彩った軍記物語であり、江戸中、後期の琉球に対する時代認識はもとより、対外思想を知る上で重要視されるべき作品群である。東アジアをめぐる侵略文学に関するテキストや言説は多く、多岐にわたっている。言い換えれば、多角的な立場から比較検討が可能な媒体であると言える。今後は時代やジャンルを超越した研究が求められてくるはずである。近世期において、異国合戦軍記は多様に流布した様子が垣間見られる。〈薩琉軍記〉には、「娯楽的な読本としての琉球侵攻の語り」と「歴史を語る素材としての語り」の二面性が指摘できる。〈薩琉軍記〉の登場人物や舞台のほぼすべてを創作する姿勢は、歴史叙述として極めて特異といえるわけだが、琉球侵略の物語を根強く民間に浸透させていくのが〈薩琉軍記〉なのである。そうした侵略言説が敷衍していく役割を異国合戦軍記が担うことを明らかにする。既存の研究の枠組みを排除し、合戦叙述をもつ、すべての文学言説の総合的な研究を提言し、時代、ジャンルを超えた研究の指標を提示する。

また資料篇として、〈薩琉軍記〉研究に欠かせない基礎テキストである六点の翻刻を掲載した。適宜参照していただければ幸甚である。

四　使用テキストと凡例

使用テキストについて確認しておきたい。特に断りがない場合、〈薩琉軍記〉の引用は左記の伝本を指している。

A1『薩琉軍談』〈甲系〉＝立教大学図書館蔵本（A1・甲系⑤）（資料篇1に翻刻あり）
A1『薩琉軍談』〈乙系〉＝立教大学図書館蔵本（A1・乙系⑥）
A1『薩琉軍談』〈丙系〉＝立教大学図書館蔵本（A1・丙系⑦）
A2『琉球攻薩摩軍談』＝ハワイ大学ホーレー文庫蔵本（A2・⑥）
A3『薩琉軍鑑』＝国立公文書館蔵本（A3・③）（資料篇2に翻刻あり）
A4『琉球征伐記』＝刈谷市立図書館蔵本（A4・③）（資料篇3に翻刻あり）
A5『琉球静謐記』＝立教大学図書館蔵本（A5・⑤）

B1『島津琉球合戦記』＝京都大学蔵本（B1・②）
B2『琉球軍記』＝立教大学図書館蔵本（B2・②）（資料篇6に翻刻あり）
B3『島津琉球軍精記』＝架蔵本（B3・㉔）
増1『絵本琉球軍記』＝市立米沢図書館蔵本（増1・D⑤）（文久四年版）
増2『琉球属和録』＝加賀市立図書館聖藩文庫蔵本（増2・①）
増3『薩州内乱記』＝宮内庁書陵部蔵本（増3・②）
増4『薩琉軍記追加』＝ハワイ大学ホーレー文庫蔵本（増4・①）

次に本著における本文引用の凡例を記す。
・旧字体は新字体に改め、用字はそのままに私に句読点、濁点を補った（返り点は底本に従った）。
・ルビは基本的に起こしていないが、難読箇所には底本通りにルビを起こした箇所がある。
・心中思惟にはカギ括弧を付した。「ゝ」「ゞ」「〱」などの畳字は開いた。
・引用文中に用いた「／」は改行を意味する。
・割り注は〈　〉におさめた。梵字は片仮名に置き換えた。
・引用資料に元号が記されていた場合、（　）で西暦を補った。
・引用文注として（…引用者注）で補った箇所がある。
・明らかな誤写、破損は他本により補った箇所がある。

▼注

（1）琉球侵略をめぐる史学からアプローチとして、以下の論考を参考にした。宮田俊彦『琉球清国交易史―第二集『歴代宝案』の研究―』（「南島文化叢書」7、第一書房、一九八四年）、松下志朗『近世奄美の支配と社会』（第一書房、一九八五年）、紙屋敦之『幕藩制国家の琉球支配』（校倉書房、一九九〇年）、荒野泰典・石井正敏・村井章介編『アジアと日本』（『アジアのなかの日本史』1、東京大学出版会、一九九二年）、田名真之『沖縄近世史の諸相』（ひるぎ社、一九九二年）、喜舎場一隆『近世薩琉関係史の研究』（国書刊行会、一九九三年）、村井章介『東アジア往還 漢詩と外交』（朝日新聞社、一九九五年）、宮田俊彦『琉明・琉清交渉史の研究』（文献出版、一九九六年）、大隅和雄・村井章介『中世後期における東アジアの国際関係』（山川出版社、一九九七年）、紙屋敦之『大君外交と東アジア』（吉川弘文館、一九九七年）、辺土名朝有『琉球の朝貢貿易』（校倉書房、一九九八年）、上原兼善『幕藩形成期の琉球支配』（吉川弘文館、二〇〇一年）、上原兼善『島津氏の琉球侵略―もう一つの慶長の役』（榕樹書林、二〇〇九年）、紙屋敦之『歴史のはざまを読む 薩摩と琉球』（榕樹書林、二〇〇九年）、渡辺美季『近世琉球と中日関係』（吉川弘文館、二〇一二年）。

（2）仲原善忠「琉球渡海日々記」（「沖縄文化」14、一九六四年一月）。

（3）横山邦治「絵本ものの諸相」（『読本の研究―江戸と上方―』風間書院、一九七四年）。

（4）高橋圭一『実録研究―筋を通す文学―』（清文堂出版、二〇〇二年）、青山克彌『加賀の文学創造 戦国軍記・実録考』（勉誠出版、二〇〇六年）、菊地庸介『近世実録の研究―成長と展開―』（汲古書院、二〇〇八年）などの研究に代表される。

（5）小峯和明「中世・近世における琉球文学資料に関する総合的研究」（科研報告書、二〇〇〇年）。

（6）古典遺産の会編『戦国軍記事典　天下統一篇』和泉書院、二〇一一年。

（7）小峯和明「〈薩琉軍記〉の範疇と意義―〈侵略文学〉の提唱」（注（5）科研報告書）、同「琉球文学と琉球をめぐる文学―東アジアの漢文説話・侵略文学」（「日本文学」53―4、二〇〇四年四月）。

（8）出口久徳「薩琉軍記の伝本研究・諸本一覧」（注（5）科研報告書）。

（9）金時徳『異国征伐戦記の世界　韓半島・琉球列島・蝦夷地』（笠間書院、二〇一〇年）。

（10）山下文武『琉球軍記 薩琉軍談』（「奄美・琉球歴史資料シリーズ」1、南方新社、二〇〇七年）、森暁子「翻刻『島津琉球合戦記』（京都大学本）」（池宮正治・小峯和明編『古琉球をめぐる文学言説と資料学—東アジアからのまなざし—』三弥井書店、二〇一〇年）、出口久徳「翻刻『琉球静謐記』東京大学本」（同上書）。また、私家版に中根富雄編『島津琉球軍精記』（一九九六年）がある。

（11）この物語を前提にしない資料群は〈琉球侵略物〉として、〈薩琉軍記〉とは別資料として扱うこととする。

（12）田中尚子『三国志享受史論考』（汲古書院、二〇〇七年）。

第一部

〈薩琉軍記〉の基礎的研究

第一章

〈薩琉軍記〉諸本考

第一節
諸本解題

一　はじめに

序章において十二系統に分けた〈薩琉軍記〉の各諸本の解題を記していく。〈薩琉軍記〉の定義については序章で述べた通りであるが、確認しておくと、〈薩琉軍記〉は以下の物語を基本軸に物語が展開するテキストである。

薩摩藩の大名島津氏は頼朝からつながる源氏であり、徳川家康の指示のもと、軍団を編制し琉球へ侵攻する。薩摩武士新納《にいろ》武蔵守《むさしのかみ》一氏《かずうじ》が軍師に任ぜられ、琉球侵攻の指揮をとる。新納は軍を調え、琉球へと出兵する。薩摩軍は、琉球「要渓灘」より侵入し、一進一退の攻防を繰り返す。五番手の大将として琉球へと侵入した薩摩武士佐野《さの》帯刀《たてわき》は琉球千里山の戦いにおいて、夜討ちにあい大敗を喫する。佐野は新納から叱責をうけ、「千里山」の戦いにおける敗北の責任を問われる。「千里山」に居残り、城攻めを命じられるものの、汚名を返上するべく「日頭山」へと先駆けし奮戦する。佐野は忽ちに琉球国の「都」まで攻め上り、「都」に一番乗りを果たす。その勢いに乗り、「後詰城」へ進軍するが、琉球軍の計略にかかり、大軍に囲まれ戦死する。その後、新納が指揮をとり、琉球国の「都」が制圧され、王や官人らは捕虜となり、薩摩に降伏する。

〈薩琉軍記〉諸本の増広に関わっていく中心人物として、新納武蔵守と佐野帯刀が登場することが絶対条件であり、本著では、この基本となる物語を有しているテキスト群を〈薩琉軍記〉と呼んでいる。また、〈薩琉軍記〉に登上する地名はほとんどが架空のものであり、読みも特定しえない。

〈薩琉軍記〉の伝本は百本に及び、伝本間の異同も多く、まとまった系統論が立てにくい状況にある。ここでは各諸本の物語の特徴を基準に分類を試み、諸本ごとに解題を記していくこととする。

二　〈薩琉軍記〉諸本解題

A1　薩琉軍談《さつりゅうぐんだん》

A群の基礎となりうる諸本として位置づけられる。A群の特徴は、侵攻時の太守を「義弘《よしひろ》」とすること、島津家由来譚を始祖誕生譚として扱うことである（詳細は第一部第一章第五節を参照）。結末は、琉球から連行された王、官人と義弘が対面、やがて琉球と薩摩とで婚姻関係を結び、両国が一体のものとなった言祝ぎで物語は終焉する。本系統は、婚姻関係により琉球と島津（日本）とが一体となったことを語る物語となっている。

各伝本に記される外題、内題は「薩琉軍談」「薩琉軍記」「琉球軍談」「琉球軍記」「島津琉球合戦記」「琉球征伐軍記」と様々であり、外題、内題で分類することができない。基本的には新納武蔵守と佐野帯刀との対立を軸にした基本的な物語が描かれておらず、A2～A5諸本の特徴を有していないA群の伝本は『薩琉軍談』に分類される。そのため、最も伝本の多い系統の諸本であり、伝本は三十本以上に及び、『薩琉軍談』諸本内でも系統が三つに分けられる。本著では『薩琉軍談』の系統を〈甲系〉〈乙系〉〈丙系〉の三種類で呼び分けることにする。〈丙系〉は明らかに〈甲系〉を踏襲しており、後述のA3『薩琉軍鑑』に至る物語増広の過程において派生した系統である。この丙系の伝本には、鹿児島県立図書館蔵本（A1・丙系②）など、序が付加されたものがあり、序によると、

慶長十四年（一六〇九）に合戦の予兆が生じる。天がにわかに鳴動して、四角い月が煌々と輝く。鳴り響く音は雷のようであり、皆肝を冷やし、騒ぎ立てる者も多かった。この四角い月は、島津氏が薩摩、大隅、日向に加え、琉球を支配する前兆であるとされる。また、**神功皇后の三韓侵攻の神話を引き**、神功皇后が他国にたやすく進攻することができたのは、八百万の神々のおかげであるとし、四角い月を出現させたこともまた諸天の加護による業である。

とする。神功皇后の三韓侵攻と重ね合わせ、琉球侵攻を正当化しようとする。これは〈薩琉軍記〉全体を通してうかがえる姿勢である。この序もA3『薩琉軍鑑』へと引き継がれていく。

〈甲系〉と〈乙系〉とを巻数で分類してみると、伝本には、一巻本（巻表記なし）、二巻本、六巻本と五巻本とがあり、前者が〈甲系〉、後者が〈乙系〉である。しかし、巻数による分類には例外もあり完全ではない。二巻本の立教大学蔵本（A1・乙系⑦）は〈乙系〉の構成と同じであり、五巻本の東北大学狩野文庫蔵本（1・甲系③）は〈甲系〉の構成と同じである。

〈甲系〉と〈乙系〉とを比較すると、大きな違いは「虎竹城合戦之事」「乱蛇浦并松原合戦之事」の章段が確認できないことである。よって、「虎竹城の合戦」「乱蛇浦の合戦」は、〈乙系〉では描かれないが、虎竹城と乱蛇浦の名は、物語の最後に一氏が任じた城代の領地としてみえる。双方の合戦が語られないことは、A2『琉球攻薩摩軍談』の構成に共通しており、〈乙系〉とA2『琉球攻薩摩軍談』とには密接な関係性があると思われる。A2『琉球攻薩摩軍談』の最も古い奥書は文政四年（一八二一）である。▼注[1]『琉球攻薩摩軍談』には古い写本がなく、『薩琉軍談』から派生したと考えることに矛盾はないため、〈乙系〉から『琉球攻薩摩軍談』へと派生していった可能性が最も有力

視される。では、なぜ「虎竹城の合戦」「乱蛇浦の合戦」の叙述がなくなってしまっただろうか。偶発的に欠損してしまったのか、意識的に削除したのか、定かではないが、第一部第一章第二節「薩琉軍記遡源考」において詳しく分析していきたい。

また、備立の記述の後ろに、「享保十七年分限帳」が挿入されるが、〈乙系〉はこの「享保十七年分限帳」を一章段として立項している。その立項は、〈乙系〉の特徴の一つといえる。

分類の基準が広いため例外も多い。甲系に分類している琉球大学蔵本（A1・甲系⑦）は、内題を「薩琉軍記」とし、B群の特徴である薩摩の太守を家久とする。ほかにも〈甲系〉との相違点は二つあり、一つは「島津氏由来之事」を描かないこと、もう一点は、結末が異なることである。〈甲系〉の結末は琉球王家と島津氏との婚姻であるが、琉球大学蔵本には、島津太守と琉球官人との対面が描かれず、そのため婚姻を結ぶこともない。物語は新納武蔵守が琉球各所の城代を任命する場面で終了している。その場面までは、〈甲系〉と同構成である。また、他本にみられない「鬼界島日本へ帰服之濫觴」の記事が巻一の始めに付されている。いわばA群ともB群ともとらえられない伝本であるが、本著では構成が最も近いA群『薩琉軍談』〈甲系〉に分類した。管見の限り、琉球大学蔵本のみ確認しており、詳細な分析は後考に待つ。

A2　琉球攻薩摩軍談《りゅうきゅうぜめさつまぐんだん》

物語構成はA1『薩琉軍談』〈乙系〉に近く、「虎竹城の合戦」「乱蛇浦の合戦」の合戦描写がないが、完全には一致しない。記事の増広で考察した場合、この系統の諸本から、A1『薩琉軍談』〈乙系〉へ、〈乙系〉から〈甲系〉への流れが考えられるが、先に指摘した通り、この諸本の伝本に記された奥書からは、江戸後期までしかさかのぼれず、奥書で江戸中期までさかのぼれる『薩琉軍談』より先に成立した痕跡は確認できない。詳しくは、第一部第一章第二節「薩琉軍記遡源考」に譲る。外題、内題を「薩琉軍談」とするものもあり、注[2]『薩琉軍談』と密接なつながりがあることは明白であるが、『薩琉軍談』と同様に本文異同が大きいのもこの諸本の特徴であり、詳細な分析は後考に待つ。

内容はA1『薩琉軍談』〈乙系〉とほぼ同じであるが、結末が若干異なる。琉球と薩摩とが婚姻関係を結び、両国の一体化を語った後、琉球で討ち取った首級の数、「享保十七年分限帳」を記し、物語の結末へ話が展開する。日向、薩摩、大隅に加え琉球を治めたことにより、さらに石高が増加したと述べ、「島津」の家号の由来を語ることで幕を閉じる。『薩琉軍談』とは異なり、島津氏が琉球を治めたことに重点が置かれている。

また、『薩琉軍談』では物語の半ばに位置していた「享保十七年分限帳」をうまく利用して物語をまとめている。『薩琉軍談』では「享保十七年分限帳」が「新納武蔵守一氏備を立る事」におかれるのに対し、『琉球攻薩摩軍談』では二章に分けられており、「新納一氏人数手配之事」という新たな章を設け、詳細に書き連ねてあった部隊名、軍備が、人名にのみ絞られ整理されている。このほかにも、「琉球国合戦之首帳之事附タリ日本勢討死之事」など、功績や戦死者を記す章段が加わり、記録的要素が盛り込まれていることも特徴である。

慶應大学蔵本（A2・③）は、大幅に合戦描写を省略している。この諸本では「虎竹城の合戦」と「乱蛇浦の合戦」が描かれないが、慶應大本ではそれ以外にも「千里山の合戦」、「日頭山の合戦」などの主だった合戦の描写がない。慶應大本の「島津家由緒之事」、「新納一氏人数手配之事」や「島津家士分限高実録之事」がこの諸本と同文であるため、ここに入れた。

A3　薩琉軍鑑《さつりゅうぐんかん》

A1『薩琉軍談』〈丙系〉とほぼ同じ構成である。相違点は、佐野帯刀に対する「私評」が加わるかどうかである。

〈薩琉軍記〉は新納武蔵守と佐野帯刀との対立譚を軸に物語が増広されていくが、この諸本では巻五と巻六の末尾に、薩摩武士佐野帯刀の処遇が不当であるとする評が付けられている。これに伴って、「日頭山合戦并佐野帯刀政形高名討死之事」に関する記述が若干増幅されている。この章段は佐野帯刀が先駆けをして琉球方を攻め破るが、最後に敵の計略にかかり戦死するという内容であり、物語全体の山場であるとともに、佐野帯刀が最も活躍する見せ場である。この記述の増幅は、佐野帯刀に対する「私評」の付加と無縁とは考えられない。

国立公文書館蔵本（A3・③）は最も古い、宝暦七年（一七五七）の本奥書を持つ。この宝暦七年という本奥書は、管見の限り、信頼できる奥書として、〈薩琉軍記〉伝本中で最も古いものとしても注目される。[注3] この本奥書により、『薩琉軍鑑』は少なくとも宝暦の頃には成立していたことがわかる。またこの本奥書により、この諸本のもととなったA1『薩琉軍談』〈甲系〉〈丙系〉も宝暦以前に成立していたことが知れる。

飯田市立図書館蔵本（A3・①）は、佐野帯刀に対する「私評」に若干の違いがある。「千里山の戦い」において、物語では敗戦の責任が佐野帯刀にあるとされ、軍師新納武蔵守に叱責されたことが、佐野帯刀の先駆けにつながり、ひいては死につながる事件となる。「私評」によれば、武蔵守の智恵の不足が敗戦を招いたと強く批判するのに対して、飯田市立図書館蔵本では、武蔵守に敗因があったとは語られない。「日頭山合戦并佐野帯刀政形高名討死之事」に関する記述も叙述が少なく、A1『薩琉軍談』にほど近い記述である。これは飯田市立図書館蔵本の特徴の一つであろう。

内題に「薩琉軍鑑記」とある伝本があり、管見の限り、立教大学小峯研究室蔵本（2・⑨）のみ確認している。物語の構成は『薩琉軍鑑』とほぼ一致している。「島津氏由緒之事」が語られないことが、『薩琉軍鑑』との相違点である。佐野帯刀に対する「私評」では、『論語』を利用して独自の見解を述べている。また、「日頭山合戦」の後の「私評」がないことも、『薩琉軍鑑』とは異なっている。

この諸本の特徴として、ほかの諸本では「虎竹城」とする地名を「帰竹城」としている点が挙げられる。書写の過程で誤写が生じ、そのままこの諸本へと受け継がれたものであろうと思われる。例外として、A1『薩琉軍談』の諸本に当たるハワイ大学ホーレー文庫蔵『薩琉軍記』（A1・丙系⑥）が「帰竹城」とする。またこの異同は、「コチク」と「キチク」という音声から派生した可能性もあり、〈薩琉軍記〉の書写過程を明らかにする上で見逃せないものである。

『薩琉軍鑑』はどこのものか不明であるが、新聞に翻刻されたことがある。この記事の切り抜きは「東恩納寛惇新聞切抜帳12」に収められている[注4]。

A4　琉球《りゅうきゅう》征伐記《せいばつき》

この諸本は、A群の特徴である島津家由来譚を島津家の始祖誕生譚として扱い、侵攻時の太守を「義弘」とするため、A1『薩琉軍談』甲系（以下、甲系省略）から派生した系統の諸本に分類することができる。A1『薩琉軍談』と比較してみると内容が増補されている。

この諸本の大きな特徴は二つあり、第一は、「島津家由来譚」における梶原景時《かじわらかげとき》の登場、第二は、徳川家康や徳川に関する記事の増幅である。

第一の「島津家由来譚」について、ほかの諸本では、梶原景時の登場はなく、畠山重忠《はたけやましげただ》の命により、頼朝の愛妾若狭《わかさ》の局《つぼね》が薩摩へと逃れていく。しかし、『琉球征伐記』では、北条政子から殺害を命ぜられた景時が、重忠に相談を持ちかけ、迷いながらも若狭の局を逃がすという内容になっている。「島津家由来譚」は、すでに室町期成立の『山田聖栄自記《やまだしょうえいじき》』[注5]にうかがえる伝承であり、島津家の系図が語られる上で欠かせない言説となって、様々な資料に散見しているが[注6]、景時が絡んでくる伝承はほかに確認することができない。当本の大きな特徴の一つである。

第二の徳川に関する記事の増幅について、『薩琉軍談』と比べると、特に家康の存在が際だっている。「琉球征伐之来歴」では、関ヶ原以降、島津氏は音沙汰もないため、島津家の心意を確かめるためにも、琉球への侵攻を命ずるという軍議を、家康と家臣団が駿府において行うことが語られ、結末においても、琉球王一行が駿府に連れて行かれ、家康と対面する。また、島津家久に松平姓が与えられ、家久が参勤し、島津氏と徳川氏との結びつきが強くなったことにより、島津家が安泰であるとされている。これは『琉球征伐記』特有の朱子学的な特徴によるものだと思われる。当本では、島津義弘が琉球王に対して琉球侵攻の理由づけを語る場面において、「此ノ度、貴国へ勢ヲ入ルル事ハ、全ク自己ノ意恨無シト云ヘドモ、君命ノ重キガ故也」と、家康の命（君命）が絶対的であるためとする（下巻「義弘入道琉球王ニ謁見」）。主の命令が重いために行動するという論理は、当本に頻出する。以下まとめてみると、

上巻「島津家来由之」

抑女ト云者ハ、上下押並テ嫉妬ノ心厚キ者ノ、世別テ御台元来ノ御心免許有べカラズ。一度君ノ御耳ニ返シ、其後ノ故計ル時ハ、是**主命**也。

上巻「島津家軍評諚之事」

身不肖ナル某申ナレドモ、**主命黙止ガタク**、軍役ヲ蒙ル上ハ、向後軍馬ヲ指揮スベシ。

中巻「薩摩勢琉球乱入之事」

我ガ日本、仁義、大上ノ君子、**国君ノ命重スルコト、日月ヲ仰ガ如シ**。此故ニ、此度薩州ノ太守義弘ノ厳命、此国ヲ征伐ス。早ク門ヲ開テ、可乞降ヲ。我ガ名ハ種島大膳也リ。

中巻「城中ヨリ夜討之事」

キタナキ味方ノ面々、**君命ヲ重ンズル者ハ、命ヲ此陣ニナゲ打ツベシ**。夜討ハ合戦ノ常、小勢ノ敵ナルゾ、引

包ンデ討殺セ。好ムトコロノ幸ナリ。日本ノ手並ヲ見セヨヤ。

中巻「城中ヨリ夜討之事」

如何ニ蛮兵慥ニ聞テ、**日本人ハ、主君ニ一命ヲ奉リ、忠戦ヲ志ス**。勇士ノ行ヒ、沼田郷左衛門、我ト思ハン琉兵有ラバ、近ク寄テ勝負セヨ。身方ノ面々続ケ続ケ。

中巻「虎竹城征伐之事」

国恩ノタメニ命ヲ殺スハ、勇夫ノ常ト聞ケリ。争カ歎ク処ニアラズ。今頭燃ノ場ニ倒テ、児女ノ如キ行跡、若和人ノタメニ擒玉ハバ、後悔益無シ。君ハ如何ニモシテ身ヲ遁レ、大王ノ先途見届ケ玉エ。

下巻「琉球之都城落没之事」

謀ヲ以帯刀ヲ討シ時ハ、琉国都城ニ座ス。**是主命也。臣タルノ道ナリ**。今乞レ降ヲバ一命助ニ斗ノ意チナシ。斯ク惣門破レテ後、王ノ行方知レズ。然ル時ハ、誰ガ為ニ守リ、何ヲ空ク死セン。両国和ス時ハ、王ノ行方ヲ尋、**主君ノタメニ一命ヲ重ンズ**。

これらのように、当本の根底には、主君の命は絶対であるという思想がある。島津家があるのも徳川家あってのものであるとする『琉球征伐記』の生成に関わる重大な問題であり、最も大きな特徴であるとも言える。

琉球大学蔵本（A4・⑥、以下、琉大本）はほかの伝本と比べると、記述は簡易であり、むしろA1『薩琉軍談』に近い。『薩琉軍談』から当本へと改編する間に成立したものであろうか。

刈谷市中央図書館村上文庫本（A4・③、以下、刈谷本）と愛知県滝学園図書館蔵本（A4・①、以下、滝本）、鹿児島県立図書館蔵本（A4・②、以下、鹿図本）は、異同が少なく、距離は極めて近い伝本であると考えていいだろう。ただし、刈谷本は漢字片仮名交り、滝本、鹿図本は漢字平仮名交りと用字の相違の問題は残る。また、刈谷本と鹿図本とを比較すると、次に紹介するA5『琉球静謐記』諸本生成の一端がうかがえるなど[注7]、同系列の伝本として留意される必要があろう。

早稲田大学所蔵本（A4・⑦、以下、早大本）は、刈谷本とほぼ同文であるが、異同は少なくない。豊田市中央図書館蔵本（A4・④、以下、豊田本）と名古屋市鶴舞中央図書館蔵本（以下、鶴舞本）との本文はかなり近く、祖本を同じとするか、どちらかを親本とする可能性もある。豊田本、鶴舞本の末尾には、元禄八年（一六九五）刊行された西川《にしかわ》如見《じょけん》著の地理書、『華夷通商考《かいつうしょうこう》』が引用されており、▼注[8] 豊田本、鶴舞本は少なくとも元禄八年（一六九五）以前にさかのぼることはない。刈谷本とは、早大本と同様に異同が多い。

刈谷本、豊田本、鶴舞本、早大本には、「薩州之隠士／喜水軒書」という奥書が確認できる。また、刈谷本、早大本には「寛永元仲秋日」という奥書も記されている。これらはすべて本奥書である。

ここに記される薩摩の隠士「喜水軒」という人物は未詳である。この奥書のみで判断すると、所持者か、書写者のいずれかと推測されるが、各伝本間には異同が多く、同じ書写者であるとは考えにくい。また、すべての伝本が同時期に、同じ場所で保管されていたとも考えにくく、所持者である可能性も薄いと思われる。残る可能性は、作者である。「喜水軒」という人物により、『薩琉軍談』をもとに改編された作品が『琉球征伐記』であると考えるのが、最も妥当であろう。また、薩摩の隠士という立場に仮託された語りの物語とも解釈できるのではないだろうか。

次に、刈谷本、早大本に記された、「寛永元仲秋日」の奥書である。これは豊田本、鶴舞本にはみえない。寛永元年（一六二四）の奥書を信用するのであれば、『琉球征伐記』の成立は、薩摩藩による琉球侵攻からわずか十五年後ということになる。しかし、本書は『薩琉軍談』の増広本であると思われるため、寛永元年に成立していたとは考えにくい。また、刈谷本、早大本ともに江戸後期の書写と思われる写本であり、とても寛永にさかのぼるとは考えられない。おそらく「寶永元年」（一七〇四）などの誤写であるかと推測される。もう一つ考えられることは、「寛永元年」という年に何らかの意味合いをもたせて書かれた可能性である。寛永元年には、まだ琉球の江戸上り（江戸立ち）も始まっていない。この点については、今後の課題と言えよう。

伝本一覧をみてみると、鹿児島県立図書館や琉球大学のような、薩琉関係の蔵書を積極的に蒐集している所蔵機関を除くと、尾張、三河（現愛知県）に所蔵が集中していることも注目されるだろう。付け加えれば、早大本は尾張藩士の小寺玉晁《こでらぎょくちょう》の蔵書であり、これもまた尾張にあった伝本である。管見の限り、『琉球征伐記』は江戸期以前に、尾張、三河地域から他地域に伝播した痕跡はうかがえない。言い換えれば、『琉球征伐記』は尾張、三河地域において成立し、その周辺で享受されたことが指摘できる。

また、奥三河における霜月神楽《しもつきかぐら》の一種である民俗芸能、「花祭り」関連の蔵書目録にも〈薩琉軍記〉がみられるとの指摘もあり、▼注[9]さらなる調査、検討が要される。

A5　琉球静謐記《りゅうきゅうせいひつき》

A1『薩琉軍談』と比べかなり増補や改編がなされている。内題が「琉球征伐記」となっているものがあるが、細かい異同はあるものの同内容である。A4『琉球征伐記』との混同を避けるため『琉球静謐記』と呼ぶことにする。

特に物語の中で非業の死を遂げる佐野帯刀に関する物語が増大していることが特徴である。「佐野帯刀出陣怪異の事并ニ島津稲荷の事」では、琉球攻めのおり、命を落とす佐野帯刀の出陣前の装束が、晴れ着から喪服に替わったり、戦勝祈願が失敗に終わるなど、死を暗示させる霊験場面が追加されている。

琉球侵攻の命令をくだす人物を「島津兵庫守源義弘入道龍伯」とする。「龍伯」という号は義弘の兄「義久」が用いた号であり、義弘と義久とが混同されている。また、登場人物は増加している。佐野帯刀の組子の「車次助三」や、琉球側の武将に要渓灘の副将「玄天祥」などが新たに物語に登場している。さらに「千里山の城」の攻防戦なども追加されている。合戦描写も「虎踏の陣」など様々な戦法が描かれ、物語を盛り上げている。

結末が特徴的である。琉球に侵攻した薩摩武士たちは、先の朝鮮侵攻などと比べ、楽な戦さであったにも関わらず、高禄を得られたことを喜ぶ。これが噂となり江戸にまで及ぶ。松平伊豆守はこの事実を確かめるために、琉球王に「なぜ琉球は戦さの方法を知らないのか」と質問する。琉球王は「琉球では、昔から争いはなく、親が亡くなれば子がその跡を継ぎ、その子が亡くなれば弟が跡を継ぐため争いにならない」と答える。松平伊豆守はこの返答に顔を赤らめ、退席するという場面が描かれる。無益な相続争い、ひいては戦争により物事を解決しようとすることを咎める教訓的な結末となっている。

B1　島津《しまづ》琉球《りゅうきゅう》合戦記《かっせんき》

B群の基礎となりうる諸本として位置づけられる。B群の特徴は、侵攻時の太守を「家久」とすること、島津家由来譚を島津家家譜として扱い、寛文十一年（一六七二）の尚貞《しょうてい》襲封に伴う金武王子朝興《きんおうじあさおき》の謝恩使来朝を巻末に配することである。

A群の基礎テキストであるA1『薩琉軍談』との相違点は二つある。第一は「島津氏由来之事」が「島津家久琉球責の台命を蒙る事」の後に位置づけられることである。内容も異なっており、『薩琉軍談』では頼朝の子を宿すのは「若狭局」であるが、ここでは「比企能員《ひきよしかず》妹（丹後局）」になっている。生まれた子（島津の祖）も、『薩琉軍談』では「義俊《よしとし》」であり、この系統では「忠久《ただひさ》」となっている。島津家の祖先が「丹後局」につながる伝説は著名であり、『寛政重修諸家譜《かんせいちょうしゅうしょかふ》』などにもうかがえる。また、『薩琉軍談』では、頼朝の子を宿した「局」を助ける役割を畠山重忠が担っていたが、ここでは重忠の存在がない。このほか、島津の「稲荷信仰」や「犬追物」の由来などを引いている。「島津氏由来譚」の位置づけが異なっており、『薩琉軍談』では「義俊」が島津家中興の祖であると語られる、義俊の出生譚であるのに対して、ここでは「忠久」から「綱貴《つなたか》」に至るまでの系譜となっている。島津綱貴は島津家二十代当主であり、結末の寛文十一年の謝恩使の頃には誕生していた。「島津家由来譚」と結末との付合を示す事例であろう。B群でも綱貴までとするのは、この諸本のみである。

第二の相違点は、物語の結末である。生け捕った官人たちと面会し、島津と琉球との同盟は、『薩琉軍談』とも同内容が語られるが、婚姻に関してははっきりと語られていない。それに加えて、家久が徳川家康よりねぎらわれ、褒美として「琉球」を与えられるくだりが語られ、家康と琉球王との対面まで描かれている。さらに、寛文十一年（一六七一）の島津光久《しまづみつひさ》と琉球王尚貞との往復書簡が引用され、琉球の「金武王子」が朝貢に来るという後日譚で幕を閉じる。琉球侵攻後の琉球の朝貢の様子を描くことは、侵攻の成果として重要な意義を持つだろう。この寛文十一年の謝恩使は五度目の江戸上り（江戸立ち）である。琉球が日本（ヤマト）へ朝貢に来るという結末は、琉球が日本（ヤマト）の属国となったことを示す重要な位置づけになるだろうが、なぜこの諸本が寛文十一年の謝恩使を結末にしているかは疑問である。〈薩琉軍記〉は『通俗三国志』や近松浄瑠璃の影響下で成立した作品であることは間違いなく、[注10]〈薩琉軍記〉の成立が寛文十一年までさかのぼるとは考えられない。「島津家由来譚」が綱貴までを描くことにより、寛文十一年という年には何らかの意味合いが込められていると思われる。この問題については後考に待つ。[注11]

この二つの相違点はB群の大きな特徴でもあり、A群の『薩琉軍談』とは異なった展開をみせる系統である。A群『薩琉軍談』とB群『島津琉球合戦記』とどちらが成立が早いかという点については未詳である。しかし、奥書からみると、B群は立教大学蔵『琉球軍記』（B2・②）の「寛政七年」（一七九五）までしかさかのぼることができず、管見の限り、江戸中期の写本は確認できていない。奥書のみでうかがえば、B群はA群よりは後の作品群となるだろうが、真偽は定かではない。前述の寛文十一年の問題ともども、今後の伝本調査が待たれる。

京都大学蔵本（B1・②）には、冒頭に「琉球故事談」を記すとともに、鹿児島と琉球の絵図を載せる。「琉球故事談」

は薩摩、琉球関係の説話を引用し、琉球との関わりがある薩摩の地名も散見される。〈薩琉軍記〉享受の過程において、琉球への興味、関心が高まっている様子がうかがえる。それが、末尾の「寛文十一年書簡」の引用にも表れているのだろう。また、「琉球故事談」には、「為朝渡琉譚」や袋中《たいちゅう》『琉球神道記《りゅうきゅうしんとうき》』が引かれており、それらが本文に引用される後述のB2『琉球軍記』との関連が注目される。『琉球軍記』は、この諸本をもとにした増広本であり、特に琉球情報を多く補った諸本である。「寛文十一年書簡」も引用されており、『琉球軍記』と「琉球故事談」との関係性が注目される。

B2　琉球軍記

B1『島津琉球合戦記』から派生した諸本である。「島津家由来譚」を島津家の家譜とし、薩摩藩主と琉球王との往復書簡の引用する。

この諸本の大きな特徴は、「琉球国地理来歴之事」という章段が加わり、琉球伝承や風俗、地理などが語られていることである。同じく琉球伝承を記す伝本に、前述の京都大学蔵『島津琉球合戦記』（B1・②）の「琉球故事談」が挙げられる。両者を比較してみると、島津家の当主が家久である点は、『島津琉球合戦記』と一致するものの、物語全体の構成は異なっている。しかし、「島津家由来」は同内容であるなど関連をうかがわせる。さらに当本と『島津琉球合戦記』とは、寛文十一年（一六七一）の島津綱貴と琉球王尚貞との往復書簡の写しが引用されている点でも一致するが、結末は、神功皇后の三韓侵攻、秀吉の朝鮮侵略、蒙古襲来などを説き、琉球支配を正当化しようとする描写が加えられており、『島津琉球合戦記』より叙述が増幅されている。当本では、清和源氏の流れを語り、徳川家康を言祝ぎ物語は終焉している。さらに注目すべきは、立教大学蔵本（B2・②）には「誠ニ朝鮮、琉球ノミナラズ、交趾、阿蘭陀、仏郎機万国共ニ従ヒナビク」と、アジア圏にとどまらず西洋の国々の名が採りあげられることである。[注12] 対外意識がアジアにとどまらず世界へと広がっていることが確認でき、当時の東アジア文化圏とともに西欧諸国との交流を通した、対外情勢との関連をうかがわせる資料として注目できるだろう。

始めに家康が家久を駿府に呼びつけた事由は、A4『琉球征伐記』と似通っている。家久の先代義弘は、秀吉に対して何度も貢ぎ物を送ったが、家久は家康に対して進物を送らず参内もしない。このことに対して、家康は島津氏を責め、琉球侵攻のために島津氏が兵を挙げることへと結びつける口実にする。また、琉球国王を「尚景《しょうけい》」としている点は興味深い。〈薩琉軍記〉において琉球の王は、「琉球国王」、「王」などと呼称されるのみであり、名前が出てくることは稀である。琉球が侵攻された際の琉球国王は「尚寧《しょうねい》」であるが、琉球国王に尚氏が当てられる意味合いは大きい。諸本で「尚寧」としているのは、唯一後述の増1『絵本琉球軍記』だけである。一方、当本では、「尚寧」は登場するものの、秀吉の頃の王として扱われ、侵攻時にはすでに亡くなっていて、王は「尚景」とされる。このことからも当本の琉球に対する知識が増加していることがうかがえよう。ほかの諸本よりも、琉球や朝鮮に対する意識、関心が強く、新たな琉球知識を盛り込んで成立したものと推測される。

当本の特徴の一つとして、「薩州勢琉球国へ乱入之事」と「高鳳門合戦並張倉討死之事」の二章段の末に「註」が付くことが挙げられる。ほかの諸本では、A3『薩琉軍鑑』のみが、二章段の末に「私評」が付く。[注13] 両者ともに物語についての編者の私見を述べており、〈薩琉軍記〉の物語展開、享受をうかがう上で注目できる内容であるとともに、『琉球軍記』では物語の改変にも影響してくる。ここでは重要な登場人物の一人である新納武蔵守の存在を際だたせていることが注目される。繰り返すが、〈薩琉軍記〉は薩摩武士新納武蔵守と佐野帯刀との対立譚を軸に物語が展開していくのだが、武蔵守が帯刀の勲功を評価し、帯刀との対立が解消されるという展開は、ほかの諸本にはうかがえない叙述である。[注14]

また、他本にはみられない「琉球国地理来歴之事」という章段が加わることも特徴の一つである。この章段では、袋中『琉球神道記』などを引用し、龍宮即琉球の琉球伝承や風俗、地理などが語られている。同じように琉球情報を記す伝本として、京都大学蔵『島津琉球合戦記』（B1・②）の「琉球故事談」が挙げられる。この一致からも、『島津琉球合戦記』をもとに改編された諸本が『琉球軍記』であると推測することもできようか。「琉球故事談」については、さらなる考察が必要であろう。

B3　島津《しまづ》琉《りゅう》球《きゅう》軍《ぐん》精《せい》記《き》

B1『島津琉球合戦記』の増広本であり、ほかの諸本と比べ、大部な諸本であり、大幅に増補、改定されている。A1『薩琉軍談』やB1『島津琉球合戦記』には、青天の霹靂のように佐野帯刀が罰せられるなど物語の脈絡がない場面が多々あるが、A5『琉球静謐記』やB3『島津琉球軍精記』ではこれらの物語が補完されており、作品として完成している。『琉球静謐記』や『島津琉球軍精記』は〈薩琉軍記〉増広本の中間到達地点とも言える諸本であり、これらの諸本から増補系へと物語が受け継がれていく。

この諸本には、「島津琉球軍記」という内題を持つ伝本がある。基本的には、内題を「島津琉球軍精記」とするものが二十七巻、内題を「島津琉球軍記」とするものが三十巻構成である。両者細かい異同はあるものの内容に差はない。B2『琉球軍記』との混同を避けるため、この系統の諸本を『島津琉球軍精記』と呼ぶことにする。〈薩琉軍記〉諸本中最も増補された諸本の一つであるが、A5『琉球静謐記』で増補されていた「佐野帯刀怪異譚」は語られておらず、『琉球静謐記』で新たに登場した要渓灘の副将「玄天祥」の存在もない。『琉球静謐記』とは別系統の諸本展開を裏付ける傍証となろう。

多数の合戦場面が増補されており、「松原の城合戦」では、薩摩方の軍師新納武蔵守は、琉球方の軍師「専龍子」の前に二度も破れ、三度目にかろうじて勝利を収める。他本では、新納武蔵守は苦戦はしいられるものの破れたという語りはない。独自の合戦描写といえよう。このほかにも合戦描写の増補は多い、もう一例を挙げると琉球の勇将「張助幡」についての描写が挙げられる。張助幡は虎竹城の合戦において、薩摩軍と戦い圧倒的な兵力を誇る薩摩勢の中を、単身虎竹城の大将李玄国を担ぎ逃げ切るという荒技をなしえている。他本ではここまで描かれて後、張助幡の活躍はうかがえないが、この諸本では王城に立て籠もり琉球最後の希望として戦い続ける。薩摩武士種子島大膳に右目を短筒で打ち抜かれ重傷を負うも、薩摩側に降る際には威儀を正して対面するという独特の物語が語られる。

さらに〈薩琉軍記〉では、薩摩側の軍師新納武蔵守と武士佐野帯刀との確執が物語の鍵になっているのだが、この諸本では新納武蔵守と佐野帯刀が侵攻計画をめぐって対立するなど、確執をさらに煽り立てて物語を盛り上げている。

物語の結末は、B1『島津琉球合戦記』と同様に、B群の特徴である寛文十一年（一六七一）の謝恩使来朝で締めくくられる。侵攻以後、琉球から定期的に使者が訪れていた。家久が死去し、当主に光久が就いた代替わりの使者として「金武子」がやってくる。『島津琉球合戦記』では、書簡そのものが引用される形式だが、この諸本では、「大王よりの書翰等ありて」とのみ記す。また、寛文十一年の謝恩使は尚貞の襲封の使節であるが、ここでは薩摩の代替わりに置き換えられている。〈薩琉軍記〉に描かれる「島津家由来譚」は島津家の由来を物語るとともに結末への伏線を描く重要な章段である。『島津琉球合戦記』の「島津家由来譚」では、島津家当主は「綱貴」まで書かれていたが、ここでは「家久」までが描かれ、侵攻時の太守である家久までの家譜を記すという立場をとっている。その「家久」の死後、「光久」への代替わりの使者として謝恩使がやってくるのである。そして、最後は島津氏の名誉、徳を称え物語は終焉する。琉球侵攻後の琉球の朝貢の様子を描くことは、物語において、侵攻の成果を語る上で重要な位置づけになる。島津氏の長久を言祝ぐとともに、侵攻を正当化しようとする役割を担っているのだろう。

増1　絵本《えほん》琉球軍記《りゅうきゅうぐんき》

B3『島津琉球軍精記』をもとにした増広本である。〈薩琉軍記〉は天保、文久年間に絵本として出版されている。管見の限り、唯一の版本である。絵本が出版される江戸末期は、欧米諸国が東アジアに進出してくる時期であり、日本もまた例外ではなかった。文政八年（一八二五）には異国船打払令が発令されていることなどからも、欧米諸国に対抗する姿勢がありありとうかがえる。そのような状況の中で、「琉球侵攻」は、「異国」琉球を屈服させた例として称賛される。初篇の序には、▼注[15]現在の泰平の世が築かれているのは、「日本」の武威が「異国」に轟いているためであるとし、長年戦さを知らない泰平の世で、皆それを忘れてしまっているが、もう一度思い起こしてもらいたい、とする。また後篇の序には、▼注[16]日本は八百万の神々に守られている国であり、他国に勝る天下に並びなき国であるとする。拝外主義、攘夷思想の高まりに即応する。後篇の出版は、文久二年（一八六二）以降であり、その文久二年には生麦事件が発生し、翌年には薩英戦争が起こっている。薩摩藩が対外戦争をしているさなかの出版であった。

絵本は天保六年（一八三五）に出版され、翌七年に再版される。著者は宮田南北《みやたなんぼく》、▼注[17]画は岡田玉山《おかだぎょくざん》である。それぞれ刊記は次の通りである。▼注[18]

天保六（一八三五）年版刊記

天保六乙未年孟春
京二条通リ柳馬場へ入
書林　吉田治兵衛

天保七（一八三六）年版刊記

天保七丙申年孟春新刻
京三條通東洞院
村上勘兵衛

大阪心斎橋通北久宝寺町
天満屋安兵衛

書肆　江戸小伝馬町
丁子屋平兵衛
尾州名古屋本町
松屋善兵衛
大阪心斎橋通北久宝寺町
天満屋安兵衛

天保六年（一八三五）版と七年（一八三六）版では書肆が異なっており、共通するのは天満屋安兵衛《てんまややすべえ》だけである。内容は同様だが、内題は相違する。天保六年版は「為朝鎮西琉球記初篇」とし、天保七年版は「絵本琉球軍記初篇」とする。しかし、高知県立図書館土佐山内宝資文庫所蔵（増1・B④、天保七年版）の内題は「為朝鎮西琉球記初篇」であり、必ずしも内題で分けることはできないようだ。▼注[19]

天保七年版は文久年間に後篇とともに再版されている。著者は同じく宮田南北、画は天保七年版出版時にすでに亡くなっていた岡田玉山に代わり、松川半山《まつかわはんざん》となっている。後篇は序によれば、前の十巻に書き加えて二十巻にしたという。また序の年次が天保七年（一八三六）となっており、後篇全体も天保七年にはすでに成立していたであろうと思われる。刊行の願い届けの控えである『開板御願書扣《かいばんおんねがいがきひかえ》』▼注[20]によれば、天保七年七月に天満屋安兵衛が版行を願い出ており、十一月に許可が下りている。しかし、今のところ天保七年版の後篇は確認できていない。文久四年版の刊記は次の通りである。

文久四（一八六四）年版刊記

文久四甲子歳正月二日発兌
心斎橋通博労町角
河内屋茂兵衛

摂都書肆　同　本町角

　　　　　　河内屋藤兵衛

天保版の書肆天満屋安兵衛から、馬琴《ばきん》著作の琉球物『椿説弓張月《ちんせつゆみはりづき》』の出版も手掛けたこともある河内屋茂兵衛《かわちやもへえ》、藤《とう》兵衛《べえ》に書肆が替わっている。また二十巻二十冊の内、前半十巻十冊は天保版の再版である。刊記は天保版とは替わっており、次のように記される。

天保七丙申年孟春新刻

江戸京橋弥左エ門町
　大嶋屋伝右エ門

書肆

同　大伝馬町二丁目
　丁子屋平兵衛

京三条通御幸町
　吉野屋仁兵衛

大阪心斎橋筋伝労町角
　河内屋茂兵衛

同　心斎橋筋本町角
　河内屋藤兵衛

（広告省略）

京都寺町通仏光寺　河内屋藤四郎

江戸日本橋通壱丁目　須原屋茂兵衛

書　同　　　弐丁目　　　山城屋佐兵衛
　　同　　　弐丁目　　　須原屋新兵衛
　　同本石町十軒店　　　英　大助
　　同浅草芽町弐丁目　　須原屋伊八
林　同芝神明前　　　　　岡田屋嘉七
　　大阪心斎橋通伝労町角　**河内屋茂兵衛**
　　同　心斎橋通本町角　**河内屋藤兵衛**

前半と後半で共通する書肆は河内屋茂兵衛、藤兵衛である。内容には違いはないが、天満屋安兵衛らが出版した天保七年版の刊記とは大きく異なっている。▼注[21]

この文久四年版は、初篇、後篇合わせて一つの物語として完結し、内容も大きく増補されている。B3『島津琉球軍精記』で語られた新納武蔵守と佐野帯刀が侵攻計画をめぐって対立する場面が描かれており、写本類で最も増補されている『島津琉球軍精記』を披見していると思われる。しかし、これに完全に合致するわけではない。ほかの諸本と大きく異なる点は、源為朝の存在であり、前半に為朝の伝承を記述する。同時代に出版された『椿説弓張月』の影響を多く受けているものと思われる。

『絵本琉球軍記』の最大の特徴は、琉球侵攻の時代である。写本類は慶長十四年（一六一九）に島津が琉球へと侵攻したことを描いているが、絵本では、建久六年（一一九五）に島津が琉球へと侵攻している。写本類で琉球侵攻を煽った家康の存在は、頼朝に替わっている。そのため、侵攻の命令をくだしたのは、頼朝の後胤であり、島津氏の祖である「忠久」となる。また、写本類に描かれた「新納一氏」は「仁木数氏」と人名が替わっている。ただし、琉球側の王は「尚寧」となっている。尚寧は慶長十四年琉球侵攻時の琉球王その人である。

また、『絵本琉球軍記』は明治二十年（一八八七）に活字化され出版される。[注22] 同時期には『絵本琉球軍記』以外にも『豊臣秀頼《とよとみひでより》西国《さいごく》轡《くつわ》物語《ものがたり》』や『豊臣秀頼《とよとみひでより》琉球《りゅうきゅう》征伐《せいばつ》』などが出版されており、対外侵攻の物語の出版が急速に進む。明治政府による琉球処分、日清戦争など、日本が対外政策を強めていた時代と、琉球侵攻（異国への侵攻）を語る物語の出版とは無縁ではありえず、物語が神話的を意義をもつに至ったと考えられる。

増2　琉球属和録《りゅうきゅうぞくわろく》

〈薩琉軍記〉全体がほかの物語を取り込んだり、または取り込まれるなどして全面的に改編されたものが、増2『琉球属和録』と増3『薩州内乱記』である。本著は、「諸本」の意味合いを広く解釈し、新納武蔵守と佐野帯刀との対立譚を主軸とする基本となる物語を有しているテキストを〈薩琉軍記〉と定義するため、これらの作品も〈薩琉軍記〉諸本として加えた。

『琉球属和録』は、加賀出身の誹諧師であり、実録作者として名高い堀麦水《ほりばくすい》（一七一八～一七八三）[注23] の手によるものである。本文末尾に「于時明和三年丙戌のとし、長門の長夏を徒らに過さじとみだりに調ズ」とあり、明和三年（一七六六）の夏に著された旨が語られているため成立時期がはっきりしている。麦水の手による書写本が複数存在しているが、[注24] 麦水の没年が天明三年（一七八三）なので、天明年間以前には書写は完了していただろうと思われる。『琉球属和録』では新井白石《あらいはくせき》の『南島志《なんとうし》』を引用しており、琉球を南倭、蝦夷を北倭とし、日本の中の属国であるという認識が働いている。さらに、日本の属国とする根拠として為朝や義経といった武人伝承を取り込んでいる。[注25]

物語は十五巻に及び、〈薩琉軍記〉諸本中でも最も増補された類のものである。内容は加賀藩二代藩主前田利長が際だった章段が加わるのが特徴である。麦水の出身地である加賀ゆかりの人物が主要人物として改変されているわけだが、豊臣秀頼《とよとみひでより》、真田幸村《さなだゆきむら》など関ヶ原合戦に敗れるなどして薩摩に身を寄せるという言説は、江戸期において数多くあるものの、加賀藩主である前田利長が琉球について語るという言説は見受けられない。

増3　薩州内乱記《さっしゅうないらんき》

増2『琉球属和録』と同様に大幅に増補されており、『薩州内乱記』では、真田幸村が新納武蔵守に成り代わって琉球へと侵攻する。A5『琉球静謐記』を基に大幅な改編を施し、物語は三十巻にも及ぶ。『琉球属和録』では前田利長が物語の内容に深く関与したのに対して、『薩州内乱記』では、真田幸村が物語の主人公となり、新納武蔵守に成り代わって琉球へと侵攻する。幸村は新納武蔵守とともに琉球へ侵攻、度重なる激戦の中で新納武蔵守は戦死してしまう。幸村は新納武蔵守の意志を継ぎ、琉球を制圧する。

「難波戦記物」との関係性、特に『厭蝕太平楽記《えんしょくたいへいがくき》』とのつながりには注目すべきであろう。当本には『厭蝕太平楽記』によると思われる叙述が随所に垣間見られる。また、慶長四年（一五九九）、島津家久が伊集院忠棟《いじゅういんただむね》を手討ちにしたことに端を発する、伊集院忠棟の嫡子忠真《ただざね》の反乱（庄内の乱）も物語の中に組み込まれることも「難波戦記物」と一致する。

「難波戦記物」に由来する幸村が豊臣秀頼とともに薩摩に逃げ延びたという伝説は、近世後期には広く親しまれていたようで、その伝説が当本の成立背景にあることは間違いない。よって、当本の成立は近世後期以降、幕末頃であろうかと推測される。

『真田三代記《さなださんだいき》』との関わりも忘れてはならない。『真田三代記』は、伝説的英雄としての幸村像を描いており、その終章では、幸村が秀頼を伴って薩摩へ落ちのび、病死するまでの様子が描かれる。しかし、これらの作品から『薩州内乱記』への展開は、いまだ解明されていないほか、〈薩琉軍記〉がどのように幸村伝承に組み込まれていったかなども明らかにされていない。さらに真田十勇士も登場して話を盛り上げているが、真田十勇士言説の展開を考察する上でも、当本は見逃せない資料である。

そのほか、「兀貪喰《おらんかい》」という国から援軍が送られてくるくだりがある。「兀貪喰」は『絵本太閤記《えほんたいこうき》』や〈朝鮮軍記〉にも登場する国名（表記は「兀良哈」）である。これは早稲田大学蔵『琉球軍記』にもみえ、琉球以外の外国との戦闘も物語の山場となっている。なお、慶長四年（一五九九）、島津家久が伊集院忠棟を手討ちにしたことに端を発する、伊集院忠棟の嫡子忠真の反乱（庄内の乱）も物語の中に組み込まれている。

高橋圭一は、『通俗三国志』を種本とした講釈が人気を得ていたとし、『厭蝕太平楽記』や『本朝盛衰記《ほんちょうせいすいき》』などが『通俗三国志』を利用していること、『厭蝕太平楽記』から『本朝盛衰記』へ物語が成長していくことを指摘している。▼注[26]〈薩琉軍記〉が『通俗三国志』を下敷きにしていることは後述する通りであり、▼注[27]〈薩琉軍記〉と「難波戦記物」は同様の文化圏で享受されたものと考えられる。『薩州内乱記』ではさらに〈三国志〉をモチーフにした物語が繰り広げられる。

増4　薩琉軍記追加《さつりゅうぐんきついか》

ハワイ大学ホーレー文庫蔵本（増4・①）のみが確認されている。侵攻後の後日談の物語であり、ほかの諸本とは一線を画す。物語は新納武蔵守らが琉球より帰陣するところから始まる。新納武蔵守に褒美を賜る話や琉球が薩摩に与えられる話を載せる。琉球侵攻後、家久が駿府へ赴き、薩摩が琉球を領地とすることが認められる。また、諸将の軍功がねぎらわれ、琉球は種子島大膳が拝領し、新納武蔵守は種子島を拝領することとなる。新納武蔵守一氏の名前が「久氏」になっているほか、「一鷗斉」という号を用いている。

注目すべきは、佐野帯刀が戦死した記録がない点である。戦死者を弔うくだりがあるが、「佐野遠江守」という人物は戦死しているものの、佐野帯刀については、戦功の感状が出されている。その中で、このたびの合戦が初陣であったことが語られる。また、戦勝を祝う席の中で、新納一鴎斉の娘を娶るなど、ここまで述べてきた軍記類とは異なった物語、性格を持つ伝本である。

増5　桜田薩琉軍記

最近発見したテキストであり、立教大学蔵本（増5・①）のみが確認されている。巻頭にみえる樋口文友の序において、「蓋此軍記ハ桜田備中ト琉球千里山盃亀霊ト相撰テ一部トナセル者也」とあり、桜田常種（序の中に名前が記される）と盃亀霊（諸本で盃亀霊とされる人物）とが、ともに作成に関わったとされる。この後、各節で論じていくが、孟亀霊は〈薩琉軍記〉で創作された架空の武将であり、桜田常種も他諸本に登場しない人物である。よって本著では、本テキストを、桜田備中守という人物に仮託された偽書であり、A1『薩琉軍談』など初期型テキストを踏まえた増広本として位置づけることにする。書名は外題、内題ともに「薩琉軍記」とあるが、「薩琉軍記」とすると他諸本との判別がつかなくなるので、『桜田薩琉軍記』と名付けることにする。

本書には、薩陽隠士、樋口文梁の元和二年（一六一六）三月五日付けの序、樋口文梁の子を名乗る樋口文友の宝永七年（一七一〇）十一月付けの序がある。これらの序の年次はかなり疑わしい。樋口文梁が元和二年の序を記した時にすでに八十四歳であるとするが、その子の文友は約九十年後には、いったいいくつになるのであろうか。仮に七十歳の時の子であったとしても、ゆうに百歳を越える。序には『薩琉軍談』の名前も確認できる。後述していくが、『薩琉軍談』の成立は、『通俗三国志』出版以降（元禄五年・一六九二）であり、近松門左衛門作品を管見にいれていると思われ、享保年間頃と推測される。やはりこれらの序の年次は検討の必要があろう。

また、序に為朝を祀った舜天大神宮《しゅんてんだいじんぐう》が登場するが、管見の限り、舜天大神宮は正徳二年（一七一二）の『和漢三《わかんさん》才図会《さいずえ》』の用例が早い。さらに、程順則《ていじゅんそく》『六諭衍義《りくゆえんぎ》』のことがみえるが（巻十には、程順則をもじった「程韻則」なる人物も作中に登場する）、『六諭衍義』は程順則が宝永三年（一七〇六）に清から琉球へ持ち帰ったものである。日本では、享保四年（一七一九）、島津吉貴から徳川吉宗に献上され、荻生徂徠《おぎゅうそらい》の訓訳本（享保六年・一七二一）、室鳩巣《むろきゅうそう》の『六諭衍義大意《りくゆえんぎたいい》』（享保七年・一七二二）の出版以降、一般に広まっていく。『和漢三才図会』が依拠した資料を見た、程順則が清から琉球へ持ち帰ったことを知っていたという可能性は否定できないが、様々な観点から本テキストの成立は江戸後期以降と言っても差し支えないのではなかろうか。

成立の時代が降るからと言って、本テキストの価値が損なわれるものではない。江戸中期から後期、さらに幕末、明治にかけて流布する〈薩琉軍記〉の一つの享受の在り方を確かめるためのものとして、他諸本にはみられない特色をもっていると思われる。今後更なる追究を行っていきたい。

ここに付されている「追加」は増4『薩琉軍記追加』と比較するとかなり長大であり、同一のものとは解しがたい。しかし、人物名に共通性が見いだせ、新納武蔵守一氏の名前が「久氏」であり、「一鴎斉」という号を用いている。また、「佐野遠江守」も登場する。詳細な分析は後稿に記したい。

立教本には、貸本屋とおぼしき印が押されており、「本吉郡津谷町徳田屋」とある。大崎義直の家臣に桜田備中守がいるようだが（栗原郡桜田館主）、地理的に見てあまり遠くないことから、この人物の末裔と関係性があろうか。

三　記録・日記類―〈薩琉軍記〉以外の〈琉球侵略物〉―

本著では〈薩琉軍記〉を含め、琉球侵攻を描くテキストを〈琉球侵略物〉として区分している。ここで挙げた資史料は、琉球侵攻を描き、〈薩琉軍記〉を読み解く上で必要と思われるものである。これらには新納武蔵守や佐野帯刀、琉球の張助幡などといった〈薩琉軍記〉における主要人物の登場がなく、虎竹城や日頭山といった地名や合戦描写もうかがえない。〈薩琉軍記〉の成立を探る上で、ほかの資料にあたることが不可欠であると思われるため、ここにあげた。また、ここで扱う資料はすべて写本であることを付記しておく。

1 喜安日記《きあんにっき》

喜安は喜安入道蕃元《きあんにゅうどうげんばん》。和泉国堺の出身。三十五歳の時に琉球に渡り、茶道の師として琉球王尚寧に仕えた人物として知られる。本書の記述は、『平家物語』などの軍記に似通った部分が多くあることが特徴の一つである。薩摩の琉球侵略について、『球陽《きゅうよう》』や『歴代宝案《れきだいほうあん》』などよりもさらに詳しく叙述しており、侵攻に対する喜安の姿勢が伝わってくる。

ここには〈薩琉軍記〉に登場する新納武蔵守や佐野帯刀といった人物はみられず、大将樺山久高《かばやまひさたか》、副将平田増宗《ひらたますむね》らが琉球へと侵攻する。また、〈薩琉軍記〉では二十万人を越える大軍が出兵したとされるが、三千余人の軍勢で攻めたとされ、出陣の規模がまったく違う。

2 琉球渡海日々記《りゅうきゅうとかいにちにちき》

琉球侵攻に従軍した市来孫兵衛《いちきまごべえ》の日記である。慶長十四年（一六一九）二月晦日に「高山」を出発して、侵攻を終えた四月二十八日に「山川」に帰着するまでの記録が記されている。

『国書総目録』には「市来孫兵衛琉球征伐日記」と立項されている。これは内題の前に「高山衆市来孫兵衛尉家元琉球国征伐渡海ニ付往来之日記左之通」とあることに由来するが、内題は「琉球渡海日々記」となっている。本著では基本的に内題を採用しており、この名称で本資料が引かれることが多いため、ここでは『琉球渡海日々記』

で立項した。

〈薩琉軍記〉のような合戦描写が語られることはないが、街に攻め込んだ時の様子が次のように記されている。▼注[28]

　足軽衆首里へ差懸リ、鉄放取合仕。殊ニ放火共仕候ノ間、従ㇾ其不計軍衆首里へ差懸リ被ㇾ成候処ニ、琉球王位様舎弟ヲ始、名護、浦添、謝内波、三司官質ニ差出被ㇾ成候。

鉄砲を撃ちかけ、首里になだれ込んだ薩摩軍は、街火をかける。また、王から官人までを人質として捕らえたとする。文章は短いが、〈薩琉軍記〉と比べると琉球の「都」に侵入した佐野帯刀が町々に火を放っている場面や、王から官人までを人質として捕らえたという場面にも通じる話が語られている。『喜安日記』にも同様の記述がある。

3 琉球入《りゅうきゅういり》（琉球軍記）

現在、三本の伝本を確認しているが、それぞれ書名が異なる。鹿児島県立図書館には二点所蔵されており、『琉球軍記』（内題、15・①）と『琉球入』（外題、15・②）、鹿児島大学玉里文庫蔵本（3・③）は『琉球征伐記』（外題）となっている。『琉球軍記』とするものがあるが、〈薩琉軍記〉諸本のB2『琉球軍記』とは別物である。ここでは基本的に内題を書名として採用しているが、B2『琉球軍記』と区別するため『琉球入』で立項した。また、鹿児島県立図書館蔵『琉球入』は税所直俊本、鹿児島大学玉里文庫蔵『琉球征伐記』は市来四郎本の転写本であるという奥書があるが、税所直俊本、市来四郎本についてはともに未詳である。

内容は大将樺山久高、副将平田増宗らの琉球侵攻が語られる。樺山、平田らと琉球側の地那親方、池城親方との戦いの記述もある。地那親方《じゃなうぇーかた》、池城親方《いけぐすくうぇーかた》は那覇港に石垣を築き立ち向かい、薩摩方と激戦を展開する。しかし、運天から別働隊で攻められたことにより、首里が落城し降伏する。この記述は『歴代宝案《れきだいほうあん》』で語られる薩摩戦と同内容であり、『歴代宝案』との比較分析が急がれる。

〈薩琉軍記〉ほどではないが、琉球侵攻における合戦描写をもつテキストとして注目される。また、琉球の地名も架空のものではなく、現在も確認できる場所が戦場となっている。さらに為朝渡琉譚を引き、中山王を為朝の子孫とすることは特徴的である。為朝渡琉譚は〈薩琉軍記〉に大きく影響を与えており、A1『薩琉軍談』やB1『島津琉球合戦記』では、大筋では為朝渡琉譚は語られず、島津家が琉球へと侵入し琉球王の血統を作るという為朝の役割を担っている。そのため琉球王は為朝の子孫（源氏）とならず、異国の王として成り立っており、島津侵入後島津家と婚姻関係を結び、源氏となるわけである。〈薩琉軍記〉は物語の増広により為朝渡琉譚を取り込んでいくのだが、当資料は琉球侵攻を源氏の流入として語られる〈薩琉軍記〉との日本側における比較材料として非常に興味深い資料と思われる。▼注[29]

4　琉球征伐記《りゅうきゅうせいばつき》

〈薩琉軍記〉諸本のA4『琉球征伐記』とは別物である。〈薩琉軍記〉と比べると非常に内容が簡略である。次に引用するのは、徳川家康の命により、琉球侵攻に至る場面から琉球侵略後までの全文である。▼注[30]

権現様へ御礼承上告申付け候へども、国司**中山王**領掌不レ仕候付、**人数を着渡可レ致二退治一と言上仕**。慶長十四年三月兵船を着渡、**中納言**事も山川と申湊へ致二出馬一下知仕。**先琉球入口之島々に入、同四月中山王居城へ被レ拭レ之得レ之。中山王降参仕候付**、其段権現様、台徳院様へ言上仕候処、御感不レ斜、則御感状を被レ下、琉球国永く中納言へ被レ下置と候。仰出中納言親宰相入道**惟新斎**、祖父三位法印**龍伯**へも御感状被レ下置候。

同五月中山王を薩州に召捕来候。

家康は「中山王（尚寧）」に参勤することを要請するが、中山王はこれを拒否する。そこで家康は「中納言（家久）」に命じて、琉球侵攻が行われる。侵攻に成功した家久は、家康から感状を賜る。また、家康は家久の父親の惟新「義弘」や祖父龍伯「義久」[注31]にも感状を賜る。〈薩琉軍記〉にも語られる、家康から琉球へと侵攻するように命じられる、物語のきっかけの場面である。しかし、薩摩と琉球側との交戦が描かれることはない。この以降は、琉球と薩摩との交易について記す。

5　琉球帰服記《りゅうきゅうきふくき》

現在、東京大学本居文庫蔵本（17・①）の一本のみ確認している。

内容は大将樺山久高、副将平田増宗らの琉球侵攻が語られているが、3『琉球入』で登場した琉球側の地那親方、池城親方の存在は語られないが、那覇で敵を迎え撃つ様子が次のように描かれる。

同年（慶長十四年…引用者注）四月初一日ニ欲レ到二那覇之津一ニ。**彼徒卒為二陰謀一ニ、張一設鉄鎖津口一ニ、警固鳥ニ故レ従異津、上陸ニ交鋒相戦ニ**、三日上二騎将、歩卒数百人一。〈梅北照存討死〉終入二都門一、囲レ城而既欲レ攻時、国王、三司官及士卒共、請レ和三於レ是不二剣刀一。

那覇港の入り口に鎖を張り、敵の侵入を阻み、警護は鳥のようであると記される。この後、三日間の交戦の末、侵入を許した琉球は降伏することになる。3『琉球入』は運天から別働隊が内陸戦を繰り広げたとするが、ここにはその記述はない。

6　薩州《さっしゅう》新納《にいろ》武蔵守《むさしのかみ》征伐《せいばつ》琉球《りゅうきゅう》之《の》挙兵《きょへい》

現在、徳島県立図書館蔵本（18・①）の一本のみ確認している。

この書名は表紙に、「薩州新納武蔵守征伐レ琉球之挙兵」とあることによる。〈薩琉軍記〉と同様に新納武蔵守が指揮を執り、琉球へと侵攻する。また、侵攻時の当主を義久とする点も特徴的である。

『薩州新納武蔵守征伐琉球之挙兵』は、薩摩軍が琉球侵攻に赴く際の送別の詩を記した伝本である。また、『薩琉軍談』「新納武蔵守一氏備立之事」に記された薩摩軍の「備立」も記されている。次に『薩州新納武蔵守征伐琉球之挙兵』の前文を挙げた。

夫レ薩州島津入道龍伯ガ臣新納武蔵守一氏為《リ》レ付□□食《ム》レ秩一拾二萬石《ヲ》一。此時**島津義久蒙《ル》レ琉球征伐ノ台命義久命《シテ》レ一氏二、使《シテ》レ為《テ》レ元帥ト、左隊ハ樺山権左衛門、右隊平田美濃守、中央ハ武蔵守一氏、嫡子左衛門尉ノ一俊ヲ以テ為《シテ》レ中央ト**、軍勢上下之心ヲ勇メ而乗《シテ》二戦艦五百艘一《ニ》押《シ》二出《ス》レ防ノ湊《ヲ》一。**慶長十四年己酉年四月十一日卯ノ上刻也**。則テ此比天下ノ聞レ名僧ト、前ノ建長寺文元老師、諱ハ玄昌、薩州ノ人。島津義久ノ菩提所。一号ハ雲興軒、或ハ亦タ狂雲子ト云。此僧、義久出陣ノ時賀《ル》レ送別ヲ詩也。

これによれば、島津義久の臣、新納武蔵守一氏が元帥となり琉球へと侵攻する。〈薩琉軍記〉にうかがえない特徴的な記述は、左隊に樺山権左衛門、右隊に平田美濃守を従えることである。樺山、平田などの登場が〈薩琉軍記〉とは異なっているものの、出立が「卯の上刻」と時刻まで一致していることは興味深く、〈薩琉軍記〉との関わりは深いと推測できる。あるいは〈薩琉軍記〉を披見していたともとれる。

出立の際には、「文元老師」が十編の詩を詠み、その詩が引用されている。その二番目の詩は次のようなものである。

欲《シテ》レ伐《ント》レ鬼方《ヲ》揚《グ》レ白旛《ヲ》　　鬼方ヲ伐ント欲シテ白旛ヲ揚グ。
新納《ガ》威武動《ス》レ乾坤《ヲ》　　新納ガ威武、乾坤ヲ動ス。
平田《ハ》右将樺山《ハ》左将　　平田ハ右将、樺山ハ左将。
添得《タリ》伊川伴衛門　　伊川伴衛門添タリ。

まさしく出陣の際の光景を詠んだものである（読み下しは著者による）。この詩は江戸幕府編纂の外交資料集である

『通航一覧《つうこういちらん》』にも引用されている。▼注[32]『通航一覧』は、〈薩琉軍記〉を取り上げ、「家伝の書」と記述が異なっており、粉飾が多く、信用がおけないとするが、『南浦文集《なんぽぶんしゅう》』に載せる「僧文之」の詩から、新納が大将であったと推測できるのではないかとも述べている。『通航一覧』の示す通り、『南浦文集』巻下「討琉球詩並序」にもこの送別の詩が確認できる。しかし、『南浦文集』では、「諸軍威武動乾坤」となっており、「新納」の文字はうかがえない。▼注[33]従って、『通航一覧』は、本書のような伝本により、記述されたと思われる。〈薩琉軍記〉のように、合戦を描くことはないが、義久や樺山らが登場する独特の記述を持つことで注目されよう。

7　琉球征伐備立《りゅうきゅうせいばつそなえだち》

〈薩琉軍記〉の「備立」の項目を抜き出したものであろうと推測される。ただし、〈薩琉軍記〉からの抄出か、もしくは〈薩琉軍記〉に採り入れる前の記事かは判断がつかない。特に合冊されている『島津家分限帳』は、〈薩琉軍記〉の成立過程の中で取り込まれたと思われる「享保十七年分限帳」であり、単体で存在することは興味深い。

四　結語

ここで取り扱った〈琉球侵略物〉は、そのほとんどが写本である。琉球侵攻を題材にした物語が刊行されるのは、増1『絵本琉球軍記』以後のことであり、琉球侵略は近世期において、随筆などにみられるように、様々に情報は流通しているものの、琉球侵略そのものを描いた軍記作品は〈薩琉軍記〉と同様に出版されていない。多数の琉球物が出版される中で、琉球侵略を描いた軍記が刊行されていない点について、ここでは指摘するにとどめざるをえないが、〈琉球侵略物〉の出版情勢など、今後とも調査を継続していきたい。

▼注

（1）上田市立図書館藤盧文庫蔵本（A2・②）。

（2）東北大学狩野文庫蔵本（A2・⑤）など。

（3）A4『琉球征伐記』の一伝本、刈谷市中央図書館村上文庫蔵本（A4・③）には、侵攻からわずか十五年後の寛永元年（一六二四）の本奥書がつけられているが、刈谷本はA1『薩琉軍談』諸本を増補した諸本と思われ、この本奥書の信憑性は薄いと思われる。

（4）「東恩納寛惇新聞切抜帳12」は沖縄県立図書館東恩納文庫所蔵。『薩琉軍鑑』巻二「備立」の途中までの記事を載せる。これによれば、

此の薩琉軍鑑は慶長十四季、島津氏の薩摩軍が琉球に攻め来りたる時の状勢を記述したるものにして、戦争に関する記事の如きは喜安日記よりも精細に描出せるが、故に之を読誦すれば頗る趣味あるのみならず、琉球史の研究を裨益する所亦た少しとせず。而して此の書は享保十七壬子年正月に改写したる写本なるが、何れの時代に何人の手によりて著述せられたるものなるやは未だ明かならず。兎に各吾人は此の最も趣味多くして、且つ有益なる珍本を世に紹介するを誇りとせずんばあらざるなり（記者某）

とするが、この新聞記事が、いつのものなのか、どこのものであるかは不明である。また、ここに収められている『薩琉軍鑑』も未詳の伝本である。記事中の「享保十七壬子年正月に改写したる写本」というのは、分限張を改写したという『薩琉軍鑑』本文の誤解であると思われる。国立公文書館蔵本の末尾にも同様の記述がある。

（5）奥州家島津氏、元久から忠昌まで仕えた、山田聖栄（一三九三〜一四八二以降）の見聞記。島津氏は、南北朝のおり、総州家と奥州家とに分かれ、次第に対立を深めるようになる。その後、総州家は滅亡するが、『山田聖栄自記』で島津家の由来をめぐる言説が語られる背景には、奥州家の正統性を物語ることが必要不可欠であったと考えられる。

（6）〈薩琉軍記〉にみる島津家由来譚について、詳しくは第一部第一章第五節「系譜という物語—島津家由来譚をめぐって—」に記す。

島津氏については、以下の論考を参考にした。朝河貫一「島津忠久の生ひ立ち―低等批評の一例―」（『史苑』12―4、一九三九年七月→『島津忠久の生ひ立ち―低等批評の一例』慧文社、二〇〇七年）、井原今朝雄「鎮西島津荘支配と惣地頭の役割―島津荘と惟宗忠久―」（『歴史学研究』449、一九七七年十月→『日本中世の国政と家政』校倉書房、一九九五年）、野口実「惟宗忠久をめぐって―成立期島津氏の性格―」（『立命館文学』521、一九九一年六月→『中世東国武士団の研究』高科書店、一九九四年）、小宮木代良「近世前期領主権力の系譜認識―寛永諸家系図伝の作成過程から―」（九州史学研究会『境界のアイデンティティ』、『九州史学』創刊五〇周年記念論文集 上、二〇〇八年）、水野哲雄「島津氏の自己認識と氏姓」（九州史学研究会『境界のアイデンティティ』、『九州史学』創刊五〇周年記念論文集 上、二〇〇八年）、鈴木彰「島津斉興と源氏重代の太刀「鬚切」・鎌倉鶴岡相承院―源頼朝を媒とした関係―」（『軍記と語り物』46、二〇一〇年三月）。

（7）第一部第一章第四節「異国合戦描写の変遷をめぐって」による。

（8）豊田本、鶴舞本の末尾に、以下のようにある。

華異通商考ニ曰、琉球通来福州に従テ、唐より往来も有り。薩州より往来の処も有り。薩州より海上三百余里、南海の島国也。四季暖成ル国也。北遊地出ル事、二十五大度と云々。

（9）阿部泰郎氏のご教示による。

（10）第二部第一章「物語生成を考える―近世の文芸、知識人との関わりから―」を参照。

（11）天野信景により、元禄～享保にかけて執筆された『塩尻』巻四十三には、天和二年（一六八二）、徳川綱吉襲職の慶賀使（六度目の江戸上り（江戸立ち））の書簡が記録されている。『塩尻』に記される名は「島津光久」と「尚貞」であり、『島津琉球合戦記』と同じである。同時期の資料として『塩尻』は注目できるだろう。『島津琉球合戦記』が『塩尻』のような、何らかの随筆などを参考にしている可能性も指摘できるが、なぜ寛文十一年（一六七一）なのかは定かではない。

（12）この記述は、早稲田大学蔵本（B2・③）にはみえない。

（13）A3『薩琉軍鑑』では、「日頭山合戦並佐野帯刀政形討死之事」「琉球国都攻並諸官人降参之事」に「私評」が付く。

(14)「私評」「註」の問題は、第一部第一章第三節「物語展開と方法―人物描写を中心に―」で扱う。

(15)序者は「浪迺家繁よし」、年次は「天保五のとし晩冬」とある。

(16)序者は「浪花の隠士窓明」、年次は「天保七とせといふとしのさつき」とある。

(17)日本古典文学大辞典は「生没年閲歴など未詳」とする。天保版『絵本琉球軍記』序によれば、「播陽三木の隠士東面庵主人」とあり、また「開板御願書扣」には、『絵本琉球軍記』の作者が、「播州三木　鍵屋宗（惣）兵衛」とあることから、播磨国三木の出身であることが知られる。

(18)天保六年版は立教大学小峯研究室蔵本（増1・A⑥）、天保七年版は架蔵本（増1・A⑦）をそれぞれ用いた。

(19)高知県立図書館土佐山内宝資文庫所蔵の天保七年版の刊記は、ほかの天保七年版と同じく天満屋安兵衛ほか四名を記述する。

(20)大阪府立中之島図書館編『大坂本屋仲間記録』18（清文堂、一九九三年三月）による。

(21)『絵本琉球軍記』前篇は安政七年（一八六〇、万延元年）にも再版されている。こちらも中心となる書肆は「河内屋藤兵衛」である。刊記は以下の通り（琉球大学蔵本（増1・C①）による）。

天保七丙申年孟春新刻

江戸京橋弥左エ門町

大嶋屋伝右エ門

書　同　大伝馬町二丁目

丁子屋平兵衛

京三条通御幸町

吉野屋仁兵衛

肆　大阪心斎橋筋伝労町角

河内屋茂兵衛

同　心斎橋筋本町角

河内屋藤兵衛板

安政七申春

京堀川二条下リ　越後屋治兵衛

三都　同寺町五条上ル　山城屋佐兵衛

江戸京橋弥左エ門町　大嶋屋伝右衛門

同大伝馬町二丁目　丁子屋平兵衛

書林　大阪心斎橋筋伝労町　**河内屋茂兵衛**

同　心斎橋筋本町角　**河内屋藤兵衛梓**

(22) 刊記をみる限り、四度出版が繰り返されている。初めて活字出版された大川屋版と最後の出版となった永昌堂とは挿絵に違いがあるものの、本文内容は同じである。大川錠吉翻刻、出版『絵本琉球軍記』大川屋、一八八五年五月↓一八八六年六月再版↓一八八六年六月別製↓編輯人不詳『絵本琉球軍記』永昌堂、一八八七年二月。

(23) 堀麦水は、本名、池田屋平三郎（長左衛門）。別号、可遊、四楽庵、樗庵、五噫逸人、牛口山人。金沢堅町の蔵宿池田屋の次男として生まれた人物であり、青年期、俳諧に没頭し京阪の間を行き来する。兄の死後、金沢へと戻り、伊勢派の麦浪を金沢に迎えて師事し、「麦水」の号を名乗る。中川乙由の門下であったが、宝暦末期の俗調にあきたらず、蕉風初期の虚栗調に傾倒した。自筆本とされる加賀市立図書館聖藩文庫蔵本（増2・①）、国立公文書館蔵本（増2・③）、国立国会図書館蔵本（増2・⑤、⑥）は、ともに料紙の柱に麦水の号である「金城樗庵」という名を記すが、麦水は宝暦十一年（一七六一）に小松へと移住したおり、「樗庵」と称している。『琉球属和録』以外の著作に、『越のしら波』『三州奇談』『南島変』『慶長中外伝』『昔日北華録』などがある。参考、日置謙校訂解説『麦水俳論集』（石川県図書館協会、一九七二年）、堤邦彦「三州奇談解題」（堤邦彦・杉本好伸編『近世民間異聞怪談集成』、「江戸怪異綺想文芸大系」5、国書刊行会、二〇〇三年）、菊池庸介「堀麦水の実録―『寛永南島変』略説」（『近世実録の研究

―成長と展開―』汲古書院、二〇〇八年）。

(24) 加賀市立図書館聖藩文庫蔵本（増2・①）、国立国会図書館蔵本（増2・⑤、⑥）および国立公文書館蔵本（増2・③）が麦水の自筆本として認められる。国会本、国立公文書館本は元ツレである。

(25) 為朝については、第二部第二章第二節「琉球言説にみる武人伝承の展開―為朝渡琉譚を例に―」を参照。

(26) 高橋圭一「実録『厭蝕太平楽記』『本朝盛衰記』と『通俗三国志』―真田幸村と諸葛孔明―」（『近世文藝』89、二〇〇九年一月）。高橋圭一『大阪城の男たち―近世実録が描く英雄像―』（岩波書店、二〇一一年）、藤沢毅ほか編『近世実録翻刻集』（近世実録翻刻集刊行会、二〇一三年）、高橋圭一「幸村見参―大坂の陣の実録と講釈」（『文学』16―4、二〇一五年七月）。

(27) 第二部第一章第一節「近世期における三国志享受の一様相」を参照。

(28) 鹿児島大学玉里文庫蔵本（2・③）による。

(29)〈薩琉軍記〉における為朝渡琉譚については、第二部第二章第二節「琉球言説にみる武人伝承の展開―為朝渡琉譚を例に―」に詳しく記す。

(30) 東京大学史料編纂所蔵本（4・①）による。

(31) 実際は叔父である。義久は家久の前々代の当主であることからの誤解と思われる。

(32) 林煒『通航一覧』（泰山社、一九四〇年）による。また、鶴田啓「沖縄の歴史情報研究」「通航一覧琉球国部テキスト」（http://hi.u-tokyo.ac.jp/todai/IMG2、東京大学ホームページ）を参考した。

(33) 鹿児島大学玉里文庫蔵本による。

付節

立教大学図書館蔵「〈薩琉軍記〉コレクション」について

一　はじめに

立教大学図書館には多数の〈薩琉軍記〉伝本が所蔵されている。それらは立教大学小峯研究室蔵として伝本蒐集が行われ、立教大学図書館へ移管されたものである。[注1]〈薩琉軍記〉の伝本は数多く残されているが、これほど多量の伝本を保管している機関はなく、また、いわゆる、筋のいい伝本も多く含まれている。よって、今後〈薩琉軍記〉研究のターミナルとして大いに活用していく必要性があり、ここにコレクションの紹介と立教大学図書館所蔵本の問題点を指摘しておきたい。

二　立教大学〈薩琉軍記〉コレクション概観

現在、立教大学図書館に所蔵されている〈薩琉軍記〉は以下の十九点である。[注2]丸数字の上に★印をつけたものは、諸伝本と比較して立教本特異の叙述を持つ注目すべき伝本である。各伝本の書誌とともに紹介したい。

【立教大学〈薩琉軍記〉コレクション一覧】

①薩琉軍談〈甲系〉（A1・甲系⑤）

［登録番号］NDC：219.7//SA88、52281000

［刊写・年時］写本・文化十三年（一八一六）［外題］薩琉軍談（簽・書・原）［内題］薩琉軍談

［表紙］原表紙、無紋、茶［見返し］原見返し、本文共紙［料紙］楮紙［装訂］袋綴

［数量］二巻一冊［寸法］二十四・一×十七・〇糎［丁数］85丁［用字］漢字・平仮名

［絵画］白描（馬印、旗印）［蔵書印］朱角印（見返し）［奥書］文化十三丙子歳六月写之、清兼

［備考］補修アリ［翻刻］資料篇「立教大学図書館蔵『薩琉軍談』解題と翻刻」

②薩琉軍談〈甲系〉（A1・甲系⑥）

［登録番号］NDC：219.7//R98、52281601

［刊写・年時］写本・未詳［外題］琉球征伐軍記（簽・書・原）［内題］琉球征伐軍記

［表紙］原表紙、無紋、薄青［見返し］原見返し、本文共紙［料紙］楮紙［装訂］袋綴

［数量］二巻一冊、前半部のみ現存［寸法］二十四・〇×十七・〇糎［丁数］42丁

［用字］漢字・平仮名［絵画］ナシ［蔵書印］ナシ［奥書］ナシ［備考］ナシ

★③薩琉軍談〈乙系〉（A1・乙系⑥）

［登録番号］NDC:219.7//SA88、52182488

［刊写・年時］写本・未詳［外題］薩琉記（直・書・後）［内題］薩琉軍記

［表紙］原表紙、無紋、栗皮［見返し］後見返し［料紙］楮紙［装訂］袋綴［数量］四巻一冊

［寸法］二十六・五×十七・〇糎　［丁数］71丁（遊紙アリ）　［用字］漢字・平仮名
［絵画］白描（馬印、旗印）　［蔵書印］ナシ　［奥書］信■本領践入住／山本淳義蔵書（最終丁、■＝「州」「松」の併せ字か）、信州松本安曇郡穂高組踏入本郷／山本家蔵書（遊紙）　［備考］山本淳義□（表紙書入）

④薩琉軍談〈乙系〉（A1・乙系⑦）

［登録番号］NDC:219.7//SA88、52281602～52281603
［刊写・年時］写本・未詳　［外題］薩琉軍談（木簽・書・原）　［内題］ナシ
［表紙］原表紙、刷毛目、茶　［見返し］破損　［料紙］楮紙　［装訂］袋綴　［数量］二巻二冊
［寸法］二十四・四×十八・三糎　［丁数］上巻・33丁、下巻・24丁　［用字］漢字・平仮名
［絵画］ナシ　［蔵書印］朱角印二種、墨丸印（一オ右）　［奥書］ナシ
［備考］永瀬氏蔵本（表紙書入）

⑤薩琉軍談〈丙系〉（A1・丙系⑦）

［登録番号］NDC:219.7//SA88、52281604～52281605
［刊写・年時］写本・文政十二年（一八二九）　［外題］薩琉軍談（簽・書・原）　［内題］薩琉軍談
［表紙］原表紙、無紋、茶　［見返し］原見返し　［料紙］楮紙　［装訂］袋綴　［数量］六巻二冊
［寸法］二十四・二×十七・二糎　［丁数］上巻・35丁、下巻・41丁（遊紙アリ）　［用字］漢字・平仮名
［絵画］白描（馬印、旗印）　［蔵書印］ナシ　［奥書］上巻・文政十二年／丑七月朔日山本長悦／拾四歳／福島より／うつす、下巻・文政十二年丑年／七月朔日／山本氏　［備考］ナシ

⑥薩琉軍談〈丙系〉（A1・丙系⑧）

［登録番号］NDC:219.7//SA88、52281606～52281608

［刊写・年時］写本・未詳　［外題］薩琉軍談（簽・書・原）　［内題］薩琉軍談
［表紙］原表紙、刷毛目、薄茶　［見返し］原見返し　［料紙］楮紙　［装訂］袋綴　［数量］六巻三冊
［寸法］二十四・六×十六・八糎　［丁数］上巻・42丁、中巻・31丁、下巻・48丁（遊紙アリ）
［用字］漢字・平仮名　［絵画］白描（馬印、旗印）　［蔵書印］ナシ　［奥書］ナシ　［備考］ナシ

⑦薩琉軍鑑（A3・⑧）

［登録番号］NDC:219.7//SA88、52281609～52281610
［刊写・年時］写本・天保十五年（一八四四）　［外題］薩琉軍鑑（簽・書・原）　［内題］薩琉軍鑑
［表紙］原表紙、無紋、濃茶　［見返し］原見返し　［料紙］楮紙　［装訂］袋綴　［数量］二巻二冊
［寸法］二十七・九×十九・二糎　［丁数］上巻・32丁、下巻・31丁　［用字］漢字・平仮名
［絵画］ナシ　［蔵書印］墨丸印（上巻末尾）、墨印（花押型、下巻末尾）
［奥書］天保拾五年辰正月吉日／倉下屋吉承郎持主／行年拾七才写之　［備考］ナシ

★⑧薩琉軍鑑（A3・⑨）

［登録番号］NDC:219.7//SA88、52281611
［刊写・年時］写本・未詳　［外題］薩琉軍監（簽・書・原）　［内題］ナシ　［序題］薩琉軍監之序
［目録題］薩琉軍鑑記　［尾題］薩琉軍鑑　［表紙］原表紙、無紋、濃茶　［見返し］原見返し
［料紙］楮紙　［装訂］袋綴　［数量］一巻一冊（甲巻のみ現存）　［寸法］二十五・四×十七・五糎
［丁数］37丁　［用字］漢字・平仮名　［絵画］白描（薩摩琉球図）　［蔵書印］ナシ　［奥書］ナシ
［備考］石塚出円行院（見返し書入）

⑨**薩琉軍鑑**（A3・⑩）
［登録番号］NDC:219.7//SA88、52281612
［刊写・年時］写本・未詳　［外題］薩琉軍鑑（簽・書・原）　［内題］薩琉軍鑑
［表紙］後表紙、無紋、薄茶　［見返し］後見返し　［料紙］楮紙　［装訂］袋綴
［数量］四巻一冊、前半部のみ現存　［寸法］二十二・二×十六・三糎　［丁数］65丁
［用字］漢字・片仮名　［絵画］白描（馬印、旗印）　［蔵書印］ナシ　［奥書］丁酉二月二十六日　［備考］ナシ

★⑩**薩琉軍鑑**（A3・⑪）
［登録番号］NDC:219.7//SA88、52281613～52281616
［刊写・年時］写本・未詳　［外題］薩琉軍鑑記（簽・書・原）　［内題］薩琉軍鑑記
［表紙］原表紙、稲穂紋、銀　［見返し］原見返し、本文共紙　［料紙］楮紙　［装訂］袋綴
［数量］八巻四冊　［寸法］二十五・五×十五・四糎　［丁数］一冊・27丁、二冊・28丁、三冊・25丁、四冊・16丁　［用字］漢字・平仮名　［絵画］ナシ　［蔵書印］ナシ　［奥書］ナシ
［備考］清水喜左衛門（見返し書入）

⑪**琉球静謐記**（A5・⑨）
［登録番号］NDC:219.7//R98、52281617～52281618
［刊写・年時］写本・未詳　［外題］島津琉球軍記（直・書・後）　［内題］琉球征伐記
［表紙］原表紙、布目紋、薄茶　［見返し］原見返し、本文共紙　［料紙］楮紙　［装訂］袋綴
［数量］五巻二冊　［寸法］二十二・六×十六・六糎　［丁数］上巻・48丁、下巻・65丁
［用字］漢字・平仮名　［絵画］白描（馬印、旗印）　［蔵書印］ナシ　［奥書］ナシ　［備考］ナシ

⑫**琉球静謐記**（A5・⑩）
［登録番号］NDC:219.7//R98、5228l619～5228l621
［刊写・年時］写本・天保十年（一八三九）［外題］破損［内題］琉球征伐記
［表紙］原表紙、無紋、藍［見返し］原見返し、本文共紙［料紙］楮紙［装訂］袋綴
［数量］三巻三冊［寸法］二十四・九×十七・二糎［丁数］上巻・34丁、中巻・34丁、下巻・39丁
［用字］漢字・平仮名［絵画］ナシ［蔵書印］墨丸印（秩父／日野沢／高橋）、墨角印、緑角印（一オ右上）［奥書］
旹天保十丁亥初秋吉日　高橋直古写之［備考］ナシ

⑬**島津琉球合戦記**（B1・⑤）
［登録番号］NDC:219.7//SH46、52182485
［刊写・年時］写本・未詳［外題］ナシ［内題］島津琉球合戦記［尾題］琉球合戦記
［表紙］原表紙、無紋、薄茶［見返し］原見返し、本文共紙［料紙］楮紙［装訂］袋綴
［数量］一巻一冊［寸法］二十二・七×十五・七糎［丁数］55丁（遊紙アリ）［用字］漢字・平仮名
［絵画］ナシ［蔵書印］ナシ［奥書］ナシ［備考］ナシ

★⑭**琉球軍記**（B2・②）
［登録番号］NDC:219.7//R98、52281622
［刊写・年時］写本・寛政七年（一七九五）［外題］琉球軍記（簽・書・原）［内題］琉球軍記
［表紙］原表紙、無紋、縹［見返し］原見返し、本文共紙［料紙］楮紙［装訂］袋綴
［数量］三巻一冊［寸法］二十三・八×十七・二糎［丁数］60丁［用字］漢字・片仮名
［絵画］ナシ［蔵書印］朱方印（近藤）、不明朱方印・朱丸印各一種［奥書］寛政七乙卯年正月上旬写之、近

藤姓　［備考］補修アリ　［翻刻］資料篇6「立教大学図書館蔵『琉球軍記』（B2・②）解題と翻刻」

⑮島津琉球軍精記（B3・㉙）

［登録番号］NDC:219.7//SH46、52151621～52151637

［刊写・年時］写本・未詳　［外題］島津琉球軍精記（簽・書・原）　［内題］島津琉球軍精記

［表紙］原表紙、無紋、紅（一～五巻）、栗皮（六～十五巻）、薄緑（十六～二十三巻）

［見返し］原見返し、本文共紙、落書あり　［料紙］楮紙　［装訂］袋綴　［数量］二十一巻十七冊、巻一～十二・十四～二十二のみ現存　［寸法］二十三・〇×十五・六糎　［丁数］1冊19丁、2冊24丁、3冊23丁、4冊24丁、5冊18丁、6冊27丁、7冊27丁、8冊18丁、9冊40丁、10冊16丁、11冊21丁、12冊19丁、13冊19丁、14冊47丁、15冊51丁、16冊48丁、17冊48丁　［用字］漢字・平仮名　［絵画］ナシ

［蔵書印］朱角印（柏木文庫）、墨角印（本政）、墨扇型印（本安）、墨丸印（善）、墨角印（本萬）、墨丸印（斎）、墨角印（本所／緑町／三丁目／本政）　［奥書］ナシ　［備考］巻九と巻十は合綴

⑯島津琉球軍精記（B3・㉚）

［登録番号］NDC:219.7//SH46、52218346～52218348

［刊写・年時］写本・未詳　［外題］島津琉球軍精記（簽・書・原）　［内題］島津琉球軍精記

［表紙］原表紙、無紋、縹　［見返し］原見返し、本文共紙　［料紙］楮紙　［装訂］袋綴

［数量］二十七巻三冊　［寸法］二十二・七×十五・六糎　［丁数］1冊89丁、2冊112丁、3冊88丁

［用字］漢字・平仮名　［絵画］ナシ　［蔵書印］ナシ　［奥書］ナシ　［備考］ナシ

★⑰絵本琉球軍記前篇（増1・A・⑥）

［登録番号］NDC:913.56//MI84、52281624～52281633

［刊写・年時］刊本・天保六年（一八三五）［外題］絵本琉球軍記（簽・刷・原）［内題］〈為朝／外伝〉鎮西琉球記初編［柱］絵本琉球［表紙］原表紙、島津十字紋、青［見返し］原見返し、黄、絵あり［料紙］楮紙［装訂］袋綴［数量］十巻十冊［寸法］二十一・五×十五・〇糎［匡郭］十七・一×十二・八糎［丁数］1冊27丁、2冊19丁、3冊17丁、4冊26丁、5冊19丁、6冊20丁、7冊22丁、8冊19丁、9冊18丁、10冊18丁［用字］漢字・平仮名［絵画］墨印［蔵書印］ナシ

［刊記］天保六乙未年孟春／書林　京二条通リ柳馬場西へ入／吉田治兵衛／大阪心斎橋通北久宝寺町／天満屋安兵衛［備考］米沢宮内／橋本屋文四良

⑱琉球属和録（増2・⑨）

［登録番号］NDC:219.9//R98、52281623

［刊写・年時］写本・未詳［外題］琉球属和録（簽・書・原）［内題］琉球属和録

［表紙］原表紙、素紙［見返し］原見返し、本文共紙［料紙］楮紙［装訂］袋綴

［数量］一巻一冊、巻二のみ現存［寸法］二十四・四×十六・二糎［丁数］27丁

［用字］漢字・平仮名［絵画］なし［蔵書印］ナシ［奥書］ナシ［備考］ナシ

⑲桜田薩琉軍記（増5・①）

［登録番号］NDC:219.7//SA46、53008968～53008986

［刊写・年時］写本・未詳［外題］薩琉軍記（簽・書・後）［内題］薩琉軍記

［表紙］原表紙、毛混り、薄青［見返し］原見返し、本文共紙［料紙］楮紙［装訂］袋綴

［数量］十九巻十九冊、巻一、二、十一～十四、十九欠［寸法］二十六・四×十五・九糎

［丁数］1冊29丁、2冊33丁、3冊21丁、4冊33丁、5冊20丁、6冊26丁、7冊16丁、8冊29丁、9冊13丁、

10冊22丁、11冊24丁、12冊24丁、13冊27丁、14冊39丁、15冊23丁、16冊25丁、17冊25丁、18冊35丁、19冊38丁［用字］漢字・片仮名［絵画］ナシ

［蔵書印］墨小判形印（奥仙／本吉郡／津谷町／徳田屋）、不明墨丸印（巻六、15丁ウ12のみ押印）

［奥書］ナシ［備考］巻九と巻十は合綴

三　立教本の特異性の考察

「一　コレクション概観」でも示したが、以下の伝本は他諸本と比べ立教本独自の叙述をもつものであり注目される。紙幅の都合もあり、簡単に述べていきたい。

a．③薩琉軍談〈乙系〉について

島津氏には源頼朝を始祖とする始祖伝説（「島津家由来譚」）がある（詳細は第一部第一章第五節を参照）。この伝承は、島津氏の正史として位置づけられ、島津氏の基本史料である『島津国史』でも起点にもなっていく。この由来譚が〈薩琉軍記〉でも語られ、物語の結末に結びつく重要な伏線となるのである。当本ではこの「島津家由来譚」に独自の叙述が加えられている。

物語の始まりは同じであり、頼朝と丹後局《たんごのつぼね》とが懇ろの中になり、丹後局が懐妊することに端を発する。丹後局は嫉妬した御台政子《まさこ》に狙われ住吉にくだっていくのだが、難波を過ぎると辺りが暗くなり、雷雨が激しくなる。方角もわからなくなり、迷っていると、南の方におびただしい火を目撃する。南に人家があるのだろうと尋ねると、そこに一つの御堂があった。そこには六、七人の僧が読経をあげている。局はここで産気づき、老僧の膝の上で出産

する。すると、たちまちに僧や堂が消え、闇が去り、晴天になる。局は石仏の地蔵の台座の上で出産していた。局は日々地蔵尊を信仰していたので、このような霊験にあずかったのだとされる。まさしく地蔵霊験譚である。先にみた「島津家由来譚」では、地蔵の存在はみられず、稲荷の霊験譚として語られているのだが、ここでは地蔵が稲荷に取って代わった伝承になっている。他本で、狐火とされていたものは、ここでは灯火を多数焚いているものであったと解釈される。

立教本の注には、「島津家系之条之事、**後太平記**八巻、**西国太平記**三巻、**地蔵経直談抄**四并十二巻等に委ク出有之」とある。『後太平記《ごたいへいき》』（元禄五年（一六九二）刊）や『延命《えんみょう》地蔵《じぞう》菩薩《ぼさつ》経《きょう》直談《じきだん》鈔《しょう》』（元禄十年（一六九七）刊）には島津忠国《しまづただくに》の地蔵信仰から説話が語られているが、立教本では、元禄期に享受された島津の地蔵霊験譚を〈薩琉軍記〉と結びつけ、新たな展開をみせているわけである。地蔵霊験譚の流入は、〈島津家由来譚〉の展開の一様相をうかがう上で重要であると指摘できる。実に興味深い伝本といえよう。

b．⑧薩琉軍鑑について

この伝本には、開聞岳《かいもんだけ》を薩摩の中心に据えた琉球までの渡海絵図が描かれていることに注目される。琉球には、本来〈薩琉軍記〉に登場しない「程順則《ていじゅんそく》」の名前もみえる。この絵図については、後述の論考に詳述したので、そちらに考察を譲りたい。▼注[3]

c．⑩薩琉軍鑑について

内題を「薩琉軍鑑記」とする伝本は、管見の限り当本のみである。物語の構成はA3『薩琉軍鑑』とほぼ一致しているが、aで着目した「島津氏由緒之事」が語られていない。また、佐野帯刀に対する「私評」では、『論語』を利用して独自の見解を述べている。さらに、「日頭山合戦」の後の「私評」がないことも、『薩琉軍鑑』とは異なっている。

d. ⑭琉球軍記について

まず、〈薩琉軍記〉B群諸本について押さえておきたい（前節「諸本解題」参照）。A群諸本は「島津家由来譚」を、頼朝の後胤で島津家の中興の祖「義俊」の出生譚として扱っているが、B群諸本では頼朝からつながる島津の祖「忠久《ただひさ》」から二十代「綱貴《つなたか》」に至るまでの系譜を描いている。また、A群諸本は侵攻時の太守を「義弘」とするが、B群諸本では「家久」とする。歴史的事実として正しいのは「家久」であり、B群諸本には島津家の歴史を描く姿勢がうかがえるのである。これらのことから、B群諸本は薩摩藩に極めて近い立場（薩摩の歴史を考察するような立場）の人物により転写され、改変された可能性が高い。

それを踏まえて、当本をみてみよう。『琉球軍記』の結末はB群の特徴である寛文十一年（一六七一）の尚貞襲封、金武王子朝興《きんおうじあさおき》の謝恩使来朝で物語が終わる。島津家久は琉球侵攻の結末を報告すべく琉球王を伴って駿府を訪れる。家久はその功により中納言に昇進する。その後に現在[注4]までの島津当主が描かれるのである。この叙述は伝本すべてに共通するものだが、ここでは現在の当主を忠洪《ただひろ》（島津重豪《しげひで》、一七四五～一八三三）としているのだ。[注5]そこで注目されるのは伝本中で最も古い奥書である立教本の「寛政七年（一七九五）」という書写年時である。島津忠洪は宝暦五年（一七五五）に藩主となる人物であり、藩主となった時に重豪と改名している。重豪は藩政改革を行った人物としても著名であり、島津氏の正史である『島津国史』の編纂も命じている。[注6]また、重豪は海外へ眼差しを向けた人物としても知られ、日本初の中国語辞書『南山俗語考《なんざんぞくごこう》』も刊行させている。

立教本の書写年時は、重豪、四十七才であり、藩政を斉宣《なりのぶ》に譲り、自身は『島津世家《しまづせいけ》』などの改変など行っていく時期に重なり合う。いわば島津家が自己の歴史を確定していく時期に、それもその初期の伝本として注目できるのである。また、当本には「誠ニ朝鮮・琉球ノミナラズ、交趾・阿蘭陀・仏郎機万国共ニ従ヒナビク」と、アジア圏にとどまらず西洋の国々の名が採りあげられる。重豪が志向する政策との一致が指摘できる。先に指摘したように、B群は島津家由来譚を島津家系譜として扱う系統の諸本であり、島津家の歴史を記そうとする意図が垣間見える。そのような特徴の中にある諸本において、重豪の存命中、しかも意欲的に自家の由来を確定しようとしていた中の伝本として価値が見いだせるのである。

e. ⑰絵本琉球軍記前篇について

立教本は最も早く出版された天保六年（一八三五）刊本であるが、翌年出版される天保七年刊本に対して、天保六年刊本は現存本が多くない。管見の限りでは、天保六年の完本は沖縄県立図書館蔵本、函館市立図書館蔵本とこの立教本だけであり（零本はほかにもある）、貴重な伝本であると言えよう。

四　結語

ここまで粗々と立教本についてみてきた。先にも述べたように、〈薩琉軍記〉の伝本は数多く残されている。しかし、これほど多量の伝本を保管している機関は立教大学図書館以外にない。しかもバラエティーに富んだ諸本を所蔵している点でも他機関より抽んでている。さらに、A2『琉球攻薩摩軍談』、A4『琉球征伐記』などがそろうと、ほぼ諸本を概観できる状況になる。さらに増5『桜田薩琉軍記』を収蔵することになり、立教大学図書館の〈薩琉軍記〉ポータルとしての役割は増したといえよう。今後の蒐集にも期待したい。

▼注

（1）小峯研究室所蔵の〈薩琉軍記〉伝本は、科学研究費補助金（基盤研究B2）「中世・近世における琉球文学資料に関する総合的研究」（一九九九～二〇〇一年度、研究代表者　小峯和明）、科学研究費補助金（基盤研究B）「16～18世紀の日本と東アジアの漢文説話類に関する総合的比較研究」（二〇〇二～二〇〇四年度、研究代表者　小峯和明）の研究成果として蒐集されたものである。二〇一三年、図書館に移管された。

（2）書名は資料篇〈薩琉軍記〉諸本一覧表に準じる。諸本の詳細については、前節「諸本解題」を参照。以下、立教大学図書館所蔵本を立教本とする。

（3）第一部第二章第二節「琉球侵略の歴史叙述―日本の対外意識と〈薩琉軍記〉―」参照。

（4）『琉球軍記』成立時。『琉球軍記』には、「高祖島津忠久ハ右大将頼朝卿ノ三男トシテ、五百七十余年連綿ト栄ヘ」とある。島津忠久は、一一七九年の大晦日の生まれであるとするのが通説である。ので一七五〇年頃を指すと思われる。島津重豪は一七五五に藩主となるので、ほぼその時期と重なり合う。参考、朝河貫一「島津忠久の生ひ立ち―抵当批評の一例」（「史苑」12―4、一九三九年七月→『島津忠久の生ひ立ち―低等批評の一例』慧文社、二〇〇七年）。

（5）以下、島津重豪については、芳即正『島津重豪』（吉川弘文館、一九八〇年）、田村省三『尚古集成館　島津氏800年の収蔵』（尚古集成館、二〇〇三年）による。

（6）『島津国史』の完成は享和二年（一八〇二）。また、『大日本史』に島津家の始祖忠久の頼朝落胤説を補入するように依頼し実現している。ただし、『大日本史』はその内容については否定している。

【付記】本稿の執筆、〈薩琉軍記〉の図書館登録にあたり、鈴木彰氏、立教大学図書館の小泉徹氏、市村洋子氏のお世話になりました。記して感謝申し上げます。

第二節 薩琉軍記遡源考

一 はじめに

ここまでは〈薩琉軍記〉を十三系統に分け、各諸本それぞれの特徴をみてきたが、ここからは各諸本を比較分析することによって、〈薩琉軍記〉の諸本がどのように展開してきたのかを解明していく。ここでは次節以降の本格的な諸本分類に入る前に、基礎となりうる〈薩琉軍記〉テキストを定めておくこととする。

本著では基本的に、叙述の少ない諸本を叙述の多い諸本よりも古態であると解釈している。当然例外はあるが、まずはこれに従い最も叙述の少ないA1『薩琉軍談』、A2『琉球攻薩摩軍談』、B1『島津琉球合戦記』を〈薩琉軍記〉の基礎テキストとして据えることにする。また、第一節「諸本解題」で述べてきたように、『薩琉軍談』『琉球攻薩摩軍談』と『島津琉球合戦記』とでは物語展開に差を持ち、前者をA群、後者をB群ととらえている。それに基づきA群の基礎テキストを『薩琉軍談』『琉球攻薩摩軍談』、B群の基礎テキストを『島津琉球合戦記』とすることを前提として分析を始めていきたい。また、ここまで述べてきた通り、増補系はA群、B群をもとにした諸本であるため、本節ではA群、B群の諸本を中心とした分析を進めていくことを断っておく。

二　『薩琉軍談』と『琉球攻薩摩軍談』の考察―A群における基礎テキストの確定―

前節「諸本解題」で述べた通り、A1『薩琉軍談』は〈甲系〉〈乙系〉〈丙系〉に分類できる。次に『薩琉軍談』三分類とA2『琉球攻薩摩軍談』のそれぞれの章段を挙げた。巻数で示すことには限界があるため、『薩琉軍談』〈甲系〉の章段を基準にアルファベットを振った。これ以降の対照表に示したアルファベットもこれに準ずる。

また以下本節では〈甲系〉〈乙系〉〈丙系〉とのみ表記する。

薩琉軍談・琉球攻薩摩軍談対照表

	『薩琉軍談』甲系	『薩琉軍談』乙系	『薩琉軍談』丙系	『琉球攻薩摩軍談』
a	島津氏由来之事	島津氏由緒之事	島津家由緒之事	島津家由緒之事
b	島津三位宰相兵庫頭源義弘蒙琉球征伐之釣命事	島津三位宰相義弘蒙琉球征伐の釣命事	島津三位宰相義弘琉球征伐釣命蒙る事	同三位宰相義弘琉球征伐之釣命を蒙る事
c	島津義弘軍用意之事	島津義弘軍用意之事	島津義弘軍用意の事	義弘軍評定同用意之事
d	新納武蔵守一氏備立之事	新納武蔵守一氏備立之事	新納武蔵守軍合備立之事	新納武蔵守軍合備立之事 新納一氏人数手配之事
e	薩摩勢琉球江乱入之事	薩摩勢琉球江乱入之事	薩摩勢琉国江乱入の事	薩摩勢琉球国江乱入の事

f	薩摩方討死之事	薩摩勢討死之事	薩摩方討死の事	薩摩勢敗軍の事
g	虎竹城合戦之事	ナシ	虎竹城戦の事	ナシ
h	乱蛇浦并松原合戦之事		乱蛇浦并松原合戦の事	
i	日頭山合戦并佐野帯刀死之事	日頭山合戦并佐野帯刀討死之事	日頭山合戦の事 佐野帯刀政形討死の事	高鳳山先駆合戦之事附タリ佐野帯刀働之事 薩摩勢琉球国王城エ乱入之事附タリ佐野帯刀討死之事
j	琉球国都責之事并諸官人降参之事	琉球国都責附諸官人等降参事	琉球国都責并諸官人降参之事	琉球征伐之後諸将エ預ケ城之事 琉球国合戦之首帳之事附タリ日本勢討死之事
				島津家士分限高実録之事

右記の表の通り、〈乙系〉と『琉球攻薩摩軍談』には（g）「虎竹城合戦之事」（h）「乱蛇浦并松原合戦之事」が欠けていることがみてとれる。本文の内容をうかがうと、細かい異同を除けば「虎竹城」「乱蛇浦」以外の描写は〈甲系〉〈乙系〉で同文であり、（g）（h）の章段のみが、まるまる欠けている状態でとなっている。（g）のみ、あるいは（h）のみが欠けた伝本はなく、また（g）（h）の章段に換わる新たな記述や「虎竹城」「乱蛇浦」の原型となった叙述が入ることもない。

叙述の少ない諸本を叙述の多い諸本よりも古態であるとするならば、〈乙系〉が〈甲系〉よりも古いと言うことになる。『琉球攻薩摩軍談』が古態である可能性もあるが、『琉球攻薩摩軍談』の叙述をうかがうと、「備立」や「分限張」が簡易にまとめられ、新たに「琉球国合戦之首帳之事附タリ日本勢討死之事」の章段が付け加えられていることから、『薩琉軍談』を披見していると考えた方がよさそうである。

さらに現在確認している『薩琉軍談』『琉球攻薩摩軍談』の伝本中最も古い奥書を有するのは、〈乙系〉である▼注[1]のだが、必ずしも〈乙系〉が古態であるとは言い切れない。〈乙系〉には「虎竹城」「乱蛇浦」の合戦の描写はないが、〈乙系〉（ｉ）「琉球国都責附諸官人等降参事」にも「虎竹城」「乱蛇浦」の名がみてとれる。次に引用するのは、新納武蔵守により各武将が命ぜられた城番である。上に〈甲系〉を下に乙系を引用した。

〈甲系〉

一　要渓灘番手　種島大膳預り
一　千里山城　里見大内蔵預り
一　**虎竹城**　畑勘ヶ由預り
一　**米倉**　江本三郎左衛門預り
一　**乱蛇浦**　秋月右衛門預り
一　高鳳門　篠原治部預り
一　町場　鈴木内蔵助預り
一　王城　松尾隼人預り
一　日頭山後詰城　島津大内蔵預り
　　横田武右衛門　島津采女

〈乙系〉

一　要渓灘の番手　種島大膳預り
一　千里山城　里見大内蔵預
一　**虎竹城**　畑勘ヶ由預
一　**米倉島**　江本三郎左衛門預
一　**乱蛇浦**　秋月右衛門預
一　高鳳門　篠原治部預
一　町場　鈴木内蔵介預
一　王城　松尾隼人預
一　日頭山後詰城　島津大内蔵　横田武左衛門
　　島津采女　久輪田刑部

大輪田刑部　島津玄蕃
横須賀左膳　新納武蔵守
惣押　嫡子　同　左衛門尉

島津玄蕃　横須賀左膳
惣押　新納武蔵守
嫡子　同　左衛門尉

〈甲系〉と〈乙系〉とでは若干の異同があるものの、ほぼ同文であり、〈乙系〉にも「虎竹城」「乱蛇浦」の城番が命じられている。よって、〈乙系〉には本来（g）「虎竹城合戦之事」（h）「乱蛇浦并松原合戦之事」の描写があったと考えるのが妥当だろう。[注2]

　では、なぜ「虎竹城」「乱蛇浦」の描写が欠けてしまったのだろうか。まず考えられることは〈甲系〉が複数冊に分かれた時に一冊欠けてしまった伝本があり、そのまま転写されていったという可能性である。「伝本一覧」（資料篇）をみてわかる通り、『薩琉軍談』は複数冊に分かれることがあり、現在確認されるものは、一～三冊に分かれたものである。〈乙系〉も一～三冊本があり、二冊本の多くは二冊目を（i）「日頭山合戦并佐野帯刀死之事」から始めており、[注3]一冊目と二冊目との間に中巻があった可能性は否定できない。しかし例外もあり、沖縄県立図書館山下久四郎文庫（A1・乙系②）の二冊目冒頭は（f）「薩摩勢討死之事」である。また、三冊本で中巻が（g）「虎竹城合戦之事」（h）「乱蛇浦并松原合戦之事」という伝本も確認できていない。『琉球攻薩摩軍談』の一伝本である斎藤兼雄蔵本[注4]（A2・⑦）は二巻本であり、一巻目を「一巻」、二巻目を「三巻」とするため、本来三巻本であり中巻を欠いた伝本であると解釈できるが、斎藤本は二巻で本文が完成しており、中巻に入るべき本文が見あたらない。中巻に入るべき本文を想定した場合、ここには「虎竹城」「乱蛇浦」の叙述があったのではと仮定される。しかしながら、斎藤本は原本未調査であり、斎藤本における誤記の可能性、翻刻作業における誤読などの可能性も考えられ、これ以上の考察をすることができない。ここまで散逸という偶発的な可能性についてみてきたが、（g）「虎竹城合戦之事」（h）「乱蛇浦并松原合戦之事」の章段のみが散逸する可能性は低そうである。

次に考えられるのは、作為的に「虎竹城」「乱蛇浦」の叙述を除いた可能性である。詳しくは次節でみていくが、〈薩琉軍記〉は新納武蔵守と佐野帯刀との対立譚を中心に構成されており、〈薩琉軍記〉はこの対立譚を軸に物語が増広していく。「虎竹城」「乱蛇浦」の両合戦は、（f）「薩摩方討死之事」において、敗戦の責任を取らされ、「千里山の城」を落とすべく残された佐野帯刀が参加していない合戦であり、むしろ「虎竹城」における琉球の勇将「張助幡」の活躍が際だつ章段である。〈薩琉軍記〉はこの張助幡の叙述を中心とした展開もみせているが[注5]、佐野帯刀を中心とした物語としてみた場合、張助幡の逸話はなんともばつが悪い話である。「虎竹城」「乱蛇浦」の両合戦の叙述を切り取った場合、（f）で新納武蔵守に叱責された佐野帯刀が、（i）で雪辱のため「日頭山」へと先駆けを決意するという物語展開になり、佐野帯刀を中心とした作品が完成する。この佐野帯刀を中心とした物語を創るべく「虎竹城」「乱蛇浦」を削ったということも一つの可能性ではある。新納武蔵守と佐野帯刀との対立譚を主軸とする〈薩琉軍記〉の性格を考慮した上で、ここではこの可能性を支持したい。

よって、本著では、A1『薩琉軍談』〈甲系〉から「虎竹城」「乱蛇浦」の叙述を削除したものが〈乙系〉、〈乙系〉から転写が進み生み出された作品がA2『琉球攻薩摩軍談』であると定めることとする。

続いて〈丙系〉についてである。対照表における〈甲系〉との相違は、〈甲系〉（i）「日頭山合戦并佐野帯刀死之事」の章段が二つに分けられていることであるが、これは底本として用いた立教大学蔵本（1・丙系⑦）の特徴であり、ほかの伝本は〈甲系〉と同じく「日頭山合戦并佐野帯刀死之事」としているものの、本文には細かな異同を除いて相違はない。〈甲系〉と〈丙系〉とでは章段上では違いはみられないが、〈丙系〉の諸本では、「佐野帯刀死之事」にあたる「後詰城」の合戦の叙述は明らかに〈甲系〉よりも増しており、琉球将「王俊」の部下や佐野帯刀の組子といった登場人物も増え、佐野帯刀討ち死にをめぐる戦いが、より豪壮に描き出されている。この叙述が増えることも、先に指摘した佐野帯刀譚の展開による物語の増幅にあたり、〈丙系〉は〈甲系〉をもとにした増広本であることに疑いようはない。先のA2『琉球攻薩摩軍談』へと向かう展開とは別の方向性がここにはみえ、〈丙系〉はA3『薩琉軍鑑』へと転じていき、より佐野帯刀譚を増幅していく。

ここまでみてきたように、A群において基礎テキストとなりうる諸本はA1『薩琉軍談』〈甲系〉である。『薩琉軍談』〈甲系〉からほかの諸本へと派生していくわけである。これ以降、A群は『薩琉軍談』〈甲系〉を中心として分析を進めていく。

三　A群『薩琉軍談』とB群『島津琉球合戦記』の考察―〈薩琉軍記〉の祖本をおって―

A群の諸本群には叙述の少ないテキストが多く、基礎テキストたりうる諸本を見極めるための分析が必要であったが、B1『島津琉球合戦記』が明らかに叙述が少なく、『島津琉球合戦記』をB群の基礎テキストとして採用することに問題はなかろう。ではA群とB群とではどのようなつながりがあるのだろうか。また、〈薩琉軍記〉諸本全体の祖本はどちらの系統にあたるのだろうか。少し考えてみたい。次に挙げたのは、A群の基礎テキストのA1『薩琉軍談』〈甲系〉と〈甲系〉の伝本であり、B群の構成にも近い琉球大学蔵『薩琉軍記』[注6]（A1・甲系⑦）、B群の基礎テキストである『島津琉球合戦記』の章段をまとめたものである。

薩琉軍談・島津琉球合戦記対照表

『薩琉軍談』〈甲系〉・A1	琉球大学蔵『薩琉軍記』・A1	『島津琉球合戦記』・B1
	鬼海島日本江帰服之濫觴	琉球故事談

a	島津氏由来之事		
b	島津三位宰相兵庫頭源義弘蒙琉球征伐之釣命事	島津家久琉球責台命を蒙る事	島津家久琉球責の台命を蒙る事
a'			島津氏家系之事
c	島津義弘軍用意之事	大隅守家久軍用意之事	大隅守家久軍用意之事▼注[7]
d	新納武蔵守一氏備立之事	新納一氏軍立之事	新納武蔵守一氏備立の事
e	薩摩勢琉球江乱入之事	薩摩勢琉球江乱入之事	薩摩勢琉球国へ乱入の事
f	薩摩方討死之事	薩摩勢討死之事	薩摩勢討死の事
g	虎竹城合戦之事	新納武蔵守虎竹を責る事	新納武蔵守虎竹城を責る事
h	乱蛇浦并松原合戦之事	乱蛇浦松原合戦之事	乱蛇浦松原合戦之事
i	日頭山合戦并佐野帯刀死之事	日頭山合戦佐野帯刀討死之事	日頭山合戦并佐野帯刀死之事
j	琉球国都責之事并諸官人降参之事	琉球国都責之事并諸官人降参之事	琉球都せめ并諸官人降参之事

まず断っておかなければならないことは、『島津琉球合戦記』において、（a）「島津氏由来之事」の前に付く「琉球故事談」は底本とした京都大学附属図書館蔵本（B1・②）のみにみえる章段であり、他伝本にうかがうことはできない。また、琉大本の「鬼海島日本江帰服之濫觴」に関しても、琉大本のみにみえる章段であり、他伝本に収録されることはない。よって、ここでは分析の対象からはずすことにする。ただし、琉大本に関しては、対照表に示した章段と同様の章段をもつ伝本がないことも付記しておく。

対照表を見比べてみると、（a）「島津氏由来之事」の位置づけが異なっていることがわかる。『薩琉軍談』では冒頭に、『島津琉球合戦記』では（b）の後に記され、琉大本には（a）の章段はみられない。内容も異なっている。これはA群、B群の特徴として前述していることだが、『薩琉軍談』の内容は頼朝の後胤で島津家の中興の祖「義俊」の出生譚であり、『島津琉球合戦記』の内容は頼朝からつながる島津の祖「忠久《ただひさ》」から二十代「綱貴《つなたか》」に至るまでの系譜を描いている。「島津家由来譚」の詳細な分析は、第五節「系譜という物語―島津家由来譚をめぐって―」に譲るが、大きな異同の一つである。

もう一つ大きな特徴は、やはりA群とB群との差異である結末の相違である。『薩琉軍談』の結末は島津家と琉球王家とが婚姻で結ばれ、日本と琉球とが一体化することを言祝ぐという内容だが、『島津琉球合戦記』の結末は寛文十一年（一六七一）に琉球より「金武王子《きんおうじ》」が来朝し、薩摩藩主島津光久《みつひさ》と琉球王尚貞《しょうてい》との書簡によるやりとりを末尾とする。一方、琉大本にはどちらの結末も記されることなく、新納武蔵守が琉球各所に武将をあてがうことで作品の幕が閉じられている。

記事の有無だけから判断すれば、『薩琉軍談』『島津琉球合戦記』の祖本は琉大本と言うことができるかもしれない。しかし琉大本は、江戸中期〜後期の書写とおもわれる伝本であり、奥書など書写年を確定させることは不可能である。『薩琉軍談』『島津琉球合戦記』よりも記事が少ないことだけをもって、祖本であるとすることは決定打に欠ける。『薩琉軍談』、琉大本、『島津琉球合戦記』の大きな相違は、「島津家由来譚」と物語の結末の二点であり、どちらも前後関係をあぶり出すための相違にはならず、本文内容から〈薩琉軍記〉の古態を探ることは困難であると言える。

次に諸本の成立時期により裏付けを行ってみようと思う。『薩琉軍談』は宝暦七年▼注[8]（一七五七）には成立していたことは確かである。また、『薩琉軍談』には「享保十七年分限張」▼注[9]が引用されるため、一七三二〜五七年の間に成立したものと思われる。一方の『島津琉球合戦記』については、寛政七年[注10]（一七九五）には成立していたことがわかっている。また作品内に記される寛文十一年（一六七一）から、一六七一～一七九五年の間に成立していたはずである。『薩琉軍談』の成立時期は絞り込めるものの、『島津琉球合戦記』には古い奥書がなく、仮定した成立年代の幅は一二〇年以上あり、成立時期を絞り込むことが困難である。島津綱貴（一六七五～一七〇四）までの系譜を描くので、綱貴の代に成立したとも言いがたく、『島津琉球合戦記』の成立年時は不明とせざるをえない。よって、諸本の成立時期により〈薩琉軍記〉の祖本を求め得ることはできない。

ここまでみてきたように、A1『薩琉軍談』とB1『島津琉球合戦記』の前後を見極めることは現時点の資料では困難であり、並立しておかざるをえないというのが結論である。

四　結語

A1『薩琉軍談』とB1『島津琉球合戦記』は、現状では成立年時の前後は不明であり、さらなる調査、分析が必要である。特に『島津琉球合戦記』に関しては伝本の数が少なく、成立時期を狭めることが困難であり、伝本の新出がのぞまれる。また、琉大本に関しても詳細な分析が必要であり、A1『薩琉軍談』〈甲系〉〈乙系〉〈丙系〉、A2『琉球攻薩摩軍談』、B1『島津琉球合戦記』との詳細な伝本校合が求められる。

ここまでの分析から、本著ではA群は『薩琉軍談』を、B群は『島津琉球合戦記』を基礎テキストとして認め、両テキストからほかの諸本への展開を次節以降で考察していくこととする。

▼注

（1）立教大学蔵本（1・乙系⑥）の「宝暦十三年」（一七六三）が最も古い。『琉球攻薩摩軍談』は幕末の奥書を持つものしか発見されていない。

（2）（f）〈乙系〉「薩摩勢討死之事」では、千里山の戦いで夜討ちにあい、敵に敗れた佐野帯刀に対して、新納武蔵守次のように述べている。

明日ハ軍勢を引わけて、是より巽のかた七里去て、**虎竹城**と云有。某自身馳向ひ申也。今夜の油断不覚の過怠として、尤佐野帯刀ニハ此城を責亡さるべし。

この叙述は、『琉球攻薩摩軍談』「薩摩勢敗軍の事」にも、

扨、明日ハ軍勢を引分け、某は是より巽の方里行て、**虎竹城**といへる城へ馳せむかふの間、佐野帯刀にハ今晩の油断不覚の過怠として、当城を攻落さるべし。

とみえる。また、〈乙系〉（i）「日頭山合戦并佐野帯刀討死之事」の冒頭には、

去程に薩の軍勢いさみほこりて、**松原の城**と**乱蛇浦**と二手に分て責けるが、

とあり、「乱蛇浦」の名はみえる。また、『琉球攻薩摩軍談』「高鳳山先駆合戦之事附タリ佐野帯刀働之事」では、

去る程に薩摩の軍勢、**松原の城**と**乱蛇浦**の城、両城二手に別れ、**虎竹城**江責入ける。

とあり、「虎竹城」「乱蛇浦」ともども名が記されている。対照表で示した通り、どちらにも合戦の描写は描かれていないが、（f）と（i）との間に、「虎竹城」「乱蛇浦」の合戦が描かれていたとしても不思議ではない。

（3）架蔵本（A1・乙系④）、立教大学蔵本（1・乙系⑦）、渡辺匡一蔵本（1・乙系⑨）の二冊目冒頭は（i）「琉球国都責附諸官人等降参事」である。

（4）以下、斎藤本とする。原本未調査、本文は山下文武「薩琉軍談」（『琉球軍記 薩琉軍談』奄美・琉球歴史資料シリーズ1、南方新社、二〇〇七年）による。故人であり現状は不明である。外題、内題を「薩琉軍談」とし、A1『薩琉軍談』との関係性を物語る

伝本と言える。奥書を文化七年（一八一〇）とするため、この伝本自体はさかのぼらない。

（5）第一部第一章第四節「異国合戦描写の変遷をめぐって」を参照。

（6）以下、琉大本とする。第一部第一章第一節「諸本解題」を参照。

（7）底本とした京都大学附属図書館蔵本（B1・②）はこの章段名を欠くため、小浜市立図書館蔵本（B1・①）にて補った。

（8）国立公文書館蔵『薩琉軍鑑』（A3・③）の本奥書「宝暦七丁丑年三月上旬写」による。

（9）第一部第二章第一節「異国侵略を描く叙述形式の一齣―成立、伝来、享受をめぐって―」による。

（10）立教大学蔵『琉球軍記』（B2・②）の奥書「寛政七乙卯年正月上旬写之」による。

第三節
物語展開と方法—人物描写を中心に—

一　はじめに

前節でみてきたように、〈薩琉軍記〉において、A1『薩琉軍談』〈甲系〉が基礎テキストであり、ここから増広を繰り返すことにより様々な諸本が構成されていく。ここでは、諸本中で最も伝本が多く、ほかの系統に大きな影響を与えたと思われる、『薩琉軍談』〈甲系〉を基本テキストとして分析を進めていく。▼注[1] 繰り返しになるが、当本の内容を確認しておく。

薩摩藩の大名島津氏は頼朝からつながる源氏であり、徳川家康の指示のもと、軍団を編制し琉球へ侵攻する。薩摩武士**新納武蔵守一氏**が軍師に任ぜられ、琉球侵攻の指揮をとる。一氏は軍を調え、琉球へと出兵する。薩摩軍は、琉球「要渓灘」より侵入し、一進一退の攻防を繰り返す。薩摩武士**佐野帯刀**は「千里山」の戦いにおける敗北の責任を問われ、「千里山」に居残り、城攻めを命じられるものの、「日頭山」へと先駆けし、琉球国の「都」まで攻め上り、「後詰城」へ進軍するが、琉球軍の計略にかかり、大軍に囲まれ戦死する。その後、一氏が指揮をとり、琉球国の「都」が制圧され、王や官人らは捕虜となり、薩摩に降伏する。

以上が『薩琉軍談』の梗概であり、この物語を基本軸にして〈薩琉軍記〉は生長していく。

ここでは、登場人物である佐野帯刀[注2]と新納武蔵守[注3]との対立譚を軸に、物語の生長を追いながら、展開の方法を明らかにしていく。佐野帯刀と新納武蔵守との対立は合戦のさなかに巻き起こるので、まず合戦叙述を中心に分析を進めていくことにする。『薩琉軍談』で語られる合戦を簡単にまとめると以下のようになる。

A　要渓灘の戦い…薩摩軍上陸。琉球での初戦。

B　千里山の戦い…琉球軍の籠城。夜討ちにより薩摩側が敗退。

C　虎竹城の戦い…琉球の武将張助幡の活躍により、薩摩方は苦戦を強いられるが辛くも勝利。

D　乱蛇浦の戦い…松原と軍を分けて進軍。鉄砲戦さ。

E　五里の松原・松原城の戦い…乱蛇浦と軍を分けて進軍。

F　日頭山の戦い…佐野帯刀の先駆け。帯刀の率いる軍により完勝。

G　後詰の城の戦い…琉球方の計略により敗戦。佐野帯刀死去。

H　琉球都の戦い…薩摩方の勝利。

これらは〈薩琉軍記〉全体に共通してうかがえる合戦描写である。ここでは、特に二人の対立が勃発するB「千里山の戦い」に注目して、〈薩琉軍記〉の物語展開をうかがっていくことにする。

二　佐野帯刀譚の分析―『薩琉軍談』における対立物語―

ここからは〈薩琉軍記〉の生長を追う上で、佐野帯刀という登場人物の叙述を中心に分析していく。まずは佐野帯刀の物語をA1『薩琉軍談』からうかがってみたい。簡単に物語を整理しておくと次の通りである。

佐野帯刀政形は薩摩方の武将であり、五番手の大将として琉球へと侵攻する。琉球千里山の戦いにおいて、夜討ちにあい大敗を喫する。その敗因を問われ、軍師新納武蔵守から叱責をうけ、佐野帯刀は汚名を返上するべく先駆けをし、琉球日頭山を落城させるなど奮戦し、「都」に一番乗りを果たす。その後、勢いに乗り「都」の後詰城を攻めるが、敵の計略にかかり討ち死にする。

『薩琉軍談』「薩摩勢討死之事」には、B「千里山の戦い」において夜討ちに合い混乱するさなか、佐野帯刀が軍を立て直し、追い打ちをかけようとする場面が語られている。長くなるが物語の展開において根幹をなす重要な部分であるので引用してみたい。

> 南の方城門をひそかにひらき、**薩摩勢の内松尾隼人勝国が陣取たる広原へ討て出、**（中略）**隼人勢立直さんとして陣等動揺し、うろたへ廻る軍勢も有。**（中略）雲霞の如く渦巻出て隼人が陣屋に火をはなち、折節あらしはげしく、あなたこなたに火移り佐野帯刀が陣屋にも猛火うつりおびただしく、是より寄手の惣陣大きに騒動し、彼方此方と分たず。（中略）**佐野帯刀是を見付、馬を韋駄天の如くにとばせ懸付て、**「郷左衛門をうたすな。つづけやもの共」と大音上げ、前後左右より打てかかる。琉球兵「かなわじ」と思ひしや、八方へ逃ちりたれ。**帯刀、味方の軍兵を呼び集め、逃る敵に追つかんとせし所へ、**軍師新納武蔵守より使番五、六騎、鞭と鐙を合せて馳来り、高声に申けるハ、「今宵の騒動はいぜんより山の手の陣屋にてうけ給りたる所、**今暁の外候、遠見の怠りふとどき千万、言語道断に存る也。**帯刀殿の組下、遠見の者共に急度制法をくわへられ然るべし。扨明日ハ軍勢を引分て、是より丑寅の方七里去て、虎竹城と云有り。某自身馳向ひ申なり。今暁の油断不覚の過怠として、尤佐野帯刀には此城をほろぼさるべし」と相のべ、次に「今暁討死之次第、姓名を記し可被越」と演たりける。帯刀聞て「相心得候」とて、則需者に命じ、是を記し使者番江渡之。（中略）使番持帰りて**武蔵守**

へ渡之。一覧して大きに憤り、深く佐野帯刀が不覚を論じ、味方多く討せし事を本意なしとおもへり。**是より始終、帯刀と武蔵守不和成るか**。

薩摩軍が琉球千里山にて夜討ち、火攻めに合い、折節激しい風に煽られて陣屋にも火が回る中で、佐野帯刀は味方の武士の救援に駆けつけ奮戦する。帯刀が、今まさに敵に一矢報いようとすると、新納武蔵守から横やりが入れられる。武蔵守の言い分には帯刀の家臣が遠見の任務を怠ったための敗戦であるとし、帯刀には千里山への居残りを命じ、自身は次の戦いへと向かうという。武蔵守に叱責を受け、戦功を挙げられる機会を奪われた帯刀は、「是より始終、帯刀と武蔵守不和成るか」と、武蔵守との仲が険悪になる。

佐野帯刀が新納武蔵守から罰せられることは、まさに青天の霹靂である。『薩琉軍談』を読む限り、帯刀に非はない。夜討ちにあったのは松尾隼人の陣であり、右往左往する松尾隼人を尻目に帯刀は冷静沈着にことにあたる。見回りを怠ったと語られているが、武蔵守が帯刀に見回りを仰せつける描写はなく、一番に罰せられるべきは松尾隼人である。しかし、F「日頭山の戦い」における帯刀先駆けの伏線として、ここで罰せられるのは帯刀でなくてはならない。この物語のねじれは、諸本により佐野帯刀が敵前逃亡したり、新納武蔵守に非があるように描かれるなど、修正され、新たな物語展開を構築していく。

千里山での一件の以来、帯刀は武蔵守の態度に対して、怨念をつのらせ、F「日頭山の戦い」の先駆けに物語が続いていく。次に引用するのは、『薩琉軍談』「日頭山合戦并佐野帯刀討死の事」、帯刀が武蔵守の鼻をあかすために、先駆けをして討ち死にせんと味方に宣言したところ、帯刀の「家士」が、主である帯刀に諫言した場面である。

誠に軍師武蔵守殿の千里山におゐての恥しめを申されしは、理の当前にして、諸士をはげます**謀の一言にして尤千万**也。しかし当家も島津譜代の儀にして、武蔵守殿と甲乙なし。如是成る御身として、かの不覚を恥に思召、軍師への面あてとして一向に討死し玉わんこと、憚りながら**若輩の儀と存候**。

ここで注目すべきは、武蔵守の言動を帯刀の家士が評価していることである。「謀の一言にして尤千万」と、武蔵守の立場が容認されていることがうかがえる。また、主である佐野帯刀については「若輩の儀と存候」と評されている。つまり、『薩琉軍談』の描く世界では、「千里山の戦い」の敗北の責任は、帯刀にあると誰もが認めているのである。

『薩琉軍談』では、佐野帯刀の武勇は高く評価され、参加する戦さでは、韋駄天のように駆けめぐり、戦場を朱に染めて活躍する。しかし、知勇兼備とは語られない。これは武将として致命的であり、後に帯刀の死を招く要因になる。次に引用するのは、「日頭山合戦并佐野帯刀討死の事」、G「後詰の城の戦い」において、琉球軍を城に追い詰め、抱囲しながらも、奸計に嵌る場面である。

おしいかな佐野帯刀、**猛将なれ共智たらず**。夫約なくして和を乞もの謀とや言をしらぬハいかにぞや。然らバ約を堅くし、人質にても取ずして、言葉の下、囲を解けるハ、嗚呼惜べし、惜べし。

帯刀は、物語の中で「猛将なれ共智たらず」と評され、決して評価は高くない。この後、奇襲により帯刀は非業の死を遂げる。

以上ここまでが『薩琉軍談』に描かれる佐野帯刀譚である。この『薩琉軍談』で語られた物語とほぼ同内容がB1『島津琉球合戦記』にも語られている。新納武蔵守と佐野帯刀との対立譚はA群、B群ともにみられる〈薩琉軍記〉の最も特徴的な物語と言える。次に『薩琉軍談』や『島津琉球合戦記』の物語を踏まえて、ほかの系統でどのように佐野帯刀譚が形成されていくかをみていくことにする。▼注[4]

三　佐野帯刀譚をめぐる「私評」「註」

A1『薩琉軍談』では勇猛な武将であるが、知恵者ではないと、評価が高くなかった佐野帯刀だが、物語が享受され、読み継がれる過程で、帯刀の評価があがり、新納武蔵守への非難、不満が挿入されてくる諸本が出現する。また、逆に帯刀の評価を落として、武蔵守の評価をあげる諸本もあらわれる。これらは本文に「私評」「註」を付して、帯刀と武蔵守評価を定めていく。

「私評」「註」は、A3『薩琉軍鑑』、B2『琉球軍記』のみにみえ、▼注[5]佐野帯刀と新納武蔵守に対して付けられる。それぞれ帯刀や武蔵守の立場を擁護する解釈を物語の途中に挿入していくのである。「私評」「註」は他本にはない特徴であるので、全文を引用して帯刀と武蔵守の評価をうかがっていきたい。

次に引用するのは、A3『薩琉軍鑑』「日頭山合戦並佐野帯刀政形討死之事」末に付けられた「私評」である。

私評ニ曰、**佐野帯刀政形ハ、元来知勇兼備ノ大将成べキ身**ナレ共、運ノ慵キ故、初ノ夜討ニ**油断**故仕損ジ、**新納武蔵守ニ恥アタヱラレ**、此一理ニ窮定シ、必死ト思ヒタルハ、過去ニ緑ノ種ヲ不植、今都入一番乗リ、勝誇リ気高ブリ、殊必死ノ身誰ヲ頼ンヤ。敵ノ降参ヲ誠ニシタル正直ハ、**和国新道ノ験シ**也。勇者ハヲソレズシテ、身ヲ不顧、一手柄シテ諸人ノ目ヲサマサセ、名ヲ雪ント一筋ニ思ヒ入、計略ニモセヨ、命カギリ討亡サント思ヒ定メ、我勇ヲ立テ、気ヲユルメ囲ヲ解タルハ、是運ノ尽キ、我ヲ忘レタリ。然レ共、猛将殊剛勇ノ家士附キ従イ、帯刀無ンバ何ンゾ是ヲ亡サンヤ。**武蔵守、帯刀ヲ憎ンデ見下ゲ**、其上我身ヲ漫シ、火ヲ見バ、早々救ヒノ勢ヲ出シ救ハデ、カナハザル軍師ノ常成べシ。然レ共、其気ノ附ザルハ、**智恵ノ不レ足ト油断ト**也。其上ニ邪気ヲハサミシ故トナラン。了簡付難シ。誇ント思フ悪心聞ユ。何ハトモアレ惜イ哉。帯刀ガ討死惜ムベシ、歎ムベシ歎ムベシ。

ここでは佐野帯刀を知勇兼備の将であるとし、敵の偽りの降参を正直に受け入れてしまったことに関して、「和国新道ノ験シ」として、帯刀の評価を持ち上げている。また、B「千里山の戦い」の際の武蔵守についても語っている。これによると、新納武蔵守については、「武蔵守、帯刀ヲ憎ンデ見下ゲ」と、帯刀を過小評価していたとされ、慢心甚だしかったとも語られている。また、味方の危急を察知して、救援を出すのが軍師の役割であり、その気配を感じられないのは、知恵の不足であるとも酷評される。

さらに『薩琉軍鑑』では、戦後の帯刀の処遇についても言及する。次に引用するのは、「琉球国都攻並諸官人降参之事」末に付された「私評」である。

私評ニ曰、義弘御武威ノ徳タル事、感ジテモ猶余リ有リ、時ニ武蔵守軍勢身苦ク、諸軍同事、故ニ一氏ニ軍功ヲ称セラレタルハ如何ニ。**佐野帯刀政形ハ琉球へ一番乗リ**、其上大功ヲ顕シ忠義ニ一命ヲ投タル処、**何ノ御沙汰モナシ、是如何ン**。但シ、武蔵守言上セザルヤ、渠ガ次男主水政道、十七歳ニテ父ト共ニ討死セントセシ大孝ノ者、諸人知ル処ナリ。父子共御沙汰ナシ。是如何ニ。夫レ唐ノ諸葛孔明ハ、星ノ旋ルヲ視テ、明日ノ軍ノ勝負ヲ校へ知リ、居ナガラ何レノ手何番目ノ備へ危キ事ヲ察シテ、救ノ勢ヲ出シタリト聞ク。軍師タル身ハ聡明叡智ニシテ、智仁勇三徳兼備セザレバ、大将ニ有ラズ。**武蔵守ハ邪佞私欲ニ迷ヒケルヤ**。救ノ勢モナシ情ナクモ帯刀ニ討死サセ、此度政形ナクンバ、誰カ多クノ敵ヲ亡サン。軍中ニテ詞ヲ飾リ、抜群ノ忠孝心、易ク都セシ事全ク以テ帯刀ノカゲナリト言シ詞ハ、時宣計リナリ。大将ノ役闕タル武蔵守、何ノ功有テ軍功ノ褒美ヲ貪シ事ナルヲ、是レ不審是レ不審。

帯刀に関して、「都」へ一番乗りの功があるにも関わらず、何の褒賞がないのはおかしいと述べている。一方、武蔵守は「邪佞私欲ニ迷ヒケルヤ」と評され、批判される。さらにここでも、軍師であるならば、離れた場所にいても危機を察知して、援軍を出すなどの器量が必要であるとして非難されるのである。評者の徹底的な新納武蔵守批判の立場がうかがえる内容である。▼注[6]

しかし、「私評」では徹底的に新納武蔵守批判をしている『薩琉軍鑑』も、本文はA1『薩琉軍談』とほぼ同文であり、佐野帯刀の評価はさほど高くない。先に引用した「猛将なれ共智たらず」のくだりも忠実に書写している。『薩琉軍鑑』における「評」と「本文」とには、ずれがあると言ってよいだろう。▼注[7]

A3『薩琉軍鑑』に対して、新納武蔵守を持ち上げる諸本として挙げられるのが、B2『琉球軍記』である。「新納武蔵守定ル二琉球国之城番一事並薩摩勢帰朝之事」では、若武者に囲まれた、佐野帯刀の「家士」横田嘉助を助けた武蔵守に次のような「註」が付く。

註曰、**新納武蔵守ハ我執ナクシテ、誠ニ能キ軍師タリ**。一旦ハ佐野帯刀ガ不覚ヲイマシムルトイヘ共、帯刀ガ王城ノ一番乗リセシヲ琉球攻第一ノ忠戦ニ立テ、帯刀大早リニシテ討死スルトイヱドモ、**其勲功ヲ吹挙シテ、恩賞ヲ申シ行ヒ**、其面目帯刀政形ガ子孫ニ及ブ事モ皆、一氏ガ廉直ヨリナス処ナリ。

ここには、武蔵守は自我を押し通すことなく、よい軍師であると評されている。また、武蔵守は帯刀の琉球「都」一番乗りの功を認め、討死はしたが恩賞を賜るよう進言したとある。注目すべきは、武蔵守が称賛される由縁が、帯刀の処遇をめぐる問題として評価されている点である。帯刀を戦功第一と立てたからこそ、武蔵守もたたえられることになるのである。

B2『琉球軍記』は、A3『薩琉軍鑑』のように、もととなったB1『島津琉球合戦記』を忠実に書写したものではなく、『島津琉球合戦記』の骨子は引き継ぎながらも、独自の物語を展開している諸本である。後述するが、『琉球軍記』では帯刀の息子たちが恩賞を与えられる場面が描かれ、武蔵守との対立が解消されているのである。

さらに、次に引くのは『琉球軍記』「薩州勢琉球国へ乱入之事」に付けられた「註」である。

註曰、此段日本人ノ攻入シ事、琉球方少モ思ヒ設ケザル事ナレバ、諺ニイヱル寝耳ニ水ニテ、国中ノ士卒ヲ駆集ムル間ナキ故、如レ斯容易ニ攻入ラレシト見ヱタリ。琉球人、縦令勇ナシト云ドモ、多クノ兵士ヲシテ城郭、諸関所ヲ堅固ニ守ラシメバ、斯一戦モセズシテ攻入ラルル事ハ無カルベシ。要害ノ城郭、日本ノ武威ニテ速ニ責破リタル様ニ見ユレドモ、実ハ士卒ヲ集ルニ間ナク、備モ調ハズ、互格ノ軍、五度モ十度モ無レ之ハ、**琉球自然ノ天運乎**。今ニ至マデ臍ヲ噛ト云事、左モ可レ有事也。

又私ニ曰、日本勢、「敵ノ要害ヲ堅メ守ル兵多ランカ」ト用心シテ、船中ニイタヅラニ日ヲ送リ寄カケザル時ニハ、要渓灘へ多ク敵兵駆集メ、兵具キビシク堅メ守リナバ、敵ノ為ニ気ヲ呑マレ、味方ハ返ツテ敵ヲ不レ恐、直ニ押寄シハ、**新納武蔵守、寸歩モ先ヲ不レ廻、此方ヨリ敵ノ気ヲ呑計略ナリ**。鄭礼ハヤク要渓灘ヲ守ラシメテダニ只一戦ニ破レタリ。

ここでは、天然の要害で迎え撃つ琉球軍に対する新納武蔵守の対応を、「新納武蔵守、寸歩モ先ヲ不レ廻、此方ヨリ敵ノ気ヲ呑計略ナリ」と、その戦術を評価する評がついている。やはり前註と同様、『琉球軍記』註における武蔵守の評価は高いと言ってよいだろう。

A1『薩琉軍談』では、佐野帯刀への叱責に対して、新納武蔵守の対応は正しいという評価がなされていた。それに対して、A3『薩琉軍鑑』は「私評」を盛り込み、帯刀を擁護し、武蔵守を非難する。一方で、B2『琉球軍記』「註」では、武蔵守を擁護するという立場をとっている。『薩琉軍鑑』『琉球軍記』それぞれが「私評」「註」をもって独自の物語解釈を提示していると言えよう。まさに基礎テキストの叙述を解釈しつつ、本文が流動していく様子がうかがえるのである。

四　佐野帯刀譚の展開―新納武蔵守との対立物語をめぐって―

A3『薩琉軍鑑』では、「私評」がつけられるのみであり、A1『薩琉軍談』と本文の内容が変わることはなかったが、『薩琉軍談』を改編したと思われるA4『琉球征伐記』では、佐野帯刀を美化し、新納武蔵守を敵役として描いている。次に一例として、「城中ヨリ夜討之事」を挙げた。

> **佐野帯刀、馬ヲ打テハセ来リ、「沼田ヲ討スナ。帯刀是ニ有」ト、自ラ鎗ヲ追取テ当ルヲ、幸ヒ突倒セバ、精神大ニ増シ、「爰ヲ詮」ト戦ヘバ、琉兵多ク討レ、勝利ヲ得タル**。朱伝説、纔ニ命助リテ、八方コソ逃□タリ。斯テ帯刀ガ鯨波ヲ上、「城ヲ乗取ベシ」ト下知スル処ニ、軍師新納一氏ノ使番五、六騎蒐来リ大音上ゲ、（中略）ト、**傍若無人ニ相述**、次ニ今夜ノ軍次第、味方討死ニ父名（ママ）ヲ書印遣スベシ。本国エ注進セントナリ。**帯刀、心ノ内忿怒スト云ドモ押包**、「軍令畏入候」ト則チ姓名ヲ注ス。

これはB「千里山の合戦」において夜討ちを受ける場面である。A1『薩琉軍談』が踏襲され、帯刀は琉球軍相手に奮戦している。しかし、叙述が変化しており、武蔵守に対して「傍若無人ニ相述」と批判的な対応を示し、帯刀は「心ノ内忿怒スト云ドモ押包」と怒りの中にも自分の非を認める潔い人物像が描かれている。これは『薩琉軍談』を踏襲しつつ、A3『薩琉軍鑑』「私評」のような、帯刀擁護の解釈が盛り込まれているのではなかろうか。A4『琉球征伐記』の特徴であると言ってよいだろう。

次にB2『琉球軍記』について見ていきたい。『琉球軍記』は先に指摘した通り、新納武蔵守に対する擁護の「註」が盛り込まれ、それに伴って本文の叙述も変化していく。次に引用するのは、「千里山之琉兵夜撃並薩摩勢討死之事」、先の『琉球征伐記』でみたのと同じB「千里山の戦い」の夜討ち場面である。

其間ニ、後陣ノ佐野帯刀政形ガ陣屋ニ火ウツリシカバ、**帯刀取ル物モトリ敢ズ陣屋ヨリカケ出落チ行ル。**（中略）別而**佐野帯刀ニ於テハ、吾陣ヲ焼カレナガラ、ヲメヲメト引ント知ラレ、多ク味方ノ士卒ヲ討セタル事、言語道断ノ至リ其罪深シ。**

A1『薩琉軍談』では、奮戦していた佐野帯刀が、ここでは「取ル物モトリ敢ズ陣屋ヨリカケ出落チ行ル」と、慌てふためいて逃げ出してしまう様子が描かれる。これにより帯刀は敵前逃亡を咎められることとなる。A1『薩琉軍談』における帯刀は、千里山において獅子奮迅の活躍をしており、まったく様相が異なっている。この逃げ腰の帯刀という造形は他本にはうかがえない叙述であり、B2『琉球軍記』の特徴である。

『琉球軍記』では、「註」において帯刀の処遇をめぐって、武蔵守の方が称賛されていた。「註」と同様、物語の中でも、帯刀の戦功は帰国してから認められている。次に引用するのは、「新納武蔵守定ル二琉球国之城番一事並薩摩勢帰朝之事」、琉球より帰国した武蔵守が、戦績を絵図を用いて披露する場面である。

新納武蔵守一氏ハ、（中略）佐野帯刀刑部政形ガ勇戦討死ノ大功ヲ称美シテ、**嫡子佐野市郎ヲ刑部ニ改メ、遺領七万石不レ残宛行、ニ男主水ニモ五千石ヲ知行サセテ、感状加増有リ。**其外、其ノ武功ノ品ニ依テ褒美ヲ与ヘ、悉ク手柄ヲ感ジテ、其ノ労レヲナグサメラレタリ。

「註」で示されたように、武蔵守は帯刀の勲功を認め、帯刀の子らに恩賞を与える。まさに帯刀と武蔵守との対立が解消されることになる。これはA1『薩琉軍談』やA3『薩琉軍鑑』にはみられなかった展開であり、B2『琉球軍記』は帯刀の勲功を最大限に評価する武蔵守像を創りあげて、物語の中心に据え、武蔵守と帯刀との対立を解消する折衷的な記述を編み出している。まさに武蔵守と帯刀との対立をめぐる見解の差異が、新たな物語を生み出したと言えるのではなかろうか。

五　拡大する佐野帯刀の物語

次に大きく増補、改編されている諸本の事例をみていきたい。A5『琉球静謐記』は、A1『薩琉軍談』をもとに増補、改編がなされ、特に非業の死を遂げる佐野帯刀に関する物語が多く増補されている。次に引用するのは、「千里山合戦并朱伝説夜討之事」、これまで見てきたのと同じB「千里山の戦い」の夜討ち場面である。

されば、其夜の討死帳を記して、武蔵守へ遣しけるとき、**帯刀、無念止事を得ず。自害せんと思われけるが、帯刀、血眼に成て前後を下知し、一足も引かず戦ければ、**（中略）此夜の合戦、琉球陣に於て初て日本負軍也。**所詮此度の軍に比類なき高名して、心よく討死し、君へ忠義を尽してこそとおもひ返し、**執筆に命じ、則、討死帳を出せける。

帯刀の奮戦は、A4『琉球征伐記』と同様であるが、ここでは新納武蔵守との対立譚は描かれず、戦さの敗因を自ら認めるとともに、「この場で自害するよりも功名をたてることこそ、主への忠義となる」という、帯刀の心情が語られる。まさに理想化された帯刀像が形成されているのである。

『琉球静謐記』の帯刀の叙述において、最も特徴的なのは、「佐野帯刀出陣怪異之事」であろう。[注8]この章段は戦死する帯刀の身に出陣前、晴れ着が喪服に替わったり、戦勝祈願の加持が失敗に終わるなど、帯刀の死を暗示させるという話が語られている。まさに佐野帯刀譚を増幅させて生長した章段であり、帯刀の物語の増広が諸本の改編の軸となる恰好の例であろう。この怪異霊験譚からもA5『琉球静謐記』は、A1『薩琉軍談』と比べ、物語をより増幅させ、物語の劇的な展開を図っていることが推測される。

続いて、B3『島津琉球軍精記』を取り上げてみる。『島津琉球軍精記』は他本と比べて、大幅に増幅されている。

佐野帯刀と新納武蔵守との対立譚がさらに増幅され、B「千里山の戦い」における対立の伏線として、出陣前に論争する物語などが挿入されている。この千里山以前の前哨戦は、「佐野帯刀一氏と問答の事」で語られ、琉球への侵攻方法をめぐって帯刀と武蔵守との論戦の場面が描かれている。帯刀は「我が進めし所、用ひられざるを恨みながら」と、出陣前にすでに二人の間に確執があったことが示唆される。この確執は「佐野帯刀先陣争論之事并薩州勢琉球に渡海之事」の章段へとつながっていく。ここでは侵攻方法をめぐる論争に引き続き、出陣直前の帯刀と武蔵守との対立譚が盛り込まれているのである。まさに対立譚の増幅が、物語を生長させている。この侵攻方法をめぐる争論や先陣争いは、B3『島津琉球軍精記』からみられるものであり、増1『絵本琉球軍記』にも引き継がれていく。

増1『絵本琉球軍記』は〈薩琉軍記〉唯一の版本であり、B3『島津琉球軍精記』を踏まえて物語が構築されているが、さらに帯刀と武蔵守との対立を盛り上げるべく物語が挿入される。巻六「佐野帯刀一恨二勝氏一」は、琉球への渡海中、薩摩軍を襲った鰐鮫を帯刀が退治し、その勲功をめぐって諍いが起こるという物語が付加されるのだ。帯刀は武蔵守に「我をさして匹夫とし、功に走て身をしらぬ」と、主君忠久へ讒言されたと武蔵守を恨むという物語が語られる。これは『絵本琉球軍記』のみにみられるもので、帯刀と武蔵守との確執を軸に様々な物語展開がうかがえるのである。

六　結語

以上ここまで、〈薩琉軍記〉諸本における物語の展開を佐野帯刀譚をもとに跡づけてきた。A1『薩琉軍談』やB1『島津琉球合戦記』で語られた物語が、佐野帯刀側につくA3『薩琉軍鑑』と、新納武蔵守側につくB2『琉球軍記』とで、それぞれ「私評」「註」がつけられ、物語が対比的に解釈されていく。それがさらに本文内容も佐野帯刀側によった叙述のA4『琉球征伐記』や、新納武蔵守側によった叙述のB2『琉球軍記』のような諸本へと発展していくわけである。

また、A5『琉球静謐記』では、独特の帯刀像を形成し、帯刀の死を暗示させ、物語を劇的に演出する方法がとられる。さらにB3『島津琉球軍精記』以降の増補系の諸本では、侵攻方法をめぐる論争や先陣争いなどの物語を背景に、武蔵守と帯刀との対立構造が明確化していくのである。版本化された増1『絵本琉球軍記』では独特の鰐鮫退治譚が語られ、さらに物語が多様化していく。まさに佐野帯刀譚を基軸に物語を展開させていった〈薩琉軍記〉の動態が浮き彫りとなり、諸本の位相差が明確にできるだろう。

ここでは、諸本の展開をひとまず佐野帯刀と新納武蔵守との対立譚を軸にたどってみた。〈薩琉軍記〉にはほかにも、琉球の武将張助幡の叙述や冒頭で語られる「島津家由来譚」など諸本を分類する指針となる章段がある。引き続き別の角度から〈薩琉軍記〉の諸本分析を通して、物語の生長、増幅を跡づけていきたい。

▼注

（1）以下、『薩琉軍談』と言った場合、〈甲系〉を指す。

（2）琉球方の武将は大陸を意識した架空の人物が登場するが、薩摩方にも特定ができない人物が多い。物語の主役とも言うべき佐野帯刀も伝未詳の人物である。薩摩の家士を網羅した『本藩人物誌』にも記載がなく、薩摩藩の有力な御家人の系図である『薩陽武鑑』にも「佐野」の名字はうかがえない。唯一確認できたのは、京都大学蔵『薩州分限帳』（享和二年（一八〇二）の分限帳）七万石の諸士の一人に「佐野帯刀」の名が見えることである。〈薩琉軍記〉の成立は、国立公文書館蔵『薩琉軍鑑』の「宝暦七丁丑年三月上旬写」という本奥書により、宝暦七年（一七五七）以前にさかのぼることは確定的である。よって、享和二年の分限張よりは先の成立になる。「新納家」に匹敵する家老「佐野家」というのは〈薩琉軍記〉の創作であろう。

（3）佐野帯刀同様、新納一氏も伝未詳の人物である。薩摩において、姓が「新納」で、官職が「武蔵守」というと、「親指武蔵」として名高い「新納忠元」がその異名通り挙げられるだろう（島津家中で一番に名前が挙げられることを指す。ものを数える時に親指から折っていくことによる。『薩藩旧伝集』などに記述がある）。その忠元が一氏のモデルに比定されるのではないかと思われる。新納忠元は、次郎四郎、刑部大輔、武蔵守、拙斎、為舟ともいい、島津氏一族新納氏四代の次男是久流。秀吉に降ったおり、堂々たる態度で、秀吉を感服させている。また和歌をよくし、知勇をもって聞こえ、朝鮮侵略の際には留守をあずかり、『二才咄格式定目』を定めて子弟を戒めた。伝記に『新納忠元勲功并家筋大概』がある。慶長十五年（一六一〇）薩摩大口で没した人物である（参考、三木靖「島津氏　新納忠元項」（山本大・小和田哲男編『戦国大名家臣団事典　西国編』新人物往来社、一九八一年）、阿倍猛・西村圭子『戦国人名辞典』（新人物往来社、一九八七年））。また、『喜安日記』には「龍雲長老」という人物が登場し、琉球と薩摩との和睦をなすために奔走する。この「龍雲長老」について、『甲子夜話』続篇巻二十九には、「龍雲長老」は新納氏であると述べられており、『琉球入貢紀略』「薩州太守島津氏琉球を征伐す」には、「龍雲和尚」は琉球侵攻に従軍して軍師を務めたとの記述がある。この「龍雲長老」も一氏のモデルの候補として挙げられる。

（4）第一部第一章第二節「薩琉軍記遡源考」でみたように、『薩琉軍談』諸本内でも多くの異同がある。〈甲系〉から〈丙系〉へと増広していく過程の中で、佐野帯刀の叙述が増幅されている。〈丙系〉では、〈甲系〉では描かれなかった佐野帯刀の家士が増えており、佐野帯刀最期の合戦となるG「後詰の城の戦い」において、王俊と合戦を繰り広げている。王俊の配下も増幅されていることは、第二節で述べた通りである。『薩琉軍談』諸本においても、佐野帯刀をめぐる叙述による展開がうかがえる。

（5）例外的に、A1『薩琉軍談』〈乙系〉の立教大学蔵本「島津家由来譚」には、「私ニ曰」として私注が付く。詳しくは、第五章「系譜という物語――島津家由来譚の考察――」で述べる。

（6）A3『薩琉軍鑑』の伝本間において、「私評」に異同がある伝本がある。立教大学蔵『薩琉軍鑑記』には、『薩琉軍鑑』と同種の「私評」が記されているものの、その内容には『論語』を用いたり独特な「私評」が付されている。『薩琉軍鑑記』の内容をうかがう上で注目される。

（7）A3『薩琉軍鑑』は、A1『薩琉軍談』〈丙系〉の叙述を継いでいる。〈甲系〉と比べた場合、「日頭山の戦い」における合戦叙述が増幅されており、佐野帯刀の物語増広がみられる。第一部第一章第二節「薩琉軍記遡源考」を参照。

（8）「佐野帯刀出陣怪異之事」に関しては、第一部第一章第五節「系譜という物語―島津家由来譚をめぐって―」にて、さらにみていきたい。また、この叙述は、増2『琉球属和録』や増3『薩州内乱記』にも語られているが、これらの諸本は、A5『琉球静謐記』を披見していると思われる。

第四節　異国合戦描写の変遷をめぐって

一　はじめに

〈薩琉軍記〉は、琉球侵攻を題材にしているが、実際には起きていない合戦を作りだし、様々な武将たちの活躍を創出している。前節では「千里山の戦い」に焦点を当て、[注1]薩摩方の武士新納武蔵守と佐野帯刀との対立譚を通して、物語が展開していく構造をみてきた。次に分析の対象とするのは、C「虎竹城の戦い」である（前節、合戦一覧を参照）。この合戦では琉球方に張助幡という人物が登場し、薩摩方が包囲する城から活路を開き逃げ延びている。軍記において、一方的な戦さほど盛り上がらないものはない。強い薩摩軍に対して、強い琉球軍も必要とされるのである。その筆頭が張助幡である。張助幡の叙述も武蔵守や帯刀と同様に、諸本の増広に伴って、その叙述も増幅している。まさに、武蔵守と帯刀の叙述の増広が、諸本の展開に作用していることに通じるのである。

ここでは張助幡に関する一連のくだりを便宜上「張助幡譚」と呼び、その展開をうかがっていく。A1『薩琉軍談』〈乙系〉、A2『琉球攻薩摩軍談』には、この合戦が語られないため、分析の対象からはずす。[注2]

二　琉球武将にみる合戦叙述――毒矢と詞合戦――

まず張助幡譚の概略を、A1『薩琉軍談』〈甲系〉で確認しておきたい。▼注[3] 次に挙げたのは「虎竹城の戦い」の梗概である。

虎竹城の戦いにおいて、張助幡は主李慶善が自害せんとするのを、「死ぬは易く、生きるは難し」と押しとどめ、米倉島へと落ちのびるべく血路を開く。薩摩方の猛者たちが逃がしてなるものかと追い立てるが、向かって来る者を斬り殺し、叩き殺し、前へ進む。弱音を吐く李慶善を励ましながら、退路を確保し船を漕ぎ出すも、薩摩方に漕ぎ出す船を発見されて、早舟で追いかけられる。弓、鉄砲を霰のように撃ちかけられるが、張助幡は李慶善を船底に押し込め、自ら矢面に立ち、板を楯に弓、鉄砲をかいくぐる。この様子は新納武蔵守を感嘆させる。追っ手を引き上げさせた張助幡らは姿を消す。

これはA群、B群ともにうかがえる基本的な物語であり、▼注[4] 各系統の基礎テキストであるA1『薩琉軍談』、B1『島津琉球合戦記』には異同はあるものの、ほぼ同様の叙述がなされている。B4京都大学附属図書館蔵『島津琉球合戦記』には、「彼李将軍と張助幡ハ、米倉島へわたりしが、其後二人共行方しれずなりけるとかや」とある。この叙述は京都大学蔵本独自の記述であり、A1『薩琉軍談』に比して、さらに李将軍と張助幡の成り行きに伝説味を帯びさせている表現と言えよう。A1～A5、B1、B2の諸本では、張助幡はこの後物語に登場することはない。

この合戦の中で注目されるのは、薩摩方を単身突破する張助幡の存在であり、その張助幡の叙述は転写における伝本の増広により、さらに拡大していく。その一つの事例が「毒矢」であろう。次に挙げたのは、B2『琉球軍記』「新納武蔵守攻ル二虎竹城ヲ一事」、張助幡が薩摩勢の包囲をかいくぐって海へ逃れ、薩摩勢が追い討ちをかける場面である。

海上二、三町ニ近寄リ、是ヨリ弓、鉄炮ヲ雨ノ如ク放シカクレバ、張助幡気ヲアセリ、李将軍ヲ船ノ底ニカクシ入レ、其身ハ楯ヲ両手ニ持チ、飛ヒ来ル玉箭ヲ請払、二時計リ支ヘツツ、透間ヲ見テハ櫓ヲ早メ、又玉ヲ請ケ留メ箭ヲ打チ散シ、片手ニハ棹ヲサシ二、四丁逃行クニゾ、薩摩勢ハ気ヲイラチ、「猶遁サジ」ト追懸ル処ニ、イツノ間ニカハ調ヘケン、**張助幡、毒箭ヲ連ネ矢継ギ速ニ二十計リ射カケタリ。是ニ中ツテ死者十余人。当ラヌ者モ其毒ノ香ニ咽テ、俄ニ眩惑、嘔吐シテ倒レ伏シ、面ヲ向フヤウモナシ。時ニ（新納）一氏、懐中ヨリ煉リタル薬ヲ取リ出シ、毒気ニ咽テ目眩キ伏タル者共ノ鼻ニヌラセシニ、忽毒ノ香ヲ忘レ立揚ツテ、常ノ如ク心能クナリ、又是一氏ガ兼テ琉球流ノ毒箭ノ香ヲ消ス薬ノ法ヲ知ツテノ故ナリ。イカナル薬ニヤ有リケン。**夫レ毒箭ノ法ハ、多クハ烏頭ヲ以テ製スルトゾ、**武備志**ニモ見ヘタリ。兎ヤ角スル間ニ、張助幡ガ船ハ三里計リ漕行ケル。

張助幡は李将軍を船底へ隠し薩摩軍と対峙する。雨の如く降り注ぐ矢を両手の盾で防ぎ、毒矢で応戦する。引用文中にある「武備志」は、名詞として武具を記した書を指すか、もしくは具体的な作品を指すか不明である。『国書総目録』によれば、『武備志医薬《ぶびしいやく》』（順天堂大学蔵、写本）、『本朝《ほんちょう》武備志《ぶびし》』（国会図書館蔵、写本）、『泰平武備志《たいへいぶびし》』（国会図書館蔵、写本）などが現存するが、『琉球軍記』が何によったかは不明である。この毒矢という戦術は、A1『薩琉軍談』にはうかがえなかった記述であり、B2『琉球軍記』による増補と考えられる。『琉球軍記』は、結末で神功皇后の三韓侵攻、秀吉の朝鮮侵略、蒙古襲来などを説き、琉球支配を正当化しようとし、さらに清和源氏の流れを語り、徳川家康を言祝いで、物語が終焉する伝本である。[注5] 三韓侵攻、朝鮮侵略、蒙古襲来などを語る『琉球軍記』において、琉球を夷敵と位置づけるための表現として、「毒矢」は機能的に作用しているのである。『琉球軍記』の毒矢の表現について、小峯和明は次のように述べている。[注6]

これらの合戦描写に〈薩琉軍記〉の「軍記」としての特色が発揮されていることは疑いないところ。ほとんど芸能化した合戦の語りが横溢する。実体の合戦とはあまりかかわらない架空のイメージとしての合戦といってよい。**毒矢の問題なども、蒙古襲来以来、夷敵をかたどる表現として常套であり**、これに新納一氏がかねて用意していた薬で対処するなど、おもしろい趣向がさまざまに仕掛けられている。

右の指摘のように、寛文版『八幡《はちまん》愚童訓《ぐどうくん》』巻之中「景資大将軍討」には次のようなくだりがある。▼注[7]

蒙古が矢は、みじかしといへども、矢のしりにどくをぬり。是はすこしもあたりぬれば毒気にまく、数万人の矢さきを調へて雨のふるごとくにいけるうへ、

ここでは蒙古の武器として毒矢が使われる。まさに夷敵の武器としての毒矢として描かれているのである。このほかにも寛文六年（一六六六）版『聖徳《しょうとく》太子《たいし》伝《でん》』巻二「十歳 千嶋夷合戦之事」には、▼注[8]

太子勅答申給ふやうハ、「まことに一天の大事、四海のなげき此事にきはまれり。ただし群臣の僉議をうけたまハるに、罪業の根源、殺生のもとひとおぼえ侍る。彼えびす共ハ、かたち鬼神におなじくして、力用じざいなり。**あるいは、はなつ矢のさきにはどくをぬり侍り、かのどくの矢にあたるもの、千万人が一人もたすかりがたき物なり**。あるいハ、霧を雨らして城をかくし、さまざまの軍のひじゆつ侍れば、日本の軍兵百万騎をもつて、かつせんし給ふとも、さらにかなふべからず。もし、なを強てせしめば、両方ともにせつしやうのミなもと、罪業のもとゐとなり侍らん。

とあり、毒矢表現がここでは蝦夷の夷敵を形象していることがわかる。『琉球軍記』における毒矢も、まさに異国琉球との戦さを彩る仕掛けであり、琉球の武将張助幡に夷敵としての性格を植え付けているのである。

〈薩琉軍記〉において、毒矢以外にも琉球侵攻を夷敵との戦いとして表象しているのが、「詞合戦」である。▼注[9] 次に挙げたのは、A1『薩琉軍談』「虎竹城合戦之事」、李慶善が張助幡らを従えて籠もる虎竹城に薩摩勢が攻め寄せた場面である。

暫く有て追手の木戸の高櫓へ武者壱人かけ上り、狭間の板八文字に押開き、大声上て申けるハ、「襲兵ノ爰何未レ聞琉球国敵於薩州異雖、然理リ不尽囲の者汝等常以ニ磐石一如レ砕レ卵自滅。無裏迅速に退去」と言。是を聞ける軍勢共いかんとも答へしかねける。爰に里見大内蔵が組下の浜島与五左衛門と云者、蛮夷の言葉を知て、書付を以て新納武蔵守一氏へ持せ遣す。武蔵守大きに歓び、抜き見るに其言葉に曰、「我国に軍勢を爰に向るは、不思儀千万昔より琉球国より薩州へ敵したる事一度もなしと言共、理不尽に取かこまば、則磐石を以玉子を打つぶすが如し。自滅うたがい有べからず。すみやかに退べし退べし」と云也。武蔵守からからと打笑ひ、「きやつは此国の弁舌しやと見へたり。言を以て取ひしがんとの儀ならん。されども此様成申分にて伏ざらんや。只無二無三に責破りて、もみにもふで」、下知なせば、

本格的な合戦の前哨戦として詞合戦が繰り広げられる。ここで注目すべきは通辞浜島与五左衛門の存在である。虎竹城に押し寄せた薩摩勢にかけられたのは、「襲兵」云々という琉球語であった。この琉球語が漢文で記されることは興味深い。漢文で記されていることは、琉球語が異国語であることを意味すると思われ、読者も異国語を体感しているかのように描かれているではなかろうか。この琉球語を通辞が翻訳することにより、言葉を理解し攻戦に転じる。まさに第一ラウンドは薩摩方の勝利となったというところだろう。

　軍を率いている新納武蔵守は、物語序盤において、商人に身をやつして何度も琉球に渡ったとして、琉球の要所、難所を語る場面があるので、武蔵守が琉球語を理解できないというのは矛盾をきたすが、この合戦における通辞の存在は、琉球が異国であることを示す重要な役割を担っており、物語には欠かせない人物なのである。つまり、通辞を介在させることにより、より異国としての琉球を際だたせているのである。

　この詞合戦は、物語が増広していくことにより、さらに改編されていく。次に引用したのは、A5『琉球静謐記』「虎竹城火攻并張助幡勇力之事」、先に引用した『薩琉軍談』と同場面である。

暫くありて追手の城戸、矢念にきびしく、**鎧たる武者一騎駆上り、挟間の板を八文字にひらき大声に、「リキイトルニニヤクルミシヨヒリナシヨサヒルミインキンニヤヤニヤルニミユルリンリキスタアイシ」などやらん呼ぶ。聞しらぬ琉球詞、「返辞ハ有」**とにて、呼侍ふ内に、里見が組下に**浜島与五右衛門とて花点見点を付る程の者にて、諸国の言語に通暁したる者なれバ**、則、**矢立を取て漢字に写し、里見へ見せけり**。誠に博学の尊むべきなり。其辞に、「理剣当爰如何、未聞琉国敵於薩州、難然理不尽取引之者、汝等以盤石必砕難卵疑別在寄術、迅速可追々々」。里見、則、武蔵守方へ早速に申しける。其口上の赴き、「今度、俄に軍勢を爰に向たるるハいか成故ぞかし。昔より琉国より薩摩へ敵対したる事なし。然といへども、理不尽に打寄るに於ては、汝を盤石を以て、玉子を打付ふすごとく自滅さすの術有。かならず速に退べし」と云々。武蔵守からからと笑ひ、「異国多く説客を用ゐる」と聞ぬ。定て琉国の弁舌の士ならん。我勢を詞を以て、たゆまさむとする成べし。諸軍へ通せぬこそ幸なれ。かくのごとき事、心に任せず、只、無二無三に攻やぶれ、

ここでは「リキイトルニ」云々という琉球語から漢文へ、そして漢文から大和詞への翻訳がなされている。この叙述は『琉球静謐記』にのみうかがえるものである。ここに表現される琉球語はもとより琉球語ではなく、意味も不明である。読者に異国語を体験させ、異国感を与えるという意識で使われているものであると思われる。先のA1『薩琉軍談』よりもさらに手の込んだ手法と言えるだろう。

ここにいう「リキイトルニ」云々という琉球語は、伝本の転写から生まれた可能性が指摘できる。A4『琉球征伐記』の一伝本、刈谷市中央図書館村上文庫では、

鎧タル一人大音上、「利剣当爰如何《リケントウエンシヨカ》未聞琉国《ヒフンリウケサ》敵薩州乎虽然理不尽取囲之《スツイシ》者汝等以盤石砕卵《スイラン》自滅無疑迅速可退《ジンソクカタイ》可退」ト、国語ヲ以テ詈リ立ト云トモ、

とあり、漢文で記された琉球語にルビが振られているが、鹿児島県立図書館蔵本では、

> 鎧ひたる一人大音声、「利けんとうゐんしかひふんりうけさてへ薩州のすいねんりふしんすういししや汝等うはんしすひらんしめつんとてのたひく」と、国詞を以て罵り立と云とも、

と、ルビが本文化してくる。これは、より琉球語らしく見せるための工夫ともとらえることが可能かもしれないが、漢文で記された段階で、書写者はすでにこの言葉の意味を理解できなくなったと考えるのが妥当なのであろう。先に引用したA1『薩琉軍談』とA4刈谷市立図書館蔵本『琉球征伐記』との表現を比べてみると、漢文で記された琉球語に異同があることがわかる。この異同も漢文が誤読され、書写されていることを裏付けるだろう。このような誤解が、読者に異国を体験させる琉球語、ひいては〈薩琉軍記〉における琉球の異国像を創造していったのではなかろうか。

異国語を話すことにより夷敵を収めた話に、延喜七年（九〇七）に記された三善《みよし》清行《きよつら》の『藤原保則伝《ふじわらのやすのりでん》』がある。▼注10

> これより先賊王師の来り討たむことを聞きて、衆万余人を率ゐて、険隘しきところを遮り守りつ。（小野…引用者注）**春風少くして辺塞に遊び、能く夷の語を暁れり。甲冑を脱ぎ、弓竿を弃てて、独り虜の軍に入り、具に朝の命を宣ぶること、皆公の意のごとし。ここに夷虜頭拝謝して云はく、**異時秋田城司、貪欲暴獷にして、谿壑塡みがたし。もし毫毛もその求に協はざるときは、楚毒立に施しぬ。故に苛政に堪へずして、遂に叛逆を作せり。今将軍幸に天子の恩命をもて詔げたまふ。**願くは迷ひし途を改めて幕府に帰命せむともうす。ここに競ひて酒食をもて官軍を饌へ饗せり。**

ここでは小野《おのの》春風《はるかぜ》が異国語を操り夷《えびす》を懐柔することで、夷襲来を解決へと導いている。異国語を話すという異能が夷敵を退けるという好例であろう。

毒矢や異国語の叙述は、琉球侵攻のような対外的な侵攻、異国との戦さを語る上で重要な装置であり、異国としての琉球像を表象しようとしているのである。これは物語を増広させる契機に直結しており、夷敵と戦う薩摩とい

う造形の創出により、物語が生長していく過程がうかがえるのである。

三　張助幡譚の拡大と物語の生長

ここまでは「毒矢」「詞合戦」といった合戦についての叙述をうかがってきた。次に張助幡という武将に焦点を当てて物語の生長をうかがっていきたい。

各系統の基礎テキストであるA1『薩琉軍談』、B1『島津琉球合戦記』、それらの増広本にあたるA4『琉球征伐記』、A5『琉球静謐記』でも、「虎竹城の戦い」以降、張助幡は登場しない。先に引用した京都大学本『島津琉球合戦記』のように「行方しれず」になってしまうのである。しかし、〈薩琉軍記〉諸本の核となるテキスト群A群、B群では唯一B3『島津琉球軍精記』のみが、「虎竹城の合戦」以降の張助幡の様子を描いている。▼注[11]この『島津琉球軍精記』はほかの諸本と比べ、大幅に増補、改定されており、〈薩琉軍記〉諸本において、最も改編されていると言っても過言ではない。この『島津琉球軍精記』を通して、張助幡譚の増幅をうかがっていく。

これまでと同様、まず「虎竹城の合戦」からみていきたい。『島津琉球軍精記』では「虎竹城の合戦」において、薩摩勢は張助幡らの活躍により敗退する。そして再度虎竹城へと攻め込むのである。薩摩軍の敗退はA1～A5、B1、B2の諸本にはうかがえない叙述であり、『島津琉球軍精記』から増幅されたものである。次に引用するのは、『島津琉球軍精記』「虎竹城落去之事并武蔵守張助幡と戦事」、二度薩摩勢に攻め込まれ、さしもの張助幡も疲れが見え始めた場面である。

張助幡は終日の合戦に心身労れて、数万の敵を打破りて来りし事なれば、武蔵守の荒手の勇猛に当り難く、腕も弱り、力労れ危く見えける所に石徳、玄的両人漸々囲を出でて、爰まで遁れ来たり。斯くと見るより、馬を

> 馳せ寄せ武蔵守に打つて掛る。一氏嗔りて鉄の棒を振り上げて、石徳を「人馬共に微塵になれ」と打ちたりしに、哀むべき石徳真向より背骨まで打砕かれて死しける。**張助幡胆をひやして色を失い、敵し難く思いけん。此の隙に**（李…引用者注）**候慶**[注12]**を伴いて、逸散に逃げ去りければ、武蔵守猶も追い駈けんとしけるを、玄的支え防ぎ大将を無事に落さんと命を捨て働きける。一氏其の節義を感じ、「所詮張助幡は走りて遁れ去りしかば、此の者を討つて何かせん。助けて忠義を尽させん」と、「我れ汝を許す。早々に立去れ」と言い捨て引返しける。**
> 玄的は危き命を助かり、大将の後をしたいて落行きけり。

ここでは張助幡のほかに「石徳」「玄的」という人物が登場し、活躍する。張助幡の窮地に石徳と玄的が駆けつけ、石徳は新納武蔵守に打ってかかるも、返り討ちに遭う。さらに李将軍を伴った張助幡を敗走させるため、玄的が新納武蔵守にかかるが、新納武蔵守は玄的の忠義に感じ入り、これを見逃す。ここに登場する石徳、玄的は、A1『薩琉軍談』にも名前は見えるものの、特に目立った活躍はない。また、李将軍が敗走するのを見逃すというくだりは、『薩琉軍談』にもうかがえるが、『薩琉軍談』では張助幡の忠義、武勇に感じ入った新納武蔵守が、李将軍と張助幡の敗走を見逃すという内容であり、そこに石徳や玄的は関わってこない。『島津琉球軍精記』では中心人物の活躍も増えるが、それと同じように中心人物を取り巻く周囲の人々の活躍も描かれる。それは琉球方の張助幡に限らず、薩摩方の佐野帯刀周辺の叙述も同様である。A1『薩琉軍談』で名前のみ登場する武将たちが、佐野帯刀や張助幡といった中心人物を取り巻いて活躍の場が与えられているのである。人物名のみから、その活躍の描写へ、物語増幅の表現構造の一端がうかがえよう。

続いて引用するのは、B3『島津琉球軍精記』「大膳張助幡が眼を打つ事并寄手王城を乗取る事」である。これは先に掲げた合戦一覧では、「H　琉球都の戦い」にあたり、A1～A5、B1、B2の諸本にはうかがえない描写である。

> 張助幡は正面の手を気遣いに思い当たる敵を早く退けんと**一人あせつて防ぎ居ける**。其の間に種ヶ島大膳注進

を聞くや否や、飛ぶが如く北の手に来り、楯を片手に振廻はして、橋の上に至り、味方の勢に打ち交り、城の上をきつと見れば、**張助幡或いは矢倉に顕われ、大木大石を投げ落し、又塀に上りて寄手を防ぎ暫時も所を定めず稲妻の如く馳せ廻りしかば、**

ここでは敗走していた張助幡が王城へ戻り薩摩軍を迎え撃つ。琉球方の要として活躍し、薩摩方を退けるが、この後、種ヶ島大膳に短筒で右目を射抜かれ敗北する。張助幡の敗退が、琉球の敗退につながっていくことになる。先に述べた通り、張助幡は虎竹城の戦いの後姿を消し、再び物語に登場することはない。また、琉球都の戦いは、A1～A5、B1、B2の諸本では、都に入る前哨戦において、佐野帯刀の家臣横田嘉助が活躍し、薩摩軍が容易に都に侵入できたのは、都に一番乗りした佐野帯刀のおかげであると認められ、薩摩軍が都に入った時点で勝負は決している。しかし、B3『島津琉球軍精記』では、虎竹城から逃げ帰った張助幡が都に立て籠もり、薩摩軍と最後の戦いを繰り広げるのである。

二例のみの紹介となったが、このほかにも『島津琉球軍精記』では、眼を撃たれながら威を保ち新納武蔵守に対面するなど、張助幡の叙述をかなり増幅している。また、この『島津琉球軍精記』をもとにしている増1『絵本琉球軍記』にもこれらの記述は引き継がれていく。

四　結語――「対外侵略物」としての〈薩琉軍記〉――

以上をまとめると次の表のようになる。

【A群】	【B群】	
A1薩琉軍談〈甲系〉	B1島津琉球合戦記	
←異国語	←毒矢表現	←新たな物語
A5琉球静謐記	B2琉球軍記	B3島津琉球軍精記 増1絵本琉球軍記

ここまで毒矢や詞合戦などから、張助幡の叙述の増広をうかがってきたが、これらの叙述の増幅は、第二節で分析してきた佐野帯刀を中心にした分類、A1『薩琉軍談』、B1『島津琉球合戦記』が〈薩琉軍記〉の基礎テキストたりうるものであり、これらの諸本からB2『琉球軍記』やA5『琉球静謐記』といった諸本へと展開していき、諸本中増広が最も大きくなるのがB3『島津琉球軍精記』であるという構造と付合する。『薩琉軍談』や『島津琉球合戦記』から『琉球軍記』や『琉球静謐記』へ、さらに『島津琉球軍精記』へと物語が展開していく構図が裏付けられるのである。

本節で扱った毒矢や詞合戦の問題は、琉球に対する異国意識が生み出したものであり、〈薩琉軍記〉には、東アジアをめぐる対外的な意識が介在している。特にA5『琉球静謐記』では、琉球侵攻が先の朝鮮への侵略と重ね合わされ、「朝鮮での戦さに比べると琉球での戦さは楽だった」などと諸将が言い合い、琉球は平和なため武威をもたない国であると武断を咎められる結末になっている。また、増1『絵本琉球軍記』には、日本の対外的武威を強調する序が付加され、版行にあたって外国への意識がはっきりと現れているなど、〈薩琉軍記〉には対外戦争への意識が明確にうかがえるのである。つまり、〈薩琉軍記〉を「対外侵略物」[注13]としてとらえ、日本の対外侵攻に関するテキスト全体を俯瞰することが必要であると思われる。[注14] これは〈薩琉軍記〉の本質に関わる大きな課題である。

▼注

（1）合戦一覧については、第一部第二章第二節「物語展開と方法―人物描写を中心に―」を参照。

（2）A1『薩琉軍談』〈乙系〉、A2『琉球攻薩摩軍談』が、C～E「虎竹城」「乱蛇浦」「松原」の合戦を描かないことについては、第二節「薩琉軍記遡源考」を参照。

（3）『薩琉軍談』には、虎竹城の戦いを描く〈甲系〉と描かない〈乙系〉、A3『薩琉軍鑑』につながる〈丙系〉がある。以下特に断りがなければ、『薩琉軍談』はすべて〈甲系〉を指す。

（4）〈薩琉軍記〉では、薩摩側の勇将は源義経、楠木正成などに喩えられ、琉球方の勇将は三国志の許褚、典韋に喩えられる。これは琉球が異国であることを示す一つの事例ではあるが、三国志のパロディと思われるくだりも〈薩琉軍記〉には多く、三国志享受を物語る事例でもある。ここで扱った張助幡のくだりは、渭水の戦いで馬超に追い詰められた曹操が許褚に助けられる物語を転用したものであると思われ、三国志が〈薩琉軍記〉の生成に大きく関与していることを示す。

（5）『琉球軍記』には「誠ニ朝鮮、琉球ノミナラズ、交趾、阿蘭陀、仏郎機万国共ニ従ヒナビク」と、アジア圏にとどまらず西洋の国々の名が採りあげられる。当時の東アジア文化圏とともに西欧諸国との交流を通した、対外情勢との関連をうかがわせる資料として注目できる。

（6）小峯和明「琉球文学と琉球をめぐる文学―東アジアの漢文説話・侵略文学」（『日本文学』53―4、二〇〇四年四月）。

（7）引用は、小野尚志『八幡愚童訓諸本研究　論考と資料』（三弥井書店、二〇〇一年）による。

（8）引用は、立教大学図書館蔵『聖徳太子伝』による。また、「太子伝」については、松本真輔「聖徳太子伝における蝦夷合戦譚の展開」（『聖徳太子伝と合戦譚』勉誠出版、二〇〇七年）を参考にした。

（9）「詞戦い」については、次の論考を参考にした。藤木久志「言葉戦い」（『戦国の作法』平凡社ライブラリー、一九八九年）、三浦億人「物語の中の「詞戦い」」（小峯和明編『『平家物語』の転生と再生』笠間書院、二〇〇三年）、佐伯真一「神話の戦争・征夷の戦争」（『戦場の精神史　武士道という幻影』ＮＨＫブックス、二〇〇四年）、蔵持重裕「声・詞の力と民俗」（『声と顔の中世史　戦さと訴訟の情景より』歴史文化ライブラリー、吉川弘文館、二〇〇七年）。

（10）引用は、『古代政治社会思想』（日本思想大系）による。

（11）B2『琉球軍記』では、琉球侵攻の成果として捕らえられた武将たちの中に「張助幡」の名前がみえるが、捕らえられた場面などの描写はない。

（12）「候慶」は、前出の張助幡の主君である李慶善と同一人物である。〈薩琉軍記〉諸本において、しばしば人名に揺れが見える。理由としては、実際には存在しない武将たちのため、誤写や誤読が頻出したと考えられるが、A1『薩琉軍談』やB1『島津琉球合戦記』の段階で、すでに誤解は生じている。ここに見える「候慶」は、『薩琉軍談』において、「**李玄国候慶**善」とあることによる。

（13）朝鮮、琉球、蝦夷など、日本から外国への侵攻を描いた作品すべてを「対外侵略物」と定義したい。「対外」は「対内」的な侵略と区別するためのものである。例えば秀吉による九州侵攻の軍記は、『豊臣鎮西軍記』など数多く残されているが、同じ薩摩の合戦譚でも、『豊臣鎮西軍記』のような軍記と〈薩琉軍記〉のような外国との戦さの表現は異なるはずである。ここまでみてきた夷敵としての表象もその一つであろう。両者の比較分析も急務である。

（14）〈薩琉軍記〉以外にも、琉球侵攻を題材とした〈薩琉軍記〉とは異なる内容の記録が諸処に散見する。その一つに『琉球入』が挙げられる。これは、樺山久高を大将とする琉球侵攻を描き、琉球の史書『球陽』や琉球王に仕えた僧喜安の『喜安日記』と類似する。特に琉球の外交文書集『歴代宝案』の琉球侵攻記述に近い叙述をもった作品である。しかし、〈薩琉軍記〉に登場する合戦や人物などは描かれていない。〈薩琉軍記〉や『琉球入』のように、琉球侵攻を描くすべてのテキストを総称して〈琉球侵略物〉と呼んでいきたい。これらはすべて薩摩側からの視点で描かれていることが共通している。

第五節

系譜という物語—島津家由来譚をめぐって—

一　はじめに

ここまで新納武蔵守や佐野帯刀、張助幡といった人物に焦点を当て、諸本展開の様相をうかがってきた。ここでは、島津氏の基盤となる始祖伝承を基軸として、諸本の展開構造をうかがってみる。

島津氏には源頼朝を始祖とする始祖伝説がある。本著書ではこの始祖伝説を「島津家由来譚」と呼びたい。この伝承は、島津氏の正史として位置づけられ、島津氏の基本史料である『島津国史』でも起点となっていく。この由来譚が〈薩琉軍記〉でも語られ、物語の結末に結びつく重要な伏線となるのである。ここでは、「島津家由来譚」を軸に、〈薩琉軍記〉を分析していくことにする。

二　島津家由来譚について

始めに、「島津家由来譚」について確認していきたい。島津氏は初代忠久《ただひさ》から起こり、現在につながっている。次に島津氏の略系図を載せた。▼注[1]

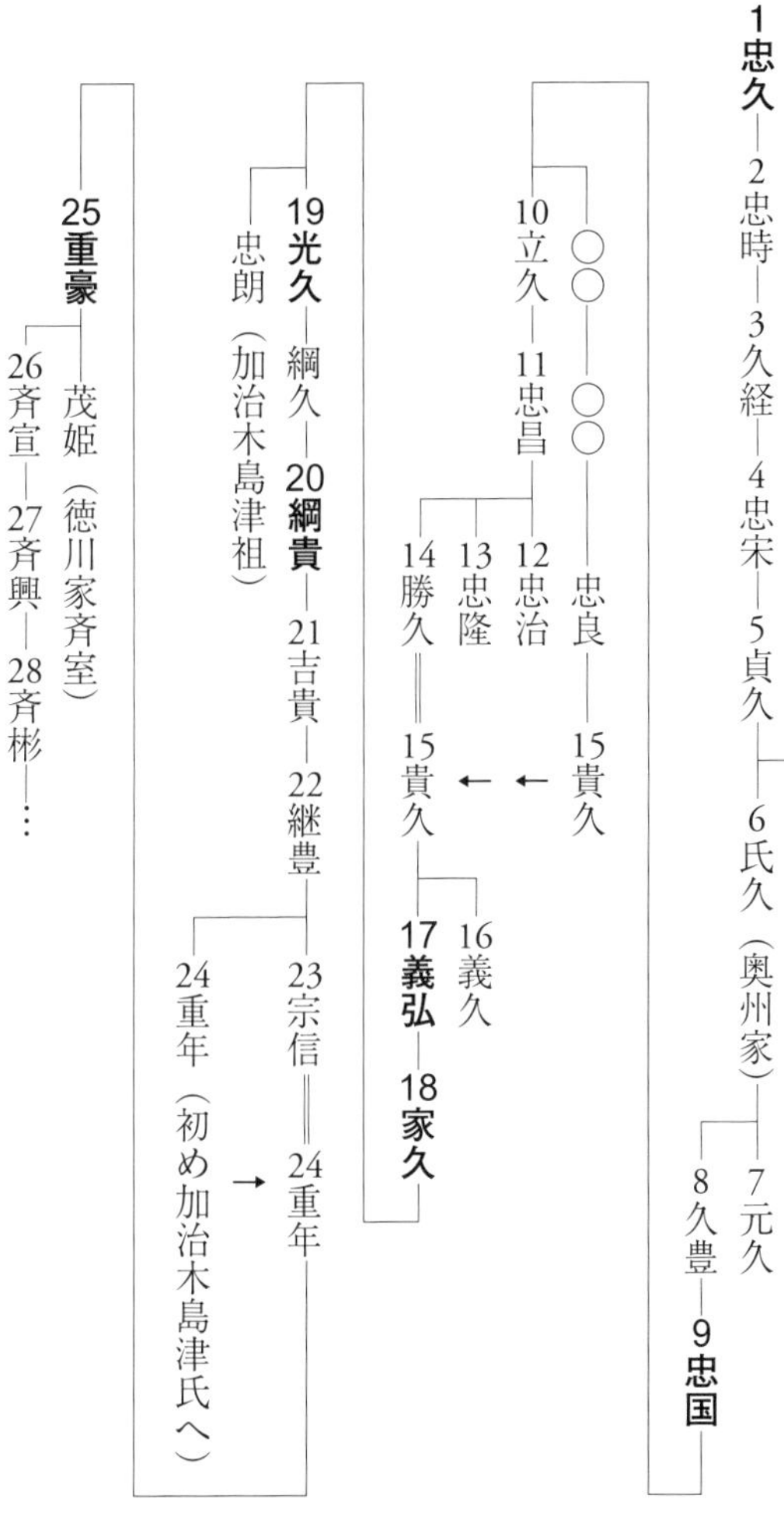

島津の琉球進行時の藩主は、十八代の「家久《いえひさ》」であるが、先々代の「義久《よしひさ》」、先代の「義弘《よしひろ》」は存命であり、〈薩琉軍記〉でも、侵攻時の太守を「義弘」とするものと「家久」とするものがある。▼注[2]島津氏の出自については、摂関家下家司の惟宗《これむね》氏であるとされているが、鎌倉期には惟宗姓をやめて藤原姓を用い、室町期には頼朝ご落胤の伝承と

ともに一時的に源氏を名乗るが、戦国期十六代義久から十八代家久までは、摂関家である近衛家との関係強化のため藤原氏を、近世期に入り十九代光久《みつひさ》以降は源氏を名乗っている。▼注[3] その後、『寛永諸家系図伝《かんえいしょけけいずでん》』などの系図に源氏として以降、源氏姓が定着化し、そこに様々な物語が付与されていく。

この島津氏を頼朝のご落胤とする伝承について、順を追ってみていきたい。次に引用するのは、『山田聖栄自記《やまだしょうえいじき》』「島津忠久御記」である。▼注[4] これは七代元久《もとひさ》から十一代忠昌《ただまさ》まで島津家に仕えた山田聖栄の記録であり、文明十四年（一四八二）には成立していたとされ、「忠久」を頼朝のご落胤とする室町期における資料として知られている。

忝も源之**頼朝**之御子頼家、実朝者、北条四郎時政息女**二位殿**之御腹、当腹御事候。**三男忠久**と奉申は、比企判官義貞之御妹**丹後之御局**之御腹之御子なり。然ニ、二位殿御妬深ニより、**八文字民部太輔**と申人に丹後の御局を給。

ここでは、頼朝の御台「二位殿」、北条政子が、頼朝と丹後局《たんごのつぼね》との密通を妬み、「八文字民部太輔」に嫁がせるということが語られ、「忠久」は頼朝と丹後局との間にできた三男として扱われている。室町期にさかのぼる伝承は、この後、近世期に入り、島津家に利用され、新たな物語を創造していく。

この忠久が頼朝のご落胤であるという「島津家由来譚」は近世期まで引き継がれることになる。次に引用するのは、寛永二十年（一六四三）に、幕府により編纂された『寛永諸家系図伝』忠久項である。▼注[5]

家伝にいはく、はじめ比企判官能員が妹**丹後のつぼね**、**頼朝卿に寵愛**せられてはらむ事あり。頼朝卿の室**平政子**、これをねたむ故に、丹後の局そのつミにあハん事をおそれて、ひそかに上方におもむき、**摂州住吉**にいたり。夜にいりて、旅宿をもとめけれども、里人ゆるさず。時に大に雨ふりて、四方はなはだくらきに、産の心きざしければ、社頭のミづがきのうちに入て、かたハらの石の上にうづくまりをる時、**狐火**に暗夜をてらされて、つゐに男子をうめり。これ則**忠久**なり。今にいたるまで其石を産石と称す。

　これより住吉の末社に稲荷を勧請す。けだし、其夜の狐火ハ、この神のたすけなり。是によつて**島津稲荷**と号す。島津家に雨をもつて嘉瑞とする事ハ、又この故なり。其後丹後局しのんで、関東にくだり、**惟宗民部太輔広言**に嫁す。この故に忠久も又惟宗氏をおかす。しかれども実ハ頼朝卿の子なり。

　ここでは、『山田聖栄自記』で語られた大筋の物語に加えて、稲荷伝承が加えられ、忠久の誕生譚を形成している。ここで語られる稲荷伝承は、御台「政子」の怒りを恐れた「丹後の局」が上方にくだり、住吉に至った時には夜になり、宿をとろうとするが里人はこれを認めない。そうこうしていると、雨が降り始め、辺りが暗い中で、産気をもよおし、住吉社の傍らの石の上にうずくまっていると、狐火が現れ、闇夜を照らしたおかげで安産に恵まれる。この時に誕生したのが「忠久」であるという語りである。「忠久」の誕生譚に、「島津稲荷」の伝承譚とが重ねて語られているものであろうと思われる。「寛永系図」は徳川氏を含めて諸大名が、自己の系譜を確定させる契機であったことは先に指摘がされているが、▼注[6] 島津氏においても「島津家由来譚」が確立する契機となったのである。

　この『寛永諸家系図伝』以後、さらに伝承は浸透していく。次に引用するのは、貞享元年（一六八四）に成立した『島津家譜《しまづかふ》』忠久項である。▼注[7]

　元祖**忠久**者、**頼朝公之他腹之長子**にて、故頼家、実朝両将軍之兄にて、治承三年、**摂州住吉社**辺之石上にて致誕生、于今此石を産石と申候。母は比企判官能員妹**丹後局**にて候。頼朝公之御台**政子**此局をねたみ、**九州に可遣之由**頻に被仰付故、此局を一族共召列させ、住吉辺迄参り、夜に入、俄雨降旅宿を求申候迚、致徘徊時に**狐火**の助け有之候。此住吉末社稲荷之加護と申候て、于今是を**島津稲荷**と唱申候。夫より此局を召列候者共、母子共に此辺に令住居、時節を見合、幼子を致養育候処、此辺之領主などにても候哉。

　八文字民部大輔惟宗広言嫁申候而、忠久も広言家にて成長仕候故、頼朝公之子と申儀を致隠密、惟宗姓を冒し、其後近衛内府基道公の御契子と御約束にて、改藤原候。忠久七歳被召出、致元服加冠者、**畠山重忠**被仰付候。忠之字を請、号左兵衛尉忠久候。

この『島津家譜』は、島津氏の家伝としては古い史料として知られるものである。ここでも『寛永諸家系図伝』と同様の伝承が語られている。『寛永諸家系図伝』との相違は、『寛永諸家系図伝』では、局の意思で上方に下ったのに対して、ここでは御台「政子」の命により、九州へ流される途中の出来事であることと、『寛永諸家系図伝』では描かれなかった「忠久」の元服親に畠山重忠《はたけやましげただ》があてられていることである。後述するが、〈薩琉軍記〉において、畠山伝承は重要視され、「島津家由来譚」の中心人物として重忠が描かれている。近世期における重忠伝承が生まれてくる背景に、『島津家譜』のような記述があることを指摘しておきたい。

ほかにも、『寛政重修諸家譜《かんせいちょうしゅうしょかふ》』『島津氏系譜略《しまづしけいふりゃく》』『島津国史』などに同様の物語が語られているので、この「島津家由来譚」は、江戸期には流布していたことは確実である。また、明治に至るまでの島津の当主を記した、島津氏の家伝をうかがう上での基本史料である『島津氏正統系図《しまづしせいとうけいず》』にも、同様の伝承が記されている。次の引用は、『島津氏正統系図』忠久項である。▼注[8]

○治承三年己亥誕二生**摂州住吉**一ニ、母ハ丹後ノ局也。雖レ為二頼家、実朝之兄一不レルコトハ補セラレ二家督一ニ以レテナリ生スルヲ二他一ニ腹也。

○伝ヘ称ス、初比企ノ判官能員カ妹**丹後ノ局**幸セラレテ二於**頼朝卿**一ニ而有レリ身、頼朝妻平ノ政子妬忌テ以テ逐レフ之。丹後局畏テ二其被一レンコトヲ害セ而出テ二関東一ヲ赴キ二上方一ニ到ル二摂州住吉一ニ。夜求ム二旅宿一ヲ。里人不レ許サレ之ヲ。時ニ大雨甚タ闇、忽チ有二産気一、乃入テ二社辺ノ籬ノ傍一ニ踞ス二石上一ニ。時ニ会フテ二狐火ノ照一レ暗ヲ、遂ニ生ム二男子一ヲ。是レ即チ**忠久**也。時ニ治承三年也。至レテ今ニ号シテ二其ノ石一ヲ称ス二**産ノ石**一ト。住吉ノ末社ニ有二稲荷一、蓋シ其ノ夜狐火者此ノ神之助也。故ニ号ス二**島津ノ稲荷**一ト。且ツ島津ノ家ニ以レテ雨ヲ為二嘉瑞一ト者此ノ故也。其ノ後丹後局潜ニ下二向シテ関東一ニ、以嫁ス二惟宗民部大輔広言一ニ。故ニ忠久モ亦タ冒ス二惟宗ノ氏一ヲ。然トモ実ハ頼朝卿ノ子也。

この『島津氏正統系図』や島津氏にとっての正史を記す『島津国史』にも同じ内容の伝承が記されることから、この忠久の誕生譚、稲荷伝承は、まさしく島津氏における事実であり、正統な伝承となっていたのである。

ここまで、島津家によって語り興された系譜類で「島津家由来譚」をたどってきた。便宜上、これら一連の系譜類を、〈薩琉軍記〉に描かれる伝承と区別するために、〈島津家譜〉と呼ぶことにする。

三 〈薩琉軍記〉における島津家由来譚

近世期には、すでに確固たる地位を得ていた「島津家由来譚」は、〈薩琉軍記〉に取り込まれていく。まず、A群の初期型のテキストであるA1『薩琉軍談』により、〈薩琉軍記〉に描かれる「島津家由来譚」を確認しておきたい。以下に、『薩琉軍談』「島津家由来之事」の梗概を記した。▼注[9]

薩摩の太守島津氏は、**源頼朝**と寵妾「**若狭局**」との御落胤が端である。御台所の**政子**はそれを妬み、頼朝が家臣の妻の喪に服しているのを幸いとして、**畠山重忠**に殺害するように命令する。命を受けた重忠は、御台所からの命令とはいえ、頼朝の子を懐胎していることを重く受け止め、家臣の**本多**、**猿亘**の二人に、局を逃がし、生まれてくる子を養育するように申し付けた。二人は関東では御台所の目が及ぶだろうと、都見物に身をやつし上方を目指した。

さらに西国へと旅路を向け、住吉に着くと、にわかに産気づき、男子を産み落とす。住吉の神官たちの保護を受け、その後、西国に赴かんとする。住吉と難波の間、天下茶屋で休んでいると、筑紫の大名家と思われる一行が、局を見て茶屋に立ち寄った。大名は「島津四郎大夫」と名乗り、局に何処へ向かうのかと尋ねる。本多、猿亘の両人は、これも御縁と局の素性を明かし、保護を申し出る。嫡子に妻がいなかった島津四郎は、若君を養育することを承り、薩摩に落ちのびる。成長を遂げた若君は「**島津左近大夫義俊**」と名乗った。これが、A群の基本となるA1『薩琉軍談』の「島津家由来譚」である。〈島津家譜〉との相違をみてみると、稲荷の霊験譚が語られないことが指摘できる。A1『薩琉軍談』「島津家由来之事」では、住吉に祀られている神功皇后の伝承を引くなど住吉の霊験譚として物語が展開している。また、畠山重忠が、局の逃亡に加担していることも注目される。〈島津家譜〉では「丹後局」とする、局の名前を「若狭局《わかさのつぼね》」とすることも、〈薩琉軍記〉の特徴であり、これはA群の諸本全体に関わる相違である。

〈島津家譜〉との最も大きな相違は、〈島津家譜〉が島津の始祖を「忠久」とするのに対して、『薩琉軍談』では「義俊」とすることだろう。ここで登場する「島津左近大夫義俊」という人物は、『薩琉軍談』において、「是薩州島津家中興の祖也」と、島津家の「中興の祖」とされる人物である。しかし、この人物については未詳であり、A1『薩琉軍談』のほかには、その増広本であろうと考えられるA3『薩琉軍鑑』やA5『琉球静謐記』にのみうかがえる人名である。始祖となる人物の伝承か、中興の祖となる人物の伝承かという点でも異なっている。

続いて、同じA4『琉球征伐記』についてうかがってみる。次の引用は、A4『琉球征伐記』「島津家来由之事」である。

> 御台イヨイヨ怒リツヨク、「景時、如何ニ如何ニ」ト問玉ヘバ、**梶原**謹而答テ曰、「尤御憤リハ御コトワリニ候ヘドモ、若狭ハ君一旦ノ御寵愛。何ゾ御前ト思召変アラン。併シ君ノ御血脈ヲ宿セリ。未ダ産以前ニ是ヲ害スルハ、君ヲ害スルニ同ジ。天ノ照ランモ恐レ多シ。只願クハ、平産後ヲ待テ仰付ラレヨ」ト諌メ申セバ、（中略）年ヲ歴テ、右大将家、島津親子ヲ召出サレ、薩州・大隅并日向ノ国ノ内ヲ玉フ。**島津三郎忠久**ト云。是**中興元祖**也。是ヨリシテ**忠義**、**久経**、**忠宗**、**氏久**、**元久**、**忠国**、**義久**、**義弘**ニシテ国乱ル。羽柴秀吉大軍ヲ以テ薩州ヲシタガフ。

この『琉球征伐記』の物語の流れは、A1『薩琉軍談』とほぼ同じだが、大きな違いは、『薩琉軍談』では、局を逃がす役割が畠山重忠であったのに対して、その役割を梶原景時《かじわらかげとき》が担っていることがあげられる。また、A1『薩琉軍談』と同様に、稲荷の霊験譚は語られず、始祖である「忠久」の誕生譚が軸になる。さらに、『薩琉軍談』との相違点として、義弘までの当主の名前が記述されることがあげられる。

ここまでA群について、簡単にまとめてみると、A群の特徴として、始祖（義俊、忠久）の誕生譚に語りの焦点が当てられていることがあげられる。また、島津稲荷にみるような稲荷の霊験譚を描かないことも特徴の一つである。しかし、これには例外もある。A5『琉球静謐記』がそれにあたり、先のA1『薩琉軍談』、A4『琉球征伐記』とは大きな異同があり、明らかな改変のあとがうかがえる。特に大きな違いとして、物語の中心人物である佐野帯刀が出陣の際における、戦勝祈願でおこる怪異譚があげられる。次に、A5『琉球静謐記』「佐野帯刀出陣怪異之事」に描かれる怪異譚の梗概を記した。

> **佐野帯刀**は出陣に際して戦勝祈願をおこなう。帯刀が装束に着替えていると、晴れ着を着用しているはずが、喪服に変わっている。これを怪しんだ帯刀の奥方は、氏神に戦勝祈願の使いを立てる。しかし、祈願の儀式はことごとく失敗に終わる。夜が明け、使者が帰る。使者は白紙の紙を渡し、帯刀の死を暗示すると、忽然と姿を消してしまう。しかも、まだ夜は明けておらず、夜中であった。帯刀の郎党はこれを**狐の仕業**であると思い、**狐狩り**をおこなう。使者が予言した通り、帯刀は琉球にて戦死する。島津氏には由来に関わる稲荷信仰があり、**島津義俊**の誕生譚を通して、**稲荷の霊験**が語られる。

ここで注目されるのは、この怪異譚に続いて、稲荷の霊験譚を伴った「島津家由来譚」が語られることである。「島津家由来譚」はほかの諸本では冒頭で語られているが、ここでは佐野帯刀の物語に取り込まれているのである。〈薩琉軍記〉は薩摩方の新納武蔵守と佐野帯刀との対立譚を通して、物語が展開していくことについては、先に述べた通りである。[注10] この怪異譚の増幅も、対立譚の展開による物語の増広であると考えられる。「島津家由来譚」だけみても、A5『琉球静謐記』がA群であることに疑いはない。『琉球静謐記』では、「彼若君、日々にしたがひ成長の後、**島津左近大夫義俊**と名乗られける」と、「島津義俊」と名乗っており、A1『薩琉軍談』系から派生した諸本であることがうかがえる。そして、始祖の誕生に焦点が当てられていることも、A群の特徴に一致する。しかし、稲荷の霊験が組み込まれ語られていることが、ほかのA群にはみられない特殊性をはらんでいる。

また、ここで語られる稲荷の霊験譚は、〈島津家譜〉で語られていたものから、さらに叙述がふくらんでいる。次に引用したのは、天下茶屋で出会った島津四郎大夫が、若狭局を見初める際の理由について語る場面である。

此時彼武士（島津四郎大夫…引用者注）申けるハ、「某尋事余の儀にあらず。夜分、**夢の中**の事なりしか、**白髪の老人**来り玉ひ、「汝明日行あふ女あらん。是を夫妻にして、其子を守り立べし。汝が家栄ん」と告玉ふ。其御名を尋けれバ、「**稲荷大明神の使者**なり」と、**白い狐**と現じ失にけり」と語りけれバ、「偖ハ其夜狐火のてらし、守護ありけるよ」と、有がたく思われけれバ、

ここにあるように、『琉球静謐記』では、若狭局との出会いが、稲荷大明神により夢告されており、「島津武士」、島津四郎大夫の夢の中に、稲荷大明神の化身である白髪の老人が現れて、局と結ばれるように告げるという展開になっている。まさに稲荷大明神が、頼朝の胤を島津氏にもたらす存在として語られているのである。[注11]

ここまでA群の諸本についてみてきたが、次にB群の諸本をみていきたい。まずA群とB群との相違点を、分類の基本となるテキストであるA1『薩琉軍談』とB1『島津琉球合戦記』で確認しておきたい。「島津家由来譚」は、A群では島津家中興の祖「義俊」の始祖誕生譚であるのに対して、B群では島津家の系譜を重視した島津家の家譜を描いているという大きな相違があるほかに、もう一つ『薩琉軍談』と『島津琉球合戦記』とには、稲荷霊験を語

るかどうかという違いもある。次に引用したのは、B1『島津琉球合戦記』「島津氏家系之事」である。

摂州難波を通けるに、日既に暮て行方しれず、杖を力にして立休ふ。其時既に**住吉**の辺りにありしに、**狐火**あつて前後を照らす。是においてしばらく身を**住吉の神社**に寄けるに、妻たまたま娠孕のくるしミ有て、俄に産を催して一男を出生する。時に**治承三年**也。住吉の社地、今に誕生の古跡残つて明白也。此時、**明神奇瑞を子母にたれ給ひ**、又**白狐**来りて産所を守る。**是より其家、狐を以て祥獣とす**。

ここには、先にみた〈島津家譜〉に引かれた住吉社における狐火の伝承、稲荷の霊験記事が採録されていることがうかがえる。また、『島津琉球合戦記』「島津氏家系之事」の冒頭には、「**島津忠久**は、右大将頼朝の第三男なり」とあり、A1『薩琉軍談』では、島津家中興の祖「義俊」とされていた人物が、〈島津家譜〉のように「忠久」となっている。後述するが、『島津琉球合戦記』「島津氏家系之事」の章末には、「綱貫《つなたか》」までの家譜が記されており、島津氏の家譜に重点が置かれていることが指摘できる。A群に描かれた伝未詳である「義俊」と、B群に描かれる、いわば正史として島津の祖とされる「忠久」という違いも、家譜が重要視されている背景がうかがえる事例の一つであろう。B1『島津琉球合戦記』「島津氏家系之事」からは、島津家の正史を書こうとする精神がうかがえるのである。

続いて、B1『島津琉球合戦記』から派生し、叙述の展開、記事の増広がうかがえるB2『琉球軍記』についてみてみたい。『琉球軍記』は、『島津琉球合戦記』より稲荷の霊験譚も詳細になっている。次に、『琉球軍記』「島津家系」を引用した。引用した部分は、先に引用したB1『島津琉球合戦記』「島津氏家系之事」と同場面である。

其道摂州難波ヲ過テ、安倍野ニ至レドモ、阿倍野ハ市中軒ヲ並ベテ賑シク人目多ヲ以テ、傍ノ野径ニ杖ヲ立テ佇ムウチニ、俄ニ日暮テ方角ヲ知ラズ。迷惑ニ及ブ処ニ**灯ノ光**近ク見ヘテ、前程ヲ照ス。其光ヲ便トシテ、彼宮居ヲサシテ尋行ニ、是レ則**住吉**ノ御社也。是ニ力ヲ得テ、須臾神前ニ旅寝セントスル時、偶丹後ノ局俄ニ臨

> 産ノ気ツキタリ。本多（親常）甚益難義シテ是ヲ労ワル。サレドモ安産ニシテ男子ヲ生メリ。実ニ**治承三年三月二十一日**ナリ。住吉ノ社ノ側ニ、島津氏ノ誕生石今ニ残リ世人ノ知ル処ナリ。西国ニ有ナガラ島津ハ住吉ノ産人ナリ。此時、**明神母子ニ瑞ヲ垂レ玉ヒ**、**白狐二匹**来テ産所ヲ守護セリ。**故ニ薩摩ノ家ニハ狐ヲ以テ、祥獣トス**。親常カノ婦人ト幼児ヲ阿倍野ノ民家ニ居住サセ置テ**相州へ立帰リ、「丹後ノ局ハ難産ニテ身マカラレシ」ト、偽リスマシケリ**。

『島津琉球合戦記』では、「狐火あって前後を照らす」とのみあった叙述が、ここでは、「迷惑ニ及ブ処ニ燈ノ光近ク見ヘテ、前程ヲ照ス。其光ヲ便トシテ、彼宮居ヲサシテ尋行ニ」と、光に導かれて住吉に至った経緯が細かに語られている。さらにこの「灯ノ光」の正体は不明であり、「狐火」とあった『島津琉球合戦記』より、ぼかした表現と言えよう。住吉の霊験ともとれ、住吉と稲荷とが混同されているようにもとれるが、後に明神が白狐二匹を遣わし守護させたとあるので、稲荷明神の霊験ととらえられるだろう。さらに、『琉球軍記』では叙述の展開がうかがえ、「丹後ノ局ハ難産ニテ身マカラレシト、偽リスマシケリ」と、局が亡くなったと偽って届け出るという新たな展開が生まれている。

このように〈薩琉軍記〉は新たな叙述を盛り込み変容していくが、その最たるものが、B3『島津琉球軍精記』であろう。『島津琉球軍精記』は、二十七巻と大部な伝本であり、二十七巻中の巻一「島津家系図の事」、巻二「島津忠久誕生の事並子孫繁盛の事」の二巻を「島津家由来譚」にあて、忠久から家久までの当主一人一人についての事績を記している。『島津琉球軍精記』の「島津家由来譚」を簡単にまとめてみると、次のようになる。

> 政子は頼朝が**比企藤内朝宗の娘**と密通したことに嫉妬し、**源藤太広次**へ殺害するように命じる。広次は比企の娘が頼朝の子を宿していることを知り、殺すことができずに逃がす。摂津難波まで供をした広次は、短気を起こして自害などするなと言い残して鎌倉へと戻る。比企の娘は足の赴くままに住吉に至り、住吉社前の石の上

> で産気づき、出産する。出産の際には、**白狐が介抱し**、夜にも関わらず白昼のように明るかった。この時、住吉の**神威津守国友**の館に異香が燻じる。また神前が光り輝くのを見て、何事かと思い神前へと向かうと、比企の娘と若君を発見する。この後、国友は若君を伴い頼朝と謁見する。

ここでは、これまでみてきた諸本にはうかがえなかった人物が多数登場していることがわかる。特に、局と若君を保護する「神威津守国友」などの存在は他本にはうかがえない、『島津琉球軍精記』独自の物語である。さらに注目すべきは出産の際に、白狐が局を介抱したという叙述であろう。『島津琉球軍精記』「島津忠久誕生の事並子孫繁盛の事」の白狐についてみてみると、次のようにある。

> 時に**治承三年五月十六日**なり。月明りあると云えども、向う人もなく松風物すごく聞えし故、「神前を下り、人家を尋ねん」と歩行ける所に、俄に腹痛いたし動く事ならず、傍なる石の上に腰打掛け、「気を鎮めん」と思うに、早産の気味ありて苦しむ。折しも**乾の方**より**車輪の如くなる光物**表れ、産所を照らし白昼の如し。又**白狐**忽然と出で来り、婦人を介抱しける。程なく男子を平産す。

これは、先に引用したB1『島津琉球合戦記』、B2『琉球軍記』と同じ場面である。ここでは、住吉社にて局が産気づいた時、乾の方向から「車輪の如くなる光物」がやってきて、白昼の如く局の周りを照らしている。また、「白狐、忽然と出で来り、婦人を介抱しける」と、白狐が局を介抱する様子も描かれており、まさに稲荷の霊験譚が、おもしろく仕組まれていると言えるのではないだろうか。

ここでB群を簡単にまとめてみると、B群の特徴は、「島津家由来譚」を系譜として意識的に扱い、〈島津家譜〉に採録されている稲荷の霊験譚を引用し、さらに叙述を展開させ、説話として、増幅させている諸本といえる。また、B群は島津の家譜を描くことに重点が置かれており、これが結末に呼応してくるのである。

四　島津家由来譚と物語の結末

ここまでみてきたように、〈薩琉軍記〉において、冒頭の「島津家由来譚」は諸本分類の基準になりうる。その分類の基準に、稲荷伝承が挙げられ、A群、B群に分類できることについて述べてきた。ここまでたびたび触れてきたが、「島津家由来譚」は〈薩琉軍記〉の結末に呼応する重要な章段である。ここからは、「島津家由来譚」と物語の結末とをあわせてみていきたい。

まず、A群についてみていきたい。先にA群の特徴として、始祖の誕生譚に語りの焦点が当てられていることについては、先に指摘した通りである。A1『薩琉軍談』の冒頭「島津家由来之事」をみると、次のようにある。

> 抑薩州の太守島津氏の家と申すハ、清和天皇の御孫、六孫王経基の御子、多田の満仲の男、伊予守頼義之三男、**新羅三郎の末流**にして薩州鹿子島に居城し家富栄給へける。其由来を尋るに、鎌倉将軍新大納言正一位惣追補使**源頼朝公**の御寵妾**若狭の局**と申て、容顔美麗の女性御寵愛他に異にして、比翼の御契り浅からず御懐胎成けるを、

ここでは、島津氏は清和天皇から連なる源氏の直系であり、頼朝と若狭の局との間にできたご落胤であることが語られている。また、『薩琉軍談』では「新羅《しんら》三郎《さぶろう》の末流」とするが、周知の通り、頼朝は八幡太郎義家の末流である。なぜここで「新羅三郎」となるかについては、さらに分析を進める必要がある。

『薩琉軍談』では、頼朝のご落胤は、島津家中興の祖「島津義俊」となる。この「義俊」伝を冒頭に置く『薩琉軍談』の結末をみてみることにする。次に引用したのは、A1『薩琉軍談』末尾「琉球国都責之事并諸官人降参之事」である。

> 義弘、唐木の書院に呼出し対面せられ、**帰伏和漢合体の約速**して、祝儀の盃をし武蔵守軍功等を称せられ、誠に以外国迄島津か武威をおそれ、猶又松平の常盤なる賢君の余威のかうぶりし所也。夫より彼国**島津と婚姻**を通し**合体の国**と成りけるハ、日本の武名の余国に聞へし所ぞ目出度かりし有さまなれ。

ここでは、「帰伏和漢合体の約速」として、島津氏と琉球王との結びつきが語られている。さらに、松平とのつながりが言祝がれ、結果として、島津氏と琉球王との婚姻を侵攻の成果とするのである。これは、源氏である島津氏の血統が琉球へと流れ込むことを示唆していると思われる。源氏の血が琉球へと流入してくるという叙述は、島津氏を源氏として格づける冒頭の「島津家由来譚」と呼応している。また、この叙述姿勢は、為朝の琉球渡来譚を描かないことにもつながってくる。▼注[12] 島津氏と琉球王家との婚姻を語る諸本は、A1『薩琉軍談』のほかにも、A2『琉球攻薩摩軍談』、A3『薩琉軍鑑』があげられ、A群でも、A2『琉球攻薩摩軍談』とA3『薩琉軍鑑』は、かなり近い存在として指摘できる。▼注[13]

では、次にA4『琉球征伐記』についてみていきたい。次に引用するのは、『琉球征伐記』末尾「武蔵守一氏凱旋」である。

> **又八郎家久**大隅守ニ叙セラレ、**松平ノ姓ヲ給ヒケル**。（中略）扨又新納武蔵守一氏父子ヲ始メ恩賞セラレ、琉球国ニテ討死ノ大小人夫ノ沙汰ニ及ビ、追善ノ供養ヲシテ、**家嫡松平大隅守家久**初メテ、**駿府**、**江戸ノ両公へ参礼**、首尾能ク相調ヒ、是ヨリ連綿トシテ参勤。誠ヤ神徳武徳詮度、**徳川ノ流派《（ママ）》ト成リ**テ、**島津ノ浪静ナル**コソ目出ケレ。

ここでは、侵攻の褒賞として、家久、つまり島津氏が松平姓を名乗り、駿府と江戸へ参勤する様子が描かれている。また、「徳川ノ流派ト成リテ、島津ノ浪静ナル」と、徳川の御代の中で、島津家が安泰になることが語られているのである。まさに、徳川の治世安泰を侵攻の成果とする叙述姿勢がうかがえる。『琉球征伐記』には、結末以外にも、

「惟新入道参府之事」という章段が加わり、義弘が家康に召され、家久の参勤の後れや琉球への対応などを咎める章段が加わっており、家康、徳川家に関する記述の増広がみられる。▼注[14]

続いては、A群において、物語が増広される中で、派生した問題点についてみていきたい。次に引用したのは、A5『琉球静謐記』末尾「琉球平均并帰陣之事」である。

諸士夫々に感状、引出物、賞録所有。薩摩勢共申けるは、「先年、**朝鮮**は万死一生の軍しても給はらざりける賞物を、此度国順礼同事の**遊び軍**して子孫の宝を得たり」と悦びけり。此事**江戸人**も聞へ、東武殿中にても**琉国不武の事**取々沙汰有ければ、**琉球参勤之時、松平伊豆守殿**、折を以て相尋られけるは、「いかなれば琉球国は武道をしらざる国に候や。兵法の書といふ者なきや」と尋られければ、琉球国王答へて申されけるは、「我国いにしへより戦あらそふ事なし。親死して子続き、児死して弟更続。故に武に委しからず」とこたへられければ、伊豆守殿、**顔を赤めて退ける**。台徳に達しければ、誠にやさ敷事に思召。以来琉球国王を**御老中列の次**に座せしめ、十万石以上**大名格**にぞ定められけるとかや。

先に述べたように、『琉球静謐記』では、A群では盛り込まれなかった島津稲荷の伝承が語られている。結末も独特であり、琉球王が老中の次席につき、大名格になるという後日譚で幕が閉じられている。特に注目したいのは、琉球侵攻が武断を咎める教訓譚として語られていることと、松平伊豆守という人物が、琉球王に論破されるという物語が加わっていることである。松平伊豆守は、知恵伊豆として名高い松平信綱《まつだいらのぶつな》のことであろう。総じて琉球がヤマト側に認められ、ヤマト側の機構の中に組み込まれたことを述べている。ここで松平信綱譚が語られていることについては、さらなる検討が必要であろう。▼注[15]

以上、A群についてまとめてみると、基礎テキストであるA1『薩琉軍談』は島津家と琉球王家との婚姻を語り、その増広本であるA4『琉球征伐記』では島津氏の松平改姓と、徳川氏の治世を言祝ぐといった内容が語られている。

さらに、物語が増幅したA5『琉球静謐記』では、琉球王が高く評価され、ヤマト側の機構に取り込まれている様子がうかがえる。これらは島津氏と琉球王家との結びつきを描くことにより、源氏と琉球とが結ばれることを強調しており、琉球を日本化（ヤマト化）するという、支配の正当化としても物語られている。

続いて、B群の内容をうかがっていきたい。これまで述べてきたように、B群の大きな特徴は、島津氏の系譜として「島津家由来譚」を扱うことである。B1『島津琉球合戦記』冒頭「島津氏家系之事」には、次のようにある。

島津忠久は、右大将頼朝の第三男なり。（中略）嫡子を**貴久**、二男**忠綱**右馬頭と。号す貴久三子あり。嫡男は**義久**修理太夫。天文二年に落髪して龍伯と号す。二男**義弘**初ハ忠平。兵庫頭。三男左衛門尉歳久。家嫡義久龍伯男子なきにより、義弘其流をつぐ。義弘、**家久**大隅守黄門を産む。家久、男子三十一人早世す。三男**光久**、**国家**を産む父に先達卒す。寛文十三年二月中卒。行年四十二歳なり。其子**綱貴**奉禄を請つぐ。

これをみると、各当主の名前の後に割り注が組み込まれたり、当主に対する情報が本文として盛り込まれていることがわかる。このような当主に対する情報は、B群に分類したB2『琉球軍記』、B3『島津琉球軍精記』にもうかがえる叙述である。これは、B群の家譜への意識の強さ、歴史を叙述しているという立場のあらわれだろう。

さて、島津が琉球へ侵攻した時の当主は家久だが、『島津琉球合戦記』には綱貴までの事跡が記されている。この綱貴は、結末で描かれる「金武王子《きんおうじ》」来朝の時には誕生しており、まさに冒頭の「島津家由来譚」が結末の「金武王子」来朝に付合しているのである。綱貴は二回目の寛文十一年（一六七一）時の当主の「光久」の孫であり、父が綱久が早世したため、光久より家督を継ぐ人物であり、寛文十一年にはすでに誕生している。▼注[16] 次に引用したのは、『島津琉球合戦記』末尾「琉球国都責并諸官人降参之事」である。

次に生捕を引出し、唐木の書院の間へ呼出し、一人へ対面し、**和睦の合体の祝義の盃**など相満けるハ、誠に勇々敷次第也。同（慶長）十四年七月七日、将軍家より「琉球征伐事故なく早速勝利を得、国主を虜にし日本え帰伏せしむる条、比類なき働き、**神后已来の珍事**なり」と御感不斜。別御褒美として、琉国一国家久に恩賜有ければ、**家久の面目**羨ざるハなし。同八月八日、家久琉国王を伴ひ、初て駿府に至り公ニ謁し奉る。寛文十一年七月二十六日、（中略）同日御暇被下、**大隅守修理大夫**同道して**金武王子**と営す。大広間下段に中山への遣され物を積置、御次の間へ金武王子座す。老中、上意の趣伝達す。次に三の間にて金武王子への下されもの、老中伝達せらる。金武王子謹て頂戴すと云々。

ここには、寛文十一年に来朝した「金武王子」と光久が面会している場面が描かれている。「金武王子」は、寛永十一年（一六三四）に、佐敷王子《さじきおうじ》とともに家久に伴われ、将軍家光と接見している人物であり、琉球国からの最初の江戸上り（江戸立ち）の慶賀使として知られている。▼注[17]

『島津琉球合戦記』には、「和睦の合体の祝義の祝儀の盃」と、島津氏と琉球王家との合体、つまりはA群で確認できた婚姻ととることのできる表現が語られている。しかし、A1『薩琉軍談』のように、はっきりと婚姻を描くことはなく、むしろ『島津琉球合戦記』が焦点を当てるのは、琉球王を捕らえ、日本へ連行し、朝貢させることになったことである。これについては「神后已来の珍事」と、もてはやされてもいる。琉球を日本へ帰伏させることが、結末の金武王子の来朝につながるのである。これもB群の大きな特徴といえ、同じくB群に分類したB2『琉球軍記』、B3『島津琉球軍精記』も同様の結末で物語が締めくくられている。

B群に描かれる金武王子の来朝は、島津家に関する史料で確認ができる事象である。次に挙げたのは、島津氏の史料をとりまとめた『旧記雑録《きゅうきざつろく》』巻八十七「家久公御譜」中、寛永十一年閏七月二日付の島津家久宛、老中酒井《さかい》忠《ただ》勝《かつ》、土井《どい》利勝《としかつ》の書状である。▼注[18]

両通之貴札令拝見候。然者琉球之国主御代替付而、公方様江御礼申上候様ニ与思召兼日被仰出候処、当国主煩ニ付、子息并国守**金武**近日**来着之由承**、御書中之通達上聞之処、則於京都御礼可申請之旨被仰出候間、其御心得尤候。恐々謹言。

ここには琉球の王が代替わりして、国主である琉球王が本来参勤しなければならないが、体の調子が悪いため、子息と「金武」が来朝する旨が記されている。また、嘉永三年（一八五〇）に、幕初以来の外国応接の歴史を明らかにするために、幕府により編纂された外交史料集『通航一覧《つうこういちらん》』には次のようにある。▼注[19]

巻之五・琉球国部五「来貢・寛永十一年条」

寛永十一甲戌年、琉球国中山王尚豊使者、佐鋪、玉城、**金武**、三王子**来朝**。閏七月九日、山城国二条城二丸にをいて、大猷院殿に拝謁し、尚豊より数品を献し、また三使自己の献物あり。

巻之七・琉球国部七「来貢・寛文十一年条」

七月廿八日、中山王尚貞が襲封の恩謝使、**金武王子**登城。少将光久、同修理大夫**綱貴**これを率ゆ。巳后刻厳有院殿大広間に出御其御礼を受させらる。献物あり。

これによれば、寛永十一年に「佐鋪、玉城、金武」の三人が来朝したことが確認でき、寛文十一年には「金武王子」が来朝し、綱貴と対面したことが確認できる。いわばB群は歴史的な事象を盛り込み、島津家の歴史を描こうとする叙述姿勢がうかがえよう。これは島津家の家譜を語ろうとする、冒頭の「島津家由来譚」に直結していくはずである。

このほかにもB群の諸本間には、犬追物射方や高麗伝来の山雀の記事が盛り込まれるなど共通する叙述が多く見受けられる。特に注目したいのは琉球情報を多く盛り込んでいることであり、京都大学蔵『島津琉球合戦記』（B1・②）には「琉球故事談」という独特の章段が加わっているほか、B2『琉球軍記』では「琉球地理産物之事」という章段で琉球の伝承などを採録している。B群の諸本が、琉球に関する様々な諸伝を盛り込むことは、ここでは指摘するだけにとどめたい。今後さらなる追求が必要である。

続いて、B群の増広本であるB2『琉球軍記』についてみていきたい。次に引用したのは、『琉球軍記』冒頭「島津家系」である。

此局懐妊セラレシヲ、頼朝ノ室政子嫉妬ノ心深ク、**本多次郎親常ヲ召シテ**、彼ノ局ヲ由井ノ浜ニテ頭ヲ刎ベキ旨ヲ仰ラル。（中略）本多ハ畠山庄司重忠ノ家臣ニテ、相州早川尻ノ産ナリ。**畠山ガ家ニ本多次郎親常**、**榛沢六郎成清**トテ**両翼ノ家臣**也。（中略）其子**貴久**、永禄三年ニ卒七十七歳。次ハ島津修理太夫**義久**三位法印龍伯、豊臣太閤秀吉公ニ攻ラレ降参シテ家無事ナリ。其子兵庫頭**義弘**、朝鮮ノ役ニ大功有リ。慶長五年、石田治部少輔三成ニ党シテ、関ヶ原敗ルルトイヘドモ恙ナク帰国シ、従三位薩摩宰相ト成ル。其嫡男松平大隅守**家久**、従三位中納言ニ至リ、**右大将頼朝卿ノ正統**トシテ、五百七十余年連綿シテ、日向、大隅、薩摩三州ヲタモテリ。

ここでは、B1『島津琉球合戦記』において、割り注で説明された人物伝よりも、秀吉の九州侵攻、朝鮮侵略や世に名高い関ヶ原における義弘の敵陣突破など、さらに詳しい人物伝が語られている。注目すべきは、「両翼ノ家臣」と語られる「本多次郎親常」「榛沢六郎成清」という二人の人物である。この二人が局を助けて、鎌倉を離れていくが、この二人の名前は、他本では別の人名であり、「本多、榛沢」とするのは、B2『琉球軍記』のみである。▼注[20]この「本多、榛沢」という二人の人物は、実は『平家物語《へいけものがたり》』やお伽草子『いしもち』に名前が確認できる。次に挙げたのは、延慶本『平家物語』第五本「兵衛佐ノ軍兵等付宇治勢多事」である。▼注[21]

畠山ノ庄司次郎重忠、生年廿一ニナリケルガ、（中略）河ノハタヘゾ打ノゾミタリケル。**伴沢六郎成清**、**本田次郎近経**以下ノ郎等五百余騎、クツバミナラベテス、ミケリ。

これは宇治川の先陣争いの叙述である。畠山重忠に続き、「伴沢六郎成清」「本田次郎近経」が宇治川を渡る。ここでは、表記の相違はあるものの二人の名前がうかがえる。この叙述は、覚一系の語り本や『源平盛衰記《げんぺいじょうすいき》』などに

もみえるが、二人の名前が同時に出てくることはない。続いてお伽草子『いしもち』をみてみると、[注22]

去る間、**畠山、本田、榛沢を召して**、「いかに両人承れ、過ぎにし頃、鎌倉に大事の謀反ありと聞く、嫡子重保を鎌倉へ登せしが、いつよりもこの度は胸打ち騒ぎ、心許なく思ゆるなり。しやうのうちの勢揃へ、急いで打って登るべし」

とあり、畠山重忠が息子の重保を救出するために「本田、榛沢」という二人の人物を遣わすという叙述がうかがえる。重忠が二人を召して行動させるという物語の展開が、B2『琉球軍記』「島津家由来譚」と近似している。〈薩琉軍記〉流布の過程で、平家伝承、特に畠山重忠伝承の流入の可能性が指摘できる。様々な伝承を取り込んで諸本が増広していく様子は、A5『琉球静謐記』の松平信綱譚と同様の指摘ができる。この問題についても、さらなる検討が必要であり、今後の課題としたい。

五　「島津家由来譚」のさらなる展開――地蔵霊験譚との結びつき――

A1『薩琉軍談』の一伝本に、これまで確認してきた「島津家由来譚」とは異なった言説を有するものがある。近年発見された立教大学所蔵本（A1・乙系⑤）がそれであり、これは、『薩琉軍談』〈乙系〉にあたる。[注23]立教本は『薩琉軍談』にあたるが、「島津家由来譚」は大幅に書き換えられており、これまでみてきた『薩琉軍談』とは異なった物語を展開している。

『薩琉軍談』との違いにおいて、注目すべきは登場人物である。『薩琉軍談』では、島津家中興の祖「島津義俊」なる人物が、頼朝のご落胤として島津にやってくるのだが、立教本は「島津忠久」とする。また局の名前も「丹後局」であり、〈島津家譜〉と同じ人名を採っている。さらにこの御子を迎えるのが、「八文字民部少輔氏久」という人物であり、島津の起こりを惟宗氏からとするのである。これらのことは、〈薩琉軍記〉で語られていた「島津家由来譚」とは異なっており、むしろ〈島津家譜〉に等しい。だが、この伝本の最大の特徴は、「島津家由来譚」に私注を施していることであり、その結果において地蔵の霊験譚が組み込まれていることである。これらを踏まえて、立教本の内容をうかがってみよう。

物語の始まりは同じであり、頼朝と丹後局とが懇ろの中になり、丹後局が懐妊することに端を発する。これに嫉妬した御台政子は、頼朝が暑気当たりで臥せっていることを契機に、丹後局を由比ヶ浜に渡し、首を刎ねよと命じると、これを秩父の本田次郎近道が押しとどめる。本田は畠山重忠と相談すると、摂州住吉の神主は、六條判官為《ため》義《よし》の婿であり、頼朝とも縁が深いので、住吉を頼るべきだと告げられ、住吉にくだる。住吉に到着したくだりが次のようである。

斯て、摂州難波を過ギ行時、あやしや、俄に日くれ、雷雨頻りに降り来り、東西を不弁、南北をわけかねたり。然ル所に、**南のかたより何やらん、火夥敷見へければ**、（本田…引用者注）近道、「扨は彼方に人家有」と思ひ、此火を便りに行ければ、一ツ林有中に一宇の堂に行着きたり。近道、道中をみれば、燈火数多ともしツツ、**御僧六、七人、御経よんでましましける**。其中に上座ニ居給ふ**老僧**、人々を見給ひ、「夫なる旅人は、道に端々迷ひ、疲たるものともと見へたり。くるしからず、堂の上に登り、休息せよ」と有ければ、人々悦び、御堂へ上り、暫く休ミ居たりしが、丹後局頻りに出産の気味相催し悩ミ給ふ。件の老僧、是を見給ひ、「夫レ成女は出産すると見へたり。あら不憫哉」と、手を取て引立給ひ、我膝の上に乗せ、腰を懐き給ふとひとしく、平産し給ふ。近道、「こは忝」と言内に、此堂も此僧達も悉く消へ失せて、四方晴れ渡り、白日天に輝に、日はまだ未刻にて、丹後の局ハ、**石仏の地蔵の台座に腰をかけ、出産し給ふぞ不思議なり**。されば、丹後局、**平日地蔵尊を信仰有之故**、斯る霊験にあひ、無恙平産仕給ふ也。

ここで語られる言説は、難波を過ぎると辺りが暗くなり、雷雨が激しくなる。方角もわからなくなり、迷っていると、南の方におびただしい火を目撃する。南に人家があるのだろうと尋ねると、そこに一つの御堂があった。そこには六、七人の僧が読経をあげている。局はここで産気づき、老僧の膝の上で出産する。すると、たちまちに僧や堂が消え、闇が去り、晴天になる。局は石仏の地蔵の台座の上で出産していた。局は日々地蔵尊を信仰していたので、このような霊験にあずかったのだとされる。まさしく地蔵霊験譚である。先にみた「島津家由来譚」では、地蔵の存在はみられず、稲荷の霊験譚として語られていた。地蔵が稲荷に取って代わった伝承になっている。「島津家由来譚」では、狐火が顕れるが、立教本では、「火夥敷見へければ」とし、その正体も、灯火を多数焚いているものであったとされている。

また、立教本の注には、

島津家系之条之事

後太平記八巻　**西国太平記**三巻

地蔵経直談抄四并十二巻等に委ク出有之。

とあり、地蔵霊験譚の出典は、『後太平記《ごたいへいき》』や『延命《えんみょう》地蔵《じぞう》菩薩《ぼさつ》経《きょう》直談鈔《じきだんしょう》』によっていることが明らかである。『延命地蔵菩薩経直談鈔』巻四には、「後太平記八巻ニ見エタリ」と、『後太平記』によっているという割り注があり、[注24] 地蔵霊験譚の大元は、『後太平記』であるかと思われる。ただし、『後太平記』は元禄五年（一六九二）、『延命地蔵菩薩経直談鈔』は元禄十年（一六九七）に刊行されているので、ほぼ同時代の作品とみなしてよかろう。

『後太平記』巻八「和田和泉守住吉石仏射事付丹後局之事」は、島津忠国の地蔵信仰から説話が始まっている。[注25] 島津忠国が地蔵を信仰するようになった契機について、簡単に梗概を記すと、次のようである。

南北朝の争い折、南朝側の和田正武は、山名氏清と対陣していたが、日に日に旗色が悪くなっていた。そこで住吉明神に祈ろうと、五月十五日の夜半に、**住吉を詣でる**。ちょうど同じ頃、**島津忠国**が一軍を率いて、堺浦に上陸し、住吉に参詣していた。和田は、これを見て、さては山名氏清がやってきたのかと勘違いし、**味方七騎と共に矢を射る**。しかし、**矢は島津に当たらず、石の地蔵に当たった**。勘違いに気づいた和田は、その場から逃げ出す。石の地蔵からとめどなく血があふれていた。その後、和田は重病に臥せり亡くなった。積欝念力の鏃は、未来までも射通すものであると人々は言い合った。**島津忠久は、島津のために矢を受けた地蔵を祀った**。

これに引き続き、島津家が地蔵を信仰する由来が語られる。この島津忠国の地蔵信仰について、立教本では本文にはうかがえない。末尾に「私ニ曰」として、私注があるのみである。続く地蔵信仰の由来については、立教本と『後太平記』が記すものは、大筋で同じである。しかし、立教本はさらに増幅しており、畠山重忠の伝承や八文字民部少輔氏久についてのことなどを盛り込んでいる。先に述べたように、これらは〈島津家譜〉などと一致する点が多く、立教本は『後太平記』などによりながらも、〈島津家譜〉に近いほかの資料から物語を増幅していったことがうかがえる。

なぜ、稲荷が地蔵に変わったのかについては、今後の課題である。現在、住吉社には、忠久が生まれ落ちた石、「誕生石」が残されており、近くには子安地蔵が祀られている。この子安地蔵との関わりや、九州地域における勝軍地蔵信仰などが考えられるが、どれも決定打に欠ける。

立教本について、識語に「信州松本安曇郡穂高組踏入本郷／山本家蔵書」とあるのみであり、[注26]書写年時は記されていない。立教本の書写年時は不明であるが、先に指摘したように、立教本はA1『薩琉軍談』〈乙系〉に属する伝本である。『薩琉軍談』〈乙系〉は、〈甲系〉から派生した諸本である。[注27]『薩琉軍談』〈乙系〉全体で、〈甲系〉より書写がさかのぼることは考えられない。よって、立教本の成立も古くはなかろうと考えられる。『後太平記』や『延命地蔵菩薩経直談鈔』などの、元禄に刊行された物語を披見していることに矛盾はない。立教本では、元禄期に享受された島津の地蔵霊験譚が、〈薩琉軍記〉と結びつき、新たな展開をみせているのである。地蔵霊験譚の流入は、〈島津家由来譚〉の展開の一様相をうかがう上で重要であると言える。

六　結語―近世期における島津家伝承へ向かって―

「島津家由来譚」は〈島津家譜〉のように江戸期にはすでに広まっていた伝承であった。『後太平記』や『延命地蔵菩薩経直談鈔』などのような展開も、「島津家由来譚」の流布を裏付けよう。「島津家由来譚」は〈薩琉軍記〉に取り込まれ、物語の核心をなす章段となっている。

〈薩琉軍記〉の諸本は、この「島津家由来譚」の位置づけ方により、二系統に分類することができる。「島津家由来譚」を始祖誕生譚として語る系統（A群）と、家久までの島津氏の系譜として語る系統（B群）である。

A群には、〈島津家譜〉で語られる稲荷霊験譚を盛り込むことなく、神功皇后三韓侵攻を引き、住吉明神の霊験譚へと引き寄せて語られる。A5『琉球静謐記』は、A群において例外的であるが、これは物語の軸となる新納武蔵守と佐野帯刀の物語に転化して語られた結果であろう。一方、B群では、稲荷霊験譚を盛り込み、歴史記事なども多く語られる。まさに〈島津家譜〉に通じる、島津家の歴史を描こうとする叙述姿勢をうかがわせる。

また、〈薩琉軍記〉は「島津家由来譚」を物語の中に取り込み、物語の序を形成しており、侵攻の成果を語る物語末に決着させている。

A群では、A1『薩琉軍談』のように島津家と琉球王家との婚姻を侵攻の成果として位置づけるものや、A4『琉球征伐記』のように徳川の治世を言祝ぐ結末があるなど、島津家と琉球王家との合体を侵攻の結果として描いている。

いわば源氏の流入が侵攻の成果として語られているのである。まさに源氏の血の流入、血の侵攻である。これらは島津氏が源氏であることが前提としてなければ語り得ない叙述であり、「島津家由来譚」に首尾呼応し、琉球の日本化支配の正当化を意味しているのである。

B群では、「金武王子」の来朝という後日譚が盛り込まれることが最大の特徴であり、B1『島津琉球合戦記』、B2『琉球軍記』、B3『島津琉球軍精記』すべてにうかがえる。金武王子は、寛永十一年（一六三四）に、佐敷王子とともに家久に伴われ、将軍家光と接見している人物であり、琉球国からの最初の江戸上り（江戸立ち）として確認できる。書簡を引用し、歴史叙述を展開する結末は、冒頭の島津氏の系譜を語り、歴史を物語るB群の「島津家由来譚」に呼応するのである。

ここでの分類の試みは、新納武蔵守と佐野帯刀との対立における叙述の展開からの解析においても同様の結果が得られ、分類を妥当なものとすると思われる。A5『琉球静謐記』の松平信綱譚やB2『琉球軍記』の畠山重忠伝承への展開については、後考を待ちたい。これらのように〈薩琉軍記〉は、様々な伝承を取り込み増広を重ねている。それこそが、近世期における〈薩琉軍記〉の享受を物語っているのである。

一例を挙げておきたい。始祖である忠久の誕生に関わる稲荷の霊験譚は、島津家に関するほかの作品にも登場している。まずは、『惟新公御自記《いしんこうおんじき》』である。▼注[28]

> 不思議なる哉。**白狐**、**赤狐**現れ走りて敵軍の中に入る。即ち**稲荷大明神の御告**に疑無きなり。哀れなる哉。両狐は矢に中りて果て畢んぬ。此の如き神慮の深に因り、量り無き猛勢を斬崩し、亡ぐるを追ひ、北《(ママ)》ぐるを追ひ、尸を伏すこと幾千万なるを知らず。

『惟新公御自記』は、島津義弘（惟新）が、九州制圧、朝鮮侵略、関ヶ原の合戦におよぶ見聞を、自ら記したとされるものであるが、偽書の可能性もいなめない。ここでは朝鮮において、敗走におよぶ際、敵軍に囲まれた義弘は、敵陣を突破する。その際に、二匹の狐が顕れたというのである。二匹の狐は射殺されてしまうが、義弘は敵陣を突破して無事生還する。関ヶ原の敵陣突破が有名な義弘だが、朝鮮においても敵陣突破をしていたとされる。

この白狐と赤狐が戦場に顕れるという言説は、寛文十一年（一六七一）に成立した、朝鮮侵略を島津氏の立場から描く『征韓録《せいかんろく》』にもみえる。引用するのは、巻五「怪異之事」である。[注29]

去れば新寨合戦の初め、**一の白狐**出現して、敵中に馳り入り、種々の奇瑞をなすに依て、義弘主父子合掌して心中に祈念をなす。然りと雖も、諸士雑人に至ては、これを知らず。少焉又水の手より**赤狐二つ**走り出て、見るも敵中に飛入けるを、義弘主父子より騎兵、歩兵に至るまで、其の体勢を見て、勇み進まぬ者はなかりけり。剰へ**赤狐**、一は半弓の矢に中て**戦場に死す**。今に於て城北の地に、一つの祟祠を建て、歳時の礼奠絶ざる也。伝称す、**高祖忠久公**、摂州**住吉**にして降誕なりし時、**稲荷擁護の瑞祥**を顕すより以後、五百年来の歳霜を送り、許幾の奇瑞を現すといへども、角親り不思議なる事は稀也。

『惟新公御自記』『征韓録』以外にも朝鮮侵略を描く軍記類は多数流布しているが、これら朝鮮侵略を描いた軍記は〈薩琉軍記〉と同時代に展開し、異国への侵略を題材にしていることでつながりがあるはずである。ここでは、戦場に白狐が現れ、奇瑞を示したり、二匹の赤狐が現れて軍を導くといった逸話が語られている。また、〈島津家譜〉で語られた忠久の誕生譚が引かれるなど、島津氏に関わる資料に稲荷の霊験譚が広く語られていたとみることができるだろう。ここでは十分にふれる余裕はないが、今後はさらに同時代の資料など、島津稲荷の伝承について追求していくことが課題であり、近世期におけるジャンルを超えた作品類との分析が急務となるはずである。

▼注

（1）芳即正『島津重豪』（人物叢書、吉川弘文館、一九八〇年）などに基づく。

(2) A5『琉球静謐記』では、侵攻時の太守を「龍伯」と義久の号を用いるが、内容から明らかに義弘のことを指しており、義弘と義久の号を混同しているようである。

(3) 島津氏については、以下の論考を参酌した。朝河貫一「島津忠久の生ひ立ち—抵等批評の一例—」(「史苑」12—4、一九三九年七月↓『島津忠久の生ひ立ち—抵等批評の一例』慧文社、二〇〇七年)、井原今朝雄「鎮西島津荘支配と惣地頭の役割—島津荘と惟宗忠久—」(一九七七年↓『日本中世の国政と家政』校倉書房、一九九五年)、野口実「惟宗忠久をめぐって—成立期島津氏の成立—」(一九九一年↓『中世東国武士団の研究』高科書店、一九九四年)、小宮木代良「近世前期領主権力の系譜認識—寛永諸家系図伝の作成過程から—」(九州史学研究会『境界のアイデンティティ』、『九州史学』創刊五〇周年記念論文集 上、二〇〇八年)水野哲雄「島津氏の自己認識と氏姓」(九州史学研究会『境界のアイデンティティ』、『九州史学』創刊五〇周年記念論文集 上、二〇〇八年)、鈴木彰「島津斉興と源氏重代の太刀「鬚切」・鎌倉鶴岡相承院—源頼朝を媒とした関係—」(「軍記と語り物」46、二〇一〇年三月)。

(4) 引用は、鹿児島県史料集Ⅶによる。

(5) 引用は、続群書類従完成会『寛永諸家系図伝』による。

(6) 注1、小宮論文。

(7) 引用は、『改訂史籍集覧』による。

(8) 引用は、尚古集成館編『島津家資料 島津氏正統系図』(島津家資料刊行会、一九八五年)による。

(9) 〈薩琉軍記〉の引用について、使用テキストは第二節注一を参照。引用に際して、私に句読点、濁点を補った。また、括弧で文章を補った箇所がある。

(10) 第一部第一章第三節「物語展開と方法—人物描写を中心に—」による。

(11) A5『琉球静謐記』に稲荷霊験が語られていることについて、B群の諸本から『琉球静謐記』へ転写されていった可能性も考えられるが、ご落胤を「義俊」とすること、B群の最大の特徴である寛文十一年(一六七一)の謝恩使来朝を描かないことなどから、B群から派生したことは考えにくい。〈島津家譜〉のようなものを管見に入れていたと考えるのが妥当なのであろう。

（12）第二部第二章第二節「琉球言説にみる武人伝承の展開―為朝渡琉譚と百合若伝承を例に―」にて詳述する。
（13）第一部第一章第二節「薩琉軍記遡源考」参照。
（14）『琉球征伐記』「琉球征伐之来歴」では、関ヶ原以降、島津氏は音沙汰もないため、島津家の心意を確かめるためにも、琉球への侵攻を命ずるという軍議を、家康と家臣団が駿府において行うということが語られ、結末においても、琉球王一行が駿府に連れて行かれ、家康と対面するということが語られるなど、島津家の上に徳川家ありという態度が貫かれる。これは当本特有の朱子学的な特徴によるものだと思われ、『琉球征伐記』において、ヤマト側、琉球側問わずにうかがえるものである。
（15）ここでは指摘だけにとどめるが、松平信綱は島原天草の乱にも深く関わっており、当時の〈島原天草軍記〉の流布と無縁ではないはずである。
（16）B群において、なぜ、綱貴の時代、二回目の寛文十一年（一六七一）の謝恩使を描くのかについては、さらなる分析が必要かと思われる。一つの可能性として、伝本の成立が、綱貴の時代にさかのぼることも考えられるが、この頃にさかのぼれる伝本は、いまだ発見できていない。もう一つの可能性として、寛文十一年の謝恩使に関する資料を管見に入れている可能性だが、これも確証が得られない。
（17）江戸上りについては、宮城栄昌『琉球使者の江戸上り』（「南東文化叢書」4、第一書房、一九八二年）を参考にした。
（18）引用は、『旧記雑録後編』五による。
（19）引用は、林韑『通航一覧』（泰山社、一九四〇年）による。また、鶴田啓「沖縄の歴史情報研究」「通航一覧琉球国部テキスト」（http://hi.u-tokyo.ac.jp/todai/IMG2、東京大学ホームページ）を参考にした。
（20）A1『薩琉軍談』では「本田」と「猿亘」、A4『琉球征伐記』では「半沢」のみ（ただし物語の主軸は梶原景時）、A5『琉球静謐記』では「本田」のみ、B1『島津琉球合戦記』では「本田」のみになっている。異同はあるものの、「本田（本多）」と「榛沢（半沢）」両人が登場するのはB2『琉球軍記』のみである。
（21）引用は、北原保雄・小川栄一『延慶本平家物語』（勉誠社、一九九〇年）による。

(22) 引用は、『国文学未翻刻資料集』による。引用に際して、仮名を漢字に改めた。

(23) 以下、「立教本」と呼ぶ。

(24) 引用は、渡浩一『延命地蔵菩薩経直談鈔』(勉誠社、一九八五年)による。

(25) 引用は、続帝国文庫による。

(26) 識語は二種あり、「信宀公木本本領践入旧住/山本淳義蔵書」ともある。書写は同筆である。

(27) 第一部第一章第二節「薩琉軍記遡源考」参照。

(28) 引用は、戦国史料叢書『島津史料集』による。

(29) 引用は、戦国史料叢書『島津史料集』による。

第二章

〈薩琉軍記〉世界の考察——成立から伝来、物語内容まで——

第一節
異国侵略を描く叙述形成の一齣―成立、伝来、享受をめぐって―

一　はじめに

本節では、これまで行ってきた伝本の書誌調査をもとに、〈薩琉軍記〉の成立と伝来、享受について迫っていきたい。〈薩琉軍記〉が書写される過程において、貸本屋の存在は見過ごすことができない。近年貸本屋の研究は活発化しており、その目録に〈薩琉軍記〉の存在も確認することができる。〈薩琉軍記〉における貸本屋の蔵書印をまとめるとともに、その流通をうかがう。

江戸後期において、〈薩琉軍記〉は琉球侵略の事績をうかがう歴史史料としての価値を求められていたが、その内容は創作であり、必ずしも要求には応えられなかった一面もある。その〈薩琉軍記〉の享受の一端を諸資料によりみていくことにする。

二　成立について

以下、第一章で述べてきたことと重複する内容もあるがあらためて説明していく。〈薩琉軍記〉のほとんどの伝本が写本で流布しており、〈薩琉軍記〉は著者、成立年代ともに不詳である。唯一、増1『絵本琉球軍記』のみが刊本として確認できる。『絵本琉球軍記』は刊記を有しているため、▼注[1]天保六年（一八三五）には成立しており、扉、刊記などから、著者は「宮田南北《みやたなんぼく》」、絵画は前篇が「岡田玉山《おかだぎょくざん》」、文久四年（一八六四）に刊行された後篇は「松川半《まつかわはん》山《ざん》」の手によることがわかる。

写本では、A4『琉球征伐記』、増2『琉球属和録』の二つの諸本は作者が判明している。それぞれ『琉球征伐記』は「喜水軒」、『琉球属和録』は「堀麦水《ほりばくすい》」である。『琉球属和録』の堀麦水は、近世中期（一七一八〜一七八三）、金沢生まれの俳人であり、実録作者として名高い人物である。さらに、本文末尾に「于時明和三年丙戌のとし、長門の長夏を徒らに過さじとみだりに調ズ」とあり、明和三年（一七六六）の夏に著された旨が語られているため、『琉球属和録』については、成立時期がはっきりしている。

しかし、『琉球征伐記』の喜水軒については、その人物像はつかめておらず、よって成立年代も不明である。この「喜水軒」については、刈谷市立図書館村上文庫蔵本の本奥書に「薩州之隠士／喜水軒書」「寛永元仲秋日」とあることによる。詳しくは次節に譲るが、寛永元年（一六二四）という本奥書は、薩摩藩による琉球侵攻からわずか十五年後ということになり、信憑性に乏しい。▼注[2]さらに「薩州之隠士／喜水軒書」という本奥書は、薩摩の隠士という立場からの語りに仮託された偽書ともとることができる。伝本調査から『琉球征伐記』は尾張、三河地方で流布したものであろうことが判明している▼注[3]こともこれを裏付けるのではないだろうか。つまり、成立年時が確定できるのは、数ある諸本の中で、『琉球属和録』と刊本である『絵本琉球軍記』だけである。

　この二点以外の、〈薩琉軍記〉諸本群の成立年代は未詳であるが、伝本の多くが、享保十七年（一七三二）以降、島津氏二十五代当主、薩摩藩八代藩主島津《しまづ》重豪《しげひで》が藩政を担った時代（宝暦五年・一七五五～天保四年・一八三三）までの間に成立していたと考えられる。ここで注目されるのは、『薩琉軍談』などに記される享保十七年に記されたという分限帳の存在である。まず確認しておきたいことは、〈薩琉軍記〉の諸本はA1『薩琉軍談』、B1『島津琉球合戦記』をもとに、武将の叙述や琉球情報の増加によって諸本が増広していくということである。これについては前章で詳しく論証してきたが、成立を論ずるにあたり、あらためて念頭に置いてもらいたい。

　享保十七年（一七三二）に改め書きされたという分限帳（以下「享保十七年分限帳」）には、次のような書き付けがある。▼注[4]

『絵本琉球軍記』前篇巻一扉

享保十七年壬子年正月、乃御二改書付一之。

嶋津家中廣大付、先年従二公儀一、御尋被レ為候処に、其時有二増帳面一被二差上一候由、此度従二**右大臣様**一上意有レ之に付、老中迄帳面被二差上一。知行取分書付、左之通。

ここでは島津家臣が拡大していったた

め、「公儀」から島津家にお尋ねがあったとし、ちょうどその時に分限帳を増やしていたため、それを差し出すようにと、「右大臣様」から上意があったので老中までが帳面を差し出したという。A1『薩琉軍談』、A2『琉球攻薩摩軍談』のほとんどの伝本には、この記事が織り込まれている。「享保十七年分限帳」により、『薩琉軍談』『琉球攻薩摩軍談』の成立は享保十七年以前にはさかのぼらず、享保十七年（一七三二）には成立していたことがわかる。また、増2『琉球属和録』は、A5『琉球静謐記』を披見しているので、『琉球静謐記』は明和三年（一七六六）には成立していたことになる。『琉球静謐記』にはA4『琉球征伐記』を基にしたと推測される記述があり、よって、『薩琉軍談』をもとにする系統の諸本（A群）はすべて、明和には成立していたことになる。さらに『薩琉軍談』は元禄五年（一六九二）刊行の『通俗三国志《つうぞくさんごくし》』を下敷きにしており、▼注[5] 元禄五年以降の成立であることに疑いはない。これらをまとめるとA群の諸本の基礎となる『薩琉軍談』は十八世紀初頭の成立であり、『薩琉軍談』成立から約半世紀の内に『琉球征伐記』『琉球静謐記』『琉球属和録』といった諸本が成立していたことになる。さらに後述の奥書一覧により、『薩琉軍鑑』も明和三年（一七六六）には、すでに書写されていたことが判明している。▼注[6]

B群に目を移してみよう。B群において成立に言及できる諸本にB2『琉球軍記』がある。『琉球軍記』「島津家え琉球国恩賜之事」に次のようにある。

> **家久**ハ昇進スミヤカニシテ、従三位中納言ニ至ラレケル。次ハ薩摩中将大隅守**光久**、次ハ薩摩侍従**綱久**ヨリ、従四位中将**綱貴**、薩摩守**吉貴**、大隅守従四位ノ中将**綱豊**、薩摩中将**宗信**、従四位少将**重年**、**同当守忠洪ニ至リ**、**義久**以来十代、籠島ニ居住有テ七十七万八百石ノ太守タリ。高祖**島津忠久**ハ右大将**頼朝**卿ノ三男トシテ、五百七十余年連綿ト栄へ、日、薩、隅ノ三国兼琉球国ノ太守タリ。

これは琉球侵略の功績により、島津家久が家康より琉球を賜り、従三位中納言に任じられた後の島津の当主を記したものである。ここでは当代の藩主を「忠洪《ただひろ》（重豪）」としている。▼注[7] これにより、『琉球軍記』の成立は、重豪（永享二年（一七四五）生～天保四年（一八三三）没）の頃であろうと推測される。重豪は藩校や医学院などを設立したことで著名であり、とりわけ西洋の文化に強い関心を示した人物である。また、『大日本史《だいにほんし》』に島津《しまづ》忠久《ただひさ》（島津家の祖）を頼朝の後胤と記すように要請するなど、島津家の歴史を再構築しようとした人物でもある。これは奥書からも裏付けられる。『琉球軍記』の奥書は近世初期の写本の存在は確認できず、最も古い奥書は立教大学図書館蔵本の寛政七年（一七九五）が確認できる。まさに重豪の生存時代の写本である。これらのことから、『琉球軍記』、ひいては『琉球軍記』のもととなった『島津琉球合戦記』は重豪の時代には成立していたと考えることに矛盾はなかろう。

以下管見の限り、年時のある奥書をまとめてみる。奥書に記された年時順に並べ、西暦を括弧で補った。ただし本奥書を含むものである。

〈薩琉軍記〉奥書集成

刈谷市立図書館蔵『琉球征伐記』

薩州之隠士／喜水軒書／寛永元（一六二四）仲秋日

国立公文書館蔵『薩琉軍鑑』

宝暦七丁丑年（一七五七）三月上旬写／明和三丙戌季（一七六六）九月上旬再写之

架蔵『薩琉軍記』

宝暦十三癸未歳（一七六三）／林祭酒之門人松田久微ヨリ得タリ／写〈相陳大島光周筆者／ヨリ写六月二十六日写畢〉

新潟県胎内市黒川地区公民館蔵『琉球征伐記』

此書為書肆烏豹謄写／与写／時宝暦第十三年（一七六三）舎癸未／冬十一月十一日原本烏豹之／所珍蔵也云／不保宇子〈花押〉

柳沢昌紀蔵『薩琉軍鑑』
安永六酉年（一七七七）夏六月下旬於木公舎写之／西脇氏
琉球大学蔵『琉球征伐記』
梅風舎五懐写〈花押〉／天明第七丁未（一七八七）春
立教大学蔵『琉球軍記』
寛政七乙卯年（一七九五）正月上旬写之　近藤姓〈印〉
琉球大学蔵『琉球国征記』
于時文化二乙丑年（一八〇五）十月写大夫将監源尚芳
池宮正治蔵『薩琉軍談』
文化三丙寅年（一八〇六）十一月／武州忍葛和田住／臥遊三十藤原景貞
沖縄県立図書館東恩納文庫『島津琉球軍精記』
文化三丙寅（一八〇六）正月
立教大学蔵『薩琉軍談』
文化十三丙子歳（一八一六）六月写之清兼〈印〉
上田市立図書館藤廬文庫蔵『琉球攻薩摩軍記』
于時文政四年（一八二一）巳八月吉／佐藤卯太吉写之〈印〉
鹿児島県立図書館蔵『琉球征伐記』
文政七年（一八二四）申五月吉辰／吉田藩中／亀井六郎兵衛／源重郎書〈印〉
池宮正治蔵『琉球責薩摩軍談』

信州埴科郡／鋳物師屋村／（墨消）／文政八乙酉（一八二五）正月写之／国岡兼盛〈花押〉

立教大学蔵『薩琉軍談』

文政十二年（一八二九）／丑七月朔日山本長悦／十四歳／福島よりうつす

立教大学蔵『薩琉軍鑑』

天保十五年（一八四四）辰正月吉日／倉下屋吉承郎持主／行年拾七才写之

池宮正治蔵『琉球軍記』

弘化三午年（一八四六）写之／（墨消）〈花押〉

都城市立図書館蔵『琉球征伐記』

嘉永元年（一八四八）戊申四月中旬〈印〉／任望不顧悪筆会書写之者也／本主織部氏嘉蔵

鹿児島県立図書館蔵『薩琉軍談』

嘉永五壬子年（一八五二）五月写之／門家忠栄□〈印〉

東北大学狩野文庫蔵『島津琉球軍記』

安政二卯年（一八五五）／十一月十三日写之／中山〈印〉〈印〉

国文学研究資料館『島津琉球軍精記』

于時安政三（一八五六）辰水無月上旬／令書写者也

島村幸一蔵『薩琉軍談』

安政四丁巳（一八五七）仲秋吉旦写之者也／城重敬

早稲田大学蔵『琉球軍記』

于時文久元辛酉（一八六一）秋八月写之／小野澤氏□□〈印〉

池宮正治蔵『島津琉球軍記』

明治四辛未歳（一八七一）／三月下旬写之

これまでの伝本調査により、奥書に記される年時は、近世中期以降後期、末期のものが圧倒的に多く、十八世紀後半から十九世紀にあいついで書写されていることがわかっている。さらに、諸本もその一世紀の間に多種多様に展開している。先にも述べたが、刈谷市立図書館村上文庫蔵『琉球征伐記』は、侵攻からわずか十五年後の寛永元年（一六二四）の本奥書ということになるか。本書はA1『薩琉軍談』の増広本と思われるので、この奥書の信憑性は薄い。なぜ寛永元年なのかは後考に待つ。

三　基礎テキストの成立期をめぐって

ここまでみてきたように、〈薩琉軍記〉の伝本の大半は、十八世紀初頭から重豪時代までの間に成立したものではないかと思われる。では、A群とB群ではどちらが古態となりうるテキストなのであろうか。A1『薩琉軍談』とB1『島津琉球合戦記』とを比較してみていきたい。[注8]

まず諸本の成立時期を確定してみようと思う。A1『薩琉軍談』は宝暦七年（一七五七）には成立していたことは間違いない。[注9]また、先にみたように『薩琉軍談』には「享保十七年分限張」が引用されるため、一七三二～五七年の間には成立したものと思われる。

一方のB1『島津琉球合戦記』については、先に確認したように立教大学図書館蔵本『琉球軍記』（B2・②）の奥書から寛政七年（一七九五）には成立していたことがわかる。また結末が寛文十一年（一六七一）の謝恩使来朝（尚貞襲封）であること、〈薩琉軍記〉が『通俗三国志』をもとにしていることを考えると、一六九二～一七九五年の間に成立したことが推察できる。A1『薩琉軍談』の成立時期は絞り込めるものの、B1『島津琉球合戦記』には古い奥書を持つ伝本がなく、仮定した成立年代の幅は一〇〇年以上あり、成立時期を絞り込むことが困難である。

また、B1『島津琉球合戦記』は島津綱貫《つなたか》（一六七五〜一七〇四）までの系譜を描くので、綱貫の代に成立したと言えなくもないが、これは結末の寛文十一年（一六七一）の謝恩使来朝に合わせたとも考えられる。また、寛文十一年謝恩使来朝と『通俗三国志』が刊行された元禄五年（一六九二）との間、天和二年（一六八二）には慶賀使（綱吉襲職）が来朝しており、『島津琉球合戦記』の結末に描く江戸上り（江戸立ち）は、『島津琉球合戦記』成立からみた最後の琉球使節団であるとは考えにくい。[注10] よって、『島津琉球合戦記』の成立年時は不明とせざるをえない。

ここまでみてきたように、A1『薩琉軍談』とB1『島津琉球合戦記』の前後を見極めることは現時点の資料では困難であり、並立しておかざるをえないというのが結論である。現況は〈薩琉軍記〉の祖本を求め得ることはできない状態であるとも言える。

しかし、A群の成立年時より、〈薩琉軍記〉は元禄を経た享保期頃に作られたと言ってもよい。また、〈薩琉軍記〉には近松門左衛門の浄瑠璃と近しい表現が使われている。[注11] このことからも、〈薩琉軍記〉は近世文芸の中でも、一つの転換期を迎えた後の作品と位置づけることができるだろう。そこには国内の戦乱期とは異なった新しい海外に向けた眼差しが描かれているのである。

四　伝来について—琉球使節到来における琉球ブームから貸本屋における軍書の流布まで—

ここまで〈薩琉軍記〉の成立についてみてきたが、次に〈薩琉軍記〉の伝来を考察することにより、〈薩琉軍記〉の世界観が必要とされた空間を探っていきたい。

まず、確認したいことは、徳川の代替わりに慶賀使《けいがし》を、琉球国王の代替わりに謝恩使《しゅおんし》を江戸に派遣した江戸上り（江戸立ち）ごとに、ヤマトにおいて琉球ブームが到来したことである。▼注[12] 特に天保三年（一八三二）に尚育《しょういく》襲封の謝恩使に人々の関心が集まったとされており、天保六年（一八三五）には増1『絵本琉球軍記』前篇の出版もされている。また、宝永八年（一七一一）の『琉球うみすずめ』の出版以降琉球物の出版が広まったことも指摘されており、これらは〈薩琉軍記〉の書写年代と合致するのである。次に江戸上りの記録をまとめたものをあげた。▼注[13]

江戸上りの記録

回数	年次	使名	正使名	副使名
（1）	寛永十一年・一六三四	謝恩使（尚豊襲封）	佐敷王子朝益	
（2）	正保元年・一六四四	謝恩使（尚賢襲封）	国頭王子正則	
（3）	慶安二年・一六四九	謝恩使（尚質襲封）	具志川王子朝盈	
（4）	承応二年・一六五三	慶賀使（家綱襲職）	国頭王子正則	
（5）	寛文十一年・一六七一	謝恩使（尚貞襲封）	金武王子朝興	越来親方朝誠
（6）	天和二年・一六八二	慶賀使（綱吉襲職）	名護王子朝元	恩納親方安治
（7）	宝永七年・一七一〇	慶賀使（家宣襲職）	美里王子朝禎	富盛親方盛富
		謝恩使（尚益襲封）	豊見城王子朝匡	与座親方安好
（8）	正徳四年・一七一四	慶賀使（家継襲職）	与那城王子朝直	知念親方朝上
		謝恩使（尚敬襲封）	金武王子朝祐	勝連親方盛祐

(9)	享保三年・一七一八	慶賀使（吉宗襲職）	越来王子朝慶	西平親方朝叙
(10)	寛延元年・一七四八	慶賀使（家重襲職）	具志川王子朝利	与那原親方良暢
(11)	宝暦二年・一七五二	謝恩使（尚穆襲封）	今帰仁王子朝義	小波津親方安蔵
(12)	明和元年・一七六四	慶賀使（家治襲職）	読谷山王子朝恒	湧川親方朝喬
(13)	寛政二年・一七九〇	慶賀使（家斉襲職）	宜野湾王子朝祥	幸地親方良篤
(14)	寛政八年・一七九六	謝恩使（尚温襲封）	大宜見王子朝規	安村親方良頭
(15)	文化三年・一八〇六	謝恩使（尚灝襲封）	読谷山王子朝勅	小禄親方良和
(16)	天保三年・一八三二	謝恩使（尚育襲封）	豊見城王子朝典	沢岻親方安度
(17)	天保十三年・一八四二	慶賀使（家慶襲職）	浦添王子朝熹	座喜味親方盛普
(18)	嘉永三年・一八五〇	謝恩使（尚泰襲封）	玉川王子朝達	野村親方朝宣

ここまでみてきたように、〈薩琉軍記〉の伝本の大半は、十八世紀初頭から重豪時代（宝暦五年・一七五五〜天保四年・一八三三）までの間に成立したものだと思われる。そして、その背景には琉球ブームによる下支えが不可欠であったはずである。

また、〈薩琉軍記〉の伝本には、貸本屋と思われる蔵書印が少なからず押印されており、貸本屋を媒介に、多くの伝本が書写され、現在に伝わったものであることがわかる。また、『大野屋惣兵衛蔵書目録《おおのやそうべえぞうしょもくろく》』第十冊「軍書」には、『吉田三代記《よしださんだいき》』『通俗三国志』と並んで、B3『島津琉球軍精記』の書名がうかがえるなど、貸本屋が〈薩琉軍記〉伝本の伝播、展開の一翼を担っていたであろうことが推測される▼注[14]。軍記、軍書類が貸本屋を通して、娯楽的読書として流布していたことはすでに指摘されており、[注15]〈薩琉軍記〉も同レヴェルで広まっていたと思われる。〈薩琉軍記〉の伝本は多岐にわたり種類も多いことはすでに述べたが、同じく貸本屋を媒介にした軍書などと比べても圧倒的に多く、琉球侵攻の物語が大衆に広く受け入れられたことをうかがわせる。以下これまで伝本調査の過程で管見に入った、貸本屋と思われる押印を挙げたい。

〈薩琉軍記〉貸本屋押印集成

渡辺匡一蔵『薩琉軍談』
上州／南郷／鈴善

国立公文書館蔵『薩琉軍鑑』
勢州／白子／小川固治

西尾市立図書館岩瀬文庫蔵『薩琉軍鑑』
勢州／松坂／瀧川屋

柳沢昌紀蔵『薩琉軍鑑』
越後／西脇吉／小千谷

池宮正治蔵『琉球軍記』
竜野／日山／津田宗

立教大学蔵『琉球征伐記』
秩父／日野沢／高橋

池宮正治蔵『島津琉球軍精記』
秋田／久保田／豊嶋□／□□（□＝墨消し）

韓国国立中央図書館蔵『島津琉球軍精記』
松前／箱館／山本屋・淡州／鯛中店
国文学研究資料館（史料館）蔵『島津琉球軍精記』
筑後福島／上古松町／山縣屋半助
東京大学史料編纂所蔵『島津琉球軍精記』
横浜／初音町／壱丁目／塩谷
弘前市立図書館岩見文庫蔵『島津琉球軍精記』
播伊・岩井
沖縄県立図書館蔵『絵本琉球軍記』
松浦・代人／井長／長助
沖縄県立図書館蔵『絵本琉球軍記』
虬州書屋

これらの押印により、〈薩琉軍記〉は北は北海道から南は九州まで、ほぼ全国的に流布していたといっても過言ではない。流通の面でも韓国国立中央図書館蔵本からは、函館と淡路島とをつなぐ流通ルートがうかがえるなど興味がつきない。[注16]今後とも調査を継続していきたい。

五 伝来について―藩校・寺子屋における転写の可能性をめぐって―

貸本屋に加え、〈薩琉軍記〉の伝来で忘れてはならないのが学問所における享受である。立教大学図書館蔵『薩琉軍監』（A3・⑨）には、「薩摩琉球図」が描かれているが、琉球に当たる場所に、「程順則《ていじゅんそく》」の名前が確認できる。もちろん〈薩琉軍記〉には、程順則は登場しない。考えうるに、「薩摩琉球図」には琉球の産物などが記されており、程順則も書写者の琉球知識の一端として表れているのであろう。[注17] 京都大学蔵『島津琉球合戦記』（B1・②）では、冒頭に「琉球故事談」という琉球記事を載せたり、B2『琉球軍記』では、「琉球地理産物之事」という章段が加わるなど、諸本の増広に琉球知識の流入が絡む事例は少なくない。問題は、「琉球の人物と言えば程順則」という連想が生まれる階層の人によって、〈薩琉軍記〉が書写されていることであろう。程順則は、明の太祖が民衆教化の目的で作った『六諭衍義《りくゆえんぎ》』を琉球に伝えた人物として知れており、『六諭衍義』は、徳川吉宗の命により、荻生徂徠《おぎゅうそらい》が和訳し、室鳩巣《むろきゅうそう》により説かれ、手習本になる。この『六諭衍義』を習うような場所における、〈薩琉軍記〉の転写の可能性は捨てきれないのではなかろうか。

国立公文書館と国会図書館とに所蔵される増2『琉球属和録』には、「編集地志／備用典籍」という蔵書印が押印されているため、昌平坂学問所の旧蔵であることがわかる。[注18] また、現所蔵機関からみても、加賀市立図書館聖藩文庫や蓬左文庫、市立米沢図書館興譲館文庫、宮城県図書館伊達文庫など、大名家、藩ゆかりのコレクションに〈薩琉軍記〉の伝本が伝わっていることが確認できる。試論の域をでないが、昌平坂学問所や興譲館のような学問施設における〈薩琉軍記〉の利用、踏み込んで言えば、藩校や寺子屋などを含む学問所における書写の可能性が指摘できるのではないだろうか。

さらに〈薩琉軍記〉は押印から国学者の所蔵も確認できる。一例を挙げてみると、刈谷市立図書館村上文庫蔵『琉球征伐記』（A4・③）の村上忠順《むらかみただまさ》、早稲田大学蔵『琉球征伐記』（A4・⑦）の小寺玉晁《こでらぎょくちょう》、ハワイ大学ホーレー文庫蔵『琉球属和録』（増2・⑦）の屋代弘賢《やしろひろかた》などである。これら国学者、蔵書家による〈薩琉軍記〉享受もテキストの伝播に無縁だったとは思えない。貸本屋を介した伝来ともども、今後その可能性を追っていきたい。

山形の豪商村井家には様々な軍記や謡本、中国の四書とともにB3『島津琉球軍精記』が所蔵されていたようである。[注19] さらに、近日、寺子屋で使われたと思われる『庭訓往来《ていきんおうらい》』『消息往来《しょうそくおうらい》』などとともにA1『薩琉軍談』が発見された。[注20] 今まで推測の域をでなかったが、これで〈薩琉軍記〉が学問所レヴェルで享受されていた傍証の一つになるはずであり、今後は〈薩琉軍記〉が、どのように学問所で使われていたのかという問題も突きつけられた形である。ここで詳述することはできないが、〈薩琉軍記〉が享受された〈場〉を明らかにするためにも、早急に解決せねばならない課題である。

六　享受について

〈薩琉軍記〉は写本で多数の人に読まれ享受されていた。では〈薩琉軍記〉はどのような人々に読まれ、どう評価されたのか、その享受の一例をうかがうことにする。天保三年（一八三二）版『琉球入貢《りゅうきゅうじゅこう》紀略《きりゃく》』には、「薩琉軍談の弁」という条があり、次のように記されている。[注21]

> **世に薩琉軍談という野史あり。その書の撰者詳ならずといへども、あまねく流布して、二国の戦争をいふものは、かならず口実とす。**そのいふところ薩州の太守島津兵庫頭義弘の代に、総大将新納武蔵守一氏にて、種島大膳、佐野帯刀等、士卒総人数十万八千五十四人渡海せしといへり。又かの国の澐灘湊、竹虎城、あるひは米倉島、乱蛇浦などいふ地名あり。その将士には、陳文碩、孟亀霊、朱伝説、張助味等の名をしるしたり。**まことにあとかたもなき妄誕にして、**その書の無稽、論を待ずしてしるべし。慶長征伐のこと、已に本論に詳なれば更にここにいはず。

『琉球入貢紀略』はA1『薩琉軍談』を「妄誕」の書と位置づけ、その内容が虚偽であることを批判している。天保三年版ではいわゆる歴史的事実を追い求めていることがわかり、様々な人物、合戦を創出している〈薩琉軍記〉は、琉球を語る資料として疑問符が突きつけられている。

しかし、嘉永三年（一八五〇）増訂版では、「薩琉軍談の弁」のくだりは、「薩州太守島津氏琉球を征伐す」の条に付加され、琉球侵攻とA1『薩琉軍談』とが結びつけられている。また、嘉永三年増訂版では、「新納武蔵守一氏」が琉球侵攻のおり、疎んぜられていた大将樺山久高《かばやまひさたか》を「上座」に座らせ、大将の威厳を回復させる逸話が引かれている。次に引用するのは、嘉永三年『増訂琉球入貢紀略』「薩州太守島津氏琉球を征伐す」である。▼注[22]

中にも世に聞えたる勇士の、新納武蔵守一氏、老後入道して拙斎と号しけるが、罇肴を持せられ、**祇園の洲といふところまで見送り**、諸軍勢なみ居けるが、**樺山久高**上坐に居られず謙退せられしに、新納拙斎申されけるは、**「今琉球征伐の大将として渡海あること、即これ君の名代なり。**はやく大将の坐になほり候へ」といはれしかば、其まま上坐につかれけり。かかれば諸軍の士卒も自心服し、号令行はれけりとかや。

新納一氏という人物は〈薩琉軍記〉において創作された人物であり、そのモチーフと考えられる人物に新納忠元《にいろただもと》が挙げられる。▼注[23] ここでいう「一氏」が号したという「拙斎」という名は、「忠元」が名乗ったものである。さらに、「一氏」は琉球には行っておらず、「祇園の洲」という所まで、見送りに来ただけとする。また、この琉球侵攻の大将「樺山久高」が大将の席に座ることをためらっていたのを、後押しして座らせたという説話は、忠元譚として著名であり、『薩藩旧伝集《さっぱんきゅうでんしゅう》』や『本藩人物誌《ほんぱんじんぶつし》』にも同様の話を載せる。ここでは本来「忠元」の話であったものが「一氏」に替わっている。まさに〈薩琉軍記〉の面目躍如であり、天保版から嘉永版へと、さらなる〈薩琉軍記〉の浸透が確認できるのである。

また、『琉球入貢紀略』の出版された天保三年（一八三二）と嘉永三年（一八五〇）には琉球の使者が来朝しており、琉球ブームが高まった時期の出版であったことがうかがえる。ここまで確認してきたように、『琉球入貢紀略』には明らかに〈薩琉軍記〉を読み込んだと思われる増補があった。琉球ブームの中で〈薩琉軍記〉が読み継がれたことを証明する資料としても注目されるものである。伝本調査からも明らかになっていた通り、〈薩琉軍記〉は確かに享受されていたわけだ。

『琉球入貢紀略』以外にも、〈薩琉軍記〉を引いたと思われるものに、分限帳の一種である『薩摩宰相殿御藩中《さつまさいしょうどのおんはんちゅう》附留《つけとどめ》』が挙げられる。ここには琉球の守護番が記されている。[注24]

琉球国御客大名

一	拾六万石	**琉球**	鈴木市正
一	拾万石	同　**荒竹嶋**城主	同弾正
一	弐拾四万石	琉球悪ヶ嶋城主	木村長門
一	弐拾壱万石	同　**蛇浦**城主	後藤又七郎
一	弐拾万石	同　吾□松弾平浦城主	真田左仲
一	拾六万石	同　出タシ下弾城主	福嶋正一
	已上六城		
一	九州鬼界嶋 三拾七万五千石	**新納武蔵守**	
一	弐拾五万石	種ヶ嶋壱国城主	**種ヶ嶋大膳**
一	弐拾三万石	琉球之寄嶋城主	**畑勘解由**
一	弐拾三万石	同　十六嶋城主	**秋月左衛門尉**
一	五万石	同　西宮師山城主	伊集院大学頭

一　七万石　　ナコシマ城主　　**佐野帯刀**

右惣城数百弐拾八ヶ所、陳家数三百四十八ヶ所、渡海船数大小共、右九万五千艘余也。

右之通り御上覧入候者依而写之。

万延元年（一八六〇）庚申六月

文久二年（一八六二）壬戌八月三日写之置（印）

この分限張では、琉球を取り囲む島々の城代として、「新納武蔵守」や「佐野帯刀」といった〈薩琉軍記〉に登場した武将の名前がうかがえる。また、琉球の地名も「荒竹嶋」（〈薩琉軍記〉における虎竹城）、「蛇浦」（〈薩琉軍記〉における乱蛇浦）といった似通った地名が記されている。「荒竹」と「虎竹」は誤写レヴェルの相違ともとれなくもない。この分限張が書かれたのは、文久二年（一八六二）のことである。前述した通り、この頃には〈薩琉軍記〉はすでに成立しており、多くの伝本が流布していたことも明白となっている。この分限張は明らかに〈薩琉軍記〉を管見に入れており、分限張の作成に〈薩琉軍記〉が用いられていたことを示す上でも重要な資料である。

また、京都大学法学部所蔵の享和二年（一八〇二）の『薩州《さっしゅう》分限帳《ぶげんちょう》并《ならびに》随筆《ずいひつ》』には九州の七万石の大名に「佐野帯刀」という人物が記されている。▼注[25]『本藩人物誌』や『薩陽《さつよう》武鑑《ぶかん》』になどに薩摩の有力大名として佐野家はみられないことから、この「分限張」の「佐野帯刀」なる人物も、内容も何らかの意図があって書かれたものであることは推測できるが、この人物が〈薩琉軍記〉に記された佐野帯刀と関係性があるかどうか判断しかねる。しかし、物語を介して「分限張」が作られる背景を探る必要性はあろう。

さらに天保十四年（一八四三）、駿府加番の阿部《あべ》正信《まさのぶ》によって記された、駿河国の地誌『駿国雑志《すんこくざっし》』巻十六「田祖」の「嫁田」の項には、▼注[26]

嫁田　庵原郡大内村にあり、或云、此地一名嫁殺田云云。皆訛他、是即読田なり。**伝云、むかし右大将源頼朝**

卿の妾、若狭局〈或云、大江局〉、御台所の嫉妬を恐れて鎌倉を逃出、薩摩国に下る時、爰にて和歌を詠ぜし所也云云。按に薩琉軍談に云。

若狭局

富士うつす田児の門田の五月雨に雪をひたして早苗とる袖

此所不二を艮に移して風景よし。

とあり、A1『薩琉軍談』に描かれる「島津家由来譚」を引いている。▼注[27] この和歌はA群の『薩琉軍談』をもとに展開した諸本にうかがえるものでありB群『島津琉球合戦記』には描かれない。A群『薩琉軍談』の享受をうかがう資料として注目できるだろう。

また、江戸幕府編纂の外交資料集である『通航一覧』には、琉球侵攻に関してA4『琉球征伐記』、A3『薩琉軍鑑』、B1『島津琉球合戦記』、B3『島津琉球軍精記』、増2『琉球属和録』といった書物があることが記されている。次に引用するのは、『通航一覧』巻二・琉球国部二「平均始末」の条である。▼注[28]

同年（慶長十四年（一六〇九）…引用者注）四月三日、是より先、島津勢所々の城塁を連陥し、海陸より進みて、此日遂に王城首里を攻破り、国王尚寧、三司官以下悉く降る。よて《（ママ）》軍将**樺山権左衛門**、**平田太郎左衛門**等、尚寧を率ゐて、五月五日琉球を発し、同廿五日薩摩国に帰陣せり。

此征伐の事を記して、**世間に流布せるもの**、**琉球征伐記**、**薩琉軍鏡**、**島津琉球合戦記**、**島津琉球軍精記**等数部あり。**皆輓近の書にして**、**其引証詳ならず**。**また月日事実ともに**、**家伝の書と齟齬し**、**殊に其文粉飾に過て**、**信を取るによしなし**。されども其記載の内、家伝正史に類する説あるか、或ハ前後の事実に照応せるハ、今一二姑く采用せしもあり。

ここでは琉球侵略の事績を記す書物、「世間に流布せるもの」として〈薩琉軍記〉を挙げている。〈薩琉軍記〉を

「輓近の書」（最近の書物）として扱い、「家伝の書」と記述が異なっており、粉飾が多く、信用がおけないとする。『通航一覧』は歴史史料の観点からの批判に終始しており、〈薩琉軍記〉に描かれた物語には踏み込んだ記述がなされていない。先に挙げた『琉球入貢紀略』ともども、〈薩琉軍記〉は琉球侵攻の歴史史料としての価値観を求められていたことがうかがえる。〈薩琉軍記〉はその要求には必ずしも期待に応えられるものではなかった。しかしながら、〈薩琉軍記〉は着実に伝播し、影響を与えており、『琉球入貢紀略』の嘉永増補版では、〈薩琉軍記〉の内容を取り込み改編されていく。また、「分限張」には薩摩に支配された琉球が書き込まれ、その内容に〈薩琉軍記〉が反映されているのである。

貸本屋などを介して軍記が一般に享受されてきた時代において、〈薩琉軍記〉は歴史史料としての価値は否定されながらも、根強く人口に膾炙されていた。その後、古典を顧みることが少なくなった現代になるにつれて、〈薩琉軍記〉は歴史史料としての価値を否定された瞬間、忘れ去られた軍記となったのだ。しかし、人々に読み継がれ、多数の伝本を産出している、つまり当時の思想を反映している〈薩琉軍記〉を知ることは、近世中期から後期にかけての琉球観や異国観、時代認識を知るために必要不可欠なものだと言えよう。今まさに忘れられている古典に還る時なのではなかろうか。〈薩琉軍記〉のように現代において評価されていない軍記テキストは膨大にあり、近世期の軍記を再評価していく必要性もあるはずだ。

七　結語

ここまで〈薩琉軍記〉の成立、伝来、享受についてみてきたが、いまだその展開には謎が多い。〈薩琉軍記〉の基礎テキストであるB群『島津琉球合戦記』の成り立ちが不明瞭であるとことがその要因である。また、同時代に流布した〈朝鮮軍記〉や〈島原天草軍記〉は早く版本として流布しているが、〈薩琉軍記〉は主に写本で流布し、『絵本琉球軍記』に至るまで版本化はされない。享受面においても大きな相違があるのである。版本と写本とでは当然読者層も異なってくるだろうが、いまだその全容はみえない。[注29]

〈薩琉軍記〉を始め、〈島原天草軍記〉や〈朝鮮軍記〉は同時代に流布した作品群である。これらの作品が成立、享受された時代は、中国が明王朝から清王朝へと変わった直後の時期であり、清は東アジアの支配領域の確定に乗り出し、江戸幕府もその流れに巻き込まれていく。まさに東アジアにおける日本の視座が問われていた時代であり、これは今、日本が抱える問題と同じである。新井白石を始めとした日本国土の支配域の確定をめざした言説を〈薩琉軍記〉も踏襲している。[注30]〈薩琉軍記〉は近世期の異国合戦の描写を考察し、日本における異国観を明らかにするための一級資料となりうる。そして、それはまさに現在の日本を見つめ直すことにつながってくるはずである。

今後とも調査を続け、さらに〈薩琉軍記〉の諸本の展開や享受を追っていくとともに、異国合戦によって描かれる近世期の異国観を明らかにしていきたい。

▼注

（1）詳細な刊記は、第一部第一章第一節「諸本解題」に記す。

（2）〈薩琉軍記〉の物語は三国志を下敷きにしているため、日本において『三国志演義』が流布した『通俗三国志』の出版（元禄五年（一六九二）版が最も早い）以前の作品であることはありえない（第二部第一章第一節「近世期における三国志享受の一様相」を参照）。

（3）第一部第一章第一節「諸本解題」を参照。

（4）底本立教大学図書館蔵本には「享保十七年寅年」とあるのを、沖縄県立図書館蔵本などにより「享保十七年壬子年」と訂した。「享保十七年寅年」は誤りであり、享保十七年は「壬子」の年である。『薩琉軍談』に記される「享保十七年分限張」には、「寅年」とする伝本が多々ある。また、この「享保十七年分限帳」そのものが独立したものもあり、国立国会図書館蔵『島津家分限帳』がそれにあたる。ここには、「享保十七年寅正月御改書附也」とあり、『薩琉軍談』に織り込まれる「享保十七年分限帳」と同内容が記されている。この国会図書館蔵『島津家分限帳』も立教大学図書館蔵本と同様に、「享保十七年寅年」としており、〈薩琉軍記〉「享保十七年分限張」と国会図書館蔵『島津家分限帳』とは何らかのつながりがあることに疑いはない。

（5）注（2）。

（6）〈薩琉軍記〉に記される奥書は、先にみた『琉球征伐記』の本奥書を除くと、国立公文書館蔵『薩琉軍鑑』の本奥書、宝暦七年（一七五七）、奥書、明和三年（一七六六）が最も古い（後掲）。A群のテキストの成立時期は概ね判明しているが、例外として『琉球攻薩摩軍談』（A2）のみ成立が定かではない。最も古い奥書は、上田市立図書館藤盧文庫蔵本の文政四年（一八二一）の奥書である。

（7）『琉球軍記』では重豪を「義久以来十代」とするが、義久を起点に考えた場合、①義久→②義弘→③家久（以下略、本文引用を参照）となり、重豪は十一代目になる。ここでは家久を薩摩藩の初代藩主ととらえ、重豪を九代目藩主ととらえることにする。

（8）詳細は第一部第一章第二節「薩琉軍記遡源考」を参照。

（9）注（6）、国立公文書館蔵本『薩琉軍鑑』本奥書による。

（10）ただし、『島津琉球合戦記』の結末が、なぜ寛文十一年（一六七一）の謝恩使来朝（尚貞襲封）なのかの問題は残る。後考にまつ。

（11）第二部第一章第二節「語り物の影響をさぐる―近松浄瑠璃との比較を中心に―」を参照。

（12）横山学『琉球国使節渡来の研究』（吉川弘文館、一九八七年）。以下、琉球ブームについては本書による。

（13）宮城栄昌『琉球使者の江戸上り』（「南東文化叢書」4、第一書房、一九八二年）を参考に作成した。

（14）『大野屋惣兵衛蔵書目録』は、柴田光彦編『大惣蔵書目録と研究』（日本書誌学大系27、青裳堂書店、一九八三年）による。『島津琉球軍精記』には、「右吉田三代記六篇と同じ」という書き込みがうかがえる。このほかにも、『大野屋惣兵衛蔵書目録』第十冊「軍書」には、『琉球征伐記』が二点、「絵入軍書」では、『絵本呉越軍談』『忠臣水滸伝』などと並んで、『琉球軍記』の名前がうかがえる。

(15) 鈴木俊幸「幕末期娯楽的読書の一相―貸本屋沼田屋徳兵衛の営業文書―」(「国語と国文学」83―5、二〇〇六年五月)など。
(16) 韓国国立中央図書館蔵本巻二十巻末などに「山本金兵衛」という人物の書き入れがあるため、押印にある函館山本屋にて書写されたものであることがわかる。函館山本屋から淡路の鯛中店へ移動したものと思われる。その後、韓国国立中央図書館蔵本は、朝鮮総督府に所蔵され大陸へ渡ることになる。数奇な運命をたどった伝本の一つである。
(17) 立教大学図書館蔵『薩琉軍監』は甲巻のみ現存しているが、甲巻に記された目録を見ると乙巻末に、「琉球国島々嶽々の名を記ス」という章段名が書き込まれており、詳細な琉球情報を盛り込んでいた可能性が指摘できる。乙巻を欠くことは痛恨の極みである(第一部第二章第二節「琉球侵略の歴史叙述―日本の対外認識を探る―」参照)。
(18) 国立公文書館蔵本と国会図書館蔵本とは本ツレであると思われる。蔵書印からうかがうに近世後期にはすでに離れてしまったようである。
(19) その蔵書内容は、村井家の蔵品売立入札目録で確認できる。「四書一〇冊、春秋左氏伝一五冊、史記評林二五冊、孟子四冊、論語集註一五冊、四書全書二五冊、杜律集解六冊、小学二冊、十八史略六冊、詩経集註六冊、周易五冊、小学句読四冊、礼記春秋詩経周易八冊、経典余師二三冊、通俗三国志四九冊、漢楚軍談二〇冊、謡本二〇冊、島津琉球軍精記二三冊、圭内容五円術外五種写本九冊、農業全書一一冊、訓蒙図彙一〇冊、武家大系図二冊、易占秘訣二冊、太平記二〇冊、源平盛衰記横本一一冊、日本水滸伝一六冊、武鑑八冊、絵入太平記一〇冊、藤原氏系図三冊など」(槇光章『美に魅せられて』(山形生活文化研究所、二〇〇三年)による)。
(20) 小川宏一氏のご教示による。宮腰直人氏のご教示による。
(21) 早稲田大学蔵本による。『琉球入貢紀略』は山崎美成の随筆。天保三(一八三二)年に刊行され、鍋田晶山補筆による増訂版が嘉永三(一八五〇)年に出版されている。
(22) 刈谷市中央図書館村上文庫蔵本による。
(23) 新納一氏については、第一部第一章第三節「物語展開と方法―人物描写を中心に―」で詳しくみていく。

（24）原口虎雄監修・高野和人編『薩州島津家分限帳』（青潮社、一九八四年）による。
（25）明治三十五年京都歌舞伎座で行われた歌舞伎に『佐野鹿十郎』という演目がある。これによれば、薩摩の剣豪とされる佐野鹿十郎は佐野帯刀の次男であり、琉球侵攻のおり軍令違反をして追放され、のちに仇討ちにより高名をあげ、薩摩に召還される人物とされる。この演目の背景にも〈薩琉軍記〉があるかもしれないが、ここでは指摘にとどめておく。
（26）国立公文書館蔵本による。
（27）柳田国男は「日を招く話」（『定本柳田国男集』9）の「田植の歌」で、嫁田の説明をする際に『駿国雑志』を引き、「薩琉軍談と称する近代の軍書に」ある話として語っている。ここでは『駿国雑志』を引いているのみであり、柳田が〈薩琉軍記〉についてどの程度の認識を持っていたかは計りがたい。
（28）林燁『通航一覧』（泰山社、一九四〇）による。また、鶴田啓「沖縄の歴史情報研究」「通航一覧琉球国部テキスト」による（http://hi.u-tokyo.ac.jp/todai/IMG2、東京大学ホームページ）を参考にした。
（29）〈朝鮮軍記〉の代表的な研究に、金時徳『異国征伐戦記の世界　韓半島・琉球列島・蝦夷地』（笠間書院、二〇一〇年十二月）、井上泰至・金時徳『秀吉の対外戦争：変容する語りとイメージ』（笠間書院、二〇一一年六月）があり、〈島原天草軍記〉の代表的な研究には、菊地庸介『近世実録の研究―成長と展開―』（汲古書院、二〇〇八年）がある。しかし、総合的な研究は始まったばかりであり、解決されていない問題が多い。
（30）増2『琉球属和録』には新井白石の『南島志』が引用されている（第二部第一章第五節「蝦夷、琉球をめぐる異国合戦言説の展開と方法」を参照）。
［補記］〈薩琉軍記〉享受について、頼山陽『日本外史』の琉球侵略の叙述は、〈薩琉軍記〉によるものである。『日本外史』は幕末に広く流布し、大きな影響を与えており、〈薩琉軍記〉が歴史叙述として認識されていたことが垣間見られる。詳しくは、第二部第一章第四節「歴史叙述の学問的伝承」による。

第二節　琉球侵略の歴史叙述—日本の対外意識と〈薩琉軍記〉—

一　はじめに

すでに述べてきたことで、繰り返しにはなるが、〈薩琉軍記〉とは、慶長十四年（一六〇九）の薩摩藩による琉球侵略を、新納武蔵守と佐野帯刀との対立譚を軸に描く軍記の総称である。写本を中心にひろまり、次第に増広し多種多様な伝本を生み出していく。幕末には増1『絵本琉球軍記』として出版され、明治期には活字版も刊行される。〈薩琉軍記〉は実際には起きていない合戦を作りだし、様々な武将たちの活躍を創出している軍記物語である。

実際の島津氏の琉球侵入には〈薩琉軍記〉に描かれるような壮大な軍兵たちが海を渡ることなどなかった。大将樺山久高《かばやまひさたか》、副将平田増宗《ひらたますむね》を筆頭に三千余人の島津軍が、慶長十四年（一六〇九）三月初めに出立、奄美諸島以南の琉球国の島々を次々と攻め、四月初めには首里城を包囲し、琉球王尚寧《しょうねい》を降伏させるに至ったというのが資史料からうかがえる琉球侵攻である。前節では、成立、伝来、享受の諸問題を追ってきた。本節では、〈薩琉軍記〉と他資料とを比較しつつ、〈薩琉軍記〉の特異性、描かれた琉球侵攻の歴史叙述を読み解いていくとともに、〈薩琉軍記〉に描かれた琉球叙述の背景について考察していく。

二　琉球侵略の歴史叙述―琉球・ヤマト双方の資料から―

〈薩琉軍記〉の多くの諸本には新納武蔵守が備え立てを行い、各部隊が事細かに記されていく章段がある。〈薩琉軍記〉の基礎テキストであるA1『薩琉軍談』などの増広が進んでいない諸本ほど長大に記し、増広が進むにつれ記述がまとめられる傾向にある。物語を分断しかねないほどの記述の長さだが、初期の〈薩琉軍記〉はこの備え立て、それに加え「享保十七年分限張」を描くことにより、島津家の偉大さ、薩摩の広大さを物語っていると思われる。▼注[1]『薩琉軍談』に描かれる「都合惣人数弐拾弐万弐千六百六拾壱人」（二二二、六一一人）という出陣の規模は、常識では考えられない規模であり、いかに〈薩琉軍記〉が誇張した表現を用いているかがわかるだろう。しかし、先にも述べた通り、これはいわゆる歴史的事実とはかなり様相を異にする。そのため、始めに琉球侵略がいかに語られ、叙述されてきたのかを追っていきたい。

まずは島津の琉球侵略の叙述を琉球側からの視点で追っていくことにする。十八世紀半ばに成立した琉球の史書である『球陽《きゆうよう》』巻四、尚寧王二十一年（一六〇九）条には、

> **日本、大兵を以て国に入り、王を執へて薩州に至る。**本国素薩州と隣交を為し、紋船の往来は、今に至るまで百有余年なり。奈んせん、権臣**謝名**の言を信じ、遂に聘門の礼を失す。是れに由りて、太守**家久公**、特に**樺山氏**、**平田氏**等を遣はし、来りて本国を伐つ。**小、大に敵に難く、寡、衆に勝たず。王、彼の師軍に従ひて、薩州に到る。**

とあるのみであり、▼注[2]謝名親方《じゃなうぇーかた》の言により、薩摩との国交を閉ざしたため、島津家久により攻められ、樺山久高や

平田増宗といった武将らにより、琉球は衆寡敵せず敗れ、琉球王尚寧は薩摩へ連れて行かれることが記されている。ここでは詳しい合戦の描写などはなく、淡々と事件の経過のみが記される。しかし、琉球側が侵略について記述を残していないかというとそうではない。琉球王府によってまとめられた琉球王国の外交文書集『歴代宝案《れきだいほうあん》』には、琉球那覇に侵入した薩摩軍を精兵三千をもって迎え撃つ琉球軍の様子が語られている。▼注[3]

　四月初一日、**倭寇、中山の那覇港に突入す**。卑職、帥官鄭迵、毛継祖等に厳令して、**技兵三千余を統督せしむ**。兵を披け、鋭を執り、雄として那覇江口に拠りて力敵す。彼の時、球兵は陸に居りて勢強し蠢倭は水に処りて勢弱し。百出して拒敵すれば、倭は其れ左なり。且つ又、**倭船は浅小にして、勢は武を用い難し**。箭もて射れば逃ぐるに難く、鋭もて発すれば避ける莫し。急処に愴忙し、船は各自携り角いて礁に衝る。沈斃し、及び殺さるるもの、勝げて紀す可からず。

これは万暦三十七年（一六〇九）五月に琉球王から明、福建の布政司（最高地方官庁である布政使司の長官）に宛てた文書である。『球陽』以前の琉球王府による歴史叙述として着目すべきであろう。『球陽』とは登場人物は一致するが、戦さの描写はかなり細かい。薩摩の侵攻に対して、琉球側は鄭迵《ていどう》（謝名親方）を指揮官に精兵三千をもって那覇で薩摩勢を迎え撃つことになる。琉球側は陸側、薩摩側は海側であり、舟が近づいても矢を射て薩摩勢を近づけさせなかったが、薩摩勢は那覇から上陸するのではなく、防備の薄い東北から兵を進める。その結果、「虞喇時（浦添）」▼注[4]などの地方がことごとく戦禍を受けた。琉球側の兵の数には限りがあり、遂には那覇に追い込まれ、菊居隠僧法印などを遣わして薩摩と停戦したとある。

『歴代宝案』では、那覇に侵入した島津軍は琉球軍に散々に負かされる様子がみてとれる。琉球と明との外交文書を記した文書において、琉球が日本の侵攻に対して最大限に抵抗したことを描くことで、また、首里からも近い貿易の中心である那覇での戦いでは、薩摩勢に引けを取らなかったと述べることで、対外的に強い琉球を少しでもアピールしようとしたのであろうか。あるいは明との関係から、無抵抗で薩摩（日本）に降ったことを隠匿したかったのかもしれない。この文書が島津侵入直後という観点も見逃せない。『歴代宝案』では、那覇での戦さは琉球軍の抵抗により薩摩軍敗退という結果を生む。しかし、薩摩軍伏兵が東北へ迂回、浦添などの地方が戦火に遭い、琉球は薩摩軍に敗北する。最終的に『歴代宝案』も「衆寡弁ずる莫し」と島津の大軍に琉球軍はかなわなかったとする。これは『球陽』と同じである。次に『喜安日記《きあんにっき》』を見てみると、▼注[5]

去程に薩州には老中僉議ありて、急ぎ琉球破却せんとて、大将軍には**樺山権左衛門尉**、副将軍には**平田太郎左衛門尉**、宗徒侍三百余人、**都合其勢三千余人**、七十余艘の船に取乗、（中略）去程に、夜も漸く明行侭、那覇へ下りぬ。卯月一日未の刻計、**敵那覇の津に入る。大将は湾より陸地を被レ越、浦添の城并に龍福寺焼払ふ。**

島津の侵入のルートは『歴代宝案』と同じであるが、那覇における抵抗が描かれない。ここでは那覇から侵入した島津軍は、浦添を通って、首里に行くことになるが、地理的に浦添は首里の北にあたり、北から攻めてこなければルートとしておかしいので、『歴代宝案』にもある通り、島津勢は軍を分け北からも侵入したと考えるべきだろう。また、『喜安日記』によれば、薩摩勢は鉄砲を雨のように撃ちかけ、早々に戦さの決着をつけており、合戦描写は『歴代宝案』の叙述とは相違があるが、戦禍を被る地「浦添」は共通している。

次にヤマト側からの視点で琉球侵略を見ていく。まずは薩摩の琉球侵略に同行したトカラ七島、影佐《えいさ》の日記、『琉球入《りゅうきゅういり》』には次のようにある。▼注[6]

それより**那覇をさして御寄せなられ、御大将樺山殿、御船は湊の沖に御控え遊ばされ、七島頭立ちの者共大将として、七島の船に島中の人数ばかり召し寄せ、真先かけて乗り入りける。**然らば、那覇の湊口広さ二十五間、内の流五十間の間に、高き石垣に所々矢狭間をあけ、大石火矢を構え置き、湊の底に鉄の網を張り、きびしく用心仕り置き、大将**謝名親方**、**三千騎**を引きつれ、右の綱を持ち上げ、石火矢を打ち掛け候ふ故、悉く討ち破られ候ふ。され共、一人も怪我はなく、沖およぐ如く、御大将樺山殿御船、その外余船に乗り申す故、大将の御船も乗り入るべき様これなく候ふ。五里余方荒波にて、船を寄すべき様これなく候ふ。その時、美濃守殿（樺山久高…引用者注）、諸船頭へ仰せ付けられ候ふは、「この分にては、蛇名も取り得ず、鹿児島へ登るべき様これなく候ふ。ここにおいて腹を切るより外はなし、さりながら別に寄すべき所もこれなき哉」と御尋ねなられ候ふ処、頭立の者共より、「ここにて御腹なされ候ふ所にて御座なく候ふ。これより倭の方へ寄り候はば、**運天**と申す湊、これあり候ふ。この湊より那覇まで道程、陸地にて二十里ばかりこれあり候ふ。別に寄すべき所はこれなく候ふ」由申し上げ候ふ。さあれば、**その湊より押し寄すべしと運天さして船を漕がせ給ふ。**

ここでは薩摩側から琉球侵略を物語っているが、あくまで侵攻において活躍したのは、トカラ衆であるという記述態度をとっている。内容は『歴代宝案』に酷似しており、島津軍は那覇に侵入するが、謝名親方率いる三千騎の軍が待ちかまえており、湊の高垣から火矢を浴びせ、湊の底に鉄の網を張り船の進入を拒む。薩摩軍はこれに苦戦し、大将樺山久高は苦悩するが、トカラの船頭たちが琉球北方には運天という港があると導かれ、運天へ迂回し琉球を攻略する。トカラの船頭たちの話題が入り込むものの、謝名親方が率いる兵の数や那覇津における攻防戦の様子、琉球北方への迂回などが『歴代宝案』と合致する。『琉球入』が『歴代宝案』を披見していたとは考えづらいので、『歴代宝案』と『琉球入』とを結ぶ資料の存在があるかと思われるが現在未詳である。

薩摩側から見た琉球侵略を描く資料として注目すべきは、琉球侵攻に従軍した市来孫兵衛《いちきまごべえ》の日記、『琉球渡海《りゅうきゅうとかい》日々記《にちにちき》』である。▼注[7]

四月朔日卯ノ時ニ、**諸軍衆ハ、陸路ヲ御座候フ。諸舟ハ勿論ナガラ、海上ニテ両手ヲ御サシ候ヒテ**、コアンマ《本ノママ》ニテ御座候ヒテ、那覇、首里ノ様子キコシメシ、「合セテ有ルベシ」トノ御議定ニ、足軽衆、首里へ差懸リ、**鉄放取合仕リ、殊ニ放火共仕候フノ間ヨリ**、其計ラズ、軍衆首里へ差懸リ成サレ候フ処ニ、琉球王位様、御舍弟ヲ始、名護、浦添、謝内波、三司官、質ニ差シ出シ成サレ候フ。

『琉球渡海日々記』には、三千余人の薩摩軍が、慶長十四年（一六一九）二月晦日に「高山」を出発して、侵攻を終えた四月二十八日に「山川」に帰着するまでの記録が記されている。しかし、薩摩と琉球との戦いはほとんど描かれず、陸路と海路とからそれぞれ琉球へと侵入した薩摩の圧勝であることがみてとれる。この資料については歴史学から市来孫兵衛の見たままの記述がなされており、よって那覇の交戦が描かれることがないという立場が主流であるが、それにしても合戦の叙述が少なく、琉球侵略は、たとえ那覇での抵抗があったにせよ、薩摩の圧勝であり、民間に多数の被害は出したものの、合戦にたる合戦はなかったことに疑いはなかろう。

こうして記録類などから琉球侵攻をうかがうと、〈薩琉軍記〉で語られるような攻防戦はまったくうかがえない。〈薩琉軍記〉の描く合戦が架空のものであることは、すでに小峯和明により指摘されている。[注8] ほかの文献にみられない架空の合戦描写を描くことは、〈薩琉軍記〉の大きな特徴であり、そこに〈薩琉軍記〉が描こうとする琉球侵攻の世界が広がっているはずで、注視すべき問題である。

三　〈薩琉軍記〉の語る琉球侵略—絵図にみる〈薩琉軍記〉世界—

ここまで〈薩琉軍記〉以外の諸資料から琉球侵略についてみてきたわけだが、では〈薩琉軍記〉からはどのような相違がみられるのだろうか。まずは〈薩琉軍記〉を再度定義してみたい。〈薩琉軍記〉とは、次の物語を有した作品をいう。[注9]

薩摩藩の大名島津氏は頼朝を始祖とする源氏であり、慶長十四年（一六〇九）、徳川家康の指示のもとに軍団を編制し琉球へ侵攻する。薩摩武士**新納武蔵守一氏**が軍師に任ぜられ、琉球侵攻の指揮をとる。琉球の「要渓灘」

より侵入し、一進一退の攻防を繰り返す。「日頭山」の戦いでは先駆けをする薩摩武士**佐野帯刀**が琉球軍の大軍に囲まれ戦死するが、ついに琉球国の「都」に攻め入り、王や官人らは捕虜となり、薩摩に降伏する。

すべての諸本にうかがえる基本的な枠組みであり、薩摩方の武士新納武蔵守と佐野帯刀との対立譚を通して物語が展開していく。よって、先にみた『琉球入』などは〈薩琉軍記〉とは呼べないわけである。まず諸資料とは大将が違う。諸資料では大将を樺山権左衛門尉久高とするのが一般的だが、〈薩琉軍記〉では、薩摩武士新納武蔵守忠元をモデルにした架空の人物、軍師新納武蔵守一氏が侵攻の指揮を執る。〈薩琉軍記〉における大将はあくまで薩摩太守である島津義弘《しまづよしひろ》（家久《いえひさ》とも）である。▼注[10] 登場する地名も「要渓灘」「千里山」「虎竹城」「乱蛇浦」「日頭山」など、現在知られない架空の地名ばかりである。▼注[11] 増1『絵本琉球軍記』などの増広本になると首里なども描かれるようになるが、〈薩琉軍記〉は架空の異国「琉球」という場所において、架空の人物たちが、架空の合戦を行う物語であり、それこそが〈薩琉軍記〉世界の構成である。〈薩琉軍記〉が描く異国合戦であると、はっきりとわかるものに琉球における詞争いがある。次に引用したのは、A1『薩琉軍談』「虎竹城合戦之事」の一場面である。

暫く有て、追手の木戸の高櫓へ**武者壱人かけ上り**、狭間の板八文字に押開き大音声上て申けるは、「**襲兵ノ爰何未レ聞琉球国敵於薩州異雖、然理不尽囲の者汝等常以二磐石一如レ砕レ卵自滅。無裏迅速に退去**」と言。**是を聞ける軍勢共いかんとも答へしかねける**。爰に里見大内蔵が組下の浜島与五左衛門と云者、**蛮夷の言葉を知て書付を以て新納武蔵守一氏へ持せ遣す**。武蔵守大き歓び抜き見るに其言葉に曰、「**我国に軍勢を爰に向るは、不思儀千万昔より琉球国より薩州へ敵したる事一度もなしと言共、理不尽に取かこまハ則磐石を以玉子を打つぶすが如し。自滅うたがい有べからず。すみやかに退べし退べし**」と云也。武蔵守からからと打笑ひ、「きやつは此国の弁舌しやと見へたり。言を以て取ひしがかんとの儀ならん。されども此様成申分にて伏ざらんや。只無二無三に責破りて、もみにもふで」下知なせば、虎竹城の戦いは、張助幡と薩摩勢との戦いである。薩摩勢は虎竹城へと押し寄せると、琉球方の武者が、櫓の上から薩摩方に言葉を発する。本格的な合戦の前哨戦としての詞争いの模様である。ほとんどの薩摩武士はその言葉の意味を理解できず、何と答えてよいのかわからない。琉球語で語りかけた琉兵の前に誰も答えることができず、薩摩軍は琉兵の言葉の前に身動きできなくなってしまうのである。まさに言葉の魔力である。ここで薩摩側から琉球語を理解できる者が名乗りを挙げて、今言われた言葉を翻訳する。相手の言葉を理解したことで、初めて次の行動に移ることができる。新納武蔵守は突撃の命令をくだし虎竹城へと攻め込むことになる。

琉兵が琉球語を話し、言葉を理解する者（通辞）を介して物語が進む。この琉兵の言葉が漢文で示されていることは興味深い。異国の言葉である琉球語を漢文で表すことは、読者側にも異国語を体感させる意味で効果的である。しかし、もとよりその言葉自体琉球語ではない。みせかけの異国語である。A5『琉球静謐記』では、「リキイトルニニヤクルミシヨヒリナシヨサヒルミインキンニヤヤニヤルニミユルリンリキスタアイシ」という言葉を琉兵が発する。これはより琉球語らしくして、異国を意識させようとする『琉球静謐記』の方法であり、A1『薩琉軍談』よりも手の込んだ手法と言えよう。つまり、〈薩琉軍記〉は詞争いにおいて異国語を用いることによって、異国「琉球」を描き出しているわけである。▼注[12]

架空の合戦の一例を見てきたが、〈薩琉軍記〉において架空であるのは合戦ばかりではない。登場人物や場所のほとんどが架空であり、未詳のものが多い。特に登場する地名は、「乱蛇浦」「虎竹城」など、いずれとも場所を比定しえない場所が舞台となっている。しかし、架空だからと言って、まったく琉球を知らない者により記されたというわけではなく、琉球というものを異国として描くために、わざと架空の地名を採用していると考えるのが妥当だろう。

それをあらわすものに「絵図」がある。〈薩琉軍記〉にはその世界観をあらわした絵図が描かれる伝本が数種あ

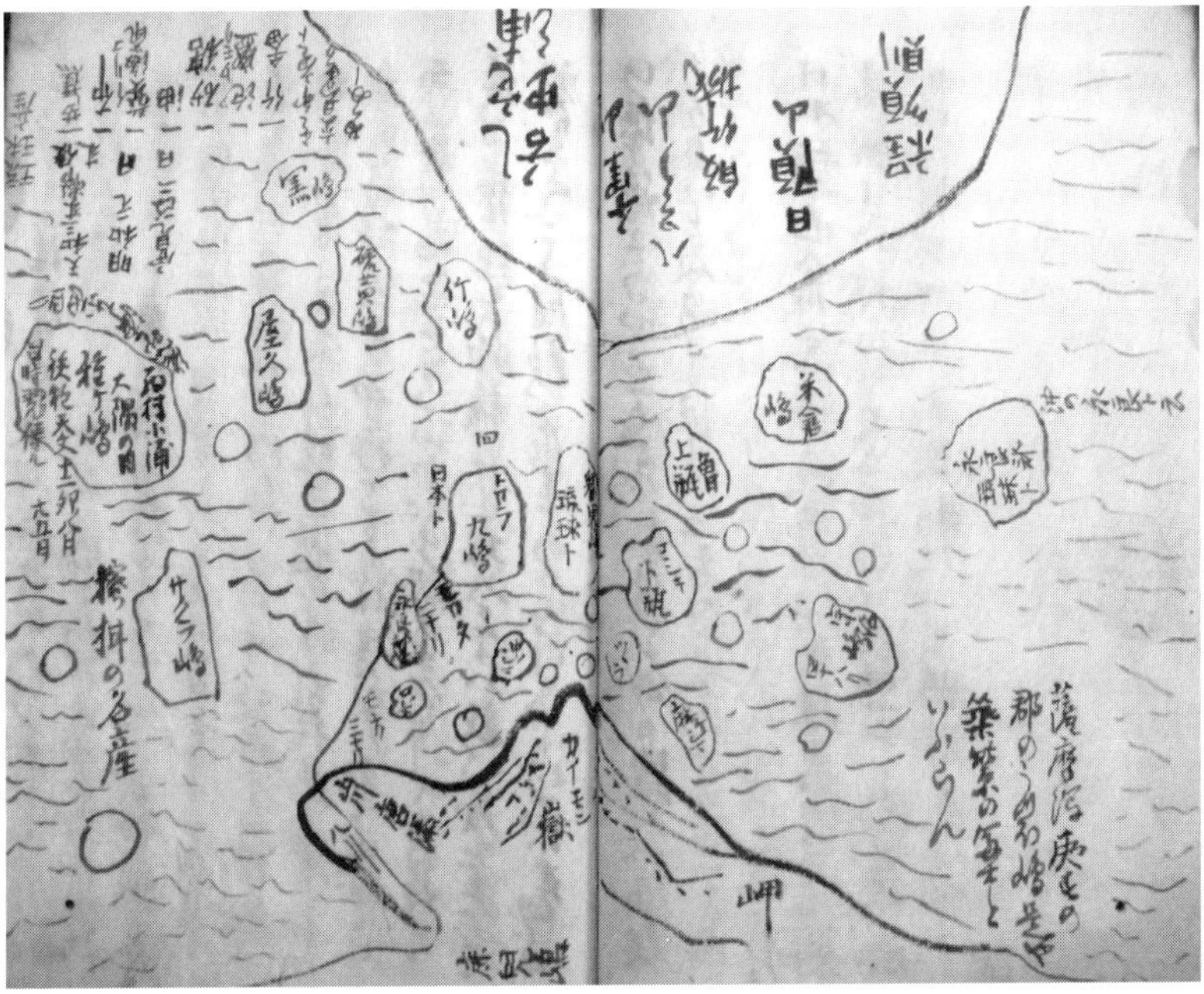

図I　立教大学蔵『薩琉軍監』

るのだ。これらの絵図は、諸本の増広とともに増していく琉球知識の増幅に伴って付加されていく。〈薩琉軍記〉に描かれる絵図は、〈薩琉軍記〉における「琉球」という世界観をうかがう上で恰好の資料になるはずである。絵図を持つ伝本をまとめてみると次の通りである。ここでは紙幅の都合により割愛した絵図もある。▼注[13]

増1『絵本琉球軍記』、増2『琉球属和録』については、散逸における例外を除いて、伝本すべてに描かれるものである。まず、図I、立教大学蔵『薩琉軍監』（A3・⑨）に描かれた絵図についてみていきたい。ここには琉球と薩摩とが対面するように描かれている。薩摩の開聞岳《かいもんだけ》を中心として描かれているが、〈薩琉軍記〉に登場する地名「交の浦」などは描かれず、実際に島津軍が船出した「山川」という地名が記される。琉球側には〈薩琉軍記〉において主戦場となる「乱蛇浦」や「千里山」などの地名がうかがえる。

また様々な琉球情報を盛り込んでいるのも特徴的である。左上に「琉球産」として、琉球の名物が描かれ、桜島の横には「櫁栮《みかん》の名産」と書かれている。種子島には「鉄砲、天文十二卯ノ八月廿五日、曰時尭伝ル」と鉄炮の由来が記され、さらには琉球の幣使来朝の記録として、「芭蕉」や「泡盛」といった琉球産物があげられるように（寛政の年号も見える）、直接本文の内容には関わらない記事が盛り込まれている。これは地理、風土を理解し、その「場」を理解するために必要不可欠なものなのであろう。

右下には「薩摩潟夷すの郡のうつほ島是や筑紫の富士といふらん」という和歌が書かれている。「筑紫の富士」とは開聞岳のことであろう。この絵図における開聞岳の重要性がうかがえる。開聞岳を薩摩の中心に据えているのは興味深い。開聞岳は薩摩一宮枚聞神社《ひらききじんじゃ》の御神体であり、まさに薩摩の守り神であるとともに、薩摩を象徴する存在である。また、枚聞神社には琉球王子の額（寛政七年・一七九五、琉球尚周《しょうしゅう》義村《ぎそん》王子）も奉納されており、琉球側にとっても航海の守護神であったことがうかがえる。まさに薩摩と琉球とを結ぶ象徴であったともいえよう。

注目すべきは、琉球に書かれる「程順則《ていじゅんそく》」であろう。前述したが、程順則は〈薩琉軍記〉の物語とは無縁である。ここに「程順則」という名が記されることは、この絵図における最大の問題点であろう。これにはやはり、江戸後期において、「琉球と言えば程順則」という認識が存在していたことを象徴しているのではないだろうか。そのような連想が起こる土壌がなければ起きえない書き込みである。程順則についての問題を考察する上で、『六諭衍義《りくゆえんぎ》』などの流布や学問所における琉球知識の伝達状況を分析していかなければならないだろう。これについては後述する。

次に、図Ⅱ、京都大学蔵『島津琉球合戦記』（B1・②）についてみていきたい。この絵図には淡彩の色彩が付いている。琉球の図は、見開きで一面となっている。鹿児島の図には左上に「タネカシマ」、上に「イハウカシマ」、右に「カコシマナリ」とあり「島津城」が描かれているが、〈薩琉軍記〉に登場する地名は記されない。

一方の琉球の図には〈薩琉軍記〉に登場する琉球の主だった城が記載されている。絵図の左手の雲間に、「要浜

図Ⅱ 京都大学蔵『島津琉球合戦記』鹿児島図・琉球図

米倉嶋
乱燈浦
白頭山
虎竹城
高鳳門
主城
後詰城

百姓在所

灘番所、九州ヨリ此所迄百七十里」とある。この薩摩軍が上陸した「要浜灘」[注14]を基点に、右上に進み、薩摩軍が朱伝説の夜討ちにあった「千里城」、右に進み、張助幡と激闘を繰り広げた「虎竹城」、その上に、張助幡が逃げた「米倉島」、右に進み、小城ながらも最後まで抵抗が激しかった「乱蛇浦」、その隣に、先駆けする佐野帯刀が攻め落とした「日頭山」、同じく右下、絵図右側の「高鳳門」、さらに絵図右下の「セキヤ」「ハン所」、左に進み絵図の真下には、佐野帯刀が戦死した「後詰城」、絵図の中央に「王城」と、絵図を時計回りに一周し地名を追って行くと、〈薩琉軍記〉の合戦の場面がたどれるというかたちになっている。右下の「セキヤ」「ハン所」は、佐野帯刀とその家臣団が活躍する戦場である。物語内容通りだと、この関屋と番所は、右上にある「日頭山」にあるはずであり、絵図の位置と付合しないが、先ほども指摘したように、時計回りに、順次登場してくる地名を並べたために、この場所に描かれているものと思われる。

この絵図で最も注目すべきは、左上「キカイガシマ」の下に「アマクサ」があることである。これは島原天草の乱の「天草」だろう。当然、〈薩琉軍記〉には「天草」は登場しない。しかし、天草が島になって、しかも、薩摩の側にあることは非情に興味深く、異国琉球との合戦を描いている〈薩琉軍記〉の世界観の中に、天草が描かれていることは注目すべき点である。これは琉球侵攻と島原天草の乱とがつながってくるような認識があったことを示しているはずであり、ひいては〈薩琉軍記〉と〈島原天草軍記〉とを結びつける共通の問題点を浮き彫りにしているのではなかろうか。まさしくこれは近世中、後期における軍記の流布、異国合戦を描く軍記に関連する問題へと発展していく可能性を秘めている。もっと踏み込んで言えば、「天草」という土地が海を越えた日本とは別の地域、異国であるという認識が近世中、後期にあったことの証明になるはずである。また、天草という場所が、キリシタンと日本軍との戦いの場所であったととらえられ、キリシタンとの戦さが日本と異国との戦いであることの傍証にもなるのではなかろうか。「天草」が南西諸島の一群として描かれるのは、この『島津琉球合戦記』に限ったことではない。図Ⅳ・増2『琉球属和録』では「種ヶ島」の下に「天草」が描かれている。よって、琉球と並び絵図に天草が登場することは、京都大学蔵『島津琉球合戦記』だけの問題ではないことがわかるだろう。

図Ⅲについて、この増1『絵本琉球軍記』に描かれる絵図には、物語がかなり増補されており、地名も多く記載され、現在の沖縄の地名が垣間見られる。左側の真ん中右より、三角州になっている部分に「首里　王城」とあるが、〈薩琉軍記〉で描かれている地名は架空のものであり、その中には「首里」は存在しない。ほとんどの〈薩琉軍記〉伝本では首里ではなくて「都」と書かれ、「首里」が出てくること自体が非常に稀である。「王城」の左下には「北《ちゃ》谷《たん》」とある。ほかにも右側の真ん中「東風平《こちんだ》」などであり、『絵本琉球軍記』では、この東風平でも合戦が繰り広げられる。[注15] これらは『絵本琉球軍記』への増広過程の中で、琉球に関する知識が高まり、実際の地名も物語の中に織り込まれていったと推測される。当然〈薩琉軍記〉に描かれる地名も描かれている。島の最も東の端に薩摩軍が上陸した「ヨウ広ダン（要渓灘）」があり、すぐ上には「湊」の文字がうかがえる。すぐ脇に琉球軍が陣を張った「清風嶺」があり、そこから右手に「乱蛇浦」がうかがえる。絵図で確認すると、薩摩軍は東側から東南に侵攻していったことがわかる。

最後に図Ⅳ、三丁におよぶ増2『琉球属和録』の絵図は、薩摩から琉球までの渡航図となっている。先の図Ⅲと同様に『琉球属和録』にも、現在の沖縄でみられる地名がかなり盛り込まれ、大まかな位置づけも現在の地図に近い。図Ⅲ、図Ⅳは実際にある琉球という世界と、架空の〈薩琉軍記〉の世界とが融合した独自の世界観を創りあげている。まさしく、架空の〈薩琉軍記〉世界を現実化、可視化する行為と言える。

図Ⅳを朝鮮側から日本と琉球との通交関係などを記録した『海東諸国紀』所収の「琉球図」と見比べると、興味深いことに重なり合う部分がある。[注16] 〈薩琉軍記〉には「米倉島」という島が登場する。この「米倉島」の位置を『海東諸国紀』で確認すると、「国庫」と記述された島がある。図Ⅳではこの「国庫」の位置に「米倉島」をあてていい

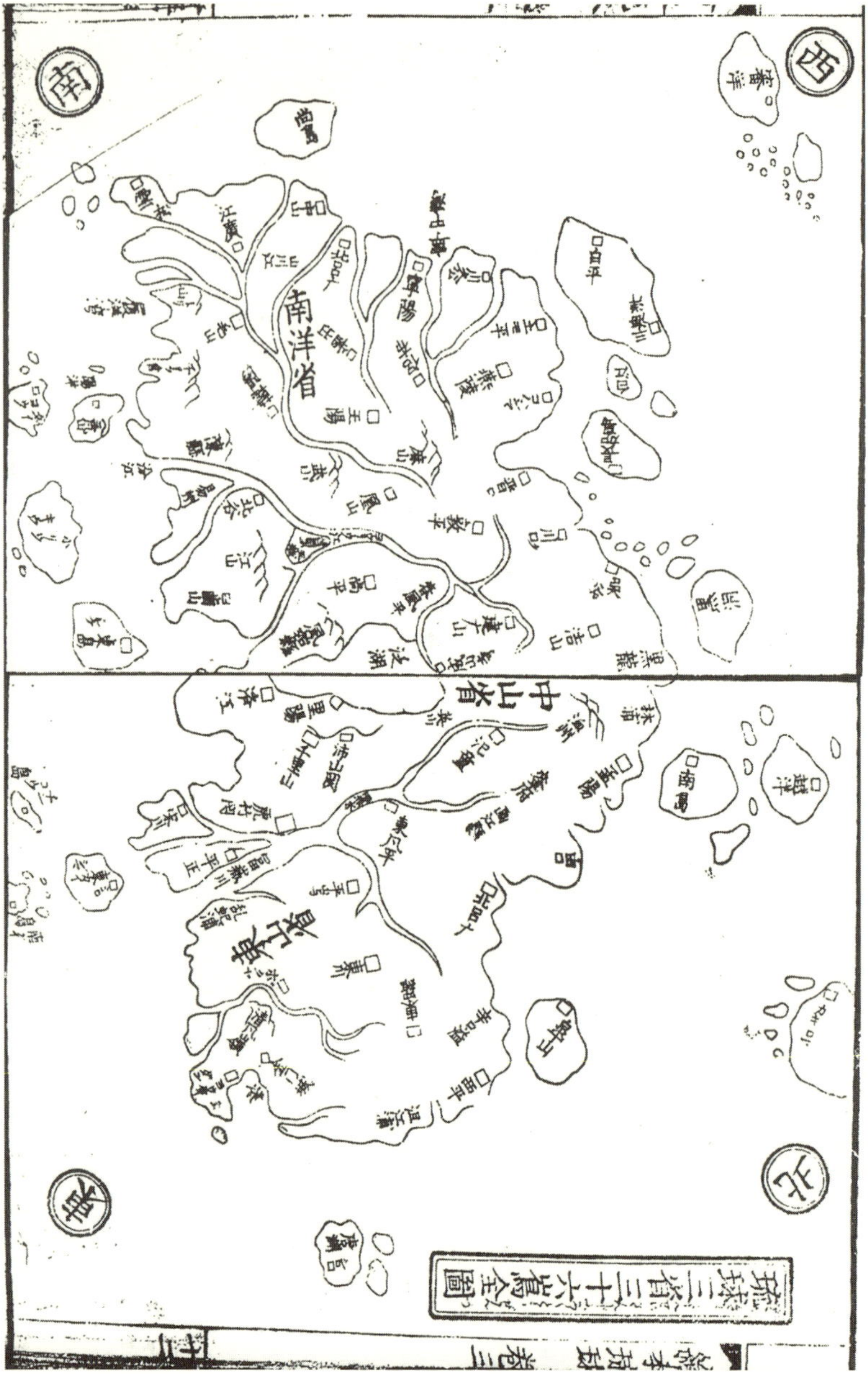

図Ⅲ『絵本琉球軍記』

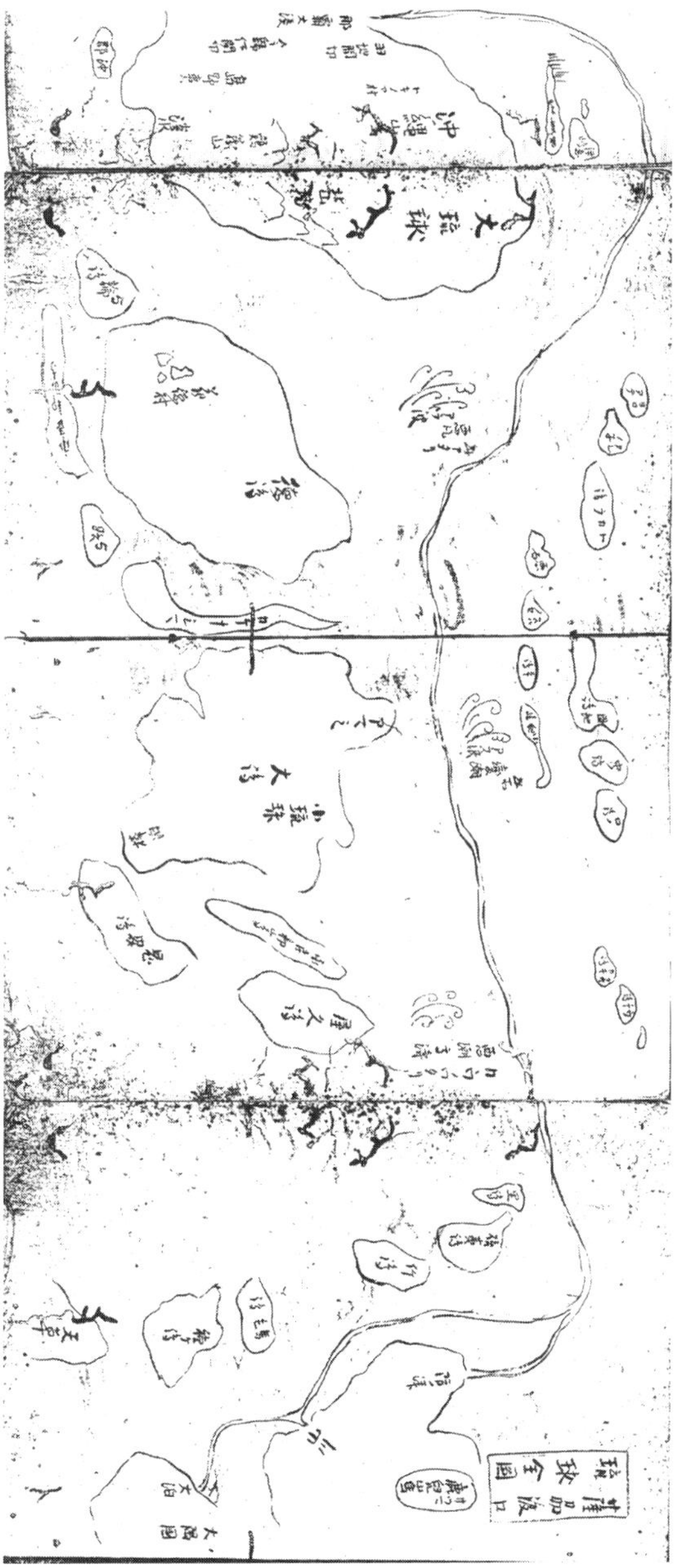

図Ⅳ『琉球属和録』

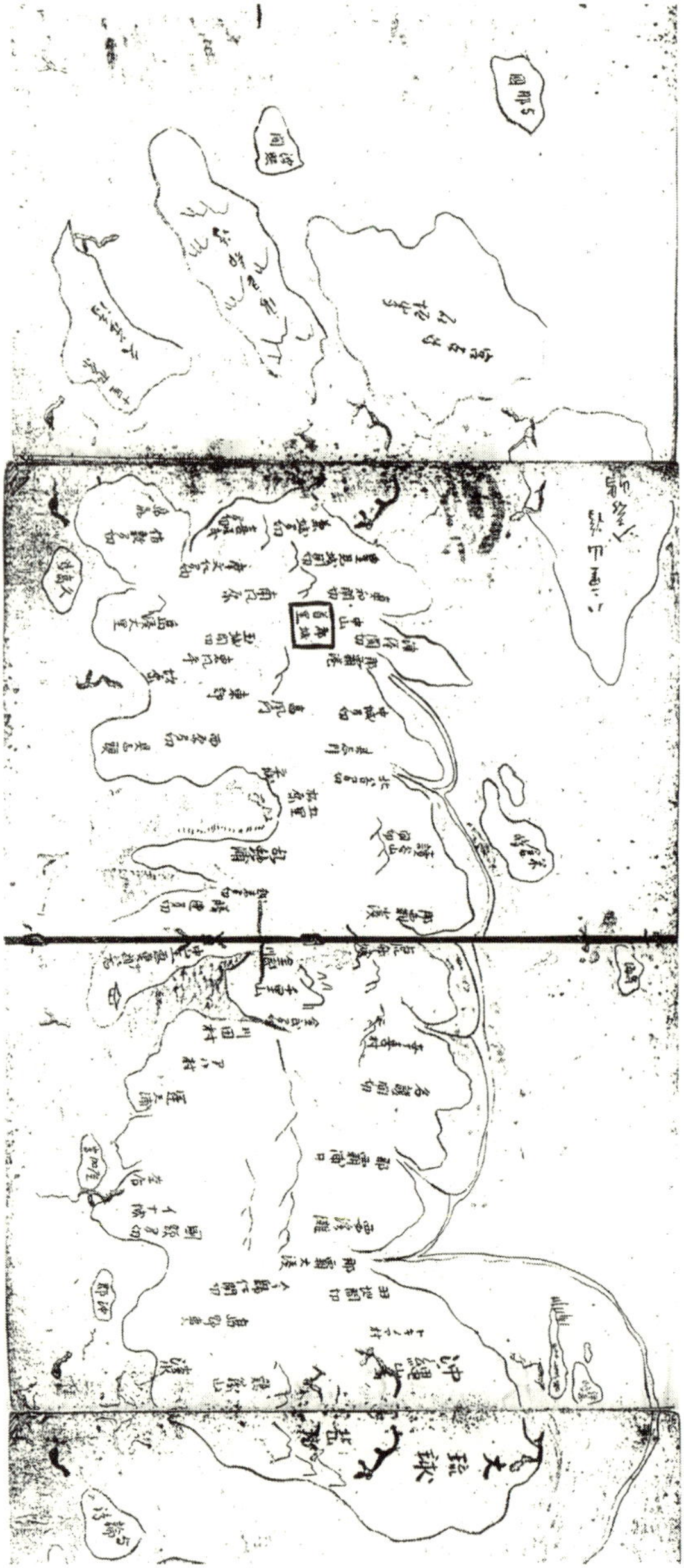

るのである。もともとあった適当な場所に地名をあてたものなのだろうか。『海東諸国紀』において、琉球の「国庫」が島として本島から離れていることが、〈薩琉軍記〉の世界観の中で描かれる「米倉島」につながっているわけである。また、増2『琉球属和録』は新井白石《あらいはくせき》の『南島志《なんとうし》』を引いていることもあり、図Ⅳと『南島志』所収の絵図とには類似点もうかがえる。▼注[17]

ここまでみてきたように、〈薩琉軍記〉の絵図は、〈薩琉軍記〉世界における琉球像を描き出しており、それは舞台の具現化であり、海を越えた「異国」である琉球を可視化したものである。〈薩琉軍記〉は日本（ヤマト）の人々が「異国」琉球をどのように認識していたかを率直に写し出しているわけであり、日本の異国観をうかがう恰好の媒体となりうるのである。

また、〈薩琉軍記〉は琉球知識を吸収して増補されていくが、必ずしも正しく知識を利用するわけではない。B1『島津琉球合戦記』の増広本であるB2『琉球軍記』には、琉球伝承や風俗、地理などを語る「琉球地理産物之事」という章段が新たに加わるが、ここに描かれる琉球の王統は歴史的事実にそぐわないものである。ここには、「然ニ琉球王尚寧卒シテ、子ノ尚礼立ツ。尚礼カ子ノ王、尚景カ代ニ至リ、秀吉公御薨去ナリ」とあり、尚寧の孫尚景の時に秀吉が死に徳川政権に移ったことが述べられるが、尚寧その人こそが侵攻時の琉球王であり、尚寧の次は、尚豊、尚賢と続く。しかし、『琉球軍記』の世界では、尚寧は秀吉の侵攻を外交により未然に食い止め、秀吉より前に死去し、孫の尚景の代に島津氏による侵攻をうける物語になっている。言ってしまえば、〈薩琉軍記〉は琉球知識を下敷きに書かれてはいるが、そこに描かれる琉球は、はっきりとした「異国」として描き出されているのだ。

四　結語

〈薩琉軍記〉は明らかに琉球を異国として認識している。〈薩琉軍記〉は物語を創造して肥大化していくが、その過程には琉球知識の増幅が欠かせない。まさに物語を創造する原動力となったのは、未知なる国「異国」という場である。知らない場所であるからこそ創造力が高まっていったのである。

〈薩琉軍記〉にとって琉球は未知の国であり、未知の国を語る材料として異国語や絵図を用い、また架空の武人を出現させた。そして、〈薩琉軍記〉は独創的な合戦場面を造りだし、未知の国「琉球」を描き出した。まさに〈薩琉軍記〉は新たな琉球侵攻物語を語りかけているのである。

〈薩琉軍記〉の研究は、近世中、後期における、日本（ヤマト）側からみた琉球認識の一側面をうかがう上で必見の資料である。〈薩琉軍記〉の描く琉球像は、まさしく異国であり、当時の異国観を明らかにする資料としても重要視されるべきである。さらには〈薩琉軍記〉というテキストが伝来してきたという歴史も、日本側からの琉球史を考える上で考察されるべきなのである。

▼注

（1）「享保十七年分限張」については、前節を参照。

（2）引用は、球陽研究会編『球陽　読み下し編』（「沖縄文化史料集成」5、角川書店、一九七四年）による。以下、歴史史料にみる琉球侵略については、紙屋敦之『大君外交と東アジア』（吉川弘文館、一九九七年）、上里隆史『琉日戦争一六〇九　島津氏の琉球侵略』（ボーダーインク、二〇〇九年）、上原兼善『島津氏の琉球侵略―もう一つの慶長の役』（榕樹書林、二〇〇九年）などを参考にした。

（3）『歴代宝案』第一集巻十八「国王尚寧より布政司あて、薩摩侵入を報ずる咨」（1-18-03）。引用は沖縄県立図書館資料編集室編、和田久徳訳注『歴代宝案　訳注本』第一冊（沖縄県教育委員会、一九九四年）による。引用文中の鄭迵は謝名親方のこと。参考、宮田俊彦「他魯濟・呉濟―歴代寶案に見える慶長十四年島津の琉球征伐―」（『茨城大学　文理学部紀要（人文科学）』11号、一九六〇年十二月）。

（4）注によると「虞喇時」は「浦添の音訳であろう」とする。この解釈に従う。

（5）『喜安日記』は琉球に渡り、茶道の師として琉球王尚寧に仕えた人物として知られる喜安入道蕃元の日記。引用は琉球大学伊波文庫蔵本による。参考、池宮正治『喜安日記』（榕樹書林、二〇〇九年）、樋口大祐「多重所属者と『平家物語』―『喜安日記』における琉球と日本」（『乱世のエクリチュール　転形期の人と文化』森話社、二〇〇九年）。

（6）『琉球入』は〈薩琉軍記〉とは内容が異なり、〈薩琉軍記〉以前の琉球侵略を描く資料として注目できる。琉球侵略を描く軍記としてみるべきか、またトカラ衆の語りとする偽書の一側面もあろうか。現在、鹿児島県立図書館蔵『琉球軍記』（内題）、鹿児島県立図書館蔵『琉球入』（外題）、鹿児島大学玉里文庫蔵本『琉球征伐記』（外題）の三本の伝本を確認しているが、いずれも明治期の転写本である。〈薩琉軍記〉諸本の『琉球軍記』と区別するため『琉球入』と呼ぶ。引用は、鹿児島県立図書館蔵『琉球入』による。また『琉球入』は為朝伝承をうかがう上でも興味深いテキストである。第二部第二章「甦る武人伝承―再生する言説―」参照。

（7）引用は鹿児島県立図書館蔵本による。

（8）小峯和明「琉球文学と琉球をめぐる文学―東アジアの漢文説話・侵略文学―」（『日本文学』53―4、二〇〇四年四月）。

（9）A1『薩琉軍談』による。

（10）これには「三国志」が大きく影響しており、大将島津義弘と軍師新納武蔵守一氏という構図には、蜀の皇帝劉禅と軍師諸葛亮というモチーフがある。第二部第一章第一節「近世期における三国志享受の一様相」。

（11）地名の呼び名について、架空の地名ということもあり、本来どのように読むのか不明である。ルビが付いている伝本もあるが、書写者自身も読み方がわからず、ルビが一定していない。

（12）第一部第一章第四節「異国合戦描写の変遷をめぐって」。

（13）ここで割愛した絵図については、拙稿「〈薩琉軍記〉概観」（池宮正治・小峯和明編『古琉球をめぐる文学言説と資料学—東アジアからのまなざし—』三弥井書店、二〇一〇年）に全掲してあり図もこちらからの転用である。また、拙稿「薩琉軍記について」（「史苑」70—2、二〇一〇年三月）でも問題提起している。

（14）「要浜灘」は〈薩琉軍記〉全般にみえる「要渓灘」と同じ場所である。転写過程における誤写によって変わったものだと思われる。

（15）「北谷」と「東風平」を中心に地図を見てみると、方角がおかしい。本来、東風平からみた北谷の方角は「北」である。『絵本琉球軍記』では実際の琉球とは、方角が逆の琉球の中に物語世界を構築している。

（16）『海東諸国紀』の成立は、序によると、朝鮮成宗二年（文明三年、一四七一）であり、その後付された「琉球図」は、奥書によると、弘治十四年（一五〇一）の記事であることがうかがえる。参考、田中健夫訳注『海東諸国紀—朝鮮人の見た中世の日本と琉球—』（岩波文庫、一九九一年十二月）。

（17）岩瀬文庫所蔵『南島志』との比較による。参考、岩瀬文庫蔵本・名古屋市博物館編『特別展　海上の道—沖縄の文化—』一九九二年。

第三節
描かれる琉球侵略—武将伝と侵攻の正当化—

一　はじめに

第一、二節をまとめると、〈薩琉軍記〉とは、慶長十四年（一六〇九）の琉球侵攻を描いた軍記テキスト群の総称である。琉球侵攻を題材にしているが、実際には起きていない合戦を作りだし、様々な武将たちの活躍を創出している。実際の島津氏の琉球侵入には〈薩琉軍記〉に描かれるような壮大な軍兵たちが海を渡ることなどなく、大将樺山久高《かばやまひさたか》、副将平田増宗《ひらたますむね》を筆頭に三千余人の島津軍が、慶長十四年三月初めに出立、奄美諸島以南の琉球国の島々を次々と攻め、四月初めには首里城を包囲し、琉球王尚寧《しょうねい》を降伏させるに至ったというのが資史料からうかがえる琉球侵攻である。しかし、〈薩琉軍記〉では、薩摩、琉球双方から武将たちが登場し、様々な人間模様を形成するのである。本節では、架空の琉球侵略戦争の中で活躍する武人たちをみていくことで、異国合戦を描く〈薩琉軍記〉の世界観を考察していきたい。

二　薩摩の武将たち―新納武蔵守と佐野帯刀―

〈薩琉軍記〉に登場する人物は島津義弘《よしひろ》（諸本によっては家久《いえひさ》）や徳川家康といった人物を除いて、すべての人物が架空の実物であり、〈薩琉軍記〉による創作である。まだまだ一般に周知している物語ではないため、まずは〈薩琉軍記〉の基礎テキストであるA1『薩琉軍談』をもとに簡単に物語を確認しておきたい。▼注[1]〈薩琉軍記〉は新納武蔵守一氏と佐野帯刀政形との対立譚を軸に物語が繰り広げられ、諸本の叙述もこの対立譚を中心に増広を繰り返していく。▼注[2]新納武蔵守と佐野帯刀を中心に諸本生成もすすんでおり、いわば物語の主人公と言うべき二人である。しかし、物語の中心人物であるこの二人ですら伝未詳の人物であり、素性がつかめない。

新納武蔵守一氏について、薩摩において、姓が「新納」で、官職が「武蔵守」というと、「親指武蔵」として名高い「新納忠元」がその異名通り挙げられるだろう。▼注[3]その忠元が一氏のモデルに比定されるのではないかと思われる。新納忠元は、次郎四郎、刑部大輔、武蔵守、拙斎、為舟ともいい、島津氏一族新納氏四代の次男是久流。秀吉に降ったおり、堂々たる態度で、秀吉を感服させている。また和歌をよくし、知勇をもって聞こえ、朝鮮侵略の際には留守をあずかり、『二才咄格式定目』《にさいばなしかくしきじょうもく》を定めて子弟を戒めた。伝記に『新納忠元勲功并家筋大概』がある。慶長十五年（一六一〇）薩摩大口で没した人物である。▼注[4]また、『喜安日記』《きあんにっき》には「龍雲長老」という人物が登場し、琉球と薩摩との和睦をなすために奔走する。この「龍雲長老」について、『甲子夜話』《かっしやわ》続篇巻二十九には、「龍雲長老」は新納氏であると述べられており、『琉球入貢紀略』《りゅうきゅうじゅこうきりゃく》「薩州太守島津氏琉球を征伐す」には、「龍雲和尚」は琉球侵攻に従軍して軍師を務めたとの記述がある。この「龍雲長老」も一氏のモデルの候補として挙げられる。ただし、『琉球入貢紀略』は多分に〈薩琉軍記〉の影響を受けていることから、▼注[5]「龍雲長老」と〈薩琉軍記〉の登場人物である「新納武蔵守」とが付合した可能性は否定できない。

もう一人の物語の主役とも言うべき佐野帯刀も伝未詳の人物である。薩摩の家士を網羅した『本藩人物誌』にも記載がなく、薩摩藩の有力な御家人の系図である『薩陽《さつよう》武鑑《ぶかん》』にも「佐野」の名字はうかがえない。唯一確認できたのは、京都大学蔵『薩州《さっしゅう》分限帳《ぶげんちょう》并《ならびに》随筆《ずいひつ》』（享和二年（一八〇二）の分限帳）七万石の諸士の一人に「佐野帯刀」の名が見えることである。〈薩琉軍記〉の成立は、国立公文書館蔵『薩琉軍鑑』（A3・③）の「宝暦七丁丑年三月上旬写」という本奥書により、宝暦七年（一七五七）以前にさかのぼることは確定的である。よって、享和二年の分限張よりは先の成立になる。「新納家」に匹敵する家老「佐野家」というのは〈薩琉軍記〉の創作であろうと思われる。が、明治三十五年（一九〇二）に京都歌舞伎座で行われた『佐野《さの》鹿十郎《かじゅうろう》』では、佐野鹿十郎は佐野帯刀の次男であり、琉球侵攻の折りに軍令に背いて追放されたとされる。明治の新作歌舞伎であるので、どこまでさかのぼれるのか今後の課題であるが、〈薩琉軍記〉との関係性は否定できないだろう。

この二人の人物に代表されるように、〈薩琉軍記〉に登場し、物語の核を担う武人たちは、たとえ薩摩の武将たちであっても皆架空の人物である。〈薩琉軍記〉流通当時、薩摩の大名家であった島津氏への配慮とも考えられるが、島津義弘や家久と言った当主たちは実名で描かれることから一概に断定することはできない。

三　琉球の武将たち―異国視される琉球―

では、一方の琉球の武人たちはどうだろうか。〈薩琉軍記〉は異国琉球における合戦を描いた軍記であり、人物や地名などすべてが創作された琉球世界である。▼注[6] そのため琉球方の武将は大陸を意識した名前が付けられた武将たちが登場する。中国や朝鮮のような大陸式の名前を付けることにより異国世界を表現しているわけだが、そこで利用されている大きな要素として「三国志」があげられる。〈薩琉軍記〉が三国志を下敷きにしていることはすでに指摘したことがあるが▼注[7]、基本的に〈薩琉軍記〉において猛者を表現する場合、薩摩武士は源義経や朝比奈三郎などの日本の英雄に喩えられ、琉球の武将は三国志に登場する許褚《きょちょ》や典韋《てんい》、張飛《ちょうひ》などに喩えられる。そこで注目されるのが琉球、虎竹城の武将張助幡である。張助幡についてA1『薩琉軍談』でその人物像を確認しておきたい。

薩摩勢は琉球の王族李慶善の立て籠もる虎竹城を包囲するが、張助幡を始めとした琉球の勇士たちの前に苦戦を強いられる。軍師新納武蔵守は城を焼き討ちするなどして、やっとの思いで攻略する。張助幡は主李慶善が薩摩に敗れて自害せんとするのを、「死ぬは易く、生きるは難し」と押しとどめ、米倉島へと落ちのびるべく血路を開く。薩摩方の猛者たちが逃がしてなるものかと追い立てるが、向かって来る者を斬り殺し、叩き殺し、前へ進む。弱音を吐く李慶善を励ましながら、退路を確保し船を漕ぎ出すも、薩摩方に漕ぎ出す船を発見されて、早舟で追いかけられる。弓、鉄砲を霰のように撃ちかけられるが、張助幡は李慶善を船底に押し込め、自ら矢面に立ち、板を楯に弓、鉄砲をかいくぐる。この様子は新納武蔵守を感嘆させる。追っ手を引き上げさせた張助幡らは姿を消す。

このくだりは、『三国志演義』において、渭水《いすい》の戦いで馬超《ばちょう》に追い詰められた曹操《そうそう》が許褚に助けられる物語を転用したものであり、三国志が〈薩琉軍記〉の生成に大きく関与していることを実証する恰好の場面である。B2『琉球軍記』ではこの場面において、

張助幡、**毒箭ヲ連ネ**矢継ギ速ニ二十計リ射カケタリ。是ニ中ツテ死者十余人。当ラヌ者モ其毒ノ香ニ咽テ、俄ニ眩惑、嘔吐シテ倒レ伏シ、面ヲ向フヤウモナシ。

と、毒矢を用いる表現がなされている。毒矢は異国の武器の表象であり、異国合戦を描く姿勢が貫かれている。また、虎竹城合戦では詞戦いが行われているが、ここで通辞を介してやりとりが行われることも琉球を異国として描

いている一面として指摘できる。[注8]〈薩琉軍記〉は琉球を異国として描くために、三国志を古例としてあげ、毒矢などの異国要素を盛り込んで「張助幡」という人物を創りあげているのである。

〈薩琉軍記〉の諸本が広まり、叙述が増広が進んでいく中で、三国志がさらに取り込まれ、この張助幡は張飛とイメージが重なり合わされていく。図Ⅰは増1『絵本琉球軍記』後篇、巻四「仁木勝氏於兎谷の砦を責る」には、琉球於兎谷の砦を守る張助幡が描かれている。仁木武蔵守（新納武蔵守と同人物）が張助幡の守る琉球於兎谷の砦に進軍すると、勇猛な張助幡は矢倉の上に立ち、薩摩軍に対し、大木大石を投げつけ応戦する。本文によれば、本来描かれている場所は「矢倉の上」のはずであるが、図Ⅰでは、「橋の上」に張助幡が描かれ、張助幡に驚く薩摩軍が描かれている。霞の下に薩摩軍の軍旗、島津氏の馬印が描かれているので、「矢倉の上」とも解釈できるが、矢倉の上に薩摩軍がいることは不自然である。この「橋の上」で敵を威嚇する構図は、三国志の「長坂坡《ちょうはんは》の戦い」の張飛像に、ぴったりと当てはまっているのだ。

図Ⅰ　『絵本琉球軍記』後篇、巻四「仁木勝氏於兎谷の砦を責る」

第二部第一章「近世期における三国志享受の一様相」を参照。

図Ⅱ　明治活字版『絵本琉球軍記』挿絵

第二部第一章「近世期における三国志享受の一様相」を参照。

明治に出版された活字版の『絵本琉球軍記』の挿絵（図Ⅱ）にも、「橋の上」で敵を威嚇する張助幡の図像が描かれている。図Ⅱに描かれた張助幡は、橋の上に立ちふさがるように描かれている。図Ⅰの段階では、「矢倉の上」

と解釈できる可能性があったが、図Ⅱから、矢倉と解釈できる要素は見あたらない。明治活字版では、より張飛のイメージがふくれあがったと言えるだろう。

張助幡に象徴されるように〈薩琉軍記〉に描かれる琉球の武将は、大陸を意識した異国の武者として描かれており、その基盤には三国志などの江戸期に語られた大陸の物語が大きく影響していることが指摘できるのである。

四　琉球久高の土着民と龍宮

〈薩琉軍記〉において、琉球の武人たちを描く叙述に見過ごせないものがある。増2『琉球属和録』巻十五「由利若ノ事跡」には、

皆具を以て身をかさなり、**頭に多クハ螺貝、鮑、栄螺等をいただき、或ハゑびのからを頭に置クものも有。鰐魚の口ほねなどを服の上に引巻イて鎧とす。**是上古のアマミキユの神世のままの出立にして、龍宮城の人の有程成るべし。中山ハ次第に華美になりて、貝のまま用ル事を恥ヂて、くだきて漆を交へて、螺鈿青貝の細工とハ変じたる也。**もと是龍宮城なる事慥なるべし。**

とあり、久高島《くだかじま》に住む琉球の兵士たちは、頭に貝や海老を載せ、鰐魚（鮫か）の牙を巻いた服を鎧として着用しているのだ。『琉球属和録』において、久高島での戦いは、薩摩と琉球との最期の戦いである。琉球本土の戦いで琉球の武将王俊辰亥は斬られ、新納武蔵守の進言により、中山王の令として、邪那の九族が誅殺され、邪那も土民により殺される。そして、最終決戦の地として久高島に渡るのである。久高島は琉球の国造りにちなむ神話が残り、島の南、伊敷浜《いしきはま》はニライ・カナイ（海の彼方の楽土）より五穀が渡った聖地とされる。島の中央にあるクボー御嶽《うたき》は、島の祭祀の中心であるとともに、琉球王府の祭祀の中心でもあり、イザイホー（ノロ洗礼の儀式）に代表されるよう

に琉球祭祀の中心地となる島である。国立国会図書館蔵本『琉球属和録』には、

　若御寐入《ワカミネリ》なるべし。是由利若の寐たる石と云。つとに、先二（ママ）、**アマミキユ、シネリキユなどの神人も、やや是等の事に近し**。何にもせよ、琉球国初の速キ事知ンぬべし。

とあり、作者である堀麦水《ほりばくすい》は意図して、琉球の国家創建神話を語っている様子がうかがえる。[注9]「若御寐入」という百合若《ゆりわか》由来の石の伝承に、アマミキユとシネリキユの名が付け加えられている。アマミキユとシネリキユは久高島と琉球の創世神である。まさに琉球の国家創建神話と百合若伝説とが融合したといえるだろう。久高島を手中にすることは、すなわち琉球を手中にすることに結びついていく。そして、その琉球開闢の地の由緒こそが、日本人（ヤマト人）である百合若なのである。[注10]

その聖地の人々の装いは絵画などで見られる擬人化された者たちの風体である。図Ⅲにあげた『魚太平記《うおたいへいき》』に描かれるのは擬人化された魚たちの絵画であるが、頭の上に魚や海老などを載せた人々が描かれている。[注11]

まさにこのように擬人絵画化された表現が叙述へと逆輸入的に用いられているのである。類例を探してみたが、いまだ見つけられておらず、現在追跡中である。久高島の人々が擬人化された者として描かれていることは大変興味深い。これはやはり琉球と龍宮との結びつき以外には考えられない。琉球の王宮に「龍宮」の文字が掲げられることなどから、琉球則龍宮であるという言説は近世期に多く広まっている。また、スペンサーコレクション蔵『大《たい》職冠《しょくかん》』には、龍宮の眷属として擬人化された者たちが描かれているほか、[注12]『釈氏源流《しゃくしげんりゅう》』にも龍宮の眷属が擬人化して描かれている（図Ⅳ）。[注13]

塩川和広は、魚介類の擬人化図像に対する共通認識があり、異形異類の魚介類は、龍宮において身分の低い役人や兵の姿であったとする。[注14] また、龍宮を描く図像が東アジア全体に及ぶことを指摘している。塩川が述べる図像の認識と『琉球属和録』に描かれる世界観は共通する。久高島の人々は土民として扱われており、琉球王のいる中山

図Ⅲ　阪本龍門文庫蔵『魚太平記』

図Ⅳ　ハイデルベルグ民俗博物館所蔵『釈氏源流』

では頭に貝や海老を載せていないことが語られる。また、大陸風の武将を描くことと東アジアの龍宮イメージについても矛盾しない。しかし、ここでは土着民である人々が龍宮の人々と同じ出で立ちをしていることが重要なのである。『琉球属和録』は百合若の伝承になぞらえることで、琉球ひいてはその根元たる龍宮を日本化（ヤマト化）使用としているのだ。琉球を日本化（ヤマト化）し、侵攻を正当化しようとする姿勢は、島津氏と琉球王家との婚姻で幕を閉じる『薩琉軍談』から一貫して見られるものである。

五　結語

〈薩琉軍記〉には異国琉球での合戦を描いた軍記である。琉球侵攻という歴史的事項には基づいているものの、語られている人々、地域、合戦のほぼすべてがは創りあげられたものであり、このような歴史物語を描く作品はほかに類を見ない。〈薩琉軍記〉の最も大きな特徴である。架空の物事を描くことこそに〈薩琉軍記〉の作意があり、それら一つ一つを解明していかなければならないはずだ。本節で扱った人物描写もその一つである。〈薩琉軍記〉には琉球を日本化（ヤマト化）し、侵攻を正当化しようとする姿勢が随所にみられるのだ。

▼注

（1）小峯和明蔵本（明治活字版）。
（2）第一部第一章第三節「物語展開と方法―人物描写を中心に―」。
（3）島津家中で一番に名前が挙げられることを指す。ものを数える時に親指から折っていくことによる。『薩藩旧伝集』などに叙述がある。

（4）参考、三木靖「島津氏　新納忠元項」（山本大・小和田哲男編『戦国大名家臣団事典　西国編』新人物往来社、一九八一年）、阿倍猛・西村圭子『戦国人名辞典』（新人物往来社、一九八七年）。

（5）第一部第二章第二節「琉球侵略の歴史叙述―日本の対外意識と〈薩琉軍記〉―」。

（6）第一部第一章第四節「異国合戦描写の変遷をめぐって」。

（7）第二部第一章第一節「近世期における三国志享受の一様相」。本著では三国志を、陳寿編『三国志』をもとにした言説群と幅広く定義したい。これは三国志説話、三国志伝承とも呼ぶことのできるものであり、広く語り継がれ、漢文文化圏において、現在も息づき、根付いている言説群である。ここでは、広義の三国志を示すよう二重カギ括弧を付けない三国志という表現を用いている。ただし、特に強調するためにカギ括弧を付した箇所がある。

（8）毒矢と通辞の問題については、注（6）で詳しく論じたため、ここでは割愛する。

（9）加賀市立図書館聖藩文庫蔵本、国立国会図書館蔵本ともに、堀麦水の自筆本と認められる伝本である。ここは『琉球属和録』において、幸若舞曲『百合若大臣』などに由来すると思われる百合若伝説が形を変え、琉球開闢の聖地である久高島の由来譚として、伝承が読み替えられている場面である。ここでは、「久高美吐倫」のことが語られている。「久高美吐倫」は〈薩琉軍記〉において、増2『琉球属和録』にのみ登場する人物である。薩摩武士、樺山権左衛門は久高島「緑井灘」に琉球の武将王俊辰亥を追い詰めこれを討つものの、新手に迫られ危急存亡の時に、久高島の族長である「久高美吐倫」が民兵を引き連れ、これを助ける。これにより、薩摩軍は久高島を手中に収め、琉球の制圧を遂げることになる。この「久高美吐倫」の由来譚として百合若伝説が引かれている。「久高」は「求鷹」であるとし、百合若が家臣の別府兄弟により島へ置き去りにされ、「ミドリ丸」がその島を訪れたことにより、表記は鷹を求めると書く、「求鷹」となったという久高島の起源譚になっている。その証拠として、久高島には「緑」と名の付く地名が多いとされる。また、鷹の子孫が人間であるという矛盾に対して、実は「ミドリ丸」は「わつぱ」であるかとして、鷹か人間なのか不明であると物語を転換しているあたりはおもしろい。さらに、島には「ワカミネリキユ」という石があり、これは百合若が寝入った石であるとし、その石が伝わることにより、琉球の国初めが早いことがわかるというのである。これは百合若の渡琉こそ、ころがある。琉球の起こりであるとしているのにほかならない。琉球の開闢に日本人（ヤマト人）が絡むという言説は、為朝渡琉譚に通じると

（10）「久高島」の戦さに臨む薩摩武士「樺山権左衛門」は実在の人物である。〈薩琉軍記〉は初期型の諸本では、琉球に渡る薩摩武士はすべて架空の人物であるが、諸本の増広が進み、琉球知識が織り込まれてくると、実在の人物や地名がちらほらうかがえるようになる。「樺山権左衛門」は史実において、琉球侵攻の大将を任された人物であり、この「樺山権左衛門」の名が「久高（ひさたか）」なのである。「久高（くだか）」に「久高（ひさたか）」が向かう。ここに麦水の作為を感ぜざるをえない。物語中では、「樺山権左衛門」という名で通してあるが、琉球侵攻の実状を知る人たちが読めば、久高島へと「樺山権左衛門」が攻めていくという展開に麦水の作為を読み取るであろう。あるいは麦水は物語の中で「樺山権左衛門」を久高島に向かわせることによって、「昔の百合若と今の樺山」という二重の日本化（ヤマト化）を描き出しているのかもしれない。『琉球属和録』の享受層はある程度素養のある人物たちであると思われる。『琉球属和録』の伝本はそれほど多く残ってはいないが、まとまって残っているものとして、加賀市立図書館聖藩文庫蔵本、国立国会図書館蔵本および国立公文書館蔵本、ハワイ大学ホーレー文庫蔵本が挙げられる。聖藩文庫本は時習館などの藩学校の旧蔵書を主としている文庫であり、国会本、国立公文書館本は元ツレであり、昌平坂学問所の旧蔵、ホーレー文庫本は屋代弘賢の旧蔵書である。そのほか何冊か伝本は残っているが、ほかの〈薩琉軍記〉諸本のように大きく広まった諸本ではなかったと推測される。教育機関における〈薩琉軍記〉享受は今後の課題である。

（11）奈良地域関連資料データベースより転載。

（12）慶應義塾大学図書館蔵本にも同じく龍宮の眷属が擬人化され描かれる。

（13）原氷珊、王烋、蓮生編『誕生与涅槃　釈迦如来応化事迹』（北方文芸出版社）より転載。

（14）塩川和広「お伽草子「副神物」にみる龍宮の眷属―蛸イメージの変遷を中心に―」（「伝承文学研究」62、二〇一三年八月）。

第四節
偽書としての〈薩琉軍記〉―「首里之印」からみる伝本享受の一齣―

一　はじめに

慶長十四年、一六〇九年の島津氏による琉球侵攻を描いた軍記、〈薩琉軍記〉の最も増幅された諸本にB3『島津琉球軍精記』がある。このテキストは諸本の中で最も伝本が多く、広く人口に膾炙したテキストと言える。〈薩琉軍記〉伝本の悉皆調査の過程で『島津琉球軍精記』の伝本の一つに「首里之印」が押印されているものを発見した。〈薩琉軍記〉「首里之印」は本来、琉球王国における任職文書である「辞令書」や王府認定の「家譜」に押印される王府の正式な朱印である。そのような朱印が〈薩琉軍記〉のような散文に押印される事例はなく、この朱印は偽造されたものと考えられる。しかし、王府の朱印が偽造され押印された事実は見過ごすことができない。さらに、朱印が押印された伝本は島津家の家譜を物語る島津家由来譚を意識的に書写していない。ここでは、〈薩琉軍記〉が琉球王府の直伝の書物として偽作された可能性を指摘し、その享受の様相を解明していきたい。

二　おきなわワールド本『島津琉球軍精記』について

B3『島津琉球軍精記』の解題は、第一部第一章第一節「諸本解題」を参照していただきたい。『島津琉球軍精記』は、〈薩琉軍記〉諸本の中で最も伝本の数が多い系統である。ここで注目するのは以下の三本である。

B3『島津琉球軍精記』

⑥おきなわワールド文化王国・玉泉洞（沖縄県立博物館・美術館寄託資料、三巻一冊）→一冊本
☆⑦おきなわワールド文化王国・玉泉洞（沖縄県立博物館・美術館寄託資料、二十三巻五冊）→五冊本
☆⑧おきなわワールド文化王国・玉泉洞（沖縄県立博物館・美術館寄託資料、二十五巻十二冊）→十二冊本

資料篇の「〈薩琉軍記〉伝本一覧」を合わせて参照していただきたい。B3『島津琉球軍精記』は近世後期から明治にかけて流布した作品になる。中でも文化三年（一八〇六年）の書写奥書を持つ沖縄県立図書館東恩納文庫本（B3・③）が最も古い伝本になる。ここで特に注目するのは、⑦、⑧・おきなわワールド文化王国・玉泉洞（以下、おきなわワールド）所蔵の伝本である。現在は沖縄県立博物館・美術館に寄託されている。便宜上、⑦を五冊本、⑧を十二冊本と呼ぶことにする。書誌は以下の通り。

⑦　五冊本

［刊写・年時］写本・未詳　［外題］島津琉球軍精記（簽・書・原）［内題］島津琉球軍精記

［表紙］原表紙、刷毛目紋、藍　［見返し］原見返し　［料紙］楮紙　［装訂］袋綴
［数量］二十三巻五冊、五～二十七巻存　［寸法］二十五・四×十九・二糎
［丁数］1冊52丁、2冊74丁、3冊47丁、4冊47丁、5冊56丁　［用字］漢字・平仮名　［絵画］ナシ
［蔵書印］首里之印、角墨印「豊前宇佐郡／下麻生村／藤岡良右エ門」、丸墨印「豊前／麻生／綿良」
［奥書］ナシ　［備考］見返し書入「六巻ノ内」

⑧　十二冊本

［刊写・年時］写本・未詳　［外題］島津琉球軍精記（簽・書・後）　［内題］島津琉球軍精記
［表紙］原表紙、無紋、薄茶　［見返し］原見返し　［料紙］楮紙　［装訂］袋綴
［数量］二十五巻十二冊、三～～二十七巻存　［寸法］二十六・六×十九・二糎
［丁数］1冊47丁、2冊33丁、3冊30丁、4冊42丁、5冊35丁、6冊35丁、7冊34丁、8冊37丁、9冊42丁、10冊36丁、11冊35丁、12冊39丁　［用字］漢字・平仮名　［絵画］ナシ
［蔵書印］首里之印、壺型朱印「嬉野／高」、丸墨印「肥前／嬉野／湯町／高啓」
［奥書］「高樺仙太郎写之」（巻九～十一、裏表紙）　［備考］ナシ

このほかにも一冊本がある。これらがおきなわワールドに入った経緯は不明である。▼注[1]この五冊本と十二冊本に「首里之印」が押印されている。

『島津琉球軍精記』に押印された「首里之印」

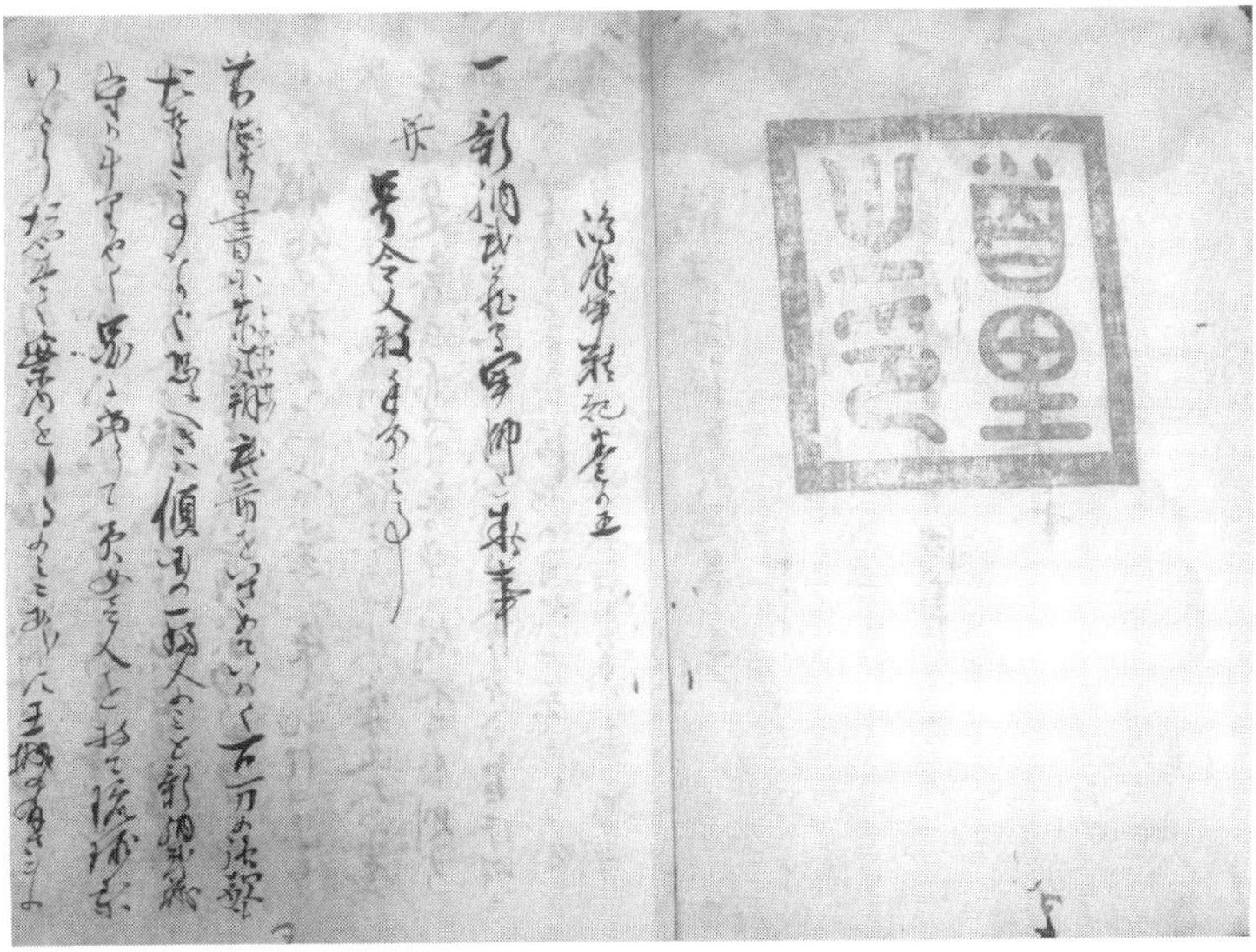

⑦　五冊本、各冊、一丁裏、二丁表。

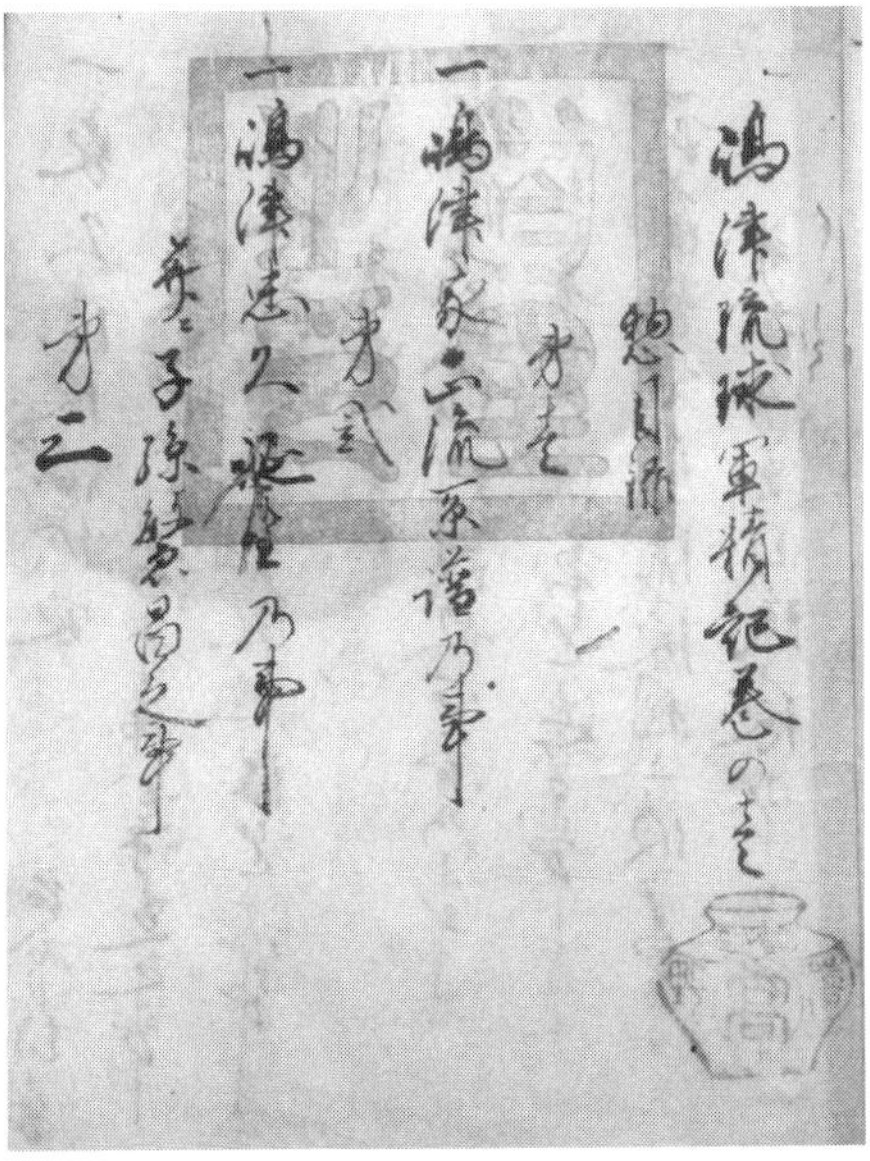

⑧　十二冊本、各冊、一丁表。

どちらも、すべての冊子に押印されている。印の形状は四角朱印になり、大きさは縦九・四センチ、横九・二センチ。押印箇所は五冊本は一丁裏に、十二冊本は一丁表に巻の目録に重なるような形で押印されている。押印箇所異なるが、どちらも同じ印である。⑦と⑧を見比べてみると、左下の枠の内側に「欠け」があることがわかる（P.219、五冊本「首里之印」拡大図も参照）。これ

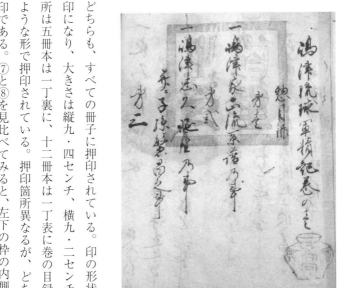

により、ここに押された印は木印であろうことが推測できる。一冊本にはこの「首里之印」は押印されておらず、五冊本や十二冊本とは別の流通課程をたどったものと考えられる。

三　「首里之印」について

では、この「首里之印」とはどのようなものなのだろうか。[注2]『沖縄大百科事典』「首里之印」項（玻名城康雄執筆）には次のようにある。

家譜や辞令書などに押された印のことで、印そのものは現存しない。家譜といっても宮古・八重山地方の士族に許された家譜には押捺されていない。**辞令書をもらったということを、家譜では〈聖君金印頂戴〉と表現している。金印とは黄金の印、すなわち国王から頂戴したおそれ多い印章ととらえたとみえ、首里之印を国王印ともいっている。**しかしそれは国王印ではなくて**〈琉球国印〉に等しいもの**である。沖縄県教育庁文化課がおこなった辞令書の緊急調査では原物以外に十点余の模刻があることが判明した。原印のサイズは九・五×九・六cmであるが、薩摩系資料では縦が長く疑問点がでてくる。現存する資料では「渡閩船宝丸の官舎職辞令書」から一五二三年（嘉靖二）までさかのぼれるが、尚真王が中央集権制をしいたときあたりから使用されたといわれている。

これによれば、「家譜や辞令書などに押された印」であり、「辞令書をもらったということを、家譜では〈聖君金印頂戴〉と表現している。金印とは黄金の印、すなわち国王から頂戴したおそれ多い印章ととらえたとみえ、首里之印を国王印ともいっている」「〈琉球国印〉に等しいもの」であるとされる。家譜とは、近世期、士族が有した家系に関する記録で、諸士は家譜を二部作成して提出し、一部は王府の認定を示す首里之印が押されて下賜され、一部

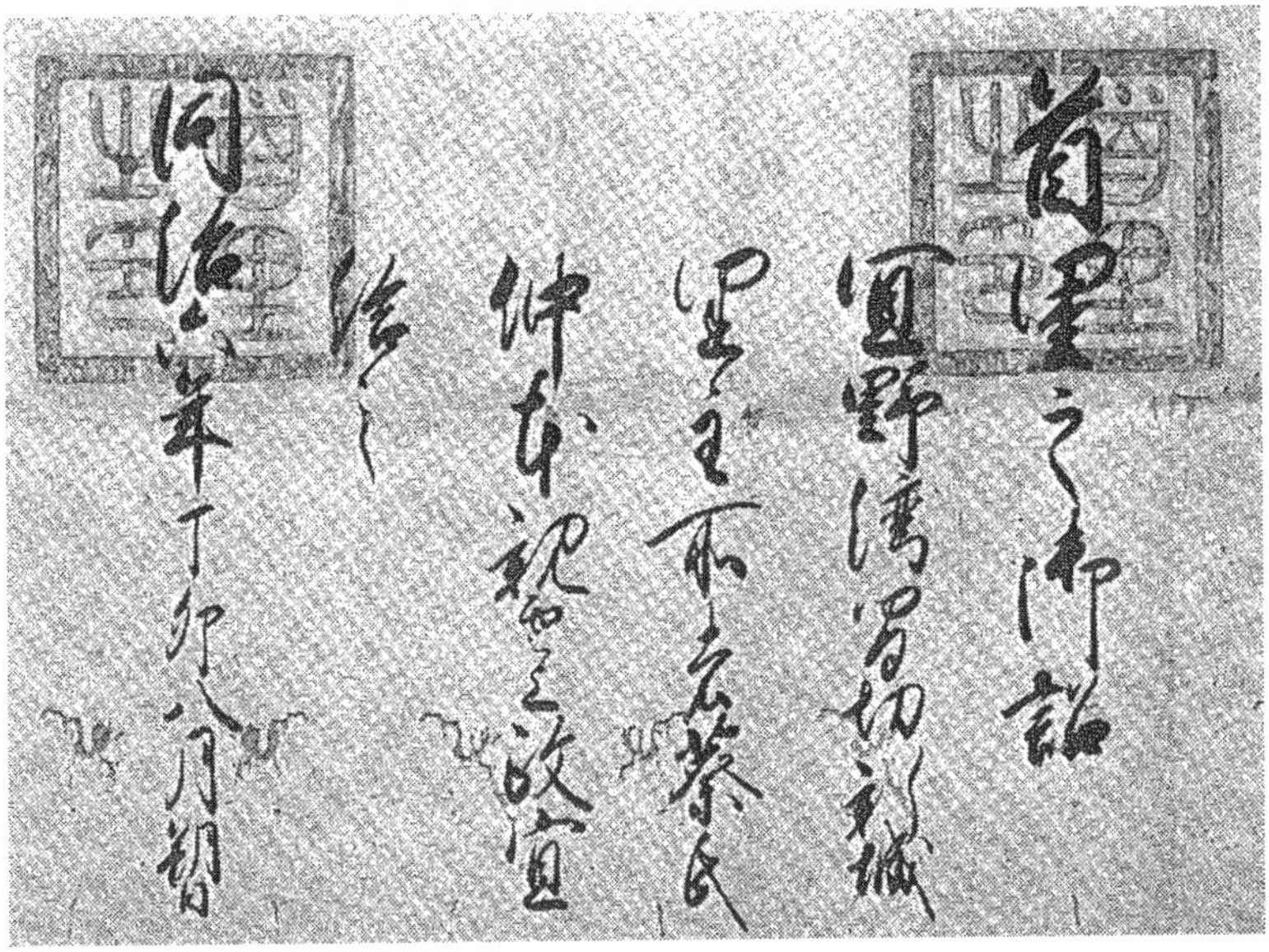

＊辞令書に押印された「首里之印」

＊拡大図

＊五冊本「首里之印」拡大図

は系図座に保管される。辞令書は、琉球国王の名で発給された任職文書であり、首里のミコトノリの意味で〈しよりのおみこと〉、あるいは「首里之印」を押印してあることから御印判、御朱印と称するものである。どちらも「首里之印」により王府に認識された正式な文書と認められている。つまり、「首里之印」とは、琉球国内の正式文書に押された国家の印であり、「首里之印」を得ることこそが大変重要であったことが指摘できる。

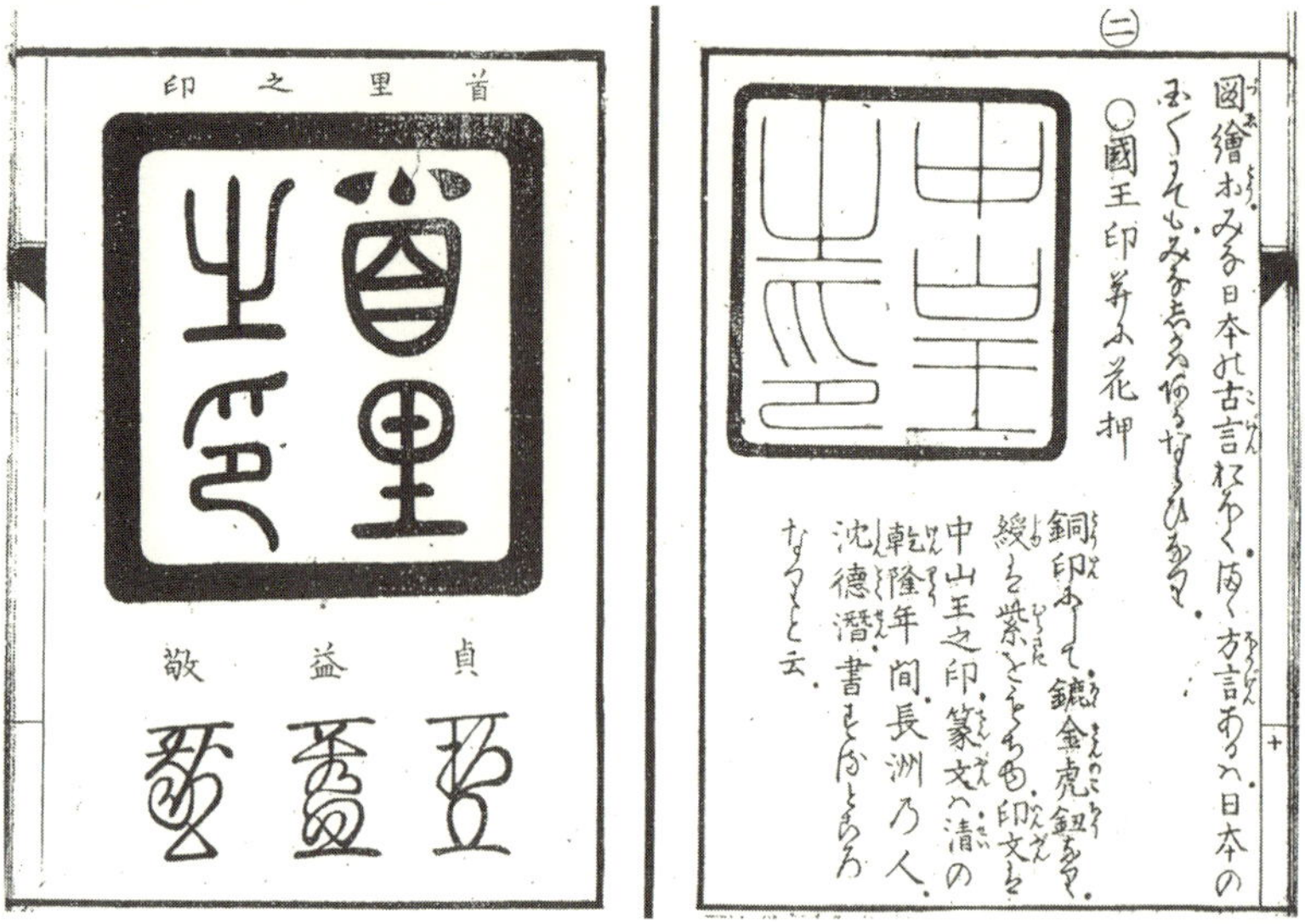

＊『琉球年代記』「国王印并に花押」

では、辞令書に押印された印とB3『島津琉球軍精記』に押印された印とを見比べてみよう。

これは宜野湾間切《ぎのわんまぎり》のアラグスクさとぬし所の安堵の辞令書であるが、▼注[3] この始めと終わりに「首里之印」が押印されている。下に印を拡大したものをあげた。隣にあげた五冊本の「首里之印」の拡大図と比べてみると、「之」の文字に違いがある。五冊本の「首里之印」の「之」の文字は、ほぼ左右対称であるが、辞令書に押印されたものは、左側が右側よりも高く記されている。また、ほかの辞令書や家譜の「首里之印」に比べて、全体的に角張っている。▼注[4] このことからもB3『島津琉球軍精記』に押印された「首里之印」は偽造されたものであると言える。「首里之印」の「之」の文字の左側が右側よりも高くなる事例は、大田南畝《おおたなんぽ》『琉球年代記』にもうかがえる。▼注[5]

これは『琉球年代記《りゅうきゅうねんだいき》』「国王印并に花押」の記事である。『琉球年代記』は大田南畝の著作として知られ、天保三年（一八三二）に刊行される。内容は徐葆光《じょほこう》による冊封使録『中山伝信録《ちゅうざんでんしんろく》』によるとされているが、▼注[6]『中山伝信録』には「国王印」の記事のみあり、「首里之印」はみられない。『琉

至父病卒朝夜居父之墓哭慟甚極其孝心感
天一夜見亡父在天川崎伊嘉利大疑憂
告兮明早到彼地未曾父在但有頭髪三筋在
于水涯其髪長七八尺許伊嘉利大奇異之而
獲収之間忽有一美女曰吾昨夕遨遊此地遺
失一髪若有汝収獲之請乞垂恩還給伊嘉利
送還之美女受之即入海中伊嘉利驚而歸去
翌日再過天川崎亦有美女出現曰汝有孝心
聞于龍宮界今龍王深褒奬之特遣妾催至龍
宮要授孝祭伊嘉利深拜謝之伴入海中未一
刻時到来一處有金銀宮殿巍峩蝶瑯炫驚人
目進入其内蒙賜盛宴悉授鼓練祭既而又告
教曰近見風俗澆漓人心刻薄親族未曾和睦
父兄未肯敬厚而怠慢祖宗祭祀者甚多十二
年一次九月之間必擇吉辰将其鼓練恭祭祖
宗以為勧導孝順之道則天帝褒嘉汝孝順必

＊伊波普猷文庫『遺老説伝』（三冊本）

球年代記』の独自記事である。つまり、『琉球年代記』では、『中山伝信録』で紹介された「中山王之印」とともに「首里之印」が紹介されているのである。『琉球年代記』は刊本として流布しているので、江戸後期には一般に知られた印であるといえ、ヤマト側でも「首里之印」の重要性を認知していただろうことが確認できる。この『琉球年代記』に描かれた「首里之印」の「之」の字は、はっきりと左側が高くなっており、「首里之印」の特徴としてはっきり認識されていたといえるのである。

そもそも「首里之印」は先に確認した通り、琉球王府が認める文書に押印される印章であり、〈薩琉軍記〉のような散文資料に押印される事例はない。琉球王府編纂の歴史書にも押印されることはなく、史書『球陽《きゅうよう》』の外巻の漢文説話集『遺老説伝《いろうせつでん》』には別の印が押印されている。次にあげるのは、琉球大学附属図書館伊波普猷文庫の三冊本『遺老説伝』に押印された「法司之印」である。▼注[7]

印面はノドに押印されていることもあり非常に見にくくなっている。これは三司官、または法司と呼ばれる琉球王府の実質的な行政の最高責任者の印である。池宮正治は、この印があるために、琉球王家の尚家本より上位の写本であるとしている。▼注[8] このようにたとえ国家の歴史書であっても、「首里之印」が押印されることはない。ましてや〈薩琉軍記〉のようなヤマト側で作成された軍記に押印されていることなど、ありえないことなのである。

四　史書としての〈薩琉軍記〉

では、この「首里之印」はどのような認識で〈薩琉軍記〉に押印されたのだろうか。そのことを考察するためにも、まずは〈薩琉軍記〉がどのように享受されていたのかを確認しておきたい。すでにここまで確認してきた通り、▼注[9] 天保三年（一八三二年）版の山崎美成《やまざきよししげ》の『琉球入貢紀略《りゅうきゅうじゅこうきりゃく》』「薩琉軍談の弁」では琉球侵略を描く歴史叙述としてA1『薩琉軍談』という書物があることが述べられ、『薩琉軍談』を「妄誕」の書と位置づけ、その内容が虚偽であることを痛烈に批判している。しかし、このような批判が成り立つためには、〈薩琉軍記〉の物語が広く流布していなければならず、『琉球入貢紀略』の背景には、〈薩琉軍記〉が広く人口に膾炙していたことがうかがえるのだ。その傍証の一つとして、嘉永三年（一八五〇）に出版された鍋田晶山《なべたしょうざん》補筆による『琉球入貢紀略』の増訂版では、天保三年版であった「薩琉軍談の弁」がなくなり、「薩州太守島津氏琉球を征伐す」の条に付加される。しかも、〈薩琉軍記〉において創作された人物である新納武蔵守一氏の逸話まで盛り込まれている。これは新納一氏が琉球侵攻のおり、疎んぜられていた大将樺山久高《かばやまひさたか》を上座に座らせ、大将の威厳を回復させるというものである。これは本来『薩藩旧伝集』『本藩人物誌』などにみえる一氏のモデルである新納忠元の逸話であるが、嘉永三年増訂版では一氏の話として語られている。天保三年版より嘉永三年増訂版の方がより〈薩琉軍記〉に対する認識が増幅しているといえる。

また、江戸幕府の命により編纂された外交資料集『通航一覧《つうこういちらん》』「平均始末」条では、琉球侵略を描くもので「世間に流布せるもの」として、「琉球征伐記、薩琉軍鏡、島津琉球合戦記、島津琉球軍精記など数部あり」と〈薩琉軍記〉諸本の名称をあげている。また、その「皆輓近の書にして、その引証つまびらかならず。また月日事実ともに、家伝の書と齟齬し、殊にその文、粉飾に過ぎて、信を取るによしなし」と、〈薩琉軍記〉を「輓近の書」、最近の書物として扱い、「家伝の書」とは記述が異なっており、粉飾が多く、信用がおけないする。これもまた先の『琉球入貢紀略』と同様に、〈薩琉軍記〉がある程度流布していないと成り立たない言説であり、裏返してみると琉球侵略を語る歴史叙述として〈薩琉軍記〉が一定の地位を確立していたであろうことが推測できるわけだ。

さらに頼山陽《らいさんよう》の『日本外史《にほんがいし》』では、琉球侵攻を描く場面で、「この歳暮、その将新納一氏を遣し、八千人に将として南伐す」と〈薩琉軍記〉を使用しているのだ。まさしく〈薩琉軍記〉の描く琉球侵略を「歴史」として認識しており、歴史書としての〈薩琉軍記〉が垣間見られるのである。

〈薩琉軍記〉の登場人物や舞台のほぼすべてを創作する姿勢は、歴史叙述として極めて特異といえるが、琉球侵略の物語を民間に浸透させ、侵略言説として広く定着させたのが〈薩琉軍記〉だった。これまでの伝本調査から前田家や伊達家といった有力な大名家の藩校や昌平坂学問所《しょうへいざかがくもんじょ》などの学術施設で享受されたことも判明している。『平家物語』や『太平記』が史書として読まれていたように、〈薩琉軍記〉もまた史書として読まれた一面を持つのである。

五　偽作された〈薩琉軍記〉

ここまで確認してきたように〈薩琉軍記〉に描かれた物語は歴史として認識され、琉球侵略を描く歴史叙述として享受されていた。そして、その歴史叙述を描く書物に偽作された「首里之印」が押印されるのである。あらためて先にあげた五冊本と十二冊本の書誌を確認しておきたい。両本ともに書写年時がわかる奥書がなく、正確な書写年時を把握することはできないが、資料篇にあげたB3『島津琉球軍精記』伝本一覧で確認できる写本群と同様に、近世後期の写本であることに矛盾はなかろう。五冊本は押印された蔵書印により、「豊前国宇佐郡下麻生村藤岡良右エ門」、十二冊本は蔵書印と奥書から「肥前国佐賀郡嬉野湯町高樺仙太郎」という人物が書写したことがわかる。五冊本と十二冊本はそれぞれ別に制作されたようだ。この書写者は、両者ともに伝未詳の人物であり、ともに九州に基点をおいた貸本屋であろうかという推測するにとどまるが、九州における琉球物の偽作という面が指摘でき、九州地方における琉球物の受容がうかがえる。

さて、「首里之印」はいつ押印されたのだろうか。いくつか仮説を考えてみたい。

〈1〉［近世］十二冊本書写時点。

〈2〉［近世～近現代］五冊本・十二冊本が同一所蔵者に渡った時。

〈3〉［近世～近現代］おきなわワールド以前の所蔵者入手時。一冊本加わる。

〈4〉［現代］おきなわワールド入手以降。

一つ目は、近世期、十二冊本書写時点、二つ目は、近世から近現代にかけて、五冊本・十二冊本が同一所蔵者に渡った時、これは複数回あった可能性がある。三つ目は、近世から～近現代にかけて、おきなわワールド以前の所蔵者入手時、一冊本が加わる時期、四つ目は現代におきなわワールド入手以降というものだ。一冊本に「首里之印」の押印がないこと、おきなわワールドには一冊本も同時に入ったと思われることを考えると〈3〉と〈4〉の可能性は極めて低いと思われる。では〈1〉か〈2〉ということになろう。

〈1〉の可能性を検証してみよう。十二冊本は総目録を写しているが、巻一と巻二を書写していない。一般に総目録は巻一の始めに付き、総目録と巻一はセットになっている。これまでの伝本調査では、総目録を書写して巻一を書写しない伝本は、この十二冊本を除き見つかっていない。また、十二冊本の状態をみる限り、虫損の形状などから巻一と巻二を後で抜いたとは考えづらい。そこで考えられるのは、意識的に巻一と巻二を書写しなかった可能性である。十二冊本の祖本がすでに巻一と巻二を欠くものだった可能性もあるが、先に述べたように総目録と巻一はセットになっており、巻一を欠くのであれば、総目録も書写できなかったと考えられる。よって、十二冊本は意識的に巻一と巻二を書写しなかったということに妥当性が出てくるのだ。巻一「島津氏正流系譜の事」と巻二「島津忠久誕生の事ならびに子孫繁盛の事」という章段は、島津氏が頼朝からつながる源氏であるというの島津氏の系譜を描く〈薩琉軍記〉では極めて重要な章段である。しかし、〈薩琉軍記〉を琉球物として位置づけ、正統性を生じさせるためには、島津家の歴史は邪魔であり、あえて書写しなかったと考えることはできないだろうか。ただし、総目録に巻一と巻二の内容を記載してしまうなど、ずさんな部分も見受けられる。

先に確認したが、五冊本と十二冊本は、それぞれ別に制作されたものである。十二冊本書写の段階で「首里之印」が押印されたとするならば、五冊本は十二冊本より先行して書写されており、十二冊本の書写者である高樺仙太郎の手にあったことになる。五冊本が高樺仙太郎の元にあったかどうかはわからない。また、校合の結果、十二冊本の祖本が五冊本であるということもない。ただ、五冊本は書写された段階では全巻すべてそろっていたであろうことは確認できる。これは見返しの書き入れに「六巻ノ内」とあることによるもので、全体の構成をみても、現在の欠巻分である残りの巻がもう一冊あったことは確かだろう。また邪推かもしれないが、十二冊本が〈薩琉軍記〉を琉球物として位置づけ、正統性を生じさせるために巻一と巻二を書写しなかったことを考えると、五冊本は、一冊目が廃棄されるなどして、意図的に一冊目を分割した可能性も考えられるのではないだろうか。ここまでをまとめてみると、十二冊本の構成や内容から、偽作には五冊本を入手した書写者高樺仙太郎の関与がうかがえるかという仮説が成り立つ。

次に〈2〉の可能性を考えてみよう。十二冊本の構成を考えると〈1〉の可能性が高いかと考えられるが、〈2〉の可能性が消えたわけではない。これには押印された「首里之印」の朱墨の分析など詳細な科学的な分析が必要かと思われる。

六　結語

最後に、なぜ「首里之印」は偽造されたのか。これには近世期における琉球ブームが大きく関わっていると考えられる。近世期において、琉球王朝から徳川の代替わりに慶賀使を、琉球国王の代替わりに謝恩使を江戸に派遣していた。いわゆる江戸上りと言われるものだが、この江戸上りごとに琉球ブームが到来している。宝永八年、一七一一年に『琉球うみすずめ』が出版され、以降琉球物の出版が広まっていく。そしてこれは〈薩琉軍記〉の書写年代と合致し、〈薩琉軍記〉の享受にもこの琉球ブームが一役かっていたことが指摘できるのだ。特に天保三年（一八三二）の尚育《しょういく》襲封の謝恩使に人々の関心が集まり、多数の琉球関連の書物が出版される。ここでみてきた中でも、『琉球年代記』や『琉球入貢紀略』もこの時の出版である。さらにこの三年後、天保六年には増補系の〈薩琉軍記〉である『絵本琉球軍記』前篇が出版されている。これらのような琉球物への需要の高まりが、「首里之印」の偽造による琉球物の権威付けを生んだのではないだろうか。先ほど述べたように『琉球年代記』から「首里之印」が一般に周知されていたことは確認できるので、「首里之印」の価値について民間においても認識があったことは間違いない。〈薩琉軍記〉は琉球侵略の歴史叙述として認識され、人口に膾炙した物語であった。そのような琉球侵略言説を描く書物に琉球の国家の印である「首里之印」を押印することで、書物の価値をさらにあげようとしたのではないかと推測できるのである。

近世後期において、書物の格付けのために「首里之印」が偽造され押印されるということは、「首里之印」は辞令書や家譜にのみ押印されているという、これまでの「首里之印」の常識を大きく変えるものである。つまり、今後、琉球関連の文書だけではなく、すべての琉球物に「首里之印」が押印されている可能性を考える必要性が出てきた。五冊本、十二冊本以外の書物に「首里之印」が押印された可能性は多分にあるのだ。これまで「首里之印」が〈薩琉軍記〉のような資料に押印された例はないが、現実に「首里之印」が偽作され押印された資料が見つかった以上、今回見つかった〈薩琉軍記〉以外にも、民間で「首里之印」が押印されていると考え、文書だけにとどまらない様々な資料の探索が必要になってくるはずである。

今後、「首里之印」を用いた琉球物の権威付けを裏付けていく意味でも、総合的な琉球関連資料の文献調査が求められる。その可能性を開いた意味でも、今回の五冊本、十二冊本の発見の価値は大きいのである。

▼注

(1) おきなわワールド職員への聞き取り調査による。

(2) 「首里之印」について、以下を参考にした。仲原善忠「中山王府の印鑑―遊印ではなく公印だろう―」(『仲原善忠選集』上、沖縄タイムス社、一九六九年)、沖縄県教育委員会編『辞令書等古文書調査報告書』(『沖縄県文化財調査報告書』18、沖縄県教育委員会、一九七九年)、池宮正治「最近の文学・芸能資料」(『琉球文学論の方法』三一書房、一九八二年)、上江洲敏夫「辞令書等古文書調査報告書補遺(一)」(『沖縄県立博物館紀要』9、一九八三年)、上江洲敏夫「辞令書等古文書調査報告書補遺(二)」(『沖縄県立博物館紀要』10、一九八四年)、高良倉吉『琉球王国の構造』(吉川弘文館、一九八七年)、上里隆史「古琉球期の印章」(黒嶋敏・屋良健一郎編『琉球史科学の船出』勉誠出版、二〇一七年)。

（3）注（2）上江洲、一九八三より転載。

（4）沖縄県立博物館学芸員、崎原恭子氏の示教による。

（5）引用は、東北大学狩野文庫蔵本による。

（6）横山学『琉球国使節渡来の研究』（吉川弘文館、一九八七年）。

（7）琉球大学附属図書館ホームページより転載。

（8）注（2）池宮、一九八二年。

（9）第一部第二章一節から三節まで参照。

【付記】本稿執筆にあたり、〈薩琉軍記〉の伝本調査に際して、沖縄県立博物館・美術館学芸員の崎原恭子氏、おきなわワールド文化王国・玉泉洞の名嘉山明紀氏のお世話になりました。記して感謝申し上げます。

第二部

〈薩琉軍記〉の創成と展開の諸相

第一章

物語生成を考える――近世の文芸、知識人との関わりから――

第一節　近世期における三国志享受の一様相

一　はじめに―三国志の定義―

三国志は日本において大変人気のある作品である。古代から現代まで三国志は様々な形で受容されてきた。日本における三国志受容の研究には田中尚子の研究があり、中世期から『通俗三国志《つうぞくさんごくし》』までの詳細な受容史が論じられている。▼注[1]しかし、三国志は『通俗三国志』出版以降の近世期においてこそ多様に受容され、三国志をもとにした種々の説話が生み出されている。近世期の受容論なしには日本における三国志享受はとらえられない。

〈薩琉軍記〉には、三国志をモチーフにしたと思われる場面や表現が随所にある。琉球侵略の軍議において、島《しま》津義弘《づよしひろ》が軍師新納武蔵守に刀を授け、机の角を切る場面は、三国志における著名な「赤壁《せきへき》の戦い」の場面そのものであったり、軍師新納武蔵守は、異国南蛮へ向かう諸葛亮に比定されてもいる。また、琉球の武将張助幡の叙述は、諸本の増広とともに、三国志説話をもとに生長していく。まさに〈薩琉軍記〉の物語生成の中核には、三国志説話の享受が大きく関与しているといえる。さらに、版本化された増1『絵本琉球軍記』の挿絵は、三国志を模したと思われる絵画化がなされており、絵画化においても三国志の影響は否定できない。〈薩琉軍記〉は近世期における三国志イメージの展開を追う恰好の素材となりうるのである。

本節では〈薩琉軍記〉にみられる三国志モチーフを追い、近世期に語られる三国志説話が、〈薩琉軍記〉の物語構成や展開構造にどのように関わったのか、また〈薩琉軍記〉の成立にどのような影響を与えたのか迫っていきたい。

まず三国志について定義づけておく。本論文では三国志を、陳寿《ちんじゅ》編『三国志』をもとにした言説群と幅広く定義したい。これは三国志説話、三国志伝承とも呼ぶことのできるものであり、広く語り継がれ、漢文文化圏[注2]において、現在も根付いている言説である。ここでは、広義の三国志を示す場合、二重カギ括弧を付けない三国志、特定の書名を用いる場合には、二重カギ括弧に書名を記した。また、特に強調するためにカギ括弧を付した箇所がある。

二　近世期における三国志享受

本節では、〈薩琉軍記〉との関連をみる上で、江戸期以降の三国志を中心に扱っていく。近世期における三国志は多岐に渡って展開している。次に〈薩琉軍記〉、三国志に関わる作品の成立年時、事件を時系列にまとめた関連年表を示した。[注3]

〈薩琉軍記〉「三国志」関連年譜

年時	作品、事件
晋代	『三国志』成立。陳寿（二三三～二九七）撰、裴松之《はいしょうし》（三七二～四五一）注。

元代、至治年間（一三二一〜二三）	『全相平話三国志《ぜんそうへいわさんごくし》』成立。「全相平話五種」の内、別名『三国志平話』。
明代初期、一三六八〜	羅貫中《らかんちゅう》著『三国志演義』成立↓作者、成立時期には諸説あり。
嘉靖元年（一五二二）	嘉靖本『三国志演義』刊行↓最古の刊本。
一五六七年	朝鮮版『新刊校正古本大字音釈三国志伝通俗演義』刊行↓刊記「丁卯耽羅開刊」によるが、一六二七年とする説もあり、定説をみない。
慶長九年（一六〇四）	『羅山先生詩集』「既読書目録」四四〇部に『三国志演義』の記事あり。
慶長十四年（一六〇九）	薩摩藩による琉球侵略。
一六五〇年	『中山世鑑《ちゅうざんせいかん》』成立。琉球の史書、羽地朝秀《はねじちょうしゅう》（向象賢《しょうしょうけん》、一六一七〜一六七五）による。三山統一の物語。
寛文十年（一六七〇）	和刻本『三国志』刊行。
寛文十一年（一六七一）	謝恩使、金武王子の来朝↓五度目の江戸上り（江戸立ち）↓**B群結末**。
元禄五年（一六九二）	**『通俗三国志』刊行**。湖南文山《こなんぶんざん》著。元禄二年（一六八九）自序。
一七〇一年	蔡鐸《さいたく》本『中山世譜』成立。琉球の史書。息子蔡温《さいおん》により改定（一七二五年）。
元禄十六年（一七〇三）	中村昂然《なかむらこうぜん》著『通俗続三国志』（序年時）。
正徳二年（一七一二）	尾田玄古《おだげんこ》（馬場信武《ばばのぶたけ》）著『通俗続後三国志』前編刊行。後編、享保三年（一七一八）刊行。
享保六年（一七二一）	赤本『三国志』刊行。青本、黒本への刊行が続く。
享保九年（一七二四）	竹田出雲《たけだいずも》作『諸葛孔明鼎軍談』初演。

享保十七年（一七三二）	「享保十七年分限張」→A1『薩琉軍談』、A2『琉球攻薩摩軍談』にみえる分限張。
一七三二～五七年	**A1『薩琉軍談』成立**→第一部第一章第二節「薩琉軍記遡源考」。
宝暦十年（一七六〇）	黒本『通俗三国志』刊行、絵入り、鳥居《とりい》清満《せいまん》画。
宝暦十三年（一七六三）	『大島筆記《おおしまひっき》』成立。
明和三年（一七六六）	堀麦水著、増2『琉球属和録』成立。A4『琉球征伐記』、A5『琉球静謐記』などをもとに著述。
天明八年（一七八八）	黄表紙『通俗三国志』刊、北尾重政画？。
天保二年（一八三一）	重田貞一《しげたさだかず》（十返舎一九）著、歌川国安《うたがわくにやす》画『三国志画伝《さんごくしがでん》』天保二年から五年にかけ刊行。
天保六年（一八三五）	宮田南北《みやたなんぼく》著、岡田玉山《おかだぎょくざん》画、増1『絵本琉球軍記』前篇刊行→翌七年に七年版刊行、安政七年（万延元年、一八六〇）に再版。
天保七年（一八三六）	池田東籬《いけだとうり》著、葛飾戴斗《かつしかたいと》画『絵本通俗三国志』天保七年から十二年にかけて刊行。
文久四年（元治元年、一八六四）	宮田南北著、岡田玉山画、松川半山《まつかわはんざん》画『絵本琉球軍記』後篇刊行。前篇、安政七年版を再版。
江戸後期頃	『通俗琉球三国志《つうぞくりゅうきゅうさんごくし》』書写される。

三国志は、日本のみならず漢文文化圏において、古代から現代まで様々な形で享受されてきた。▼注[4] 日本では五山僧により伝播され、中世期の注釈世界における享受がみられる。特に江戸期においては、『通俗三国志』の出版以降、多数の作品にその影響がうかがえる。『三国志』は、晋の陳寿により編纂されたが、この段階では、三国時代から

晋へと移る歴史を記した歴史書だった。今一般に読まれている『三国志』は、陳寿編纂の『三国志』に裴松之が注を付けたものであり、この段階で、様々な説話が盛り込まれ始める。元代には、『全相平話三国志』が成立し、三国志説話が刊行されていく。そして、明代に入ると、三国志伝承を確立し、それ以降の三国志説話生成の基点ともなる『三国志演義』が誕生する。日本では林羅山が『三国志演義』の早い読者として知られ、天海《てんかい》蔵の目録にも書名が確認できることから、『三国志演義』は織豊時代から江戸時代初期に、日本に入ってきたと考えられる。そして、元禄五年（一六九二）に『三国志演義』の翻訳である『通俗三国志』が刊行されている。『通俗三国志』は、元禄五年（一六九二）版（東京大学総合図書館蔵など）、寛延三年（一七五〇）版（東北大学狩野文庫など）、天明五年（一七八五）版（国立国会図書館蔵など）、刊年不明版（岡山大学池田家文庫など）と、たびたび版を重ねており、現存している伝本も多く、近世期における需要が強く、多数流布していたものと推測できる。その多岐に渡る重版に支えられ、『通俗三国志』刊行以降、日本における三国志享受が爆発的に広まっていくこととなり、三国志をもとにした説話が多数生み出されていく。

次に国文学研究資料館「日本古典籍総合目録」から出版、上演年時のある、タイトルに三国志をもつものを掲載した。

『通俗傾城三国志』（宝永五年・一七〇八序）
『風流三国志』（宝永五年・一七〇八）
『俳諧三国志』（宝永六年・一七〇九）
『武道三国志』（正徳二年・一七一二）
『本朝三国志』（享保四年・一七一九初演）
『敵討三国志』（寛延三年・一七五〇初演）
『男作三国志』（宝暦二年・一七五二）
『浄瑠璃三国志』（宝暦五年・一七五五）
『将棋会談三国志』（安永三年・一七七四）
『時代三国志』（安永十年（天明元年）・一七八一）
『役者三国志』（寛政十年・一七九八）
『かなかき三国志』（文政二年・一八一九）

『風俗女三国志』（文政七年・一八二四）　『風俗三国志』（文政十二年～天保元年・一八二九～三〇）
『狂歌三国志』（天保年間・一八三〇～四三）　**『通俗妓容三国志』（天保元年・一八三〇初演）**
『傾城三国誌』（天保元～六年・一八三〇～三五）　『役者風俗三国志』（天保二年・一八三一）

「日本古典籍総合目録」で確認できる範囲では、『通俗三国志』刊行以前には、三国志がタイトルにつけられる作品は存在しない。また、注目したいのは、ゴチであらわした作品である。これらは浄瑠璃作品であり、語り物、芸能を通して、三国志が民間に浸透していった一面がうかがえよう。近世期において、「三国志」は三つ巴説話の話形の典型になり、タイトルの冠として広まっていく。これは『通俗三国志』以後の三国志受容であり、十八世紀初頭から三国志を冠する著作が生み出されていくわけである。この三国志受容の時期は〈薩琉軍記〉が製作、享受された時期と重なっている。近世期における三国志享受は『通俗三国志』を基点に展開していく。〈薩琉軍記〉にみられる三国志説話も『通俗三国志』に近く、『通俗三国志』から派生した言説によるものに相違ない。よって、三国志を引用する場合、近世期における三国志の基点となった『通俗三国志』を用いることにする。ただし、〈薩琉軍記〉と『通俗三国志』とに直接の関連があるかは不明であり、ほかのテキストを間に介した三国志説話の享受である可能性は否定できないことを付記しておく。

三　『通俗琉球三国志』をめぐって

〈薩琉軍記〉における三国志の利用をみる前に、琉球をめぐる三国志についてみておきたい。江戸期における三国志享受の中で成立したと思われる作品に『通俗琉球三国志』がある。『通俗琉球三国志』は零本ということもあり、これまで紹介されたことがなかった。まず、『通俗琉球三国志』について基礎情報を記しておきたい。現在、東京大学総合図書館蔵本しか確認することができず、また、「巻1の上」のみしか残存していない。▼注[5] 書誌と巻一目録は次の通り。

『通俗琉球三国志』書誌

東京大学総合図書館蔵、江戸後期写本
［内題］通俗琉球三国志（扉題、目録題同）［表紙］後表紙、無紋薄茶［見返し］後見返し［料紙］楮紙
［装訂］袋綴［数量］一巻一冊（巻一の上のみ存）［寸法］縦二四・一糎×横一六・八糎［丁数］二〇丁
［用字］漢字片仮名交［蔵書印］下野国渡部氏蔵書印（長方形朱印、一丁表）、東京帝国大学図書印（四角朱印、扉裏）
［備考］同筆書込あり。帙あり。

『通俗琉球三国志』巻一目録

第一回
馬旦正シテレ色ヲ論ス二治乱ヲ一
羅瑠巧ニシテレ言ヲ説ク二親事ヲ一
第二回
酔狒狒大ニ鬧ク二東門村ヲ一
賽猩猩夜走ル二西儀保ニ一

作者、書写者ともに未詳である。この『通俗琉球三国志』には、琉球、英祖王統の第五代、玉城《たまぐすく》の代に世が乱れることで物語が進行する。▼注[6]「巻1の上」には、王府の内部混乱、富豪の銀を奪う男の存在などの話が語られ、この後、琉球三山（中山、北山、南山）の形成へと、つながっていくと思われる。様々に今後の展開への伏線が張られているように思われが、「巻1の下」以降が存在しないため、この後、どのような展開になるのかうかがいしれない。し

かし、『通俗琉球三国志』に描かれる物語設定は、琉球の史書『中山世鑑』に描かれた世界と一致している。次に引用したのは、『中山世鑑』巻二「大元延祐元年甲寅玉城王御即位」である。[注7]

> **玉城王**ハ、英慈第四ノ王子也。（中略）**此時ヨリ世衰へ、政廃シテ**、朝覲会同ノ礼モ、日ニ衰へ、内色ニ荒ミ、外禽ニ荒ミ給ケル間、諸侯皆不レ朝シテ、列国兵争ス。**国分レテ為レ三、中山王、山南王、山北王トゾ申ケル**。（中略）去程ニ、**中山王**ハ如何ニモナシテ、**山南、山北ノ朝敵**ヲ討平ントテ、兵ヲ遣シ攻ラレケレ共、彼二山モ地ノ利ニ拠、人ノ和モ形ノ如クニテ、敵ヲ拒グ用心厳シケレバ、左右無ク可レ落様ゾ無リケリ。二山ハ又、種々ノ謀ヲ廻シ、首里ヲ亡シテ、吾先ニ、中山王ニ成ントテ、首里ノ隙ヲ窺へ、時々兵ヲ発シテ攻ケル間、一日片時モ、合戦止時無シ。**当昔、呉、魏、蜀ノ合戦モ角ヤト思知レタリ**。

英祖王統の五代目、玉城の時に世が乱れ、琉球が三山に分かれる。玉城の代に未曾有の混乱が起こることは『通俗琉球三国志』の描く時代設定と一致している。また、ここでは王城首里を治める中山が正統とみなされ、南山、北山は中山に背く朝敵として描かれている。

すでに池宮正治、小峯和明などが指摘しているように、[注8]『中山世鑑』には、尚巴志《しょうはし》による中山、南山、北山の統一の物語が語られている。これは、琉球における王家創建の神話であり、『中山世鑑』の次に記された『中山世譜』では、この国家創建神話の検証が行われている。実際には、『中山世鑑』に描かれる北山のような強い勢力は北には存在せず、南山は二つに分かれていたと考えられているが、『中山世鑑』は、中山、南山、北山の三つ巴の戦いを描くのである。そして、この三山統一の物語に三国志が使われている。「呉、魏、蜀の合戦もかくや」と述べられているように、『中山世鑑』の編者、羽地朝秀が三国志を知っていたことは明白であり、琉球における三国志受容の一端を物語っているだろう。『中山世鑑』のほかにも、『大島筆記』からも、教養としての三国志享受がうかがえる。[注9]これらの典拠が何によるかは不明であるが、琉球へも三国志が渡り、様々に語られていただろうことは推測に難くない。

『通俗琉球三国志』は、日本の近世後期における三国志享受の中で、琉球の歴史叙述を三国三つ巴の物語に置き換え、琉球に関する歴史認識に「三山統一神話」を組み込んでいる。しかし、これは琉球においては、すでに『中山世鑑』で語られている言説である。つまり、『通俗琉球三国志』からは、江戸後期の日本（ヤマト）において、『中山世鑑』に共通する歴史認識が存在したことをうかがい知ることができるのである。江戸後期における、日本と琉球、同一の歴史認識を物語る資料として、今後とも注目されるべき資料であろう。

四　〈薩琉軍記〉における三国志説話の展開

続いて、〈薩琉軍記〉における三国志説話の享受を、〈薩琉軍記〉と三国志とを比較しながらみていこうと思う。〈薩琉軍記〉は新納武蔵守と佐野帯刀との対立譚を軸にした物語であり、この二人を主人公と言っても過言ではない。〈薩琉軍記〉では、新納武蔵守が軍師に任ぜられ琉球へと侵攻するが、この軍師新納武蔵守の琉球侵略には三国志説話の転用がみてとれる。次に上段にA1『薩琉軍談』、下段に『通俗三国志』を引用した。▼注[10]

『薩琉軍談』「島津義弘軍用意之事」	『通俗三国志』巻十八「周瑜定メテレ計ヲ破ル二曹操ヲ一」
義弘も喜悦限りなく驚き入たる。「武蔵守が知弁、武備あらかじめ見の明有り。賞するにたへたり。此度の惣大将にハ、**某其方を軍師と任する条**、人数手秖り、兵粮出納一切の軍務汝に附与する条、則是を授る也」迚、	**孫権、佩タル剣ヲ抜、前ナル案《つくゑ》ヲ斫テ申ケルハ**、「汝等諸ノ大将及ビ官吏、カサネテ曹操ニ降ント云モノハ、**此案《つくゑ》ト同ジカラン」トテ、其剣ヲ周瑜ニ授ケ、即時ニ封ジテ大都督トシ**、程普ヲ副都督トシ、魯粛ヲ賛軍校

三尺四寸の有りし金作りの太刀を一腰手自被出し、するりと抜て、前成る高机真中より打わり申されけるハ、「此度琉球征伐ニ付、自今以後列座の面々帰陣迄、武蔵守を軍師と致す事、一言にても武蔵守が下知に背に於てハ、**此机の如く此太刀にかけ討て捨べし**。夫軍令にハ誠親の言す。皆是我我に有らず。君へ忠臣国に報ずるの奉言也。何度全功をなし、名を万天に揚ゲ、栄を子孫にかがやかし、**只武蔵守に此太刀をあとふる也**」**とて、渡されければ**、「げにも良将の人を用ゆること、尤斯こそ有べけれ」と心有人ハ威称しける。**武蔵守膝行して太刀をとり、謹ておし戴き、座中に向ひ申けるハ、**

尉トシ、「**若下知ヲ背モノ有バ、コノ剣ヲ以テ誅セヨ**」ト云ケレバ、**周瑜、剣ヲ受取、諸大将ニ向テ申ケルハ、**

第一部でみてきたように、A1『薩琉軍談』は〈薩琉軍記〉諸本の分類の基点となるテキストであり、『薩琉軍談』から多くの諸本へと展開していく。いわば『薩琉軍談』との比較分析は、〈薩琉軍記〉全体に関わる問題となりうる。上段、『薩琉軍談』では、家康から琉球へ侵攻するように命令された島津義弘が薩摩へ帰り、家臣たちに向けて琉球侵略の旨を述べる場面が描かれている。新納武蔵守が琉球の地理、情勢を述べ、その的確な報告を受けた義弘は、新納武蔵守を軍師に任じ、琉球侵攻の指揮を執らせることを決め、自らの刀を新納武蔵守に与えると、机を切り、命令に従わぬ者は机と同じく、うち捨てると述べる。ここにみられる『薩琉軍談』に描かれた新納武蔵守を軍師に任命する場面は、有名な三国志の「赤壁の戦い」のパロディである。

郵 便 は が き

料金受取人払郵便

豊島局
承認

7753

差出有効期間
2021 年 11 月
25 日まで

170-8780
021

東京都豊島区巣鴨1-35-6-201

図書出版
文 学 通 信 行

■注文書 ●お近くに書店がない場合にご利用下さい。送料実費にてお送りします。

書 名 冊数

書 名 冊数

書 名 冊数

お名前

ご住所 〒

お電話

読　者　は　が　き

これからの本作りのために、ご意見・ご感想をお聞かせ下さい。

この本の書名

お寄せ頂いたご意見・ご感想は、小社のホームページや営業広告で利用させて頂く場合がございます（お名前は伏せます）。ご了承ください。

本書を何でお知りになりましたか

文学通信の新刊案内を定期的に案内してもよろしいですか

はい・いいえ

●上に「はい」とお答え頂いた方のみご記入ください。

お名前

ご住所　〒

お電話

メール

下段、『通俗三国志』は、曹操《そうそう》の侵攻に対して、呉の孫権《そんけん》は家臣団と評議し、周瑜《しゅうゆ》の論説を聞き、曹操との対決を鮮明にする「赤壁の戦い」の一場面である。ここで孫権は自らの刀を抜き、目の前の机を切り、曹操に降る者は机と同じく、うち捨てると家臣たちに宣言するのだ。まさしく、『薩琉軍談』と同じ舞台設定がなされていると言える。

『薩琉軍談』と『通俗三国志』とでは、表現は異なるものの、相違点は、孫権に任じられた周瑜は大都督となって全軍を預かる立場であるが、一方の義弘に任じられた新納武蔵守は軍師となり、大将に属する立場であるということくらいで、話のモチーフは完全に一致している。ただし、新納武蔵守は軍師に任ぜられるものの、その存在は大将そのものであり、いわゆる軍師という存在は、『薩琉軍談』には存在しない。この軍師が侵攻の指揮を執るという人物造形には、同じく三国志が影響していると思われる。次に引用したのは、『通俗三国志』巻三十七「孔明興シテレ兵ヲ征二ス南蛮ヲ一」である。

蜀ノ建興三年ノ春、**孔明**、成都ニ在テ後主ヲ扶ケ国ノ政ヲ治メケレバ、両川ノ民、ミナ其徳ニ懐テ、夜モ門戸鎖ズ、路ニ遺タルアレドモ拾コトナシ。（中略）時ニ益州ヨリ早馬キタリ、**南蛮国の王孟獲、十萬ノ勢ヲ起シテ、境ヲ犯シケル**ニ、建寧ノ太守雍**闓**、謀叛シテ孟獲ニ与ス。（中略）孔明ガ曰、「**南蛮ノ地ハ国ヲ離ルルコト甚ダ遠シテ、ミナ王化ニ習ズ。之ヲ平ゲンコト甚ダ難シ。我自ラ征シテ、或ハ剛ニシ、或ハ柔ニシ、時ニ応ジテ計ヲ用フジシ**。軽々シク他人ニ任ベキ処ニアラズ」、

これは諸葛亮孔明《しょかつりょうこうめい》が南蛮へと侵攻する物語である。蜀帝劉備《りゅうび》の死後、息子劉禅《りゅうぜん》が後を継ぎ、孔明は丞相となってこれを支える中、代替わりの隙を突き、魏が攻め寄せるもこれを退け、蜀に一時の平和が訪れる。そこに、南蛮王の蜂起の知らせが届く。南蛮に近い太守らは謀叛し、予断を許さない状況を伝えると、これに対して孔明は、自らが南蛮へと侵攻し、これを平定することを奏上するという場面であり、諸葛亮は自ら軍を率いて南蛮へ向かう。

これは南蛮王孟獲《もうかく》を七度捕らえて七度解放したという「七擒七縦（七縦七擒）」の故事で有名な戦いである。ここでは蜀から見れば異界、異国の人々である南蛮に対して、軍を起こすという物語が語られている。この話のモチーフはA1『薩琉軍談』にも引き継がれており、異国琉球に攻め込む新納武蔵守のモチーフに、南蛮へと進軍する孔明があてがわれているのである。

この対比は、『薩琉軍談』本文にも引用されている。『薩琉軍談』「島津三位宰相義弘蒙二琉球征伐の鈞命を一事」では、家康は二条城に島津義弘を呼びつけ、日本に従わない琉球に対して、日本の武威を示すべく軍を起こせと命じ、諸葛亮の南蛮侵攻の故事を引き、

> 彼国ハ武勇の国ニもあらず、然共唐土三国の時、**諸葛武候が南蛮を征伏せし謀**を以て機に望んで変に応じ、進退度に当り人数を損ぜしめず、**智勇を以彼国蛮を伏すべき旨**鈞命なり。

と、諸葛亮が南蛮を征服した時のように策を練ってことにおよび、智勇をもって琉球侵略をつつがなく行うよう命令するのである。『薩琉軍談』の琉球侵攻のモチーフに孔明の南蛮侵攻の影響があることに疑いはないだろう。

ここまでみてきたように、『薩琉軍談』の下敷きには三国志が用いられている。また、『薩琉軍談』に描かれる三国志は、『三国志演義』をもとにした三国志説話であり、日本において『三国志演義』の流布の基点となった『通俗三国志』出版以後の作品であるとすることに問題はなかろう。これは、これまで行ってきた伝本調査とも矛盾せず、〈薩琉軍記〉は、元禄以降の江戸中期の成立であると言える。▼注[11]

では、A1『薩琉軍談』以外の諸本ではどうであろうか。B群の諸本をみてみたい。第一部でみてきた通り、B1『島津琉球合戦記』はB群の基礎テキストであり、『島津琉球合戦記』をもとにした諸本展開がうかがえる。B群の特徴は、A群では島津家の当主を「義弘」とするがB群では「家久」とすること、A群よりB群の方が琉球情報を多く盛り込んでいく傾向にあり、琉球情報が『薩琉軍談』よりも若干叙述が詳しくなっていることである。『島津琉

球合戦記』「大隅守家久軍用意之事」[注12]には、先に引用した『薩琉軍談』「島津義弘軍用意之事」と同内容の物語が描かれている。『薩琉軍談』との相違点は、『薩琉軍談』で「高机」とされたものが、『島津琉球合戦記』では「高杯」となっていること、「惣大将は某、汝は軍師」とはっきりと身分が描き出されることである。家久は大将になるが、『薩琉軍談』と同様に琉球侵攻には同行せず、あくまで「大将」を名乗るだけであり、新納武蔵守は実質大将のように琉球へと向かう。大将として薩摩に残る家久を蜀帝として成都に残る劉禅と対比するならば、ここでは、『島津琉球合戦記』は『薩琉軍談』より『通俗三国志』のモチーフを引き継ぐと言えるだろうか。A群とB群との成立の前後を探ることは難しいが、A群『薩琉軍談』とB群『島津琉球合戦記』どちらも『通俗三国志』の影響下にあり、「太守島津義弘（家久）と執権新納武蔵守」が「蜀帝劉禅と丞相諸葛亮孔明」に比定されるという構図が重なっていることは確かである。

この新納武蔵守の造形が孔明と一致していく展開は、増1『絵本琉球軍記』になると、さらに深化していく。『絵本琉球軍記』には、ここまでみてきた物語とは別の逸話も多く盛り込まれており、A1『薩琉軍談』やB1『島津琉球合戦記』では、軍師新納武蔵守が大将のように琉球へと侵攻したが、『絵本琉球軍記』では志摩多忠久が大将、仁木武蔵守が軍師として侵攻を行うという物語に換わっている。そして「赤壁の戦い」説話も読み替えられて、さらなる言説を紡ぎ上げているのである。『絵本琉球軍記』後篇、巻五「仁木勝氏元帥の任を辞す」では、薩摩軍が、琉球、虎竹城の戦いにおいて敗北を喫し、その責任をとって仁木武蔵守が元帥を辞任する叙述があり[注13]、ほかの諸本にはうかがえない『絵本琉球軍記』独自の物語を創りあげている。虎竹城に至るまで、連戦連勝の勢いにのる薩摩勢は、虎竹城をも一気に攻め破ろうとすると、軍師仁木勝氏は、虎竹城の地形を見るに罠が仕掛けられているに違いないと、行軍を止めるように進言する。しかし、その言が用いられることはなく、薩摩勢は虎竹城に攻めかかる。これをまっていた琉球軍は薩摩軍を迎え撃つ。薩摩軍は張助幡の活躍により散々に打ち散らされ、あるいは地雷火

の罠によって火攻めにされ、大敗北を喫する。この責任をとって、軍師仁木勝氏は軍師の職を辞することを決意し、

> 軍中ハ制禁を以て第一とす、余人に罪あらバ、某是を罰するの任也。今日の敗北ハ臣が罪也。**昔三国のとき、孔明兵を卒して魏を伐ちし時、街帝の破れを恥て、丞相の職をやめたりと聞**、臣が今日の罪ハ、至て大也。**願ハくハ、蜀の孔明にならひ、軍師の大任を辞し、一方の将に加ハり、重ての功を以て、罪をあがなひ奉らん**と思ひ入て願ひける。

と、諸葛亮孔明の街帝《がいてい》（街亭）の戦いにおける故事を引く。これは「泣いて馬謖《ばしょく》を斬る」の故事のもとになった戦いである。元帥の職を辞した仁木武蔵守は、藤原鎌足の子孫であるという須藤元亜を後任に推挙する。先に続く、巻六「忠久卿須藤元亜を大元帥に定む」には、

> 元亜重て申けるハ、「凡将たるもの三軍を糺し、諸将をして手足の如く用ゆるものを、真の大元帥とす。某今将に将として大元帥の重任を蒙るといへども、諸将帰伏せずんば、何を以てか敵に勝ん。依て諸将等今日より此元亜が申処、一ツとして背き玉ふ事なかれ」と申渡けれバ、**忠久卿是を聞て、太刀をすらりと抜はなし、前なる楯を、ばつし斬すて、「今より汝等、元亜どのの令に違ハバ、此楯のごとくなるべし」**と、**厳重に仰せけれ**バ、諸将等いよいよ感伏なしにけり。

とあり、A1『薩琉軍談』やB1『島津琉球合戦記』にみられた「赤壁の戦い」の説話が再生産されているのである。忠久は薩摩方が窮地に陥ったおり、それを救った須藤元亜を大元帥に任じると、自身の太刀を抜き、前にある楯を斬り、大元帥に任じた須藤元亜の命令に背くものは、この楯のようになると諸将に訓じる。ここで語られる「赤壁の戦い」説話は、『薩琉軍談』と比べ、須藤元亜自身が配下に命令を聞くように要請することや、「机」が「楯」に換わっていること、自らの剣を授ける場面がないなど、相違点が多く、三国志享受が進むにつれ、説話の転換が進んだかと思われるが、まさに新納武蔵守が軍師に任じられる場面と同様の描写が描かれており、「赤壁の戦い」の

説話がさらに転用された様子がみてとれる。

ここまでは、新納武蔵守の軍師任命譚と「赤壁の戦い」説話との関連から、〈薩琉軍記〉と三国志との関係性についてみてきた。次に琉球武将の叙述から三国志との関係性についてみていきたい。分析に入る前に確認しておきたいことが二点あり、まず一点目は、基本的に〈薩琉軍記〉において、薩摩の武将は義経や楠正成《くすのきまさしげ》など本朝の武将に喩えられ、琉球の武将は、三国志を主とする中国の武将に喩えられるということ、二点目は、第一部でみてきたように、〈薩琉軍記〉は張助幡という琉球の勇将を中心に、琉球武将に関する叙述が増広していくことである。この二点を踏まえて、張助幡の叙述をみていこうと思う。先と同様に、上段にA1『薩琉軍談』、下段に『通俗三国志』を引用した。

『薩琉軍談』「虎竹城合戦之事」

然る所に**新納武蔵守**、鹿毛の馬に金ぷくりんの鞍を置て乗ちらし、十文字の鑓追取、十里八荒に眼を砥り、大音上げて、「あれあれ南の海手に小舟一船真一文字にはしれるハ、此城の大将李将軍と見へたり。然共早二、三里も退たれバ、早舟ニて追かくべし。いかがせん」と身をもむ所へ、**種島大膳**、大鹿毛の馬に乗り来り、大音上げ、「いかに新納殿、李将軍をのがしてハ後日の害、又ハ味方の不覚也。是非是非討留め申たし。我等か組子舟手のもの共数多、弓、鉄炮の者を相添追懸」申べし。**尤足かろき島舟に帆を十分に懸て飛が如くに**

『通俗三国志』巻二十四「馬超大ニ戦フ渭水橋ニ」

時ニ船ノ上ヨリ一人ノ大将ハセ回リ、「敵スデニ近付テ候ニ、丞相、ナニトテ船ニ召レ候ハヌ」ト申ス。曹操是ヲ見レバ、乃チ**許褚**ナリ。「敵キタルトモ、何ホドノコトカ有ン」ト云テ、後ヲ顧ルニ、**馬超**、**龐徳**スデニ百歩バカリニ成ケレバ、許褚是非ナク曹操ヲ拖立、船ニ乗ントスルニ、船スデニ一丈アマリ岸ヲ離レタリ。許褚事ノ急ナルヲ見テ、**曹操ヲ背ニ負、一躍ニ軽々ト飛ノリ**、スデニ船ヲ出シケレバ、跡ニ後レタル者共コトゴトク河中ニ飛ツカリ、泳ギ付テ、纔ナル船ニ込ノリケレバ、其船スデニ翻ラントス。許褚、刀ヲ提テ、追かけ、二、三里斗のごとく追寄、すでに是より**弓、鉄炮、火玉抔雨霰の如く打掛、射懸、短兵急にすすんだり。**あわや此舟みぢんになさんと見る所に、**件の張助幡少もさわがず、一身を百術用ひ恐なく、李将軍をバ船ぞこに押隠し、おのれが身ハ舟中に横ざま伏て、楯の板を両手に持、打かかる火玉を打払ひ打落、打払ひ打落、二時斗ひま有りて運に任て働きける。**又おき上りて片手にろをおして、波の上を平地になし、玉箭を吹はらいながら、又三、四丁も退行ける。薩摩勢も乗寄乗寄、ミなとより猶々舟を出さんとするを、武蔵守一氏早舟をいたし、彼もの共をおし留申ける。「李将軍に付行し勇士、あつぱれ無双の剛の者ぞ。**かの古へ三国の時、曹操勇士の許褚、典韋も或ハかれにハ及まじ。**如くのごとき勇士を助置、往々方便を以、何卒薩摩の味方に招くべし。天晴勇士哉。忠臣哉」と、殊之外にかんじ、夫より「追事必々無用」と申遣しける。依之追兵共元の湊にこぎ返しける。

近付クモノヲ切払ヒケレバ、手足ヲ薙レテ溺レ死スル者、幾千万ト云コトヲ知ズ。**許褚ハ自ラ棒ヲ以テ船ヲ篙サシ、北ヲ指テ渡ントス**レドモ、水ノ流急ニシテ、一所ニノミ淘レケレバ、曹操肝ヲ冷ヤシテ、許褚ガ脚下ニスクミ居タリ。馬超スデニ岸ニ近付、曹操ガ船ノ河中マデ出タルヲ見テ、**強弓ノ精兵ニ命ジ、河ヲ遶テ散々ニ射サセタレバ、其ノ矢雨ヨリモ猶シゲシ。許褚ハ曹操ニ矢ノ中ランコトヲ畏レ、左ノ手ニ馬ノ鞍ヲ持テ矢ヲ防ギ、右ノ手ニ篙ヲ使ヒ、臂ヲ張テ、我ニ中ル矢ヲ鎧ノ袖ニ受トメレバ、**舟ノ上ナル者共、馬超ガ射ル矢ニ一ツモ逃レズ、四、五十人水中ニ射倒サル。水ハ急ナリ。横ギリ渡ル舟ナレバ、岸ニ着コト成ガタク見エケルニ、**許褚一人、勇力ヲ振ヒ、両ノ胯ニ舵ヲ夾ンデ之ヲ使ヒ、左ノ手ニ馬ノ鞍ヲ持チ、右ノ手ニ舟ヲ棹シテ、兎角シテ難ヲノガル。**

上段、A1『薩琉軍談』は、薩摩軍が虎竹城に攻め入った場面である。薩摩勢は虎竹城に攻め入るが、張助幡など琉球の勇士の活躍で、なかなか城が落とせない。そこで四方から火攻めにする。四方から火攻めにあった張助幡は、もはやこれまでと自害を計ろうとする城主李慶善（李将軍）を担ぎ血路を開く。米倉島をめざして舟に乗った張助幡に、薩摩武士、種島大膳は、弓、鉄砲を雨霰の如く撃ち込むが、張助幡は少しもひるまず、李慶善を舟底に隠し、両手に板を盾に持ち、矢玉を打ち落とす。この様子を見た新納武蔵守は、天晴れな武士と褒め称え、「曹操勇士の許褚《きょちょ》、典韋《てんい》」に喩える。薩摩軍の追撃を防ぎ、張助幡は主李慶善とともにこの窮地を遁れていく。この場面は、三国志の「渭水《いすい》の戦い」のパロディである。

下段、『通俗三国志』は、父馬騰《ばとう》を殺された馬超《ばちょう》と曹操とが対峙した「渭水の戦い」のくだりである。西涼の屈強な兵士に敗れ、囲まれた曹操を許褚が舟で救いに来る。敵がすぐそばまで迫っていることに気づいた許褚は曹操を背負い、舟を漕ぎ出す。馬超は、矢を雨のように浴びせるが、許褚は馬の鞍を盾に矢をかいくぐり、なんとか窮地を脱していく。

『薩琉軍談』と『通俗三国志』とは、主人を背負い舟で逃げ、舟底に主人をかくまい、雨のような矢をかいくぐるというモチーフ、主人のために自分の身を盾にするというモチーフが一致している。相違点は、盾を片手で持つかどうかという点と、舟で追う薩摩軍に対して、岸から矢を放つ馬超軍という点があげられるが、先にみた「赤壁の戦い」をめぐる説話と同様に、話のモチーフは完全に一致している。この二例から、『薩琉軍談』と『通俗三国志』とでは、それほど成立時期に違いがないことの傍証となろう。

A1『薩琉軍談』から派生した諸本、A4『琉球征伐記』では、はっきりと「渭水の戦い」の物語を引用している。『琉球征伐記』「虎竹城征伐之事」では、薩摩勢は「再ビ燕人張飛ガ出来タルカ」と、張助幡に恐怖する。畏怖する薩摩勢を尻目に血路を開き、船で海に出た張助幡に、種島大膳の軍が弓鉄砲を雨霰の如く撃ち込む。『薩琉軍談』でも語られたこの場面を、『琉球征伐記』は、

張助幡モ術計尽キ、**李将軍**ヲ舟底ニ押隠シ、**片手ニハ楯**ヲ持テ、矢玉ヲ防キ、**片手ニテハ械**ヲツカフ有様、**サナガラ魏ノ曹操ヲ許褚ガ介シニ彷彿タリ**。

と、三国志、渭水の戦いにおける許褚像と重ね合わせて叙述する。先にみたように、A1『薩琉軍談』は三国志の「渭

水の戦い」の物語を下敷きに、張助幡の造形を創りあげた。『薩琉軍談』の読者であったはずの『琉球征伐記』の作者は、張助幡の活躍を読み、『薩琉軍談』の意図を汲み、三国志と『薩琉軍談』とを重ね合わせて、物語を再構成したわけである。まさに、三国志享受のもたらした結果であり、三国志が浸透していた様相がうかがえる叙述だと言えるのではないだろうか。

先にも述べたように、〈薩琉軍記〉は張助幡を中心に、琉球武将に関する叙述が増広していく。その増広の過程の中で、さらに三国志説話が足され、物語を増幅していく例がある。張助幡譚については、すでに第一部第二章第三節で確認した通りであるが、初期型のテキストであるA1『薩琉軍談』やB1『島津琉球合戦記』では、虎竹城が落ち主李慶善とともに米倉島に向かった張助幡のその後は描かれておらず、行方知らずとなるが、B群の増広本であるB3『島津琉球軍精記』では、張助幡は王城へと舞い戻り、薩摩軍と対峙する。次に引用したのは、『島津琉球軍精記』巻二十「大膳張助幡が眼を打事」、王城の攻防戦にて張助幡と種島大膳との戦いである。

鉄砲、弩、雨のごとくに打かけさせ、塀にとりつく、ともがらふせがんために、**張助幡**、大長刀をもつてはしりいで、塀のうへにあらわれ、はせまわつて防陣す。（中略）**大膳、眼前に家来をうたれ、「いずれのときをうつべき」と、ねらいをかため、きつてはなせば、あやまたず、張助幡が右のまなこをうちたりけり**。さも鬼神のごとき勇士なれども、眼を打れしかば、塀のうへより真逆さまに落たりけり。

ここでは、薩摩勢が琉球王城へと駒を進めた場面が描かれている。数で圧倒する薩摩勢は、王城を包囲し、一斉によってかかると、そこに張助幡が登場し、塀の上に立ち、薩摩勢を蹴散らしていく。寄せ手の薩摩軍の種島大膳は得意の短筒で張助幡を撃とうと狙いを定めるものの、塀に飛び乗り、飛び降りする張助幡に狙いが定まらない。そこへ大膳の部下、大六が張助幡へうってかかるが、張助幡にはかなわず、切り捨てられてしまう。それを見た大膳は、ここぞと狙いを定めて、張助幡の右目を撃つことに成功する。右目を撃たれ、塀から落ちた張助幡だが、巻二

十一「専龍子武平侯に和平の利を説事」では、

此時張助幡ハ、ミきのまなこをうちつぶされ、いた手なるうへ、此間、頬先を打れし疵あり。かれ、これはなはだ苦痛におぼへしかども、元来勇猛の気象（引用者注、気性）なるゆへ、是を愁とせず、

と、右目を打ち抜かれたことを苦にすることなく、城の奥で、潔く最期を飾ろうとたたずむ様子が描き出される。この後、張助幡は軍師専龍子に説得され薩摩軍に降ることを決意し、薩摩軍の苦戦する王辰亥との戦いでは、専龍子とともに策を計り、王辰亥を降参させるなど薩摩軍に力を貸す。この「眼」を打ち抜かれても奮戦するという人物造形は、三国志における魏の武将、夏侯惇《かこうとん》のモチーフと重なり合う。次に『通俗三国志』巻八「夏侯惇抜テレ矢ヲ啖フレ眼ヲ」を引用した。

夏侯惇、「蓬《きたな》シ。反セ」トテ、力ヲ尽シテ追カクル所ニ、傍ヨリ呂布ガ大将曹性、チカヂカト走リ寄、ヨク拽テ兵ト射ル。其矢、夏侯惇ガ左ノ眼ニ中リケレバ、夏侯惇、コレヲ事トモセズ、カナグリテ矢ヲ抜クニ、鏃、目ノ珠ト共ニ出ケルヲ、大音声ヲ揚テ、「此ハ父ノ精、母ノ血ナリ。空ク棄ベキ様ナシ」ト呼ハリテ、口ニ入レテ啖了リ、高順ヲバ打棄、曹性ニ飛テカカリ、只一槍ニ突コロス。

これは、曹操が袁紹《えんしょう》と戦う前に、目の前の脅威である呂布《りょふ》を攻めるという場面である。曹操は劉備とともに呂布と戦おうと画策するが、事前にこの計画が漏れ、逆に呂布軍に攻められてしまう。曹操軍の大将夏侯惇は、呂布軍の大将である高順《こうじゅん》と争うと、高順は、夏侯惇にはかなわないと逃げるところに、曹性《そうせい》が夏侯惇めがけ矢を放つ。矢は夏侯惇の左目に命中するも、夏侯惇は少しもひるまずに、矢を抜き取り、父の精、母の血であると、その左目を食べてしまうのである。そして、夏侯惇は追っていた高順から曹性へと標的をかえると一突きに突き殺す。矢で左目を射抜かれながらも奮戦する夏侯惇と、右目を撃たれても勇戦する張助幡とが、「眼」を射抜かれるものの、動ぜずに対処するという武将像のイメージで合致する。

ただし、この物語には相違点も多く、張助幡は右目を短筒で撃たれたのに対して、夏侯惇は左目を矢で射抜かれ、しかも、射られた矢を引き抜き「眼」を食べてしまうという驚異の人物として描かれている。この「眼」を喰らうという強烈な印象を与えるくだりを、B3『島津琉球軍精記』は、なぜ引き継がなかったのであろうか。それは射貫かれた武器の違いによるものだろう。『島津琉球軍精記』では、種島大膳という人物が、得意とする武器として短筒が登場する。これは『島津琉球軍精記』以前の諸本には存在しなかった叙述で、『島津琉球軍精記』から挿入されたエピソードである。さて、この種島大膳なる人物であるが、出自について物語に詳しく語られていないが、「種島」を姓に持つからには、種子島氏のゆかりの人物と誰もが思うはずである。さらに、この種島大膳の武器は「短筒」である。当然、鉄砲伝来以来の、種子島における鉄砲との関わりを想像するはずだ。現に、伝本の一つ、沖縄県立図書館蔵本（B3・②）では、「短筒」を「種子島」としている。種島大膳に、種子島の鉄砲という背景が盛り込まれたため、張助幡は短筒で撃たれることになったわけである。矢で打ち抜かれれば引き抜けるが、鉄砲ではそうはいかない。「眼」を喰うという人物描写は、『島津琉球軍精記』において、三国志を踏まえつつ、〈薩琉軍記〉独自の物語を展開した結果、引き継がれることがなかったわけである。

ここまでみてきたように、〈薩琉軍記〉は、成立の段階で三国志を下敷きにし、さらにその増広の過程において、新たな三国志説話を取り入れつつ生長していく。その過程は三国志の丸取りではなく、新たな三国志説話を踏まえつつ、独自の解釈を盛り込み、諸本が展開していくのである。また、〈薩琉軍記〉諸本の中でも成立には時差があり、『通俗三国志』刊行から、そう遠くなく成立したと思われるA1『薩琉軍談』では、『通俗三国志』と極めて近い描写がなされているのに対して、江戸後期から末期の成立と思われるB3『島津琉球軍精記』では、『通俗三国志』とは相違点が多くみられる。このように、『通俗三国志』刊行から、時代が進むにつれ、三国志説話が浸透し語られた結果、新たな解釈、説話を生み、変遷していった様子がうかがえるのである。

五　〈薩琉軍記〉に画かれる三国志―『絵本琉球軍記』試論―

ここまでは、本文から〈薩琉軍記〉の三国志享受についてみてきた。次に〈薩琉軍記〉諸本中唯一の版本である増1『絵本琉球軍記』に描かれた挿絵と三国志絵画のイメージとの関連についてみていきたい。『絵本琉球軍記』が出版された当時、上方では、『絵本漢楚軍談《えほんかんそぐんだん》』など、異国を舞台とした読本の出版が盛んであり、[注14]そうした異国物の享受の世相が、『絵本琉球軍記』や『絵本通俗三国志』の出版にも関連していると思われる。

出版情勢も絡み合い、『絵本三国志』では三国志がさらに浸透しており、先にみた、『絵本琉球軍記』後篇、巻六「忠久卿須藤元亜を大元帥に定む」において、仁木武蔵守が元帥を辞し、須藤元亜が元帥に任じられる場面では、赤壁の戦いの説話が再生産されていることを指摘した。忠久は太刀を抜き、前にある楯を斬り、須藤元亜の命令に背くものは、この楯のようになると諸将に告げる様子が、三国志の「赤壁の戦い」のパロディであったわけだが、この描写は絵画化され、本文が忠実に再現されている。図Ⅰが『絵本琉球軍記』後篇、巻六「忠久卿須藤元亜を大元帥に定む」に付けられた挿絵である。この図Ⅰでは、諸将の前で矢楯を真っ二つに切る忠久が描かれている。この様子は、図Ⅱ、『絵本通俗三国志』[注15]巻十八「周瑜定メテレ計ヲ破ル二曹操ヲ一」でも同様に絵画化され（図Ⅱ）、ここでは、先にみた『通俗三国志』の本文を的確に描写している。先にも指摘した通り、この場面において『絵本琉球軍記』と『通俗三国志』とでは、斬られる対象が「盾」と「机」とで相違がある。図Ⅰ、図Ⅱは、本文を忠実に再現した結果、同じイメージ像が絵画化されたと考えられる。まさに、「三国志」の説話受容から、図像イメージの受容へと転換したわけである。

図Ⅰ、図Ⅱは、テキスト本文を忠実に絵画化したものだったが、図Ⅲは三国志から引き継がれたイメージ先行型

図Ⅰ　『絵本琉球軍記』後篇　巻六「忠久卿須藤元亜を大元帥に定む」

図Ⅱ　『絵本通俗三国志』巻十八「周瑜定メテレ計ヲ破ル二曹操ヲ一」

図Ⅲ 『絵本琉球軍記』後篇 巻四「仁木勝氏於兎谷の砦を責る」

図Ⅳ 『絵本通俗三国志』巻十七「張飛拠[テ]レ水[ニ]断[ツ]レ橋[ヲ]」

の挿絵である。図Ⅲは琉球於兎谷の砦を守る張助幡を描いている。増1『絵本琉球軍記』後篇、巻四「仁木勝氏於兎谷の砦を責る」には、仁木武蔵守が張助幡の守る、琉球於兎谷の砦に進軍すると、勇猛な張助幡は矢倉の上に立ち、薩摩軍に対し、大木大石を投げつけ応戦する。張助幡に対して、薩摩軍は恐れおののくところに、雷のような声を挙げ、矢倉から打って出で、薩摩軍を散々に打ち破る様子が描かれている。ここでは、

　遥に城を見上れバ、**張助幡**、怒れる眼色、百錬の鏡に朱をそそぎし如く、針の如き髪髯を逆しまになし、**矢倉の上に立たる有さま**、左ながら夜叉の荒たる如く、

とあり、本文によれば、描かれている場所は「矢倉の上」のはずである。しかし、図Ⅲでは、「橋の上」に張助幡が描かれ、張助幡に驚く薩摩軍が描かれている。霞の下に薩摩軍の軍旗、島津氏の馬印が描かれているので、「矢倉の上」とも解釈できるが、矢倉の上に薩摩軍がいることは不自然である。この「橋の上」で敵を威嚇する構図は、三国志の「長坂坡の戦い」の張飛像に、ぴったりと当てはまる。

　図Ⅳは『絵本通俗三国志』巻十七「張飛拠レテ水ニ断レツ橋ヲ」に描かれた「長坂坡の戦い」における張飛の挿絵である。この場面は、曹操に攻められた劉備は南へ逃げ、その殿を務めた張飛は、単身長坂橋の上に立ち、曹操軍を追い払うというくだりである。図Ⅲと図Ⅳとでは、「橋の上」に立ち、敵を威嚇する絵画イメージが一致している。これらは三国志で語られた張飛像が影響し、様々な絵画に影響を及ぼしたものであり、単身長坂橋の上に立ち、曹操軍を追い払う張飛像は三国志において特に著名であり、『絵本琉球軍記』や『絵本通俗三国志』が流布した江戸後期にも様々に絵画化されている。

　明治に出版された活字版の『絵本琉球軍記』の挿絵にも、「橋の上」で敵を威嚇する張助幡の図像が描かれている▼注[16]（図Ⅴ）。図Ⅴに描かれた張助幡は、橋の上に立ちふさがるように描かれている。図Ⅲの段階では、「矢倉の上」と解釈できる可能性があったが、活字版から、矢倉と解釈できる要素は見あたらない。明治活字版では、より張飛

のイメージがふくれあがったと言えるのではないだろうか。これらのように、橋の上の張飛というモチーフは、多岐にわたって享受され伝播されたと考えられる。

また、〈薩琉軍記〉における張飛像のイメージは武器にも反映される。B1『島津琉球合戦記』「薩摩勢討死之事」、千里山の戦いにおいて、佐野帯刀は、琉球軍に夜襲を掛けられる。佐野帯刀配下の沼田郷左衛門は戦場を駆けめぐり、琉球軍を切り倒していくと、琉球軍の内より一人の大男が現れる。

然る所に琉球勢の中より七尺有余の男の、白馬に金ぷくりんの鞍置て打乗、**一丈八尺の蛇矛**をおつ取延、郷左衛門に打てかかる。

図Ⅴ　明治活字版『絵本琉球軍記』挿絵

ここで登場する「七尺有余の男」は、白馬に乗り、「一丈八尺の蛇矛」を携えている。「蛇矛」は三国志で張飛が使う武器として著名であり、『通俗三国志』巻一「祭リ二天地ヲ一桃園結ブレ義ヲ」には、

玄徳コレヲ受テ、良功ニ二振ノ剣ヲ打セ、関羽ハ重サ八十二斤ニ青龍ノ偃月刀ヲ作リ、冷艶鋸ト名ヅク。**張飛ハ一丈八尺ノ虵矛ヲ造リテ、**

とある。『島津琉球合戦記』では「七尺有余の男」とあるのみで名前がないが、『島津琉球合戦記』の増広本であるB2『琉球軍記』では「朱梅喜」と名が付いており、一介の名もなき武将から叙述が増幅している様子がみてとれる。琉球武将の「張飛」化は、

異国における「剛の者」というイメージの付加にことならず、「三国志」イメージの浸透が〈薩琉軍記〉における琉球武将像の構築に大きな影響を与えていることは確かである。

増1『絵本琉球軍記』の画家、岡田玉山《おかだぎょくざん》は『絵本太閤記《えほんたいこうき》』の画家としても知られている。『絵本太閤記』出版以後、錦絵などは『絵本太閤記』イメージが投影され、大きな影響を与えたことがすでに指摘されているが[注17]、ここまでみてきたように、『絵本琉球軍記』には三国志絵画の影響が垣間見られ、玉山の異国描写の形成にも影響を与えていることは間違いなかろう。当然、『絵本太閤記』に描かれる朝鮮や錦絵などにも影響があるはずであり、そこには絵画イメージが交響する様相がうかがえるはずである。今後とも三国志絵画の調査、分析を継続していく必要性がある。

六　結語

ここまで三国志で語られた説話が絵画化され、絵画化された三国志のイメージと『絵本琉球軍記』の挿絵とが近似していく様子をみてきた。三国志は、テキストのみだけでなく、絵画、芸能など多岐にわたって享受されていく。それはまさしく「三国志」文化であり、古代から現代まで、漢文文化圏全体に広がり、語られながら、様々な説話、伝承を紡ぎ上げてきたのである。三国志享受は時代やジャンルなどを越えて幅広く受け入れられているため、時代、作品ごとにレヴェルの違いがあり、総体としての「三国志」をひとまとめにすることは非常に困難である。しかし逆説的に言うならば、「三国志」は、時代、地域、ジャンルを超えて扱える希有なテキストであり、かつ漢文文化圏における説話の流伝を明らかにする恰好の素材になりうるはずである。そのためにも、区分を排除した、文学テキストごとにおける三国志の位置づけを行い、それを積み上げていく作業が必要なのではなかろうか。

本節では、〈薩琉軍記〉における三国志享受の一端を明らかにしてきた。〈薩琉軍記〉は『通俗三国志』を基点とした江戸期における三国志説話を下敷きにして成立し、諸本における叙述の増広にも三国志が用いられている。これは近世期における「三国志」の享受、説話の生成と並行しているはずであり、〈薩琉軍記〉と同時代の「三国志」享受の解明が求められるはずだ。〈薩琉軍記〉に近い作品として、近松門左衛門に代表される、語り物があげられる。これらの三国志説話の展開を分析することが急務であり、今後とも〈薩琉軍記〉と同時代の三国志享受を継続的にみていきたい。

▼注

（1）田中尚子『三国志享受史論考』（汲古書院、二〇〇七年）。

（2）漢文文化圏の定義については、金文京「漢文文化圏の提唱」（小峯和明編『漢文文化圏の説話世界』中世文学と隣接諸学1、竹林舎、二〇一〇年）による。

（3）年表の作成には以下の文献を参考にした。中村幸彦「唐話の流行と白話文学書の輸入」（『中村幸彦著述集』7、中央公論社、一九八四年）、「月刊しにか」5―4（「特集 知られざる「三国志」生成する物語・変容する世界」一九九四年四月）、長尾直茂「江戸時代元禄期における『三国志演義』翻訳の一様相―『通俗三国志』の俗語翻訳を中心として―」（「国語国文」66―8、一九九七年八月）、同「江戸時代元禄期における『三国志演義』翻訳の一様相・続稿」（「国語国文」67―10、一九九八年十月）、同「通俗物研究史略―附『通俗三国志』解題―」（「漢文學解釋與研究」1、一九九八年十一月）、同「近世における『三国志演義』―その翻訳と本邦への伝播をめぐって」（「国文学」46―7、二〇〇一年六月）、同「朝鮮版『三国志演義』管見―『通俗三国志』との関連をめぐる試論」（「漢文學解釋與研究」9、二〇〇六年十二月）、二階堂善弘・中川諭訳注『三国志平話』（光栄、一九九九年）、田中尚子『三国志享受史論考』（注（1））、金文京『三国志演義の世界』増補版（東方書店、二〇一〇年↓初版、一九九三年）など。脱稿後、長尾直茂『本邦における三国志演義受容の諸相』（勉誠出版、二〇一九年）が上梓された。基礎文献として重要であるため、ここに記しておく。

（4）三国志は各時代、各地域において語られ、説話化されていき、この流れは漢文文化圏全体に広まっていく。著名なのは関帝廟に代表される関羽信仰である。金文京は、朝鮮における関羽信仰の始まりは、秀吉の朝鮮侵略の時であり、「日本軍を撃退するため派遣された明の軍人たちが関羽信仰を朝鮮に持ち込んだ」とする（金文京『三国志演義の世界』、注（3））。また、朝鮮では日本に先駆けて、朝鮮版『新刊校正古本大字音釈三国志伝通俗演義』（『三国志演義』）が刊行されており、中国から朝鮮へ、朝鮮から日本への伝播があったとも推測できる。ベトナムにおいても、伝統的な古典劇である「トゥオン」と呼ばれる歌舞劇の演目として『三国志演義』が採られている（川口健一「ベトナムの「三国志」」（『月刊しにか』5―4、注（3））。

（5）『通俗琉球三国志』の翻刻について、拙稿「琉球における三国志―東京大学総合図書館蔵『通俗琉球三国志』紹介と翻刻―」（『立教大学日本文学』106、二〇一一年七月）に示した。「巻一の上」（第一回）の梗概を次に記す。

琉球の始祖は天孫氏である。その一七八〇二年後、**日本人皇の後裔、大理按司朝公の息子、舜天が国を治める。**舜天王統の三代、義本の代に世は乱れ、天孫氏の末裔、英祖に国を譲る。英祖王統の第五代、**玉城は淫酒に溺れ、政事が滞り、再び世が乱れる。**世は凶変にまみれ、首里では大火災により、城内がほぼ灰燼に帰すところに、大雨が降り、暴風、洪水をもたらし、国民は怨嗟の声を挙げる。時に正議大夫の**馬旦**は、国相の**原元**に対して、失政を追及し、このままでは諸按司の謀叛が起こると述べる。原元は、馬旦の不遜な態度を憎み、これを退けると、馬旦は、職を辞し、病と偽り、家に籠もる。

その頃、那覇の東に米を売って生活する富豪（漢三老）に、総官家、羅耀官家、運漕官家という家があった。羅耀《ジユウテキ》官家の**呉平**は米を買いあさり、運漕官家の**文遠**が、船主の**崔利**のもとへとこれを運ぶ。崔利は文遠をもてなし、酒宴に興じるところに、一人の男が現れる。この男は、**羅瑠**といい、弁舌爽やかにして、よく酒を飲むことから、賽猩猩とあだ名されていた。崔利、文遠、羅瑠の三人は楼に登り、妓女を連ね、歌舞、弦歌に興じ、しこたまの酒を飲む。その妓女の中に、**瓊々**と言う絶世の美女がおり、文遠はこの妓女に惚れてしまう。瓊々と酒を呑み、泥酔した文遠は、羅瑠に送られ帰途につく。その途上、羅瑠は文遠に対し、官家の銀をくれるならば、瓊々との仲を取り持とうと進言する。羅瑠は、とある楼房を借り、文遠と瓊々とを逢い引きする。

舜天については、「日本人皇の後裔、大理按司朝公の息子」とある。「大理按司朝公」とは源為朝のことであり、『通俗琉球三国志』は為朝渡琉譚を踏まえている。為朝渡琉譚では、為朝は保元の乱の後、琉球へと渡り、大里按司の妹と逢瀬を重ね、尊敦（舜天）を授かるとされる。この言説は『中山世鑑』にも採られ、琉球王家は源氏であるという論拠となる。為朝渡琉譚については、第二部第二章第二節「琉球言説にみる武人伝承の展開―為朝渡琉譚を例に―」を参照。

（6）琉球の王統は右記の通り。舜天王統から第二尚氏まで五つの王統の勃興と断絶を繰り返しており、五つの王統に実質的な血縁関係はないが、第二尚氏は舜天の父源為朝以来万世一系であるという認識をもつ。参考、池宮正治「琉球史書に見る説話的表現」（「説話文学研究」32、一九九七年六月）。

①舜天王統　**舜天**―舜馬順熙―義本
②英祖王統　恵祖―**英祖**―大成―英慈―**玉城**―西威
③察度王統　奥間大親―察度―武寧
④第一尚氏　鮫川大主―尚思紹―**尚巴志**―（以下略）
⑤第二尚氏　尚稷―尚円―尚真―（以下略）

（7）引用は、「琉球史料叢書」5による。

（8）三山統一神話については、池宮正治「王統継承の論理」（「中央公論」87―6、一九七二年六月→『琉球文学論の方法』三一書房、一九八二年）、小峯和明「尚巴志の物語―三山統一神話の再検証」（「解釈と鑑賞」71―10、二〇〇六年十月）、島村幸一「琉球の説話世界―正史にみる第一尚氏をめぐる伝承的叙述の成長―」（小峯和明編『漢文文化圏の説話世界』中世文学と隣接諸学1、竹林舎、二〇一〇年）、小此木敏明「『中山世鑑』における『太平記』の利用―三山統一と尚巴志の正統性について―」（「立正大学國語國文」48、二〇一〇年三月）に詳しい。『中山世鑑』巻三「永楽二十年壬寅尚巴志御即位」には、五尺にもみたない小男であり、小勢であったため、佐鋪小按司と呼ばれていた尚巴志が、怨嗟の声を挙げる民のために兵を起こし、佐鋪按司から南山王、ついで中山王となり、北山も降参し、三山統一を果たす物語が語られる。

(9)『大島筆記』には、「かく行内に何方やらで有た、劉備、関羽、張飛、桃園に義を結びし所と云をも通れり、義気立て面白き事也」とある(引用は、「日本庶民生活史料集成」1による)。これは琉球人から語られた琉球から北京までの道行きを語るくだりである。三国志で著名な桃園の誓いは涿県(河北省中部、北京に隣接)でのことであり、道中の名物の一つとして語られており、琉球における教養としての三国志享受を物語っているだろう。『大島筆記』は、宝暦十二年(一七六二)、琉球の楷船が土佐に漂着した際、儒学者戸部良熙が潮平親雲上などの首里王府に属する者から、琉球の事物について聞き書きしたものである。

(10)『薩琉軍談』は〈甲系〉を使用した。以下、『薩琉軍談』は〈甲系〉を指す。『通俗三国志』の引用は東京大学総合図書館蔵、元禄五年(一六九二)版によった。

(11)A1『薩琉軍談』の成立は一七三二～五七年の間であり(第一部第一章第二節「薩琉軍記遡源考」を参照)、元禄五年(一六九二)に出版された『通俗三国志』を披見していることに矛盾はない。

(12)底本とした京都大学附属図書館蔵本(B1・②)はこの章段名を欠くため、小浜市立図書館蔵本(B1・①)にて補った。

(13)増1『絵本琉球軍記』における軍師仁木武蔵守勝氏は、写本類に登場する新納武蔵守一氏と同一人物としてとらえる。このように『絵本琉球軍記』では主要登場人物の名前を変えている。ほかにも島津忠久は「志摩多忠久」とされている。

(14)横山邦治「絵本ものの諸相」(『読本の研究』風間書房、一九七四年)。増1『絵本琉球軍記』は前篇が天保六年(一八三五)に刊行されている(第一部第一章第一節「諸本解題」を参照)。

(15)池田東籬著、葛飾戴斗画『絵本通俗三国志』は、天保七年(一八三六)から天保十二年(一八四一)にかけて刊行されており、天保六年(一八三五)刊行の増1『絵本琉球軍記』と同時期の作品と言える。『通俗三国志』のダイジェスト版に絵画を付したテキストである。また版元は河内屋茂兵衛(大坂心斎橋)であり、『絵本琉球軍記』後篇と共通している。渡辺由美子は、「版元の経営的意図が反映され」ており、絵師の選定についても、「河内屋が戴斗の絵を良く知っていた」とし、河内屋と葛飾戴斗とのつながりがあり、絵師に選ばれたとする（渡辺由美子「『絵本通俗三国志』について―その挿絵と成立事情―」（「文学論藻」68、一九九四年二月））。テキストは落合清彦校訂『絵本通俗三国志』（全十二巻、第三文明社、一九八二～八三年）を用いた。

（16）『絵本琉球軍記』は、明治十八年（一八八五）に活字本が出版されている（第一部第一章第一節「諸本解題」を参照）。明治版の挿絵は、岡田玉山画の『絵本琉球軍記』挿絵を再構築したものである。ただし、挿絵の数は減っている。テキストは、編輯人不詳『絵本琉球軍記』（永昌堂、一八八七年二月）を用いた。

（17）岩切友里子「太閤記の世界」（『浮世絵大武者絵展図録』町田市立国際版画美術館、二〇〇三年）。

第二節

語り物の影響をさぐる―近松浄瑠璃との比較を中心に―

一　はじめに

近松門左衛門《ちかまつもんざえもん》は、承応二年（一六五三）に越前藩士杉森市左衛門信義と医師岡本為竹の娘喜里との間に次男として誕生し、享保九年（一七二四）に七十二歳で没するまで多数の浄瑠璃、歌舞伎作品を世に送り出している。▼注[1]〈薩琉軍記〉初期のテキストであるA1『薩琉軍談』の成立は一七三二～五七年のことであり、近松の作品群は〈薩琉軍記〉成立のちょうど前代にあたっている。〈薩琉軍記〉の作者が近松の作品を目にしていたとしても不都合はなく、同時代作品と位置づけても問題はなかろう。事実、〈薩琉軍記〉と近松浄瑠璃とは様々な部分で重なり合ってくる。前節で〈薩琉軍記〉の三国志利用についてみてきたが、近松浄瑠璃『本朝三国志《ほんちょうさんごくし》』では、三国志を下地として描かれている物語があり、異国合戦の描写は〈薩琉軍記〉と一致している。

また、〈薩琉軍記〉の合戦描写は、近松浄瑠璃『国性爺合戦《こくせんやかっせん》』に類似した表現が指摘できる。〈薩琉軍記〉には、合戦場面に頻出する「無二無三に」という表現が挙げられる。これは〈薩琉軍記〉における常套句であり、この表現は『国性爺合戦』にもうかがえる。また、算盤の珠のような車輪が付き、掛け外しが用意な橋「そろばん橋」なども両者に共通してうかがえる合戦描写である。さらに『国性爺合戦』には「千里が竹」など〈薩琉軍記〉に登場する「千里山」と似通った地名もうかがえ、近松作品が〈薩琉軍記〉に影響を与えていることは間違いないようである。

本節では、〈薩琉軍記〉の同時代の作品である近松浄瑠璃との比較を通して、同時代、同類の「語り物」作品群との位相の一端を明らかにしていく。

二　近松門左衛門と三国志—『本朝三国志』の分析を通して—

前節では、〈薩琉軍記〉の三国志利用を明らかにするとともに、〈薩琉軍記〉と同時代の三国志享受の解明が求められると指摘した。近松の浄瑠璃作品においても、三国志が用いられており、かつ近松の三国志のよりどころが『通俗三国志』であることは、すでに指摘されている。[注2]〈薩琉軍記〉の三国志利用にも、『通俗三国志』出版以降の日本における『三国志演義』の享受があったことはすでに述べた通りであり、『通俗三国志』以降の近松作品と〈薩琉軍記〉とには、三国志を介して何らかの共通点がうかがえるものと思われる。本節では近松の作品における三国志利用を追うとともに、〈薩琉軍記〉との関連性についてみていきたい。

近松浄瑠璃では、三国志に着想を得て新たな物語が紡ぎ上げられている。ここでは書名に「三国志」を持つ『本朝三国志』（享保四年（一七一九）初演）を通して分析していきたい。[注3]『本朝三国志』には、近江の小田春長が惟任判官光秀に討たれるが、蒙古との戦さから舞い戻った真柴久吉が、主君春長の仇を討ち天下の大老となり、三韓侵攻を行うという物語が語られている。[注4]名前がもじられ、内容が転換されているが、織田信長が本能寺の変により明智光秀に討たれ、毛利との戦さからとって返してきた羽柴秀吉が光秀を討ち太閤となり、朝鮮へ侵攻するまでの物語である。『本朝三国志』第二には、春長を討った光秀は、春長の居城を落とすべく軍を進める。春長が殺されたことで右往左往するばかりの城内で、殺された春長の御台所は門櫓に御簾を掛け、伽羅を焚き、琴や三味線を弾き始めると、そこに蒙古と戦っていた久吉が帰ってくる。御台所の姿を見た久吉は、

しよかつ孔明が司馬仲達をあざむきし、はかりごと、天然孔明が心にかなひ給ふ、みだい所の琴の音は、百万騎の軍兵にもまさつたり。此所におゐて気遣なし。某は後の山の手に人数をふせて待べし。**大手の門をくはつとひらき、塵掃はらひ、よせくる敵にときの声を合するな。**しつまり返つて敵を十分におびき入、其時門をはたと打て、相図の時をどつと上よ。

と述べ、春長の御台所の行為を諸葛亮孔明《しょかつりょうこうめい》のようであると誉め、これを利用して敵を討つ策略を立て、主君の仇である光秀を打ち破る。この諸葛亮が司馬懿《しばい》仲達《ちゅうたつ》を欺いた策略は、三国志に語られる孔明の逸話である。『通俗三国志』巻四十「孔明智退ク二仲達ヲ一」には次のようにある。▼注[5]

孔明スベキ様ナク、俄ニ一ツノ計ヲ案ジ出シ、**即時ニ下知ヲ伝テ、城ニ立タル旗ヲ伏サセ、兵ヲ尽ク城内ニ隠シ、**「一人モ動コト勿レ、声ヲ高シテ物ガタリスルコト勿レ」トテ、**城ノ四門ヲ打開キ、**毎レ門ニ兵二十人ヲ百姓ノ如ク出立セテ、**道ヲ掃ヒ、水ヲ洒シメ、**「敵タトヒ近付トモ、少シモ動コト勿レ」ト云テ、自ラ華陽巾ヲ戴キ、鶴氅ヲ被テ、二人ノ童子ヲ左右ニ伴ヒ、**琴ヲ携ヘテ、高櫓ニ上リ、欄干ニヨリテ香ヲ焚、端然トシテ坐シケレバ、**

街亭《がいてい》の戦いで馬謖《ばしょく》を破った司馬懿はその勢いに乗り蜀軍を責め立てる。馬謖の敗北を知った諸葛亮は漢中への退却を決めるが、味方はわずか二千五百、敵は十五万という大軍であり、このまま退却しては司馬懿に追いつかれ、捕まってしまうと一計を案じる。兵を城内に潜ませ、門を開け放ち、自らは平服に童子二人を伴い、高櫓にて琴を弾

き平然とたたずむ。この様子を見た司馬懿は罠があるに違いないと軍を退却させ、蜀軍は無事漢中へと退却する。『本朝三国志』に語られる諸葛亮の「はかりごと」は、この策略を指す。この諸葛亮の説話を下敷きに『本朝三国志』が書かれたことは間違いない。

『本朝三国志』では、琴を弾くのが春長の御台所であり、策略を利用するのは久吉という違いはある。だが、これは久吉が草履取り上がりの武将という設定によろう。これは実際の羽柴秀吉のイメージの反映であるが、秀吉が琴を弾いている様子は想像しがたい。そのため、近松は御台所に琴を弾かせたのだろう。

朴麗玉は、『本朝三国志』に描かれる三韓侵攻を、諸葛亮の南蛮侵攻と重ね合わせ、両者は同じ展開であり、その下地は三国志であるとしている。▼注[6] この場合、春長を劉備《りゅうび》、小田の遺児を劉禅《りゅうぜん》、久吉を諸葛亮にそれぞれ見立てられたとされ、久吉の三韓侵攻を諸葛亮の南蛮侵攻のパロディとしてみているのであるが、『本朝三国志』は最終的に久吉の天下が言祝がれる物語であり、三国志の型には当てはまっていないように思われる。三国志の型に当てはまるならば、小田の遺児は春長の子であらねばならないが、『本朝三国志』に描かれる小田の遺児は小田春忠と小野お通との子であり、春長の孫に当たる。これは、清洲会議にて織田信忠の嫡男三法師を擁立した秀吉の造形を描いたものである。この関係性を三国志に当てはめるのは苦しい。また、『本朝三国志』では、久吉が実際に策をもって攻めるというものではなく、三韓侵攻の際に活躍するのは加藤正清、小西如清という二人の武将であり、この点も三国志とは付合しない。このように全体の構成は三国志と付合しないのだが、異国の「絵図」を求めることのみ三国志と重なり合う。

久吉は開戦に先立ち、加藤正清、小西如清に、商人島谷道可の娘小磯が持っている「絵図」を入手することを命じる。この絵図の入手譚は三国志における諸葛亮が絵図を求めることで南蛮へと軍を進めていく物語によろう。『通俗三国志』巻三十七「孔明一擒ニス二孟獲ス一」には、呂凱一巻ノ絵図ヲ出シテ曰、某久ク南蛮ノ王化ニ順ハザルヲ愁ヒ、**密ニ南蛮国へ人ヲ遣シ、地理ヲ察シテ絵図ヲ造ラシメ**、名付テ**平蛮指掌ノ図**ト号ス。今丞相ニ見ルハ大ナル幸ナリ。願クハ之ヲ献ツラン。

とあり、この「平蛮指掌ノ図」をもって、未開の地南蛮へと侵攻していくわけである。このように異国に攻め込む場合、その土地を手に入れるということは死活問題であり、『本朝三国志』にもモチーフが採られることになるのだが、この異国の地理を理解する行為は〈薩琉軍記〉にも語られている。

〈薩琉軍記〉において、新納武蔵守が諸葛亮に比定され、島津の琉球侵略は、蜀の南蛮侵攻につながることは前節にて指摘した通りである。〈薩琉軍記〉においても、異国琉球の絵図を手に入れる場面が描かれている。A1『薩琉軍談』「島津義弘軍用意之事」では、▼注[7] 琉球に侵攻するための軍議において、新納武蔵守が立ち上がり、琉球の地理を尽く語り、

夫合戦の有ハ第一地理をしらずんバ有べからずと、我等若年之節、**彼国へ商人の体ニやつし**、浦々里々山川ことごとく廻り、**人物之風俗、武備の強弱、武夫の剛臆みな見聞届、且亦絵図ニ認メ記し**、年々如レ此ニ忍び入て見届候に、若亦あやしめられバ、高麗の忍びのものと偽り御国の名ハ出さず。己一身おわる迄と覚語し、愚息左衛門尉にも申付、我死せバ心ざしをつけよと申て置所也。

と、合戦において地理を知ることの重要性を説き、若い頃から商人に化けて琉球へと渡り絵図をしたためていたという。これにより新納武蔵守は軍師に任ぜられる。異国合戦の物語において、絵図の取得譚というのは必要不可欠なものであったと思われる。

異国へ進行する物語として、『本朝三国志』と〈薩琉軍記〉とには共通性が見いだせる。『本朝三国志』では久吉は住吉に詣で戦勝を祈願する。『本朝三国志』第四において、久吉は次のように述べている。

我此たび、**ゐこくついとうのしゆつぢん、じんぐうくはうぐう、三かんたいぢのこれいを引**、明神のおうごを

いのらんため、住よし四所のみやもふでと心ざし、

久吉は三韓侵攻に際して、神功皇后の故事を引き、住吉に詣でる。原道生によれば、『本朝三国志』の三韓侵攻について、素朴な自国贔屓の心情が他国蔑視へと逆転し、優越感を歴史的に合理化し得る幻想的な根拠として、神功皇后神話が必要だったとしている。▼注[8] 神功皇后の神話は〈薩琉軍記〉にも引かれており、島津家の中興の祖義俊▼注[9]は住吉で誕生する。『薩琉軍談』「島津家由来之事」では、頼朝の子を宿した若狭《わかさ》の局《つぼね》は、北条政子の手を遁れ、西国へと下るさなか、供の本多次郎に住吉に詣でたいと申し出る。

局ハ本多次郎に向ひ給ひて、**「実や津の国住吉の御神と申奉るハ、上筒男、中筒男、底筒男の三神、第四の御殿ハ神功皇后にて御します。彼皇后ハ八幡宮の御母君にて、御懐胎の御身にて、三韓を責給ひ、御帰陣の後安す安すと降誕御します**と、なん自も鎌倉殿の御種を宿しなから、愛旅の元にまよふなる。先住吉に詣て、平産の祈り奉んと思ふハいかに」と有けれハ、

ここでは神功皇后が三韓侵攻の後、八幡神として祀られる応神天皇を産んだ故事を引き、自らと重ね合わせて、頼朝の後胤であり、島津家の祖となる人物を産むこととなる。

合致するのはこればかりではない。『本朝三国志』第四では、次のようにある。

此所に茶店をしつらひ、**殿下ちや屋**と名付、往来の旅人に一ふくの茶をあたへ、けふの祝ひを末代諸人にあやからせよと御諚有。今末の代にいたる迄、ながれを扱で在名迄、殿下ちや屋と名乗こと、此悦びによるとかや。

久吉は住吉へ詣でた後、小西如清の申し出により、堺で茶を飲むこととなる。利休は久吉に「かうらいのこもがい」の茶碗で茶をたてふるまうと、三韓へ出陣する前に「かうらい」で呑むということは縁起がよく、軍の勝利は疑いないとして、その場所を「殿下茶屋」と名付ける。この「殿下茶屋」は「天下茶屋」（現大阪市西成区）の異名である。「天下茶屋」は、慶長十四年（一六〇九）、宇喜多秀家の家臣林玄蕃《はやしげんば》の子、源三郎《げんざぶろう》が、父の敵当麻《たいま》三郎《さぶろう》右《う》衛門《えもん》を討っ

た場所として、歌舞伎『大願成就殿下茶屋聚《たいがんじょうじゅてんがちゃやむら》』や浄瑠璃『讐報春住吉《かたきうちはるのすみよし》』などで描かれる著名な場所でもある。この「天下茶屋」は〈薩琉軍記〉にも描かれている。A1『薩琉軍談』「島津家由来之事」において、住吉で若君を出産した若狭の局は天下茶屋で筑紫の大名と知り合う。

亦亦、「是より西国へ赴ん」と立出て、**住吉と難波の間、天下茶屋と云所有り。**腰懸け居られし所、筑紫大名と思しくて馬鞍乗物きらきらと、二、三百人打通りしに乗物より、彼局をちらと見て、乗物を立させ茶屋に立寄、

住吉と難波の間、「天下茶屋」で筑紫大名「島津四郎大夫」と出会った若狭の局は、事情を話し薩摩へと赴くこととなり、若君は島津の跡取りとなる。ここに島津家の中興の祖義俊が誕生するわけであり、住吉から天下茶屋への物語の流れが、『本朝三国志』と一致している。

ここまでみてきたように、〈薩琉軍記〉の同時代の作品である近松浄瑠璃には三国志の影響が垣間見られた。特に『本朝三国志』に描かれた異国合戦へとつながる絵図取得譚は〈薩琉軍記〉にもつながる物語であり、異国侵攻の物語として『本朝三国志』と〈薩琉軍記〉との関連性がうかがえる。『本朝三国志』と〈薩琉軍記〉は、異国侵略の物語として重ね合ってくるのである。

三　〈薩琉軍記〉と『国性爺合戦』—〈薩琉軍記〉の琉球と近松の描く異国—

〈薩琉軍記〉は異国琉球との合戦を描く物語であり、先にみたように近松の作品とも異国合戦の描写で重なり合ってくるようである。ここからは著名な近松浄瑠璃『国性爺合戦』との比較分析を通して、〈薩琉軍記〉と近松作品との共通性をみていきたいと思う。ここでは初期型の諸本であるA1『薩琉軍談』と比較していく。

『国性爺合戦』（正徳五年・一七一五初演）は、明の遺臣である鄭芝竜《ていしりゅう》と日本人との間に生まれた鄭成功《ていせいこう》（国性爺、和藤内）が明朝を復興しようと活躍する物語である。まずは、〈薩琉軍記〉と『国性爺合戦』との合戦描写を比較してみよう。一五四三年、種子島に鉄砲が伝来し、小瀬甫庵《おぜほあん》の『信長記《しんちょうき》』▼注[10]に、いわゆる信長の鉄砲三段打ちの合戦描写がなされるなど、戦国時代以降の合戦、合戦描写には「鉄砲」は必要不可欠な存在である。〈薩琉軍記〉や『国性爺合戦』の合戦描写にも鉄砲に関する多くの表現がみてとれる。用例を挙げてみると次の通りである▼注[11]。

『薩琉軍談』「薩摩勢琉球江乱入之事」

先手の**鉄炮三百挺**、一度にどつと釣へ打に打けれハ、百千のいかづちの一度に落かかるかとあやしまれ、**黒煙天におおひて夥し**。

『薩琉軍談』「虎竹城合戦之事」

尤足かろき島舟に帆を十分に懸て飛が如くに追かけ、二、三里斗のごとく追寄、すでに是より**弓、鉄炮、火玉抔雨霰の如く打掛**、射懸、短兵急にすすんだり。

『国性爺合戦』

かかる所に四方八面人馬の音、貝鐘ならし太皷を打ち、ときの声、地をうごかし、天もかたぶくばかりなり。思ひまうけし呉三桂、高殿にかけあがり、見渡せば山も里も韃靼勢、簱をなびかし**弓、鉄炮、内裏を取りまき攻めよせしは、潮の満ちくるごとくなり**。

『国性爺合戦』

四方の山々森の影、**打ちかくる鉄炮は横ぎる雨のごとく**なり。

これ以外の用例も多数みられる。特に注目すべきは、どちらにも大量に鉄砲を撃ちかけることが合戦描写として機能していることである。〈薩琉軍記〉と『国性爺合戦』には多勢をもって敵軍を圧倒するという合戦がたびたび登場する。大軍によって敵に格段の実力差を見せることで勝利していくわけであり、個人技を重んじる一方で、▼注[12]群団による戦さ描写が多いことも特徴と言える。

また、〈薩琉軍記〉の常套句に「無二無三に」という表現が挙げられる。次に挙げたのは『薩琉軍談』「薩摩勢討死之事」の一節である。

先逆兵をすくつて三百人に鉾、長刀を持せ、手ん手に明松を用意して、南の方城門をひそかにひらき、薩摩勢の内松尾隼人勝国か陣取たる広原へ討て出、**無二無三に鉄炮を打懸け**、鉾、長刀を突入突入、たて横十文字になぎ立れは、隼人勢立直さんとして陣等動揺し、うろたへ廻る軍勢も有。

この「無二無三に」という言葉は、本来仏教語であり、『法華経』「方便品」に、道はただ一乗であり、二乗三乗もないとあることから転じて、一心に物事をなすという意であるが、〈薩琉軍記〉において合戦場面に頻出する。この表現は『国性爺合戦』にもみえる。

いひ捨ててかけ出で、「明朝第一の臣下、大司馬将軍呉三桂」と名乗りかけ、百騎にたらぬ手勢にて、数百万騎の蒙古の軍兵わり立て、**おん廻し無二無三に切り入れば**、韃靼勢もあまさじと、**鉄炮、石火矢すきまなく矢玉をとばせて**戦ひける。

この「無二無三に」という叙述も、群団による合戦描写に頻出する語彙であり、〈薩琉軍記〉や『国性爺合戦』には群団を彩る合戦描写が描き出されているように思われる。「無二無三に」のほかに、「揉みに揉んで」（もみにもふで）などの表現もみえ、細かな合戦描写ではなく、戦場を大きくとらえる叙述がなされていると言える。〈薩琉軍記〉と『国性爺合戦』とには、個人と個人との戦いのほかに、戦略や戦術が多く描かれることも指摘できるのである。

その一例が次に挙げた「そろばん橋」である。『薩琉軍談』「薩摩勢琉球江乱入之事」には次のようにある。

すでに橋を渡らんと押寄けるに、いかがしけん城中より門をひらき、彼橋をすみやかにさらと城内へ引取ける。

是こそ**日本に言へる十露《そろ》ばん橋**とや。懸出すも自由にして、引入時も自ゆうなり。如此に拵へたると見ゆ。

「そろばん橋」とは、算盤の珠のような車輪が付き、掛け外しが容易な橋である。薩摩方が琉球方の城を攻めると、城に橋を引き入れ、城に籠もってしまうのである。この「そろばん橋」も『国性爺合戦』にうかがえる。

こりゃ見よ終に見ぬかけはし、必定国性爺めが**日本流のそろばん橋**、畳橋なんどいふ物ならん。

『薩琉軍談』では、琉球の武将たちが使った戦術であるが、それは「日本に言へる」戦術であり、琉球のものでなければ、大陸譲りの戦術でもない。また、『国性爺合戦』でも「日本流」とあり、「そろばん橋」は日本に由来する戦術なのである。〈薩琉軍記〉全体を見渡しても、日本の戦術を琉球兵が用いるのはこれ一例であり、このほかにはA5『琉球静謐記』、B2『琉球軍記』に描かれる「毒矢」など異国合戦における描写を主にしている。しかし、国性爺は日本に由来する戦術を中心に用いている。

切って出づれば寄せ手の勢。貝鐘ならし鯨波、大将団扇おっ取って、ひらり、ひらりひらひら、ひらりひらめかし、**日本流軍の下知、攻め付けひしぐは義経流、ゆるめて打つは楠流、くりから落し、坂落し、八嶋の浦の浦波も**、爰に寄せ手のいきほひ、つよくもみ立てもみ立て、切り立てられ、城中さしてぞ引いたりける。時分はよしと夕闇に日本秘密の炮烙火矢、打ってはなつ其のひびき、須弥もくづるるばかりなり。

ここでの国性爺の描かれ方は明らかに日本人である。久堀裕朗は、「『国性爺合戦』以降、享保期の近松は確かに、浄瑠璃の中に国家を描き始めた」とし、異国を舞台として、それに対する日本の優位性を描き出したとする。▼注[13]異国での戦さに対して日本人が日本の技をもって武威を示していく。これは〈薩琉軍記〉にも共通する。基本的に〈薩琉軍記〉において、薩摩の武将は義経《よしつね》や楠正成《くすのきまさしげ》など本朝の武将に喩えられ、琉球の武将は、三国志を主とする中国の武将に喩えられている。『薩琉軍談』「日頭山合戦并佐野帯刀討死の事」には、

是より一向に日頭山へおもむき、琉球の都惣門の内なれバ、則日頭山の頂上より死生しらずに**真下り逆落し**、

往古の義経、一の谷の伝をつぎ、日本流きびしきこと、琉球のものどもハ言に及す、一千二百余州のもろこし迄名をひびかし、毛唐人に肝をひやさせ申べし。各一所懸命の戦ひ、三途川の供をして玉ハるべし」と言捨て、

とあり、日頭山から真っ逆さまに攻め下る戦法に義経の戦法をかけている。〈薩琉軍記〉と『国性爺合戦』には、日本人が異国へと侵攻し、日本流の技をもって武威を示すという点で一致しているわけである。

〈薩琉軍記〉と『国性爺合戦』とには異国合戦の描写で共通点があった。では、描かれた舞台はどうであろうか。〈薩琉軍記〉と『国性爺合戦』に描かれた世界には共通する地名がうかがえる。次に挙げたのは、『薩琉軍談』「島津義弘軍用意之事」、新納武蔵守が琉球の地理について語った場面である。

夫琉球の居地は当国より海陸の行程百七十里の隔て也。彼の地の船の上り場ハ小関所有り。是**要渓灘**と名つく。夫より五十里へて城槨有り。是を**千里山**と云。前に流るる川有て、**岩石そばたち瀧波逆**。是漂々としてあたかも龍門の瀧とも言つへし。此城より七里斗へだたり、巽《ウシトラ》の方ニ当りて**虎竹城**とて三里四方の城有り。夫より南の方ハ海上にして海の表十里斗西の方ニ当りて一ツの島有り。**米倉島**と云。此島二里四方、米穀雑穀の納蔵七十箇所斗有り。左へ廻り**乱蛇浦**と云。爰に関所有り。一里也。五里続たる松原有り。松原の中に平城有り。是を廻て高さ三十丈の揚土の櫓門有り。此門を**高鳳門**と号す。（中略）後に**日頭山**と云高山有り。

『国性爺合戦』にも、明の道行きを記した描写がある。これは国性爺が甘輝に力を借りるため、甘輝のもとを尋ねる場面であり、迷い込んだ「千里が竹」で虎と出会った国性爺は虎退治を行う。▼注[14]

是より路の程百八十里、打ちつれては人もあやしめん。我一人道をかへ和藤内は母を具し。日本の狩船の吹きながされしと、頓智を以て人家憩ひ追ひ付くべし。是より先は音に聞ゆる**千里が竹**とて、**虎**のすむ大藪有り。それを過ぐれば**尋陽の江**、是猩々の住む所。風景そびえし。高山は**赤壁**とて、むかし東坡が配所ぞや。それよりは甘輝が在城、**獅子が城**へは程もなし。其の赤壁にて待ちそろへ。万事をしめし合すべしと。方角とても白

雲の日影を心覚えにて東西へこそ別れけれ。をしへに任せ和藤内、人家を求め忍ばんと。かひがひしく母を負ひたつきもしらぬ。**巖石、枯木の根ざし瀧津波**、飛びこえはねこえ、飛鳥のごとく急げども、末果てしなき大明国、人里たえて広々たる千里が竹に迷ひ入る。

「赤壁」など実際の地名も見られるが、ほとんどは架空の地名である。これを見比べると、「千里山」と「千里が竹」や「虎竹城」と「獅子が城」など似通った地名がうかがえる。また表現をみても、「岩石そばたち瀧波逆」(『薩琉軍談』)と「巖石、枯木の根ざし瀧津波」(『国性爺合戦』)など共通の叙述がうかがえる。

ここまでみてきたように、〈薩琉軍記〉と『国性爺合戦』は共通する表現が用いられており、日本の武威を他国に示すという異国合戦を描き出していた。〈薩琉軍記〉と『国性爺合戦』とには直接の影響関係がないにしても、同時代における異国合戦の物語として共通性を持ち、対外戦争を描き出そうとする、同様の意識を持って描かれたことは確かなようである。

四 結語

近松門左衛門の著述は〈薩琉軍記〉の同時代の作品であり、〈薩琉軍記〉が近松の影響を受けていたとしても何ら疑問はない。本節では『本朝三国志』『国性爺合戦』の二作品を分析の対象とした。この二作品からは、〈薩琉軍記〉と近松作品とは同時代の作品性が色濃く、近松が描く日本対異国の意識と〈薩琉軍記〉の描く意識とはほぼ一致していることが指摘でした。今後はこの二作品以外での比較分析が急がれる。

また、語り物としての一側面を考察していく上でも注目できるだろう。「対外侵略物」として〈朝鮮軍記〉との比較はもとより、「語り物」の面から近松浄瑠璃などの同時代、同類の作品群との比較分析が急務である。

▼注

（1）近松門左衛門の事績については、近松全集刊行会『近松全集』17（岩波書店、一九九四年）の「出自。家系」「年譜」による。また、本節において、「近松」と呼ぶのは近松門左衛門のことである。

（2）神田秀夫「近松の「川中島」と三国志」（「国語と国文学」48―2、一九七一年二月）、朴麗玉「近松浄瑠璃作品と「三国志演義」」（「国語国文」76―3、二〇〇七年三月）。

（3）『本朝三国志』と『三国志演義』とは、近松の作劇意図はうかがえるが、直接的な影響関係は認められないとする説がある（鳥居フミ子「中国的素材の日本演劇化―『三国志演義』と浄瑠璃―」（「東京女子大学比較文化研究紀要」59、一九九八年一月））。しかし、書名からも明らかな通り、『通俗三国志』出版以降の三国志享受の影響を受けていることは確かであり、直接近松が『通俗三国志』を披見していないにせよ、『三国志演義』の内容を知っていることに間違いはない。

（4）テキストは、『近松全集』11による。

（5）テキストは、東京大学総合図書館蔵、元禄五年（一六九二）版による。

（6）注（2）朴麗玉論文。

（7）テキストは〈甲系〉を用いる。

（8）「忠久」とする諸本もある。詳しくは、第一部第二章第四節「系譜という物語―島津家由来譚の考察―」を参照。

（9）原道生「近松の対「異国」意識」（「国文学」45―2、二〇〇〇年二月）

（10）一般に小瀬甫庵の著作を『信長記』、太田牛一の著作は陽明文庫本『信長公記』により、一般に首巻から十五巻までの十六巻をそろえたものを『信長公記』とされるのが一般的ではあるが、牛一の『信長公記』は、自筆とされる池田家文庫本をはじめ、伝本の多くは「信長記」を内題としているため、牛一『信長記』と呼ぶのが適当だと思われる。よって、一方の小瀬甫庵の著作は甫庵『信長記』と呼ぶべきであろう。

（11）『国性爺合戦』のテキストは、日本古典文学大系による。

（12）〈薩琉軍記〉では、張助幡など単騎で戦場を縦横無尽に駆けめぐるという叙述も多い。中世の軍記から始まり、幸若舞などにも引き継がれ、江戸期の軍記物や語り物に多数見受けられる「技」表現の分析については、別稿を用意する。

（13）久堀裕朗「享保期の近松と国家―『関八州繋馬』への道程」（『江戸文学』30、二〇〇四年六月）。

（14）虎退治も異国における武勇譚として挙げられるが、〈薩琉軍記〉に虎退治が描かれないため、ここでの分析対象からはずすこととする。島津の朝鮮侵略を描く『征韓録』巻三「虎狩之事」には、島津忠恒（家久）の虎退治が描かれる。また鹿児島県立尚古集成館所蔵の『虎退治絵巻』にも、朝鮮侵攻のおり、島津軍が虎退治をしている様子が描かれている。

第三節
敷衍する歴史物語―異国合戦軍記の展開と生長―

一　はじめに

近世中期以降には、〈朝鮮軍記《ちょうせんぐんき》〉〈薩琉軍記〉〈島原天草軍記《しまばらあまくさぐんき》〉〈蝦夷軍記《えぞぐんき》〉などの多数の異国合戦軍記が誕生し、多種多様に流布、享受されている。[注1] それは江戸中期以降の対外情勢が変化していく時代状況に時代状況に大きく影響される。近世中期頃から異国を意識した言説が芽生えていき、幕末に再度それらの言説が語り出されていくのである。

異国合戦軍記の享受の背景は極めて近似しているが、作品の成立や性質は作品間で大きく異なっており、中でも特徴的なのは〈薩琉軍記〉である。〈薩琉軍記〉からは国家の異国対策、施策などから生み出された異国観、歴史認識が、民間に浸透した背景がうかがえる。それはまさに幕府の思想と大衆の思想とが融合したものであり、江戸中期の異国物の作品群にも通底するものである。

本稿では、〈薩琉軍記〉を中心に異国合戦軍記の枠組みを明らかにすることにより、江戸中期以降の異国観、歴史認識が文学作品に与えた影響を解明していくとともに、資料としての異国合戦軍記の可能性と今後の研究の展望について考察していきたい。

二　異国合戦軍記の諸相

まずは、異国合戦軍記を定義していきたい。ここで対象化したいのは、〈朝鮮軍記〉〈薩琉軍記〉〈島原天草軍記〉〈蝦夷軍記〉の四作品とし、蒙古襲来関連の軍記をはずしている。蒙古襲来については中世から連綿と続く言説が創り出されているが、ここでは近世期の異国合戦軍記の展開を中心にしており、近世期のみの分析では蒙古襲来言説を正しくとらえることができないと判断したため分析の対象からはずした。また、ここで対象化するのは戦争の体験記などの軍記ではなく、体験記から覚え書きを経て成立した物語群である。紙幅の都合もあるのでここでは作品ごとの内容にはふれられないが、重要なのは、これら異国合戦軍記の軍記名は単独のテキストを指した用語ではなく、複数の軍記作品群の総称とみなすべきものということである。複数の作品が重奏して流布しており、物語の描く内容も作品の性質もテキストごとに大きく異なっている。しかし、例外として、〈薩琉軍記〉のみが一系統である。新納武蔵守、佐野帯刀といった仮想の人物を主役に描く〈薩琉軍記〉はほかのテキストとは大きく一線を画すと言えよう。

戦争への従軍記などをみても、複数の藩が関与している〈朝鮮軍記〉〈島原天草軍記〉〈蝦夷軍記〉は〈薩琉軍記〉よりも圧倒的に作品数が多い。また、作品の成立時期をみても〈薩琉軍記〉がほかの軍記とは異なっている様子が垣間見られる。次に簡単な年表を示した。

【異国合戦軍記関連年表】

年次	関連作品・事件
文禄元年（一五九二）	秀吉、朝鮮侵攻（一次）
慶長三年（一五九八）	秀吉、朝鮮侵攻（二次）
慶長十四年（一六〇九）	島津、琉球侵攻
寛永二年（一六二五）	『**太閤記**《たいこうき》』・『南浦文集《なんぽぶんしゅう》』
寛永十四年（一六三七）	島原天草の乱
慶安元年（一六四八）	『**島原記**《しまばらき》』・『琉球神道記《りゅうきゅうしんとうき》』
万治元年（一六五八）	『征韓録《せいかんろく》』この頃
万治二年（一六五九）	『朝鮮征伐記《ちょうせんせいばつき》』
寛文九年（一六六九）	シャクシャイン蜂起
宝永二年（一七〇五）	『朝鮮軍記大全《ちょうせんぐんきたいぜん》』
宝永七年（一七一〇）	『**蝦夷談筆記**《えぞばなしひっき》』
正徳元年（一七一一）	『琉球うみすずめ』・『百合若大臣野守鏡《ゆりわかだいじんのもりのかがみ》』
正徳五年（一七一五）	『**国性爺合戦**《こくせんやかっせん》』
享保二年（一七一七）	『国姓爺後日合戦《こくせんやごじつかっせん》』
享保四年（一七一九）	『南島志《なんとうし》』・『本朝三国志《ほんちょうさんごくし》』
享保五年（一七二〇）	『蝦夷志《えぞし》』

享保十七年（一七三二）	**〈薩琉軍記〉**この頃
明和三年（一七六六）	『琉球属和録』・『中山伝信録《ちゅうざんでんしんろく》』
寛政元年（一七八九）	『寛文拾年狄蜂起集書《かんぶんじゅうねんいてきほうきしゅうしょ》』・『松前蝦夷軍記《まつまええぞぐんき》』
寛政二年（一七九〇）	『琉球談《りゅうきゅうばなし》』
寛政二年（一七九〇）	『為朝《ためとも》が島廻《しまめぐり》』
寛政十二年（一八〇〇）	『絵本朝鮮軍記《えほんちょうせんぐんき》』
文化四年（一八〇七）	『椿説弓張月《ちんせつゆみはりづき》』
天保二年（一八三一）	『琉球国志略《りゅうきゅうこくしりゃく》』
天保三年（一八三二）	『琉球年代記《りゅうきゅうねんだいき》』・『琉球入貢紀略《りゅうきゅうじゅこうきりゃく》』・『琉球談伝真記《りゅうきゅうばなしでんしんき》』など
天保六年（一八三五）	『絵本琉球軍記』前篇
天保七年（一八三六）	『絵本琉球軍記』前篇再版
天保十一年（一八四〇）	『中山伝信録』再版
嘉永三年（一八五〇）	『中山国使略《ちゅうざんこくしりゃく》』・『琉球入貢紀略』・『琉球聘使略《りゅうきゅうていしりゃく》』など
安政七年（一八六〇）	『絵本琉球軍記』前篇再々版
文久四年（一八六四）	『絵本琉球軍記』後篇
明治十八年（一八八五）	『絵本朝鮮軍記』（活字）・『絵本琉球軍記』（活字）
明治二〇年（一八八七）	『絵本天草軍記』（活字）

この年表ではできる限り成立時期が明らかなもの、刊年のはっきりしているもののみ掲載している。まずは事件の起こりから作品ができあがるまでの年数、つまり体験の記録から物語として作品化するまでの期間をみてみたい。〈島原天草軍記〉が寛永十四年（一六三七）の乱から慶安元年（一六四八）の『島原記』の成立まで約十年と最も短く、ついで〈朝鮮軍記〉が約三十年、〈蝦夷軍記〉が約五十年と続く。つまり、戦さから五十年後には記録から軍記物語へと語りが移り変わっていることがうかがえる。現代に目を転じてみても、先の大戦から七十年が経過した今、実際に戦争を体験した人々の直接の語りが失われてくる時期に突入しており、直接体験談が語られる時代から軍記が編纂される時代へと次世代に突入しようとしている。まさにここに挙げた軍記群と付合する。戦さと軍記の展開の歴史を追ってみると、異国合戦軍記の成立の過程がみえてくるのである。しかし、〈薩琉軍記〉は薩摩藩が琉球へ侵攻してから百年以上たって初めて軍記があまれている。〈薩琉軍記〉の成立がほかの軍記と異なることは明らかであろう。

三　異国合戦軍記の享受をめぐって

ただし、作品の享受、流布の様相をみていくと、その関係性は一転して密着したものになってくる。先の年表では成立時期が明らかなもののみ挙げたが、年表にはあげることのできない、多くの写本群が存在している。それらはほかの文学作品とも交錯し合い、様々な作品群を展開していくのである。〈薩琉軍記〉に関してはこれまでの積み上げにより、ようやく成立時期の見当がついてきたが、ほかの異国合戦軍記もテキストごとの詳細な分析が必要になるのだ。

では、異国合戦軍記〈薩琉軍記〉の享受から異国合戦物語の流布をひもといてみたい。

始めにみるのは駿河国の地誌、『駿国雑志《すんこくざっし》』である。▼注[2] 巻十六「田祖」項には、「嫁田」の説明として、

> 云、むかし右大将源頼朝卿の妾、若狭局〈或云、大江局〉、御台所の嫉妬を恐れて鎌倉を逃出、薩摩国に下る時、
> 爰にて和歌を詠ぜし所也云云。**按に薩琉軍談に云。**

とあり、島津家の由来譚に関わる内容を引用し、さらに「富士うつす田児の門田の五月雨に雪をひたして早苗とる袖」という『薩琉軍談』に描かれる和歌も引用している。「按に薩琉軍談に云」とある通り、『薩琉軍談』が下敷きにあることは間違いなく、広く〈薩琉軍記〉が読まれたことを示す資料といえるだろう。

文久二年（一八六二）に写された薩摩の分限帳の一種と思われる『薩摩《さつま》宰相《さいしょう》殿《どの》御《おん》藩中《はんちゅう》附留《つけとどめ》』にも〈薩琉軍記〉の伝播確認できる。▼注[3] ここには琉球の守護番が記され、〈薩琉軍記〉に登場する「虎竹城」に比定される「荒竹嶋」や「乱蛇浦」に比定される「蛇浦」など似通った地名が記されている。また、そこを守護するのは真田や後藤、福島といった大坂の陣を彩る武将たちであることも興味深い。これは後述の難波戦記物の受容の問題へとつながっていく。決定的なのは、琉球を取り囲む島々の城代として、「新納武蔵守」や「佐野帯刀」といった〈薩琉軍記〉に登場する武将の名前があげられることである。幕末にも『薩琉軍談』が読み継がれ、分限帳という記録性の高い文献にも〈薩琉軍記〉が反映していることは大変重要であろう。

ほかにも『琉球入貢紀略《りゅうきゅうじゅこうきりゃく》』、『通航一覧《つうこういちらん》』、『日本外史《にほんがいし》』などにも〈薩琉軍記〉の享受が確認できるが、他節で詳述しているので、▼注[4] ここでは割愛したい。〈島原天草軍記〉や〈蝦夷軍記〉の享受の様相をみても、〈薩琉軍記〉と同様に多岐に渡って言説が展開しており、様々な作品にその内容が取り込まれている。▼注[5] ここで詳述する余裕はないが、異国合戦軍記は様々な作品と共鳴し合いながら、多様に展開していくのである。

まとめると慶長十四年の琉球侵攻を描いた軍記〈薩琉軍記〉は琉球侵略の物語を民間に浸透させ、侵略言説として広く定着させていた。これまでの伝本調査から有力な大名家の藩校や昌平坂学問所などの学術施設で享受された

ことが判明しており、『平家物語』や『太平記』と同様に〈薩琉軍記〉もまた史書として読まれた一面を持つことが判明してきている。史書として受け入れられた〈薩琉軍記〉は国学者などの手により、江戸中期から幕末にかけて、様々な形で享受されていくのだ。いわば〈薩琉軍記〉は史書として読まれ、享受されていくのである。それは江戸中期の対外情勢が変化していくという時代状況に即応するものである。侵略言説の流布にもつながっており、近世中期頃から異国を意識した言説が芽生えていき、幕末に再度それらの言説が語り出されていくことが指摘できる。そして同じ時期には〈薩琉軍記〉と同様に、様々な異国合戦物語が展開し、生み出されていることは先に指摘した通りである。

さらに近代に向けた展開をうかがうと、異国合戦軍記がほぼ同様に流布した様相がはっきりとする。明治十八年（一八八五）に『絵本朝鮮軍記《えほんちょうせんぐんき》』と『絵本琉球軍記』、明治二十年（一八八七）に『絵本天草軍記《えほんあまくさぐんき》』が出版されている。ここでは一例のみだが、この時期異国合戦軍記は出版社を替えたり、再版を繰り返したりするなど、広く公刊されており、近代においても異国合戦軍記が読み継がれていたことがみてとれる。テキストの刊行を始め、異国合戦軍記の享受史は近代に向けた視野が必要となる。つまり、近世から引き続き、日本が対外戦争を繰り返していた近代にあって、異国に侵攻する物語、異国に勝つ物語、つまり異国合戦軍記が日常的に読まれていたことが指摘できるわけである。▼注[6]

四　異国合戦軍記の展開と生長の一齣—近松浄瑠璃との比較を通して—

ここまで異国合戦軍記がそれぞれ成立の背景と享受についてみてきた。ここからは江戸中期における異国物の流布の展開を、ほかの文芸作品からうかがっていき、異国合戦軍記の展開と物語の再生、生長について考えてみたい。

まずは近松浄瑠璃についてみていくことにする。前節でもみてきた通り、近松門左衛門の異国を描く作品と〈薩琉軍記〉とは、かなり表現や思想が一致する様子が垣間見られる。〈薩琉軍記〉が描く琉球と『国性爺合戦』の描く明には、A1『薩琉軍談』の「千里山」「虎竹城」と『国性《こくせん》爺《や》合戦《かっせん》』の「千里が竹」、「獅子が城」といった似通った地名が確認できる。さらに「岩石そばたち瀧波逆」「巖石、枯れ木の根ざし瀧津波」などの文章表現にも一致がみられることは前節に述べた通りである。

先行論をうかがってみると、久堀裕朗によれば、「『国性爺合戦』以降、享保期の近松は確かに、浄瑠璃の中に国家を描き始めた」とし、異国を舞台として、それに対する日本の優位性を描き出したとする。▼注[7] また、韓京子によれば、「近松は、日本が神国であり武国であることからくる自国優越意識が広まっていた中、外国を意識しつつ「武の国」日本を描いていた」としている。▼注[8] これらの先行論からも、近松浄瑠璃と異国合戦軍記の展開の様相が重なり合う構図は逸脱しない。

もう一例、日本風の戦術についてみてみたい。これも前節にあげた「そろばん橋」に関する合戦描写である。『薩琉軍談』では、薩摩軍が琉球の城に詰め寄ると、城にかかった橋を場内へ引き入れる。それに対して、日本に言うところの「そろばん橋」である、と語る。ここは〈薩琉軍記〉において唯一、琉球軍が日本風の戦術をとる場面である。一方の『国性爺合戦』では、鄭成功が日本風の戦術を使う場面に「そろばん橋」が用いられている。『国性爺合戦』では対異国の物語への志向により、日本の血を引いた鄭成功が日本風の戦術を使うわけだが、『薩琉軍談』では琉球軍が日本風の戦術をとる場面に用いられている。ここでは琉球軍が籠城するという『薩琉軍談』の作品の内容に沿った物語になっているのだ。基本的には〈薩琉軍記〉では薩摩軍が日本流の戦術を用いられており、物語の構成に矛盾を抱えている。その矛盾を乗り越えても『国性爺合戦』に描かれた「そろばん橋」という戦術は魅力的であったのだろう。この問題を解消すべく、〈薩琉軍記〉では物語の増広により、琉球軍が日本風の戦術をとるという「そろばん橋」の叙述は削除されていく傾向にある。

日本流戦術の用例をみてみると、『薩琉軍談』「日頭山合戦并佐野帯刀討死の事」では、「則日頭山の頂上より死生しらずに真下り逆落し、往古の義経、一の谷の伝をつぎ、日本流きびしきこと」と、日本流の戦術が厳しいことを、琉球は言うに及ばず大陸までも聞こし召してやろうとする。『国性爺合戦』でも同様の合戦叙述が用いられており、「日本流軍の下知、攻め付けひしぐは義経流、ゆるめて打つは楠流、くりから落し、坂落し、八嶋の浦の浦波も」と、古典にのっとった義経《よしつね》、正成《まさしげ》の兵法を用いる。ここに描かれる日本流の戦術には、義経流、楠流などの日本の武士の戦術を用いて異国のものと戦うという、日本対外国の構図が描き出されているのである。ここでは、『国性爺合戦』のみの分析となるが、秀吉の朝鮮侵略を描く『本朝三国志《ほんちょうさんごくし》』などにも同様の事象が確認でき、近松浄瑠璃と異国合戦軍記とが近しいレヴェルで展開していたことに疑う余地はない。

井上泰至によれば、「近世に刊行された軍書を通覧すると、享保七年〈一七二二〉という年は一つのエポックとして浮かび上がってくる」とし、享保七年以降の軍記は、「軍記に擬した形態を持ちつつ、主題による構成の統一と合理化とをはかり、事実から明らかに離れた奇抜な趣向を用意する傾向のものが出版され、読本の前史を飾」っていたとする。▼注[9] これは異国合戦軍記や近松浄瑠璃にも言えることであり、総合的な江戸文芸における分析が今後必要となってくるはずである。また、佐伯真一は、「蒙古襲来の頃から自国優越意識の高まりと共に日本の「武」を評価する言説も増加し」てきたとし、「一六世紀には、戦闘の繰り返しと「武」による統治の実現により、「武」にすぐれた国としての自己像が形成され、それは秀吉の朝鮮侵略に伴い、顕在化する」とする。▼注[10] このような思想が異国合戦軍記などを生成、享受する土壌を培ったのであろうことは想像に難くない。まさに異国合戦軍記は、時代環境に即応し読み継がれた物語群であることが指摘できるわけである。

五　異国合戦軍記の展開と生長の一齣―難波戦記物との比較を通して―

次に難波戦記物との関係性についてみていきたい。難波戦記物は、いわゆる大坂の陣を描く近世軍記である。▼注[11]将軍吉宗の命による『御撰大坂記《ごせんおおさかき》』のような記録体のものから『難波戦記《なにわせんき》』のような物語まで多種多様に展開している。その展開は〈薩琉軍記〉にも大きな影響を与えている。特に難波戦記物において最も広く流布した系統の『厭蝕太平楽記』は、真田幸村《さなだゆきむら》と豊臣秀頼の薩摩流離譚が描かれ、〈薩琉軍記〉と世界がつながっていく。

〈薩琉軍記〉の諸本である『琉球静謐記』を基に大幅な改編を施した作品に『薩州内乱記』がある。▼注[12] 増3『薩州内乱記』では、真田幸村が物語の主人公となり、新納武蔵守に成り代わって琉球へと侵攻する。幸村は新納武蔵守とともに琉球へ侵攻、度重なる激戦の中で新納武蔵守は戦死してしまう。幸村は新納武蔵守の意志を継ぎ、琉球を制圧するのである。「難波戦記物」との関係性、特に『厭蝕太平楽記《えんしょくたいへいがくき》』とのつながりには注目すべきであろう。▼注[13]『薩州内乱記』には『厭蝕太平楽記』によると思われる叙述が随所に垣間見られる。一例をみてみよう。

『薩州内乱記』巻十六「幸村天文を以深計を出す事」

然るに幸村は六月二十二日の夕方、天を仰ぎ見て、大におどろき、早速**阿陀守入道**、猿渡監物にむかひ申けるは、「某、今天の運気を見るに雲形にさつ気引はれ、当屋形へ向ふたり。甚だ名去のしるし也。今宵必ず、国人等夜討をかけ来るべし。一先君を忍ばせ申度」といひければ、猿渡打わらひ、「秀頼公此所に御座候事、主君よりの計ひなれば、何者か夜討を仕かけ申さむ。御心をやすんじ給へ」といふ。幸村が曰く、「国人等、ひつじやう押寄来るに、秀頼公を忍ばせ申さずんば、大にあやうし」といふ。

『厭蝕太平楽記』巻十五「幸村天気を計て謀出す事」

幸村は七月二十一日夕暮に、天文考て、大に驚き、「今宵、国人等、夜討を心懸て、必、押寄べし」と知りて、**阿陀守入道**、猿渡監物に問ふて曰、「今宵、必定、夜討来るべし。一先、君を忍ばせ申さん」と言に、両人申は、「何者か夜討仕るべきや。御心を休め給へ」、幸村が曰、「必、夜討来るべし。先君を忍ばせ申たし」といふ。

この場面は幸村が天候をみて戦略を練り出す場面である。『薩州内乱記』、『厭蝕太平楽記』ともに同じ場面が描かれている。ここには宮内庁書陵部蔵本『薩州内乱記』と『近世実録翻刻集』に所収された『厭蝕太平楽記』（横山邦治氏所蔵本）との間における、誤写のレヴェルでの合致もうかがえ、[注14] 明かな引用関係が指摘できる。

また、ここは幸村が〈三国志〉に名高い諸葛亮孔明《しょかつりょうこうめい》に比定される場面である。高橋圭一は、『通俗三国志』を種本とした講釈が人気を得ていたとし、『厭蝕太平楽記』や『本朝盛衰記』などが『通俗三国志』を利用していること、『厭蝕太平楽記』から『本朝盛衰記』へ物語が生長していくことを指摘している。[注15]〈薩琉軍記〉が『通俗三国志』を下敷きにしていることはすでに指摘した通りであり、[注16]〈薩琉軍記〉と「難波戦記物」は同様の文化圏で享受されたことに間違いない。同じ文化圏で享受された〈薩琉軍記〉と「難波戦記物」は互いに交錯し合い、新たな物語を紡ぎ出したわけである。

六　結語

近世期において、異国合戦軍記は多様に流布した様子が垣間見られる。先論でも指摘したが、これには新井白石などの言説にうかがえる、徳川幕府の異国対策、いわば、国家施策としての領土確定政策の思想が蔓延する社会構造が、異国合戦軍記享受の下支えになったものと思われる。[注17] そういった民間への侵略言説の浸透は異国合戦軍記以外にもうかがえ、今後、総合的な江戸文芸作品との比較分析が必要とされる。

〈薩琉軍記〉には、「娯楽的な読本としての琉球侵攻の語り」と「歴史を語る素材としての語り」の二面性が指摘できる。〈薩琉軍記〉の登場人物や舞台のほぼすべてを創作する姿勢は、歴史叙述として極めて特異といえるわけだが、琉球侵略の物語を根強く民間に浸透させていくのが〈薩琉軍記〉なのである。そうした侵略言説が敷衍していく役割を異国合戦軍記が担っていたと言えるのではないか。

今回は〈薩琉軍記〉による分析に終始したが、今後は異国合戦軍記全体を包括する研究が望まれる。異国合戦軍記の展開構造の解明は、国家の異国観が大衆へ浸透していく様相の解明につながるはずである。そのためにも日本文学史における異国合戦軍記の位置づけが必要であり、様々な文芸作品における合戦叙述から時代認識を探っていく可能性を見いださねばならないのだ。

▼注

（1）第一部参照。
（2）テキストは、国立公文書館蔵本による。『駿国雑志』は天保十四年（一八四三）、駿府加番の阿部正信の著。山括弧は割り注を表した。
（3）テキストは、原口虎雄監修・高野和人編『薩州島津家分限帳』（青潮社、一九八四年）による。
（4）第一部「〈薩琉軍記〉の基礎的研究」、第二部第一章第四節「歴史叙述の学問的伝承」参照。
（5）第二部第一章第六節「予祝の物語を語る―〈予言文学〉としての歴史叙述―」参照。
（6）さらに言及すれば明治期以降、軍記の活字での版行が進んでいく。大正二年（一九一三）に出版された戦記叢書『曾我物語・石田軍記・義経記・筑紫軍記』（忠誠堂）では、芳賀矢一が序において、「日本は武の国なり。歴史は武勇譚を以て終始す」と記している。軍記が歴史物語として民間に浸透していたことの傍証となろう。異国合戦軍記も同じく人口に膾炙していたのである。
（7）久堀裕朗「享保期の近松と国家―『関八州繋馬』への道程」（「江戸文学」30、二〇〇四年六月）。

（8）韓京子「近松の浄瑠璃に描かれた「武の国」日本」（田中優子編『日本人は日本をどうみてきたか　江戸から見る自意識の変遷』笠間書院、二〇一五年）。
（9）井上泰至『近世刊行軍書論　教訓・娯楽・考証』（笠間書院、二〇一四年）。
（10）佐伯真一「日本人の「武」の自意識」（渡辺節夫編『近代国家の形成とエスニシティ』勁草書房、二〇一四年）。
（11）『日本古典文学大辞典』「難波戦記物」項（中村幸彦執筆）を参考にした。
（12）テキストは、宮内庁書陵部蔵本による。
（13）テキストは、藤沢毅ほか編『近世実録翻刻集』（近世実録翻刻集刊行会、二〇一三年）による。
（14）『薩州内乱記』、『厭蝕太平楽記』ともに「阿陀守入道」という人物がみえるが、これは「阿波守入道」が正しい。難波戦記物の誤写が『薩州内乱記』に取り込まれた様相がうかがえる。
（15）高橋圭一「実録『厭蝕太平楽記』『本朝盛衰記』と『通俗三国志』—真田幸村と諸葛孔明—」（『近世文藝』89、二〇〇九年一月）。
（16）第二部第一章第一節「近世期における三国志享受の一様相」。
（17）注（4）二〇一五年論文。

第四節
歴史叙述の学問的伝承

一　はじめに

慶長十四年（一六〇九）の琉球侵攻を描いた軍記〈薩琉軍記〉は琉球侵略の物語を民間に浸透させ、侵略言説として広く定着させていく。これまでの伝本調査から有力な大名家の藩校や昌平坂学問所などの学術施設で享受されたことが判明しており、『平家物語』や『太平記』と同様に〈薩琉軍記〉もまた史書として読まれた一面を持つことが判明してきた。史書として受け入れられた〈薩琉軍記〉は国学者などの手により、江戸中期から幕末にかけて、様々な形で享受されていく。その一面を表す資料としてとして、『参考薩琉史《さんこうさつりゅうし》』があげられる。『参考薩琉史』は題名通り薩摩と琉球との交流史を描くものだが、島津の琉球侵略を描くために〈薩琉軍記〉を用いているのである。その享受の背景には次代へ歴史認識を引き継ぐという意図が読み取れる。本節では〈薩琉軍記〉を中心に、近世中期から幕末において、異国合戦言説が享受され受け継がれていく様相を明らかにしていきたい。

二　史書としての〈薩琉軍記〉

ここまで論じてきたように、〈薩琉軍記〉とは、慶長十四年の薩摩藩による琉球侵攻を描いた軍記テキスト群の総称である。琉球侵攻を題材にしているが、琉球を異国、異界として描き、架空の地名における、実際には起きていない合戦を作りだし、様々な武将たちの活躍を創出している。貸本屋文化を介して、主に写本で流通し、百点を超すおびただしい伝本が残されている。そのほとんどは十八世紀初旬以降に成立しており、近世中、後期の日本（ヤマト）側から見た琉球像を知るための恰好のテキストである。諸本は島津家の由来を描く物語を始祖誕生譚として扱うA群、島津家の正式な系譜として扱うB群とそれらを大幅に増補した増補系に分類される。〈薩琉軍記〉は、薩摩方の武士新納武蔵守と佐野帯刀との対立譚を通して物語が展開していく。[注1] 新納武蔵守一氏は、戦国時代に活躍した新納武蔵守忠元をモデルにした架空の人物である。人物にとどまらず〈薩琉軍記〉世界の構成は、架空の異国「琉球」において、架空の人物たちが、架空の合戦を行う物語である。歴史叙述を描く作品としては極めて稀であり、同時代に流布した〈朝鮮軍記〉や〈島原天草軍記〉にいても、ここまでの物語の創作は行われていない。[注2]

〈薩琉軍記〉は琉球侵略を語る歴史叙述として読まれていたことは諸資料からうかがえる。第一部からの繰り返しにはなるが、重要な資料であるため、あらためてみていきたい。天保三年（一八三二）版『琉球入貢《りゅうきゅうじゅこう》紀略《きりやく》』「薩琉軍談の弁」では、[注3]「まことにあとかたもなき妄誕」としながらも、

> 世に薩琉軍談という野史あり。その書の撰者詳ならずといへども、**あまねく流布して、二国の戦争をいふものは、かならず口実とす**。

と、A1『薩琉軍談』が広く人口に膾炙していたことが述べられている。「妄誕」として批判されることも〈薩琉軍記〉

が流布していたことの裏返しである。また、江戸幕府の命により大学頭林復斎《はやしふくさい》らが編纂した外交資料集である『通航一覧《つうこういちらん》』巻二・琉球国部二「平均始末」にも▼注[4]、

> 此征伐の事を記して、**世間に流布せるもの、琉球征伐記、薩琉軍鏡、島津琉球合戦記、島津琉球軍精記**等数部あり。**皆晩近の書にして、其引証詳ならず。また月日事実ともに、家伝の書と齟齬し、殊に其文粉飾に過て、信を取るによしなし**。されども其記載の内、家伝正史に類する説あるか、或ハ前後の事実に照応せるハ、今一二姑く采用せしもあり。

とあり、琉球侵略の事績を記す書物の中で「世間に流布せるもの」として〈薩琉軍記〉を挙げている。また、〈薩琉軍記〉を「晩近の書」（最近の書物）として扱い、「家伝の書」と記述が異なっており、粉飾が多く、信用がおけないともする。この内容も先の『琉球入貢紀略』と同様に〈薩琉軍記〉が一般に享受され、その内容が受け入れられていたことを証明するものである。『平家物語』や『太平記』などの軍記類が歴史叙述として広く享受されていたように〈薩琉軍記〉もまた同様に読まれていたわけである。

さらに頼山陽《らいさんよう》の『日本外史《にほんがいし》』にも〈薩琉軍記〉が使われている。『日本外史』巻二十一「徳川氏正記」には次のように琉球侵略を描いている。▼注[5]

> これより先、島津家久、教を奉じて琉球を招く。琉球至らず。請うてこれを討つ。この歳暮、**その将新納一氏を遣し**、八千人に将として南伐す。樺山久高、先鋒たり。東求島に抵り、琉球の戍兵三百を執ふ。夏、難巴津を攻む。虜、鉄鎖を以て船を聯ね、津口を扼守す。而して津傍に山あり。険にして蛇蝎多し。虜、恃んで兵を置かず。我が軍、火を放つて山を赭にして上り、**進んで楊睽灘《ようけいなだ》を奪ひ、千里山に戦ふ。利あらず、転じて朝築城を攻めてこれを抜く**。琉球王尚寧、その弟具志をして来つて降を乞はしむ。許さず。五戦して国都に至り、尚寧及び王子、大臣数十人を擒へて、厳しく抄掠を禁じ、国民を安撫す。六十日を以て琉球を定む。秋、幕議、

琉球を以て島津氏に賜ひ、その臣隷となす。

『日本外史』は、文政十年（一八二七）、松平定信《まつだいらさだのぶ》に献ぜられる。幕末に広く流布した書籍であり、寺子屋や藩校で教授されたテキストであることは周知の事実である。その『日本外史』が琉球侵略叙述については、すべて〈薩琉軍記〉によっているのである。「新納一氏」を琉球に遣わしたとすることから、『日本外史』が〈薩琉軍記〉を引用していることは間違いない。先にも述べた通り、「新納一氏」は〈薩琉軍記〉の創作した人物である。つまり、頼山陽クラスの歴史家の中でも、〈薩琉軍記〉の描く琉球侵略を「歴史」として認識していたことがわかる。〈薩琉軍記〉は時代の中でしっかりと民衆に受け継がれ、歴史叙述として受け止められてきたのである。また、その歴史認識は学問所などを媒介にして継承されていくのだ。

三　学問施設における〈薩琉軍記〉の利用

『日本外史』が〈薩琉軍記〉を引用していたように、学問所レヴェルで〈薩琉軍記〉は享受されていたようである。それはこれまで行ってきた伝本の悉皆調査とも矛盾しない。次に示したのは藩や学問施設に関わる伝本リストである。

薩琉軍談

・彰考館（五巻一冊）

・富山県立図書館前田文書（三巻一冊。外題「旧記島津氏由緒之事　外拾件」）

琉球征伐記（喜水軒著）

①愛知県滝学園図書館（二巻二冊、下巻欠。旧滝文庫蔵）

②鹿児島県立図書館（一巻一冊、「虎竹城合戦」の段まで存、後半欠。文政七年（一八二四）書写）
③刈谷市中央図書館村上文庫（三巻三冊）▼注[6]
④豊田市中央図書館（三巻三冊）
⑤名古屋市鶴舞中央図書館（三巻一冊。小嶋安信書写）
⑥琉球大学（一巻一冊。天明七年（一七八七）、梅風舎五懐書写）
⑦早稲田大学（一巻一冊。「玉晁叢書」一九九）
⑧無窮会神習文庫（棚橋風檐。「報仇記談抄」の内。「琉球征伐軍記」）

島津琉球合戦記

・小浜市立図書館酒井家文庫（六巻一冊）

島津琉球軍精記

・鹿児島大学玉里文庫（二十七巻二十七冊）
・国文学研究資料館（二十一巻七冊。安政三年（一八五六）書写。四～六巻、十～十二巻欠。「出羽国米沢杉家関係文書」の内、外題「島津琉球軍記」）
・市立米沢図書館興譲館文庫（二十七巻五冊）
・福井県立図書館松平文庫（六冊）

絵本琉球軍記

天保七年（一八三六）刊
・高知県立図書館土佐山内家宝資文庫（十巻十冊）
安政七年（一八六〇）刊

・宮城県図書館伊達文庫（十冊）

琉球属和録（堀麦水著、明和三年（一七六六）成立、十五巻十五冊）

・加賀市立図書館聖藩文庫（十五巻十五冊）

・国立公文書館（旧内閣文庫）（一巻一冊、五巻のみ存。木村孔恭、昌平坂学問所旧蔵）

・国会図書館（二巻二冊、巻三・四のみ存。木村孔恭、昌平坂学問所旧蔵）

・国会図書館（十巻十冊、六～十五巻のみ存。木村孔恭、昌平坂学問所旧蔵）

この中で特に重要視されるのが、A4『琉球征伐記』と増2『琉球属和録』である。

『琉球属和録』は、加賀出身の誹諧師であり、加賀藩との関わりが深い堀麦水《ほりばくすい》の手によるものである。[注7] 麦水の手による書写本が複数存在している（加賀市立図書館聖藩文庫蔵本、国立国会図書館蔵本および国立公文書館蔵本が麦水の自筆本として認められる。国会本、国立公文書館本は元ツレである）が、麦水の没年が天明三年（一七八三）なので、天明年間以前には書写は完了していただろうと思われる。前田家の記述が増幅された諸本であり、加賀藩との関わり合いが強い諸本であるが、加賀という土地柄や前田家との関連も含め大きな問題であるため、『琉球属和録』については別稿に譲りたい。

『琉球征伐記』は、徳川に関する記事の増幅が際だった諸本である。上巻「琉球征伐之来歴」では、関ヶ原以降、島津氏は音沙汰もないため、島津家の心意を確かめるためにも、琉球への侵攻を命ずるという軍議を、家康と家臣団が駿府において行うことが語られ、結末においても、琉球王一行が駿府に連れて行かれ、家康と対面する。また、島津家久に松平姓が与えられ、家久が参勤し、島津氏と徳川氏との結びつきが強くなったことにより、島津家が安泰であるとされている。[注8] これは『琉球征伐記』特有の「主は絶対である」という思想によるものだと思われる。下巻「義弘入道琉球王ニ謁見」では、島津義弘が琉球王に対して琉球侵攻の理由づけを語る場面において、「此ノ度、貴国へ勢ヲ入ルル事ハ、全ク自己ノ意恨無シト云ヘドモ、君命ノ重キガ故也」と、家康の命（君命）が絶対的であるためとする。主の命令が重いために行動するという論理は、この諸本に頻出している。以下あらためてまとめてみると、

上巻「島津家来由之」

抑女ト云者ハ、上下押並テ嫉妬ノ心厚キ者ノ、世別テ御台元来ノ御心免許有ベカラズ。一度君ノ御耳ニ返シ、其後ノ故計ル時ハ、是**主命**也。

上巻「島津家軍評諚之事」

身不肖ナル某中ナレドモ、**主命黙止ガタク**、軍役ヲ蒙ル上ハ、向後軍馬ヲ指揮スベシ。

中巻「薩摩勢琉球乱入之事」

我ガ日本、仁義、大上ノ君子、**国君ノ命重スルコト、日月ヲ仰ガ如シ**。此故ニ、此度薩州ノ太守義弘ノ厳命、此国ヲ征伐ス。早ク門ヲ開テ、可乞降ヲ。我ガ名ハ種島大膳也リ。

中巻「城中ヨリ夜討之事」

キタナキ味方ノ面々、**君命ヲ重ンズル者ハ、命ヲ此陣ニナゲ打ツベシ**。夜討ハ合戦ノ常、小勢ノ敵ナルゾ、引包ンデ討殺セ。好ムトコロノ幸ナリ。日本ノ手並ヲ見セヨヤ。

中巻「城中ヨリ夜討之事」

如何ニ蛮兵慥ニ聞テ、**日本人ハ、主君ニ一命ヲ奉リ、忠戦ヲ志ス**。勇士ノ行ヒ、沼田郷左衛門、我ト思ハン琉兵有ラバ、近ク寄テ勝負セヨ。身方ノ面々続ケ続ケ。

中巻「虎竹城征伐之事」

国恩ノタメニ命ヲ殺スハ、勇夫ノ常ト聞ケリ。争カ歎ク処ニアラズ。今頭燃ノ場ニ倒テ、児女ノ如キ行跡、若

和人ノタメニ擒玉ハバ、後悔益無シ。君ハ如何ニモシテ身ヲ遁レ、大王ノ先途見届ケ玉エ。

下巻「琉球之都城落没之事」

謀ヲ以帯刀ヲ討シ時ハ、琉国都城ニ座ス。**是主命也。臣タルノ道ナリ**。今乞レ降ヲバ一命助ニ斗ノ意チナシ。斯ク惣門破レテ後、王ノ行方知レズ。然ル時ハ、誰ガ為ニ守リ、何ヲ空ク死セン。両国和ス時ハ、王ノ行方ヲ尋、**主君ノタメニ一命ヲ重ンズ**。

これらのように、『琉球征伐記』の根底には、主君の命は絶対であるという思想がある。島津家があるのも徳川家あってのものであるとする『琉球征伐記』の生成に関わる重大な問題であり、最も大きな特徴であるとも言える。

伝本一覧を見返してみよう。鹿児島県立図書館や琉球大学のような、薩琉関係の蔵書を積極的に蒐集している所蔵機関を除くと、尾張、三河（現愛知県）に所蔵が集中していることも注目されるだろう。

③刈谷市中央図書館村上文庫蔵本（以下、刈谷本）は、[注9] 幕末から明治にかけて活躍した国学者、村上忠順《むらかみただまさ》の旧蔵書として知られている。村上忠順は、文化九年（一八一二）に刈谷藩医、村上忠幹《むらかみただもと》の二男に生まれ、兄の死後、家業である医師を継ぐものの、国学を志し、本居宣長の孫弟子、本居内遠の弟子となる。その後、修道館（三河県宝飯郡国府村、現豊川市国府町にあった郷校）の助教となり、明治十七年（一八八四）に没している。[注10]

また、⑦早稲田大学蔵本は、江戸後期から明治まで生きた随筆家、小寺玉晁《こでらぎょくちょう》の蔵書である。小寺玉晁は名古屋藩の陪臣であり、これもまた尾張にあった伝本である。管見の限り、『琉球征伐記』は前近代において、尾張、三河地域から他地域に伝播した痕跡はうかがえない。言い換えれば、『琉球征伐記』は尾張、三河地域において成立し、その周辺で享受されたことが指摘できるのである。さらにその享受層は国学者や随筆家といった知識階級の高い人々であることも注目されよう。

また、〈薩琉軍記〉には若年者による書写が指摘できる。[注11] これはいわば志学者による享受を物語っているのであろう。まさにこれは「知」の継承であり、学問的伝承と呼ぶことのできるものであろう。

四 異国合戦言説の流行と展開

ここまで〈薩琉軍記〉が史書として読まれていたこと、主君の命は絶対であるという封建的な思想が織り込まれ、それらの言説を国学者などの知識階層が、次世代へ引き継ぎながら享受していたことを確認してきた。こういった知識人たちが対外戦争の歴史叙述に興味を抱くことは、〈薩琉軍記〉などの軍記類に限ったことではない。聖徳太子未来記である『未然本紀《みぜんほんぎ》』の注釈書『未然本紀註《みぜんほんぎちゅう》』下巻には、次のようにあり、秀吉の朝鮮侵略にまでその解釈が及んでいる[注12]。

> 日精下テ生二田鹿一ル。大気無二屈伏一、妙活無二疑滞一。神同二消息一ヲ、聖尚ヲ不レ及。具《ソナヘ》二百非一ニ、解二ク百非一ヲ。非年ニシテ治二メ天下一ヲ、常時敬二宝祚一ヲ。唯、非二ス海内一ニ、大ニ伏二ス海外一ヲ。
>
> 日ヨリ下、豊臣秀吉ヲ云フ。日精トハ、其母、日輪懐ニ入ルト夢ムレバ、日精ナルコト疑フベエカラズ。（中略）百非ヲ具スル人ナレドモ、天子ニ対シテ少モ軽慢ノ事ナケレバ、敬二フ宝祚一ヲト云フ。海内ハ我国ヲ云フ。
>
> **海外ハ支那、朝鮮ヲ云フ。**
>
> 自レリ是西戎断レ窺二コトヲ東吾一ヲ。諸侯親睦シ、諸守誠和シ。自ラ寄レセテ妻ヲ質二トシ於都一ニ、各来レシテ我ヲ栖二於城一ニ。天下依レ之ニ治リ、朝廷依レ之ニ安シ。
>
> **西戎ハ支那ヲ云。東吾ハ吾国、中花ナレドモ西戎ニ対シテ且ク東ト云フ。**吾ハ我ナリ。世人多クハ無益ノ師ト謂ヘドモ、日精ノ下ルニ非ンバ、何ゾ異国ノ窺ヲ断ン。**此功ハ神功皇后ト並ベ称スベク覚ユナリ。**（以下略）

太子の未来記の内容を、秀吉の誕生譚、朝鮮侵略に結びつけているのである。また、朝鮮侵略に対しては神功皇后の三韓侵略説話を挙げて高く評価している。

『未然本紀註』の著者は、依田貞鎮《いだよりかね》という江戸中期の神道家である。▼注[13] 恩頼堂文庫本の『未然本紀註』奥書（識語）には以下のようにある。▼注[14]

享保十三年戊申夏六月下旬　依田貞鎮謹識

文化六龍集己巳仲秋二十三日、以府中妙光院之本、使勝計恵学書写焉。

萬徳山第四十三世　顕幢浄宝誌

同南公二十六寘手間校了。

文化十一甲戌二月上旬以朱重校了、廻心浄覚。

文政十三年寅十二月花房民部遺物也。本明

これによれば、享保十三年（一七二八）に著述された『未然本紀註』が文化六年（一八〇九）に書写され、文化十一年に校合が行われており、文政十三年（一八三〇）に人手に渡っていることが確認できる。つまり、享保期頃から異国を意識した言説が芽生えていき、幕末に再度それらの言説が語り出されるという背景が浮かび上がってくるのである。この享受の流れは〈薩琉軍記〉と合致する。〈薩琉軍記〉の正確な成立年は定かではないが、その原形はおおよそ享保期と推測している。▼注[15] 享保の頃作られた〈薩琉軍記〉が最も流布するのが幕末であることは伝本調査から判明している。〈薩琉軍記〉のみならず、多くの異国合戦言説が江戸中期に生み出され幕末に最も盛んな享受が繰り広げられているのだ。

ではなぜ、異国合戦言説が必要だったのだろうか。日本を取り巻く諸外国との関係性が変わっていったことによるものであろう。このため異国との合戦に勝つ物語の需要が高まったのである。同時期に源義経、源為朝、百合若《ゆりわか》大臣《だいじん》といった異国との戦さに勝った武士の物語が再生し様々な物語が紡ぎ出されている。また、朝鮮侵略を描く〈朝鮮軍記〉、キリシタンとの戦いを描く〈島原天草軍記〉など、いわゆる侵略文学が大きく展開し、多数の作品や諸本、伝本が生み出されるのが江戸中期から幕末に懸けた時代なのである。▼注[16]

五　歴史叙述を語り継ぐ物語

異国合戦の物語は、時代の波に乗り様々に展開し、知識人たちによって享受されていたことを明らかにしてきた。ここで一つのテキストに注目してみたい。『参考薩琉史』がそれである。『参考薩琉史』は『参考薩琉志』とも書き、作品内で両方の表記が用いられている。琉球侵略を忠心に琉球の歴史や風土、風俗、島津の朝鮮侵攻などを記した書物である。国文学研究資料館日本古典籍総合目録データベースでは「地誌」に分類されている。現在、東京国立博物館に所蔵の一点のみ確認される書籍である。東京国立博物館には徳川宗敬《とくがわむねよし》の寄贈により蔵書された経緯がある。▼注[17]この書籍ももと藩に関わる蔵書である。

一般に『参考～』の書名を持つ一群として『参考保元物語』『参考平治物語』『参考源平盛衰記』『参考太平記』など、徳川光圀《とくがわみつくに》の命により『大日本史』撰修のために編纂されたものがよく知られている。▼注[18]ここでは『参考～』の書名を持つ書籍群を便宜的に〈参考本〉と呼ぶことにする。▼注[19]

では『参考薩琉史』について見てみよう。一般に周知された作品ではなく、テキストも手に入りにくいため、長くなるが、「序」の全文を引用する。

参考薩琉史巻之一　**眠龍斎登瀛**著

自レ有二戴籍一以降、国史所レ録無三世トシテ而無二之一也。蓋為二其要一、昭二往昔之盛衰一、鑑二君臣之明暗一、戴二政治之得失一、知二人才之堪否一、観二邦家之休戚一。千載之下、使下後人ヲシテ慎中其覆轍上。是率ネ所レ編ル素意宗レ之原レ之也。本朝慶長年中、**東照神祖君、唐土擾乱シテ察玉ヒ下時勢宜レク乗之機上、号二令シテ島津家一、征二スル於琉球一**。神旌西ニ靡ハ、金湯失レ険、深略一ニ振、中山投レ降、**武威制二服シ西戎剛毅一**、文徳化二育ス琉俗木訥一。於ア、穆タル神徳、諒ニ惟淵体帷幕運籌千里雄断也。可レ謂フ顕二脱シ百代之昔一、揚二映ス千秋之今一也矣。**世ニ有下号ル二薩琉軍記一ト書上。蕞爾タル小冊不レ載二西国統系一、疎説乱昧、読者憾レ之。余常歎息ス**。惟フニ琉国ノ建初、与二本朝神世一同ク、其建也。旧シ又於ケル二島家ノ勃興一、自二建久一以降、勲続最モ多ナレトモ紀載不レ伝。慷慨沈思、于レ茲有レ年憤然トシテ忘二固陋一、不レ省二識者哂嘲一、渉二猟百家ノ史一、撮二解シ神代説一、拾輯増補、成レ編集テ為二十五巻一。以挑ケ二神国之霊光一、以詳ス二薩琉之事迹一炳如タリ。侃侃如タリ。目テレ之曰二参考薩琉志一。因以冠シテ二此書一為二之カ緒一ト也。

于時寛政七（引用者注…一七九五）乙卯春　**亀祥堂示栄**著

家父示栄翁、欲レ成二此書一尽レ心。多年草稿既ニ成テ、満二十五冊一朝臥レ病、遂ニ不レ果二清書一、寛政丙辰（稿者注…一七九五）**秋八月**物故逝ス。而此書残二于斎中一也。生平嘗テ謂ラク、夫在レ治、雖下忠不忠難中弁上、及レ乱忠心義胆昭然トシテ可レ見。苟モ体シテレ国忘レ身、奉シテレ身尽レ誠。勧善懲悪之誡、未タレ有二自レ史善者一ハ也。不佞嗣二父カ志一、于レ茲修補拾輯シ、分レ冊為二二十巻一、永珍二蔵シテ篋中一、附二与ス家孫一。即以二其言一、繋下之ヲ書之序之後上。

文化二年（引用者注…一八〇五）乙丑**秋八月**既望　岷龍斎登瀛　謹識

これによれば、家康は中国の動乱に乗じて島津氏に琉球へ侵攻することを命令し、異国琉球を武威をもって征服し、琉球へ文徳を伝えたことを称賛している。そして、琉球侵略を書いた書物に〈薩琉軍記〉があるが、その内容には足りないところも多く、読者は満足していないことが歎かれ、執筆動機になされている。〈薩琉軍記〉に不満を述べてはいるが、合戦叙述は概ね〈薩琉軍記〉によったものであり、語り手の不満の多くは、琉球の風俗や琉球侵略以外の日琉交流史が描かれていないことにあるようだ。よって、『参考薩琉史』の内容は、〈薩琉軍記〉に補完した新たな薩琉史を構築することをめざしたものであるといえる。

さて、『参考薩琉史』の作者についてであるが、「序」によれば、眠龍斎登瀛なる人物により著されたとされる。そのおもとは家父である亀祥堂示栄が長年に渡り書き継いできたものが、寛政七年（一七九五）にまとめ終わるものの、その後死去、示栄がまとめたものに眠龍斎登瀛が亡父の遺志を継ぎ、まとめたものとされる。眠龍斎登瀛なる人物の素性は不明である。しかし、眠龍斎という号を持つ人物に国友一貫斎《くにともいっかんさい》（一七七八～一八四〇）がいる。国友一貫斎は九代目国友藤兵衛であり、幼名は藤一、号は一貫斎、眠龍、諱は重恭という。刀鍛冶師、発明家として知られ、日本で初めての空気銃、反射望遠鏡を制作した。近江国国友村の幕府御用鉄砲師の家に生まれ、九歳で父に代わって藤兵衛を名乗る。のちに文化八年（一八一一）、彦根藩の御用掛になっている。この国友一貫斎について、時代は合うのだが、人物像がまるでそぐわない。これは序の内容を疑ってみる必要性があるようだ。跋文の内容と序の内容との相違もそれを裏付けている。『参考薩琉史』跋には、

右薩琉志、全部二十巻ハ、亡父示栄翁ノ草稿有シヲ、空シク埋モレン事ヲ恐レテ、予、根機ヲ詰テ、漸ヤク清書シテ全部大成ス。児孫、漫ニ他人ニ貸シ見セシムル事ハ決シテ不許。万一破本トスルニ於ヒテハ、大成不孝ナルベシ。**農業ノ暇**ヲ見テ此書ヲ写シ取、夫ヲ他エ見スベシ。此本ハ亡夫ノ心ヲ尽サレタル草稿ノ散乱センヲ恐ル、儘、右ノ控ニ写取テ、亡夫ノ本意ヲ全フスル而耳、他見サスル為ニ書写スルニ非ズ。穴賢。

文化三年（引用者注…一八〇六）**秋八月**既望　**遠江　村松氏彦**　氏彦述

とあり、作者を遠江国の村松氏彦としている。この人物についても伝未詳であるが、跋文から農民あろうかと推測される。眠龍斎登瀛との関係性も不明である。序と一致するのは亡父示栄の草稿をもとにしたことである。また奇

妙な一致だが、序とは年時もずれているわけだが、「秋八月」という月が一致している。序から一貫した「秋八月」という叙述がなされるわけだが、農閑期とは思えない時期であり、内容に疑問を感ずる。このことからも『参考薩琉史』は眠龍斎登瀛なる人物に仮託した偽書であり、序、跋の内容自体が物語化しているかと思われる。つまり、ここに描かれるのは子孫への歴史観の伝授を語る物語なのである。次世代の人々に対して、琉球侵略の歴史叙述、いわば異国との合戦の歴史を伝えるためのものと言えるのかもしれない。

次世代に琉球侵略の物語を受け継いでいくという思想は増1『絵本琉球軍記』にも通じるものである。『絵本琉球軍記』は天保六年（一八三五）に刊行された〈薩琉軍記〉唯一の版本である。その「序」には次のようにある。

> ここに九州名将源忠久公、琉球へ拡わたり、英雄の誉を記し、人をして驚嘆せしめ、其余豪傑勇士の事状、むもれたるをあきらかならしむる物、賞すべき哉。**吾日本の武威、異国迄もとどろくは、泰平の恩沢にして言語に尽しがたし。そもそも年久しく民人枕を高ふして、腹を鼓し、干戈といふものの世にあることをしらず**。あはれ、此記に録する処を見て、治世の忝を思ひ、心を正しふして、身を修めて、各其職をつつしみ守らむことをねがふものは、播陽三木の隠士東面庵主人なり。

現在の泰平の世が築かれているのは、「日本」の武威が「異国」に轟いているためであるとし、長年戦さを知らない泰平の世で、皆それを忘れてしまっているので、今の平和な世の中を慎み生きるべきだとする。ここには明らかに外国への意識がはっきりと現れている。また、その認識を後代へ受け継がせようとしているのである。まさに琉球侵略の歴史叙述が次世代へと引き継いでいこうという意志が垣間見えるのである。

六　結語

〈薩琉軍記〉は史書として読まれ、享受されていく。それは江戸中期の対外情勢の変化していくという時代状況に即応するものである。それは侵略言説の流布にもつながっており、近世中期頃から異国を意識した言説が芽生えていき、幕末に再度それらの言説が語り出されていく。〈薩琉軍記〉のみならず様々な異国合戦物語が展開し、生み出されているのである。それらの言説は師から弟子へ、親から子へ教授され受け継がれていき、次世代へと歴史認識が伝承していくのである。

本稿では〈薩琉軍記〉を中心に琉球侵略の歴史叙述の伝播を追ってきたわけだが、当然琉球侵略以外の歴史認識もまた様々に引き継がれているわけであり、古代から近代までの戦いの言説を総合的、学際的にみていくべきはずである。「軍記」「軍書」などのカテゴライズではもはや説明のできないものであり、「戦いの文学」として通時代史的に研究対象を扱う必要性があるのだ。

▼注

（1）第一部参照。
（2）注（1）二〇一四年三月論文。
（3）山崎美成著『琉球入貢紀略』は、天保三（一八三二）年に刊行されており、鍋田晶山補筆による増訂版が嘉永三（一八五〇）年に出版されている。この嘉永三年増訂版から〈薩琉軍記〉は天保三年版出版後も読み続けられており、歴史的事実と〈薩琉軍記〉の内容が混同されていく様子が指摘できる（注（1）二〇一二年七月論文）。テキストは、天保三年版は早稲田大学蔵本を、嘉永三年増訂版は刈谷市中央図書館村上文庫蔵本を用いた。
（4）テキストは、林韑『通航一覧』（泰山社、一九四〇年）によった。
（5）テキストは、岩波文庫によった。

（6）資料篇参照。
（7）以下、日置謙校訂解説『麦水俳論集』（石川県図書館協会、一九七二年）を参考にした。
（8）テキストは、刈谷市中央図書館村上文庫蔵本を使用した。
（9）刈谷本には、冒頭に「源家濫觴之事」という頼朝までの源氏の由来譚が付加されていることも特徴にあげられる。ほかの伝本にこの章段が語られることはない。ここには、「清濁昇降リ、而為レ天為ナシレ地、則日月星辰在ハレ地ニ、則山河草木、尊卑上下、而為君為臣、在レ君則王侯公伯在臣」と、君があってこその臣であることが説かれる。伝本の転写の過程で付加されたものであると思われることの思想は、諸本全体にうかがえる「主は絶対である」という思想に通底する。また、この「源家濫觴之事」の書き込みには、「鬚切」言説も盛り込まれているのである。「鬚切」は、源氏嫡々に相伝され、源頼朝が所持したとされる刀である。その「鬚切」をめぐって、対外状況が切迫化する幕末（嘉永六年・一八五三）において、島津斉興に献上されるという言説が浮上し、以後の島津氏の系譜意識に影響していくことがすでに指摘されており（鈴木彰「島津斉興と源氏重代の太刀「鬚切」・鎌倉鶴岡相承院─源頼朝を媒とした関係─」（『軍記と語り物』46、二〇一〇年三月））、刈谷本には、頼朝から連なる源氏を意識した歴史認識が反映されている可能性がある。
（10）村上忠順については、豊田市郷土資料館編『村上忠順展─幕末に活躍した勤皇の国学者─』（豊田市教育委員会、一九八八年）による。
（11）立教大学図書館蔵『薩琉軍談』奥書、識語「文政十二年／丑七月朔日、山本長悦／拾四歳／福島よりうつす」、立教大学蔵『薩琉軍鑑』奥書、識語「天保拾五年辰正月吉日／倉下屋吉承郎持主／行年拾七才写之」などの奥書で確認できる。また、〈薩琉軍記〉には、文法の間違いや書き損じ、落書きなどをもつ伝本が多数散見されることもこれを裏付けよう。
（12）テキストは、四天王寺大学恩頼堂文庫蔵本を使用した。
（13）依田貞鎮は、『旧事大成経』の研究者であり儒仏にも通じた人物で、江戸時代の墓碑銘、行状類の集成『事実文編』の「依田伊織墓碑銘」によると、武蔵国府中出身で、諱は貞鎮、号は偏無為、氏は母方の五十嵐だったが、のちに依田とあらためたとある。父母を亡くしたあと江戸谷中に住し、神学者となり、門人は沙弥証海をはじめ、四百人を数えたという。また、京、大坂にも出向き、当時、東叡山末寺であった四天王寺に、山王一実神道流の神事作法を伝えた人物として知られる。著作に『先代旧事本紀中箋』『諸神鎮座記』『大成経小補』などがある（『朝日日本歴史人物事典』）。

（14）「文化十一」以降は朱書である。『未然本紀註』は恩頼堂文庫に二点所蔵されている。もう一本の『未然伝註』と題する伝本には「享保十三年」の本奥書のみある。

（15）注（1）二〇一〇年論文、二〇一二年七月論文。

（16）侵略文学は小峯和明の提唱によるものである。小峯和明「琉球文学と琉球をめぐる文学―東アジアの漢文説話・侵略文学」（「日本文学」53―4、二〇〇四年四月）、小峯和明「〈侵略文学〉の位相―蒙古襲来と託宣・未来記を中心に、異文化交流の文学史をもとめて」（「国語と国文学」81―8、二〇〇四年八月）。

（17）徳川宗敬は水戸徳川家十二代当主篤敬の次男として生まれ、のちに一橋徳川家十一代当主達道の養子となった人物である。昭和十八年（一九四三）、養父達道が蒐集した五万点にもおよぶ書籍を東京国立博物館に寄贈している。

（18）〈参考本〉について、以下の論文を参考にした。鹿野朋子「『椿説弓張月』源為朝伝―『参考保元物語』『難太平記』との比較」（「熊本女子大学国文研究」33、一九八七年十二月）、長坂成行「国立公文書館内閣文庫蔵『写本太平記 参考太平記見合抜書』翻刻」（「奈良大学紀要」19、一九九一年三月）、原水民樹「『参考保元物語』考―編纂の経緯・底本・意義」（「徳島大学総合科学部紀要（人文・芸術）」6、一九九三年二月）、長坂成行「『写本太平記 参考太平記見合抜書』解説、付『軍記抜書九種』覚書」（「奈良大学紀要」21、一九九三年三月）、岡田三津子「『参考源平盛衰記』写本書誌調査報告」（「大阪工業大学紀要（人文社会篇）」54―1、二〇〇九年十月）、倉員正江「彰考館編纂書の出版をめぐる諸問題―茨城多左衛門と富野松雲等書肆の関係を中心に」（「江戸文学」42、二〇一〇年五月）。

（19）国文学研究資料館日本古典籍総合目録データベースによると、以下のように〈参考本〉が確認できる。これに対して〈参考本〉の総合的研究はこれまでなされてない。〈参考本〉全体を見通した考察が今後必要になってくるだろう。〈参考本〉一覧、『参考赤松

盛衰記』『参考熱田大神縁起』『参考伊勢国風土記』『参考伊勢物語』『参考小栗実記』『参考尾張本国帳』『参考外寇遺事』『参考禁忌要録』『参考京師見聞実録』『参考源平盛衰記』『参考歳時記』『参考歳時記拾遺』『参考狭衣草子』『参考薩琉史』『参考信濃宮伝』『参考島原記』『参考衆方規矩』『参考職原鈔目録』『参考諸家系図』『参考神名式』『参考姓名録抄』『参考関ヶ原軍記』『参考関ヶ原軍記鈔』『参考隊舎量数』『参考太平記』『参考太平記綱要』『参考太平記凡例稿本』『参考読史余論』『参考土佐軍記』『参考浪合記』『参考反切例』『参考漂流人始末聞書』『参考風土記』『参考服忌令』『参考平治物語』『参考保元平治』『参考保元物語』『参考本国神名帳集説』『参考本多系伝』『参考枕艸紙』『参考蒙古入寇記』『参考六国史』。

第五節　蝦夷、琉球をめぐる異国合戦言説の展開と方法

一　はじめに

近世中期以降多数の異国合戦軍記が生み出され享受されている。〈蝦夷軍記《えぞぐんき》〉、〈薩琉軍記〉もまた近世期において多種多様に流布した作品である。それら異国合戦言説が生み出される背景にはいったい何があるのだろうか。本稿ではシャクシャインの戦いを描く〈蝦夷軍記〉、島津氏の琉球侵略を描く〈薩琉軍記〉を中心に、徳川幕府の日本の領土確定施策と異国合戦軍記の流布との関連性についてみていきたい。〈蝦夷軍記〉は、寛文九年（一六六九）のシャクシャインの蜂起に呼応したアイヌが蝦夷地内の交易船や鷹待《たかまち》・金堀《かなほり》を襲撃した松前藩に対するアイヌの蜂起、いわゆるシャクシャインの戦いを描いた軍記群の総称であり、〈薩琉軍記〉は、慶長十四年（一六〇九）の薩摩藩による琉球侵攻を、新納武蔵守と佐野帯刀との対立譚を軸に描く軍記の総称である。二つの軍記は描く地域は真逆だが、その享受の背景は極めて近似しているのである。

二　〈蝦夷軍記〉の描く対外戦争

まずは〈蝦夷軍記〉について定義づけてみたい。〈蝦夷軍記〉は寛文九年（一六六九）のシャクシャインの蜂起に呼応したアイヌが蝦夷地内の交易船や鷹待・金堀を襲撃した松前藩に対するアイヌの蜂起、いわゆるシャクシャインの戦いを描いた軍記群の総称である。歴史的な動向を確認していくと、当時、シブチャリ、ハエ、シュムクルのアイヌ同士が漁猟権をめぐり争いを続けていた。そこでシブチャリの首長シャクシャインがハエの首長オニビシを刺殺するという事件がおきる。オニビシの配下が松前藩に援助を要請しシブチャリとの対決色を鮮明にするが、松前藩はこれを拒否。この使者が急死したことが松前藩による毒殺と伝えられたため、アイヌ民族による反松前の戦いへと発展していくというのが戦いの契機である。

戦いの背景には、商《あきない》場《ば》知《ち》行《ぎょう》制《せい》の展開による不等価交換や自由貿易の制限への不満があった。幕府は東アジアにおける中国（清）からの冊封体制から脱却し、独自の国家秩序をめざしており、その一環として蝦夷を松前藩を介して従属させていた。そのため、アイヌの蜂起は幕府に衝撃を与える。幕府はいち早く松前藩主の一族で旗本の松前康広を下向させ、蝦夷侵攻の指揮をとらせた。また、弘前藩に出兵を命じ、杉山八兵衛らが渡海する。松前藩は幕藩権力を後ろ盾として蜂起勢に圧力をかけ、和睦とみせかけてシャクシャインらを謀殺した。この戦いの鎮圧により、松前藩のアイヌに対する支配が一段と強化されるのである。

この一連の流れを描くのが〈蝦夷軍記〉である。ただし、内容はテキストにより様々に変容しており、オニビシがシャクシャインと組みし、アイヌ一丸となって日本と戦う物語になっているものもある。テキストは写本として流布しており、海保嶺夫により多数の伝本が翻刻、紹介されている。▼注[1]また小峯和明は、蒙古襲来を契機にした対外的な危機感を投影した存在としてのシャクシャインや蝦夷から見た日本への視線に着目し、日本海をめぐる物語の中で義経伝説に関連させて〈蝦夷軍記〉を位置づけている。

小峯が指摘するように、▼注[2]〈蝦夷軍記〉は義経渡海伝承を取り込み、蝦夷に渡った崇拝される日本人の物語を展開させている。宝永七年（一七一〇）に編まれた『蝦夷《えぞ》談《ばなし》筆記《ひっき》』▼注[3]には、

義経の事をうきくると云。弁慶をハ其儘べんけいと申よし。

義経むかし此国**はゐ**と云所へ渡り、ゑその大将の娘になちミ、**秘蔵の巻物**を取たりと云事を**じゃうるりに作り、**

彼等か内にて智恵の勝れたる者ともかたり候由。

義経をハ殊の外尊敬いたし、其城跡へも足踏不レ仕候よし。右城跡の石垣ハしりかくと申す魚の嘴にて築立候由。右の魚嘴の長さ八、九尺、鉄のことくにて、何百年候ても腐申儀ハ無レ之もの、由に候。

と、義経の兵法取得譚を「じゃうるり」（浄瑠璃）に作り、その物語が語られ、義経が尊崇される存在であることが述べられている。ここでいう「じゃうるり」が人形劇なのか、はたまた口承の語りなのか定かでないが、異国に渡った日本人が崇拝され、当地で物語として語り継がれている様相がうかがい知れる。蝦夷地を探索した松浦《まつら》武《たけ》四郎《しろう》の『蝦夷《えぞ》日誌《にっし》』には、▼注[4]「此地ニ惣而蝦夷浄瑠理といへるもの有て、此こと（引用者注…義経の物語）を作り述たり。其語蝦夷語なれば、通辞ニ聞ざればべんじがたし」とあり、浄瑠璃が蝦夷語で語られる様子を記す。これはアイヌ民族に伝わる叙事詩であるユーカラであると指摘されている。▼注[5]さらに市立函館図書館蔵『蝦夷《えぞ》言葉《ことば》』にも、アイヌ語を片仮名で記した「義経浄留理」が所載される。▼注[6]これらのように蝦夷において義経の物語が語られ、親しまれたことは確かなようである。

また『しやむしやゐん一揆《いっき》之事《のこと》』には、義経伝承のある土地に生まれた「鬼びし」と義経とが重ね合わされて語られている。▼注[7]

共節、又鬼びしと申えぞ有レ之候〈又鬼べと云〉。彼は、はゐと申処より出候て、**長高く、力量人に越え、軽捷の術を得て、巌石をもつたひ、高き所をもをどり越え、飛鳥のごとくにて候**。はゐと申処ハ、むかし義経、此島へ渡り給ふ時、仮に居住の所にて、此所より出る者すべて、はゐくると申候〈くるとは衆と云事なり。江戸より出のものを江戸衆と云がことし〉。

昔、義経が蝦夷に上陸した後仮住まいした「はゐ」出身の「鬼ひし」の描写である。「軽捷の術」「飛鳥のごとく」など義経を思わせる描写がなされている。『北海随筆《ほっかいずいひつ》』後編には、▼注[8]「此ヲニビシと云は、ハイと云所に生れ、豪勇智力共にありて道理よき者故に、近辺の夷人共多くヲニビシを親みけり。**ヲニビシ元来本邦を尊信し**、松前領主え服従して、能く夷人をも撫け治めて、**松前領主えは忠義あり**」と、「ハイ」に生まれ、シャクシャインと対立した「ヲニビシ」が松前藩に忠義を尽くし、日本側を尊崇していたことが述べられている。

義経の物語を語る〈蝦夷軍記〉として『夷蜂《えびすほう》起《き》物語《ものがたり》』ははずせない。▼注[9] この二段には「白老国の夷」の前で大将「ましたゐん」が日本と合戦することの不利益を説く場面が描かれるがそこに義経兵法取得譚が用いられているのである。

簡単に物語を記すと、いにしえの大王「八面大王」のもとに「うきぐるみ」と名を変えた義経が訪れ、大王を謀り、大王の息女「朝日天女」の婿になる。義経の目的は「虎の巻物」であり、姫の導きにより巻物を得た義経は日本へと帰国する。これに激怒した大王は日本へ攻めていく。奥州南部から入った蝦夷軍は伊豆国まで攻めるが、富《ふ》士《じ》浅間《せんげん》大菩薩、箱根の権現、三島大明神が悪風を吹きかけ撃退し、大王は奥州米沢まで退く。そこへ「日本六拾余州の大小の神祇」が攻めかかると大王も震動、雷電、霹靂神《はたたがみ》、火炎を吐き、剣を吹きかけ応戦するが、「伊勢の神風」によりすべて蝦夷軍側に吹き返される。ずたずたにやられた蝦夷軍の血を含んだ雪が今も降るという。「ましたゐん」は、この先例をうかがうに日本と戦って、仮に人間を滅ぼしても、仏神が顕れ、たちまちに天罰を被るだろうとする。

松前藩側と戦うことの無益を説くために義経の物語であるが、ここでは日本の神々と蝦夷の悪鬼との戦いにすり替わっている。まさにこれは日本が夷狄に勝利する物語であり、異国に勝つ言説として義経伝承が用いられているのである。『松前蝦夷軍記《まつまええぞぐんき》』を基にした『松前狄軍記《まつまえいてきぐんき》』にも同様の内容がみえ、多様に流布したであろうことがうかがい知れる。

このほかにも、『津軽一統志《つがるいっとうし》』巻十には蝦夷図を載せるが、ここには『御曹子島渡り《おんぞうししまわたり》』などの義経渡海譚に機縁するかと思われる「小人島」「女島」などが描かれている。この『津軽一統志』は享保十六年（一七三一）に津軽藩で編まれた藩史であり、津軽藩の蝦夷における信政の功績として描かれているのだ。

三　近世における蝦夷、琉球言説と新井白石

絵図で注目されるのは、正保国絵図だろう。正保元年（一六四四）、幕府が各藩に命じて国絵図を作成させる。志立正知は、十七世紀の幕府による修史事業、国絵図の整備などの事業を「幕府・徳川家を中心とした日本の歴史・地理に関する知の再編」であるとしている。▼注[10] それはまさに江戸中期における幕府の領国確定施策と言えるだろう。義経の蝦夷渡海伝説が語られ始めるのも、まさにこの時期である。『本朝通鑑《ほんちょうつがん》』巻七十九「後鳥羽天皇七」には、「俗伝又曰、衣川之役、義経不ㇾ死、逃二到蝦夷島一、存二其遺種一」とあり、俗説として、義経は平泉で死なず、その子孫が蝦夷にいるとされる。▼注[11]『本朝通鑑』は徳川幕府による修史事業の一環として林羅山《はやしらざん》によって寛文十年（一六七〇）に編まれる。この前年にはシャクシャインの戦いがあったので、当然その視野は蝦夷の統治に及ぶものであろう。

この『本朝通鑑』の内容を受け継ぐのが、新井白石《あらいはくせき》の『蝦夷志《えぞし》』である。▼注[12]『蝦夷志』の「蝦夷」項には、蝦夷の人々

は祭壇を設けず義経を神として祀り、東部に旧跡が遺っていて、蝦夷の人々が恐れ敬う様子が語られる。また、義経がアイヌの創世神である「オキクルミ」に比定され祀られること、義経の旧跡は「ハイ」と、そこの人々は「ハイクル」と呼ばれることが述べられている。これは先に引用した『しやむしやゐん一揆之事』の内容に通じる。

また、「序」には、「蝦夷一曰二毛人一。古北倭也〈北倭出二山海経一〉」とあり、蝦夷は「北倭」であり、「北倭」は『山海経《せんがいきょう》』に出てくるという。これにより蝦夷は倭（日本）であることの根拠とするわけだが、「北倭」が『山海経』に出てくるというのは、『山海経』の誤読によるものである。『山海経』巻十二「海内北経」には、「蓋国在鉅燕南倭北倭属燕」とあり、これは「蓋国は鉅燕の南、倭の北に在り。倭は燕に属す」と訓読するのが正しいかと思うが、これを「蓋国は鉅燕に在り。南倭、北倭は燕に属す」と訓読すると、「南倭」と「北倭」が誕生するのである。▼注[13]ただ、新井白石は名高い漢学者として知られており、このような誤読をすることには、いささかの疑問がある。作為的な誤読を疑う余地は大いにあると考えられよう。『蝦夷志』より先んずることになるが、新井白石は『南島《なんとう》志《し》』においても「北倭」を蝦夷に、「南倭」を琉球に結びつけている。▼注[14]「総序」に、「古北倭、後所レ謂蝦夷」「亦是古南倭、後所レ謂流求」とあり、蝦夷と琉球を日本の一部として位置づけるのである。

これは先に述べた絵図にもつながる。正保国絵図の「琉球図」は新井白石『南島志』に引き継がれるのだ。さらに『南島志』は〈薩琉軍記〉の諸本の一つである増2『琉球属和録』に引き継がれていく。『琉球属和録』は琉球への渡海図を描くが、ここには現実世界と〈薩琉軍記〉世界との融合した世界が描かれているのだが、▼注[15]その世界構想に『南島志』が大きく影響しているのである。一例をあげると、『琉球属和録』巻四「浮田秀家依ル二薩摩一」には、薩摩へ落ちのびた宇喜多秀家《うきたひでいえ》の言葉の中に義経伝説が織り込まれている。▼注[16]

> 昔**源九郎義経**、平家を追伐ス。功成ツて後、兄頼朝と不和に成り、都を落て吉野にかくる。又西海に趣かんとす。しかれども、頼朝の威、日本に満て、義経終に足を入るるの地なし。漸に奥州秀衡《ひでひら》がもとに有といへども、

頼朝の代終に動クべからざるを知ツて、蜜かに蝦夷が島に渡れりと聞及ビたり。**蝦夷ハ北倭なり。又奥州に隣ルが故也。今此薩摩ハ琉球に隣ル。琉球ハいにしへの南倭也。**我其例にならふて、南倭へ渡り、琉球国を押領せんと欲す。願ハくハちからを助ケたまへ。

秀家は琉球は「いにしへの南倭」であるため、「北倭」に渡った義経の先例に基づき、琉球に渡って琉球を支配しようと思うので、薩摩の力を貸すように要請するのである。薩摩の助力を得て、秀家は琉球へと侵攻するも大潮に遇い撤退することになる。ここにいう蝦夷が北倭であり、琉球は南倭であるという考えは、まさしく『南島志』によるものであり、新井白石の言説に大きく影響されているのだ。『琉球属和録』と新井白石のつながりについては後述する。

『琉球属和録』に描かれる義経の物語は続きがある。蝦夷に渡り「キクルミ王」となり、子孫は多田満中に由来する「満中」という国を建国する。そして満中から韃靼《だったん》の大王が生まれ、清を建国するというのである。さらに『琉球属和録』には琉球における為朝の物語も大いに語られている。▼注[17]つまり、北の言説に義経を利用し、南の言説に為朝を利用しているのである。

義経渡海言説については『御曹子島渡り』が早い例であるが、近世以降、義経生存説が広まっていく。そして林羅山『本朝通鑑』において義経蝦夷渡海説が初めて語り出される。羅山の『本朝通鑑』は幕府の修史事業の一環であり、よこには徳川幕府の思惑が介在する。そして、それを引き継いだのが新井白石であり、「北倭」「南倭」論の展開の基点になっていくのである。

四　〈薩琉軍記〉を介した琉球認識の展開―『琉球属和録』を中心に―

次に琉球側、〈薩琉軍記〉についてみていきたい。〈薩琉軍記〉についてはここまで述べてきた通りだが、簡潔に内容をまとめておく。〈薩琉軍記〉は、慶長十四年（一六〇九）の薩摩藩による琉球侵攻を、新納武蔵守と佐野帯刀との対立譚を軸に描く軍記の総称である。琉球侵攻を題材にしているが、実際には起きていない架空の合戦を作りだし、様々な武将たちの活躍を創出している。新納武蔵守一氏が軍師に任ぜられ琉球侵攻の指揮をとり、佐野帯刀が活躍する物語を有するのが〈薩琉軍記〉の大きな特徴である。

ここで注目するのは、〈薩琉軍記〉の諸本の一つである増2『琉球属和録』である。『琉球属和録』は、〈薩琉軍記〉全体がほかの物語を取り込んだり、または取り込まれるなどして全面的に改編された増補系の諸本である。ここでは、「諸本」の意味合いを広く解釈し、新納武蔵守と佐野帯刀との対立譚を主軸とする基本となる物語を有しているテキストを〈薩琉軍記〉と定義するため、これらの作品も〈薩琉軍記〉諸本として加えてある。

『琉球属和録』は、加賀出身の誹諧師であり、実録作者として名高い堀《ほり》麦水《ばくすい》の手によるものである。本文末尾に「于時明和三年丙戌のとし、長門の長夏を徒らに過さじとみだりに調ズ」とあり、明和三年（一七六六）の夏に著された旨が語られているため成立時期がはっきりしている。▼[注18] 麦水の手による書写本が複数存在しているが、▼[注19] 麦水の没年が天明三年（一七八三）なので、天明年間以前には書写は完了していたのだろうと思われる。

物語は十五巻に及び、〈薩琉軍記〉諸本中でも最も増補された類のものである。内容は加賀藩二代藩主前田《まえだ》利長《としなが》が際だった章段が加わるのが特徴である。麦水の出身地である加賀ゆかりの人物が主要人物として改変されているわけだが、豊臣秀頼《とよとみひでより》、真田幸村《さなだゆきむら》など関ヶ原合戦に敗れるなどして薩摩に身を寄せるという言説は、江戸期において数多くあるものの、加賀藩主である前田利長が琉球について語るという言説は見受けられない。

先にも述べたが、『琉球属和録』では新井白石の『南島志』を引用しており、琉球を南倭、蝦夷を北倭とし、日本の中の属国であるという認識が働いているのである。『琉球属和録』巻一「琉球国初」では新井白石言説の受容をはっきりと指し示している。

白石荒井先生の南島志、僧袋中和尚の南遊の記等を見るに、鴻荒の世、二箇の神人おり、炎海の洲に来たり、一男一女となつて、固ミて三子を産む。其一を君長のはじめとし、其二を女祝のはじめとし、其三を民庶のはじめとす。**或ハいふ**、三男二女なり。長男を君とし、天孫氏となづけ、中男を按司となし、少男を蒼生となす。又長女を女君となし、少女を内侍となすとも云。**二神の名、男をシネリキユ、女をアマミキユと云**。天孫氏、世々伝えて、一萬八百余年と云。

これは琉球の創世神話であるアマミキユとシネリキユをめぐる物語である。ここではアマミキユとシネリキユの間に生まれる子たちについて、三子説と三男二女説の両説を引いている。琉球の創世神話について、袋中の『琉球神道記』は三子説を採り、琉球の史書である『中山世鑑』は三男二女説を採る。また、ここでは『南島志』を引用していることを明言している。そのほかにも袋中の「南遊の記」（『琉球神道記』のことを指すと思われる）を披見するとするが、以下の『南島志』上巻「世系第二」と読み比べてみると、『琉球神道記』を管見にいれているかどうか疑わしい。

鴻荒之世有㆓二神㆒、而降㆑于㆓炎海之洲㆒、一男一女因生㆓三子㆒。其一為㆓君長之始㆒、其二為㆓女祝之始㆒、其三為㆓民庶之始㆒。邃古濶遠、歴世綿邈、国無㆓史書㆒、厥詳莫㆑聞。

慶長間、僧**袋中**南遊、輯㆓録異聞㆒。其略如㆑此。**中山世図**云、大荒之世、有㆓一男一女㆒、因生㆓三男二女㆒。長男為㆓君王之始㆒、号曰㆓天孫氏㆒。中男為㆓按司之始㆒。少男為㆓蒼生之始㆒。長女為㆓女君之始㆒。少女為二内侍之始一。天孫氏世世伝統一萬八百余年、其代数不レ詳。

比較してみてわかる通り、『琉球属和録』の内容は『南島志』に拠るとみてよい。袋中の「南遊の記」とするのは、「僧袋中南遊し、異聞を輯録す」とあるのによるものだろうが、『南島志』で「異聞」とするものを『琉球属和録』では『南島志』と並列に並べている。

創世神話の内容から『琉球属和録』が『南島志』を下敷きにしており、『琉球属和録』の描く世界認識が、新井白石の言説の影響下にあることに間違いないことがわかる。これは琉球を南倭、蝦夷を北倭とする思考が働いており、琉球、蝦夷は日本の中の属国であるという認識につながっていくのである。

江戸前期において、東アジア諸国を揺るがす一つの事件があった。明の滅亡と清王朝の誕生である。清は東アジアの支配領域の確定に乗り出し、江戸幕府もその流れに巻き込まれていき、白石は江戸幕府による国家政策の一環として、日本国土の支配域の確定をめざしていく。そして、それは異国を日本の属国とする根拠として武人伝承を取り込み、説話を再生していく様相を生み出す。つまり、ここでは琉球を南倭とするよりどころに為朝、蝦夷を北倭とするよりどころに義経の言説が利用されているのである。『琉球属和録』ではほかに百合若大臣《ゆりわかだいじん》説話の語り換えもなされている。いわば異国合戦言説を必要とする世相が武人伝承などを再生産することにより、〈蝦夷軍記〉や〈薩琉軍記〉といった異国合戦軍記が誕生し、展開していくのである。

五　異国合戦言説の展開とその背景

近世期には〈蝦夷軍記〉、〈薩琉軍記〉、義経渡海伝承、為朝渡琉譚のみならず、多くの異国合戦言説が生み出されている。特に享保期頃から異国を意識した言説が芽生えていき、幕末に再度それらの言説が語り出されている。

異国合戦言説が必要とされる背景として清王朝の誕生、欧米諸国や露西亜の東アジアへの進出など日本を取り巻く対外状況の変化があるだろう。〈薩琉軍記〉の描く琉球侵略を「歴史」として認識し享受されていた根拠として『日本外史』があげられる。▼注[20] 前節でもみてきたが、あらためてみてみることにする。巻二十一「徳川氏正記」には次のようにある。

　これより先、島津家久、教を奉じて琉球を招く。琉球至らず。請うてこれを討つ。この歳暮、**その将新納一氏を遣し**、八千人に将として南伐す。樺山久高、先鋒たり。東求島に抵り、琉球の戍兵三百を執ふ。夏、難巴津を攻む。虜、鉄鎖を以て船を聯ね、津口を扼守す。而して津傍に山あり。険にして蛇蝎多し。虜、恃んで兵を置かず。我が軍、火を放つて山を赭にして上り、**進んで楊睽灘《ようけいなだ》を奪ひ、千里山に戦ふ。利あらず、転じて朝築城を攻めてこれを抜く**。

新納一氏が登場することから『日本外史《にほんがいし》』が〈薩琉軍記〉を利用していることに間違いない。『日本外史』は文政十年（一八二七）、頼山陽《らいさんよう》によって著され松平定信《まつだいらさだのぶ》に献ぜられ、幕末に広く流布し、大きな影響を与えた。そこには学問所などを通した言説の伝播もあったであろう。

同時代の琉球王の書簡からも時代情勢をうかがい知ることができる。次に引用するのは韓国国立故宮博物館蔵「中山王尚敬書状《ちゅうざんおうしょうけいしょじょう》」である。▼注[21]

　一翰謹呈し候ふ。有章院様、去年四月晦日に薨御の段、同九月に承知仕り奉り言語に絶え候ふ。茲に因り、吊慰を伸べ奉るべきため、使者川平親方を今度薩州へ差し越し候ふ。薩摩守より申し上ぐべく候ふの条、御執り成しを頼み奉り候ふ。誠惶謹言。

　五月三日（引用者注…享保二年・一七一七）　中山王尚敬（花押）

謹上　土屋相模守様

これは琉球王尚敬《しょうけい》が[注22]江戸幕府老中に宛てた書状で、第七代将軍徳川家継《いえつぐ》（有章院、一七〇九〜一七一六）の死去を弔うものである。[注23]家継は第六代将軍家宣《いえのぶ》の四男であるが、兄たちが相次いで死去し、正徳二年（一七一二）、新井白石や間部《まなべ》詮房《あきふさ》を後見として若くして将軍になる。しかし、正徳六年（一七一六、六月に享保に改元）四月三十日、わずか八歳で死去している。琉球王書簡について、正徳期になると琉球が異国であるという認識がなくなり、附庸の国であるという面を重視するようになったとする指摘がある。[注24]一方で、宝永七年（一七一〇）の江戸上りにおいて、薩摩藩が琉球に対してあらゆる面で中国風の装いをするように命じたことや、将軍の「日本国大君」から「日本国王」への復号、琉球王の「琉球国司」から「琉球王」への復号がなされたことから、異国を支配している武威の国としての日本を確立していく中で新井白石による対外的な秩序の再編成が行われていたという指摘もある。[注25]両者の論が指摘するように、幕府は旧来の手法から脱却を図っていたわけだ。つまり、この書簡が送られた時期は、幕府による日本の領域を見直している時期と重なるのである。幕府による異国に対して意識転換、改革がなされていた時期と異国合戦物語が多数生み出される時期と重なり合うのは偶然とは言いがたかろう。

同時期に琉球で広く享受されたものに『御教条《ごきょうじょう》』がある。[注26]『御教条』は、一七三二年、蔡温《さいおん》らによって布達された文書であり、木版で大量に流布し、近世琉球における実践道徳を記した修身書とされる。『御教条』の様相を探る上で少し長くなるが引用してみたい。

御当国（引用者注…琉球）**の儀、天孫子、開国あそばされ候へども、御政法または礼式などと申すことも、しかじかこれなく**、ことに小国のことにて、何篇、不自由にまかりあり候ふところ、その末の御代より、ほうぼうへ渡海いたし、その働きをもって、ようやくながら国用筈合おき候ふ。しかれども、諸間切において、諸按司、心しだいに城をかまえ、おのおの威勢を争い、年々兵乱さしおこり候ふゆえ、上下万民の憂いはもちろんのこと候ふ。

右の時節、**唐より封王これあり候ふについて**、礼法惣体の儀は、まずもってあい立ち候へども、国中万事の儀については、前代とさしてあいかわらず、あまつさえ、兵乱ほうぼうよりさしおこり、国中の騒動、言語道断の仕り合い候ふ。その後、ようよう兵乱の儀はあいしずまり候へども、右どおりのしだいについて、**御政法ならびに風俗まで、だんだんよろしからざる儀**、これありたること候ふ。

しかるところ、**御国元**（引用者注…薩摩）**の御下知にあいしたがい候ふ以後**、国中万事おぼしめしのとおりあい達し、**御政法、風俗までようようひきあらたまり**、今もって上下万民安堵つかまつり、めでたき御代まかりなり候ふ儀、まことにもって、**御国元の御厚恩をこうむり、くだんのしあわせ冥加しごくの御事候ふ**。

右のしだい、前代のことにて、無案内の方もこれあるべく候ふあいだ、おのおの納得のため、申し達し候ふ。

この儀、とくとその意を得、老若男女ども、ありがたきしあわせに存じたてまつるべきこと。

ここでは琉球の政事や礼法などは天孫子が開闢して以来整っておらず、中国との冊封体制をとってもそれは改まらなかったが、薩摩の下知に従ってからは政事や人民の状態が整ってきたことを述べる。これはまさしく教育を通した教化策であり、薩摩の琉球支配を物語るものである。しかし一方で、琉球は日本（薩摩）との関係を隠蔽し、対外的に「独自の王国」を装っていたという指摘がある。▼注[27] 一例をあげると、蔡温本『中山世譜《ちゅうざんせいふ》』巻七には、「朝鮮、日本、暹羅、瓜哇等国、互不㆓相通㆒、本国孤立、国用復欠。幸有㆓日本属島、度佳喇商人、至㆑国貿易、往来不㆑絶」とある。▼注[28] ここには琉球が朝鮮、日本、シャム、ジャワなどと交流がなく孤立していること、日本の属国であるトカラ商人と貿易をしていることが述べられており、日本との交流がないように装われている。これらを鑑みるに、『御教条』の内容も表面だけを読んでいたのでは本来の意味をとらえきれないのではなかろうか。日本が琉球との関係性を転換していた時期に、同じく琉球でも蔡温らを中心に琉球王国の立場を見直していたわけである。蔡温がいかなる思いを持って薩摩支配の中で叙述を進めていたのか、さらなる追究が必要だろう。

先にも指摘したように、江戸中期から幕末にかけて欧米諸国や露西亜《ろしあ》の東アジアへの進出が盛んになり、そのため「異国に勝つ物語」の需要が高まっていく。その背景をうかがう意味でも日本と異国相互からの視線で分析していく必要性があり、そのためにも学際的な研究が求められているのであろう。

六　結語

近世期において、シャクシャインの戦いを描く〈蝦夷軍記〉や琉球侵略を描く〈薩琉軍記〉などの異国合戦軍記は多様な流布を展開している。その展開の背景には、徳川幕府の異国対策、国家施策としての領土確定政策があり、新井白石はその施策を文章で体言化していく。白石の論は蝦夷を北倭、琉球を南倭として日本化していく論調の基点になる。この考えは異国合戦軍記にも大きく影響し、〈蝦夷軍記〉〈薩琉軍記〉享受や流布の下支えになっていくのである。

〈蝦夷軍記〉が源義経の蝦夷渡海譚、〈薩琉軍記〉が源為朝の琉球渡海譚を取り入れることもその一端であり、異国である蝦夷や琉球の建国神話や神として崇拝される存在にヤマトの武士の物語を採用されることは、異国を日本化（ヤマト化）していくことに通じる。

本節では〈蝦夷軍記〉〈薩琉軍記〉を中心に、蝦夷と琉球を問題にしてきたが、異域をめぐる合戦言説は東アジア全体に及ぶものである。特に秀吉の朝鮮侵略を描く〈朝鮮軍記〉、島原天草の乱を描く〈島原天草軍記〉などは同時代に流布した作品として見逃すことができず、さらなる考察が必要だろう。

▼注

（1）海保嶺夫『北方史史料集成』4（北海道出版企画センター、一九九八年）。また、『日本庶民生活史料集成』4にも、『蝦夷蜂起』や『寛文拾年狄蜂起集書』などのテキストが収められている。
（2）小峯和明「古典文学に見る日本海―〈海域・海洋文学〉の可能性」（「解釈と鑑賞」69―11、二〇〇四年十一月）
（3）引用は、注（1）『北方史史料集成』4による。松宮観山の著書。海保は幕府系統資料として位置づけている。
（4）引用は、秋葉実『校訂蝦夷日誌』一編（北海道出版企画、一九九九年）による。
（5）『校訂蝦夷日誌』頭注。
（6）田中聖子「『蝦夷言葉』の「義経浄留理」について―近世のアイヌ口承文芸の記録に関する一考察―」（「早稲田大学語学教育研究所紀要」38、一九八九年三月）。
（7）引用は、注（1）『北方史史料集成』4による。海保は幕府系統資料として位置づけている。山括弧は割り注を指す、以下同様。
（8）『北海随筆』は幕府金座役人の坂倉源次郎の蝦夷金山の見聞記であり、元文四年（一七三九）に成る。引用は、注（1）『北方史史料集成』4による。
（9）（1）『北方史史料集成』4による。海保は松前藩系統資料として位置づけている。
（10）志立正知「近世地誌にみる〈いくさ〉の記憶」（「文学」16―2、二〇一五年三月）。
（11）引用は、林恕撰『本朝通鑑』（国書刊行会、一九二〇年）による。またここには、弁慶の死後、容貌が多数描かれ、あるいは造られ、それが蝦夷や大陸に渡り鍾馗とともに祀られることも記されている。
（12）享保五年（一七二〇）成立。引用は、新井白石全集による。
（13）「北倭」「南倭」の記述は、松下見林『異称日本伝』（元禄元年（一六八八）成立）にもみえる。この記述については、早く立原翠軒により批判されている。立原翠軒は水戸彰考館総裁であり、松平定信に蝦夷侵略を警告した人物としても知られる。参考、横山健堂『薩摩と琉球』（中央書院、一九一四年）。

（14）享保四年（一七一九）成立。引用は、新井白石全集による。

（15）第一部第一章第一節「諸本解題」参照。

（16）引用は、加賀市立図書館聖藩文庫蔵本による。

（17）小峯和明「〈侵略文学〉としての〈薩琉軍記〉と為朝神話」（島村幸一編『琉球 交叉する歴史と文化』勉誠出版、二〇一四年）、第二部第二章第二節「渡琉者を巡る物語―渡海、漂流の織りなす言説の考察―」。

（18）加賀市立図書館聖藩文庫蔵本、国立国会図書館蔵本および国立公文書館蔵本が麦水の自筆本として認められる。国会本、国立公文書館本は元ツレである。

（19）『琉球属和録』の成立年である明和三年（一七六六）は明和期における琉球ブームとも重なるが、流行の影響をどこまで受けたかは定かでない。成立について、前田家とのつながりで考えるべきか、さらに琉球使節が通る沿線から遠い加賀にも琉球ブームの波及も考察にいれる必要があろうか。

（20）引用は、岩波文庫による。また、〈薩琉軍記〉などの異国合戦言説が享保期頃から芽生えていき、幕末に再度それらの言説が語り出されていることについては、第二部第一章第四節「歴史叙述の学問的伝承」による。

（21）引用は、韓国国立故宮博物館蔵文書による。

（22）尚敬（一七〇〇～一七五一）は、第二尚氏王統第十三代国王、蔡温を三司官（琉球王府の実質的な行政の最高責任者）に据え、前代の修史事業を引き継ぎ、琉球の史書『中山世譜』の改修や、遺老伝の集成である『琉球国由来記』の編纂を行い、『御教条』を発布して農村への儒教倫理を広めるなど、多くの改革、文化振興を推し進め、近世の名君と称された人物。

（23）韓国国立故宮博物館にはほかに五点の書簡がある。月光院（家宣の側室、家継の母）と天英院（家宣の正妻）に宛てたものもあり、当時の大奥における両者の権力争いの様相（江島生島事件）をうかがう上でも貴重な史料である。

（24）梅木哲人『近世琉球国の構造』（第一書房、二〇一一年）。

（25）紙屋敦之『幕藩政国家の琉球支配』（校倉書房、一九九〇年）。

（26）引用は、高良倉吉『御教条の世界―古典で考える沖縄歴史―』（ひるぎ社、一九八二年）による。
（27）注（25）紙屋論文。
（28）引用は、琉球史料叢書による。引用箇所は蔡鐸本にはない。

第六節

予祝の物語を語る―〈予言文学〉としての歴史叙述―

一　はじめに

歴史叙述は未来への予祝性を秘めた物語であり、物語を展開していく上で予言表現を欠くことができない。本稿では〈薩琉軍記〉に描かれる予言を起点に、軍記物に特徴的な予言表現に迫っていきたい。〈薩琉軍記〉とは、慶長十四年（一六〇九）の薩摩藩による琉球侵略を、新納武蔵守と佐野帯刀との対立譚を軸に描く軍記の総称である。写本を中心にひろまり、次第に増広し多種多様な伝本を生み出している。

軍記は合戦や内乱を描くジャンルであり、多くの場合、それら動乱の前には、語り起こしとしての「怪異」が語られる。〈薩琉軍記〉には、琉球侵略の直前にあらわれた四角い月や琉球全土で起こる怪異が描かれており、これらの怪異は、まさに侵略の前兆として物語の中で機能している。特に物語の中心人物である佐野帯刀には、琉球での戦死が予言される場面が諸本の増広過程において加えられており、怪異が示す予兆を描く説話として注目できる。また、軍記物の特徴として、「故事」の引用が多いことがあげられる。故事の引用は、物語の展開を暗示する手法であり、多くの場合、故事に沿った叙述が繰り広げられる。〈薩琉軍記〉にも、三国志の故事が引用されており、琉球侵略と諸葛《しょかつ》亮《りょう》孔明《こうめい》の南蛮侵略を重ね合わせて叙述していき、故事同様の結果をもたらすことになる。これら予言表現としての故事引用についてアプローチしていく。

二　合戦の語り起こしをめぐって

軍記は歴史に沿った合戦や内乱を描くというテキストであり、多くの軍記作品において、その物語の始まりは、すでに結末を予言するものとなっている。ここでは、物語の語り起こしについて考察してみたい。次に引用するのはA1『薩琉軍談』の増広本であるA3『薩琉軍鑑』の序である。▼注[1]

天運循環シテ、時ニ変シテ、功立易シト云リ。于旹慶長十四年己酉年、**天俄ニ鳴動シテ四角ナル月出、光輝ク事世ノ常ニアラス。鳴リ響ク音、雷ノ如シ**。諸人胆ヲヒヤシ、周章テ騒グ者多カリケリ。殊、女、童驚キ恐レ、泣サケブ、「是イカナル事ガ出来リナン」ト、皆人怪ミケルコソ理リナリ。**此合戦起ルベキ験カ**。

ここでは、琉球侵略の直前に天が鳴り響き、四角い月が現れたことが語られ、この月の出現は、薩摩藩がもともとの支配地域である薩摩、大隅、日向に加え、琉球を支配することに結びつけられている。琉球侵略の前兆として怪異が起こることは後述のB2『琉球軍記』にも確認できる。また、この場面では神功皇后説話が引用され、三韓侵攻と琉球侵攻とが重ね合わされている。異国合戦の成功例を引くことは、これから行われる合戦の結果への置き換えであり、これも予言表現の一つと言えるだろう。

例えば、応仁の乱を描いた『応仁記《おうにんき》』では、序に有名な未来記の『野馬台詩《やまたいし》』を用いて、物語を始動させている。▼注[2]

蓋繇《ヨッ》テレ此ニ観スルニレ之、其ノ一ツ者ニハ、起《ヲコ》ス二丁ノ亥ノ〈応仁元年〉乱ヲ一両将、**細川右京大夫勝元**ハ永享二年（一四三〇）生ズ二庚**戌**ニ一。**山名右金吾入道宗全**ハ者応永十一年（一四〇四）生ズ二甲**申**ニ一。不ズヤレ是曰《イ》ウ三猿犬称二英雄ト一乎。

ここでは、猿と犬とが英雄を名乗ったという『野馬台詩』の一文を、猿は山名宗全《やまなそうぜん》、犬は細川勝元《ほそかわかつもと》であると解釈し、物語が展開していく。まさに、予言書としての『野馬台詩』を利用した作品と言えるだろう。作品の冒頭に位置している『野馬台詩』とその注解が応仁の乱を予言しているわけである。

また、『太平記』序には、中国の故事が引かれ、王が国を保ち、臣がそれを支えることが重要であると説かれる。しかし、鎌倉幕府の滅亡、足利尊氏《あしかがたかうじ》の後醍醐《ごだいご》天皇への謀叛を知っている聞き手にとっては、これは北条高時《ほうじょうたかとき》の失政、建武の新政の崩壊を予見する内容であり、序が物語の結末を予言している形になっているといっても過言ではない。これは『平家物語』の冒頭「祇園精舎」にもつながる問題であろう。軍記は語り手も聞き手も結果を把握している前提で、物語が進展していく。そのため物語の冒頭はおのずと結末を暗示する内容になっていく。

三　合戦の予兆を描く怪異

一方、物語の冒頭以外にも合戦の予兆は描かれるが、多くの場合、そこでも合戦の予兆としての「怪異」が語られている。B1『島津琉球合戦記』の増広本であるB2『琉球軍記』には琉球侵略の前兆として琉球各所で異変が起きる様子が描かれている。まとめてみると、次のようである。▼注[3]

① 都の城の堀が東側は黄色くなり、西側は血のように赤くなった。
② 要渓灘から乱蛇浦の間で、撞木鮫《しゅもくざめ》が大量にやってきた。
③ 日頭山から黒煙が起こり、都へ流れ宮殿へ入り消え失せた。

④　高鳳門の楼閣から管弦の音が聞こえた。

⑤　琉球の東から西にかけて、練絹のような雲がかかり、月を越えて消えた。

特に注目すべきは、③の日頭山の怪異である。この怪異は、日頭山から黒い煙が起こり、都に流れていくが、一時あまりで途切れるように見えるというもので、宮殿に入るとこの煙は止む。これは〈薩琉軍記〉の主要人物である佐野帯刀が、日頭山から先駆けをして都に入るものの、その後戦死、新納武蔵守が再び都を制圧するという〈薩琉軍記〉の物語に沿った予兆をなしていると言える。このように〈薩琉軍記〉では、動乱や合戦の前触れとして怪異が語られている。しかしこれは〈薩琉軍記〉だけの特徴ではなく、軍記物においてたびたびみられる表現である。

『平家物語』巻三「飈《つじかぜ》」では、京都中に辻風が吹きあられる様子が描かれる。『平家物語絵巻』にも絵画化され、その様子が鮮明に描かれていることからもこの章段が注目され、人々を驚愕させている様子がみてとれる。この辻風は、神祇官、陰陽寮によって占われ、治承寿永の乱が予知されるという内容になっており、このほかにも『平家物語』の巻三から巻五にかけては、後白河法皇のもとにたくさんのいたちが現れたり、平清盛を物の怪が襲ったりと様々な怪奇現象が語られ、この後の源平合戦が予知されているのである。「飈」は「有王」「僧都死去」に続く章段である。覚一本では「僧都死去」の末尾を「か様に人の思歎きのつもりぬる、平家の末こそおそろしけれ」とし、平家の末路が示されることにも注目すべきであろう。▼注[4]

戦乱を予兆する怪異は『太平記』にも確認できる。『太平記』巻二「天下怪異事」では、鎌倉方が後醍醐天皇、護良親王を攻める予兆として、興福寺所属の寺院や比叡山での火災、紀伊から東海にかけての地震、津波が語られ、占いにより国難が予知される。この後、鎌倉幕府方から追われた後醍醐天皇、護良《もりよし》親王は敗走することになるのである。戦乱の前触れとしての地震、津波については巻三十六にもある。▼注[5]

同年（延文六年・一三六一）ノ六月十八日ノ巳刻ヨリ同十月ニ至ルマデ、**大地ヲビタダ数《シク》動テ、日々夜々ニ止時**

> **ナシ**。山ハ崩テ谷ヲ埋ミ、海ハ傾テ陸地ニ成シカバ、神社仏閣倒レ破レ、牛馬人民ノ死傷スル事、幾千萬ト云数ヲ不知。都テ山川、江河、林野、村落此災ニ不合云所ナシ。中ニモ**阿波ノ雪ノ湊ト云浦ニハ、俄ニ太山ノ如ナル潮漲来テ**、在家一千七百余宇、悉ク引塩ニ連テ海底ニ沈シカバ、家々ニ所有ノ僧俗、男女、牛馬、鶏犬、一モ不残底ノ藻屑ト成ニケリ。（中略）七月二十四日ニハ、**摂津国難波浦ノ澳数百町、半時許乾アガリテ**、無量ノ魚共沙ノ上ニ吻ケル程ニ、傍ノ浦ノ海人共、網ヲ巻釣ヲ捨テ、我劣ジト拾ケル処ニ、**又俄ニ如大山ナル潮満来テ**、漫々タル海ニ成ニケレバ、数百人ノ海人共、独モ生キテ帰ハ無リケリ。

これをみてみると、津波の引き潮で海岸が干上がり、干上がったことをいいことに海人たちが漁をするが、そこに津波が向かっていく様子が克明に描写され、この様子は『太平記絵巻』にも描かれている。[注6] この時の津波で四天王寺が崩壊し、南北朝の戦乱は終わりの見えない状況であることが語られる。『太平記』の物語る二例の地震、津波は、現状我々には看過できない問題である。巻三十六に描かれる様子は東日本大震災で目の当たりにした映像そのものであり、しかもここでの叙述は昨今注目されている東南海におけるものである。震災後、陸奥東方の災害は『日本《にほん》三代実録《さんだいじつろく》』に記述があることがにわかに取りざたされた。これについては明治期に吉田東伍がすでに指摘していたわけだが、[注7]『日本三代実録』の記事にしろ、吉田の指摘にしろ、現代人は過去から現在に向けた啓発を受けとることができなかった。『太平記』に返ってみると、確かに『太平記』では地震や津波の叙述を内乱や合戦が起こる前兆としてとらえているが、教訓的に未来である現在に呼びかけているという解釈もできよう。さらに言えば、これら予言表現は未来に向けた提言ととらえることもできようか。忘れてはならない物語なのである。

四　命運を予告する怪異

ここまでみてきたように、軍記では、内乱や合戦が起こる前触れには怪奇現象が起こり、混乱を予言している様子がうかがえた。しかし、怪異の予言は、いくさばかりでなく、人の命運をも左右していく。〈薩琉軍記〉に描かれる佐野帯刀をめぐる物語は、怪異が示す予兆を描く説話として、特に注目できる。次にA1『薩琉軍談』の増広本であるA5『琉球静謐記』「佐野帯刀出陣怪異之事」の梗概をあげる。▼注[8]

佐野帯刀は出陣に際して**戦勝祈願をおこなう**。帯刀が装束に着替えていると、晴れ着を着用しているはずが、喪服に変わっている。これを怪しんだ帯刀の奥方は、氏神に戦勝祈願の使いを立てる。しかし、祈願の儀式はことごとく失敗に終わる。夜が明け、使者が帰る。使者は白紙の紙を渡し、帯刀の死を暗示すると、忽然と姿を消してしまう。しかも、まだ夜は明けておらず、夜中であった。帯刀の郎党はこれを**狐の仕業**であると思い、**狐狩り**をおこなう。使者が予言した通り、帯刀は琉球にて戦死する。島津氏には由来に関わる稲荷信仰があり、**島津義俊**の誕生譚を通して、**稲荷の霊験**が語られる。

〈薩琉軍記〉は新納武蔵守と佐野帯刀との対立譚を軸に描く物語であり、享受がすすむにつれ、次第に増広し様々な伝本を生み出していく。その増広過程には規則性があり、〈薩琉軍記〉は、新納武蔵守と佐野帯刀との物語を中心に増幅されていく傾向にあるのだが、この佐野帯刀の物語は、『琉球静謐記』の基となった『薩琉軍談』などでは語られない、『琉球静謐記』の段階からうかがえる言説である。ここでは戦勝祈願という予祝性をはらんだ儀式の失敗が、琉球における佐野帯刀の戦死をはっきりと暗示している。様々な怪異が重なっているが、佐野帯刀の郎等たちは門番が数十匹の狐が走り去るのをみたという証言に基づき、この戦勝祈願の失敗は狐の仕業であると断定する。この狐がたくさん現れるというのも怪異の一つであり、『平家物語』巻四「鼬《いたち》之沙汰」のような例もある。これは後白河法皇のもとに、突如いたちがたくさん出現するという物語で、陰陽師に占わせた結果、吉との判示が得られる。『平家物語』の「鼬之沙汰」では吉兆だったが、〈薩琉軍記〉では凶兆になる。狐の仕業と判断した郎等たちは狐狩りを行う。しかし、佐野帯刀の仕える島津氏は稲荷を神と祀る武士であり、島津家の中興の祖は稲荷の霊験によって誕生している。

さて、島津家の中興の祖が源頼朝の落胤であり、稲荷の霊験によって誕生する話は〈薩琉軍記〉の諸本において冒頭で語られ、島津氏が源氏である根拠として、重要な位置づけの章段になっている。この島津氏の由来を語る話が、『琉球静謐記』では、佐野帯刀の物語に取り込まれている形になっており、この佐野帯刀の言説がいかに特別視されているかがわかるだろう。

ついで物語は「島津家由来譚」へと移っていく。この話しは、各諸本間で内容の相違はあるものの、〈薩琉軍記〉の諸本すべてにうかがえる説話であり、島津家が源氏であることを物語り、源氏によって琉球侵略がなされる結末につながる重要な章段である。この中で稲荷大明神が顕れて島津の行く末を暗示する託宣がなされている。島津氏は稲荷によって守護された武士であり、その稲荷の使いである狐によって佐野帯刀は琉球での戦死を予兆されるのである。〈薩琉軍記〉における佐野帯刀の怪異譚は、稲荷の示現の重要性を物語る章段とも言えるだろう。

佐野帯刀のように死を暗示された武士の例に『平治物語』の難波恒房《なんばつねふさ》の説話がある。▼注[9] これは金刀比羅本『平治物語』にみえる説話で、古態とされる学習院本（九条家系）にはみられない。ここでは、義朝の長男である悪源太義平を討ち取った難波恒房が義平の怨霊に祟られ、常に「邪気の心地」を懐くようになり、それを直すために摂津国箕面の滝を訪れるという語りになっている。すると恒房はまた「邪気の心地」を懐き、滝壺に飛び込んでしまうが、行き着いた先は、なんと龍宮城だった。

「平家のさふらひに難波三郎恒房と中者にて候」「**さては難波といふものごさむなれ。とくとくかへれ。娑婆にて子細あらんずるぞ。其時まいれよ**」といひければ、「是はいづくにて候やらむ。かへりてはなにとか申べき」といへば、「是は**りうぐう**なり。まいりたるしるしにこれをとらせむ」とて、水晶の塔に仏舎利を一粒いれてたぶ。
恒房は龍宮を訪れるが、龍宮のものに、「まだお前が来る時ではない」と追い返されてしまう。現実にもどった恒房はその後、義平の怨霊に蹴殺されることになる。この説話で注目すべきは、恒房が龍宮から追い返される理由であろう。ここで恒房に語られることは、「娑婆にて子細あらんずるぞ」と、怨霊にとり殺されることを予見した内容になっているとともに、死んでからまた来るようにという、死後龍宮へ舞い戻る内容にもなっている。これは「浪のしたにも都のさぶらふぞ」と入水し、怨霊となった安徳《あんとく》天皇以下、平氏の主だった武士たちの様子に照らし合わせることもできるだろう。また、金刀比羅本『保元物語』には、崇徳《すとく》院の鎮魂を願って海底に写経を入れる場面が描かれており、崇徳院もまた、海底に眠る御霊として祀られる様子がみてとれる。[注10] 海底の異界である龍宮での言葉が、予兆となるという興味深い例である。

これらのように軍記に描かれる怪異は、合戦や内乱を予兆したり、人々の死を暗示する表現として用いられており、まさに未来に向けた歴史叙述として、物語の展開に少なからず貢献しているわけである。

五　暗示する故事

また、軍記物の大きな特徴の一つとして、故事の引用が多いことがあげられる。[注11] 語り手、聞き手ともに結末を周知している軍記において、故事の引用は、物語の展開を暗示する手法であり、多くの場合、故事に沿った叙述が、まるで故事に結びつけられ、暗示されていたかのように繰り広げられるという展開になっていく。故事の引用は未来を予見した叙述となりうるのではないだろうか。

〈薩琉軍記〉において、新納武蔵守が諸葛亮孔明に重ね合わされ、琉球侵略が孔明の行った南蛮侵攻のパロディになることについては、すでに指摘したことがあるが、[注12]この「三国志」の故事利用は、〈薩琉軍記〉において、琉球が南蛮のように制圧されるという予言表現に異ならない。〈薩琉軍記〉では、徳川家康が薩摩藩の藩主島津義弘に対して、諸葛亮孔明のように琉球をつつがなく侵略せよと命令をくだす。この命令により薩摩藩は琉球に侵略するわけだが、この侵略の軍議を行う場面は「三国志」のパロディであり、その故事利用が異国侵略をつつがなく成功させる暗示となっているわけで、故事の示す未来、つまりは琉球陥落の歴史叙述につながっていく。

小峯和明は、故事について、「物語りの現在の歴史は故事と対比され、対象化されることで、故事化されうる契機をえるのである。故事として認知されることで歴史化する」と述べている。[注13]これは歴史を語ることにより、現在、未来を対象化していき、故事を物語ることで未来を具現する叙述法につながっていくのではなかろうか。つまり、歴史化した故事を語ることによって、現在の物語とつなぎ合わせて歴史叙述化し、未来を紡ぎ上げていく言説は、予言にほかならないのではないかということだ。

ここで『太平記』巻二十「義貞夢想事付諸葛孔明事」についてみておきたい。これは『太平記』における新田義《にったよし》貞《さだ》の夢ときを行う場面である。

其七日ニ当リケル夜、**義貞ノ朝臣不思議ノ夢ヲゾ見給ケル**。（中略）「**是全ク目出キ御夢ニアラズ。則天ノ凶ヲ告ルニテ有ベシ**。其故ハ、昔異朝ニ呉ノ孫権、蜀ノ劉備、魏ノ曹操ト云シ人三人、支那四百州ヲ三ニ分テ是ヲ保ツ。（中略）而モ龍ノ姿ニテ水辺ニ臥タリト見給ヘルモ、**孔明ヲ臥龍ト云シニ**不レ異。

新田義貞は、斯波高経《しばたかつね》と相対して陣を張り、数日を過ぎると、自ら体が三十丈ばかりの蛇に変わり、地上に臥す。すると高経はこれを見て逃げ出す、という夢を見る。義貞は春秋時代、葉子高が龍を見て魂を失った故事を引き、吉夢と合わせるが、傍で聞いていた道猷は、龍は春夏にはよいものだが、秋冬には悪いと判じ、「三国志」の故事を引いて、龍は臥龍であると判断し、凶であると解く。その後、新田義貞は斯波高経に討たれ戦死する。道猷の判示が当たったわけだ。ここでは故事が夢ときとも重なって語られている。まさに故事が人の運命を予見した恰好の用例である。

軍記ならではの故事の引用の例としてあげられるのが、『平家物語』巻五「朝敵揃」の例である。ここでは「されども一人として素懐をとぐる物なし」と、朝敵になった者の末路において成功例がないことが語られる。これは先の語り起こしの問題にも絡んでくるが、ここであげられた朝敵の末路とは、平家の末路に異ならず、まさに朝敵としての平家の行く末を暗示するものだと言えよう。これは語り手も聞き手も結果がわかっているからこその表現であり、まさに軍記のような歴史叙述を語る作品特有の予言表現と言えるだろう。さらにこの『平家物語』巻五「朝敵揃」の表現は、『太平記』巻十六「日本朝敵の事」に引用されており、故事を用いて、行く末を暗示する予言表現が後世へと引き継がれている様子もうかがえる。

六　未来記の行方

最後に『太平記』巻六「正成天王寺未来記披見事」をみてみたい。これは『太平記』の中でも著名な楠正成《くすのきまさしげ》が四天王寺で「未来記」を披見する場面である。住吉に詣でた正成は、翌日四天王寺を詣でる。そこで宿老の寺僧に会い、聖徳太子の書いたという「未来記」を見せて欲しいと懇願する。そして「未来記」を見た正成は、南北朝の戦乱がすでに予見されていたことを悟る。ここでは、

後ニ思合スルニ、**正成ガ勘ヘタル所、更ニ一事モ不違**。是誠ニ大権聖者ノ末代ヲ鑑テ記シ置給シ事ナレ共、文質三統ノ礼変、少シモ違ハザリケルハ、**不思議ナリシ讖文也**。

とあり、聖徳太子の記した「未来記」は、まさしく未来を予言した書であることが物語られ、正成は後醍醐天皇の

復権をいち早く知り得、千早城に籠もることになる。

「太平記読み」のテキストで近世初期に流布した『太平記《たいへいき》秘伝《ひでん》理尽鈔《りじんしょう》』では、正成が「未来記」を見たことが六波羅に伝わり、人々は恐れ、以降南に軍を進めることがなかったとし、六波羅探題北条仲時《ほうじょうなかとき》は人々が恐れるのを見て、執務をとれなくなってしまったとする。またその一方で、「未来記」には、風俗のことなどは書かれてあるが、歴代の天皇のことなどは書かれていないに違いないとして、物事を理解できない北条仲時やそれを任命した北条高時を「闇主」として批判している。『理尽鈔』では「未来記」の効能は認めつつも、その内容には疑問を抱いているようである。この楠木正成が「未来記」を見るくだりは、〈島原天草軍記〉において、故事化して機能している。その一本『南島兵乱記《なんとうひょうらんき》』には次のようにある。▼注[14]

　此節宗門の不思議を顕して、愚民の心を迷はし、然して後、弁舌を以て引入る時は、早速事調ふべしといふ故に、**葦塚忠右衛門**、今年の運気を考ふるに、甚日照と見極めければ、**彼楠木が天王寺の未来記に倣ひて**、斯く言弁を作りて、密にあちこちといはせければ、

『南島兵乱記』は、島原天草の乱を描いた〈島原天草軍記〉の増広本の一つであり、〈薩琉軍記〉と遣われている語彙もかなり近い作品の一つである。ここでは楠正成が「未来記」を見たことが故事として利用される。葦塚忠右衛門なる者が正成の未来記を真似て、「慶長の頃に天草上津浦に伴天連が一人いたが、国外へ追放されるときに、日本に仙童が顕れ、東西の空が赤くなり、海は焼け、枯れ木に花が咲き、諸人の頭に「くるす」を立て、野山に白旗をなびかすであろう」と予言したと語り、▼注[15] 島原天草の乱の一因をつくるのである。これは正成の「未来記」故事を利用することにより、新しい歴史語りを生み出したと言い換えることもできるだろう。つまり、正成が「未来記」を見たという故事が、現在の出来事と結びつき、それを正当化することで、未来を創造しているわけであり、「未来記」が新たな予言書「未来記」を導き出したわけである。

七　結語

軍記は語り手はもとより、聞き手（読み手）も結末を承知した上で、その結末に向かって物語りを展開する作品である。故にその語りは、歴史を語る叙述として、予言表現を不可欠なものとしている。まさに予言を軸に物語が進展していくわけであり、むしろ予言をもたなければ作品として成立しえないのだろう。

物語の語り起こしには合戦の前触れとして「怪異」が示され、戦乱を予兆する表現が多く用いられ、また、故事と未来とをつなぎ合わせることにより、歴史を物語ろうとしていたわけである。そこに歴史叙述特有の予言表現の型を指摘できる。軍記や歴史物語は未来への予祝性を秘めた物語であり、多種多様な予言表現を内在する作品と言えるのだ。今回みてきた怪異の表現や故事について、ほかの語り物の事例などを検証する必要性があろう。今後とも追求を深めていきたい。

▼注

（1）引用は、国立公文書館蔵本による。

（2）引用は、加賀市立図書館聖藩文庫蔵本による。奥書には「寛永丙子（十三年・一六三六）七月八日　河野春祭」とある。また当本では冒頭に『野馬台詩』をあげるが、早稲田大学蔵本や古活字本、整版本などは「序」として『野馬台詩』を用いている。黒田彰『加賀市立図書館聖藩文庫蔵 応仁記』（加賀市立図書館、一九八七年）、同『中世説話の文学史的環境 続』（和泉書院、一九九五年）、小峯和明『『野馬台詩』の謎 歴史叙述としての未来記』（岩波書店、二〇〇三年）参照。

（3）引用は、立教大学図書館蔵本による。「琉球帝城怪異並薩州勢入琉球之都事」の一節。

（4）テキストは新日本古典文学大系による。最後の一文は延慶本などにはみられない。
（5）引用は、日本古典文学大系による。「大地震并夏雪事」の一節。
（6）国立歴史博物館蔵『太平記絵巻』巻十一、『太平記』の地震、津波については別稿の用意がある。
（7）吉田東伍「貞観十一年陸奥府城の震動洪溢」（「歴史地理」8—12、一九〇六年十二月）。
（8）引用は、立教大学小峯研究室蔵本による。
（9）テキストは、日本古典文学大系による。
（10）この物語も古態本である半井本にはない。
（11）故事の引用について、以下の論を参酌した。小峯和明『説話の言説 中世の表現と歴史叙述』（森話社、二〇〇二年）、大橋直義「引用と物語—歴史物語など—」（「日本文学」60—7、二〇一一年七月）。
（12）第二部第一章第一節「近世期における三国志享受の一様相」参照。
（13）注（11）、小峯論。
（14）引用は国史叢書による。巻一「南島兵乱濫觴の事并耶蘇天人華の事」の一節。
（15）ここで語られる葦塚忠右衛門の「未来記」は、浅井了意の『鬼利至端破却論伝』で語られる内容と同じである。キリシタン文学という観点から横のつながりをうかがう必要性もあるが、ここではそこまで言及できず、今後の検討課題としたい。小峯和明「〈予言文学〉の世界、世界の〈予言文学〉」（「アジア遊学」159、二〇一二年十二月）参照。

第二章

甦る武人伝承——再生する言説——

第一節　渡琉者を巡る物語―渡海、漂流の織りなす言説の考察―

一　はじめに

島国である日本は「海」を介して様々なものを発信、着信してきた。海を渡るという行為が、多様な文化を産む原動力になり、そこで様々な言説が紡ぎ出されてきたのだ。日本が海を通してつながる国の一つに琉球がある。本節では、琉球に流された円珍《えんちん》や袋中《たいちゅう》といった渡琉僧の言説が、島津氏の琉球侵攻を描く軍記〈薩琉軍記〉に取り込まれ展開していく様子をみていきたい。様々な人々が琉球へと渡り、あるいは流されているが、ここでは僧伝と剛者伝承にしぼって渡琉者の言説うかがい、江戸期における渡琉者伝承の享受、展開と〈薩琉軍記〉の生長との関係性について明らかにしていく。

二　円珍伝の諸相―鬼のいる島、琉球―

では、まず円珍伝からみてみよう。次に挙げたのは、『今昔物語集』巻十一第十二話「智証大師亘宋伝顕蜜法帰来語」に語られている円珍の入唐記である。▼注[1]『今昔物語集』は「宋」とするが、円珍の渡航時期を考えれば「唐」であり、『今昔物語集』成立時の時代認識であると思われる。唐の商人欽良暉《きんりょうき》の船で渡海した円珍は、風に流され琉球に流れ着く。

而ル間、和尚（智証大師…引用者注）心ニ思ハク、「我レ宋ニ渡テ、天台山ニ登テ聖跡ヲ礼拝シ、五台山ニ詣デ文珠ニ値遇セム」ト思テ、仁寿元年（八五一）四月十五日ニ京ヲ出テ、鎮西ニ向フ。三年八月ノ九日、**宋ノ商人良暉**ガ年来鎮西ニ有テ宋ニ返ルニ値テ、其ノ船ニ乗テ行ク。東風忽ニ迅シテ船飛ブガ如ク也。

而ル間、十三日ノ申時ニ北風出来テ、流レ行クニ、次ノ日辰時計ニ、**琉球国ニ漂着ク。其国ハ海中ニ有リ。人ヲ食フ国也。**其時ニ、風止テ趣カム方ヲ不知ラ。**遥ニ陸ノ上ヲ見レバ、数十ノ人、鉾ヲ持テ徘徊。**欽良暉是ヲ見テ泣悲ブ。和尚其故ヲ問ヒ給フニ、答テ云ク、「此ノ国、人ヲ食フ所也。悲哉、此ニシテ命ヲ失テムトス」ト。和尚是ヲ聞テ、忽ニ心ヲ至シテ**不動尊**ヲ念ジ給フ。其時ニ□其形チ、先年ニ日本ニシテ現ハレ給ヘリシ金人□見ル。其時ニ、俄ニ辰巳ノ風出来テ、戌亥ヲ指テ飛ガ如クニ行程ニ、次ノ日ノ午時ニ、大宋、嶺南道、福洲、連江懸ノ辺ニ着ヌ。

五台山をめざし、唐の商人欽良暉の船で渡海した円珍は、嵐に遭い琉球へと流される。円珍は、泣き叫ぶ欽良暉を尻目に「不動尊」に念じ、場を切り抜ける。「不動尊」に念じた場面は、『今昔物語集』底本の祖本の破損により不明瞭であるが、『今昔物語集』が典拠としていると思われる異本系「円珍伝」の一つ、金剛寺蔵『円珍伝』によれば、

「須臾前年所レ現金色人露、立二舳上一。時舟中数十人皆見レ之」とあり、しばらくの間、以前日本に顕れた「金色人」が、船のへさきに顕れ、数十人の人々がこれを目撃するとされる。▼注[2] この後、不動尊の加護により、その場を切り抜けた円珍一行は無事中国に到着する。

また、『今昔物語集』では、琉球は「人ヲ食フ国」として描かれている。この「人を食う」という伝承は、琉球は鬼の島であるという語りにつながっていく。『今昔物語集』では、はっきりと描かれないが、「円珍伝」が語られていく中で、琉球と鬼ヶ島とが結びついていくのである。金沢文庫寄託称名寺湛睿《たんえい》唱導資料の『不動明王（智証大師伝文）』には次のようにある。▼注[3]

然十三日ノ申刻許ニ、北風俄ニ起テ、十四日辰時ニ、**舟漂湯**シテ**著流球**一。**流球**ト申ハ**海中啖人**一**之国**、**譬**ヘバ**鬼海**ガ**嶋**ナント**申鬼**ガ**嶋**コソ**候**メレ。其時ニ成ヌレバ、責メテノ事ニハ四方無風一不知趣カム方ヲ一。剰サヘハ遥見レハ数十人ノ異類異形物ヲソロシ気ナル物出来、船中諸人悉哀身ヲ一、失ハレム命ヲ一事悲ミ入テ候之処、（後略）

康永□(三)年（一三四四）十二月八日、金―良信七廻引上。

これは称名寺の第三世湛睿（一二七一～一三四六）の彼岸会や追善の法会で使用された唱導資料である。ここでは不動明王への祈願に円珍伝が用いられている。内容は『今昔物語集』などの「円珍伝」に同じであるが、琉球について、「鬼海ガ嶋」は「鬼ガ嶋」であると説かれている。古くから「円珍伝」が、琉球を人食いの島とし、まさに鬼ヶ島であると語られていたことがわかるだろう。

「円珍伝」のように琉球に流れ着いた人々の様子を語る物語として著名なものに、『漂到琉球国記《ひょうとうりゅうきゅうこくき》』がある。『漂到琉球国記』は慶政《けいせい》（一一八九～一二六八）が宋に渡ろうとして琉球に流された船頭から聞いた聞き書きである。『漂到琉球国記』には次のようにある。▼注[4]

同（引用者注、寛元元年（一二四三）九月）十七日、**漂**ニ**到**ス**流球国**ノ**東南**ノ**方**一ニ。船裏ノ諸人衆□討論ス。或云、貴

賀島。或云、南蕃国。或云、流球国。**終ヒ二即皆謂フ、是流球国也**。(中略)

同十九日、(中略)又見ル二一ノ仮屋一ヲ、以二草葺一之、其柱ハ赤木ナリ。屋高六、七尺、其内ニ有二炭炉一、**其中有二人骨一。諸人失レ魂。従二此長一知三既来二流球国一**。即還テ二船裏一、告二此凶事一。

同(引用者注、淳祐四年・一二四四)六月一日、着二本朝岸一了。抑龍盤嶼〈似二与切海中洲一〉者、連河県ノ近隣也。**連河県ト者、高祖大師遁テ二流球国一、着下シ二大唐国之最初一地也**。今昔雖レ異、風ノ勢ヲヒ一致ナル者歟。

寛元元年(一二四三)、肥前の国から出発した一行は、折からの悪風により琉球へ流される。嵐により「とある島」に流れ着いた一行は島の探索をすると、草で作られた家のかまどに人骨を発見し、まさに琉球へ到着したと肝を冷やす。「円珍伝」と同様、人を喰らうことへの畏怖が伝えらる。また、『漂到琉球国記』は円珍が琉球に流されたこととも結びつけられている。『漂到琉球国記』と「円珍伝」の結びつきについて、近本謙介は、「苦難の末の帰朝と仏法の功徳とが結びつきやすい関係にあった」とし、渡海する僧の苦難の物語が、仏法の功徳を物語ることに連結していると指摘している。▼注[5] 慶政の物語る求法の成果の前例や根拠として「円珍伝」が採られているのだろう。『漂到琉球国記』には琉球人を描いたと思われる絵画が付けられる(左図)。これは南島人を描いた古例として著名であり、ここでは船に乗り弓を射る人物、盾や刀を持ち、海を渡る人物が描かれている。この様子は、円珍伝で語られていたような矛を持ち徘徊する様子に通じているだろう。

ここまでみてきた「円珍伝」が、〈薩琉軍記〉諸本の増2『琉球属和録』に採られている。『琉球属和録』は、金沢出身の俳諧師、実録作者でもあった堀麦水の著作であり、A5『琉球静謐記』をもとに、前田利家の息子、利長を主人物として再構成した作品である。次に『琉球属和録』巻一「為朝渡鬼島」を引用する。

往昔、三井寺の智証大師、未凡僧にてましまます時、仁寿三年の秋、唐ノ商人、欽良暉と云者に随ひて、入唐有けるに、海上第三の日に至りて悪風起り、闇濤天をうちて、舟行所をしらず。**忽チひとつの島にいたる。是則**

漂到琉球国記　巻末

今ノ琉球国也。此渚に漂流せる事三日、忽チに霧はれて、**此島の体を見るに、あやしき哉、鬼形の者おひたたしく、汀に出ならび、舟を下して、つかミ喰ハん勢イなり。**欽良暉大におとろき、「我忽チ鬼国に堕たり」と、泣かなしミ、智証大師に向イて、「助ケてたばせ、助ケてたばせ」と、もたゆると、智証少しもおとろかすして、眼を閉て**不動の呪**をとなへ給へハ、忽チに風変し、順風押かことくにいたりて、一片の布帆速かに吹返して、翌日、はや宋の福州の地にいたり着キ給ふ。**是より爰を、鬼ヶ島とハ俗に云ならしけり。**

ここで語られる「円珍伝」の特徴は、琉球を鬼ヶ島とする言説がさらに色濃くなっているということである。ここでは琉球人の様子について、鬼の形相をしており、波打ち際に集まり、今にもつかみ食う勢いであるとされ、欽良暉も「鬼の国に落ちた」と嘆いている。この後、円珍が不動呪を唱え、難を逃れている。『今昔物語集』などにみられた「金色人」の存在はここにはない。『琉球属和録』では、「円珍伝」の結論として、「これよりここを鬼ヶ島とは俗にいいならしけり」と、円珍伝承をもって、琉球が鬼ヶ島となったという由来譚に読み替えられているのである。

では、なぜ『琉球属和録』には、琉球が鬼ヶ島となった由来譚が必要だったのだろうか。それは為朝伝承の存在が原因かと思われる。章段名に「為朝渡鬼島」とあるように、この「円珍伝」は為朝の鬼ヶ島渡海譚へとつながっていく。為朝伝承は武力による侵略の前例として、島津の琉球侵攻の大義名分として用いられており、〈薩琉軍記〉にも大きく影響を与えている。為朝が琉球を制圧する伝承に不可欠なのが、琉球が鬼の国であるという既成事実なのである。それを『琉球属和録』は「円珍伝」に求めたわけである。まさにここにおいて、「円珍伝」は為朝渡琉譚を背景に鬼ヶ島の由来譚へと転換されたのである。

三　琉球へと渡る僧たち―袋中、日秀、定西の言説―

円珍は、琉球に漂着しただけだが、実際に琉球へと入り込んだ僧たちの言説も多く残されている。ここでは特に、「袋中」「日秀《にっしゅう》」「定西《じょうさい》」の三人にしぼってみていきたい。

琉球に渡った僧として最も有名なのは浄土宗の学僧袋中であろう。慶長八年（一六〇三）、渡明を試みた袋中は琉球へと流され、三年間琉球に滞在することとなる。そして、琉球での体験、知識をもとに、日本へ戻ってから袋中が著したのが『琉球神道記《りゅうきゅうしんとうき》』である。次に引用したのは、袋中の自筆本として知られる京都袋中庵蔵『琉球神道記』の奥書である。▼注[6]

此一冊有二草案一。**自二南蛮一帰二朝平戸一**。**至二中国一**、**於二石州湯津薬師堂一初レ之**。上洛之路中、船中而書レ之。
於二山崎大念寺一終レ之。集者　袋中良定（花押）

慶長十三年（一六〇八）十二月初六云爾

ここには、琉球から帰朝したのち草案をもとに『琉球神道記』の執筆にとりかかったことが記されている。ところが版本として刊行された『琉球神道記』の序には、自筆本にうかがえなかった執筆動機が語られている。次に、版本『琉球神道記』の序の一部を挙げた。▼注[7]

爾ニ有二国土黄冠《彼国ノ三位》馬幸明一ト伝人。語レ我ニ云、**吾**《我国ノコト》**レ雖二神国一**ナリト、**昔**ヨリ**未レ有二其伝記一**。**願**ハ**記レ**玉ヘ**之**。云ク、我ハ他邦ナリ。何ソ知二ン国事一ヲ、明云、我粗聞ク。所レヲハ不レ記セ問二ン知人一ニ。請コト頻ナリ。故ニ諾ス。爾ニ摭《ヒロッテ》二彼此ノ言一ヲ、恣ニ注二ス同塵ノ徳一ヲ。**号**シテ**曰二琉球神道記一**。

ここでは「馬幸明」（馬高明）なる人物から琉球の神道について記してくれと依頼され、執筆したという経緯が語られている。馬高明《ばこうめい》についていては、儀間真常（麻平衡、一五五七〜一六四四）であるという説があるが、ここでも三位とされているので、琉球王府の高官であることに間違いはないようだ。この馬高明は、袋中のもう一つの琉球に関する著作、『琉球往来《りゅうきゅうおうらい》』の成立にも関わっている。『琉球往来』の本奥書と奥書には、馬高明の要請によりあらわしたということが綴られている。▼注[8]

慶長八年（一六〇三）癸卯、当二大明万暦三十一年頃一、琉球国三年在留内、依二那覇港**馬氏高明**所レ請作之。（袋中花押）

文化六（一八〇九）己巳年十二月於京師得之蔵　**伴信友**（花押）

『琉球往来』は、一月から十二月までの書簡を中心に構成され、球王府の高官や高僧とのやりとりが描かれている書である。『琉球神道記』は刊本が公刊されたり、日本はもとより琉球でも引用されるなど、流布した様子がうかがえるが、『琉球往来』は国学者である伴信友《ばんのぶとも》（一七七三〜一八四六）に発見されるまで、日の目を見なかった。袋中は、『琉球神道記』『琉球往来』を通じて、自らの異国体験を形に残していった。特に『琉球神道記』は近世期において享受され、まさに琉球に渡海し、自らの体験をもとに言説を生み出す存在となるわけである。袋中が琉球で見聞したものの一つに、日本の武士、為朝の伝承をめぐる言説があるが、袋中の語る為朝渡琉譚については後ほど確認していきたい。

続いて、日秀についてみていきたい。日秀は、十六世紀初頭に熊野那智から補陀落渡海《ふだらくとかい》を試みた人物である。結局その試みは失敗し、琉球の金武に流れ着くが、金武を補陀落になぞらえ、観音寺を建立している。その様子は、一七一三年に首里王府の手によってつくられた『琉球国由来記《りゅうきゅうこくゆらいき》』にみえる。次に挙げたのは、『琉球国由来記』巻十一・四六「金峰山補陀落院観音寺縁起」である。▼注[9]

南瞻部州中山国、**金武郡金武村、金峰山三所大権現者、弥陀、薬師、正観音也。日秀上人自作。**按二開基一、封尚清聖主御宇、嘉靖年中、日域比丘日秀上人、修二行三密一、終而欲レ趣二補陀落山一、随二五点般若一、無二前期一到二彼郡中富花津一。（中略）**上人爰刻二彼三尊一、建レ宮、奉レ崇二権現正体一也。**

ここには補陀落渡海により琉球に流れ着いた日秀が、自ら「弥陀」「薬師」「正観音」の像を造り、観音寺を建てたことが語られている。琉球における日秀の言説において見過ごすことができないのは、多くの寺院を勧請し、様々な仏像、神像を作成する人物として、琉球側から語られていることである。ここでは詳しくふれられないが、寺院の建立については、熊野権現の信仰と結びつき、波上宮を初め、様々な寺社が熊野権現を勧請している。

持仏の作成について、琉球夷堂の例をみてみたい。次に挙げたのは、一七四〇年頃、鄭秉哲《ていへいてつ》らによって編纂が始まった琉球王府最後の史書『球陽《きゅうよう》』の一説である。▼注[10]

『球陽』一九八「夷堂を那覇に創建す」

嘉靖年間、**日秀上人此の堂を創建**し、夷殿を其の中に奉安す。

『球陽』四九四「（康熙…引用者注）十二年（一六七三）、再び夷神を画く」

正徳年間、日秀上人、地を那覇にトして此の堂〈若狭町に在り〉を創造し、夷殿の画幅を懸けて以て衆生を済ふ。而して歴年久遠にして画幅尽く壊る。是れに由りて那覇の人民、亦信心を発し、再び其の像を写して其の中に懸く。

ここには、日秀が那覇に夷堂を立て、夷の図像を祀ったこと、年を経て図像が痛むと那覇の人々が発心し、図像を復元することが記されている。この話は、『琉球国由来記』『琉球国旧記《りゅうきゅうこくきゅうき》』にも同話が記されており、『沖縄大百科事典』によれば、那覇市には戦前まで二つの夷堂があり、それぞれ恵比須を描いた板が安置されていたとされる。また、『球陽』の外巻『遺老説伝《いろうせつでん》』一七には、夷堂の側で人身売買が行われている話を載せるなど、まさに日秀は琉球に根付き、琉球で語り継がれる存在になっている。これは先にみた袋中にはうかがえなかった言説である。

最後に定西についてみていきたい。定西については歴史上存在したかどうか定かではなく、近世期に誕生する『定西法師伝《じょうさいほうしでん》』にのみうかがえる人物である。『定西法師伝』は、琉球や中国福建に渡り、交易により財を成したのち、故郷石見に帰り石見守の娘婿になるが、石見守と同時に捕らえられ、その後、出家して改名した定西という老僧の一代記であり、若者が聞き役になり、定西が懺悔物語をしていく。▼注[11]『定西法師伝』は次のように語り出す。▼注[12]

元和年中に、武州の江府に、定西といへる桑門あり。其比年七十余、膚には木綿のひとへ、上にはすがみこ墨の衣、腰に竹の筒をさげたり。其中には、箸一ぜんを入たり。手にもてる三十六遍の数珠より外に、寒にもあつきにも、身にたくはへる物なし。**我そのころ、世にさぞらへて江府にあり。霊岩寺**の門前によりて住はんべる。この定西常に来りてとぶらへり。我、去る者に問、「定西はこゝに見るなみなみの道心者にはかはれり。法師がらもすくやかに、物云いやしからず、いかなる者のなれるはてぞや」、答ていはく、「**此定西、本はいかさま金山の代官などして、**殊外たのしかりし者にて、其の恩きたる者、ここにも今にありとはきき及び侍る。なにと問ても語り侍らず」といふ。

ここには江戸霊岩寺に熱心に通う定西に興味をもった若者が、定西のことを尋ねると「いかさま金山」の代官であったと聞かされる場面だ。この後、定西自身から懺悔物語を聞くことになる。そこで語られるのは、琉球や中国福建に渡り、交易により財を得て、故郷石見に帰り石見守の娘婿になるが、石見守と同時に捕らえられ、その後、出家して定西と改名したという物語である。

『定西法師伝』の伝本について確認しておくと、宮内庁書陵部蔵本には、「正徳二（一七一二）壬辰霜月下旬灯下書写之、日下部景衡」という奥書が記され、「日下部景衡《くさかべかげひら》」（朝倉景衡）の自筆本とされており、渡辺麻里子によると、この日下部景衡自筆本を起点に様々な諸本へ展開していくとされている。▼注[13] まさに『定西法師伝』は近世に創出され、展開していった渡琉僧の伝承と言えるだろう。

四　僧伝から剛者《つわもの》譚へ―為朝渡琉譚の行方―

ここまで、琉球へと渡った僧侶の伝承をみてきた。ここからは、これまでみてきたような言説が、琉球侵略を描いた〈薩琉軍記〉へ取り込まれ、剛者の伝承へと変遷する様子をうかがっていきたい。

まずは、為朝渡琉譚からみていきたい。先に袋中の見聞録の一つに為朝の伝承があると述べたように、袋中は『琉球神道記』にて、琉球の為朝伝承について触れている。『琉球神道記』巻五には為朝と思われる記述が三例確認できる。

「波上権現事」

中ゴロ、**鎮西ノ八郎為伴、此国ニ来リ、逆賊ヲ威シテ、今鬼神ヨリ、飛礫ヲナス**。其長ケ人形許。其石亦此ニ留ヌ〈今鬼神ヨリ一日ノ行程ナリ〉。

「洋《おき》権現事」
建立時代、霊異等ノ事、明ナラズ。熊野神ト見ヘタリ。愚案ズルニ、**為友、此国ヲ治ラル時、鬼神降伏ノ神タル故ニ、念願アリテ、立ル歟。**

「隻首《かたがしら》」
又国ノ隻首、何ゴトゾヨ。諺云、**昔他国ノ人来テ、此国ヲ治ム。国ニ鬼類多シ。両角ヲ戴。其人是ヲ打落ス。末ノ験トテ、隻角ヲ残也。後ニハ人間ト成ト雖、前ヲ恋テ、隻角ヲ学也。**

「波上権現事」では琉球北方のグスク今帰仁から、南の那覇の波上宮まで、人と同型の石を投げるという伝説を記している。すでに東恩納寛惇が指摘している通り、古く琉球で語り伝えられていたことを示す事例になる。▼注[14] 現在、波上宮に石は確認できないが、浦添に為朝が投げたとされる岩が伝わっている。「洋権現事」では洋権現を熊野神に比定し、その由来を為朝が琉球を治める時に勧請したものであることが語られているが、これは袋中自身の注釈に過ぎず、琉球の伝承と思われる「波上権現事」とは、根本的に異なるだろう。「隻首」では為朝の名はみえないが、琉球へ異国の者がやってきて、鬼人たちを従えるというモチーフが為朝伝承と一致している。ここでは、異国人により鬼の片角が打ち落とされ、人となった後も、鬼だった頃の角の名残として片髪が残ったことが、琉球王府時代の男性の髪型である「隻首」になるという、「隻首」の由来譚となっている。片角を打ち落とされたことが、人へと変わる契機になったともとれ、角の霊威を示す話でもある。

これは、島津家に仕えた僧南浦文之《なんぽぶんし》（玄昌）の書『南浦文集』にも同じ説話が語られている。▼注[15]『南浦文集』「討琉球詩並序」には、

為朝見ルニ下巣ニ居穴三処スル於島上一ニ者上ノヲ、頗ブル雖レヘドモ似二リト人ノ之形一チニ、**而戴《イタダク》ニ一角ヲ於右鬢ノ上一ニ。所謂ル鬼怪ト云者ノカ乎。**

とあり、ここでは、まさに侵攻の前年、慶長十三年（一六〇八）に詠まれた漢詩とその序に為朝言説が盛り込まれている。先ほど『琉球神道記』でもみられた、一角の角の記述がここにもあるが、『南浦文集』では、角を、「所謂ル鬼怪ト云者ノ乎」と、鬼の象徴としてとらえている。さらに、その「鬼怪」の者たちを討伐するために兵を起こすとされている。まさに、琉球を蔑視し、薩摩側、ヤマト側からの琉球侵略の大義名分として、為朝渡琉譚が利用されているわけである。

為朝渡琉譚の最古の例は十六世紀初頭の五山僧、月舟寿桂《げっしゅうじゅけい》（幻雲、一四六〇～一五三三）の『幻雲文集《げんうんぶんしゅう》』である。『幻雲文集』「鶴翁字銘并序」では、鶴翁の事跡を語る前置きとして、明の歴史叙述『大明一統志《だいみんいっとうし》』を用いて、鶴翁の出身地である琉球について語られている。▼注[16]

吾国有二一小説一。相伝曰、源義朝舎弟**鎮西八郎為朝**、**膂力絶人**、**挽レ弓則挽レ強**。**其箭長而大**、**森々如レ矛**。見レ之勇気沸レ膺、懦夫又立。嘗与二平清盛一有レ隙。雖レ有二保元功勲一、一旦党信頼、其名入二叛臣伝一。人皆惜焉。**然而竄二謫海外一**、**走二赴琉球一**。**駆二役鬼神一**、**為二創業主一**。**厥孫世々出二于源氏一**、**為二吾付庸一也**。与二一統志一所レ載不レ同。将レ信耶、将レ不レ信耶。

その中で、「吾国有二一小説一。相伝曰」と、『大明一統志』にはみえない伝説として、為朝伝承が語られ、海外追放された為朝が、琉球へと渡り鬼神を駆使し、琉球の創業主となり、その子孫は源氏となるため、琉球は日本の属国であるとする。月舟も「将レ信耶、将レ不レ信耶」と、その真偽について疑っているが、為朝渡琉譚が古く室町期には語られていたことは確かなようである。また、琉球出身の五山僧との交流の中で、この為朝渡琉譚が、薩摩侵入以前の琉球、いわゆる古琉球において語られていた可能性を示す文献の一つとして最も注目されよう。

ここまでみてきたように、琉球の為朝伝承は、僧侶が語る言説に基づいて展開してきたと言える。この為朝渡琉譚は〈薩琉軍記〉に取り込まれ、意識的に利用されていくのである。先に述べたように、〈薩琉軍記〉の諸本増2『琉球属和録』には、「円珍伝」が採られており、琉球は鬼ヶ島であるという言説が語られていた。この鬼ヶ島由来譚は『琉球属和録』における為朝渡琉譚の序をなしているわけであるが、『琉球属和録』では為朝は琉球で神として祀られる存在になる。次に引用したのは、『琉球属和録』巻一「舜天治琉球」である。

諸人此威風を見て、舜天ハ誠に神人なりと、国中只拝ミ尊ミしほどに、此事つたへて諸島に聞へけれバ、山東の叛民、大におどろき、「いやいや此勢イに敵すべからす。民の害を除者ハ、民の主なり。是則神仏のミ。只此君を拝せん」とて、戦ハずして、皆々我先にと甲を脱て来り降りしかバ、山東忽チに静りけり。故に威風ヲ自ラ加りて、里主と同じく、馬を並べて凱歌す。

されバ**東風一度ビ吹て、舜天に力を添しハ、全ク日本の父君為朝公の神霊うたがひなしとて、此所に宮を建て、源朝公の神を崇ム。是より永ク鯨の憂なし。すべて三山の村々ミな源朝公の神を勧請して、悪鯨の害を遁ル**。其後ハ鯨の害絶へて、又見る事も稀レ也。適々鯨魚の来る事有とも、此宮の神の使ハしめ成と云て、捕ル事なし。于レ今此遺風有て、鯨を人民喰ハずと也。

これは為朝の子、舜天《しゅんてん》が、まだ臣下だった頃、反乱の鎮圧に向かったおり、鯨の害に苦しんでいる村人に出会い、鯨を退治するために舟を出すと、一陣の東風が吹き、鯨は逃げ去っていくというくだりである。これを見た村人は、「舜天ハ誠に神人なり」と崇めることになる。この風を吹かせた存在こそ、「全く日本の父君、為朝公の神霊うたがひなし」と、為朝の存在であるとするのである。この後、為朝は神として祀られることになり、鯨は神の使いとして今も食べないとされる。『琉球属和録』では、為朝は琉球王統の始原という存在であり、さらに神格化される存在でもあるのだ。

〈薩琉軍記〉における為朝伝承は、武力を背景とした島渡りの末に、琉球がヤマト化するという言説が語られていると考えられる。これは島津氏にとって、自らの侵攻を正当化する根拠として重要な意味合いがあり、〈薩琉軍記〉

にとって、為朝渡琉譚は動かしがたい事実になるわけである。そこには袋中などの渡琉僧が語る言説が為朝の渡琉譚の根拠にもなり、先にみた「円珍伝」と為朝伝承との関係にもつながっていく。僧を媒介にした剛者伝承の拡大が、〈薩琉軍記〉では琉球侵略の正当化に結びつけられているのである。〈薩琉軍記〉における為朝渡琉譚の利用、諸本の増広における変遷については次節で詳しくみていきたい。

為朝が琉球で神として祀られるものに「舜天太神宮」がある。これは『和漢三才図会《わかんさんさいずえ》』巻十三「異国人物」に記載があり、曲亭馬琴《きょくていばきん》も『椿説弓張月《ちんせつゆみはりづき》』の中で引いている。立教大学蔵『薩琉軍監』（A3・⑦）の書き入れにもみられ、江戸後期において、日本では広く人口に膾炙していたと思われる。米山子《べいざんし》著『琉球譚伝真記《りゅうきゅうばなしでんしんき》』（外題「琉球奇譚」、天保三年（一八三二）序）には、次のようにある。▼注[17]

> 舜天太神宮　**首里にあり。鎮西八郎為朝をまつる。**
> **○此他、玉城の拝林、豊見城の拝林、北谷の拝林、高峯の拝林にあり**。おがみばやしといふハ神の森の事にて、村らにある鎮守も同じく呼ぶ。**又天満宮の社おほし**。天神といふゆゑに、多くハ孫天氏とおもひたがへて、菅神なるよしを弁へぬ人おほし。**是ハ為朝ならびに舜天王の転じたる故に、社多きなりとぞ**。

『琉球譚伝真記』には「舜天太神宮」として、各所に祀られていることが記されている。文中の「拝林」（おがみばやし）とは、「御嶽《うたき》」のことであろう。琉球各所に祀られる御嶽と一所に為朝が祀られるというのである。また、琉球には天満宮が多くあるが、これも為朝や舜天を祀っていたものが天神社へと転じたことに由来するとも伝えている。

また、大田南畝《おおたなんぽ》著『琉球年代記《りゅうきゅうねんだいき》』（天保三年（一八三二）刊）の付録として付けられた「琉球雑話」十四には次のようにある。▼注[18]

> 朔望には早朝より、かの託女をまねきて、荒神ばらひの如き祈祷あり。託女のまへに、八重山酒〈みりんの如

き酒也〉一盃を盆にのせていだす。**第一に、シネリキユ、アマミキユ、あまつかみ、うなハらのかみ、八幡宮、天満大自在天神を拝し、為朝公より代々の賢王の御名をとなへ、琵琶を弾じながら、法華経、礼文を、だミたるこゑにて、いともながきふしにとなふ。**荒神といふハ天孫神のことのよしにて、祈祷、神慮にかなふを**キメテスリ**と云。

ここでは、託女（ノロ）による「荒神ばらひ」の儀式のおり、初めに神々の名が語られ、次に為朝から始まる王統が語られることで、儀式を進行している。「荒神」は『琉球神道記』巻五「新神事」で描かれる「新神」のことと思われ、年ごとに新たに顕れる神のことである。『琉球神道記』にも「又新神出玉フ。キミテズリト申ス」として、「新神」を「キミテズリ」のことだする。「キミテズリ」は琉球王国の最高神女である「聞得大君《きこえおおきみ》」に憑依するため「キンマモン」と同格神とされる神であり、この「新神」（荒神）に祈念する儀式に「八幡宮」や「天満大自在天神」といった日本の神や、為朝を起源とする王統が祀られていることは興味深い。池宮正治は、「石門之東之碑文」（国王頌徳碑、一五二二年）、「かたのはなの碑」（国王頌徳碑、一五四三）などの碑文に、舜天から数えた代数が刻まれることから、第二尚氏において、尚王統を天孫子からではなく、舜天王から数えることが定着していたとし、為朝以来万世一系という王統意識があったとする。▼注[19] 江戸後期、日本においても同様に琉球王の祖は為朝であることが語られ、祀り上げる対象となっていたわけである。

また、『琉球年代記』「琉球雑話」十九には、周防国の住人古郡八郎が琉球へと漂着した話を載せるが、八郎は琉球で一つの社を発見する。

かたハらに一のやしろあり。前殿に推朱やうの彫紋ありて、文字ハ黄なるいろにほりあげたる**鎮西君真物《ちんめんくんしんぶつ》といふ匾をぞかけたりける。〈按ずるに、鎮西君真物《チンゼイキンマモン》なるべし。為朝のことならんか。**琉球にてハ神をたうとむに、かならずキンマモンとしやうすることをもてはかる〉。

八郎が見た社には「鎮西君真物」という扁額が飾られてあった。「琉球雑話」ではこれを「チンゼイキンマモン」と読むとし、鎮西八郎為朝と結びつけている。この説話の主人公が「八郎」であることも、為朝に由来するものだろう。[注20]「琉球雑話」からは、為朝は琉球の王統の起源であり、琉球の神と同一視されている様子がうかがえる。まさしく武人伝承が読み替えられ、琉球の神話となっているのであり、為朝渡琉譚は神話として生まれ変わっているのである。

五 〈薩琉軍記〉における剛者《つわもの》譚の再生と展開

剛者伝承が読み替えられていくのは為朝ばかりではない。〈薩琉軍記〉は諸本が増広することによって物語が増幅し展開していく。〈薩琉軍記〉初期型の伝本であるA1『薩琉軍談』を改変したA5『琉球静謐記』では、初期型の伝本と比べると、様々な伝承を盛り込んで、再構成していることがうかがえる。この『琉球静謐記』に確認できる物語に、花房兵庫の家臣であり、日頃、母から天神に帰依するように教育された若武者、玉沢与左衛門の話がある。『琉球静謐記』「乱蛇浦并玉沢与左衛門が事」は次のように語っている。

道々の神社にも、天神の社あれバ、必ず拝ミ奉けるに、島へ渡りて後ハ、天神の宮とてもなかりけるに、昨夜**乱蛇浦の道のほとりに、何やらん神社の如きもの**見へ、神主とおぼしきもの有。**又日本人かと思ふやふなる像**も多かりける。祭も有りと見へて、供物抔も見へけれども、人民ミなミな逃退て、あたりに物聞ん民家もなし。行逢ふたりとも、詞通じ兼けるゆへ、いわれハ知り難けれども、**兎角日本人の像と見へて、朝比奈義秀、長崎為元の外ニも、此島へ渡り、神にも祝われたる人多しと見へけり。天神の尊像、亦ハ恵比須の像の如きも有けりと後に考べし**。与左衛門ハ嬉しく思ひ、則奉幣して、頭をたたき祈けるハ、「霊位若日本の霊ならんにハ、我に力をそへしめ給へ」と、念比に念して立帰りけるか、翌日の軍に公山都師を不思議に討取、高名をも上げける事、悦ひ限りなし。家をもおこし、父の名をもあげける。**其日ハ二十五日成けれハ、いよいよ天神の感応を仰ける。**（中略）

付り、**琉球王ハ源姓也。若鎮西之八郎為朝の末ならんか。**神主、木像此類ひ多き。**恵美須の像ハ、唐の明皇の像と伝ふ。**蜀都遷行の後、日本、琉球等に来りて釣せる事有といふ。烏帽子も唐製に同じ。名も明皇の幼君を三郎といふ。**日本に恵美須といふも、若玄宗白玉皇帝の像来る歟。**

天神に帰依する玉沢与左衛門は天神社を見つけては拝むようになり、琉球での合戦前夜、乱蛇浦の道端に「何やらん神社の如きもの」を見つける。よく見てみると日本風の神社である。そこには日本人の像として、「朝比奈義秀《あさひなよしひで》」「長崎為元《ながさきためもと》」などがあり、そのほかにも琉球へと渡り、神として祀られている人は多いとされ「天神」や「恵比須」の像もあったとされる。[注21] まさに玉沢与左衛門は異国（琉球）において、本朝（日本、ヤマト）の神を発見したわけである。この加護により玉沢与左衛門は乱蛇浦の合戦で戦功を挙げることになる。

最も注目すべきは、朝比奈義秀と長崎為元であろう。朝比奈義秀は朝比奈三郎として著名であり、数々の伝説が残り朝比奈をめぐる著作も数多く残されている。一方の長崎為元は『太平記』に登場し、新田義貞《にったよしさだ》の鎌倉攻めのおり、これを迎え撃った武将である。両者ともまさに剛者の象徴として、ここに登場すると思われる。両者とも争いに敗れながらも、その活躍ゆえ伝説化していく人物である。しかし、両者ともに琉球へ落ちのびたという説話は、この『琉球静謐記』以外確認できないが、「島」へ向かうという説話は確認できる。

まずは朝比奈義秀から確認してみると、寛文二年（一六六二）に出版された古浄瑠璃『あさいなしまわたり』が挙げられる。『あさいなしまわたり』第三「あさいなまこくにわたりきじんを打事」には次のようにある。[注22]

あさいな聞て、あふよいすいすい、「それがしは、あしゆら国（あしわら（葦原）の誤り…引用者注）に、かくれなき、あさいなの三郎よしひでと申物也。我此所に来る事、よのぎにあらず。**此しまに、げどうのきわう、すまひをなすよし、聞しめされ、ことの有さま、みて参れとの、上いをかうむり、是までわたり申也。**誠にあしわら国に、うしろを合て、ゆみをひかんとの、心ざしや、ましますか、そなたより、申されよ。さあらんにをいては、一々ちうばつの、じせつは、くびすを、めぐらすべからず」と、あららかにぞ申ける。**きおうをはしめ、けんぞく共、したをまいてぞ、おそれける。**

ここでは戦さに敗れた朝比奈三郎は「きまんこく」に渡り、「きおう」を従える。これは為朝伝承とも一致する物語の展開である。また、文化十二年（一八一五）から安政二年（一八五五）に刊行された曲亭馬琴の『朝夷巡島記《あさいなじゅんとうき》』にもつながっていくと思われる。馬琴は為朝渡琉譚を描く『椿説弓張月』の作者でもあり、「島」に攻め込むという描写がつながっている。

続いて、長崎為元についても「島」へと渡る伝説が残っている。『参考天草軍記《さんこうあまくさぐんき》』「天草島浪人森宋意軒の事并由井正雪へ妖術を授る事」には次のようにある。▼注[23]

九州の肥前は大国にして、十一郡六十万石余有り。西南は海にて左りは薩摩潟、後は筑前、筑後、並に長崎の湊は海中の西に見えたり。五島、平戸の島々、**沖に指出で、通路自由にして、天草島、硫黄島、小布島、種ヶ島を初め八十の島々及び琉球島等入組み並びたり。八十島の内、天草島は大いなる島にて、知行高五万石余有り。**郷村稍百ヶ村に近し。唐津、富岡両所十二万石の城主、寺沢志摩守領分にて、至て福有の所なり。然ば九州は元来日本の辺鄙成るを以て、勇士世を憚る者、忍び住居して時を待つ輩らの隠るるに能所なれば、**往昔長崎為基、鎌倉の合戦に足利尊氏の兵を破り、其後肥前に逃下り、隠居せし所故、長崎と云ふ。**当時国家穏かにして、徳川公の御威光万里に輝き、四海皆服して静謐なり。

これは『参考天草軍記』の増広本、『参考天草軍記』である。菊池庸介は、「近古実話参考天草軍記」刊行（一八八三年）

の際に本文加筆が加わったものとしており、▼注[24] 明治期に数度出版されている。また、九州大学（一八八六年書写）と弘前市立図書館に写本が所蔵されているが未見である。ここでは長崎為基が落ちのびたため、長崎の地名が生まれたという長崎の地名由来譚になっている。▼注[25] ここで天草の地理認識について確認しておきたい。『参考天草軍記』に描かれる天草は、硫黄島や琉球などと並べられる大きな島であり、南島群として数えられている。これは〈薩琉軍記〉に描かれる世界観と同様であり、琉球の絵図には島として天草が描かれている。▼注[26] 江戸中、後期の軍記群において「天草」はまさしく南西諸島の一群という理解がなされているわけである。長崎為元もまた「島」へと渡った武将なのである。▼注[27]

A5『琉球静謐記』に返ってみてみよう、これら朝比奈や長崎といった「島」へ渡った剛者たちの物語は、為朝伝承へも結びつけられている。『琉球静謐記』では、琉球王を源氏であるとして、「若鎮西之八郎為朝の末ならんか。神主、木像此類ひ多きもしや」と、為朝渡琉譚とも、日本の神が祀られることが結びつけられている。まさに朝比奈、長崎といった剛者の伝承と為朝伝承とが融合するのである。日本の剛者たちが琉球へと渡ることで、琉球を日本化（ヤマト化）していると言い換えてもよいのではなかろうか。

ここまでみてきた玉沢与左衛門の物語は、増2『琉球属和録』でさらに変化していく。次に『琉球属和録』巻十一「東郷有二神霊一」を引用する。

別て玉沢与十郎、「今日を父の欝念晴らす日ぞ」と思ひしかバ、肩より身心清浄にして、**あたりの神社に詣でけるに、其神何を祭るとハ知らずといへ共、神像の体、慥ニ日本人と見申る体なり**しかバ、是にいのりて、父母の志を人に語るごとくとなへて、彼神像を拝ミしが、**何やらん故郷の師匠東郷藤兵衛尉が面ざしに似たる**所有けれバ、「是ハ定て聞及ぶ**御先祖東郷幸十郎殿やらんの像成ルべし**」と思ひければ、一入に立願して、「我に成功をなさしめたべ」と云て、再拝シて去りけるに、其夜夢に神人来り、ここで登場する玉沢与十郎という人物は名前は変わっているが、『琉球静謐記』の玉沢与左衛門にあたる人物である。ここで玉沢与十郎は父母の教えに従い、示現流の祖、東郷藤《とうごうとう》兵衛《べえ》重位《しげかた》（一五六一～一六四三）に師事するという設定になっており、そして琉球へ渡り、師匠の面影をもつ神像を見つける。そこでその像は東郷重位のご先祖の像であろうと推測するのである。師匠東郷重位に似た像を見つけた玉沢与十郎は、その像に祈念する。すると、その夜神人が現れ、敵（琉球軍）の通り道を教えるという物語になっている。『琉球属和録』では『琉球静謐記』でみられた天神信仰などはなくなり、薩摩の武人伝にかわっている。まさに、剛者伝承がさらに深化したといえるのではなかろうか。

麦水《ばくすい》が天神信仰を剛者伝承にかえている意味合いは大きい。増2『琉球属和録』は前田利長《まえだとしなが》が琉球について語る章段が加わる諸本である。前田家の祖は天神、菅原道真《すがわらのみちざね》とされており、麦水も著書『三州奇談《さんしゅうきだん》』巻之三「聖廟夢想」の冒頭で、▼注[28]

加越能三州の太守、正三位黄門菅原利常卿は、**正敷菅原の苗裔として**、元祖大納言利家卿より連綿北陸の藩鎮なれば、武威最さかんにして、諸国風を仰ぎ、智土百巧皆至る。

とし、前田家を菅原道真の末裔であることを認めている。『琉球属和録』では、天神信仰説話が広がらず、剛者伝承が生長する様子が垣間見られた。麦水の意識の中に、武をもって侵攻する薩摩以前の先例となる剛者伝承の位置づけが大きかったことを示しているだろう。

ここまで為朝、朝比奈、長崎、東郷の四人の武人についての言説をみてきた。この四人に共通することは、いずれも琉球で祀られる存在になっているということである。日本の人物を神として崇めるということは、琉球の日本化（ヤマト化）に異ならず、祀られる人物が武人であることが、島津氏の琉球侵略への正当化に読み替えられているのである。

六　結語

円珍伝において、渡海する僧の苦難の物語が、仏法の功徳を物語る話として機能していたが、為朝伝承と融合することにより、琉球を鬼ヶ島になぞらえる根拠として用いられるようになる。琉球に渡って見聞記を記した袋中や、琉球に根付き琉球で物語られた日秀、近世期に新たに創出された定西の物語など、渡琉者をめぐる物語は様々に展開していくが、それらの物語は語り直され、〈薩琉軍記〉に取り込まれる。そして、〈薩琉軍記〉は渡琉者伝承を取り込み、琉球侵略への正当化に結びつけていくのである。

侵略文学は異国に武力をもって侵攻する様を描いた軍記であり、そこには必ず「海」がある。海は異国との境界であり、その境界を越える物語こそ、侵略文学なのであろう。まさに島国日本ならではの「海」を介した文学と言え、今後さらなる比較検討が必要とされるはずである。

▼注

（1）テキストは、新日本古典文学大系によった。

（2）テキストは、後藤昭雄『平安朝漢文文献の研究』（吉川弘文館、一九九三年）による。『円珍伝』は三善清行（八四七～九一八）により撰じられたものであり、金剛寺蔵『円珍伝』は異本系の本文を有する。「石山寺本」「曼珠院本」には不動明王のくだりはない。『今昔物語集』との比較のため、次に金剛寺蔵本の該当箇所を示した。

仁寿元年四月十五日、和尚辞レ京向二大宰府一、遂二入唐之志一也。三年八月九日、儻値二大唐商人鉛良暉一船進発。過レ海時、東風忽迅、舟行如レ飛。**十三日申時、北風俄起。十四日辰時、漂二着流梂国一。流梂者所謂海中啖レ人之国也。時四方無レ風、不レ知レ**

所レ趣。遥見三数十人持レ戈徘二徊岸上一。時鉛良暉悲哭謂二和尚一曰、「等当下為二流梂一所上レ啖也。為レ之如何」、和尚乃合掌閇レ目、念二願不動明王一。須臾前年所レ現金色人露、立二舳上一。時舟中数十人皆見レ之。俄而巽風忽発、飛レ帆指二乾維一。十五日午時、着二大唐、嶺南道、福州、連江県界一。

（3）テキストは、納富常天「湛睿の唱導資料について（三）」（『鶴見大学紀要』31、一九九四年三月）によった。

（4）テキストは、宮内庁書陵部編『伏見宮家九条家旧蔵 諸寺縁起集』（図書寮叢刊、明治書院、一九七〇）によった。

（5）近本謙介「慶政の『漂到琉球国記』」（『解釈と鑑賞』71—10、二〇〇六年十月）。

（6）テキストは、原田禹雄『琉球神道記 附・自筆稿本影印』所収影印（榕樹書林、二〇〇一年）を用いた。以下、版本の引用を除いて、『琉球神道記』の引用はこれによる。『琉球神道記』に関しては、渡辺匡一「『琉球神道記』解題」（池宮正治・小峯和明編『古琉球をめぐる文学言説と資料学—東アジアからのまなざし—』三弥井書店、二〇一〇年）を参考にした。

（7）テキストは、宜野座嗣剛『全訳・琉球神道記』所収影印（東洋図書出版、一九八七年）によった。『琉球神道記』は、慶安元年（一六四八）に刊行される。刊記は次の通り。「慶安元年孟冬仲旬／二条通玉屋町村上平楽寺開版」。

（8）テキストは、島村幸一「岩瀬文庫本『琉球往来』翻刻」（池宮正治・小峯和明編『古琉球をめぐる文学言説と資料学—東アジアからのまなざし—』三弥井書店、二〇一〇年）による。

（9）テキストは、外間守善・波照間栄吉『定本 琉球国由来記』（角川書店、一九九七年）によった。

（10）テキストは、「沖縄文化史料集成」5、読み下し編による。

（11）小峯和明によれば、定西は袋中をモデルとして作られているとされる（小峯和明「袋中上人と琉球—『琉球神道記』と『琉球往来』」（「袋中上人フォーラム」実施報告書～来琉四〇〇年・その歴史的意義を考える～」二〇〇五年））。

（12）テキストは、渡辺麻里子「『定西法師伝』の研究—付〈翻刻〉宮内庁書陵部蔵『定西法師伝』—」（池宮正治・小峯和明編『古琉球をめぐる文学言説と資料学—東アジアからのまなざし—』三弥井書店、二〇一〇年）による。

（13）注（12）。

(14) 東恩納寛惇『歴史論考』(『東恩納寛惇全集』1、第一書房、一九七八年、初出「歴史地理」ほか、一九〇六〜〇八年)。
(15) テキストは、鹿児島大学玉里文庫蔵本によった。
(16) テキストは、『続群書類従』13輯上によった。
(17) テキストは、鹿児島県立図書館蔵本によった。書名は内題を採用した。
(18) テキストは、東北大学狩野文庫蔵本によった。
(19) 池宮正治「琉球史書に見る説話的表現」(「説話文学研究」32、一九九七年六月)。
(20) 渡辺美希は一八一五年の古渡七郎右衛門の漂着事件を題材としているとする(「清に対する琉日関係の隠蔽と漂着問題」、同著『近世琉球と中日関係』吉川弘文館、二〇一二年、初出二〇〇五年)。古渡七郎右衛門と為朝とが結びついたと考えられる。
(21) 琉球における夷堂については、先にみた通り、日秀が那覇に夷堂を立て、夷の図像を祀ったことが、『球陽』一九八、四九四に記されている。また、天神社については『琉球神道記』巻五「天満大政威徳大自在天神事」や『琉球国由来記』巻八「那覇由来記」二一にみえる。
(22) テキストは、古浄瑠璃正本集3によった。
(23) テキストは、近世実録全書12によった。
(24) 菊地庸介「成長初期から虚構確立期まで―「天草軍記物」を例に―」(『近世実録の研究―成長と展開―』(汲古書院、二〇〇八年))。
(25) 堀麦水『慶安太平記』には、由井正雪が森宋意軒より妖術を授けられる説話が描かれており、由井正雪の伝承から長崎為基の伝承へと転換している様子がうかがえる。
(26) 第一部第二章第二節「琉球侵略の歴史叙述―日本の対外意識と〈薩琉軍記〉―」を参照。
(27) 長崎為元には出家して、本願寺覚如に師事し、加賀国に称名寺を建立したという伝説がある。これは現在新潟市にある長崎山真宗寺(真宗大谷派)の縁起として伝わっているものであり、これによれば、加賀国能美郡長崎に称名寺を建立したが、その後五代道光が寺号を真宗寺にあらため、十代了心が天正年間の戦乱を避け、出羽国秋田へ、慶長年間に越後国へ移住したとある。

(28) テキストは、「江戸怪異綺想文芸大系」5によった。

第二節
琉球言説にみる武人伝承の展開—為朝渡琉譚を例に—

一　はじめに

前節では、渡琉者伝承から為朝渡琉譚など剛者伝承が展開し、江戸期において様々に享受されて、物語が読み替えられ、再生産されていく様子をうかがってきた。特に琉球をめぐる言説で、中世から近世期に広く人口に膾炙し、多くの言説を生み出していくのが、源為朝である。『保元物語《ほうげんものがたり》』を原拠とする源為朝の鬼ヶ島渡海譚は、その後、為朝が琉球へ渡り、琉球最初の人王、舜天《しゅんてん》の父となるという「為朝渡琉譚」へと成長していく。この為朝伝承もまた〈薩琉軍記〉に大きな影響を与え、薩摩藩の琉球侵略の正当化のイデオロギーとして強固に作用していくのである。

〈薩琉軍記〉に描かれる為朝渡琉譚からは、日本（ヤマト）と琉球とを同一化し、島津氏の侵攻を正当化しようとする思想背景がうかがえる。東アジアにおける日本の対外情勢が緊迫化していく時代において、異国との戦さの物語が国家神話的な意義をも帯びていく背景を、〈薩琉軍記〉にみられる為朝渡琉譚を軸に、中世から近世へと多様に展開する、武人伝承の意義を遡行させて考察していくとする。

二　日本（ヤマト）における為朝伝承

薩摩侵入以前に琉球へ渡ったとされる武人で最も有名なのが源為朝であろう。前節からの繰り返しにはなるが、重要な資料であるので、まずは、薩摩侵入以前、いわゆる古琉球における為朝伝説について確認しておきたい。▼注[1]

為朝が鬼ヶ島に渡って帰国するという物語は、半井本《なからい》『保元物語』で語られることから、鎌倉期には為朝が海を渡る伝承が存在していたことは、すでに周知のことである。鬼ヶ島に渡海する伝承が、琉球へと渡海する伝承に替わる最も古い例は、十六世紀初頭の五山僧、月舟寿桂《げっしゅうじゅけい》の『幻雲文集《げんうんぶんしゅう》』であろう。『幻雲文集』「鶴翁字銘并序」には、次のようにある。▼注[2]

源義朝舎弟**鎮西八郎為朝**、**膂力絶人**、**挽レ弓則挽レ強**。**其箭長而大**、**森々如レ矛**。見レ之勇気沸レ膺、懦夫又立。嘗与二平清盛一有レ隙。雖レ有二保元功勲一、一旦党信頼、其名入二叛臣伝一。人皆惜焉。**然而竄二謫海外一**、**走二赴琉球一**。**駆二役鬼神一**、**為二創業主一**。**厥孫世々出二于源氏一**、**為二吾付庸一也**。

ここでは、鶴翁の事跡を語る前置きとして、明の歴史叙述『大明一統志《だいみんいっとうし》』を用いて、鶴翁の出身地である琉球について語られている。その中で、「吾国有二一小説一。相伝曰」と、『大明一統志』にはみえない日本の伝説として、為朝伝承が語られ、海外追放された為朝は、琉球へと渡り、鬼神を駆使し、琉球の創業主となり、その子孫は源氏となるため、琉球は日本の属国であるとされる。月舟も「将レ信耶、将レ不レ信耶」と、その真偽について疑っているが、古く室町期には為朝渡琉譚が語られていたことは確かなようである。また、琉球出身の五山僧との交流の中で、この為朝渡琉譚が、古琉球において語られていた可能性を示す文献でもあり、為朝伝承において最も注目されるテキストである。

さらに琉球における伝承の可能性を示すものに、『琉球神道記《りゅうきゅうしんとうき》』がある。これは、十七世紀初頭、琉球に三年間滞在した浄土宗の学僧袋中《たいちゅう》の著作として名高い。この『琉球神道記』には「為朝」と思われる記述が三例ある。「為伴」「為友」と表記は様々だが、いずれも為朝のことであろうと思われる。三例ともに琉球の神について記された、巻五の叙述である。

順に確認していくと、[注3]「波上権現事」では、「鎮西ノ八郎為伴、此国ニ来リ、逆賊ヲ威シテ、今鬼神ヨリ、飛礫ヲナス」と、琉球北方のグスク今帰仁《なきじん》から、南の波上宮《なみのうえぐう》（那覇）まで、人と同型の石を投げるという伝説を記している。東恩納寛惇がすでに指摘している通り、[注4]古く琉球で語り伝えられていたことを示す事例になるかと思われる。現在、波上宮にこの岩を確認することはできないが、浦添市に為朝が投げたという岩が伝わっており、琉球に根付いた伝説と言えるだろう。

「洋権現事」では、洋《おき》権現を熊野神に比定し、その由来を、「為友、此国ヲ治ラル時、鬼神降伏ノ神タル故ニ、念願アリテ、立ル歟」と、為朝が琉球を治める時に勧請したものであることが語られるが、これは袋中自身の注釈に過ぎず、琉球の伝承と思われる「波上権現事」の記事とは、根本的に異なっている。

「隻首《かたがしら》」では、為朝の名はみえないが、

昔他国ノ人来テ、此国ヲ治ム。**国ニ鬼類多シ**。両角ヲ戴。其人是ヲ打落ス。**末ノ験トテ、隻角ヲ残**也。後ニハ人間ト成ト雖、前ヲ恋テ、隻角ヲ学也。

とあり、琉球へ異国の者がやってきて、鬼人たちを従えるというモチーフが為朝伝承と一致する。ここでは、異国人により鬼の片角が打ち落とされ、人となった後も、鬼だった頃の角の名残として片髪が残ったことが、琉球王府時代の男性の髪型である「隻首」になるという、「隻首」の由来譚となっている。片角を打ち落とされたことが、人へと変わる契機になったともとれ、角の霊威を示す話でもある。琉球の人々が鬼であり、角を持っていたという言説は、次にみる島津家に仕えた僧、南浦文之《なんぽぶんし》（玄昌）の『南浦文集《なんぽぶんしゅう》』にもうかがえる。

ここまでみてきた、『幻雲文集』と『琉球神道記』は、いわば琉球の中でも、古い伝承にあたるだろう。この為朝渡琉譚が、薩摩において、侵攻の契機に用いられていく。『南浦文集』では、まさに侵攻の前年、一六〇八年に詠まれた漢詩とその序に、為朝言説が盛り込まれているのである。『南浦文集』「討琉球詩並序」には次のようにある。▼注[5]

為朝見下ルニ**巣**二**居穴**三**処**スル**於島上**一ニ者上ノヲ、頗ブル雖レヘドモ似二リト人ノ之形一チニ、**而戴《イタダク》**二**一角**ヲ**於右鬢**ノ**上**一ニ。所謂ル**鬼怪**ト云**者**ノカ乎。**為朝征伐**ノ**之後**、**有**二テ**其**ノ**孫子**一、**世《ヨヨ》為**二タリ**島**ノ**之主君**一。固ク築一ヒテ石塁ヲ家二イス於其ノ上一ニ。因テ効《ナラッテ》二**鬼怪**ノ**之容貌**一ニ、結二髻《アゲモトドリヲ》於右鬢ノ上一ニ。至レルマデ今ニ風俗不レ異ナラ。

日本に剛弓を誇った為朝は、島々を従えていき、その途次に琉球へと渡る。先の『琉球神道記』「隻首」でもみられた、一角の角の記述がここにもあるが、『南浦文集』では、琉球人を「鬼怪」の者として扱い、角を鬼の象徴としてとらえている。さらに、この後詠まれた詩には、「欲レシテ伐レ鬼方ヲ、揚レク白旛」と、その「鬼怪」の者たちを討伐するために白旗（源氏の旗）を挙げ、兵を起こすとされている。琉球を蔑視した薩摩、ヤマト側からの琉球侵略の大義名分として、為朝渡琉譚が利用されているのである。

ほぼ同時代とされる文献、『琉球入《りゅうきゅういり》』にも為朝渡琉譚がうかがえる。『琉球入』冒頭には、「それ中山王と申し奉る者、鎮西八郎源為朝朝臣の御子孫と申し伝り候ふ」とある。▼注[6] これは薩摩の琉球侵略に同行したトカラ七島の住人、影佐の日記とされているものである。ここでは、為朝の子孫が琉球の王になるという伝説から、侵攻の過程が語られている。また、為朝の子孫が中絶した時、女子が「部治島」▼注[7]の百姓と結ばれ、今にその末裔が続くとされている。為朝の子孫が中絶した時というのは、琉球の王統が、舜天王統から英祖王統へと移った時のことを指そう。舜天王統と英祖王統には血縁関係はないが、ここでは、女子が一人生き残り、為朝の子孫は脈々と流れるのである。『南浦文集』や『琉球入』からは、古琉球で語られていた為朝渡琉譚が、侵攻の前後に、薩摩側からの侵略言説と一体化し、説き起こされていることがわかる。薩摩側からすれば、為朝が琉球へと渡り、琉球土着の鬼退治の末、琉球国の礎を築いたという言説は、島津が琉球へと侵攻することに重ね合わされ、自らの行為を正当化する意味で重要なものであったはずである。

三　琉球における為朝伝承

ここまで日本側から為朝渡琉譚について跡づけてきた。次に、琉球側からみた為朝渡琉譚についてみていきたい。琉球側から為朝渡琉譚が利用されたものとして、羽地《はねじ》朝秀《ちょうしゅう》（向《しょう》象賢《しょうけん》）により、一六五〇年に編纂された、琉球における最初の史書『中山世鑑《ちゅうざんせいかん》』が挙げられる。次に引用したのは、『中山世鑑』「琉球国中山王世継総論」である。[注8]

> 於レ茲為朝公、通二一女一、生二一男子一。名二尊敦一。**尊敦戴二一角於右鬢上一**。**故為レ掩レ角、居二於右鬢上一**、**其為レ人也**。（中略）代レ之為二**中山王**一。**故国人効レ之、結二片髪一自レ此始**。是為二崇元廟主**舜天王**一。

これは為朝の遺児、舜天（尊敦）が天孫氏に代わり中山王となるくだりである。才気に溢れる尊敦は、浦添《うらそえ》按司《あじ》となり、逆臣を討ち、王となる。その頭には角があったとされるのである。ここでは、先に引用した『琉球神道記』や『南浦文集』でみた片髪結の起源が語られているが、日本側では鬼の象徴として描かれていたものが、稀人の象徴として語られていることに特徴がある。『中山世鑑』の編者羽地朝秀は、法令集『羽地《はねじ》仕置《しおき》』延宝元年（一六七三）三月十日条にも、「此国、人之生初者、日本より為渡儀、疑無御座候」とある通り、[注9]琉球と日本とは同一のものであるという考えを積極的に打ち出していく。羽地の言説について、琉球を日本と対等化するイデオロギーによることは、すでに高良倉吉、渡辺匡一の指摘がある。▼注[10] 羽地の言説に代表されるように、琉球でも為朝渡琉譚は利用されているのである。『幻雲文集』で指摘した通り、薩摩侵入以前の古琉球において、すでに為朝伝承は語られていたと思われる。琉球において、早くからそうしたイデオロギーの土壌は培われていたと言えるだろう。

琉球の王統は、舜天王統、英祖《えいそ》王統、察度《さっと》王統、第一尚氏、第二尚氏まで、五つの王統が、勃興と断絶とを繰り返している。これら五つの王統間に実質的な血縁関係はない。しかし、池宮正治は、為朝以来万世一系という王統意識が第二尚氏にはあったとしている。▼注[11] まさしく国家創建神話として為朝伝承が浸透し、喧伝されていたことを示している。これは『幻雲文集』にも通じ、日本、琉球を問わず、すでに中世期（古琉球）には、為朝伝承が流伝し、日本、琉球双方から、国家神話として意味づけられているのである。

四　〈薩琉軍記〉における言説の転用—為朝神格化への行方—

ここまで、日本（ヤマト）側と琉球側、双方から為朝渡琉譚が利用されていく過程をうかがってきた。以下、近世における為朝言説の受容の一例として、〈薩琉軍記〉に取り込まれ、展開していく様子をみていきたい。先に示したように、〈薩琉軍記〉は、A群、B群が諸本の中心であり、A1『薩琉軍談』やB1『島津琉球合戦記』から様々なテキストへと発展していく。まず、ここではA1『薩琉軍談』からみていくことにする。

結論から言えば、『薩琉軍談』において、為朝渡琉譚は物語の本筋では語られていない。ここまでみてきたように、為朝渡琉譚は、侵略の直前に物語が語り起こされ、薩摩による琉球侵攻の大義名分として、巧みに利用されていた。しかし、初期型の〈薩琉軍記〉には、為朝の名前すら記されないのである。では、なぜ語られないのだろうか。為朝渡琉譚が語られない理由についてみていきたい。次に挙げたのは、A1『薩琉軍談』の結末である。

次に彼国の官人生捕等逐一に引出しぬ。義弘、唐木の書院に呼出し対面せられ、**帰伏和漢合体の約速して、祝儀の盃をし、**（中略）夫より**彼国島津と婚姻を通し合体の国と成り**けるハ、日本の武名の余国に聞へし所ぞ目出度かりし有さまなれ。

琉球が日本に帰順して、島津氏と琉球王家との婚姻を通して、日本と琉球とが一体化し、日本の威勢が他国におよぶことが言祝がれている。ここに語られているのは、島津の侵入による、琉球への源氏の流入なのである。まさしく血（血統）の侵略である。島津氏は徳川氏と同様に、源氏を名乗っている。引用した『薩琉軍談』には為朝渡琉譚が採られてはいないが、島津氏の侵入による源氏の血統の流入は、島津氏以前に琉球へ入り、その子孫が琉球王となるという為朝渡琉譚と同じ構図である。島津氏が為朝の存在に成り代わる立場へと転換されている。まさに為朝言説が島津氏の文体に読み替えられて、〈薩琉軍記〉に取り込まれたのだ。よって、為朝の名前は、意図的に消されてしまったと考えられる。

　島津氏が頼朝からつながる源氏であるという言説は、〈薩琉軍記〉において重要な言説であり、ほとんどの諸本に「島津家由来譚」としてうかがえる。▼注[12] この言説は、『山田《やまだ》聖栄自記《しょうえいじき》』（一四八二年）、『寛永諸家系図伝《かんえいしょけけいずでん》』（一六四三年）など、様々な文献に散見し、島津氏の正史となっていく。頼朝以来の源氏である島津氏が、琉球王家と血族になり、琉球が日本と同じ源氏の国となることを強調するのが、初期型の〈薩琉軍記〉である『薩琉軍談』の結末なのだ。

　では、B1『島津琉球合戦記』をみてみたい。『島津琉球合戦記』にも、物語の中で為朝が登場することはないが、『薩琉軍談』とは様相を異にしている。先の『薩琉軍談』と同場面である、『島津琉球合戦記』「琉球国都責幷諸官人降参之事」には、「和睦の合体の祝義の盃など相満けるハ、誠に勇々敷次第也」とあるのみであり、島津家と琉球王家との婚姻を指すか、はたまた日本が琉球を支配し、琉球が日本に組み込まれたことを指すか解釈が分かれるところであろう。つまり、ここでは、『薩琉軍談』で描かれていた血統の流入という意識は、薄れている様子がみてとれる。『島津琉球合戦記』は、島津家と琉球王家との婚姻を明確に描いてはいない。為朝渡琉譚が島津氏の琉球侵入に読み替えられていた『薩琉軍談』とは、明らかな位相差があるのである。

為朝が登場しない『島津琉球合戦記』だが、諸本の増広が進み、琉球情報を多く取り込む過程において、為朝渡琉譚は無視できない状況になっていく。引用した京大本では、冒頭に「琉球故事談」という章段を持ち、薩摩や琉球についての古老伝を載せている。これはほかの伝本には一切みえない、京大本独特の章段である。『島津琉球合戦記』「琉球故事談」をみてみると、

> 又、後白川の帝の朝に、**鎮西八郎為朝と言ふ人の龍宮にいたれり**と言ふは、則琉球国をさして言ふ共いへり。**琉球は龍宮の転語なり**。又、**袋中法師の琉球神道**と言ふ書には、琉球国の王宮に額あり、其銘に龍宮城と書て有よしをしるせり。

とある。ここでは為朝が龍宮へ渡ったことが語られ、龍宮とは琉球のことであることが語られている。そして、その根拠として『琉球神道記』が用いられているのである。[注13] このように「琉球故事談」では、転写による記事の増広において、琉球知識を取り込んでいき、その過程で、為朝渡琉譚が〈薩琉軍記〉へと流入していく様子がわかる。琉球情報の増加は、諸本の増幅に比例して増加されていく。それが特に顕著に表れるのがB群の諸本群なのである。B群は〈薩琉軍記〉諸本の中でも、琉球知識の増幅が、特に諸本の増広につながっている系統である。

では、『島津琉球合戦記』から派生した、B2『琉球軍記』をうかがってみたい。『琉球軍記』には、「琉球地理産物の事」という章段が付加されている。これは、『琉球軍記』独特の章段で、物語の中に組み込みれ、異国琉球を物語るくだりとして機能している。この中で為朝渡琉譚が語られているのである。「琉球地理産物之事」をみてみると次のようにある。

> 亦、一ツノ島ヲ求メ得テ、彼島ニ上リテ、**島ノ中ノ奇怪ヲ駆平ゲ、人民按撫シテ領シケル**。是レ則今ノ**琉球国**

ナリ。**其レヨリ此ノ島人、吾邦ノ風俗ニシタガヒ、日本ノ神祇ヲ崇敬シテ祭レリ。**故ニ国中ニ鎮西八郎カ遺跡
多ク今ニアリトカヤ。

ここには京大本「琉球故事談」にみられた為朝渡琉譚より、詳しい言説が語られている。為朝は父為義の命に背いたため、九州に追いやられる。しかし為朝は、鎮西を従え、西南の諸島を次々に攻略していく。そして、琉球へと渡り、奇怪の者を平らげ、琉球国を支配するに至る。為朝が琉球の先住民を従えるくだりは、先に引用した『南浦文集』など、〈薩琉軍記〉以前の伝承にうかがえたものと同様の語りが展開されている。しかし、ここではさらに踏み込んだ言説がなされており、為朝が支配したために、琉球は日本風の風俗となり、日本の神を祀ったことが語られる。そして、為朝に関する遺跡が多く残されていることも述べられている。まさに琉球が日本化（ヤマト化）する言説が語られているのである。

日本の神が祀られるという内容は、A5『琉球静謐記』にもうかがえる。『琉球静謐記』「乱蛇浦并玉沢与左衛門が事」には、日頃、天神に帰依する者が異国琉球へと渡り、日本風の神社を見つけ、祈ることで翌日の戦さで功労をあげるというくだりがある。ここでは、日本風の神社に祀られる日本人や神の像に言及している。

朝比奈義秀、長崎為元の外ニも、此島へ渡り、神にも祝われたる人多しと見へけり。**天神**の尊像、亦ハ**恵比須**
の像の如きも有けりと後に考べし。

注目すべきは、朝比奈《あさひな》義秀《よしひで》と長崎為元《ながさきためもと》であろう。朝比奈義秀は、朝比奈三郎として著名である。数々の伝説が残り、朝比奈をめぐる著作も数多く残されている。一方の長崎為元は、『太平記』に登場し、新田義貞《にったよしさだ》の鎌倉攻めのおり、これを迎え撃った武将だ。両者ともまさに剛者の象徴である。さらに『琉球静謐記』では、この章段に別伝が組み込まれており、琉球王を源氏であるとして、「若、鎮西之八郎為朝の末ならんか。神主、木像此類ひ多き」と、為朝渡琉譚とも、日本の神が祀られることが結びつけられている。まさに朝比奈、長崎といった剛者の伝承と為朝伝

承とが融合するのである。日本の剛者たちが琉球へと渡ることで、琉球を日本化（ヤマト化）していると言い換えてもよいだろう。

また、『琉球静謐記』では、日本風の神社には、天神と恵比須も祀られているともされている。琉球における天神社は、『琉球神道記』巻五「天満大政威徳大自在天神事」、『琉球国由来記』巻八「那覇由来記」二一にそれぞれみえ、夷堂については、『球陽』一九八、四九四に、渡琉僧日秀の創建としてうかがえる。しかし、『琉球静謐記』は、これらの言説をとらず、朝比奈や長崎の剛者の渡琉説話に展開させ、さらに為朝渡琉譚へと発展していく。ここには、王統に位置づけられる武人としての為朝像がはっきりとうかがえる。武をもって、琉球へと侵入する島津氏にとって、朝比奈、長崎、為朝は、その先例として、確固たる地位が創りあげられているのである。

ここまでみてきた為朝渡琉譚では、為朝の末裔は王となり、琉球を支配する伝承として描かれていた。〈薩琉軍記〉では、さらに為朝自身が祀られる存在へと格上げされていく。A3『薩琉軍鑑』の伝本である、立教大学蔵『薩琉軍鑑』「島津義弘軍用意之事」に付けられた書き込みには、

日本鎮西八郎為朝渡リ二琉球一ニ、子孫為二国王一。**乃祭二為朝霊一**、**称二舜天太神宮一**。諸事尚二日本風一。

とある。立教本は、ほかの『薩琉軍鑑』伝本と比べ、「琉球絵図」が記されるなど、琉球知識の増幅が著しい伝本である。ここでは、琉球に渡った為朝の子孫は王となり、為朝は「舜天太神宮」▼注[14]として祀られたとされる。ここにおいて為朝は、神になったのである。

この為朝が神になるという叙述は、増2『琉球属和録』において、さらに物語が深化していく。『琉球属和録』巻一「為朝渡鬼島」では、為朝の鬼ヶ島渡海譚が語られている。この叙述は、古活字版『保元物語』や『中山世鑑』と内容が近いので、これらを原拠としているかと思われるが、相違点も多い。大きな違いは、島の長の娘である十郎姫との婚姻であり、十郎姫が自身の鬢髪を編んだ衣を渡すというくだりも特徴の一つであろう。『中山世鑑』では、

為朝は大里按司の妹と結ばれ、尊敦、のちの舜天が誕生する。『琉球属和録』には尊敦《そんとん》の名前はみえない。さらに、琉球に渡った為朝は鯨除けの神となる。巻一「舜天治琉球」には、舜天が、まだ臣下だった頃、反乱の鎮圧に向かうおり、鯨害に苦しんでいる村人に出会い、鯨を退治するために舟を出すと、一陣の東風が吹き、鯨は逃げ去っていくくだりがある。

されバ東風一度ビ吹て、舜天に力を添しハ、全ク**日本の父君為朝公の神霊**うたがひなしとて、**此所に宮を建て、源朝公の神を崇ム**。是より永ク鯨の憂なし。**すべて三山の村々ミな源朝公の神を勧請して、悪鯨の害を遁ル**。其後ハ鯨の害絶へて、又見る事も稀レ也。適々鯨魚の来る事有とも、**此宮の神の使**ハしめ成と云て、捕ル事なし。于レ今此遺風有て、**鯨を人民喰ハず**と也。

鯨に立ち向かい、一睨みで東風を吹かせた舜天を見た村人は、「舜天ハ誠に神人なり」と崇めることになり、反乱を起こしていた者たちも鎮まることになる。そして、この風を吹かせた存在こそ、まさしく為朝の存在であるというのである。この後、為朝は鯨除けの神として、琉球全土で祀られることになる。琉球において、鯨害はなくなり、鯨は神の使いになる。このため現在でも鯨を食べることはないという。[▼注15]

『琉球属和録』では、為朝は琉球王統の始原という存在から、神格化される存在へと変化している。まさに諸本の増広が進むにつれ、為朝渡琉譚が〈薩琉軍記〉を介して変容していったと言えるだろう。

また、『琉球属和録』では琉球を南倭、蝦夷を北倭とし、日本の中の属国であるという認識が働いている。琉球を南倭とするよりどころに為朝が利用されるわけだが、蝦夷を北倭とするよりどころには、義経が利用される。[▼注16]これら為朝、義経言説の根底には、新井《あらい》白石《はくせき》『南島志《なんとうし》』の影響が垣間見られよう。[▼注17]

江戸前期において、東アジア諸国を揺るがす一つの事件があった。明の滅亡と清王朝の誕生である。清は東アジアの支配領域の確定に乗り出し、江戸幕府もその流れに巻き込まれていく。白石は江戸幕府による国家政策の一環として、日本国土の支配域の確定をめざしていくのである。

麦水《ばくすい》は『琉球属和録』において『南島志』を引用している。『琉球属和録』は、『南島志』の影響下で成立していることに間違いはない。当然、『琉球属和録』には、江戸期における東アジア情勢が反映されており、為朝や義経といった武人伝承が取り込まれる背景にも、大きな影響を与えているはずである。次にみる『絵本琉球軍記』では、対外情勢の変化を顕著にみてとれる。

〈薩琉軍記〉の伝本は、ほとんど写本で流布するが、唯一版本化されたのが、増1『絵本琉球軍記』である。『絵本琉球軍記』では、時代設定がほかの諸本とは異なっており、物語の舞台は十二世紀、頼朝の時代になっている。ここには、鬼ヶ島に渡った為朝が、その後、薩摩の食客になるという物語が語られる。『絵本琉球軍記』は、天保六年（一八三五）、天満屋安兵衛《てんまややすべえ》により、前篇が刊行されている。これには、馬琴《ばきん》『椿説弓張月《ちんせつゆみはりづき》』（一八〇七～一一年刊行）の刊行が大きく影響しているだろう。為朝の物語が、近世後期において、新たに注目されていくのである。そこには、江戸後期の時代情勢の中で生まれ、明治期へとつながる、「異国と対する日本」という認識が垣間見られる。『絵本琉球軍記』前篇の序には、

吾日本の武威、異国迄もとどろくは、泰平の恩澤にして、言語に尽しがたし。**そもそも年久しく民人枕を高ふして、腹を鼓し、干戈といふものの世にあることをしらず**。

とあり、泰平の世の中で戦争を知らない者たちが増えたことが歎かれている。ここにあるように、『絵本琉球軍記』の成立には、幕末期における対外情勢の切迫した時代状況が大きく関わっていると思われる。▼注[18] また、明治期になってからも、『絵本琉球軍記』は、活字版として繰り返し出版されていく。▼注[19] まさに対外情勢の緊迫により、侵略言説が利用される好例である。

以上、ここまで〈薩琉軍記〉における為朝渡琉譚をうかがってきた。簡単にまとめてみると、〈薩琉軍記〉の初

期型本では、為朝の存在が島津氏に置き換えられ、島津の侵入が源氏の流入として読み替えられていた。〈薩琉軍記〉は琉球情報を取り込むことで成長していくが、その過程で為朝渡琉譚も〈薩琉軍記〉に組み込まれ、物語が転化していった。為朝伝承は武人が琉球へと渡り、王統をなす物語として享受されていたが、それがさらに神として祀られる存在となっていく。その背景の一つには、日本と東アジア諸国とを取り巻く情勢の変化が指摘できた。

〈薩琉軍記〉は、琉球を異国とし、異国としての琉球との戦いを描いた物語である。このような異国合戦譚が享受される背景を探ることは、当時の軍記享受に直結しており、中世から近世に列なる軍記研究へとつながっていくはずである。

五　結語―中世から近世へ、武人伝承の展開―

ここまで為朝渡琉譚をみることにより、中世期に創りあげられた武人像が、〈薩琉軍記〉に取り込まれ、様々に変容する様子をうかがってきた。〈薩琉軍記〉の物語が成長し、展開していく背景には、東アジアにおける日本の対外情勢の緊迫化があり、異国との戦さ幻想の肥大化がある。東アジアにおける日本の地位を確立する上でも、異国と戦った者たちの物語が必要とされたのである。いわば物語が語り起こされることにより、戦さの正当化がなされ、国家創建神話へと成長していくわけであり、時代の転換期における琉球侵攻を扱った軍記〈薩琉軍記〉は、中世から近世への言説の変遷をみる上でも重要視されるべきテキストなのである。

中世に活躍した武人たちの言説は、近世において、さらに形を変え様々な物語に取り込まれ、再生していく。〈薩琉軍記〉の為朝渡琉譚は、時代を超えて追求できる恰好の例と言える。今後、さらに中世から近世へと、時代を超えた武人像の言説を追っていくことが必要とされるだろう。

▼注

（1）為朝渡琉譚については、以下の論を参考にした。比嘉実「沖縄における為朝伝説―独立論挫折の深層にあるもの―」（『文学』3―1、一九九二年一月）、池宮正治「琉球史書に見る説話的表現」（『説話文学研究』32、一九九七年六月）、大田英昭「近世日本の琉球認識の形成と変遷―源為朝渡琉伝説をめぐって」（『思想史研究』1、二〇〇一年）、渡辺匡一「為朝渡琉譚のゆくえ―齟齬する歴史認識と国家、地域、人―」（『日本文学』50―1、二〇〇一年一月）、同「日琉往還―為朝話にみる差異化と差別化、同一化の歴史」（『国文学』46―10、二〇〇一年八月）、同「日本（ヤマト）からのアプローチ」（『中世文学』51、二〇〇六年六月）、九州史学研究会編『境界のアイデンティティ』（岩田書院、二〇〇八年）。

（2）引用は、『続群書類従』13輯上による。

（3）引用は、横山重『琉球神道記 弁蓮社袋中集』（角川書店、一九六〇年）による。「隻首」について、巻五「キンマモン事」以降に表題はないが、便宜上表題を付けた。

（4）東恩納寛惇『歴史論考』（『東恩納寛惇全集』1、第一書房、一九七八年、初出、一九〇六～〇八年）。

（5）引用は、鹿児島大学玉里文庫蔵本による。句読点を私に付したが、返り点は原文による。

（6）引用は、鹿児島県立図書館蔵『琉球入』による。『琉球入』については、第一部第一章第一節「諸本解題」を参照。

（7）「部治島」は諸本で異同がある。鹿児島県立図書館蔵『琉球軍記』には、「与部屋島」、鹿児島大学玉里文庫蔵本には、「問部《与那》治島」とある。いずれも未詳の島である。

（8）引用は、『琉球史料叢書』5による。

（9）引用は、東恩納寛惇『校註 羽地仕置』による。

（10）高良倉吉『おきなわ歴史物語』（おきなわ文庫、ひるぎ社、一九九七年）、注（1）、渡辺、二〇〇一年八月論文。

（11）注（1）、池宮、一九九七年六月論文。池宮は、「石門之東之碑文」（国王頌徳碑、一五二二年）、「かたのはなの碑」（国王頌徳碑、一五四三）などの碑文に、舜天から数えた代数が刻まれることから、第二尚氏において、尚王統を天孫子からではなく、舜天王から数えることが定着していたとし、為朝以来万世一系という王統意識があったとする。

(12)「島津家由来譚」については、第一部第一章第五節「系譜という物語―島津家由来譚をめぐって―」を参照。

(13) ここで引用されている『琉球神道記』の記述は、『琉球神道記』本文にはみられない、近世期に広まった、いわば「琉球神道記伝」である。これは、古く屋代弘賢が『琉球状』で指摘しており、『琉球神道記』が近世期に様々に享受されていることを示すものである。参考、山路勝彦「近世日本にみる沖縄認識・覚書―生活体験と外界認識―」（馬淵東一先生古稀記念論文集編集委員会『社会人類学の諸問題』第一書房、一九八六年）、伊藤聡「近世の琉球研究―白石から信友まで」（『解釈と鑑賞』71―10、二〇〇六年十月）。

(14)「舜天太神宮」については、『和漢三才図会』巻十三「異国人物」に記載があるので、『和漢三才図会』によるか、あるいは『和漢三才図会』を引いた、馬琴『椿説弓張月』によると思われる。

(15) 琉球における鯨の害については、よくわからないのが実状である。一例として、『琉球神道記』巻五には、大音を立て、樹木をなぎ倒す存在として鯨が描かれている。『琉球神道記』のような鯨のイメージが、『琉球属和録』に反映されたということになるだろうか。また、『大島筆記』巻上「所産物大様」には、「鯨、取らず」とあり、琉球では鯨漁がなかったことを記しており（『日本庶民生活史料集成』1による）、『琉球属和録』の鯨を食べないという叙述につながっている。『琉球属和録』に描かれるような鯨神、鯨信仰の存在など、琉球における鯨言説については今後の課題としたい。

(16)『琉球属和録』巻四「浮田秀家依ル二薩摩一」には、義経が蝦夷に渡り「キクルミ王」となり、子孫は多田満仲に由来する「満中」という国を建国する。満中から韃靼の大王が生まれ、清を建国するという伝承が盛り込まれている。義経の蝦夷渡海譚は、近世期には人口に膾炙していた。『琉球属和録』からは、義経伝承をも取り込んで、〈薩琉軍記〉が成長している様相もうかがえる。参考、井上泰至「読本の時代設定を生み出したもの―軍書と考証」（『江戸文学』40、二〇〇九年五月）。

(17) 新井白石の琉球考察について、宮崎道生「新井白石の琉球研究」（『新井白石の史学と地理学』吉川弘文館、一九八八年）、注（13）、伊藤論文を参考にした。

（18）『絵本琉球軍記』の出版をめぐる近世期の対外情勢については、第一部第一章第一節「諸本解題」を参照。

（19）『絵本琉球軍記』の活字版は、大川錠吉翻刻、出版『絵本琉球軍記』（大川屋、一八八五年五月）での出版を皮切りに、一八八六年六月に再版、一八八六年六月に別製版（編輯人不詳『絵本琉球軍記』永昌堂、一八八七年二月）が出版されている。大川版と永昌堂版は同文であるが、挿絵に違いがある。

第三節
語り継がれる百合若伝説—対外戦争と武人伝承の再生産—

一　はじめに

前節までは源為朝に焦点を当て、中世期に創りあげられた武人像が、〈薩琉軍記〉に取り込まれ、様々に変容する物語の展開を追い、〈薩琉軍記〉を通して、東アジアにおける日本の対外情勢の緊迫化によって、異国との戦さ幻想の肥大化をみることができることを述べてきた。〈薩琉軍記〉において、為朝渡琉譚と同様に国家創成神話を形成する武人伝承がある。それが百合若《ゆりわか》伝説である。〈薩琉軍記〉の諸本の一つ増2『琉球属和録』には、この百合若伝説が形を変え、琉球開闢の聖地である久高島の由来譚として、伝承が読み替えられている。〈薩琉軍記〉において、百合若伝説は為朝渡琉譚とも共鳴しており、日本（ヤマト）と琉球とを同一化し、島津氏の侵攻を正当化しようとする思想背景をもっており、海を越え、対外戦争に勝利するという武人伝承は、時代情勢とも絡み合い再生産されていくのである。本節では、語り継がれた武人伝承が巧妙に利用されていく過程を、百合若伝説を例にみていきたい。

まず幸若舞曲『百合若大臣』の内容を確認しておこう。物語の梗概は以下のようである。▼注[1]

嵯峨朝の左大臣きんみつが申し子をして得た子息百合若は右大臣になり、**蒙古追討**を命じられる。三年間の苦戦の末に退治したが、**凱旋の途次、玄海が島に休息に立ち寄り、家臣の別府兄弟の裏切りで孤島に置き去りにされる。**別府は大臣が戦死したと報国し、筑紫の国司となり、北の方に横恋慕する。**大臣の愛鷹緑丸のもたらした大臣生存の証に北の方は宇佐八幡に大臣の無事帰国を祈願する。**島に漂着した釣人の舟で筑紫に戻った大臣は昔の面影はなく、苔丸と呼ばれて元召使の門脇翁に預けられ別府に召し使われる。正月の弓始めに、百合若の鉄弓を借りて名乗りあげ、別府を誅罰して復讐を遂げ、門脇の娘の身替りで助かった北の方と再会した。

『百合若大臣』では、蒙古を追討した百合若は家臣の裏切りにあい、玄海が島に取り残されるものの、豊後で飼っていた鷹が主人のもとへ飛び、百合若と北の方との間を鷹「緑丸」が取り持つという内容が語られている。この幸若舞曲『百合若大臣』によると思われる伝承は各地に散見し、日本のみならず東アジア圏において確認できることは、すでに多くの指摘や議論がなされ、▼注[2]中でも琉球における伝承については、早く永積安明によって宮古諸島水納《みんな》島《じま》に伝わる百合若伝説が紹介されている。▼注[3]永積は、宮古島の旧記である『雍正旧記《ようせいきゅうき》』に幸若舞曲『百合若大臣』と同様の言説があることに着目し、フィールドワークを通して、近代まで語り継がれた古老の語りを紹介している。▼注[4]これにより、琉球において古くから百合若伝説が語られており、土着している模様が明らかになった。まずは、この水納島に伝わる百合若伝説を、琉球における語りで確認していきたい。

二　琉球遺老伝における百合若伝説

水納島の百合若伝説は、『遺老説伝《いろうせつでん》』の一三四話にみえる。『遺老説伝』は、一七四五年、鄭秉哲《ていへいてつ》らによって編纂された琉球の史書『球陽《きゅうよう》』の外巻である漢文説話集であり、琉球諸島の様々な遺老伝を所収している。この一三四話に宮古水納島の百合若伝説が語られている。次に引用してみると、▼注[5]

一、往昔の世、**日本国人一名、宮古水納島に漂流して、此栖居し**、朝夕悲憂す。一日、**鷹鳥の此の島に飛来する有り**。其の人之れを獲るに、則ち素飼ふ所の鷹にして、翅に米粉袋有り。日本人、深く之を奇異とし、亦故郷の心に感動して啼哭す。**遂に一指を噛みて其の血を取り、硯、筆の二字を、袋上に書し、以て飛去に便す**。未だ数日を閲せずして、鷹、硯筆を帯びて飛び来り、半途に気疲れ力倦れて、滄海に斃れ、石泊浜に漂来す。**日本人之れを看、深く鷹の落死を惜しみ、而して此の地に葬る**。此れよりの後、毎年鷹来れば、必ず墓上に聚集す。而して今の人之れを看、感動せざる者莫し。

この語りの中で重きを置かれているのは、鷹が水納島に飛来したことである。幸若舞曲『百合若大臣』では、百合若の愛鷹「緑丸」は、一人取り残された百合若のもとへ至り、生死を伝達している。主が帰らず餌を与える者もなく弱っている「緑丸」を見て、御台所はこれを不憫に思い、女房たちに餌付けを命じると、餌付けの仕方をわからない女房たちは、「飯」を丸めて「緑丸」に供える。「緑丸」はこれを嬉しそうに持ち去り、豊後から「飯」を携えて玄海が島に至る。御台所の様子を知りたい百合若は、文を書くための木の葉一枚ない島であることを嘆くと、「緑丸」はどこからともなく「楢の柏葉」を持ってくる。百合若はこれに血で「和歌」をしたため御台所に届ける。「緑丸」の知らせにより百合若が生きていることを知らされた御台所は、女房たちに命じ文を書く道具を鷹に持たせようとする。女房たちに持たされた「紫硯」「油煙の墨」「紙五重に筆巻」などを再度豊後から運ぶ途次、「緑丸」は力尽きて亡くなり玄海が島に流れ着いたとされ、「緑丸」の死は、硯など重いものを持たせた女房たちの責任となっている。

一方、『遺老説伝』では、百合若の名はみえず、「緑丸」という鷹の名もみえないが、島に取り残された日本人のもとに、鷹が「飯」をもたらし、「硯」「筆」運ぶ途次に力尽きるというモチーフが幸若舞曲『百合若大臣』と一致している。日本人が水納島へ漂着したおり、飼っていた鷹が「米粉袋」を付けて飛来する。日本人は怪しみながらも故郷を想い、指を噛み、その血で袋に「硯」「筆」の二字を書き、鷹を放すと、数日後「石泊浜」で、硯、筆を携え、途中で力尽きた鷹を発見する。日本人は鷹の死を悲しみ、「石泊浜」に鷹を葬ったとされる。その後、毎年墓には鷹が集まったという。『遺老説伝』では、水納島への鷹飛来の伝承が、水納島石泊浜における御嶽《うたき》の始原譚となっている。

永積論でも指摘されているように、この水納島における伝承は、一七二七年に編纂され、琉球王府へと献上された宮古島の旧記、『雍正旧記』の水納村の条にもみえる。次に引用して『遺老説伝』と比較してみると、▼注[6]

一、鷹の墓所之事

右由来ハ、昔大和人只一人、水納島へ致二漂来一、栖居候処、右大和人飼立の鷹、**湯の粉袋を翅ニ懸、飛来候**。大和人袋を取、**不思議の感涙を流申候**。左候て、大和人指先を砕き、其血を以、硯筆の二字を袋ニ書、差帰申候。然処、無レ程硯筆を翅に懸、同島石泊と申浜へ、鷹ハ死て寄付申候。**鷹生候ハバ、又以古郷の融通可二罷成一候処、右仕合にて、左も不二罷成一候得ヘバ**、鷹死骸を葬、歎居申候。其後折々鷹飛来、右墓の上ニ舞集申候。**定て其鷹之末々にて、鳥類とても元祖之跡を尋可申願**と、見る人、感情を催候。**尤、大和人の行衛ハ前代ニて不レ詳候事**。

先にみた『遺老説伝』と同内容の伝承がうかがえる。『雍正旧記』は『遺老説伝』よりも若干成立が早く、『遺老説伝』にはほかにも同一の説話が収録されている。▼注[7] どちらも琉球王府による採録であり、『遺老説伝』の原拠を『雍正旧記』のような『宮古島旧記』系統の資料とみてよいかと思われるが、両者にはいささかの異同がある。幸若舞曲『百合若大臣』、『遺老説伝』、『雍正旧記』との相違点をまとめてみると以下の通りである。

幸若舞曲『百合若大臣』	『遺老説伝』	『雍正旧記』
百合若、緑丸	日本人、鷹	大和人、鷹
玄海が島	水納島	水納島
緑丸は「**飯**」を運び、「楢の柏葉」▼をもたらす。	鷹が「**米粉袋**」を運ぶ。	鷹が「**湯の粉袋**」を運ぶ。
「楢の柏葉」に「**和歌**」をしたためる。	袋に「硯」「筆」の二字を書く。	袋に「硯」「筆」の二字を書く。
百合若の生存を確認した女房たちは、「紫硯」「油煙の墨」「紙五重に筆巻」を緑丸に持たせる。	「硯」「筆」を持ってくる。	「硯」「筆」を羽に付けて持ってくる。
力尽きた緑丸がほかの島に流れ着かず、再び玄海が島に至ることに涙する。	鷹の死と故郷との断絶とが結びつけられていない。	鷹が死に故郷とのつながりが絶たれたことを悔やむ。
緑丸の死以降、玄海が島と緑丸との結びつきはない。	日本人の飼っていた鷹と水納島に飛来する鷹との関係は不明。	**水納島に飛来する鷹は、大和人の飼っていた鷹の子孫だとする。**
帰国した百合若は別府兄弟に復讐を遂げる。	日本人の行方に関する記述なし。	大和人の行方に関する記述あり。

『遺老説伝』は、御嶽の始原譚に語りが焦点化しているともとれる語りであり、全体的に『雍正旧記』の語りが『遺

老説伝』より詳細であることがわかる。
『遺老説伝』や『雍正旧記』は、琉球王府により、島の遺老伝を集めたものであり、十八世紀にはすでに百合若伝説が語られていたことがわかる。そして、これは先に紹介した永積、小玉論文にある通り、近代まで水納島で語り継がれる伝承となっていくのである。

三　『琉球属和録』にみる久高島由来譚と百合若伝説

ここまでみてきた水納島における百合若伝説とはまったく異なる物語が、〈薩琉軍記〉の諸本の一つである増2『琉球属和録』に語られている。それは沖縄本島東に位置する久高島の伝承である。さらに『琉球属和録』にみる百合若伝説は、今まで紹介されてきた百合若伝説とは大きく異なっており、久高島の起源、ひいては琉球開闢に関わる言説となっているのである。

まずは、前節でも扱ったが、『琉球属和録』について確認しておきたい。『琉球属和録』は、加賀出身の誹諧師であり、読本作者として知られる堀麦水《ほりばくすい》（一七一八〜一七八三）の著作であり、明和三年（一七六六）の成立である。[注8]前節では、『琉球属和録』において、為朝は琉球王統の始原という存在から、神格化される存在へと変化した様相を明らかにした。そして、その背景には、新井白石『南島志』の影響が垣間見られ、琉球を南倭、蝦夷を北倭として、日本の属国であるという認識が働いており、江戸期における東アジア情勢が反映され、武人伝承が取り込まれる土壌を形成していることを述べてきた。

麦水は為朝と同様に、百合若をも利用していく。次に引用するのは、『琉球属和録』巻十五「由利若ノ事跡」である。[注9]

此久高美吐倫が事を尋るに、久高一ツにハ、求鷹《クタカ》と書ク。むかし由利若大臣、島を征して、此地に眠るを、家臣別府兄弟、捨テ去りしが、其後ミどり丸といふ鷹の尋ねもとめ候へ、爰に来ル故に、求鷹の名あり。此鷹、此地の祖也といふ。あやしむべし。されども美吐倫は、則ミドリなり。いわんや此辺、緑ノ字の地名多し。緑井灘のごとし。鷹の子孫、此島の祖なるも、又いわれ有ルに似たり。後段について、よく考へわきもふべし。美那、又此島の支族なり。

久高島ハ求鷹《クタカ》島、又来鷹《クタカ》島ト書ク。石あり。ワカミネリキユト云。若御寐入《ワカミネリ》キユなるべし。是由利若の寐たる石にこそ、琉球国初の速キ事知ぬべし。ミどり丸の鷹来ル故に、くだか島と云。其鷹去ツて、九州に行、此事を告る所を、高来の里といふ。今、島原の高久の城、是也。ミどり丸の事、子孫有ルをミれバ、鷹なるや、わつぱの小扈従なるや、わかち存べからず。

ここでは、「久高《くだか》美吐倫《みどり》」のことが語られている。「久高美吐倫」は〈薩琉軍記〉において、『琉球属和録』にのみ登場する人物である。薩摩武士、樺山権左衛門は久高島「緑井灘」に琉球の武将王俊辰亥を追い詰めこれを討つものの、新手に迫られ危急存亡の時に、久高島の族長である「久高美吐倫」が民兵を引き連れ、これを助ける。これにより、薩摩軍は久高島を手中に収め、琉球の制圧を遂げることになる。この「久高美吐倫」の由来譚として百合若伝説が引かれている。「久高」は「求鷹」であるとし、百合若が家臣の別府兄弟により島へ置き去りにされ、「ミドリ丸」がその島を訪れたことにより、表記は鷹を求めると書く、「求鷹」となったという久高島の起源譚になっている。その証拠として、久高島には「緑」と名の付く地名が多いとされる。また、鷹の子孫が人間であるという矛盾に対して、実は「ミドリ丸」は「わつぱ」であるかとして、鷹か人間なのか不明であると物語を転換しているあたりはおもしろい。さらに、島には「ワカミネリキユ」という石があり、これは百合若が寝入った石であるとし、その石が伝わることにより、琉球の国初めが早いことがわかるというのである。これは百合若の渡琉こそ、琉球の起こりであるとしているのにほかならない。前節でみた為朝渡琉譚とは相対する内容になってくるが、武人伝承が転用され、琉球の開闢に日本人（ヤマト人）が絡むという言説は、為朝渡琉譚に通じるところがある。

久高島は琉球の国造りにちなむ神話が残り、島の南、伊敷浜《いしきはま》はニライ・カナイ（海の彼方の楽土）より五穀が渡った聖地とされる。島の中央にあるクボー御嶽は、島の祭祀の中心であるとともに、琉球王府の祭祀の中心でもあり、イザイホー（ノロ洗礼の儀式）に代表されるように琉球祭祀の中心地となる島である。『琉球属和録』に描かれる「緑井灘」や「ワカミネリキユ」などは存在しない。百合若伝説は南島各地に広まっているので、久高島およびほど近い沖縄本島に百合若伝説がなかったとは言えないだろうが、現在その様子を知ることはできない。『琉球属和録』の創作であると考えるのが可能であろうか。作者である麦水が、琉球の神話と久高島との結びつきを、どの程度まで認識していたかは不明であるが、国立国会図書館所蔵の伝本▼注[10]（10・⑤、⑥）には、久高島と琉球の創世神であるアマミキユ、シネリキユとを結びつける一文が加わっているので、当然麦水は琉球神話を知っていて、意識的に書いていると考えられる。国会本には、

若御寐入《ワカミネリ》なるべし。是由利若の寐たる石と云。つとに、先《（ママ）》ニ、**アマミキユ、シネリキユなどの神人も、やや是等の事に近し**。何にもせよ、琉球国初の速キ事知ンぬべし。

とある。これは先に引用した聖藩文庫本と同じ場面であるが、「若御寐入」という百合若由来の石の伝承に、アマミキユとシネリキユの名が付け加えられている。アマミキユとシネリキユは久高島と琉球の創世神である。まさに琉球の国家創建神話と百合若伝説とが融合したといえるだろう。

ここで国会本について述べておきたい。先に引用した聖藩文庫本と国会本は同筆であり、ともに料紙の柱に麦水の号である「金城樗庵《きんじょうひょうあん》」という名が記されている。このことから聖藩文庫本と国会本はともに、麦水の自筆、もしくはかなり近い位置における書写であることが推測される。聖藩文庫本と国会本の前後は不明であるが、麦水の

意識の中に、久高島と琉球の国家神話とを結びつける作意があったことを示す一例と言えるだろう。

さらに『琉球属和録』において、大きな戦闘ではこの戦さが最期であり、琉球の武将王俊辰亥は斬られ、新納武蔵守の進言により、中山王の令として、邪那の九族が誅殺され、邪那も土民により殺される。久高島を手中にすることは、すなわち琉球を手中にすることに結びついていく。そして、その琉球開闢の地の由緒こそが、日本人（ヤマト人）である百合若なのである。

なおかつ麦水がこの物語を創作しただろうとする根拠として参戦する武将が挙げられる。「久高島」の戦さに臨む薩摩武士「樺山権左衛門」は実在の人物である。〈薩琉軍記〉は初期型の諸本では、琉球に渡る薩摩武士はすべて架空の人物であるが、[注11] 諸本の増広が進み、琉球知識が織り込まれてくると、実在の人物や地名がちらほらうかがえるようになる。「樺山権左衛門」は史実において、琉球侵攻の大将を任された人物であり、この「樺山権左衛門」の名が「久高（ひさたか）」なのである。「久高（くだか）」に「久高（ひさたか）」が向かう。ここに麦水の作為を感ぜざるをえない。物語中では、「樺山権左衛門」という名で通してあるが、琉球侵攻の実状を知る人たちが読めば、[注12] 久高島へと「樺山権左衛門」が攻めていくという展開に麦水の作為を読み取るであろう。あるいは麦水は物語の中で「樺山権左衛門」を久高島に向かわせることによって、「昔の百合若と今の樺山」という二重の日本化（ヤマト化）を描き出しているのかもしれない。

では、なぜ〈薩琉軍記〉に百合若伝説が必要なのだろうか。一つには百合若の、蒙古制圧、すなわち異国の敵と戦って勝利する武人像にあるだろうと思われる。異国とのいくさに勝利した日本人（ヤマト人）が、薩摩の侵攻以前に、すでに琉球へと入り込み、その子孫が薩摩方に味方することが、侵攻の正当化につながるのである。為朝渡琉譚と同様の意識が百合若伝説にも働いているといえる。つまり、琉球は日本人（ヤマト人）が興した国であり、日本人が琉球へ侵攻して治めることは正道であることを喧伝するために、武人伝承が利用されているのである。〈薩琉軍記〉は、琉球という異国を舞台にした、異国合戦の物語であり、その中に異国との戦いに勝利する百合若という武人像が取り込まれていくのではないだろうか。

四　語り継がれる武人伝承

ここまで琉球の遺老伝と〈薩琉軍記〉に描かれた百合若言説をみてきた。この二例に直接的な影響関係はないが、注目すべきは百合若という一人の剛者の伝説を通じて、琉球という場を介した百合若言説の再生が行われていることであり、これには江戸期、各地域において武人伝承が語り継がれたという背景があるはずだ。〈薩琉軍記〉の同時代の作品として近松門左衛門の作品が挙げられることはすでに指摘したが、近松浄瑠璃にも『百合《ゆり》若大臣《わかだいじん》野守《のもりの》鏡《かがみ》』（正徳元年・一七一一）で百合若の物語が語られている。また、江戸期において様々な随筆にも百合若言説はうかがえる。以下まとめてみると、▼注[13]

『**塩尻**《しおじり》』巻四十一（天野《あまの》信景《のぶかげ》、元禄～享保期）

世にいふ**百合若**〈或は大臣と称す〉、豊後国船居に伝ふる故事也。百合若塚は船居の菖山万寿興禅寺にあり。二十余年前、揚宗和尚の時其塚を発く。石館の内立る白骨一具あり。亦古刀一柄朽のこりし、領主も見られし、此命じて元のごとく埋みて祀られしとなん。〈此説百合若は淡海公の三男、参議宇合、一には烏養と称せし、此人なりと。されども拠ある古書を見はべらず〉百合若の女を万寿といふ。郷の菖が池に沈みし、後寺を建て菖山万寿寺と号す。百合若が奸臣**別府太郎**、**同次郎**が塚とて、別府村にあり。高サ二三尺とぞ。百合若あひせし鷹を**緑丸**といひし。州の鷹尾村より出しといふ。今猶よき鷹を産すといへり。凡百合若の事、九国風土の説にして、昔し其人有しと聞ゆ。されど古記実録所見なきにや。上野国妙義山に百合若の故をかたるもいぶかし。

浦島が事は丹後風土記に見へしを、信濃国寝覚にもいふがごとし。

『**松屋筆記**《まつのやひっき》』巻九十三（五）「百合若」（小山田与清《おやまだともきよ》、文化三年（一八〇六）頃）

百合若草子に見えたる**百合若大臣**いまださだかならず。豊後国志に大分君稚臣が事也といへり。大分君稚臣は天武紀に見えたる勇士にて、豊後大分郡の人也。

『**嬉遊笑覧**《きゆうしょうらん》』巻之四（喜多村筠庭《きたむらいんてい》、文政十三年・一八三〇）

本朝の史には、侏儒など献りしことは見えず。長人のことは往々あり。（中略）『紫一本』大太橋の条に、「大太ぼつちが掛けたる橋のよし、いひ伝ふ。肥後国八代領の内に、**百合若塚**といふあり。塚の上に大木あり。所の者いはく、百合若はいやしきもの也。世に大臣といふは、大人なり。大太ともいふ。大人にて大力有て、強弓をひき、能礫を打。今、大太ぼつちとは、百合若の事なり。ぼつちとは、礫のこととぞ。一とせ大風にて、右の塚のうへの大木倒れ、崩れたる中に石のからうと有。内をみるに、常の人の首、五つばかり合せたる程の首あり。不思議におもひみるに、雪霜の如く消失ぬ。依之、大きなる卒塔婆を塚のうへに立、右の様子を書付たるもの、今にあり。**百合若は筑紫の人にて、げんか島にて鬼を平ぐること、百合若の舞に作り侍り**。然に、奥州の島の内に、百合若島といふありて、**みどり丸**といふ鷹のことまで、たしかにある島ありとぞ。又、上州妙義山の道にも、百合若の足跡、また矢の跡とて有。此外にも、大太ぼつちが足あと、力業のあと、爰かしこにあり」といへり。（中略）むかしは精兵なるものは、我弓勢を後代の者に知らしめむとて、道路などの大木に、箭の射付残すことありし也。**保元の軍に八郎御曹子**、「上矢の鏑一筋残りたるを、末代のものに見せむとて、宝荘厳院の門の柱に射留し」と、『保元物語』に見えし。

このほかにも、多くの俳諧の題材として百合若が読み込まれているなど、百合若言説は江戸期において、さらなる展開をみせたことに疑いはない。

長友千代治は、江戸中期において、軍書や『通俗三国志』などを学問の第一段階として、読まれていたことを指摘している。[注14] 島原天草の乱以降、日本は戦争というものを知らない時代がほぼ二世紀に渡り続く。その時代には様々な軍記が出版され、享受されているが、対外戦争が再び始まる江戸末期から近代には、さらに言説が再生産され、甦るのである。軍記研究は現代に向けて、つなげていく必要性があり、時代、ジャンルにとらわれない総合的な研究が求められるはずである。

教育における軍記、武人伝承の利用は今後の課題であり、戦時下の言説利用もそれに含まれる。すでに小玉正任の指摘があるが、[注15] 幸若舞曲『百合若大臣』は、昭和八年（一九三三）に『小学国語読本』巻四、一八に採用されている。梗概を示すと、[注16]

昔、百合若という弓の名手がいた。**ある年、外国の軍勢がたくさん攻めてきたので、「天子様」は百合若に敵を追い払うように命令する。**百合若は自慢の弓を武器に勝ちに勝ち、もとの浜へ引き返す途中、きれいな島があったのでそこで休む。百合若の家来の**「雲太郎」「雨太郎」**兄弟は、百合若を置き去りにして帰ってしまう。その後何年かたち、**難破した漁師が鬼ヶ島から鬼を一匹連れ帰った**という。「雲太郎」「雨太郎」はめずらしがり、これに会うと、その者を**「こけ丸」**と名付け家に置くことにする。とある正月、「雲太郎」が弓を引くのを見て笑った「こけ丸」に、「雲太郎」は百合若の弓を出し、引けるものなら引いてみろというと易々と引き、「こけ丸」は百合若であると名乗ると「雲太郎」「雨太郎」を射殺す。

ここで話題の中心になっているのは、外国から日本を守った百合若が復権するという内容であり、鷹「緑丸」の話や御台所が八幡に祈念するといった内容は削られている。先に述べた通り、『百合若大臣』が『小学国語読本』に採用されたのは昭和八年（一九三三）のことである。この時期は日本が満州へ侵出し、日中戦争へと向かうまさにその時期であり、日本の対外情勢が緊迫する中で、百合若の物語が利用され、再生産されていく様子が垣間見られる。昭和八年以前には『百合若大臣』が題材にあがることはない。昭和八年以降の国定教科書には明らかに国威発揚を思わせる内容が増えてくる。軍隊の話題の増加とともに増えてくるのは古典である。以下まとめてみると、

巻三・一四「牛若丸」　巻四・一一「大江山」　巻五・一「天の岩屋」　五「八岐のおろち」
巻六・一二「新井白石」　巻八・一七「扇の的」　一八・弓流し　巻九・四「八幡太郎」
巻一一・一二「古事記の話」

など、これらは前年まで確認できず昭和八年の第四期国定教科書以降に盛り込まれたものである。ここでは指摘だけにとどまるが、対外情勢の緊迫下の中、国威発揚のためにこれら古典が利用されており、「百合若大臣」もそれに含まれる。まさに日中戦争へと向かう過渡期に百合若伝説が復活したわけである。東アジアにおける明の台頭と江戸幕府による施策、それに伴う新井白石の言説を背景に持つ『琉球属和録』における百合若伝説の利用と共鳴する部分があり、武人伝承は対外戦争が活発化する時代に再生産されていくのである。それは百合若のみならず、為朝や源頼光《みなもとのよりみつ》など▼注[17]も同様であり、社会情勢に応じて物語は生まれ変わり、新たな意義が盛り込まれていくのである。

五　結語

ここまで江戸期からつながる百合若伝説をうかがってきた。これらは立場は違えど百合若という剛者を中心にした言説を読み替え続けることによって再生してきた物語である。前節ですでに述べたが、〈薩琉軍記〉は物語が生長し、展開していく背景に、東アジアにおける日本の対外情勢の緊迫化があり、異国との戦さ幻想の肥大化がある。東アジアにおける日本の地位を確立する上でも、異国と戦った者たちの物語が必要とされるわけである。それは為朝や百合若のみならず、様々な武人伝承が社会情勢に応じてさらによみがえり、新たな意義が盛り込まれていくこ

とを求めたのだ。これまでの百合若研究は伝承文学を中心に、各地域に広まる伝説についての研究が盛んであり、江戸期において様々に展開した言説群を追った研究は少なく、総合的な百合若言説の研究が不可欠である。本節で示した百合若言説はその一端であるが、江戸期における百合若伝承などさらに詳細に分析する必要性があり、さらなる検討が必要であろう。

▼注

（1）新日本古典文学大系『舞の本』所収『百合若大臣』による。

（2）百合若伝説に関して以下の参考文献を参酌した。永積安明「沖縄離島の百合若伝説―水納島の二つの伝承―」（「文学」38―2、一九七〇年二月→『沖縄離島』朝日新聞社、一九七〇年）、小林美和「沖縄地方の百合若伝説―竹富島の伝承と奄美・沖縄伝承圏―」（福田晃編『沖縄地方の民間文芸〈総合研究Ⅰ〉』三弥井書店、一九七九年）、小玉正任「水納島の百合若大臣」（『島痛み―沖縄の離島に生きる―』文教図書、一九八五年→『史料が語る琉球と沖縄』毎日新聞社、一九九三年）、白石一美「幸若舞曲百合若大臣覚書」（友久武文先生古稀記念論文集刊行会『中世伝承文学とその周辺』溪水社、一九九七年）、金賛會「本解『成造クッ』と『百合若大臣』」（福田晃・荒木博之編『巫覡・盲僧の伝承世界』1、一九九九年）、前田淑『百合若説話の世界』（弦書房、二〇〇三年）、服部幸造『英雄の語り物―幸若舞曲「百合若大臣」を中心に』（「国文学」48―11、二〇〇三年九月）、平成二十年度伝承文学研究会大会シンポジウム「東アジアの百合若大臣」資料（二〇〇八年八月）。

（3）注（2）永積論文。

（4）永積の紹介した「百合若大臣」に取材すると思われる古老語りは、小玉正任により、ごく最近まで語られていたことが報告されているが（注（2）小玉論文）、現在、宮古水納島には一世帯を残すのみであり、古老語りがどのように伝承されているかは不明である。宮古水納島のほかにも喜界島、奄美、沖永良部、多良間島、竹富島など、南島各地に百合若伝説は広まっている（注（2）

小林論文）。

（5）沖縄文化史料集成6による。

（6）『神道大系 神社編』52、「沖縄」による。

（7）『遺老説伝』三六話の宮古伊良部邑主、豊見氏親の大鯖退治の話など、三八話の宮古伊良部西村、登佐の婚姻譚のように『琉球国由来記』や『琉球国旧記』にはみえず、『遺老説伝』と『雍正旧記』のみにうかがえる説話もある。『宮古島旧記』系統の資料によったと思われる説話は、三六〜四一、五八〜六四と本話の十四話ある（参考、小峯和明「〈遺老伝〉から『遺老説伝』へ―琉球の説話と歴史叙述」（『文学』9―3、一九九八年七月）、岩田大輔編「『遺老説伝』注釈（5）―巻第一　第三五話〜第四〇話―」（『文学研究論集』29、二〇〇八年五月））。

（8）詳細は、第一部第一章第一節「諸本解題」を参照。

（9）以下、聖藩文庫本とする。引用に際して、ルビは省略したが難読箇所にのみ残した。

（10）以下、国会本とする。

（11）第一部第一章第三節「物語の展開と方法―人物描写を中心に―」を参照。

（12）『琉球属和録』の享受層はある程度素養のある人物たちであると思われる。『琉球属和録』の伝本はそれほど多く残ってはいないが、まとまって残っているものとして、加賀市立図書館聖藩文庫蔵本、国立国会図書館蔵本および国立公文書館蔵本、ハワイ大学ホーレー文庫蔵本（増2・⑦）が挙げられる。聖藩文庫本は時習館などの藩学校の旧蔵書を主としている文庫であり、国会本、国立公文書館本は元ツレであり、昌平坂学問所の旧蔵、ホーレー文庫本は屋代弘賢の旧蔵書である。そのほか何冊か伝本は残っているが、ほかの〈薩琉軍記〉諸本のように大きく広まった諸本ではなかったと推測される。教育機関における〈薩琉軍記〉享受は今後の課題である。詳細は、第一部第二章第一節「異国侵略を描く叙述形式の一齣―成立、伝来、享受をめぐって―」参照。

（13）引用はそれぞれ左記のテキストによった。
『塩尻』…日本随筆大成（新装版）

『松屋筆記』…国書刊行会編、発行、一九〇九年
『嬉遊笑覧』…岩波文庫
（14）長友千代治「軍書の位置付け」（『近世貸本屋の研究』東京堂出版、一九八二年）。
（15）注（2）小玉論文。
（16）『小学国語読本』4（複製版『第四期国定国語教科書』4、秋元書房、一九六〇年）。
（17）参考、鈴木彰「明治期の子どもたちと源頼光の物語」（『歴史と民俗』25、二〇〇九年二月）。

第四節　為朝渡琉譚の行方―伊波普猷の言説を読む―

一　はじめに

年に数度、沖縄を訪れる機会を設けている。毎回の訪沖の折りには書店に立ち寄るが、そこで大きな違和感を覚えることがある。地方の書店は地方独特の書籍を扱っており沖縄も例外ではないが、沖縄の書店にはさらに根深いものがあるように感じる。これは一例に過ぎないが、本土（ヤマト）と沖縄には様々な考え方の乖離があると思われる。すでに多くの先論にあるように沖縄の抱える問題は、沖縄だけの問題ではない。戦後七十年にあたり、沖縄に関して文学研究の立場からどのように発信できるのだろうか。

本稿では、琉球に渡った源為朝の伝承を中心に、近世から近代へ武人言説や異国合戦軍記が語られていく様相を考察し、時代の中で移り変わっていく言説の変遷や利用についてみていく。さらに「沖縄学の父」として著名な伊《い》波普猷《はふゆう》の日琉同祖論の背景にある為朝渡琉譚の展開を踏まえ、伊波普猷の言説から未来に向けた伊波の沖縄への提言を読み解き、戦後七十年について考えてみたい。

二　為朝渡琉譚概説

『保元物語《ほうげんものがたり》』を原拠とする源為朝の鬼ヶ島渡海譚は、その後、為朝が琉球へ渡り、琉球最初の人王、舜天の父となるという物語へと成長していく。これが「為朝渡琉譚」である。薩摩侵入以前、いわゆる古琉球における為朝伝説について、為朝が鬼ヶ島に渡って帰国するという物語は、半井本《なからい》『保元物語』で語られることから、鎌倉期には為朝が海を渡る伝承が存在していたことは、すでに周知のことである。以下、これまでの論述と重なる部分も多いが論の起点として確認しておきたい。▼注[1]

五山僧、月舟寿桂《げっけいじゅけい》（幻雲、一四六〇～一五三三）の『幻雲文集《げんうんぶんしゅう》』「鶴翁字銘并序」では、鶴翁の事跡を語る前置きとして、明の歴史叙述『大明一統志《だいみんいっとうし》』を用いて、鶴翁の出身地である琉球について語る。その中で、『大明一統志』にはみえない日本の伝説として、為朝伝承が語られ、海外追放された為朝は、琉球へと渡り、鬼神を駆使し、琉球の創業主となる。為朝の血縁となり、その子孫は源氏となるため、琉球は日本の属国であるとされる。月舟もその真偽について疑っているが、古琉球において為朝渡琉譚が語られていた可能性を示す文献として注目される。

さらに琉球における伝承の可能性を示すものに、『琉球神道記《りゅうきゅうしんとうき》』がある。これは、十七世紀初頭、琉球に三年間滞在した浄土宗の学僧袋中《たいちゅう》の著作として名高い。「波上権現事」では、琉球北方の今帰仁から、南の波上宮《なみのうえぐう》（那覇）まで、人と同型の石を投げるという伝説を記している。東恩納寛惇がすでに指摘している通り▼注[2]、古く琉球で語り伝えられていたことを示す事例になるかと思われる。現在、波上宮にこの岩を確認することはできないが、浦添市に為朝が投げたという岩が伝わっており、琉球に根付いた伝説と言えるだろう。「隻首《かたがしら》」では、為朝の名はみえないが、琉球へ異国の者がやってきて、鬼人たちを従えるというモチーフが為朝伝承と一致する。ここでは、異国人により鬼の片角が打ち落とされ、人となった後も、鬼だった頃の角の名残として片髪が残ったことが、琉球王府時代の男性の髪型である「隻首」になるという、「隻首」の由来譚となっている。片角を打ち落とされたことが、人へと変わる契機になったともとれ、角の霊威を示す話でもある。琉球の人々が鬼であり、角を持っていたという言説は、島津家に仕えた僧、南浦文之《なんぽぶんし》（玄昌）の『南浦文集《なんぽぶんしゅう》』にもみえる。

『南浦文集』「討琉球詩並序」には、一六〇八年に詠まれた漢詩とその序に、日本に剛弓を誇った為朝が、島々を従えていき、その途次に琉球へと渡るという為朝言説を盛り込む。先の『琉球神道記』「隻首」にもみられた、一角の角の伝承がここでも語られるが、『南浦文集』では、琉球人を「鬼怪」の者として扱い、角を鬼の象徴としてとらえている。さらに、この後詠まれた詩には、「鬼怪」の者たちを討伐するために白旗（源氏の旗）を挙げ、兵を起こすとされる。琉球を蔑視した薩摩、ヤマト側からの琉球侵略の大義名分として、為朝渡琉譚が利用されているのである。

薩摩の琉球侵略に同行したトカラ七島の住人、影佐《えいさ》の日記とされる『琉球入《りゅうきゅういり》』にも為朝渡琉譚がうかがえる。『琉球入』は、為朝の子孫が琉球の王になるという伝説から、侵攻の過程を説き起こし、為朝の子孫が中絶した時、一人の女子が百姓と結ばれ、今にその末裔が続くとする。為朝の子孫が中絶した時というのは、琉球の王統が、舜天《しゅんてん》王統から英祖《えいそ》王統へと移った時のことを指そう。舜天王統と英祖王統には血縁関係はないが、『琉球入』では、女子が一人生き残り、為朝の子孫は脈々と流れるとされるのである。

『南浦文集』や『琉球入』からは、古琉球で語られていた為朝渡琉譚が、侵攻の前後に、薩摩側からの侵略言説と一体化し、説き起こされていることがわかる。薩摩側からすれば、為朝が琉球へと渡り、琉球土着の鬼退治の末、琉球国の礎を築いたという言説は、島津が琉球へと侵攻することに重ね合わされ、自らの行為を正当化する意味で重要なものであったはずである。

琉球側から為朝渡琉譚が利用されたものとして、羽地朝秀《はねじちょうしゅう》（向象賢）により、一六五〇年に編纂された、琉球における最初の史書『中山世鑑《ちゅうざんせいかん》』が挙げられる。『中山世鑑』の為朝の遺児、舜天（尊敦）が天孫氏に代わり中山王となるくだりでは、才気に溢れる尊敦は、浦添按司となり、逆臣を討ち、王となる。また、その頭には角があったとされる。『琉球神道記』や『南浦文集』にもみられた片髪結の起源が語られているが、日本側では鬼の象徴として描かれていたものが、稀人の象徴として語られていることに特徴がある。『中山世鑑』の編者羽地朝秀は、法令集『羽地仕置《はねじしおき》』延宝元年（一六七三）三月十日条でも確認できる通り、琉球と日本とは同一のものであるという考えを積極的に打ち出していく人物である。羽地の言説に代表されるように、琉球でも為朝渡琉譚は利用されているのである。『幻雲文集』で指摘した通り、薩摩侵入以前の古琉球において、すでに為朝伝承は語られていたと思われる。琉球において、早くからそうしたイデオロギーの土壌は培われていたと言えるだろう。いわば為朝渡琉譚は早く中世から、日本、琉球双方において、国家神話として意味づけられているのである。

三　近世における為朝渡琉譚

近世期になると為朝渡琉譚は琉球に関する知識の流入も相まって、様々な作品に取り込まれ、国家創建神話を形成する物語りへ発展していく。為朝が琉球で神として祀られるものに「舜天太神宮」がある。これは『和漢三才図会』巻十三「異国人物」に記載があり、曲亭馬琴《きょくていばきん》も『椿説弓張月《ちんせつゆみはりづき》』の中で引いている。立教大学図書館蔵『薩琉軍鑑』（A3・⑨）の書き入れにもみられ、江戸後期において、日本では広く人口に膾炙していたと思われる。米山子《べいざんし》著『琉球譚伝真記《りゅうきゅうばなしでんしんき》』（外題「琉球奇譚」、天保三年（一八三二）序）には、「舜天太神宮」が、琉球各所に御嶽《うたき》とともに祀られ、琉球の天満宮の由来も為朝にあるとされる。また、大田南畝《おおたなんぽ》著『琉球年代記《りゅうきゅうねんだいき》』（天保三年（一八三二）刊）「琉球雑話」

十九には、周防国の住人古郡八郎が琉球に漂着した話を載せる。八郎は琉球で一つの社を発見する。八郎が見た社には「鎮西君真物」という扁額が飾られてあった。「琉球雑話」ではこれを「チンゼイキンマモン」と読むとし、鎮西八郎為朝と結びつける。この説話の主人公が「八郎」であることも、為朝に由来するものだろう。「琉球雑話」からは、為朝は琉球の王統の起源であり、琉球の神と同一視されている様子がうかがえる。まさに琉球の神話として語り替えられているのである。

　為朝神格化を描いた物語の一つとして、伊豆八丈島での疱瘡除けの神として祀られる例がある。これは『椿説弓張月』に由来するもので、『椿説弓張月』後篇巻之二、第十九回「為朝の武威、痘瘡を退く」には、米俵の蓋に赤い幣を立てて身の丈一尺四、五寸の「いとからびたる翁」が波に流されて八丈島にやってくるくだりがある。翁は為朝に「痘瘡《もがさ》」を流行らせるものであることを語る。すると為朝はここに二度と来るなと、この翁を舟に引き上げ、伊豆の国府へ送り返してしまう。そのため八丈島には今も疱瘡がないとし、すべて為朝の武威によるものだとする。この物語は八丈島において語り伝えられ、疱瘡絵として描かれるなど為朝が神として祀られる由来となる。この伝承は近代まで語り継がれ、戦時下において為朝は武運長久の神に変容する。▼注[3] まさに為朝譚の語り継ぎである。ここには外来の敵から守護する存在としての為朝の姿があろう。

　これまで見てきたように琉球に渡った為朝は神として祀られる存在となってくる。〈薩琉軍記〉の諸本の一つである増2『琉球属和録』にも、為朝が琉球で神として祀られる語りがある。▼注[4] 巻一「舜天治琉球」を簡単にまとめると、保元の頃、為朝は蟄居して武を養い、平家打倒のため、西海諸島をめぐり支配する。時に琉球諸島の一島である鬼ヶ島に至る。琉球の人々は為朝に抵抗するが、大弓を放つ為朝の前に屈服する。為朝は平家打倒に力を貸すように乞うが、島の長は力試しをして、為朝が勝ったならば力を貸すと約束をする。誰もが為朝の力に適わない中、島の長の娘「十郎姫」が為朝に戦いを挑む。姫は善戦するも敗れ、お互いに認め合った二人は結ばれる。為朝は按司となり、琉球諸島は皆従うこととなる。しかし、為朝は琉球にとどまることができず、姫に鎮西へ帰ることを告げる。姫は帰りしなに、自らの鬢髪を編んで作った衣を渡す。その時姫は身ごもっていた。鎮西に帰った為朝に子の誕生が知らされ、名付けを求められると、「捨」と名付ける。その後、味方は平氏に敗れ、追われる為朝は、衣の効力によって守られていたが、風呂屋で衣を脱いでいる時に捕らえられる。筋を抜かれ伊豆に流された為朝は、三万の追手を一矢で撃退し、これで死んで魂魄が琉球へ渡っても、姫に面目が立つだろうと自害する。次に引用するのは、為朝の子、舜天が、まだ臣下だった頃、反乱の鎮圧に向かった一節である。

　諸人此威風を見て、**「舜天ハ誠に神人なり」と**、国中只拝ミ尊ミしほどに、（中略）「されバ東風一度ビ吹て、舜天に力を添しハ、全ク日本の父君**為朝公の神霊うたがひなし**」とて、**此所に宮を建て、源朝公の神を崇ム**。是より永ク鯨の憂なし。すべて三山の村々ミな**源朝公の神を勧請して、悪鯨の害を遁ル**。其後ハ鯨の害絶へて、又見る事も稀レ也。適々鯨魚の来る事有とも、此宮の神の使ハしめ成と云て、捕ル事なし。于レ今此遺風有て、鯨を人民喰ハずと也。

舜天が鯨の害に苦しんでいる村人に出会い、鯨を退治するために舟を出すと、一陣の東風が吹き、鯨は逃げ去っていく。これを見た村人は、舜天を「神人」と崇めることになる。すると反乱軍も自然と舜天に従うようになり、舜天は戦わずして凱歌を挙げる。この風を吹かせた存在こそ、為朝の存在であるとする。この後、為朝は神として祀られることになり、鯨は神の使いとして今も食べないとされる。『琉球属和録』では、為朝は琉球王統の始原という存在であり、さらに神格化される存在でもあるのである。〈薩琉軍記〉における為朝伝承は、武力を背景とする島渡りの末に、琉球がヤマト化する言説として語られていると考えられる。これは島津氏にとって、自らの侵攻を正当化する根拠として重要な意味合いがあり、〈薩琉軍記〉においても、為朝渡琉譚は動かしがたい史実とみなされる。例えばA1『薩琉軍談』では為朝渡琉譚は語られてはいないが、結末における島津氏の侵入による源氏の血統の流入は、子孫が琉球王となるという為朝渡琉譚と同じ構図と言える。島津氏が為朝の存在に成り代わる立場へと転換されている。まさに為朝言説が島津氏の文体に読み替えられて、〈薩琉軍記〉に取り込まれて語られているのである。

四　近代に語り継がれる物語

ここまでみてきたように為朝渡琉譚は中世以後、その都度語り起こされ、物語が再生していく。さらに為朝の物語は近代以降も語られ続けている。また、為朝渡琉譚の語り替えを行った〈薩琉軍記〉もまた近代に読み続けられるのである。では、ここからは近代に語られた物語をみてみようと思う。

まずは〈薩琉軍記〉の近代における享受の例をみておきたい。韓国国立中央図書館には〈薩琉軍記〉の一つ、『島津琉球軍精記』が所蔵されている。これは大変数奇な巡り合わせにより、現蔵に至る伝本である。[注5] 韓国国立中央図書館蔵『島津琉球軍精記』（B3・⑪、以下、韓国本）は、もと淡路の鯛中店が所蔵していたものが、函館の貸本屋と思われる山本屋の山本金兵衛という人物の手に移る。厳密には淡路の鯛中店が先か、函館の山本屋が先かを判定することは難しいが、韓国本に押印された蔵書印からは、まさに海路を介した書物の流通がみえてくるのである。

韓国本は二十七巻二十七冊の伝本であり、様々な土地を渡り歩いてきたが一冊もかけることなく蔵書される。この伝本が現在、韓国国立中央図書館に所蔵されているわけだが、それは朝鮮総督府を介したものである。つまり、二十世紀に入ってからもこの『島津琉球軍精記』が読み継がれたことを意味する。特に日本が対外戦争を繰り返していた近代にあって、異国に侵攻する物語、異国に勝つ物語が日常的に読まれていたことは特筆すべきであろう。

ほぼ同時期に、A3『薩琉軍鑑』が新聞に連載されていた。これは『東恩納《ひがおんな》寛惇《かんじゅん》新聞《しんぶん》切抜帳《きりぬきちょう》』によって確認できる。[注6] 連載は沖縄の新聞社だと思われるが出版社、刊年月日ともに未詳である。記事は、六回（巻二の途中）で途切れている。新聞連載が続かなかったのか、東恩納寛惇が蒐集を辞めたかは不明だが、資料の性質から東恩納寛惇が蒐集をあきらめたとは考えにくく、何らかの原因で連載が止まったと考えるべきであろう。これらは近代における〈薩琉軍記〉享受の一例であるとともに、異国合戦軍記の享受史ともみなせるだろう。

為朝渡琉譚の例もみておこう。明治四年（一八七一）から明治政府は藩を廃し府県にあらためる廃藩置県を行う。琉球もこの流れに巻き込まれていく。明治五年（一八七二）、政府は琉球王尚泰を藩王になして、華族に叙する旨を通達する。そして、明治八年（一八七五）、沖縄県が設置される。いわゆる琉球処分である。琉球処分を語る資料に『源為朝卿　舜天王　尚円王　尚敬王　尚泰侯事蹟』がある（以下、『事蹟』）。この資料は那覇市歴史博物館や沖縄県立図書館に所蔵されているが、どのような経緯で、いつ出版されたか、著者など定かではない。

『事蹟』に記されるのは、為朝、舜天、尚円《しょうえん》、尚敬《しょうけい》、尚泰《しょうたい》の五名の人物である。為朝と舜天の事跡は、「源為朝卿と舜天王事蹟」としてまとめて語られる。

舜天王、**姓は源尊敦と号す**。父は**鎮西八郎源為朝**、母は**大里按司の妹**〔今の島尻郡なる大里の城主の妹にて名号伝らず〕なり。六條天皇の仁安元年丙戌〔皇紀一八二六〕に生た後鳥羽天皇の文治三年丁未国主の世統を嗣ぐ。これ古琉球の王統たる天孫氏に次ぎ、新に王朝を創業せる舜天王是なり。（中略）舜天国主となり新に政法を定め徳沢を布く。**生れながらにして其右上に肉瘤あり角の如し**。常に髪を右辺に結び、以て其瘤を掩ひしにより、国人皆之れに倣ひ、爾来風を為し以て近代に及べり。其の国人の崇敬を受けしこと知るべきなり。又**沖縄に初めて伊呂波四十七字を伝へ**、**文教の基を開き**しと云ふ。

為朝が大里按司の妹との子が舜天であるという『中山世鑑』の内容を踏まえる。また舜天の容貌も、右上に角のようなこぶがあったとし、常に髪を右側に結んでいたため、琉球の風習となったという、先にも確認した「隻首」の由来譚も載せる。さらに沖縄に伊呂波を伝えたのも舜天であるとする。これは琉球の史書にみえない語りであり、治世だけでなく教育や文化の起こりも舜天に求めている。またその文化も日本由来の伊呂波であることは注意したい。

次に語られるのは第二尚氏の祖尚円である。▼注[7] 尚円については、「一説に義本王の裔なりと云ふ。さすれば姓は源なり」とされる。義本《ぎほん》は舜天の孫にあたる人物であり、よって第二尚氏も為朝由来の源氏であるとするのである。ここでもやはり日本人が琉球の祖であることに重きが置かれている。

次の尚敬は、第二尚氏王統第十三代国王であり、蔡温《さいおん》を三司官（琉球王府の実質的な行政の最高責任者）に据え、前代の修史事業を引き継ぎ、琉球の史書『中山世譜』の改修や、遺老伝の集成である『琉球国由来記』の編纂を行い、『御教条《ごきょうじょう》』を発布して農村への儒教倫理を広めるなど、多くの改革、文化振興を推し進め、近世の名君と称された人物である。日本では、新井白石による対外的な秩序の再編成が進められていた時代の王であり、日本との関係性の転換期の王でもある。▼注[8]

最後の尚泰は琉球最後、琉球処分の時の王である。『事蹟』には、ある種意図をもった巧みな言説利用があると思われる。琉球は日本人に由来する国であり、琉球処分の正統性を説く。先に『事蹟』について、出版の経緯などさだかではないとしたが、所蔵はすべて昭和に入ってからのことである。『事蹟』が昭和に編まれたものであるならば、昭和期に琉球処分と為朝譚とが結びつけられ、物語が再生したことを意味する。まさにここまでみてきた例と同様に、近現代にも為朝渡琉譚が語り継がれているのである。

五　伊波普猷の言説を考える―琉球処分から終戦まで―

近代の為朝渡琉譚を考えるうえで伊波普猷の言説をみないわけにはいかない。伊波普猷（一八七六〜一九四七）は言語・文学・歴史・民俗などを総合した沖縄研究の創始者である。[注9] その生涯は、近代沖縄の激動期に重なり、時代の要請に応えて、沖縄を発見するための研究に費やされる。沖縄県尋常中学校五年生の時、校長の沖縄に対する差別などに抗議して排斥運動をおこし（尋常中学ストライキ事件）、指導者の一人として退学処分にもなっている。著書『古琉球』などでは、日本人と沖縄人は民族的起源を同一にするという日琉同祖論を展開する。後年伊波は、柳田国男、折口信夫、河上肇らと交流をもち、『をなり神の島』『日本文化の南漸』など一連の民俗学的論稿をはじめ、『校訂おもろさうし』『沖縄考』『南島方言史攷』などを世に出す。一九四七年八月、脳溢血のため仮寓の比嘉春潮《ひがしゅんちょう》宅で波乱の生涯を閉じている。

近年、伊波普猷研究が活発化している。[注10] 文化的言語的諸現象の実態を体系化し「沖縄学」の基礎を作ったと評価する一方、琉球処分を奴隷解放と評価するなどの歴史認識を疑う論調も多く、伊波言説の再検討が求められているというのが、伊波普猷研究の現状である。そこであらためて伊波の言説をみていこう。まずは為朝についてである。

伊波もまた為朝渡琉譚に言及している。

> 余は平家の遺跡が九州は肥後五箇荘、豊前、豊後より南海は竹島・硫黄島・種子島・屋久島・黒島・口之永良部島・大島・八重山島・与那国島まであるのに**独り沖縄本島にのみ全くないのは軈て為朝の琉球入の傍証である**と思ふ。即ち**琉球には舜天が居た為め平家が避けた**と見るべきである。（中略）為朝は琉球にありて舜天を産み後内地に帰らんとする時に暴風が起つた丶め妻子を残して自分だけ牧港と曰ふ所から舟を出して行つたと曰

ふ。帰る時に多分この大島にも来たのだらう。

『南島史考』「上古に於ける日本々土と南島との関係」では、[注11]沖縄本島に平家伝承がないことを為朝の子、舜天がいたためであるとする。為朝が琉球へ渡る過程は、伊豆大島から琉球へ渡ったというのが一般的であるが、伊波は琉球から帰る為朝が流されて伊豆大島に渡ったとしている。移動する順番に違いはあるが、伊波は為朝渡琉譚を肯定しており、近代にも為朝渡琉譚が根強く生きていることの傍証にもなろう。

次に伊波の日琉同祖論を確認してみる。次に引用するのは『琉球人種論』の一節である。[注12]

そこで自分は明治初年の国民的統一の結果、半死の琉球王国は滅亡したが、琉球種族は蘇生して、端なくも二千年の昔、**手を別つた同胞と邂逅して**、同一の政治の下に幸福なる生活を送るやうになつたとの一言でこの稿を結ぼう。

『琉球人種論』は明治四十四年（一九一一）に刊行され、同年刊行の『古琉球』にも引用されている。琉球人の祖先は九州から奄美大島を経由して琉球に渡ってきたとし、ヤマト人と琉球人の祖先は同じであるとする。これは、『中山世鑑』の編者羽地朝秀の言説を踏襲したものとも言える。同じ祖先を持つ者同士が日本と琉球と袂を分けていたが、今明治政府のもとで同じ種族同士が平等に生活できるようになったことを説く。伊波の言説の根底には薩摩支配からの脱却という願いがある。それだけ琉球にとって薩摩支配は厳しいものであり、明治政府へ期待する者たちが多かったのである。

しかし、明治の世になっても沖縄の立場は苦しいものであった。そのような中で伊波は沖縄の平和を切望する。次にみるのは、伊波による、許田普敦《きょだひろあつ》『通俗琉球史』の序にかえた文章である。[注13]『通俗琉球史』の著者許田普敦なる人物についてはよくわからない。『通俗琉球史』には民俗学者、末吉安恭《すえよしあんきょう》の序もあるが、末吉から「許田兄」と呼ばれており、地方の親分格かと推測される。また、『通俗琉球史』は、大正十年（一九二一）の皇太子来沖記念として出版される。中国との関係記事を割愛し、琉球処分についても言及しないという特徴がある。「A　あなたは小学校にゐたとき、沖縄の歴史を教はつたことがありますか」「B　ありません、実はそれについて、先生にお尋ねしたいことがあつて伺つたのです」から始まるこの序は、A（先生）、B（生徒）の問答体で進んでおり、伊波の著述でも珍しい。

　伊波はこの歴史語りの中で、沖縄が中山、南山、北山の三つの王国に分裂した争いが続いたため、「平和的な沖縄人はこの間に好戦的の人民になつて了ひました」と、三山の争いにより沖縄の人々が好戦的になったとする。これにより日本との国交が断絶されるものの、第二尚氏三代目の尚真《しょうしん》が明との貿易を開始、一方で国に儒教の考えが広まり、平和思想が国中にみなぎったが、その平和も長く続かず、島津氏の琉球侵入という大事件が勃発する。伊波は先生の語りに仮託して、

> **慶長役後、沖縄人は島津氏の奴隷になつて了ひました。**最初の間は随分悲みもしましたが、（中略）島民は漸次安逸に流れて、とう〳〵奴隷の境遇に満足するやうになりました。

とし、「沖縄人の心はその間にいぢけて了ひました。あらゆる悪徳はそこから発生しました」と島津の琉球侵入により、平和な国琉球が暗澹としてしまった様子が示される。その後、明治維新の時代になる。

> 時勢は一転して**御維新**になりました。（中略）御維新になった結果最早島津氏の道具でないやうになつて、**当然日本帝国に一県になりました。そして沖縄人は鳥が籠から解放されたやうに、奴隷の境遇から解放されました。**彼等は　明治天皇のおかげで、三百年間取上げられた個人の自由と権利を取返し、生命財産の安全を保証されたのです。

と、明治政府に脱薩摩支配を期待することが語られる。先に確認したように、これまでの伊波の論考を踏襲したものである。そして最後に伊波は、

沖縄の歴史は決して名誉の歴史ではありません。いはゞ恥辱の歴史です。けれども過ぎ去つたことは最早取返しがつきません。お互はこれから銘々自己を改造して、**新しい沖縄史の第一頁を書きはじめようぢやありませんか。**

と筆を擱くのである。この序において伊波は、争い事のない沖縄に焦点を当てている。いわば伊波の理想像は武威のない国、沖縄なのであり、平和への願いがこの文章には込められているのである。

この先生と生徒の問答体をすべて言葉通りに読んでいいのだろうか。この序では、沖縄の歴史を「恥辱の歴史」と表現する。これは日本政府下におかれることも含むのではないか。薩摩の支配下からは脱却したものの、近代日本になっても沖縄の置かれた境遇はまったく変わらない。伊波には明治政府の統治を好意的に受け取る言説が多いが、明治が終わり大正に入る頃には、琉球処分に疑問を抱いていたとしても不思議ではない。

最後に伊波の末筆である『沖縄歴史物語』をみておきたい。[注14] 伊波は琉球処分について、『沖縄歴史物語』でも、「著者は琉球処分は一種の奴隷解放だと思つてゐる」としているが、明治の頃とは認識の変化があるのではないかと考えられる。それは「置県後僅々七十年間における人心の変化を見ても、うなづかれよう」という言葉にも表れていよう。伊波の歴史認識の変遷について、『古琉球』改版における相違があるという指摘がある。[注15] やはり、伊波普猷言説の再確認が必要とされているのではないだろうか。

『沖縄歴史物語』は戦後、伊波普猷の亡くなる直前の著書であり、沖縄の帰属問題にも言及している。その中で沖縄人は希望を述べる自由はあっても、世界情勢を考えると、自分の運命を自分で決めることができないとし、「彼等はその子孫に対して斯くありたいと希望することは出来ても、斯くあるべしと命令することは出来ないはずだ」と、今後のことは未来に生きる人々が決めるべき問題であると述べている。『沖縄歴史物語』の末尾は次のように結ばれる。

それはともあれ、どんな政治の下に生活した時、沖縄人は幸福になれるかといふ問題は、沖縄史の範囲外にあるがゆゑに、それには一切触れないことにして、こゝには**たゞ地球上で帝国主義が終りを告げる時、沖縄人は「にが世」から解放されて、「あま世」を楽しみ十分にその個性を生かして、世界の文化に貢献することが出来る**、との一言を附記して筆を擱く。

これは伊波の未来に向けた沖縄への提言である。沖縄の負ってきた歴史問題は沖縄だけのものではない。はたして伊波が込めた願いはかなえられたのであろうか。沖縄を取り巻く世界はいったいどのように変わったのだろうか。

六　結語

為朝渡琉譚は時代の中で変容していき、読み替えられ、人口に膾炙してきた。平行して、〈薩琉軍記〉のような異国合戦軍記も同様に読み継がれ、その中で為朝渡琉譚を利用している。それらの言説の流布の背景には、羽地朝秀や伊波普猷などの知識階層の戦略的利用があった。さらに伊波はその言葉に沖縄の未来へ願いも込めているのである。

では、戦後七十年というこの時代に、我々は為朝渡琉譚をどのように語り継いでいけばよいのだろうか。琉球の祖としての語りなのか、武神としての語りなのか、またはさらに物語が展開していくのだろうか。やはり沖縄に足を運んで考える必要があろう。沖縄には運天為朝上陸碑、浦添為朝岩や牧港（マチミナト）の由来、為朝の妻子が待ちわびた洞穴（牧港テラブノガマ）が今も残る。沖縄に赴き、その土地の風にふれた時にみえてくるものが大切なのではないだろうか。

戦後七十年とは何なのかを考えると、実際に戦争を体験した人々の直接の語りが失われてくる時期に突入したということである。だからこそ、戦争を直接知らない私たちがどのように受け継いでいくのか、いかに語り継ぐのか考えねばならない。今、我々が直面している課題だろう。

▼注

（1）以下、為朝渡琉譚について、ここまでの論述のほか、下記の論文も参照していただきたい。池宮正治「琉球史書に見る説話的表現」（「説話文学研究」32、一九九七年六月）、渡辺匡一「為朝渡琉譚のゆくえ―齟齬する歴史認識と国家、地域、人―」（「日本文学」50―1、二〇〇一年一月）、同「日琉往還―為朝話にみる差異化と差別化、同一化の歴史」（「国文学」46―10、二〇〇一年八月）、同「日本（ヤマト）からのアプローチ―中世における琉球文学の可能性―」（「中世文学」51、二〇〇六年六月）、小峯和明「〈侵略文学〉としての〈薩琉軍記〉と為朝神話」（島村幸一編『琉球 交叉する歴史と文化』勉誠出版、二〇一四年）。

（2）東恩納寛惇『歴史論考』（『東恩納寛惇全集』1、第一書房、一九七八年、初出一九〇六～一九〇八年）。

（3）参考、ハルムトムート・オ・ローテルムンド『疱瘡神―江戸時代の病をめぐる民間信仰の研究』（岩波書店、一九九五年）、古河歴史博物館編『病よ去れ　悪疫と呪術と医術』（古河歴史博物館、二〇〇一年）、大島建彦『疫神と福神』（三弥井書店、二〇〇八年）。

（4）引用は、加賀市立図書館聖藩文庫蔵本による。

（5）韓国国立中央図書館ＨＰにて公開、原本非公開。ただし、ホームページでは見返しの写真を披見することができないため、見返しに押印がある可能性は否定できない。

（6）沖縄県立図書館所蔵『東恩納寛惇新聞切抜帳』12。

（7）琉球の王統は、舜天王統、英祖王統、察度王統、第一尚氏、第二尚氏まで、五つの王統が、勃興と断絶とを繰り返している。これら五つの王統間に実質的な血縁関係はない。しかし、池宮正治は、為朝以来万世一系という王統意識が第二尚氏にはあったとする（注（1）池宮論文）。

（8）第二部第一章第五節「蝦夷、琉球をめぐる異国合戦の展開と方法」。
（9）以下、伊波普猷について、『沖縄大百科事典』「伊波普猷」項（比屋根照夫執筆）を参照した。
（10）本節では以下の論考を参照した。外間守善「伊波普猷の学問と思想」（『伊波普猷全集』11、平凡社、一九七六年）、比屋根照夫『近代日本と伊波普猷』（三一書房、一九八一年）、比屋根照夫「伊波普猷における「沖縄学」の形成―日琉同祖論と比較言語学の影響」（「東北学」6、二〇〇二年四月）、伊佐眞一『伊波普猷批判序説』（影書房、二〇〇七年）、比屋根照夫「近代沖縄と伊波普猷」（「インターカルチュアル」6、二〇〇八年）、三笘利幸「伊波普猷の日琉同祖論をめぐって　初期の思想形成と変化を追う試み（1）」（「九州国際大学社会文化研究所紀要」62、二〇〇八年九月）、並松信久「伊波普猷と「沖縄学」の形成―個性と同化をめぐって」（「京都産業大学論集　人文科学系列」42、二〇一〇年三月）、屋嘉比収「近代沖縄知識人の戦時下の言論―伊波普猷と島袋全発」（「本郷」86、二〇一〇年三月）、石田正治『愛郷者　伊波普猷　戦略としての日琉同祖論』（沖縄タイムス社、二〇一〇年）、三笘利幸「伊波普猷と「同化」の暴力―1910年前後の思想を考える―」（「九州国際大学教養研究」17―1・2、二〇一〇年十二月）。
（11）引用は、『伊波普猷全集』2による（初出一九三二）。中黒「・」は引用者が付した。
（12）引用は、伊波普猷『琉球人種論』（榕樹書林、一九九七年復刻、初出一九一一年）による。句読点は引用者が付した。
（13）「わが沖縄の歴史」（『通俗琉球史』の序に代ふ）。引用は、許田普敦（星村）『通俗琉球史』（小澤書店、一九二二年）による。
（14）引用は、『伊波普猷全集』2による（初出一九四七）。傍点は本文のまま記した。
（15）注（10）三笘、二〇〇八年論文。

【参考】関連年表

	事項	著作物
十六世紀初頭		月舟寿桂『幻雲文集《げんうんぶんしゅう》』「鶴翁字銘并序」

天正十年（一五八二）	亀井《かめい》茲矩《これむね》、秀吉から琉球を賜う	
天正二十年（一五九二）	秀吉朝鮮侵略第一次	
慶長二年（一五九七）	秀吉朝鮮侵略第二次	
十七世紀初頭		袋中『琉球神道記』
慶長十四年（一六〇九）	島津による琉球侵略（島津入り）	
寛永二年（一六二五）		南浦文之『南浦文集』刊行
寛永十一年（一六三四）	尚豊《しょうほう》襲封の謝恩使	
元和三年（一六一七）	島津氏、琉球の日本化を禁止する	
元和七年（一六二一）	尚豊、島津氏の承認を得て即位。以後慣例化	
正保元年（一六四四）	明滅ぶ。清の台頭	
慶安二年（一六四九）	尚質《しょうしつ》襲封の謝恩使	
慶安三年（一六五〇）		羽地朝秀『中山世鑑』
寛文三年（一六六三）	冊封使来琉、尚質を中山国王に封ず	
寛文六年（一六六六）	羽地《はねじ》朝秀《ちょうしゅう》、摂政になる。	
寛文十一年（一六七一）	尚貞《しょうてい》襲封の謝恩使	
天和三年（一六八三）	冊封使来琉、尚貞を中山国王に封ず	
元禄三年（一六九〇）	琉球『家譜《かふ》』の編纂始まる	

元禄十四年（一七〇一）		蔡鐸《さいたく》『中山世譜《ちゅうざんせいふ》』
宝永七年（一七一〇）	家宣《いえのぶ》襲職の慶賀使、尚益《しょうえき》襲封の謝恩使	
正徳元年（一七一一）		『混効験集《こんこうけんしゅう》』
正徳三年（一七一三）		『琉球国由来記』
正徳四年（一七一四）	家継《いえつぐ》襲職の慶賀使、尚敬《しょうけい》襲封の謝恩使 程順則《ていじゅんそく》、新井白石《あらいはくせき》、荻生徂徠《おぎゅうそらい》と会見	
享保期（一七一六〜一七三五）		〈薩琉軍記〉成立
享保四年（一七一九）	冊封使来琉、尚敬を中山国王に封ず	
享保十一年（一七二六）		蔡温『中山世譜』
享保十三年（一七二八）	蔡温《さいおん》、三司官になる	
享保十六年（一七三一）		鄭秉哲《ていへいてつ》『琉球国旧記』
享保十七年（一七三二）		蔡温『御教条《ごきょうじょう》』
延享二年（一七四五）		鄭秉哲『球陽』『遺老説伝』
明和三年（一七六六）		堀麦水《ほりばくすい》『琉球属和録』
天明六年（一七八六）	『琉球科律』の制定	
文化四年（一八〇七）		曲亭馬琴《きょくていばきん》『椿説弓張月《ちんせつゆみはりづき》』刊行開始
天保三年（一八三二）	尚育《しょういく》襲封の謝恩使→天保の琉球ブーム	大田南畝《おおたなんぽ》『琉球年代記』

天保六年（一八三五）		米山子《べいさんし》『琉球《りゅうきゅう》譚《ばなし》伝真記《でんしんき》』 『絵本琉球軍記』前篇
嘉永六年（一八五三）	ペリー来航（五月那覇、七月浦賀）	
文久四年（一八六四）		『絵本琉球軍記』後篇
明治五年（一八七二）	琉球藩設置	
明治九年（一八七六）	伊《い》波《は》普《ふ》猷《ゆう》誕生	
明治十二年（一八七九）	琉球処分、沖縄県設置	
明治二十七年（一八九四）	日清戦争	
明治二十八年（一八九五）	尋常中学ストライキ事件	
明治三十七年（一九〇四）	日露戦争	
明治三十九年（一九〇六）		伊波普猷「沖縄人の祖先に就て」
明治四十四年（一九一一）		伊波普猷『琉球人種論』『古琉球』
大正三年（一九一四）	第一次世界大戦	
大正十一年（一九二二）		許田普敦『通俗琉球史』
昭和六年（一九三一）		伊波普猷『南島史考』
昭和二十年（一九四五）	沖縄上陸戦、終戦	
昭和二十二年（一九四七）	伊波普猷死去	伊波普猷『沖縄歴史物語』
昭和四十七年（一九七二）	沖縄本土復帰	

終章

琉球から朝鮮・天草へ——異国合戦軍記への視座——

一　はじめに—薩琉軍記研究の意義と可能性—

本著では、〈薩琉軍記〉の基礎研究、伝本調査の結果をもとに〈薩琉軍記〉の成立、諸本の展開構造、享受の実態を明らかにしてきた。〈薩琉軍記〉は琉球を異国として認識しており、〈薩琉軍記〉の物語を創造する原動力となったのは、未知なる国、異国「琉球」という場にほかならない。〈薩琉軍記〉の描く琉球像は、まさしく異国であり、当時の異国観をうかがう資料としても重要視されるべきであり、近世中、後期における、日本側からみた琉球認識の一側面を明らかにする上でも必見の資料である。

さらに、〈薩琉軍記〉の成立の基盤となった三国志や近松浄瑠璃との比較分析を行い、〈薩琉軍記〉の成立の基盤となったであろう物語を明らかにすることにより、異国合戦を描く物語としての〈薩琉軍記〉の性質が浮かび上がってきた。また、江戸期に広く人口に膾炙し、〈薩琉軍記〉にも取り込まれ、物語の生成に大きく関与していた武人伝承について考察を進めてきた。中世に活躍した武人たちの言説は、近世において、さらに形を変え様々な物語に取り込まれ、再生していく。〈薩琉軍記〉の物語が生長し、展開していく背景には、東アジアにおける日本の対外情勢の緊迫化があり、異国との戦さ幻想の肥大化がある。東アジアにおける日本の地位を確立する上でも、異国と戦った者たちの物語が必要とされたのである。いわば物語が語り起こされることにより、戦さの正当化がなされ、国家神話へと生長していくわけであり、時代の転換期における琉球侵攻を扱った軍記〈薩琉軍記〉は、中世から近世への言説の変遷をみる上でも重要視されるべきテキストであり、近世中、後期における時代認識を考察するための恰好の素材となりうるのである。

〈薩琉軍記〉は薩摩藩の琉球侵略を描いた軍記テキスト群であるが、琉球侵攻は、秀吉の朝鮮侵攻とリンクする。

秀吉は琉球を東アジアの支配戦略に組み込んでおり、台湾出兵ももくろんでいた。また家康は琉球を通じ、明との国交回復をはかった。秀吉も家康も東アジアの交易の基点として琉球を考えていたのである。〈薩琉軍記〉には神功皇后の三韓侵攻神話など、朝鮮侵攻の認識が大きく介在しており、琉球侵略以前の朝鮮侵略を描いた軍記物語〈朝鮮軍記〉との比較分析が必要とされる。〈薩琉軍記〉が流布する同じ時代に〈朝鮮軍記〉も同じように流布している。また、〈朝鮮軍記〉のほかにも同時代作品として〈島原天草軍記〉も挙げられ、海を越えた異界、異国を合戦の場とする「対外侵略物」として注目できるはずである。現在、東アジアにおける日本の視座が問われている中、〈薩琉軍記〉は日琉関係にとどまらず、東アジア全体に及ぶ問題に発展、波及していく可能性があるのである。

ここでは終章として、今後の〈薩琉軍記〉研究の課題、可能性について考えてみたい。

二　侵略文学としての位置づけ

まず、侵略文学について触れておきたい。侵略文学は小峯和明により提唱されたものである。[注1]侵略文学に関する小峯の分類は次に挙げた通りである。[注2]

1. 神功皇后と八幡縁起
2. 聖徳太子伝と蝦夷、新羅
3. 蒙古襲来の言説　託宣、未来記
4. 朝鮮侵略をめぐる朝鮮の言説と朝鮮軍記
5. 琉球侵略と薩琉軍記
6. 蝦夷侵略

付．天草・島原軍記

侵略文学は異国に武力をもって侵攻する軍記であり、そこには必ず「海」がある。海は異国との境界であり、その境界を越える物語こそ、侵略文学なのであろう。島国日本ならではの「海」を介した文学と言えるのではなかろうか。

また、小峯は「天草・島原軍記」を付けたりに分類するが、すでに述べてきた通り、▼注[3]「天草」は琉球と並ぶ南西諸島という認識が江戸期には存在し、「天草」は海を越えた異界であり、そこへ武力を持って攻める構図は、ほかの侵略文学と一致している。〈薩琉軍記〉に関して言えば、侵略文学作品において、「朝鮮侵略をめぐる朝鮮の言説と朝鮮軍記」「天草・島原軍記」は最も影響をうけたであろう作品だと思われる。そこには同時期における作品群の流布があり、同時並行に享受されることにより、お互いに影響を与えあっているはずである。

三　〈朝鮮軍記〉〈島原天草軍記〉とのつながり―東アジアの歴史叙述をめぐって―

琉球侵攻から二十数年前、秀吉の命により朝鮮への侵略が行われている。島津氏もこの侵略に参加し、多くの軍記が残されている。これらをまとめて〈朝鮮軍記〉と呼ぶことにする。この朝鮮侵攻と琉球侵攻とは、歴史研究において、日本の対外戦略において一連の流れとしてとらえられている。〈薩琉軍記〉においても、朝鮮侵攻が前提となる語りがあり、A5『琉球静謐記』では、朝鮮での戦さはつらかったが、琉球での戦さは楽だったなどと武士の間で物語られるというくだりがある。また、A4『琉球征伐記』では、琉球へ侵攻するよりどころとして、秀吉により琉球への出兵要請に琉球が従わなかったことが語られている。このほかにも、神功皇后の三韓侵攻をめぐる言説のつながりもあり、異国との戦いの先例となるのである。

〈朝鮮軍記〉は金時徳による分析があり、〈薩琉軍記〉との接点についても考察されている。[注4] 〈薩琉軍記〉は増1『絵本琉球軍記』が出版されるまで版本はみられないが、〈朝鮮軍記〉は早く版本として流布している。また、〈薩琉軍記〉は、新納武蔵守と佐野帯刀との対立譚をめぐる物語を有する、一つの作品であるのに対して、〈朝鮮軍記〉は複数の作品の集合体である。よって、〈朝鮮軍記〉内部には〈薩琉軍記〉以上の位相差が存在するのである。〈朝鮮軍記〉の伝本については、いまだ詳細な調査がなされていないのが現状である。〈薩琉軍記〉との比較分析のためには、複数の作品を有する〈朝鮮軍記〉の解体が必要不可欠であり、〈朝鮮軍記〉の詳細な伝本調査をもとにした諸本分類が急がれる。

また、琉球侵攻から二十数年後、島原天草の乱が起こる。島原天草の乱をめぐる言説は、江戸期において、とりわけ多く享受され、仮名草子、浄瑠璃など様々な形で出版、上演される。これらの言説をまとめて〈島原天草軍記〉と呼ぶことにする。天草における合戦は、まさしくキリシタンとの合戦であり、キリシタンとの戦さ物語は異国との戦いの物語へと変容し、享受されていく。天徳物《てんとくもの》と言われる天竺徳兵衛《てんじくとくべえ》の言説が、その好例であろう。〈薩琉軍記〉においても、絵図において、薩摩と琉球との間に「天草」という島が描かれている。これは、異国としての「天草」像の受容があった傍証となるはずである。

近年、島原天草の乱を題材とした言説の研究が盛んになってきており、近年とみに注目されている分野であると言える。[注5] 島原天草の乱という大事件を題材にした創作活動は、合戦を主体に描く軍記をはじめ、仮名草子、浄瑠璃など多岐にわたっており、看過することはできない。そこでまず島原天草の乱を題材とする文芸作品群を総称して〈島原天草軍記〉と呼ぶこととする。〈島原天草軍記〉に関する研究は、菊池庸介により実録研究の立場から積極的になされており、『天草軍記』などを「天草軍記物」とし、合戦の記録から実録への成長、実録「天草軍記物」の近世文芸における位置づけがなされている。[注6] 〈島原天草軍記〉もまた〈朝鮮軍記〉と同様に複数の作品の集合体である。

同時期に流布した〈薩琉軍記〉と比べると、〈島原天草軍記〉は、写本でも刊本としても流通しているが、〈薩琉軍記〉はおもに貸本文化を通して写本で流布し、近世後期に絵本として刊行されるまで出版されてはいない。〈島原天草軍記〉と〈薩琉軍記〉とでは、享受や媒体においても位相差があるのである。〈朝鮮軍記〉や〈島原天草軍記〉は版本として流布しており、享受の様相が〈薩琉軍記〉とは異なっている。しかし、同時代に流布していた軍記としては注目できるはずであり、比較検討が急がれる。また、〈薩琉軍記〉に描かれる異国観を分析しつつ、〈朝鮮軍記〉〈島原天草軍記〉の諸相を鑑みることが重要であり、近世期における異国軍記の様相を明らかにしていく必要があるはずだ。

さらには、明治期の活字版など近代における軍記享受にも視線を向けなければならない。江戸期には異なっていた流布の仕方も、明治期になると三種の軍記は、それぞれ活字版として出版される。出版に関する問題は近世期に限ったことではない。明治初期には〈薩琉軍記〉〈島原天草軍記〉〈朝鮮軍記〉など多数の軍記が活字で出版されている。江戸の整版から明治の活版への転換期にあたり、軍記がどのように享受されたかを考える上でも、明治期の活字出版の問題は考察されるべきである。

〈朝鮮軍記〉や〈島原天草軍記〉は、〈薩琉軍記〉ともども研究の俎上に載せられることはほとんどなかった。軍記研究における近世軍記[注7]への着手は遅れており、まさに忘れられた軍記となってしまっている。近年になり、実録という分野で注目され、ようやく研究が始まったと言ってよい。しかし、実録というジャンルが研究対象として確立されたことにより、中世からつながる軍記研究から外れてしまったとも言える。『平家物語』や『太平記』など、近世期以前から連綿と読まれ続け、近世期にも大きな影響を与えた軍記があることは周知の事実であり、従来の中世期中心になされてきた軍記研究と近世文学研究をリンクさせ、「異国合戦」をテーマに、同時代のジャンルを超えた作品分析を通して、新たな近世軍記研究を構築すべきである。この視点は今までの軍記研究や近世文学の研究にはなかったものであり、時代、ジャンルを超えた研究の指標になるものである。既存の研究の枠組みを排除し、合戦叙述をもつ、すべての文学言説の総合的な研究が今後求められてくるはずである。

四　結語―異国合戦軍記への視座―

〈薩琉軍記〉は異国琉球での合戦を架空の物語で彩った軍記物語であり、江戸中、後期の琉球に対する時代認識はもとより、対外思想を知る上で重要視されるべき作品群である。東アジアをめぐる侵略文学に関するテキストや言説は多く、多岐にわたっている。言い換えれば、多角的な立場から比較検討が可能な媒体であると言えるだろう。今後は時代やジャンルを超越した研究が求められてくるはずである。近世期において、異国合戦軍記は多様に流布した様子が垣間見られる。本著でも指摘してきたが、これには新井白石《あらいはくせき》などの言説にうかがえる、徳川幕府の異国対策、いわば、国家施策としての領土確定政策の思想が蔓延する社会構造が、異国合戦軍記享受の下支えになったものと思われる。そういった民間への侵略言説の浸透は異国合戦軍記以外にもうかがえ、今後、総合的な江戸文芸作品との比較分析が必要とされるのである。

〈薩琉軍記〉には、「娯楽的な読本としての琉球侵攻の語り」と「歴史を語る素材としての語り」の二面性が指摘できる。〈薩琉軍記〉の登場人物や舞台のほぼすべてを創作する姿勢は、歴史叙述として極めて特異といえるわけだが、琉球侵略の物語を根強く民間に浸透させていくのが〈薩琉軍記〉なのである。そうした侵略言説が敷衍していく役割を異国合戦軍記が担っていたと言えるのではないか。今回は〈薩琉軍記〉による分析に終始したが、今後は異国合戦軍記全体を包括する研究が望まれる。異国合戦軍記の展開構造の解明は、国家の異国観が大衆へ浸透していく様相の解明につながるはずである。そのためにも日本文学史における異国合戦軍記の位置づけが必要であり、様々な文芸作品における合戦叙述から時代認識を探っていく可能性を見いださねばならないのだ。

最後に本著作成にあたり、資料の閲覧、複写、翻刻を快くご許可いただいた各所蔵機関、各氏に感謝申し上げる。

▼注

（1）小峯和明「琉球文学と琉球をめぐる文学―東アジアの漢文説話・侵略文学」（『日本文学』53―4、二〇〇四年四月）、同「〈侵略文学〉の位相―蒙古襲来と託宣・未来記を中心に、異文化交流の文学史をもとめて」（『国語と国文学』81―8、二〇〇四年八月）同「〈薩琉軍記〉に見る島津氏の琉球出兵―日本人はどのように語り伝えてきたか―」（『史苑』70―2、二〇一〇年三月）、小峯和明「〈侵略文学〉の文学史・試論」（『福岡大学研究部論集　人文科学編』12―6、二〇一三年三月）など。

（2）小峯和明「〈薩琉軍記〉の世界」（立教大学公開講演会「島津氏の琉球出兵四〇〇年に考える―その実相と言説―」資料、2009年六月↓注（1）二〇一〇年論文に転載）。

（3）第一部第二章第三節「琉球侵略の歴史叙述―日本の対外意識と〈薩琉軍記〉―」、第二部第二章第一節「渡琉者を巡る物語―渡海、漂流の織りなす言説の考察―」を参照。

（4）金時徳『異国征伐戦記の世界　韓半島・琉球列島・蝦夷地』（笠間書院、二〇一〇年）。

（5）〈島原天草軍記〉をめぐる論考について、以下のものを参考にした。原田福次「島原の乱に関する仮名草子と実録物」（『北大近世文学研究』3、一九六三年十二月）、阿部一彦「「島原記」の諸特徴」（『淑徳国文』20、一九七九年十月）、渡辺憲司「仮名草子とノンフィクション―大阪の役と島原の乱」（白石良夫ほか『江戸のノンフィクション』東京書籍、一九九三年）、武田昌憲「島原記関係軍記についての一、二の考察」（『茨城女子短期大学紀要』28、二〇〇一年二月）、武田昌憲「福山藩水野家と「島原の乱」覚え書き―『水野日向守覚書』と『水野家島原記』のことなど」（『茨女国文』16、二〇〇四年三月）、菊池仁「長編小説の特質と魅力」（『熊野誌』51、二〇〇五年十二月）、武田昌憲「島原の乱の合戦・覚書（稿）―三宅藤兵衛の場合と『太平記評判』のことなど」（『茨女国文」18、二〇〇六年三月）、位田絵美「長崎民衆が想う「島原の乱」―「長崎旧記類」の山田右衛門作記事をめぐって」（「文学研究」95、二〇〇七年四月）、菊地庸介『近世実録の研究―成長と展開―』（汲古書院、二〇〇八年）、武田昌憲「島原の乱の軍記―中世の余韻とダイナミズム」（小林保治『中世文学の回廊』勉誠出版、二〇〇八年）など。

（6）注（5）、菊池庸介著書。

（7）『太平記』以降の軍記は後期軍記と呼称されていたが、最近は扱われる時代ごとに、室町軍記や戦国軍記と呼ぶことが多くなってきたように思われる。これにならって近世軍記と呼ぶことにする。時代ごとに区分する必要性があるかという疑問は残るが、連綿と続く軍記研究の一環に位置づけるためにも、軍記という呼称を用いたい。軍記研究の一環に位置づけるわけだが、すべての軍記が同じレヴェルで読めるということではない。当然テキストごとに位相差があるはずであり、様々な状況を踏まえたうえで、テキストに還っていく必要性がある。これは『平家物語』など既存の軍記研究にも言えることであり、軍記研究の可能性を拓いていくだろうとも思っている。また、杉仁が指摘しているように、地域ごとの軍記享受、出版の分析も重要な問題である（『近世の在村文化と書物出版』吉川弘文館、二〇〇九年）。戦国軍記や近世軍記は地域ごとに存在している。まずはその存在を明らかにし、テキストを共有できる環境作りが求められる。

資料篇

〈薩琉軍記〉伝本一覧

凡例

1. 本一覧は、出口久徳・目黒将史・森暁子「諸本一覧」（池宮正治・小峯和明編『古琉球をめぐる文学言説と資料学―東アジアからのまなざし』三弥井書店、二〇一〇年）をもとに、さらに伝本の調査、分析を進めたものである。
2. 本一覧の作成に際して、『国書総目録』、『古典籍総合目録』、国文学研究資料館各種データベース、法政大学沖縄文化研究所、沖縄県立図書館をはじめとした、各図書館のデータベース、横山学「フランク・ホーレー「琉球コレクション」」（「生活文化研究所」六号、一九九二年十二月）などをもとに、伝本調査をおこなった。なお、調査に先駆けて、野中哲照氏より多大な御教示をうけた。また、池宮正治氏、沖縄県立博物館・美術館学芸員の崎原恭子氏から資料提供をうけた。資料の閲覧、複写を許可いただいた所蔵機関、伝本の所在をご教示いただいた関係各位に記して深謝申し上げる。
3. 基本的に書名で分類したのち、さらに記事内容で分類した。
4. 書名を示し、各所蔵機関・個人名を五十音順に列記した。個人名について、敬称は省略した。
5. 備考として、数量・巻数、書写年等を（　）で記した。

6. 未調査の伝本には＊を付け、各伝本の後ろに配列した。
7. 所在不明のものについてはリストの最後に記し、★マークをアルファベットの上に記した。
8. 翻刻がある場合、【翻刻】で示した。底本不明の翻刻については、各リストの最後に※で記した。
9. 国文学研究資料館や法政大学沖縄文化研究所（ハワイ大学ホーレー文庫所蔵の本）等に紙焼き写真やマイクロ資料があるものは、☆をつけ、所蔵・整理番号を示した。また、ホームページで公開されている場合は、☆をつけ、URLを示した。
10. 後掲に《参考》として、琉球侵略に関わる叙述の日記・覚書の類等を挙げた。
11. 本研究は、科学研究費補助金（基盤研究B2）「中世・近世における琉球文学資料に関する総合的研究」（一九九九～二〇〇一年度、研究代表者 小峯和明）、科学研究費補助金（基盤研究B）「16～18世紀の日本と東アジアの漢文説話類に関する総合的比較研究」（二〇〇二～二〇〇四年度、研究代表者 小峯和明）、立教大学学術推進特別重点資金（立教SFR）「「薩琉軍記」の基礎研究―軍記物語で読む琉球侵攻―」（二〇〇五年度、研究代表者 目黒将史）、立教大学学術推進特別重点資金（立教SFR）「〈薩琉軍記〉研究―琉球侵攻の歴史叙述をめぐって―」（二〇〇九年度、研究代表者 目黒将史）、科学研究費補助金（特別研究員奨励費）「異国合戦の歴史叙述―〈薩琉軍記〉にみる琉球侵攻―」（課題番号25・9592、二〇一三～二〇一五年度、研究代表者 目黒将史）の成果の一部である。

薩琉軍記伝本一覧

A1 薩琉軍談

〈甲系〉

①島村幸一（六巻一冊。安政四年（一八五七）、城重敬書写）
②東京大学（六巻二冊。内題「琉球軍談」）
③東北大学狩野文庫（五巻二冊、外題・内題「琉球軍記」）
④蓬左文庫（一巻一冊。内題「島津琉球合戦記」）
⑤立教大学（二巻一冊。文化十三年（一八一六）、清兼書写）
【翻刻】資料篇1「立教大学図書館蔵『薩琉軍談』（A1・甲系⑤）解題と翻刻」
⑥立教大学（二巻一冊、前半のみ存。外題・内題「琉球征伐軍記」）
⑦琉球大学（五巻一冊。内題「薩琉軍記」）
⑧熱田神宮宝物館熱田文庫菊田家寄託図書（一冊。寛政十二年（一八〇〇）書写）
⑨長沼英光（一巻一冊、下巻のみ存）
〈乙系〉（「虎竹城合戦」の章段を欠く伝本）
①池宮正治（五巻一冊。文化三年（一八〇六）、藤原景貞書写）
②沖縄県立図書館山下久四郎文庫（五巻二冊）
③彰考館（五巻一冊）
☆《国文研32-21-4、E624》
④目黒将史（二巻二冊。山崎伊三郎書写）
⑤目黒将史（五巻一冊。宝暦十三年（一七六三）書写。内題「薩琉軍記」）
【翻刻】目黒将史「架蔵『薩琉軍談』解題と翻刻」（「立教新座中学校・高等学校研究紀要」41、立教新座中学校・高等学校、二〇一二年三月）

⑥立教大学（四巻一冊。山本淳義書写。外題・内題「薩琉軍記」）
⑦立教大学（二巻二冊）
⑧琉球大学仲原善忠文庫（五巻三冊）
☆琉球大学附属図書館ホームページにて公開（http://manwe.lib.u-ryukyu.ac.jp）
⑨渡辺匡一（五巻二冊）
⑩目黒将史（五巻一冊、寛政十二年（一八〇〇）書写）

〈丙系〉（佐野帯刀の討死場面など、合戦描写の増幅）
①沖縄県立図書館比嘉春潮文庫（二巻一冊）
②鹿児島県立図書館（六巻一冊。嘉永五年（一八五二）、忠栄書写。外題「島津家征琉筆記一名薩琉軍記」）
③鹿児島県立図書館（三巻一冊、六巻中前半の三巻のみ。外題・内題「島津琉球軍記」）
④東京大学史料編纂所（六巻二冊）
⑤富山県立図書館前田文書（三巻一冊。外題「旧記島津氏由緒之事　外拾件」）
☆富山県立図書館ホームページにて公開（http://plazasv001.tkc.pref.toyama.jp）
⑥ハワイ大学ホーレー文庫（十一巻一冊。外題・序題「薩琉軍記」）
☆《法政大沖文研、マイクロ72-364、紙焼き364》
⑦立教大学（六巻二冊。文政十二年（一八二九）、山本長悦書写）
⑧立教大学（六巻三冊）
⑨琉球大学（六巻一冊）

〈未分類〉

＊①関西大学（一冊）
＊②九州大学（三冊。文政十二年（一八二九）、菅沢栄治郎書写）
＊③九州大学付属図書館六本松分館檜垣文庫（三巻三冊）
＊④埼玉県立文書館榎本家文書（三巻）
＊⑤津市図書館稲垣文庫（三巻三冊）
＊⑥小川宏一（一巻一冊、前半のみ存）
★琉球大学（六巻。「琉球軍談」）

A2　琉球攻薩摩軍談

①池宮正治（一巻一冊。文政八年（一八二五）書写。内題「琉球責薩摩軍談」）
②上田市立図書館藤廬文庫（四巻二冊。文政四年（一八二一）書写。外題・内題「琉球攻薩摩軍記」）
☆《国文研94-18-3》
③慶応大学（一巻一冊。外題「琉球薩摩軍記」、内題「琉球軍記」。『暹羅国風土軍記』と合冊）
④筑波大学（一巻一冊。外題「琉球薩摩軍記」、内題「琉球軍記」）
⑤東北大学狩野文庫（一巻一冊。外題・内題「薩琉軍談」）
⑥ハワイ大学ホーレー文庫（二巻一冊。高橋有義書写）
☆《法政大沖文研、マイクロ71-361、紙焼き361》
＊⑦斎藤兼雄（二巻、巻二欠?。文化七年（一八一〇）書写。外題・内題「薩琉軍談」）
【翻刻】山下文武「薩琉軍談」（『琉球軍記 薩琉軍談』奄美・琉球歴史資料シリーズ1、南方新社、二〇〇七年。個人蔵、内

題「薩琉軍談」）

A3　薩琉軍鑑

①飯田市立図書館（七巻二冊。内題「薩琉軍談」）

☆《国文研85-11-1、N2346》

②沖縄県立博物館・美術館（六巻二冊。内題・外題「琉球征伐記」）

③国立公文書館（旧内閣文庫）（七巻四冊。小津桂窓旧蔵。明和三年（一七六六）書写）

【翻刻】資料篇2「国立公文書館蔵『薩琉軍鑑』（A3・③）解題と翻刻」

④西尾市立岩瀬文庫（六巻三冊。内題「薩琉軍談」）

⑤宮城県図書館伊達文庫（七巻三冊。序題「薩琉軍鏡序」）

⑥目黒将史（四巻一冊。前半のみ存）

⑦柳沢昌紀（五巻一冊。安永六年、西脇氏書写）

⑧立教大学（二巻二冊。天保十五年（一八四四）、倉下屋吉承郎書写）

⑨立教大学（一巻一冊、甲巻のみ存。外題・内題「薩琉軍監」、目録題「薩琉軍鑑記」。「薩摩琉球図」一面あり）

⑩立教大学（四巻一冊、前半のみ存）

⑪立教大学（八巻四冊。外題・内題「薩琉軍鑑記」）

＊⑫秋月郷土館（七巻二冊。「薩琉軍鏡」）

＊⑬埼玉県立文書館小室家文書（六巻一冊。「薩琉軍鏡」）

★沖縄県立図書館（二冊。所在不明）

★鶴見大学図書館（巻一最終丁のみ存、『俳諧埋木』裏表紙見返しの反故紙として利用。内題「薩琉軍鑑」）

★旧海軍兵学校（四巻四冊）

★旧彰考館（二冊）

※沖縄県立図書館東恩納文庫（活字。新聞記事切り抜き。巻二途中まで。「東恩納寛惇新聞切抜帳」9・12の内）

A4　琉球征伐記（**喜水軒著**）

①愛知県滝学園図書館（二巻二冊、下巻欠。旧滝文庫蔵）

②鹿児島県立図書館（一巻一冊、「虎竹城合戦」の段まで存、後半欠。文政七年（一八二四）書写）

③刈谷市中央図書館村上文庫（三巻三冊）

☆《国文研30-452-2》

【翻刻】資料篇3「刈谷市中央図書館村上文庫蔵『琉球征伐記』（A4・③）解題と翻刻」

④豊田市中央図書館（三巻三冊）

⑤名古屋市鶴舞中央図書館（三巻一冊。小嶋安信書写）

⑥琉球大学（一巻一冊。天明七年（一七八七）、梅風舎五懐書写）

⑦早稲田大学（一巻一冊。「玉晃叢書」一九九）

☆早稲田大学ホームページにて公開（http://www.wul.waseda.ac.jp/kotenseki/html/i04/i04_00696_0199/index.html）

＊⑧無窮会神習文庫（棚橋風檐。「報仇記談抄」の内。「琉球征伐軍記」）

A5　琉球静謐記

①東京大学（七巻一冊）

【翻刻】出口久徳「翻刻『琉球静謐記』」（池宮正治・小峯和明編『古琉球をめぐる文学言説と資料学―東アジアからのまなざし』三弥井書店、二〇一〇年）

②新潟県胎内市黒川地区公民館（五巻五冊。宝暦十三年（一七六三）書写。外題・内題「琉球征伐記」）

☆《国文研362-55-2》

③ハワイ大学ホーレー文庫（四巻一冊）

☆《法政大沖文研、マイクロ71-362、紙焼き362》

④ハワイ大学ホーレー文庫（七巻七冊。内題「琉球征伐記」）

☆《法政大沖文研、マイクロ73-368～374、紙焼き368～374》

⑤ハワイ大学ホーレー文庫（五巻一冊。内題「琉球征伐記」）

⑥弘前市立図書館八木橋文庫（五巻三冊。外題「琉球軍記」）

⑦都城市立図書館（七巻七冊、嘉永元年（一八四八）書写。内題「琉球征伐記」）

☆《国文研211-1-4》

⑧目黒将史（五巻五冊。外題・内題「琉球征伐記」）

【翻刻】資料篇4「架蔵『琉球静謐記』（A5・⑧）解題と翻刻」

⑨立教大学（五巻二冊。内題「琉球征伐記」）

⑩立教大学（三巻三冊。天保十年（一八三九）、高橋直古書写。内題「琉球征伐記」）

＊⑪高知県立図書館蔵（一冊）

＊⑫ハワイ大ホーレー文庫（五巻一冊。宝暦十三年（一七六三）年書写。外題「流求」）

＊⑬福井県立図書館久蔵文庫

B1　島津琉球合戦記

①小浜市立図書館酒井家文庫（六巻一冊）

②京都大学（六巻一冊。冒頭に「琉球故事談」。絵あり（島津城図、琉球図））

【翻刻】森晓子「翻刻『島津琉球軍記』」（池宮正治・小峯和明編『古琉球をめぐる文学言説と資料学—東アジアからのまなざし』三弥井書店、二〇一〇年）

③国立公文書館（旧内閣文庫）（六巻一冊）

④目黒将史（五巻一冊。内題「琉球征伐記」）

【翻刻】資料篇5「架蔵『島津琉球合戦記』（B1・④）解題と翻刻」

⑤立教大学（一巻一冊）

⑥琉球大学（二巻二冊。文化二年（一八〇五）書写。内題「琉球国征記」）

＊⑦栗田文庫（六巻二冊、「琉球国乱記」）

B2　琉球軍記

①池宮正治（三巻一冊。弘化三年（一八四六）書写）

②立教大学（三巻一冊。寛政七年（一七九五）書写）

【翻刻】資料篇6「立教大学図書館蔵『琉球軍記』（B2・②）解題と翻刻」

③早稲田大学（二巻一冊。文久元年（一八六一）書写。内題「島津勲功琉球軍記」）

＊④兵庫県竜野市立図書館（一冊）

B3　島津琉球軍精記

①池宮正治（六巻三冊、巻一～六のみ存。明治四年（一八七一）書写。内題「島津琉球軍記」）

②沖縄県立図書館（二十七巻十冊）

③沖縄県立図書館東恩納文庫（二十四巻十一冊、巻七・八・二十七欠。文化三年（一八〇六）書写）

④沖縄県立博物館・美術館（二十七巻五冊。弘化三年（一八四六）、平沢惟鳩書写）

⑤沖縄県立博物館・美術館（五巻五冊、巻二～六存）

⑥沖縄ワールド王国博物館（沖縄県立博物館・美術館寄託資料）

⑦沖縄ワールド王国博物館（沖縄県立博物館・美術館寄託資料）

⑧沖縄ワールド王国博物館（沖縄県立博物館・美術館寄託資料）

⑨鹿児島県立図書館（二十七巻五冊。諸岡録三郎書写）

⑩鹿児島大学玉里文庫（二十七巻二十七冊）

⑪韓国国立中央図書館（二十七巻二十七冊。朝鮮総督府旧蔵）

⑫国立公文書館（旧内閣文庫）（二十七巻五冊）

⑬国文学研究資料館（史料館）（二十一巻七冊。安政三年（一八五六）書写。四～六巻、十～十二巻欠。「出羽国米沢上杉家関係文書」のうち、外題「島津琉球軍記」）

⑭東京大学史料編纂所（二十七巻五冊）

⑮東北大学狩野文庫（三十巻五冊。安政二年（一八五五）書写。内題「島津琉球軍記」）
⑯函館市立図書館（二十七巻五冊）
☆《国文研56-122-1》
⑰ハワイ大学ホーレー文庫（三巻三冊、巻七・八・二十七のみ存。安政六年（一八五九）書写）
☆《法政大沖文研、マイクロ83-426,427,446　紙焼き420～446》
⑱ハワイ大学ホーレー文庫（二十七巻四冊）
☆《法政大沖文研、紙焼き420～446》
⑲弘前市立図書館岩見文庫（三十巻二十九冊。外題「島津琉球軍記」）
⑳弘前市立図書館岩見文庫（二十七巻四冊）
㉑目黒将史（六巻一冊。一～六巻のみ存）
㉒目黒将史（六巻六冊、二～四・八～十巻のみ存。外題・内題「薩琉軍記」）
㉓目黒将史（二十九巻二十九冊、二十九巻欠。外題・内題「薩琉軍精記」）
㉔目黒将史（二十七巻二十七冊。内題「琉球征伐記」）
㉕目黒将史（十一巻十一冊。巻一・三～六・八～十一・二十二・二十五のみ存）
㉖目黒将史（二十七巻十冊）
㉗目黒将史（二十七巻九冊）
㉘市立米沢図書館興譲館文庫（二十七巻五冊）
☆《国文研27-21-2、E1135》
㉙立教大学（二十一巻十七冊、巻一～十二・十四～二十二のみ存）

㉚立教大学（二十七巻三冊）
㉛琉球大学（四巻二冊、巻一・二・二十三・二十四のみ存。外題「島津琉球軍蜻記」）
㉜早稲田大学（二十七巻二十七冊）
＊㉝諫早市立諫早図書館（一冊。文化三年（一八〇六）書写）
＊㉞国営沖縄記念公園（首里城公園）博物館
＊㉟岡山県勝山町立図書館渡辺文庫（一冊）
＊㊱慶応大学（一冊）
＊㊲静岡大学附属図書館原家旧蔵江戸後期芸文資料（二十七巻九冊）
＊㊳佐賀県立図書館鍋島文庫（四巻一冊、巻十三から十六のみ存）
＊㊴長崎県立長崎図書館芦塚文庫（四冊）
＊㊵中根富雄（九巻、欠四巻）
【翻刻】中根富雄『島津琉球軍精記』（私家版、一九九六年刊、巻四のみ鹿児島県図蔵本が底本）
＊㊶福井県立図書館松平文庫（六冊）
★旧大橋図書館（二十七冊。関東大震災により焼失）
★旧海軍文庫（一冊）

増1　**絵本琉球軍記**

A　天保六年（一八三五）刊（内題『為朝外伝鎮西琉球記初編』。宮田南北著、岡田玉山画。天満屋安兵衛、吉田治兵衛刊）
【翻刻】中世近世文学研究会『中世近世文学研究』7（東洋大学国文学研究室、一九七三年）

①上原実（一巻一冊、巻二のみ存）
②沖縄県立図書館（十巻十冊）
③函館市立図書館（十巻十冊）
☆《国文研56-28-1》
④ハワイ大学ホーレー文庫（十巻一冊）
⑤弘前市立図書館（二巻二冊、巻二・九のみ存）
☆《国文研272-233-5》
⑥立教大学（十巻十冊）
＊⑦諫早市立諫早図書館（九冊）

B　天保七年（一八三六）刊（内題『絵本琉球軍記初編』。宮田南北著、岡田玉山画。天満屋安兵衛、ほか三名刊）
①上原実（一巻一冊、巻一のみ存）
②沖縄県立博物館・美術館（十巻十冊）
③新城市教育委員会牧野文庫（九巻九冊、巻九欠く）
☆《国文研255-12-7、E6960》
④高知県立図書館土佐山内家宝資文庫（十巻十冊）
☆《国文研99-324-1》
⑤中村幸彦（十巻十冊）
☆《国文研ナ2-64-4、E4322》
⑥弘前市立図書館岩見文庫（一巻一冊、巻四のみ存）

☆《国文研272-233-6》
⑦目黒将史（十巻十冊）
⑧早稲田大学（十巻十冊）
＊⑨長崎県対馬市厳原町教育委員会（八巻八冊、巻四・八欠）
＊⑩魚津市立図書館佐佐木文庫（十巻十冊）
＊⑪三康文化研究所附属三康図書館（二巻二冊）
＊⑫住吉大社御文庫（十巻十冊。天満屋安兵衛奉納）
＊⑬日本福祉大学附属図書館草鹿家文庫（十巻十冊）
＊⑭陽明文庫
＊⑮広島大学
＊⑯市立米沢図書館
★旧大橋図書館（関東大震災により焼失）

C　安政七年（一八六〇）刊（天保七年版（B）の再版。河内屋藤兵衛、ほか五名刊）
①琉球大学（十巻十冊）
＊②宮城県図書館伊達文庫（十冊）
★沖縄県立図書館（一冊。所在不明）

D　文久四年（一八六四）刊（内題『絵本琉球軍記後篇』。宮田南北著、松川半山画。河内屋茂兵衛、藤兵衛刊。前半十巻十冊は天保七年版（B）の再版）
①沖縄県立図書館（二十巻二十冊）

②学習院大学日本語日本文学科（二十巻二十冊）
☆《国文研216-221-4、E8067》
③韓国国立中央図書館（二十巻二十冊。朝鮮総督府旧蔵）
④高里盛国（十巻十冊）
⑤市立米沢図書館（二十巻二十冊）
☆《国文研27-19-1、E1129》
＊⑥諫早市立諫早図書館（八冊）
＊⑦三康文化研究所附属三康図書館（十巻十冊）
＊⑧鳥取県立米子図書館（十巻十冊）

E　写本
①国会図書館（三巻三冊、巻一～三存。内題『絵本琉球軍記後篇』。文久四年版を書写したものか）
☆《国会YD1-165》

F　活字本（大川錠吉翻刻、出版『絵本琉球軍記』大川屋、一八八五年五月→一八八六年六月再版→一八八六年　六月別製→編輯人
不詳『絵本琉球軍記』永昌堂、一八八七年二月）
沖縄県立図書館東恩納文庫（永昌堂出版）
国会図書館（永昌堂出版）
☆《国会YDM90150》
立教大学（大川屋別製）

増2

琉球属和録（**堀麦水著、明和三年（一七六六）成立、十五巻十五冊**）

①加賀市立図書館聖藩文庫（十五巻十五冊）

☆《国文研276-65-7、276-66-1》

②鹿児島県立図書館（一巻一冊、五巻のみ存。明治十二年（一八七九）書写。国立公文書館本（③）の謄写本）

③国立公文書館（旧内閣文庫）（一巻一冊、五巻のみ存。木村孔恭、昌平坂学問所旧蔵）

④国立公文書館（旧内閣文庫）（一巻一冊、五巻のみ存。明治十二年（一八七九）書写。国立公文書館本（③）の謄写本）

⑤国会図書館（二巻二冊、巻三・四のみ存。木村孔恭、昌平坂学問所旧蔵）

⑥国会図書館（十巻十冊、六～十五巻のみ存。木村孔恭、昌平坂学問所旧蔵）

⑦ハワイ大学ホーレー文庫（十四巻十四冊、巻七欠）

☆《法政大沖文研、マイクロ47-240～244、48-245～250、49-251～253、紙焼き240～253》

⑧ハワイ大学ホーレー文庫（八巻八冊、巻一～七のみ存）

☆《法政大沖文研、マイクロ49-254～256、50-257～261、紙焼き254～261》

⑨立教大学（一巻一冊、巻二のみ存）

増3

薩州内乱記（**三十巻**）

①池宮正治（三十巻十五冊）

②宮内庁書陵部（三十巻六冊。外題「島津内乱記」、内題「薩州島津内乱記」）

③新潟県胎内市黒川地区公民館（十二巻十二冊。内題「島津内乱記」、目録題「太平楽記続　薩州島津内乱記」）

☆《国文研362-73-3》

増4　薩琉軍記追加

①ハワイ大学ホーレー文庫（六巻三冊）

☆《法政大沖文研、マイクロ72-365～367、紙焼き365～367》

増5　桜田薩琉軍記

①立教大学（十九巻十九冊、巻一、二、十一～十四、十九欠）

《参考》記録・日記類

1　喜安日記

①沖縄県立図書館東恩納文庫（明治三十九年（一九〇六）書写。尚家本（B）の謄写本、東恩納寛惇写）

②国文学研究資料館（史料館）旧三井文庫

【翻刻】中野真麻理「『喜安日記』の一伝本」（「調査研究報告（国文学研究資料館）」二十一号、二〇〇〇年九月）

③東京大学史料編纂所（昭和十一年（一九三六）書写。尚家本⑦の謄写本）

④東京大学史料編纂所（昭和二十五年（一九五〇）書写。宮田俊彦氏所蔵本（未詳）の謄写本）

⑤筑波大学

⑥琉球大学伊波文庫（嘉慶二十五（一八二〇）年写）

【翻刻】池宮正治「喜安日記」（『那覇市史 資料編』1―2（那覇市役所、一九七〇年）↓『三国交流史』（『日本庶民生活

資料集成』27巻、三一書房、一九八一年十一月）↓『喜安日記』（榕樹書林、二〇〇九年）
『喜安日記』（琉球史料研究会・一九六七年一月・当本及び屋良朝珍刊行本（一九四〇年刊行・未詳）が底本）

＊⑦尚家（未公開）

2　琉球渡海日々記

①沖縄県立図書館（鹿児島県立図書館本（②）の転写本）

②鹿児島県立図書館（昭和三年（一九二八）書写。玉里文庫本（③）の転写本。『面高連長坊朝鮮陣日記』ほか十一作と合冊）

☆《東京大史料M-82》

【翻刻】稲村賢敷「琉球渡海日々記」（『那覇市史 資料編』1―2、那覇市役所、一九七〇年）

③鹿児島大学玉里文庫（明治二十年（一八八七）書写。市来四郎本（未詳）の転写本。『新納旅庵勤功記』と合冊）

☆《国文研91-55-3-2》

※竹之井敏秋『琉球渡海日々記解読（試）』（私家版、明治三十九年（一九〇六））

※仲原善忠「史料「琉球渡海日々記」」（『沖縄文化』3―14、一九六四年一月）

※鹿児島県図書館『琉球渡海日々記』（名瀬市史編纂委員会、一九六七年）

3　琉球入（**琉球軍記**）

①鹿児島県立図書館（外題、内題「琉球軍記」。『清和源氏歴代歌』『島津家御由緒』と合冊）

【翻刻】山下文武「琉球軍記」（『琉球軍記 薩琉軍談』奄美・琉球歴史資料シリーズ1、南方新社、二〇〇七年）

②鹿児島県立図書館（外題「琉球入」。昭和三十九年（一九六三）書写。税所直俊本（未詳）の転写本）

③鹿児島大学玉里文庫（外題「琉球征伐記」。明治二十年（一八八七）書写。『水俣御陣人数賦』などと合冊。市来四郎本（未詳）の転写本）

【翻刻】『鹿児島県史料 旧記雑録後編』4

4 琉球征伐記

①東京大学史料編纂所（一冊。内題「琉球御征伐由来記」。「旧典類聚5」の内）

②東京大学史料編纂所（一冊。内題「琉球御征伐由来記」。「旧典類聚5」の内。①の謄写本）

5 琉球帰服記

①東京大学本居文庫（安永九年（一七八〇）書写。『琉球記事』と合冊）

☆《国文研46-54-10-2》

6 薩州新納武蔵守征伐琉球之挙兵

①徳島県立図書館

7 琉球征伐備立

①国会図書館（『島津家分限帳』と合冊）

翻刻凡例

・全体に底本を忠実に再現するのではなく、読みやすさを重視するように努めた。
・翻刻は追い込みとし、内容に即して段を改めた。表題が変わる際には一行空けた。
・丁が変わる際には改行し、二重カギ括弧と丁数を算用数字で示し改行した。
・各冊の末尾は［　］で示した。
・句読点を私に付し、会話、心中思惟にはカギ括弧を付した。
・ルビ、返り点、濁点は底本の表記に従った。それ以外の点（底本に記された句点など）は、翻刻に反映させなかった。
・割注は、〈　〉で示した。底本で二字下げとなっている注、私評などは底本のまま二字下げとした。備立、分限帳などは、読みやすさを重視し体裁を整えた。
・書入は末尾に翻字した。書入が語彙の説明をしている場合は、該当語の頭に＊を付けた。
・宣命書は本文とフォントを揃えた。
・見せ消ち、墨消しは起こさなかった。
・本文を訂正する書入は翻刻本文に反映させた。
・異体字、旧漢字、略字は通行の字体に改めた。

・畳字「ゝ」「ヽ」「々」「〱」は開いて翻字した。ただし、「早々」のように、二字続きに用いられる「々」は活かした。
・天皇や家康などに対する敬意を示す語頭の空白は詰めて翻字した。
・底本の破損箇所は□で表した。
・本文の疑問箇所には（ママ）を、諸本により推測可能な破損箇所、本文の明らかな誤写については、括弧書きでルビをふった。

1　立教大学図書館蔵『薩琉軍談』（A1・甲系⑤）解題と翻刻

〈解題〉

ここに翻刻した立教大学図書館蔵『薩琉軍談』（A1・甲⑤、以下、立教本）は、A1『薩琉軍談』〈甲系〉の一伝本である。『薩琉軍談』〈甲系〉は、〈薩琉軍記〉A群の基礎テキストとなりうる諸本である。

立教本は、〈甲系〉の中で最も古い「文化十三年」（一八一六）の書写年時を持つ伝本としても注目できる。奥書にみる「清兼」は未詳である。

〈薩琉軍記〉の基礎テキストを示す意味でも、ここに立教本の翻刻を掲げた。

〈書誌〉

［刊写・年時］写本・文化十三年（一八一六）

［外題］「薩琉軍談　乾坤　全」（簽・書・原）

［内題］「薩琉軍談」

［表紙］原表紙、無紋、濃茶

［見返し］原見返し、本文共紙

[料紙] 楮紙
[装訂] 袋綴
[絵画] 白描二面（「馬印」「旗」二十丁ウ）
[数量] 二巻一冊
[寸法] 二十四・一×十七・〇糎
[丁数] 85丁
[用字] 漢字・平仮名
[蔵書印] 「清」（朱方印）
[奥書] 「文化十三丙子歳六月写之　清兼」
[備考] 補修アリ・帙アリ（帙題簽「薩琉軍談」）

〔翻刻〕

薩琉軍談　乾坤　全　』表紙題簽

（印）』見返し

薩琉軍談巻一目録

一　島津家由来之事

一　島津三位宰相兵庫頭源義弘蒙二琉球征伐釣命一ヲ事

一　島津義弘軍用意之事

一　新納武蔵守一氏備立之事
一　薩摩勢琉球江乱入之事
一　薩摩方討死之事　』1

薩琉軍談巻之一

島津家由来之事

抑薩州の太守島津氏の家と申すハ、清和天皇の御孫、六孫王経基の御子、多田の満仲の男、伊予守頼義之三男、新羅三郎の末流にして薩州鹿子島に居城し家富栄給へける。其由来を尋るに、鎌倉将軍新大納言正一位惣追補使源頼朝卿の御寵妾若狭の局と申て、容顔美麗の女性御寵愛他に異にして比翼《ヒヨク》の御契り浅からす御懐胎成けるを、御台所政子の御方聞せ給ひ、貴賤共に嫉妬は女の風俗にて御憤《イキトヲリ》甚しけるか、去ル能保《ヨシヤス》の北の御方〈頼朝卿御連枝也。稲毛三郎能保の室〉逝去有り、其悔服に仍て大将家引籠りおハしまし、御愁傷浅からす。御台所、「幸い」と思召、深く隠蜜に畠山重忠に仰て、「由井か浜にて首をはねよ」と下知し給ひ、重忠領掌仕《シ》なからも、「正しく此　』2女性の腹には君の御種宿り給へハ、害し奉るも勿体なし。され共御台の仰せももたしかたし。是にハ方便有へき事也」とて、家臣本多、猿亘の両士に委敷咄し、「何国迄も供し奉りて御身二ツニ成リ給ハハ、若君にても姫君にても養育し守り立て、可然武士あらハ、由緒語り預くへし」といとこまやかに申渡しける□、両臣承り、「随分心の及ふ程ハ御介保申へし」と、夫より夜半《ヨハ》に紛て彼局をくし奉り鎌倉を忍ひ出て、「関八州ハ御台所の御穿鑿もつつにけれハ、上方筋へ越申さん」と賤女の都見物にやつし、両人ハ商人の姿ニ成り、都をさして急きしに、漸《(々)》に田子の浦ニつかせ給ひ、里人のいとまなく早苗とるを見て、

　富士移す田子の門田の五月雨にゆきをひたして早苗を取袖

かやうに詠し玉ひ、昼夜に急き逃登り五日をへて　』3

都に登り給ひしか、其此六波羅にわ帝都の守護職として、北条の次男遠江守義時在京成けれハ、本多、猿亘思案を廻らし、「都の内も物うし」と高野の方へ志し、東寺、四ツ塚、鳥羽縄手、浮世の中の浮節や、渡る淀川さらさらと、八幡、山崎伏拝ミ、心のにこり澄兼し芥川をも打過て、牧方、守口そこそこに、生駒の嵐さらさらに、ささ波寄する難波津や、大江の岸に着にけり。彼局も旅つかれ心の付参らせ、折節日も暮雨風さへはけしくしたりけれハ、と有る漁父の柴の戸に、「少し間」と立休らひけるか、局ハ本多次郎に向ひ給ひて、「実や津の国住吉の御神と申奉るハ、上筒男《ウハツツヲ》、中筒男《ナカツツヲ》、底筒男《ソコツツヲ》の三神、第四の御殿ハ神功皇后にて御します。彼皇后ハ八幡宮の御母君にて、御懐胎の御身にて、三韓を責給ひ、御帰陣の後、安す安すと降誕御しますと、なん自も鎌倉殿の御種を宿しなから、愛旅の元にまよ　』4

ふなる。先住吉に詣て、平産の祈り奉んと思ふハいかに」と有けれハ、本多、猿亘も「御尤」と同しく頓て、難波を立出て、早住吉の岸に寄る浪のうねうね、風そよく松の木陰や青海原《アヲウナハラ》、御社の宝前森々森々と、局も殊勝《シユセウ》さいや増り、信心肝にめいし、しばらく拝ミ給ひ、心の願をかけまくも、かしこき神の御利生を賜わらんと社壇の片わらに腰を懸、暫く休ひ給ひしに、不思議成かな、俄に産の気《ケ》しきりなりけれハ、本多、猿亘の両臣さまさま心を尽し介保しけるに、安す安すと平産有ける。玉の如きの若君出生ましましける。あたりの神官立寄て、氏家の者共を招き寄せ、「しかしか」と云けれハ、相心得て彼女郎を連帰り、さまさまと保養し七日も立けれハ、心涼しく成給ひし故、亦亦、「是より西国へ赴ん」と立出て、住吉と難波の間、天下茶屋と云所有り。腰懸け居られし所、筑紫《ツクシ》大名と思しくて　』5

馬鞍乗物きらきらと、弐、三百人打通りしに乗物より、彼局をちらと見て、乗物を立させ茶屋に立寄、「卒爾《ソツシ》なから某は薩摩の国の住人島津四郎大夫と云もの成り〈御当家の御紋ハ丸ニ中黒ノ弐ツ引成リ。二ツ引を一ツ立ニ並シくつわの紋となすもの也〉。こなたには目馴ぬ女中の殊に、初《イトケナ》きをいたき何国へ御出や」と尋られけれハ、局もおもはゆけに「名もなき賤女」と斗答給ふ。本多、猿亘の両士かたわらに寄り、「ヶ様ニ御尋に頼るも深き御縁も候らめ、兼て承り及ニ、貴所も東宮の給へ、御妻室もあらされハ、国元へ具して御帰り然るへし」と申しけれハ、島津大に歓ひ、「いかにも貴殿の御差図にしたかわん。然ハ彼女中の由緒語り給へ」と有けれハ、本多承り、「何か包まん。是こそ鎌倉殿の御寵妾若狭の局と申奉る御方成るか、御台所の御怒強《イカリツヨ》く、害し奉れとの御事なれ共、主人畠山の計ひにて、か様に振廻候」と有の儘に語りけれハ、島津殊更に感し、「名にしおふ清和の正統鎌倉殿の若君、某し　』6
如き辺都《ヘント》の武士なとか、かやうに申すハ憚り入候へ共、天のあたふるを取ざれハ、かへつて咎《トカメ》を受るの先言有れは、某養君に申下し、名跡を継せん事先祖清和の苗衣有を繁花し、子々孫々の後栄何事か是にしかんや。冥加の至り」と悦て、輿乗物の用意如形申付、帰国に及ひつつ、彼若君を養育しけるハ星霜漸積り、成長の後ハ島津左近大夫義俊と名乗られける。頼朝卿も遥《ハルカ》に程へて此事を聞し召れ、石流《サスカ》の恩愛難レ捨薩摩に大隅日向を加へ被下ける。是よりして数代相続して西の辺国を領し治め、あたかも彼異国の首西伯《セイハク》とも云つへし。是薩州島津家中興の祖也。扨若君誕生場、住吉社内に其旧跡残れり。世の人普《アマネ》く知る所也。

島津三位宰相義弘蒙二琉球征伐の釣命を一事

頃ハ慶長十四己酉四月上旬、前将軍従一位右大臣家康公、京都二条之御城ニおゐて閑隙《カン□》の折節、　』7
薩摩の大守島津兵庫頭三位宰相源義弘を召出され、釣命有て云ク、「抑日本六拾余州の外ニ島々数多有之。日本近き島は大半日本に帰伏する所の、汝か領国近き所の琉球国は、元ハ朝鮮に幕下成リしか、近来彼国にも伏せす、持論日本へも帰伏せす。然るに今天下閑暇之時節也。汝か領国の諸士、武辺のはけミ怠慢に及はん。彼国甚た汝か領国ニ近し。日本の武威を示し、且ハ島津家の名誉共なり。其上帰伏するに及んにハ、国富兵威を源、子孫の規模《キホ》と成らん。彼国ハ武勇の国ニもあらす。然共唐土三国の時、諸葛武侯《ショカツフコウ》か南蛮《ナンハン》を征伏《セイフク》せし謀を以て、機に望んて変に応し、進退度に当り人数を損せしめす。智勇を以彼国蛮を伏すへき」旨鈞命なり。島津義弘謹て拝謁《エツ》し、「上意の趣謹て承り候。西国の諸士多き中に某壱人江其命を蒙る事、冥加至極武門の太慶何事か是ニしかんや。不肖の某不才を　』8
かへりみす、随分謀略をめくらし申へし。義弘年の寄り候得共、子息又八郎并家老の諸士数多御座候へハ、君の供福を以鈞命の負任背き奉らさるを徴火とせん。然らハ軍馬の調練、人数之手配リ、彼是繁多ニ候へハ、早御暇申上度候」言上有る。前将軍家康公甚御感ましまし、「然らハ早々帰国し軍の用意専らにせよ」との上意なり。島津は夫より直ニ薩摩に帰国しけり。

島津義弘軍用意之事

斯て島津兵庫頭ハ本国ニ下着し、一門の歴々ハ申に及す、執権新納武蔵守一氏、種嶋大膳、里見大蔵、畑勘ヶ由、秋月右衛門、江本三郎左衛門、岸部文左衛門、松尾隼人、佐野帯刀、花形小刑部、三好典膳、其外家門譜代の諸士大広間、大書院、縁頬なと迄伺候して、威を正して列座有る時に、義弘出給ひ装束にハ、白練の下袴□、唐織の羽織を着し、直平《チツヘイ》頭巾を　』9
かつき、金作りの太刀弐尺九寸有けるを児性《コセウ》に持せ、小脇差をさし、中央《チウヲウ》の上座に着給ふ。列座の家門并四方の諸士に向て被申けるハ、「此度琉球の征伐を可致との蒙《カウムリ》二鈞命《ケンメイ》一、殊に某壱人にて征伐せよとの義也。誠に以弓馬の面目、家の誉何事か是にしかん。仍之義弘ハ亦各の武略知謀を頼む斗也。何れも我に命を給わり候へ。義を金石に比し、名を末代ニ残し、彼地の征伐軍議宜しく評申さん。勝負ハ時の運に任すると云なれは、血気にはやらす、小敵にてもあなとらす、大敵ニ《（ママ）》にても恐れす、猛勇血気僥倖《ケウタン》を頼む事なく、懸引士卒の働、調謀の儀ハ大将分の者肝要也。かの国は心おろかなれハ、無謀の軍する事なかれ。計略油断なく廟算して全功をなさん。工夫思慮廻らされて可然」と有けれハ、座中の諸士、「あつ」と平伏のミして候いしか、大身は身を重んしけるか口をとち、小身ハ身をかへりみて謙退《ケンタイ》し詞を出さす。然るに新納武蔵守一氏とて棒禄拾弐　』10 万石領し、文武兼備せし老臣進ミ出て申けるハ、「御諚之趣畏て承知奉り候。夫琉球の居地は当国より海陸の行程百七拾里の隔て也。彼の地の船の上り場ハ小関所有り。是要渓灘《ヤウケイナタ》と名つく。夫より五拾里へて城槨有り。是を千里山と云。前に流るる川有て、岩石《カンセキ》そばたち瀧波逆。是漂《ヘウ》々としてあたかも龍門の瀧とも言つへし。此城より七里斗へたたり、巽《ウシトラ》の方ニ当りて虎竹城とて三里四方の城有り。夫より南の方ハ海上にして、海の表十里斗西の方ニ当りて一ツの島有り。米倉島と云。此島二里四方、米穀雑穀の納蔵七十箇所斗有り。左へ廻り乱蛇浦と云。爰に関所有り。一里也。五里続たる松原有り。松原の中に平城有り。是を廻て高さ三十丈の揚土の櫓門有り。此門を高鳳門《カウフウモン》と号す。次に五丁しりそき鉄石門有り。常に千人の兵士番手を組んて、弓箭、鉄砲、兵杖を揃、武備厳重ニ見へたる。是より南かわ、左右ニ商人、細工人、軒をなら　』11 へ、みせ店を構へ立双ふ。此町の長さ東西百四拾丁斗。夫より一ツの門有り。是を都入門と云て都の惣門也。是より前後左右ニ諸官人の屋敷屋敷大身小身入乱、軒をならへたる事数万軒。此間弐里斗打越、石垣の高サ二十丈斗惣築地有り。廻り大堀をかまへ、方四里の城地、四方ニ橋を懸る事百七拾二ケ所。後に日頭山《ヒトウザン》と云高山有り。是より山を越て八里詰城有り。此所に琉球の大師王俊玄《タイスイヨウチエンケン》、其勢三万余騎にて守護すると承る。其外、番所番所の数は枚挙するにいとま有らす。夫合戦の有ハ第一地理をしらすんハ有へからすと、我等若年之節、彼国へ商人の体ニやつし、浦々里々山川ことことく廻り、人物之風俗、武備の強弱、武夫《フフ》の剛臆《コウマン》みな見聞届、且亦絵図ニ認メ記し、年々如レ此ニ忍ひ入て見届候に、若亦あやしめられハ高麗の忍ひのものと偽り御国の名ハ出さす。己一身おわる迄

と　』12
覚語し、愚息左衛門尉にも申付、我死せハ心さしをつけよと申て置所也。しかしなから此義あへて是とするにあらす。若大守の御用等にも立んかと存る微忠の心意也。若此上なから、くわしく彼地の風俗地理存せし傍も有らハ、少も遠慮無く被申上、此度の大切之鈞命を蒙らせ給ふ殿の御為なれは、心底不残申上らるへし。某謙退も無くおこかましき儀申上候も、太守の御大切さ負任の重き、且ハ御家の武備をあらわしたく志し迄にて候。依て各へ対し遠慮もなく申上候」と被申ける。何れも、「アツ」ト感し、義弘も喜悦限りなく驚き入たる。「武蔵守か知弁、武備あらかしめ見の明有り、賞するにたへたり。此度の惣大将にハ、某其方を軍師と任する条。人数手配《テクハ》り、兵粮出納一切の軍務汝に附《ム》与する条。則是を授る也」迚、三尺四寸の有りし金作りの太刀を一腰手自取《テツカラ》　』13
出し、するりと抜て、前成る高机《ツクヘ》真中より打わり申されけるハ、「此度琉球征伐ニ付、自今以後列座の面々帰陣《カイチン》迄武蔵守を軍師と致す事、一言にても武蔵守か下知に背に於てハ、此机の如く此太刀にかけ討て捨へし。夫軍令にハ誠親の言す。皆是我我に有らす。君へ忠臣国に報《ホウ》するの奉言也。何度全功をなし、名を万天に揚ヶ、栄を子孫にかゝやかし、只武蔵守に此太刀をあとふる也」とて、渡されけれハ、「けにも良将の人を用ゆること、尤斯こそ有へけれ」と心有人ハ威称しける。武蔵守膝行《シツカウ》して太刀をとり、謹ておし戴き、座中に向ひ申けるハ、「只今我君御諚の如く向後、某諸士の上に立、軍馬の指揮し申也。寔に身不肖にして、不才不覚の某かかる大役を蒙る事恐少からす。仍而及ざる儀うち成へし。能謀有てハ、其遠慮申さるへし。亦々独高名せんとて出し抜、あるいわ　』14
そねみ、傍輩の危を助けす、軍令を背き候ハハ、親疎をゑらハす討申さん。此義ハ全く私にあらす。君命の重き事を知る故也。誠に以て古《ムカシ》より琉球国を討し事、智学短浅《タンセイ》の我等なれハ未レ聞。是は国に報するの軍なれハ、私のせり合、亦ハ合戦等に似るへからす。天外地外ハいさしらす。一身の微力をつくし責《セメ》なひけ。主君の御誉天下の後記に備へ、名誉ハ子孫の面目にかかやかすへし。いざいざ思ひ立日そ吉日良辰なれハ、則明日卯ノ上刻より御城下へ、五百石以上ハ一人も不残出仕有へし。此旨急度厳重に相守られ候へし」と、つまひらかに、「弥明朝迄の内甲冑《カッチウ》、弓箭、馬鞍の用意心懸ヶらるへし。巨細の軍略、御籏家におゐて記録すへし」とて、諸士ハ夫より一統に式礼し武蔵守へそ暇を乞て、おのおの宿処へ帰りけり。武蔵守か軍慮の程、「誠に軍将の機に備りける」迚、各かんし』15
申されける。

新納武蔵守一氏備立之事

斯て慶長十四己酉年四月十六日卯上刻にも成りけれハ、軍師新納武蔵守一氏、嫡子左衛門尉一俊《カズトシ》を誘引せしめ、御籏家之上座に座をしめける。新納か其日の装束出立ハ、水色の大紋鶴の丸の紋所付たるを着し、紫色のたすきをむすひさけ、壱尺弐寸の小脇差、三尺四寸の義弘より給わりし太刀をはき、銀の采《サイ》幣手に握り、南向にかけならへしハ三幅対の懸物也。中央ハ太公望の絵像也。左りハ義経公、右は日本の忠将楠正成公の絵像也。花瓶、香炉、神酒、洗米の備もの耀明赫燭としてあたりもかかやく斗也。扨又三振りの宝剣を立並へ、出仕の諸士も威儀を正し装束を改め、役儀の尊卑《ソンヒ》、録の甲乙、家の嘉例にしたかひて列座す。新納武蔵守一氏揖の後、執筆本目左衛門を召出して、軍の手砥役割』16
委細に記録しけり。扨新納武蔵守書付を出す。其文に曰。

今度琉球国御征伐之釣命有之。新納武蔵守一氏蒙太守の命を、汚師之名を。尤不肖の身雖、恐入と尚亦君恩身に余りしか然ハ、右諸士達、一所懸命之戦場就二不肖之某下知一に、於陣頭に、不懐娼怨之可被抽忠議を者也。

仍記書之趣如件。

島津兵庫頭従三位宰相源義弘卿　軍師新納武蔵守一氏　在判

慶長十四己酉年四月十六日

備立の覚

先備一ノ手　八万石　種島大膳豊時

先備一ノ手　八万石　里見大内蔵久秀

鉄炮三百挺　但組頭五騎　手代り足軽九百人

備立種島大膳と同断　』17

弓三百張　但組頭五騎　手代り足軽九百人

二手備左　五万五千石　畑勘解由道房

鑓三百筋　組頭五騎　手代り足軽九百人

鉄炮百挺　組頭弐騎　手代り足軽弐百人

歩行武者　頭弐騎　六百人　騎馬頭　三百人

弓五拾張　組頭弐騎　手代り足軽百人

熊手　頭弐騎　三百人　鳶口　頭弐騎　三百人　鑓　五十筋

歩行武者　手代り　百人　騎馬　百騎

太鼓頭　弐人　三拾人　鏡（鐘）頭弐人　三十人　貝頭弐人　三拾人

大将勘ヶ由　騎馬侍　馬廻り五拾人　押ヱ三拾人

大将種島大膳　騎馬廻り　同断五拾人　押四拾人

二手備右　五万五千石　江本三郎左衛門尉重躬《シゲミ》

鉄炮百挺　押五拾人　備立畑勘ヶ由ト同断候不記

三番備　拾万石　秋月右衛門之常《ユキツネ》

弓弐百張　　組頭四騎　手代り足軽六百人
鉄炮弐百挺　組頭四騎　手代り足軽六百人　』18
鑓弐百筋　　組頭四騎　手代り足軽六百人
騎馬四百騎　弓弐百張　組頭四騎　手代り六百人
鑓弐百筋　　歩行武者六百人　頭五騎
鉄炮弐百挺　頭四騎　手代り足軽六百人
騎馬弐百騎　歩行武者百人　楯堅二行也
籏頭五歩
大将秋月右衛門之常　騎馬鑓五十筋　諸士武者百人　押八拾人
四番備　拾万石　　松尾隼人勝国
弓百張　鉄炮百挺　組頭四騎　手代り足軽六百人
騎馬六拾騎　力者百人　雑人、手筒、鳶口百人
長柄五十人　熊手百人　斧百人
階子二百人　大木挺五十人　懸矢百人　細引五十人
騎馬六十騎　猩々皮鉄炮五十挺
組頭二騎　手代り足軽百五十人
大将松尾隼人勝国　騎馬侍五拾人
歩行武者弐百人　押ヱ三拾人　』19
五番備　拾壱万八千石　佐野帯刀政形

弓弐百張　組頭五騎　足軽六百人　槍百筋　頭弐騎
歩行武者三百人　内弐百人鉄炮百挺　頭弐騎　足軽三百人
雑兵九百人　棒弐百人　熊手三百人　頭三騎
大将佐野帯刀　騎馬歩行武者　三十人

新納武蔵守一氏備立
弓百張　三人　頭五騎　鉄炮五十挺　足軽　百五拾人

馬印

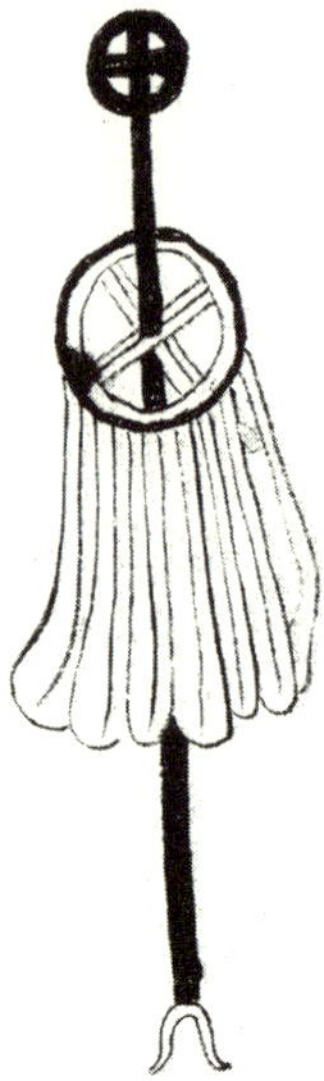

籏白地

弓百張　足軽三百人　頭五騎　鉄炮五十挺　足軽百五十人
槍百筋　頭弐騎　歩行武者三百人　』20

弓百張　足軽　三百人　頭五騎　鉄炮五拾挺　足軽百五十人

歩行武者三百人

大将軍師新納武蔵守一氏馬廻り百人馬廻り百人

騎馬上下弐百人　壱万石　花形小刑部氏頼

同　弐百人　壱万石　三好典膳定次

同　弐百人　壱万石　重　波門定家

同　三百人　壱万五千石　花房兵庫忠常

同　五百人　壱万八千石　池田新五左衛門国重

同　四百人　壱万五千石　小松原佐内左衛門安信

同　百七拾人　九千石　浜安蔵内行重

同　百五拾人　壱万石　島津主水時信

同　百七拾人　壱万石　矢塚甚五左衛門豊宗

同　百八拾人　壱万石　大島三郎左衛門忠久

同　弐百人　壱万石　天野新兵衛近俊

同　百五拾人　七千石　篠原治部久春

同　七拾人　五千石　中条左衛門春氏』21

同　八拾人　五千石　中村右近左衛門頼豊

同　八拾人　五千八百石　和泉治左衛門国続

同　八拾人　五千石　木戸続左衛門俊永

惣騎馬　千四百人

弐万八千石　米倉《クラ》主計頭正続

小荷駄千六百五十也。菱《ス》荷七千六百五十九荷。但シ一荷三人懸り。車拾四軸、車子百人、惣騎馬合三千九百七拾四騎也。雑兵合テ四万千六百四人。外侍合弐千百七拾六人。

後陣騎馬上下千人。

壱万石　鈴木内蔵助□里　同百人

八千石　吉屋主膳　同百人

七千石　有馬内記　同弐百人

壱万石　氏江藤左衛門　同百五十人

九千石　小浜勝左衛門　同弐百人

壱万石　桜田武左衛門　同三百人

壱万六千石　大輪田形部（ママ）　同弐百人

壱万石　横浜加膳　同百人

六千五百石　米田十右衛門　同弐百人

壱万石　関本守野左衛門　同百人

六千石　長谷川式部　同弐百人

壱万石　今井伝蔵　同弐百人

惣目附

七万石　永井靫負元勝　』22

同百人

七千五百石　岸左衛門　同弐百人

壱万石　向井権左衛門　同百人

七千石　太田庄左衛門　同百人

六千五百石　亀井蔵人　同弐百人

壱万石　玉沢十内　同百人

七千石　川端主膳　同三百人

壱万五千石　関団丞　同弐百人

壱万石　道明寺外記　同弐百人

七千石　中川太介　同弐百人

一万石　佐久馬（ママ）十郎

右惣合人数六千四百五拾人

島津玄蕃　三千五百人

同　主税　三千四百人

同　内匠　千人

同　帯刀　千五百人

同　右近　千人

同　右京　五百人

同　主殿　千百人

右人数□テ弐万七千人、騎馬一万千五百九拾九人、歩行立侍、合千七百八拾六人。足軽、雑兵合拾九万千弐百七拾六人。都合惣人数弐拾弐万弐千六百六拾壱人

弓合　弐千六百弐十張

鉄炮合　三千六百弐十挺

槍合　弐千九百筋　』23

右島津名字之一家、島津家門衆と称する也。島津家の広太成る事、脇より推量の及ふ所に非らす。知らさる人ハ誠とせす。され共分限帳を見しに十万石以上之家、六、七家有りと也。惣て家中へ捧録高四百万石余の知行出ると成り。

享保十七年寅正月の御改書付也。島津家中広太ニ付、先年従御公儀御尋被遊候処、其時有増帳面、被差上候よし、従右大臣様意度上意有之に付、老中迄帳面差上。被知行取之分書付左之通り。

一　拾八万石　九州口押　町田勘兵衛

一　拾四万石　琉球口押　島津内膳

右ハ両人先年書付深き被侍共、今度御改ニ付出書ス。

一　拾三万石　町田右近

一　九万石　島津国□□助　』24

右両人ハ江戸年来相勤申候。

一　八万石　島津因幡

一　六万石　島津和泉

右和泉組中壱万石より三万石迄十五人百石取十五人之候。　此家中城代入替り勤之候。

大関口番

一　五万石　島津下野　一　五万石　島津土佐
一　三万石　島津外記　一　三万石　伊勢帯刀
一　三万石　大友蔵四郎　一　三万石　島津勘四郎

右組子五百石より千石迄の知行取、一組ニ百人宛に改、三千石宛。

一　壱万石　島津主水　一　八万石　島津勘左衛門

右組子五百石より千万迄、一組五拾人に改、千三百石迄此内江戸ニ相勤ル。

一　六万石　大内大学　一　六万石　島津石見
一　壱万石　伊藤勘介　一　三万三千石　落合□左衛　』25
一　壱万石　朽木信濃　一　壱万三千石　海屋源蔵
一　同　多田与八郎　一　同　三好大膳
一　同　酒依八蔵　一　同　白川外記
一　同　内藤勘四郎　一　同　平松玄蕃
一　同　矢部出納　一　同　島津勘左衛門
一　壱万石　井田木工　一　壱万三千石　牧野長門
一　同　白藤上野　一　同　酒井義之恵
一　同　町田筑後　一　同　浦部藤助
一　同　伊勢但馬　一　同　内藤瀬左衛門

一　同（ママ）三千石　八木動助　　一　同　曽我修理
一　同　藤原植平　　一　同　兼地役九郎
一　同　原田左衛門　　一　同　大庭武左衛門
一　同　小詑（池）才蔵　　一　同　秋月内蔵
一　同　熊若大膳
右知行取之内大名分三拾四人有之。
一　七千石宛番頭八人　　一　八千石宛用人六人　』26
一　九千石宛近習十七人　　一　三千石宛簱鳶□□人
一　弐千石宛弓大将四人
但弐千石より二百石迄。
一　弐千石指筒大将四人　　一　千石宛歩行頭七人
一　同　大目附弐人　　一　九百石宛広間詰三十人
一　八百石宛使者役八人　　一　五百石宛小使組十七人
一　千石宛寺社奉行弐人　　一　三千石宛火消頭弐人
一　四百石宛大納戸六人　　一　千石宛勘定弐人
一　三千石宛町奉行弐人　　一　四百石宛内使者弐人
一　五百石宛大小組三十人　　一　七百石宛家門改弐人
一　三百石宛小納戸八人　　一　千石宛幡物奉行七人
一　三千石宛近物番三十人　　一　千石宛寄合百人

右之外親懸《（ママ）》り之分無是之人も万石より二千石迄三十人有之。

城国騎馬　二千三百六十人

知行取之内大将分斗四百万石除ヶ。此外役人之　』27
分ハ相知不申候由、日向、大隅、薩摩、琉球四ヶ国、元伊勢津、志摩一国を領しけるゆへ島津と言るよしとなり。

薩摩勢琉球江乱入之事

去程に薩摩勢軍用一弁調けれハ、慶長十四己酉四月二十一日の暁天に成けれハ、鹿児島発馬して、北西の方交《マシハリ》の浦より兵船に打乗りて、鬼界《ケンカイ》ヶ島《シマ》へ渡り一日滞留して、其翌日兵船の纜をときてこき出す。海上浪しつかにして風もなく、しかし波風の順路時を得て、八日の日数をへて、彼琉球国の舟着成る要渓灘《ヨウケイナタ》も程なく海上よりハ四、五里北に当りて、遠目かねを伺ふ所に、「乱杭《ランクイ》、逆茂木抔にて、要害の土地相見へ申候。此まま着船可仕哉。但別の御軍略も候や御住進《（ママ）》」とそ告たりける。武蔵守是を聞て、「夫こそ彼要渓灘《ヨウケイナタ》と云へる所也。爰にわさまさまの要害なし。番兵抔《ナト》もはかはかしきもの無し。我委　』28
細に是を知る。兵は迅速《トクソク》をたつとふなれハ、先手のものをして銅鏡《（鐘）》、ふゑ、かい、かね、太鼓を打しめ、無二無三に鉄炮を釣《ツル》へ打に打すへし。然らハ敵の不意を打故に動をうしなひ、おとろき、さわかんは必定也。其時鎗を以て、ふすま作り突きみたし、逃る敵に追すかふて千里山迄追詰、此ふもとにて陣取ハ軍法に甚た能所有れハ、三里しりそきて野陣を張、夜打なとの手段もさまさまにて有し、かたかた敵をあなどり油断仕給ふな。円々逆寄帰るものに候そ」と鎖細《（ママ）》に申ふくめつつ、又申けるハ、「五里と云へとも、六丁壱里の事なれハ安し。いざいざ進めや進めや人々」と下知しきりなれハ、種島大膳か組下の内、向坂権左衛門、柴口武右衛門、和田千之定、菊地清六、原田庄内なと云はやり雄《ヲ》の若者とも、我おとらしと鉄炮引さけ引さけ用意専《モツハ》らにして船ばりにつつ立上り申やう「要渓灘も程近し。千里山迄ハわつか三拾丁。只一と、み《(もみ)》にもみやふれ」と　』29言ままに、艪拍子を早め、南の岸に着とひとしく、先手の鉄炮三百挺、一度にどつと釣へ打に打けれハ、百千のいかつちの一度に落かかるかとあやしまは、黒煙天におおひて夥し。此要渓灘にハ、琉球の守護将軍陳父碩《チンフセキ》といふものの組下范後喜《ハンコウキ》と云者、僅《ワスカ》三百騎にて在番したりしか、今日薩摩勢の来らんとハ夢にも不知、不意にかかられ、殊に大軍潮《ウシヲ》のわくか如くに気を取ひしかれ、「此兵ハ天よりや降《クタ》りけん。地よりや涌《ワキ》けん」と思案するに暇なく、周《シウ》章顛倒千鷩《セウテントウセンキヤウ》手足を置に所なく、或はつなき馬にむちを打、又ハはつせる弓に矢をはけて、いれともいれとも射られす。一領の鎧に四、五人取付て、「我よ人よ」とあらそふも有り。うろたへ廻りて鉄炮に打ひしかれ、手負、死を致すもの数をしらす。誰有て壱人も敵に向て戦かわんとするにものなし。一の先手の大将種島大膳悦に入て申けるハ、「夫敵国へ入り手合の軍に手ぬるくしてハ気をのまるる　』30もの也。依て短兵急に攻やふらんを上策《サク》とす。然るに覚《ヲモフ》ふ覚に出すによつて、敵かて当るハ全功のしたしきや。軍師令之如く、首を取に及す、しきつて鑓を入よ」と下知するにそ、さなき血気にはやる向坂権左衛門、柴口武右衛門、和田千之定、菊地清六、原田庄内抔獅子忿迅《ソヒシン》のいきおひをなし、縦横《タテヨコ》無碍に突伏突伏、首をハ令の如くとらすして、切てハ落し突てハたをし、さんを乱して討すつる。琉球方の大将陳父碩、眼をいからし歯《ハ》を喰しハり、身をもみて大音上け大喝《カツ》し、「察する所日本薩摩勢の狼藉と見へたり。いかに日本勢なれハとて鬼神にてハよもあらし。此所にてしハらくふみかため、千里山江早馬を立て、加勢を乞わん。夫迄要害を堅めよ」と、「打潰《ツフ》されし堀杭を二度取つくろい、ふせきこたへん」と下知する所を、薩摩勢とつと乗り入り来り、四方より火を掛、爰に寄せ付かしこにむすひ　』31詰寄せ所張散、誰合せ退周㩦度にあたり、万卒ときの声をとけ、もみにもみて責たりけれハ、大将陳父碩、心ハやたけとはやれ共、雲霞《ウンカノ》ことくの大勢にて取まき、四方鉄捅《テツトウノ》ことくなれハ、火の中煙の中成共言す責てハ、「命を助かれ」と逃出るもの共をなて切に、あるひハ鉄炮、鑓にためし皆もことこと打ほろぼされ、残るものとも纔に二一、三十騎、右往左往と逃たるを、武蔵守はるかに見て、「夫あますもの共」と、はらはらとかけ寄、つだつだに切ちらし勝時上けて、「腰の兵粮、竹葉など取出し、しハらく軍勢の気をやすめ、後陣に控し第三備秋月右衛門之常か組の騎馬、弓四百張、備を乱して千里山のかなたなる城郭に取懸るへし。しかし味方の勝軍を頼のんて敵をあた（な）とり、油断有へからす。尤刻限今申刻なれハ、合戦ハ定て夜に入へし。然からは奨抔（ママ）松明用意有へし。早く急かれ候へ」と下知有れハ、「委細相　』32
心得候」とて、我も我もと進発す。

去程に千里山の城にわ、大将に孟亀霊《モウキレイ》と云もの、凡二万騎斗の軍卒を相備、用心きひしく守り居たり。然るに誰《タレ》云共なく要渓灘の要害やぶれ、軍将陳父碩も討レぬと聞へけれハ、孟亀霊大きにおとろき、下軍令《カクンレイ》、速伝説《ソクテンエツ》と言者を呼出し、「此事いかか」と評議する。速伝説《ソクテンエツ》聞て、「事実いまた知れすとハ申せとも、虚説にもせよ、たとひ見廻の御勢を遣わされたり共つひめ（ママ）ならん。此上ハ先然るへき人を一、弐子ニ遣事、議に候ハハ、当城に堅固に御守り有て、都へ次（す）くいの勢を乞、其勢参着するの間、丈夫に持かため、すくひの来ハ、城中よりも討て出、敵を中にはさみ引包て、首尾かえりみる事能《アタハ》はざらしめ、度を失《シツ》せんハ必定也。其時城下より奇兵を出し、新手をもして責るものならハ、薩摩勢を千里の外へ追ちらし、案の内なるへし」と、手に取るやうに　』33
申ける。孟亀霊聞て、「此儀尤然るへし」とて、四方は柵をふり、鉄炮、石火矢の用意を厳重にし、都へ早馬を立て急を告る事櫛のはを引か如し、しわらく有て、薩摩勢疾風《ヒヤウフ》のことく地をけ立寄せ来る。追て、からめて、一度にときをどつと上けて鉄炮を打たて打たて、しきりにもんてそ責たりけり。去れとも城中の思ひもふけし事なれハ、合ときもなく、わざとしつまり音もなし。薩摩の軍勢大《ヲヲキ》にいさんて、「斯密《カノヒソカ》かに見ゆるハ、我等か大軍成を見て恐て落うせけるか、但憶《オク》して出ざるか、何分一責せめてみん」とて、「すてに責めん」と、秋月《アキツキ》下知したりを、武蔵守かけ付申けるハ、「日本ハ血気の勇、外国ハぬみれ《(るけ)》共、軍慮計策《ケイサク》ハむかし孫子房《(マヽ)》、韓信、陳平、范増、孔明なとの伝うけしものも多けれハ、如何様のはかりことの有へきもしれす、差引に思慮を廻らし、必す必す敵をあな取り、深入にする事なかれ。』34

怪我《ケカ》抔有てハ日本の恥辱、唐土へ聞へても、無謀《ムホウ》無智の軍立と言わん。永日本の弓矢の名折也。能々つつしみ玉ふへし」と下知をなし、「先一もみて取まけ」とて、「ゑひや《(マヽ)》」、声を出して城の出輪、追手の城迄追寄て、とかくする程に、日、西山へかたむきけれハ、急き用意の明松、てうちん持はこひ、暮に及へハ手々ニ明松《(マヽ)》、挑灯星の如く立つらぬ。「早く追手、搦手の城の橋を渡りて、塀にとり付、飛越、乗越、乗取れ」と、大きにきつ《(そ)》い、すてに橋を渡らんと押寄けるに、いかかしけん城中より門をひらき、彼橋をすみやかにさらと城内へ引取ける。是こそ日本に言へる十露ばん橋とや。懸出すも自由にして、引入時も自ゆうなり。如此に拵へたると見ゆ。寄手のもの共案に相違して、城はたに徘徊《ハイクワイ》しあきれ果てそ立たりける。たまたま、「城につかん」と思へハ、深さ八、七丈の谷にて岩垣岩石そば立、剣を植《ウヘ》たる如く』35

成り。搦手《カラメ》ハ千里山とて、高山、石壁山我々と□り、せんかたなけれハ、先其夜ハむなしく城下を引しりそきて、「陣を取、遠篝をたきて夜を明さん」と言あへる。

薩摩勢討死之事

千里山城内には朱伝説か計ことにて、寄手を屈せんか為に、わさと日を暮し静り返つて寂《セキ》然として音もせす控へ居ける。其夜も三更《カウ》の時に至て、速《(朱)》伝説追手の高櫓に上り寄手を能々見、本丸へひそかに来り。孟亀霊に対面して、「扨々常城寄手の薩摩方、今の味方の計策《ケイサク》に元気折られ気を屈し、遠篝火をたきて軍威揚《アカ》らす。大将士卒共に倦《ウツ》怠の体に見へ候。今暁(ママ)丑ノ刻に夜討致し、寄手の奴原に肝《キモ》を潰させ申へし」と云、孟亀霊喜悦し、「よしよしいしくも申されたるもの哉。天晴れ御辺ハいにしへ諸葛亮《ショカツリヤウ》、司馬仲達《シハチウタツ》等か　』36
兵機を隠し達人なり。我是に及す戦の指標乗拝、一向御辺に任する」と有けれハ、速(朱)伝説歓ひいさみ、其用意をも仕たりける。先逆《キヤク》兵をすくつて三百人に鉾《ホコ》、長刀を持せ、手ん手に明松を用意して、南の方城門をひそかにひらき、薩摩勢の内松尾隼人勝国か陣取たる広原へ討て出、無二無三に鉄炮を打懸け、鉾、長刀を突入突入、たて横十文字になき立れは、隼人勢立直さんとして陣等動揺《チントウトウヨウ》し、うろたへ廻る軍勢も有。隼人大音上、「きたなし。味方の勢夜討ハ小勢にて有つるそ。透間をあらせす、ふせけやもの共」と八方をにらめ廻し火花をちらし琉球ともに戦ひたり。然る所に城の方より貝、大鼓を吹立たたき立、其勢陸《クカ》つつきにして何千騎ともしらす、雲霞の如く渦巻《ウツマキ》出て隼人か陣屋に火をはなち、折節あらしはけしく、あなたこなたに火移り佐野帯刀が陣屋にも猛《モウ》火うつりおひたたしく、是より寄手の惣陣大きに　』37
騒動《サウトウ》し彼方此方《カナタコナタ》と分たす。いつれ隙なき折柄《ヲリカラ》、佐野帯刀政刑(形)か手下の士沼《ヌマ》田郷左衛門と云勇士ありけるか、只一騎かけ廻り、手におふもの幸ひに八方花形車切り、或ハ胴切腰車、又ハ大けさ立割、嫌ひなく時の間に敵四、五十騎切倒し、「傍輩つつけや、つつけや」と声かけて、一足もしりそかす、夜叉《ヤシヤ》のあれたるいきおいして奮《ホン》然として働きける。今宵稀成る働きなり。然る処に琉球兵の内にも丈《タケ》七尺余《アマ》りの大男、丈《タケ》ばつくんに立のひたる荒馬に金ふくりんの鞍置て打乗、壱丈八尺の矛《ホコ》を取のへ、四角八方を突廻り樊会《ハンクワイ》、関羽の如く働くゆへ、日本勢落葉の如く逃ちりたり。爰に佐野帯刀か手下の士沼田郷左衛門是を見て、「にくきものの働哉」と、真しくらに渡り合、七、八十度戦ひ、互《タカイ》に秘術をつくしける。寔に琉球の勇士と日本の勇士と武勇くらへの事なれハ、いつれ隙ありとも見へす。ひらめく太刀光りハ電光うの如く、突出す鉾ハ　』38
龍の泪を出るか如く、すさましかりし勢ひ也。時に琉球の大男鉾を妻手へからりとおとし、郷左衛門か鎧の上巻をかいつかんて、中にすんと差上大地へ、「とや」と投付んと見ゆる所に、郷左衛門さし上られなから、腰刀ぬくと見へしか、「忽《タチマチ》に彼大男か頬《ツラ》かまちわれよ砕《クタケ》」と、はつしと打討れて、ひるむを、ひらりとおり、つつとよりて引かつき尻居にとふど打すへ、すかさす、しかとおさへ首かき落して捨たりけり。其首を引さけて立上らんとする所に、琉球兵数十騎かけ来り。郷左衛門を真中に取巻、十方より打てかかる。「もののしや奴原哉。手なみを見せしか如く成り。いていて暇をとらせん」と、四尺七寸の太刀、鉄の棒の如く重手《カサ》あつきを振るて、十方惣まくりに切て廻れは、つついて大勢はせ来り。新手に立替り無二無三に取まけは、「爰を詮度」と火花をちらして戦ひける。敵は重成る。郷左衛門ハ只一人ややもすれハ討れぬと見へ　』39
ける所へ、佐野帯刀是を見付、馬を韋駄天の如くにとばせ懸付て、「郷左衛門をうたすな。つつけやもの共」と大音上け、前後左右より打てかかる。琉球兵、「かなわし」と思ひしや、八方へ逃ちりたれ。帯刀味方の軍兵を呼ひ集め、逃る敵に追つかんとせし所へ、軍師新納武蔵守より、使番五、六騎鞭と鐙を合せて駈来り、高声に申けるハ、「今宵の騒動は、いせんより山の手の陣屋にてうけ給りたる所、今暁《(ママ)》の外候、遠見の怠《ヨコタ》りふとどき千万、言語道断に存る也。帯刀殿の組下遠見の者共に急度制法をくわへられ然るへし。扨、明日ハ軍勢を引分て、是より丑寅の方七里去て、虎竹城と云有り。某自身馳向ひ申なり。今暁《(ママ)》の油断不覚の過怠《クワタイ》として、尤佐野帯刀には此城をほろほさるへし」と相のへ、次に、「今暁《(ママ)》討死之次第、性《(ママ)》名を記し可被越」と演たりける。帯刀聞て、「相心得候」とて、則需者に命し、是を記し、使者番江渡之。　』40

鉄炮組之内ニハ

島津宇兵衛　蜂屋藤内　和久左衛門
大田作野右衛門　秦権兵衛　中西主水

弓組之内ニハ

佐和六左衛門　牧野伴右衛門　向井玄蕃
田中久之定　柴田久三郎　友江泉右衛門
　鎗組之内ニハ
免部矢柄　玉本八左衛門　沢部常右衛門
塚本小伝治
　以上侍分之者十六人、足軽五十七人。但新兵共ニ弐百七拾九人討死。手負四拾一人。惣合三百弐拾人。
官録之者八人内独《トク》男中官之者百七拾人、雑兵三百六人。
　惣合四百三拾人。此外手負ハ数不被知取急之書立。
使番持帰りて武蔵守へ渡之一覧《イチラン》して大き憤《イキドヲ》り、』41深く佐野帯刀か不覚を論し、味方多く討せし事を本意なしとおもへり。是より始終帯刀と武蔵守不和成りか（ママ）、はたして後日、日頭《ヒトウ》山にての戦ひに、佐野帯刀ハひるひなき高名のはたらきせしか共、終に討死したりけり。「是全く、この恥辱をすすかんと、十分の功を心さし、惣勢にもしめし合さす、一身を亡せしこと也。あら惜むへきかな」と、人々申合へりとそ。

　薩琉軍談巻之壱終　』42

　薩琉軍談巻之二目録

一　虎竹城合戦之事
一　乱蛇浦并松原合戦之事
一　日頭山合戦并佐野帯刀討死之事

一　琉球国都責之事

并諸官人降参之事　』43

薩琉軍談巻之弐

虎竹城合戦之事

明れハ四月二十三日、薩摩勢備を立、一手里見大内蔵久秀、人数弐千三百七拾八人。第二備畑勘ヶ由道房、人数五百人。其次に江本三郎左衛門重躬《シゲミ》、人数三百七拾人。巽《ウシトラ》虎竹城へ向ひける。此城ニハ琉球王之一族、李将軍玄国《ケンコク》候慶善《コウケイセン》と云者守護として居す。手下ニハ張助幡《チヨウシヨハン》、石徳《セキトク》、松隆子《セウリウシ》、元的《ケンテキ》と云不番万夫《フトウハンフ》の勇士也。凡軍勢一万五千人、馬共に楯籠り、二十三日の暁天、追手、搦手一同に押寄、時を、「とつ」とそ上ケにける。暫く有て、追手の木戸の高櫓へ武者壱人かけ上り、狭間の板八文字に押開き、大音声上て申けるハ、「襄兵ノ爰何未聞琉球国敵於薩州異雖、然理リ不尽《フシン》。囲《カコム》の者、汝等常以磐石《ハンキ》如砕《クタク》卵《タマコ》自滅《シメツ》。無裏迅達（速）に退去」と言。是を聞ける軍勢共、いかんとも答へしかねける。爰に』44

里見大内蔵か組下の浜島与五左衛門と云者、蛮夷《ハンイ》の言葉を知て、書付を以て新納武蔵守一氏へ持せ遣す。武蔵守大き歓ひ、抜き見るに、其言葉に曰、「我国に軍勢を爰に向るハ不思儀千万。昔より琉球国より薩州へ敵したる事一度もなしと言共、理不尽に取かこまハ、則磐石を以玉子を打つふすか如し。自滅うたかい有へからす。すみやかに退へし、退へし」と云也。武蔵守からからと打笑ひ、「きやつわ此国の弁舌《ヘンセツ》しやと見へたり。言《コトバ》を以て取ひしかんとの儀ならん。されとも此様成。申分にて伏さらんや。只無二無三に責破りて、もみにもふて」下知なせハ、はやりをの若もの共、「我も我も」と打寄て、兼て用意の渡橋を堀の上へはねたをし、三方より責かかり、或ハ具足の上帯に手を懸て、塀《ヘイ》にとり移らんとするものも有り、「ゑいや」声を上て責《セ》め寄する。然る所に、城中よりも兼てたくみ置たり、め丸き石の三人斗にて持へき石を　』45
百斗、「とう」となけかけれハ、楯の板をミちんに打砕かれ、或ハ冑《カフト》の鉢を打わられ、具足を打ひしかれ、暫時の間に手負、死人山を築しか如く也。され共武蔵守厳敷下知を加へ、大音上け、かく申けるハ、「此城に少々軍勢損共、一時に責掛敵に力を落させ武勇の程を見せよ」と申ける故、親うたるれとも子かへり見す、主うたるれ共郎等ハ助す、前後を見るに隙もなく、うたるる者の死骸を足たまりとして、乗越乗越責入らんとすれハ、城中よりも油断なく薙刀、鑓を以て突落、切倒し、大木、大石透間なくなけ懸けなけ懸け打ひしける。又ハ鉄炮を打出しける。寄手の者共面をむくへき様も無し。皆々冑のしころを片むけ鎧の袖を顔にあて打伏たる風情なり。手負死人ハ千余人、あけに染んて見へたりける。軍師新納武蔵守、気をいらち、「此纔成る小城にて、味方多く討るるハいかなる事□や。所詮いかか防とも責おとさて有へきか」と軍卒に下知を　』46
なし、四方より枯木、枯草をはこひよせて、或ハ車にて取寄、城の内へ打込打込、近辺の民家を数百軒打こほし、わらやふきの屋ね、柱、かへ下地、竹竹《(マヽ)》垣、薦《コモ》迄迄《(マヽ)》を車にてはこひ、寄取てハ打込打込しけるほとに□ふして、埋草城より三尺斗高くなる。武蔵守いさみをなし。今や日比の火玉を以て、塀とも櫓ともいわす、甲乙《コウオツ》共ニはらりはらりと霰《アラレ》の如く打かくるに、櫓にもへ付、塀を打越目当を不違投入る。城内陣屋にもへつき、猛火さかんにもへ上《(マヽ)》り程に、武蔵守見すまし、数千本の革《カワ》打わをもたせ四方より大勢にてあをき立、皆城中へ吹けれハ、折節風ハ順風也。此風を考て只今是をおこなひけることそ吉しけれ、二の丸、本丸残りなく、惣方一度に火移りて、防んとするに便りなく、大将李将軍玄国候、今ハはや、せんかたなく書院のかたわらにかけ入、剣を抜き、すてに自害せんとせし所に、張助幡《チヨウシヨハン》と云もの、はしり来り　』47
押ととめ、「こは短慮なる御事也。生ハ遠くしてかたし、死ハ安くして近し。何卒某一方を切払ひ申へし。然ハ一條の向路をひらき、南の小門よりぬけ出、船に取乗、米倉島へ心さし立退へし。いさ御出有へ□」とて、長サ柄共に壱丈八尺の薙刀を水車に廻し、小門をさつとひらき見て、あれハ末橋へは火移らす。張助幡、「天のあたへ」とよろこひて、太刀をふり廻し、我君続給へとて、一文字にかけ出るに、火中煙の中よりも薩摩勢の内、横須賀久米右衛門、太田段右衛門、向坂千左衛門と名乗かけ名乗かけ、四方より討て懸る。張助幡大の眼をくわつと見ひらき、「蝿虫のごとき奴原、琉球一の剛将軍張助幡と云者、此大薙刀に掛てころさん事そ不便なれとも、一来無二」と打て□る。薩摩方爰に村かり、かしこに寄合追つ返しつ、火を散りして戦ひける。横須賀久米右衛門、左の方より切かくれハ、張助幡、長刀を以てはらいのけ、久米か　』48
冑《カブト》の鉢を、「研《クタケ》よ」と、はつしと打打れて、久米右衛門大きにひるむをかいくくり、はらりすんと切さけれハ、久米は二ツに切ころさる。太田段右衛門同左りにかかり、向坂千左衛門右より懸り、両人して立はさみ打んと□を、張助幡ひらりと飛て両手を合し、弐人か具足の総角《アゲマキ》をかいつかみ、双方へ一度にとうと投《ナゲ》付れハ、四、五間計、堀きわの大石に当り砕かれ、早座にむなしく成りにけり。張助幡《テウショハン》打笑ひ、「さもこそ」と言、「ふつ」と言ままに、李将軍を肩に掛、四、五丁か程行所に、亦薩摩勢三、四十騎、「のかさし」と左右道をさへきりふさく所に、李将軍恐れをなし、「早是迄」と、剣に手を懸け自害せんとせしを、張助幡《テウショハン》、はつたとにらみ、「かいなき御心底哉。某か全体の一寸も続なきなハ、こんはくみ《ミ》の内にととまり、やわかまたなき負ハせし。誇ハ三寸にして、其気をあらわす。いわんや万物の霊たるものをや」と、又大音上て、　』49
「是そ琉球国の弟諸候李将軍玄国候、御所下の士張助幡と言者也。我と思わんもの」、大薙刀水車に廻し、八方はらひ惣まくりに向ふものをバ、逆かけ、唐竹、大けさ、車切、胴切、きらひなく、或は打倒し、はらひのけ、片時の間に六、七騎打倒され、馬武者ハ馬のひら首に向ふ足、はらはらとなき捨落る所を打て捨。此勢ひにおそれて、日本勢あへて進まんともせさりけれハ、張助幡ハ気を休め、しつしつと引けれハ、李将軍いきをつきて、たとりたとりて、湊のかたへ越、小舟にさをさして、米倉《ヨネクラ》島をさして急きける。然る所に、新納武蔵守、鹿毛の馬に金ふくりんの鞁を置て乗ちらし、十文字の鑓追取、十里八荒に眼を砥り、大音上けて、「あれあれ南の海手に小舟一般（船）真一文字にはしれるハ、此城の大将李将軍と見へたり。然共、早二、三里も退たれハ、早舟ニて追かくへし。いかかせん」と、身をもむ所へ、種島大膳、大　』50鹿毛の馬に乗り来り、大音上け、「いかに新納殿、李将軍をのかしてハ後日の害、又ハ味方の不覚也。是非是非討留め申たし。我等か組子舟手のもの共数多、弓、鉄炮の者を相添追懸」、申へし。尤足かろき島舟に、帆を十分に懸て、飛か如くに追かけ、二、三里斗のことく追寄、すてに是より弓、鉄炮、火玉抔雨霰の如く打掛、射懸、短兵急にすすんたり。あわや此舟みちんになさんと見る所に、件《クタン》の張助幡少もさわかす、一身を百術用ひ恐なく、李将軍をハ船そこに押隠し、おのれか身ハ舟中に横さま伏て、楯の板を両手に持、打かかる火玉を打払ひ打落、打払ひ打落、二時斗ひま有りて、運に任て働きける。又おき上りて、片手にろをおして、波の上を平地になし、玉箭を吹はらいなから、又三、四丁も退行ける。薩摩勢も乗寄乗寄、ミなとより猶々舟を出さんとするを、武蔵守一氏早舟をいたし、彼もの共をおし留申ける。「李将軍に　』51付行し勇士、あつはれ無双の剛の者そ。かの古へ三国の時、曹操《ソウソウ》勇士の鉾（許）楮、回（典）韋も或ハかれにハ及まし。如くのことき勇士を助置、往《ユク》々方便を以、何卒薩摩の味方に招くへし。天晴勇士哉。忠臣哉」と、殊之外にかんし、夫より、「追事必々無用」と申遣しける。依之追兵《サウヒヤウ》共元の湊にこき返しける。誠に武蔵守か下知のほと情有ける事とも也。又々新納下知しけるハ、「是より直に彼の乱蛇浦へ進まんと、夫より五里の松原へも手分を分けて戦ふへし」と下知しける。

乱蛇浦并松原合戦之事

斯て薩摩勢の諸大将両方へ手分してそ進みける。先乱蛇浦へハ、秋月右衛門之常、花形小刑部、三好典膳、花房

兵庫、池田新五左衛門、小松原左内左衛門、浜部藤内、重《カサネ》波門、島浦主水、矢塚甚五左衛門等なり。松原へハ、大島三郎左衛門、天野新兵衛、篠原治部、中原□左衛門、中村　』52
左近右衛門、和気《ケ》治左衛門、木戸清左衛門、已不尤籏本の歴々□をとらしと、もみ立もみ立進みける。翌日昼迄に、彼乱蛇浦に着けれハ、早々鉄炮にて打立打立、前後惣懸りにして終に囲たる。四ヶ所なれハ、漸人数弐、三百人立籠しを取巻けれハ、関屋の内よりも、又鉄炮を釣へ打に放ちけれハ、玉ハ互に飛ちつて蝗《イナゴ》の飛に事ならす。池田新五左衛門、大きにいらつて申けるハ、「迚も鉄炮、矢軍斗にてハ、埒明へからす。只鑓ふすまを作りて突入らん」と、はり行ける。是より鈴木三左衛門、三浦半兵衛、楽田小式部、熱九郎、間孫八抔と云剛勢のあらもの、「我も我も」とかけ出て、跡より力者を数百人、大槌等引さけ引さけ、思ひ思ひに、我さきにと塀も垣も打こほち、早四方より火をかくれハ、大将公山都師、大きに驚きさわきて、馬に打乗、一さんに面をさして逃出るを、花房兵庫か家人、玉沢与左衛門と云もの、「帰たりや。おふ」と声を上け、馬の尾筒に手を懸けて、くるくるとひんまきて、「ゑひやつ」と声を懸、馬くるみに打かへし、もんとりかへすを□□□□　』53
首かき切て立上り、大音上て、「大将公山都師を花□(房)兵庫か家人、玉沢与左衛門か討取たり」と呼われハ、武蔵守、はるかに是を聞て、「倍臣の一番高名抜群《ハックン》や」迚、早速張面に記し、「帰国の節、君の御褒美決定なり」とて当座の褒美を出し、当座の軍功をそ尽しける。

扨乱蛇浦落城せしかわ、「彼五里続の松原に、火を放ち焼責にせよ」と下知すれハ、早松原に掛るとひとしく焼立焼立、三里計も過ぬれハ、松原の外に平城壱つ有り。爰にハ琉球の探代《タンタイ》に武平波(侯)林浜子抔と云もの、弐千騎計の勢にて籠けるか、遠見のものとも、火の手を見て、追々に注進《チウシン》す。林浜子甚たおとろきあわて、「扨ハいかかせん」と僚佐を呼て、此事を議す。門下に川流子《センルシ》と言者、賓客《ヒンカク》有しか進み出て申けるハ、「此比よりも日本薩摩勢乱入のよし其聞へありし。爰に手前の要害のみして都への注進もこれなく、亦、互無事にして居玉ふこと武略のたらさる

□□□り。　』54

しかし、寄来る敵に対し居なか□絵《ヱ》を□□□□なし。とかく某来り向ひ、機変の術を尽し、敵をおひやかし申へし。其間にしづしづ帝都へ早馬を立られて、大軍を以て一度に敵を取ひしき、其時いかよふとも敵迎の用意有へし」と申けれハ、武平候大きに喜悦して、「誠に才智の士なり。此度のことハ、すへて此流子《ルシ》にまかせて軍勢を出すへし」とそ定めける。

日頭山合戦并佐野帯刀討死の事

去程に、薩摩の軍勢いさみほこりて松原の城と乱蛇浦と二手に分りて責けるか、後陣の大将佐野帯刀政刑（形）、手下の諸士、兵卒を松原のかたわらなる所に招きよせ、「此間某千里山の軍謀を仕そんし、油断の名を取り、軍師新納武蔵守に恥しめられし事骨髄《コツスイ》に徹《テツ》し、恥辱の程いかんとも仕かたし。尤かれか言しも君への忠臣私の意趣有りて、はつかしめたるにもあらす。自ら軍師の程と言者也。又我恥辱と思ふも、かれ□□しめ　』55
られたるにて、いかりをふくむにては、神□□てこれなし。□りそめなから大将の号をゆるされ、外国へ向ふものか。敵の謀計にて緩兵をくらい、夜討にあい、惣陣を脋（脅）され諸士あまたうたせるハ、専ら其不覚我に有り。帰国の後も主君義弘郷（卿）へ面目なしとて、かくても我号はくじけたり。依之、今日松原の城江はせ向ひ、十死一生の軍して責やぶり一向に討死せんと存る也。夫共に首尾よく責破りしものならハ、前々の不覚の名を償《ツクノイ》ひ名号をすすきなハ、討死せんも不覚なれとも、万一命いたらすして本望を遂《トケ》すんハ、いさきよき城の石垣を枕として、かたき味方の目をおとろかし、別て軍師たる武蔵守か、我を無能のものとおもひしつら当てにも、すみやかに討死すへし。かくあらハ千里山の不覚をして、味方の兵を損せし汚《ヲ》名をすすかん。さらハいかに」と有けれハ、中にも帯刀か家門の子に三好八左衛門、板橋伝左衛門とて棒録五百石と七百石あ□□□もの□るか、　』56

両人共に帯刀か前に進み出申ける□、「誠に軍師武蔵守殿の千里山におゐての恥しめを申されしハ、理の当前にして諸士をはけます謀の一言にして尤千万也。しかし当家も島津譜代の儀にして武蔵守殿と甲乙なし。如是成る御身として、かの不覚を恥に思召、軍師への面あてとして一向に討死し玉わんこと、憚りなから若輩《シャクハイ》の儀と存候。且ハ義弘公の不忠とや申へし。其上不覚の御最期の有ならハ、御先祖へ対し殊之外御不孝なるへし。とかく千辛万苦《センシンハンク》を清き御命を全ふして始終の都合せんことこそ良謀にて候へし」と、言葉を尽し諌言す。帯刀つくつくと聞て感涙し、「天晴無双の忠言かな。いしくもいさめしものとも哉。汝等にさへ面目なし。成程忠孝のわきまへせさるにあらす。いかかせん老臣のれつにつらなるものか、外国にて不覚の名を取しことそ、我運命の落き所なり。此度某軍道に不覚をとり、今はつかふの武蔵守か、琉球退治の□全功始め、帰国せば　』57
子々孫々功名□ぶり、余人ハ有しもなきか如き上、又殿にも其功を賞して国中の政道なとも皆彼かまかせにせん。万一邪気非道も出来し時ハ、御国万民のなけきにもなり。百性うらみハ御家の御為よろしからすゆへに、某此度抜《ハツ》群《クン》の功を立て、軍師に面目をすすきかへし、御国にても独立し政道ならさるやうにいたし度也。此儀則忠なるよし、運命つきてそれゆへ落命せハ、夫こそ望む所なり。汝等か金玉の諌言、我是を聞入さるには有す。右段々のふるかことくの事なれ、必々此度ハ九死一生と思ふなり。各も、かかる不せうの時にあひしハ、気の毒千万なれとも、何もの命を我に給せり候へ。是より一向に日頭山へおもむき、琉球の都惣門の内なれハ、則日頭山の頂《テウ》上より死生しらすに真下り逆落し、往古《イニシエ》の義経、一の谷の伝をつき、日本流きひしきこと琉球のものともハ言に及す。一千弐百余州のもろこし迄名を以□□□□唐人に　』58
肝をひやさせ□□し、各一所懸命の戦ひ、三途川の供をして玉ハるへし」と言捨て、「続けや者とも、早時移る。打立」と下知をなし、「我とおもわん人々にハ、某につつかるへし」と詞を放ち、少も猶予《ユウヨ》せす打立ハ、三好八左衛門、板橋伝左衛門、其外究竟《クツキャウ》の若者とも詞を揃へ、「仰にや及ん。命ハ風前のちりとかろんし、義を金石にひするならハ、いか成る天魔疫神成共、やわかおそれて有へきや」と銘々大きにいさんて、命なからんとおもふ者、雑兵に至る迄見へさりけり。其勢都合究竟の侍者ゑらひて、二千五百余騎皆々、「必死す」と絢《（ママ）》束し、すすんて其夜三更の時密《ミツ（ママ）》に。三十丈の揚土門有《ツチモンアリ》。高風門《カウフウモン》と名付て此片ほとりに小山有り。番所壱ヶ所有り。此所を兼て案内をつぶさに聞置けれは、組子の諸士用意させし松明手々に燈しつれ、藤かつらをつたひ、岩角をよして漸頂《テウ》上に至り得て、向ふをはるかに見渡せハ、番所ハひそかに静りたり。帯刀悦、「時こそよけれ、　』59しすました□。是より取ひしき、一番関屋を打破リ、其上都の竪横《タテヨコ》町小路少も残らす焼払ひ、帝都へ切入戦わん」と、鉄炮打入させて鯨波《トキノコヘ》を、「とつ」と上けにける。関屋のものとも寝《ネ》入ばなのことなれハ、おひへうろたへ廻る計也。帯刀組下のはやり雄《ヲ》の侍共、「我おとらし」と塀へかけ上り、「乗込ん」といさみける。中にも鈴田八郎治、和田藤右衛門と云帯刀か小性にて、両人多年の無二の中なりしか、「いさや城の内への一番乗せん頼む」と、和田ハ男ちいさし、鈴田ハ大男成けれハ、八郎治ひらりと飛んて、和田か鎧の上帯に手をかけ、其侭肩に両足を上、「御免候へ和田殿。其一番乗仕る。筒井浄妙、一来法師にあらねとも、互に主君へ忠儀なり」と申けれハ、和田聞て申にや及ハん。「中々御段に及わす」と沚、神妙なれは、「忝し」と、八郎治ハ塀の屋ねに飛移り、内をのそけハ番兵共、「すハや、敵よ」と言侭に、四、五人のもの共、鑓、熊手にて突かかる。八郎治、につこと打わらひ、やさしきゑひすの有さまと三尺弐寸の　』60太刀、玉たる如きわさものを、雷光《ライカウ》のことくにひらめかし、はらりはらりと切ちらしかへすにて、拍子を取り塀の内へ飛ひこんたり。二番につつゐて和田藤左衛門、三番に加藤弥兵衛、横田嘉助、是もはしこをかけならへ、突とも入とも言す、冑《カフト》の鍛《ハチ》をかたむけ、鎧の袖をゆり合セはらはらと飛こんたり。いるやいなや抜つれて四方八面切ちらしけれハ、琉球の兵共、騒動しうろたへ廻る。

其中にも暦々と見へたる者も数多有。和田藤左衛門、横田嘉助敵壱人ひきとらへ、太刀を咽喉《インコウ》におし当てなんとし、「命おしくハ関屋の大将ハ何と言者にて、いつくに居るそ、明白に申へし。少も偽らは指殺す」と、すてに危《キ》急《キウ》に及ける。彼雑兵、戦慄戦慄、言程も、しところに申やう、「大将ハ李将軍か弟李志発《リシホツ》と申候。三十歳過さる人也。則あれあれに見へし書院の内、障子に燈火のかけの見ゆる所也。命を助け給ハハ、案内仕らん」と申けるハ、嘉助打笑ひ、「誠に汝ハ天晴なるきとく』61もの、後にハ褒美をとらせん」と、笑ひつつ行ハ、程無く書院先高椽側に至り。見れハ燈火細かに見へけれハ、嘉助障子に穴明けのそき見れハ、大将李志発床机《セウキ》に腰を懸、剣き引抜、手に持たり。左右の方に老武者両人鉾《ホコ》を引さけて、「すわ」といわハと言風情、用心稠敷待懸たり。嘉助ハ藤左衛門にささやきて、我着たる冑《カフト》をぬき、四尺斗の長刀の先に冑をしつかとくくり付、障子くわらりと明れハ、李志発急度見て、「心得たり」と言さまに、抜儲たる剣を以て、件の冑《カフト》真向只一打と切付て、嘉助そつと引くけしきに見せけれハ、李志発、「得たり」と勝に乗て今一剣と振上る所、長さ《ナカサ》三尺斗の剣なれハ、天井のなけしに打込、ぬかんとするまに、嘉助すかさず飛鳥の如く付け入、長刀の石突にて胸板《ムナイタ》しつかと突けれハ、李志発あをのけに、とふところふを、嘉助おとり懸り、押て首をかき切立上らんとする所に、左右の老人、両方より一度に鉾を突かかる。嘉助、さつしたりと握り、』62あたへもちり、こなたへひらき、しハらくもみ合、歩の板をふミ立てかかる所へ、和田藤左衛門はしり掛り壱人の老人をほそ首ちうに打落す。嘉助大きに力を得、鑓をもちつて、ねちたをす所へ、薩摩の大勢はせ付、彼老人を中に取こめ打たりける。嘉助大音上け、「関屋の大将李志発と言もの、佐野帯刀か郎等横田嘉助討取たり」と高らかに呼われハ、帯刀も一飛に乗込、団扇を以て嘉助をあふき立あふき立、「我か家の朝比奈か武蔵坊なり。功責甚かろからす、てかしたり」とそほめにけり。「扨、是より直に日頭山へ真下り、都へ逆落しに責入、大落しにせん」と、手もみにもふてこそ急きける。はやく日頭山にも成りけれハ、「ゑひや」、こへを出し、真逆さまにおしかけ、西を見れハ、琉球の都の町小路、数百軒をならへ、こなたにハ弐丈斗の高石垣、惣築地廻りに大堀有て、四里四方斗の王城四方に数百の橋有り。佐野帯刀、ゑみを含み、「是こそ琉球国都入の一番乗そ、帯刀か致す也。軍師武蔵守に今こそ意地を立抜』63たり。いさ一番乗の火の手を上けて知らすへし。若者共。いさや郎等、あれに見へたる町の内に打ちりて、郎々方々火をはなち、某は其間大師《タイシ》王俊辰玄《ワウシユンシンケン》か、たて籠る、都の後詰の城へ不意に出むかわん。和田藤左衛門、横田嘉助両人ハ山越にしのひ出て、五里の松原へ控へ居る。軍師武蔵守へ参て、佐野帯刀こそ琉球の都入の一番乗いたせしなりと、此趣を帳面にしかと記し、義弘卿へ船馬にて早速注進申へし」と申て、「武蔵守か返答を聞て参るへし」と申付、急け急けと遣しける。若者共、爰かしこと火をかけれハ、郎ハ名におふ日頭山の山おろしはげしくして、煙火八方に飛ちり十方一度に猛火となり、ゑんゑんさかんにもへ上り、天をてらし地をこかす。琉球の大平日久して干戈《カンクワ》を忘れ居たりけれハ、城下の百性おそれわななき騒動ななめならす。資財《シサイ》、雑具《ぞうぐ》等、東西に持はこひ、妻子従類《シウルイ》なきさけひ、老たるを負に懸おさなきをいたき、夫婦手を引東西を不レ弁南北に逃まよふ』64その目もあてられぬ有さま也。城下かくのことくなれハ、都城の儀は猶更なり。風は頻《シキリ》にはけしくして目も明す時に、新納武蔵守数万の軍勢引くし鉄炮、惣筒払つて乱入る。三災の一度に来るもかくやらんとそ覚し。琉球国諸主君達方角を弁す。歩行はだしにて行方をもとめて逃給へハ、諸士の周章《シウセウ》大形ならす。鉾の在郎をしらす。

帯刀ハ詰の城へ向ひけるか、城中の大将大師王俊辰玄ハ琉球無双の大将にて、要害堅固の城是に籠り、日夜用心おこりなく、きひしく守り在けれハ、佐野帯刀ハ、小勢にてたやすく責落すへしとハ見へさりし、されとも帯刀此度ハ十死一生の合戦と兼て思ひ詰しことなれハ、追ての城きわをちつともはなれす、左右を進め剛倍を窺《ふく》ふし、先へと進みけり。時に大手の櫓、高欄の上に武者壱人かけ上り、通辞《ツウシ》を以寄手の御大将へ申す。「当城の大将大師王俊辰玄、いきおい尽て薩摩へ降参致』65し申すへし。然共、上下大勢なれハ、雑具の片付旁々隙取へし、今晩丑の刻大手の門をひらき、御陣門に降参申へし。先夫迄ハしはらくの間囲《カコミ》を御解《トキ》き下さるへし」とそ申ける。運の極めのかなしさハ、帯刀是を感して、「いかにも降参ゆるすへし。いよいよ相違なきやうに」と返答して、十四、五丁も退《シリ》きて陣を取、左右前後の人数も早速かこみを解にける。おしいかな佐野帯刀猛将なれ共智たらす。夫約なくして和を乞もの謀とや言をしらぬハいかにそや。然らハ約を堅くし、人質にても取すして、言葉の下囲《カコミ》を解けるハ、嗚呼惜へし惜へし。前々の功瓦塀《クヘイ》と成しもを、只血気にはやり意地を立て、一方討乱れし故也。城中にハ王俊辰は、「緩兵《クハンヘウ》の敵にくらわすはすましたり」と悦ひ、諸軍に申けるハ、「汝等こころを用ゆへし。日本薩摩勢故なく梋椽して国土をみたる。我是をかなしまざらんや。まさに国に報するの忠節今夜に有り。是より』66夜討して奴《ヤツ》原壱人も不残討取て、天王の御感に預り奉り、此度うたれしもの共か孝養とし国に報すへし」と申含《フク》め、いさみ進んで相調相印、夜討のくち合、手組残る所もなく、一時《イツトキ》に調しかハ、其夜の更るを待居たり。程なく丑の刻にもなりしかハ、「はや時節」とひそめきて、則王俊辰か甥王香と云者を先手の将として、五百余騎の逞兵《テイヘウ》を引卒し、中陣ハ王俊辰と千五百余騎、後陣ハ流楽子《リウラクシ》、又ハ川流子共、三千余騎、三軍ひとしく、はいをふくみ鑣を伏す。籠をまき、馬の水つき、しつかとしめ、鎧の綴《クサスリ》をたたみあけ、諸軍勢ひそかに出行す。帯刀か陣所四、五軒こなたと思ふ比、旟をさつと上、貝、太鼓を吹立、打立、鉄炮を釣へうち、時の声をとつとあけ、あたかも迅雷《トクライ》の耳を掩ふへからさるか如く、無二無三に打入ける。帯刀方には此間のつかれと云、殊更和漢《ワカン》降参に心をゆるし居たりけれハ、おもいもよらす大驚化くらい、敵におふて一鑓合せんとするものなく、たた木に留りし寝鳥の如く』67塒《ネクラ》を出たる心ちして、うたてかりける次第也。佐野帯刀も腹巻斗にて飛んで出、大長刀にて爰をせんと戦ひける。王俊辰か大勢声々に、「葉武者にハ目もかけす。大将と見は取巻てのかすへからす」と呼ハつて、三百人か真中に帯刀壱人取こめて、火水になれともふたりける。四方八面に帯刀目をくはり、韋駄天《イタテン》のあれたるに事ならす当るを幸ひになし、わり筒切、大げさ、胴切、ぢう横無尽になきて廻り、大わらハになり、必死となりて戦ひけれハ、琉球兵も少ししらけて見へ□る時、中陣の大将王俊辰下知して曰、「帯刀なれハ迚鬼神にてハよもあらし。只壱人の大将を六十余騎の人数にて討もらすと言はいかん。つつけやつつけや軍兵とも」と、四方八方に下知きひしく新手を入当入当戦ふ所、秘術をつくすと見へけれ共、帯刀さすかの猛将なれ共、大勢に取り廻され手下の軍勢、右往左往打ちらされ、続く家来ハみなうたれ、七顛八倒《シチテンハツトウ》して戦へとも終に不叶。惜しむへし。』68帯刀左の腑より右のかたへ鑓にてつらぬかれ、たたよふ所を王俊辰か下士、山道大人と云者さつと寄て首をかきおとし、大音あけ、「寄手の大将佐野帯刀を討取たり」と呼われハ、家士大きに驚き、「何大将ハ討死とや。いきて何かせん。切死せよ」と言まま、敵の中へ掛入り、ざんざんに切ちらし、討死するもの、暫時の間五百九拾九人戦死しける。惜しい哉、今少し智たらすして、さすかの帯刀むさむさと死し事をや。此帯刀か二男主水政常《マサツネ》と云て、十七歳成りけるか、父か討死を聞て、ひとしく鑓追取、「無二無三に討死せん」とて、馬をかけ出す家の子坂部兵内と云者くつわにすかり押ととめ、「大旦那の討死ハ、元来よりおもひもふけられたる武士道をはけミての討死也。然ハ君此所にて犬死し玉ハハ、御国に居給ふ御惣領并御母儀様へハ、誰有りて委細を申上るものなく候へハ、折を待て義弘卿へ此度の大功を立らるる手を申上給ハてわ、大旦那犬死同前の事なり。』69最初より武道の意地を立抜、覚悟の討死なれハ、思ひ明らめ打死のとき達て御無用に候」と、さまさま教訓したりけれは、主水得心して家来の生残たるもの少し有けるを引連、本国へ帰りける。父帯刀大功抜群《ハックン》なれとも惜むへし惜むへし。智たらずしてあんなく討れけるこそ本意なけれ。彼帯刀かくの如く大功有し故、物勢心やすく都城へ乱入、四方八面に切廻る。琉兵落葉の如く散乱し、薩摩勢のいきおいますます強く見へにける。

琉球国都責之事并諸官人降参之事

斯て、琉球国都の惣門破れけれハ、軍師新納武蔵守一氏を始として、進む軍勢ハ種島大膳豊時、里見大内蔵久秀、

畑勘ヶ由道房、江本三郎左衛門重躬、秋月右衛門之常、松尾隼人勝国等を宗徒して、籏本の諸士には花形小刑部氏頼、三好曲膳定次、花房兵庫忠常、池田新五左衛門国重、小松原左内左衛門　』70

安信、浜宮藤内行重、重波門定次、島津主水時信、矢塚甚五左衛門豊宗、大崎三郎左衛門忠久、天野新兵衛近俊、篠原治部久春、中条左衛門春氏、中村左近右衛門頼豊、和気《ケ》治左衛門国晴、木戸清左衛門年永、惣押ハ米倉主水正晴、惣人数十万六千余、軍馬さわやかに隊伍を守り、前後を見合正しく相守、武蔵守下知しけるハ、「かならすかならす、みたりに人を殺さるへからす。上宦、中官のものをハ生捕、葉武者、下宦の敵対《タイ》せハ討ずてにすへし。乱《ラン》妨狼藉《ホウラウセキ》すへからす」と申渡ハ、此軍令を相守りて、敵対せし者をは首を討、或ハ引組て分捕高名さまさまなり。然る所に高凮(鳳)門のかたわらより其勢三、四千騎斗陸続《リクソク》として、其先に琉球王李子侯と記し籏を凮になひかせ、ひらめかして、薩摩方ハ小松原、重《カサテ》、島浦矢塚抔といふはやり雄の若侍共、鐙ふすまを作てひかへたり。

かかる所に、丈はつくんに高く、六尺余りに見へたる大の男、大あらめの胴丸に三枚冑の緒を　』71

しめ大き成馬に打乗り、壱丈計りに見へたる鉄の棒をふり廻し、馬をおとらせかかりける。矢塚甚五左衛門、歩行立にて、鑓つつさらへて懸りける所を、彼男鐙《アフミ》ふんはり鉄の棒をふり上け、「ゑひ」声出たして、「みちんにせん」とさけひ掛る所を、矢塚甚五左衛門、ひらりと飛ちかへ、馬の後へくるりと廻り、したたかに馬の尾筒を突たりしに、馬しきりにはね上り、乗手ハ鞍をあまされ、逆に落る所を、すかさす甚五左衛門はしりかかり、鑓投捨て乗懸り、取ておさへ、首かき切、につこと笑ふて立たる所ニ、たちまち琉兵共四、五騎、とつとおめゐて取廻す所、甚五左衛門眼をいからし、「おのれらこときの奴原、百騎、弐百騎とりかこふとも何程のことの有へきや」と左りに突立、右を縦横《シウヲウ》無尽に働く所に、琉兵いやか上に重り、「夫のかすな」と甚五左衛門壱人をおつとり籠めて、すてに危見へける所へ、島浦、小松原、「味方うたすな。かかれかかれ」と呼はれハ、薩摩勢弐、三人一度に、とつと掛り　』72

けれハ、五騎の琉兵共、木の葉の如くちりけれハ、残り□雑兵、くもの子の散かことくに逃ちりける。

然所へ、是も琉球の勇将と見へて、金重ねの鎧を着し、腰に宝剣をかけ半弓なとをおひ、透間なくよろひて、鈴《レン》泉《セン》あし毛の馬に黒き鞍置てまたかり、穂《ホ》の長さ三尺斗に見へたる鉾をふりて、薩摩勢のむらかつて控へたる真中へおどり入て、あたりに人なき気色にて大音上《アケ》けるハ、「賤奴無名の師をおこし、当国へ乱入すること悪みても余り有り。琉球において万夫不当《ハンフフトウ》と呼れし、箕大将千戸侯泰均《センココウタイキン》と言者也。和者《ワモノ》の中に覚のもの有らハ、我鉾にて暇をとらせん」といいも散す、弓手に打付、妻手に払ひ、突掛突掛、或ハ馬人共に尾居にとうと打すへ、又ハ引寄て、中にすんと差上、猛虎の千羊《センヨウ》の軍に入しことく、はらりはらりとあたるを幸ひ、なき廻れは、向ふものこそなかりけれ。かくてハ薩摩勢、「いかかあらん」と見る所に、はしめ討死したる佐野帯刀か家士　』73横田嘉助、「帯刀か孝養の軍せん」とて、唯壱人取て返し、陣中にいたりしか、元より薩摩の印有れハ、大勢の中を掛分掛分、首拾四扱、馬のとつ付に付て居たりしか、此有様を急度見て、「あつはれ敵や」と、莞爾とわらひ、彼箕《キ》大将か手に馬を懸、寄四尺四寸の太刀を以て、鉾打に、てうと打、かの大男鉾を取直し、はつしと請てはねるか、いかがしたりけん。鉾の塩首際《キワ》より切おられ、「はつ」と言て、つつと入、嘉助か上帯かいつかんて、弓たけ三丈計なけけれハ、嘉助、中にてひらりとかへり、抜たる太刀にて、真甲をはつしと切り、彼兵ひらりとはつしけれハ、馬のひら首にしたたか切込しか、馬ハおとろきはね上りぬしハ屏風返しにとうと落る。すかさす嘉助、稲光の如く切付れハ、剣の柄先《エサキ》にて、ひつしと受留《ウケトメ》、さつと入りて、又嘉助を取てはね倒し、すかさす上にのりかかり、首に手を懸、「ねち首にせん」とや思ひけん。あなたこなたへ振りまわす。嘉助進退《シンタイ》、爰に極りけるか、心き□□□若　』74者なれハと、かふして九寸五歩を抜出し上様《アケ》に柄□□□しも、「通れ通れ」と、無法突にと突にける。かの大兵のと吹、むな板に手負せけれ共、浅手なれハ、さのみ驚かざりけるか、終の一太刀に右の腕首をさしつらぬき、腕よわりけれハ少しひるむ所を、嘉助、「得たりや」と声を懸、「ゑい」といふて、はねかへしおさへて、首を切おとし、「天晴一生になき骨《ホネ》を折たりさるにても、剛勢成奴め哉」と身中の痺を押さすり、暫く息をつき居しか、「去にても主君帯刀、爰第一の速功なれ共、討死仕給へハ其知るし、誰もしらす。名乗てしらせん」と大音上、「佐野帯刀主《シウ》従《シウ》こそ、琉球国都入の一番乗してあらこなしをいたしたり。人々手柄とはしおもひ玉ふな。以亦々いつれも打入られしわ帯刀か御願そや。最前よりいつれもの最中一番乗りの思召ハ相違なり」と笑ひけれハ、是を聞て若もの共大勢はしり寄て嘉助を真中に引包、「おのれ倍臣の分として広言をはなすハ何事そ。慮外を言《イワ》バ打すてん」とそ、四《ノヽ》言《シリ》かけ□。□《（嘉）》助　』75

獅子の怒りをなし、「こと新敷言事哉。倍臣の□□□と直参の手なみ見ん」と言ままに、太刀の血に染たるを八相にかまへて、「寄ハ切らん」と白眼いきおひかふてそ見へける。若侍共、「しやものの敷《（もの）》」と弐、三十人追取廻し、嘉助を中に取籠て、已《ステ》に危急《キキウ》度《ト》見へし所に、目附、彼のうつたへにより、軍師武蔵守一氏、馬に白沫《アハ》はませ只一さんに乗付て、「ややあ若もの共、聊《イササカ》の口論にて全味方を取廻し、手こめにするわ君への不忠、同士討ハ軍中の制《セイ》禁《キン》也。若軍令を背き給ふ人々ハ、親族をゑらわす、同罪たるへし」と大音上て下知しけれハ、何れも、「はつ」としつまりけり。武蔵守、横田嘉助を馬前に呼寄、馬より手をとり申けるハ、「扨々其方ハ天晴成士哉。汝か主の帯刀ハ意地を立抜、琉球征伐の即功をあらわし大功有故、惣軍勢ハ心安く都城へ入たり。我いかて称せたらんや。おしむへし、おしむへし。帯刀短慮にして、てうし合せす、一身の功を立んとして、敵に計られし事□□す　』76るに余り有。又汝主人の大功をあらわし、あま□□□将たる所の箕将軍泰均を討取しこと、是に廻たる働や有。天晴忠臣、忠臣」と扇を以てあをき立、嘉助、「はつ」と平伏し、「誠に軍師公御意身余り有かたく、只主人か大功をあらわし事を御聞涕し被下候へとも、私式の命ハ数ならす、唯主人か忠臣をあらわす計にて候」とそ挨拶《アイサツ》しける。「いつれも殊之外成忠義の勇士そ」と人々こそつて感し入けり。

然る所に西の方より紅の籏をおし立、嵐に翩翻《ヘンホン》し、軍勢四、五百騎程太鼓を打、鯨波《トキ》を作りて呼わりけり。里見大内蔵、江本三郎左衛門、両将の手へ大師《タイシ》王俊《ワウシユン》辰玄《シンケン》、李《リ》将軍光録《クウロク》、大夫陳跡、元祐閑《ヱウカン》自成《シセイ》、中郎将大用、従玄谷《コク》左将軍、彼是上下七十三人召捕来候」と高声にそ訴へける。武蔵守是を聞て大悦し、「神妙の大功にて候と御手柄之段帳面に記へし。扨第一ハ琉球王の行衛、并王子達を尋出したるものあらハ抜群《ハツクン》の恩賞給るへし、それそれ」と申けれハ、　』77

「承候」とて一、弐、三の陣まて、小楯《タテ》組々ハ申に及す。若手、籏本の諸士とも、八方十方手分けして草を分けてそさかしける。さなから小鳥にあみをかけてねろうか如く、網代《アシロ》の魚籠のとりとも言つへし。中にも後陣、鈴木内蔵助か組子の内、吉田紋右衛門、浜田郷助両人ハ謀《ハカリコト》を思付、町人に姿をかへ、町々丘々所々くまくま尋廻りしか、少焼残りし、寺内に女童《ヲンナワランヘ》の拾四、五人なきさけふ声頻《シキ》りなり。吉田、浜田不審に思ひ、門の内へすつと入れハ、寺増《(僧)》弐人立出、「只今乱逆の折柄、ゑもしれぬ男とも寺内にさまよい、うろたへるハ合点行す。何ものなるそ」と咎めけれハ、わざと声をひそめ、我々弐人ハ当所平城のもの成るか、先々月中比より売買の為に綾布を持、日本の九州の方へ参り候か、琉球国へハ薩摩より大軍来りて、乱逆最中にて、王、公方の御行衛しれすと承り候。何とそ尋ね奉り、方々ひそかに御供し、朝鮮へ成りとも大唐へなり共落し奉り、御命さへ□□ハ、また　』78かさねて御帰洛《キラク》の計略《ケイリヤク》をなし奉らん。其為に如此忍ひめくり候」と涙を流し、誠しやかに申けれハ、流石《サスカ》法師のかなしさハ軍略智謀ともしらす、誠と心得。「扨々やさし□心さし、其国に住しとて、国恩を報し奉らん事此儀に有。尤殊勝なり。何をか包まん。当寺にこそ王公、諸官、王子迄渡らせ玉ふに、先々拝謁し奉り、寸志の趣申上よ」と有けれハ、両人大きに悦ひ、「しすましたり」と、互ひに目くわせ相図をなし、斯と方丈へ達しけれハ、琉球の大王、王公、諸官みなみな悦ひ立出、今迄ハ誠にいやしき民百性と思ひ、何の弁もなかり芻蕘《*スウケイ》のもの則不捨《ステ》といふ。古人の語こそ思ひ出すなとと有て、「近か近か」と呼いたし、対面に及ひける時、吉田ハ立上りて、腰に付たるほらの貝吹立吹立、相図をなせハ、「すわや」と言へる程にそ有れ、薩摩勢、雲霞の如くつとひ来りて、表門裏門ともなく取巻ける所に、若輩のもののわざにや有けん。四方より火をはなちけれハ、猛火さかんにもへ上り、寺中大き□□わき　』79
立顛倒《テントウ》せし所に軍兵共、我先にと寺中へ、うしをのわくか如く、ふみ入て取てふせてハ縄を懸、おさへてハ引からめ、少しの間に王候、宦人百七拾余人搦め捕て、惣払に焼はらひ、町々小路小路に、武蔵守、高札をそ立たりける。
其文に曰、

定

一　味方諸軍勢狼藉之事附り押賞乱妨《ハウ》之事
一　女人いんかハ奪《ウハイ》取事附り猥りに放火之事
一　高名手柄実検之役人目利可為利目次第之事
　　附り直参倍臣高下有間敷事
一　諸軍勢猥りに殺人《サツニン》之事
右之條々堅可相守。若違犯之輩、於有之者急度可被処厳科《シヨセケンクワ》者也。
　慶長十四己酉六月十六日　』80
　　義弘軍師新納武蔵守一氏　在判

如此高札を立たりけれハ、諸軍勢あへて狼藉もなさす。民百性も少しも苦しめざれハ、皆々安堵之思ひをなし、耕作売買常の如く、斯て武蔵守喜悦之段、本国薩摩江早馬、早船を遣し、首尾好退治《タイシ》之旨、委細に注進したりける。

先夫迄ハ琉球国都の焼跡へ陣屋をかまへ、国中の仕置等堅申付、惣軍陣払わして所々掃除をし、跡を清め、夜廻り抔きひしく申渡し、此度の高名を記し清書をせしむ。

覚

一　首数弐拾弐　種島大膳手へ討取
一　同　七拾壱　里見大内蔵手へ討取
一　同　五拾三　畑勘ヶ由手へ討取
一　同　五拾　江本三郎左衛門手へ討取　』81
一　同　四拾六　秋月右衛門手へ討取
一　同　四拾四　松尾隼人手へ討取
一　同　四拾弐　佐野帯刀手へ討取
一　同　拾弐　花形小刑部手へ討取
右帯刀儀ハ琉球国都城乗入の壱番手柄高名抜群也。
一　首数拾三　三好典膳手へ討取
一　同　八ツ　花房兵庫手へ討取
討死之分
池田新五左衛門　重波門　小松原左内左衛門
佐野帯刀　并　雑兵百拾壱人
天野新兵衛　雑兵三拾壱人
有馬内記　家来拾壱人
米倉主水　家来七拾人
氏江藤左衛門　組子侍分四拾人

小浜勝右衛門　組子侍分二拾人　』82
并雑兵五人

右高名帳の大略也。猶も委敷事ハ武蔵守記録して、帰国之節可持参候。惣て此度の合戦、慶長十四己酉四月中旬より始り、同年の冬迄も隙取へき所に、佐野帯刀か大功に依て、四月中旬より六月中旬迄、纔日六十日にて平治して、誠に帯刀大功故と称しける。

去程に、薩摩の太守兵庫頭義弘卿、武蔵守か注進を早速駿府前将軍家康公江早馬を飛して、右の次第を微細に言上有、家康公上聞に達し、「先々彼国の王候薩摩江召寄、本朝へ爾来帰伏すへきや否問究むへし」との厳命なりけれは、義弘奉畏、頓て、琉球国へ早船を以て、急き帰国致すへきとの事なれハ、軍師武蔵守惣軍中江触廻し、落居之内彼国の城番城代を入置ける。

一　要渓灘番手　種島大膳預り
一　千里山城　里見大内蔵預り　』83
一　虎竹城　畑勘ヶ由預り
一　米倉　江本三郎左衛門預り
一　乱蛇浦　秋月右衛門預り
一　高風（鳳）門　篠原治部預り
一　町場　鈴木内蔵助預り
一　王城　松尾隼人預り
一　日頭山後詰城　島津大内蔵預り
横田武右衛門　島津采女

大輪田刑部　島津玄蕃
横須賀左膳　新納武蔵守
惣押　嫡子　同　左衛門尉

右之通申渡し、惣勢先々休息のため薩州へ引取ける。島津氏殊之外喜悦有。夫々の軍功加恩有之、委細戦場絵図を以被相考。武蔵守委しく演説《エンセツ》致しけれハ、味方の軍功の甲乙強弱等物語りして、次に彼国の宦人生捕等逐一に引出しぬ。』84

義弘唐木の書院に呼出し対面せられ、帰伏和談《（漢）》合体の約速して、祝儀の盃をし、武蔵守軍功等を称せられ、誠に以外国迄島津か武威をおそれ、猶又松平の常盤なる賢君の余緘《ヨショク》のから出りし所也。夫より彼国島津と婚姻を通し、合体の国と成りけるハ、日本の武名の余国に聞へし所そ目出度かりし有さまなれ。

薩琉軍談巻之弐大尾紙数合八十五枚　』85

文化十三年丙子歳六月写之清兼（印）　』裏見返し

（79ウ）芻蕘《スウケイ》列草《カルクサ》ヲ芻ト云。採《トル》レ薪《タキ》ヲ曰《チツワ》レ蕘《ケウ》。芻飼二馬手ヲ之草、供二燃火一ヲ之事也。

2　国立公文書館蔵『薩琉軍鑑』（A3・③）解題と翻刻

〔解題〕

ここに翻刻した国立公文書館蔵『薩琉軍鑑』（A3・③、以下、公文本）は、A1『薩琉軍談』〈丙系〉の増広本、A3『薩琉軍鑑』の一伝本である。伝本中、公文本は最も古い、明和三（一七六六）年の奥書を持つ。また、当本は蔵書印から小津桂窓《おずけいそう》の旧蔵書であることがわかる。同じく押印されている「不羈斎図書記」（秋山不羈斎）の蔵書印をともに持ち、同じ伝来の書物と推測される伝本として、ほかに深沢秋男蔵『可笑記《かしょうき》』があげられる。▼注[1]

公文本にかなり近い伝本として、立教大学蔵本（A3・⑧、以下、立教本）が挙げられる。立教本は前半部のみしか残っていないが、用字や細部の表現、転写の際の誤認まで一致するので、祖本が同じ可能性も考えられる。「丁酉二月二十六日」の奥書を持つが、書写年時ははっきりしていない。

ほかに西尾市立岩瀬文庫本（A3・④）、宮城県図書館伊達文庫本（A3・⑤、以下伊達文庫本）などとも近しい関係にあるかと思われるが、異同は少なくない。

この公文本がほかの伝本と決定的に異なる点は、巻三と巻四の間にある記述である。公文本の最大の特徴であるといってもよいが、巻三と巻四の間に、本来巻四「帰竹城合戦」でおこなわれる詞合戦の記述が不自然に書写されている。この現象は、公文本もしくはその祖本が、この詞合戦の部分を切り取り、別に書写していたと考えるよりほかない。合戦描写の中で詞合戦は不要と考えられたのだろうか。真意は定かではない。この詞合戦については、本文篇、第一部第一章第四節「異国合戦描写の変遷をめぐって」を参照。

また、誤脱かと思われる大きな異同が一ヶ所確認できる。巻六「琉球国都責並諸官人降参之事」において、佐野帯刀の家来横田嘉助が琉球の勇将を討ち取ると、味方である直参の家臣達に囲まれてしまう場面である。公文本では以下のようにある。

彼ノ大男ノ左ノアバラヨリ肝先キヘヱグリ息絶ル時ニ、（誤脱？）大勢走リ来テ、嘉助ヲ真中ニ引包ンテ、「**己倍臣ノ身トシテ手柄顔ハ何事ゾ。慮外ヲ言ハ討捨ン**」ト、詰メ寄リケル（第四冊5丁）

「慮外ヲ言ハ討捨ン」という記述があることから、何らかの嘉助の言葉が入るかと想像できるが、他伝本では、括弧で示した部分に、横田嘉助の勝ち名乗りの場面が入る。伊達文庫本には以下のようにある。

嘉助、ゑいやつとはね返し押へて首かき、「天晴一生になき骨折たり。去にても剛勢の奴哉」と身中のしひれおしさすり、暫時息をつぎ居たりしが、「去ルにても主人帯刀殿、第一の功なれとも、討死し給へハ、其印、誰もしらす。名乗知らすもいかゝと思ひけれ共、主人犬死同前」と心付、大音上て、「佐野帯刀政形主従こそ琉球国都入一番乗してあらこなしを致、猛将二十五人、猛勇士五十七人討取たり。勿論士卒、雑兵討死し其数かぞふるにいとまあらす。人々の手柄と思い給ふな。心易あれと打入しハ、主人帯刀先功成ぞや。各方、中一番乗と思召は甚タ相違なり」と笑ひける。是を聞て若侍共大勢はしり寄て、嘉助を真中に引包んで、「**己レ倍臣の分として広言咄ハ何事ぞ。慮外いハヽ討捨ん**」とそ、罵りける。

この勝ち名乗りはA1『薩琉軍談』にも同内容の記述があることから、公文本の祖本にこの記述がなかったとは考えにくい。目移りかとも考えられるが、公文本「手柄顔」と伊達文庫本「広言咄」との異同も見過ごせず、意識的に削除した可能性も否定できない。

当本は、〈薩琉軍記〉伝本において、奥書の年記も古く、記事の増広の傾向もはっきりとしていることから、A3『薩琉軍鑑』諸本における基礎テキストたりうる一本である。今後は諸本の精査分析が必要であり、その足がかりとしてここに公文本を翻刻する。

▼注

（1）深沢秋男「『可笑記』の諸本」（「近世初期文芸」12、一九九五年十二月）。

〔書誌〕

［外題］薩琉軍鑑（簽・書・後・双）
［内題］薩琉軍鑑
［表紙］後表紙、無紋、茶
［見返し］後見返し、第一冊に元題簽貼付アリ
［料紙］楮紙
［装訂］袋綴
［絵画］白描（一冊・6オ・島津十字紋図、22オ・旗印絵、22ウ・纏絵）
［数量］七巻四冊
［寸法］二四・二×一七・〇糎
［丁数］96丁（一冊・29丁、二冊・22丁、三冊・22丁、四冊・23丁）

［用字］漢字・片仮名
［蔵書印］「不羈斎／図書記」（秋山不羈斎）（長方形・朱印・全冊・1オ・右下）
「西荘文庫」（小津桂窓）（長方形・朱印・四冊・22ウ・左下）
「勢州／小川固治／白子」（丸形・墨印・三冊・22オ・左下）
「日本／政府／図書」（正方形・朱印・全冊・1オ・右上）
「内閣／文庫」（正方形・朱印・全冊・1オ・右、全冊・最終丁ウ）
［奥書］「宝暦七丁丑年三月上旬写／明和三丙戌季九月上旬再写之」（第四冊・23オ）
［請求番号］一六九―〇二六三

＊［蔵書印］の「／」は印記の改行を表す。括弧書きで示した蔵書者については、『新編蔵書印譜』（渡辺守邦・後藤憲二編「日本書誌学大系」79、青裳堂書店、二〇〇一年）による。

〔**翻刻**〕

薩琉軍鑑巻一

序

天運循環シテ、時ニ変シテ、功立易シト云リ。于旹慶長十四年己酉年、天俄ニ鳴動シテ四角ナル月出、光輝ク事世ノ常ニアラス。鳴リ響ク音、雷ノ如シ。諸人胆ヲヒヤシ、周章テ騒ク者多カリケリ。殊、女、童驚キ恐レ、泣サケブ、「是イカナル事ガ出来リナン」ト、皆人怪ミケルコソ理リナリ。此合戦起ルベキ験カ。

夫レ、古ヘ神功皇后三韓対治ノ御時、天神地祇ノ力ヲ祈リ奉リ、八ヲ万ノ神集リ給フ中ニ、海底ノ磯良ト申御神ノ、神楽調子ノ惑ニ堪兼、神遊ヒノ庭ニ来リ給ヒシヲ御使トシテ、龍宮城ノ干満多珠ヲ御召有テ、イト安ク三韓退治マシマシケルトカヤ。末世ニ至リ大国ヲタヤスク征伐有シ事、諸天神善神ノ加護ニ依テ、四角ナル月、天子、薩摩、大隅、日向、琉球ヲ加ヘテ四ヶ国ナリ。係ル由、由敷領主トナリ給フベキ前表ト、後ニソ思ヒアタリケリト、或人語リシモサモアラム。』1

島津氏由緒之事

抑薩摩三大守ノ島津家ノ来由ヲ、悉(委)ク尋ルニ、清和天皇ノ御孫六孫王経基公ノ御子、多田満中ノ長男、伊予守頼義ノ三男、新羅三郎ノ末孫ニテ、薩摩国鹿児島ヲ居城シテ、家富栄居給ヒケリ。

其比、鎌倉ノ将軍新大納言正二位日本物追武使、源頼朝公ノ御時、若狭ノ局〈一説ニハ右近ノ局〉ト申テ、容顔美麗ノ女性、殊ノ外御寵愛佗ニコトナリシガ、比翼ノ御契リ不浅、日月カサナリ、イツトナク懐胎ノ身トナリ給ヒシヲ、御台所政子ノ前風ノ使(便)リニ、洩レ聞セ給ヒケレハ、貴モ賤モ、嫉妬ハ女ノ風俗ニシテ、殊外憤甚シカリケルガ、比シモ去ル五月、御連枝能保卿ノ北ノ方逝去有テ、其軽眠ニヨリ、右大臣家引籠リヲハシマシ御愁歎不浅ケルヲ、御台所、「能キ幸」ト思召、深ク隠密ニ畠山重忠ニ仰テ、「松葉ガ谷、由井ガ浜辺ニテ若狭ノ局ノ首ヲ刎ネヨ」ト仰ケル。

重忠領掌シナカラ、「正ク此女中ノ腹ニコソ、我君ノ御胤《タネ》ヤトリ給ヘルヲ、害シ奉ル事勿体ナシ。サレ共、御台所ノ仰、黙止カタシ。是ハ、テダテコソアラン」ト、家臣本田次郎近経、並ニ榛津某トヲ呼出シ、「カヨフ、カヨフノ次第ナリ。汝等ノ内一人、是ヨリ』2彼ノ局ノ御供シ奉リ、密ニ何国迄モ御供仕リ、御身二ツニ成給ハハ、若君ニモセヨ、姫君ニモセヨ、育上奉リテ、何国ニテモ、可然武士アラバ、此旨語リ預クベシ」ト、イト細ヤカニ申渡サルレハ、両人承リ、「随分ト心ノ及程ハ、御介抱致シ申べシ」トテ、夫ヨリ夜半ニマキレテ、彼局ノ御供シ奉リ、本田次郎、鎌倉ヲ忍ビイテ、「関八州ハ御台所ノ御穿鑿、猶モ厳シカルヘシ。是ヨリ上方、西国筋ニ趣キ申サン」ト思ヒ、賤キ女ノ都見物ノ体ニヤツシ拵テ、我身モ商人ノ姿ニ替ヘ、都ヲサシテ急シニ、漸々田子ノ浦ニ着給ヒ、里人ノ暇ナク早苗ヲ採ルヲ御覧シテ、局一首ヲ詠シ給フ。

フシウツス田子ノ門田ノ五月雨ニユキヲヒタシテ早苗トル袖

カヤフニヨマセ給ヒ、昼夜急キ逃登リ給ヒケル。

程ナク都ニ着給ヒシカ、其比六波羅ニハ帝都ノ守護職トシテ、北条時政ノ次男、江馬小四郎義時在京シタリケレハ、本田思案ヲ廻シ、「都ノ内モ物ウシ」トテ、紀ノ路ノ方ヘト心サシ、西京ノ果ナル、東寺、四ツ塚、横大路、鳥羽縄手ニ指カカリ、浮世ノ中ノウキフシヤ渡　』3ル淀川サラサラニ、八幡、山崎、伏拝、是ソ源氏ノ氏神ナリ。「局懐胎ノ御子、若君ニテ渡ラセ給ヒナバ、神力添サセ給ハレ」ト、本田心ニ祈誓シテ、心ノ濁リ清ミ兼シ、芥川ヲ詠メヤリ、楢葉ヲ過テ牧方ヤ、天ノ川打渡リ、佐田ノ天神フシ拝ミ、守江ノ宿モソコソコニ、見渡ス隙モ嵐吹ク、生駒ノ山嵐サラサラト、細波寄ル難波津ヤ、浪花ノ東成野口、細道タトタトト、大江ノ岸ニ着ケルガ、カノ女臈モ旅労レ給シヲ、本田心ヲ付参ラセ、折節日モ西山ニ傾ケハ、雨風ハケシク降リケリ。

是ニヨツテ、トアル漁翁ノ柴ノ枢へ、少シノ間立休ラヒシニ、局、本田ニ向ヒ給ヒ、「誠ニ摂州住吉ノ御神ト申奉ルハ、上筒男、中筒男、武(底)筒男三神、第四ノ御殿ハ、神功皇后ノ宮ニテマシマス。彼ノ皇后ハ、八幡宮ノ御母君ニテ、御懐胎ノ御身ニテ、新羅、百済、高麗、此三韓ヲ責サセ給ヒ、御帰陣ノ後、安々ト降誕マシマシケルトナン承ル。自モ鎌倉殿ノ御種ヲヤドシナカラ、ウキ旅ノ空ニサマヨフナレハ、先ツ住吉ノ御社ヘ詣テ、ヒタスラ安産ヲ祈リナント思フハ、イカニ」ト有リケレハ、本田モ、「最」ト同シツツ、頓テ浪花ヲ立出テ、ハヤ住ノ江ノ岸ニ、寄ル浪ノウネ』4
ウネ、風ソヨク松ノ木影ヤ青海波、四社ノ宝前森々ト、局モ殊勝サイヤマサリ、信心肝ニメイシ、暫クヌカツキ奉リ、心願カケマクモ、「賢キ神ノ御利生蒙ラン」ト、社檀ノカタハラノ御垣ノ、トアル石ノ上ニ腰ヲカケ、暫ク休ライ給ヒシニ、不思儀ナルカナ、俄ニ産ノ気頻リナレハ、本田サマサマ心ヲ尽シ介抱シ、早安々ト平産アリテ、玉ノゴトキノ若君、出生マシマシケル。

刀(辺)タリノ神官立寄、民家ノ者共ヲ招キ寄セ、シカシカト云フクメ、百性タリシ者共、「相心ヘ候」トテ、彼ノ上臈ヲツレ帰リ、サマサマ保養セシメ、一七日モ立ヌレハ、心地涼敷成給ヒシ故、又是ヨリ西国方ヘ趣カント、宿ノ主ニ暇乞、立出テ、住吉ト難波ノ間ニ、天下茶屋ト云ヘル処ニテ、大名ト思シキカ、馬鞍、乗物キラヒヤカニ、大勢ノ供廻リ召連通リシカ、乗物ノ内ヨリ彼ノ局ヲチラリト見テ、乗物立サセ、彼ノ茶屋ニ立寄、本田ニ向ヒ、「卒爾ナカラ、某ハ薩摩ノ国ノ住人、島津四良太夫ト申者也。

当家ノ御紋ハ、御旗印ト(等)、中黒ニテ、丸ニ二ツ引ヲ白クシテ、中ヲ黒クシタル物ナリ。依テ、新田源氏中黒ノ旗ト申也。薩摩ハ其中黒ヲ二ツ』5
ニ割テ、一ツヲ丸ノ内ニ横ニ付、一ツヲ竪ニ付、十文字ト申ナリ。

是則定紋也。

コナタハ目馴ヌ上臈ヲツレ、殊ヲサナキヲ懐ニ抱キ、何国ヘカ御出候ソヤ」ト尋ケル。局モ、今ハヲモハユゲニ、「名モナキ賤キ」ト計答ヘ給フ処ヲ、本田申ヨフ、「懇ニ御尋有モ、深キ御縁ニテコソアラメ、兼々承リ及フニ、貴処ハ定ル御妻モ無之由承ル。御国許ヘ御供シ御帰可然」ト申ケレハ、島津大キニ喜悦シ、「イカニモ貴殿ノ御指図ニ随ヒ、国元ヘ供シ参ラセ候ハン。彼女中ハイカナル由緒、又貴殿ハ誰ニテ渡リ候ソヤ。悉(委)ク御語リ候ヘ」ト有ケレハ、本田聞モアヘズ、「今ハ何ヲカ包マン。是コソ鎌倉殿ノ御妾、若狭ノ局ト申ハ、此方ニテ渡ラセ給フナリ。御台所政子ノ前ノ御怒リツヨク、害シ参ラセヨトノ事ナリシカ、我ラガ主人、畠山庄司重忠君ノ、御種ヤトリ給フノ間、我ニヨロシク計ヒ、何国ヘ成共　』6
御供シ奉リ、可然方ヘ頼参ラセヨト申付、是迄御供シ奉リシ」ト、件ノ趣逐一ニ語ケレハ、島津始終ヲトツクト聞キ、「今ニハシメヌ重忠ノ忠義、貴殿本田次郎ニ候カ。貴殿推量ノ通リ、某イマタ定申妻モナシ。殊更畠山主従ノ心遣ヒノ段感心シ、名ニヲフ清和ノ正統、鎌倉殿ノ若君ヲ、某如キノ辺鄙武士ナトガ、カヨウニ申ハ、憚入シ事ナレ共、天ノ与フルヲ取サルハ、却テ咎ヲ請ル。先言某養君ニ申落シ、名跡ヲ継セ申サン。我迚モ賤夫ニモ有ズ。先祖ハ同シ清和ヨリ流、苗裔ヲ繁花シ、子々孫々ノ後栄ン事、是ニシカン。冥加至極」ト歓テ、乗物用意形ノ如ク申付、夫ヨリ帰国ニ逮ヒツツ、彼若君ヲ寵愛《イツクシミ》ケル。

星霜積リ成長ノ後、島津左近太夫義俊〈一説ニハ島津忠三郎忠久〉ト、名乗ル由有テ後、頼朝公此事ヲ聞給ヒ、彼ノ恩愛捨難クヤ思シケン。重忠並ニ近経ヲ召レ、旁ノ事御尋有テ、倩、義俊ニ御対面アリ。為可恩、薩摩、大隅、日向ヲ下サレ、是ヨリ数十代相伝シテ、西ノ辺国領シ始、アタカモ彼ノ異国ノ昔、西伯トモ言ツベシ。薩摩島津家ノ中興ノ祖ナリ。

倩、若君誕生場、住吉ノ社内ニ其旧跡残レリ、爾今誕生石ト号シ、世ノ人知レル所故、贅スル　』7
ニ不逮。

島津三位宰相義弘琉球征伐蒙鉤（欽）命事

比ハ慶長十四己酉年四月上旬、前将軍従一位右大臣源家康公、但、御幼名ハ竹千代、後ニ治良三郎元信、今川義元滅亡後、元ヲ除キ、信長、信康滅亡後、家康公ニ改。京都二条ノ城ニ於テ、軍暇ノ折節、薩摩ノ太守島津兵庫頭三位宰相義弘公ヲ召レ、鉤（欽）命有テ曰、「抑日本六十余州、外ニ島々数多在レ之。中ニ近キ島国共、大半日本ニ帰伏シタル処、汝ガ領国ニ近キ所、琉球国ハ、元朝鮮ノ幕下ニテ有シカ、近年彼国ニテ（モ）帰伏セズ、勿論日本へモ帰伏セズ、汝カ領国ノ諸士、空敷居ンモ、曽ハ武道ノ厲モ怠慢ニ及フカ。彼国甚汝ガ領国ニ近シ。日本ノ武威ヲ示シ、且ハ島津ノ家ノ名誉トモナリ。其上帰伏スルニヲヨンテハ、国富兵威ヲ子孫ノ規模トモナラン。彼国武勇ノ国ニモ有ズ。然共、唐土三国ノ諸葛武候ガ、南蛮ヲ征伐セシ謀ヲ以テ、機ニ望ンテ変ニ応シ、進退度ニアタリ、人数ヲ損セシメス、智勇ヲ以テ、彼ノヱヒスヲ伏セシム可」旨、　』8
鉤（欽）命也。

義弘卿謹テ拝謁シ、「上意ノ趣、謹テ承リ候。西州諸士多キ中ニ、某一人ニ命蒙リ候事、冥加至極、家ノ面目、武門ノ大慶、何事カ是ニシカン。不性ノ某、不才ヲ不レ顧、随分謀略ヲ尽シ申べシ。義弘年罷寄候得共、愚息亦八郎、並ニ家老ノ諸士数多御座候へハ、随分智謀ノ族モ撰出シ、君ノ洪福ヲ以テ、鉤（欽）命ノ補佐ニ背キ奉ラズ、忠ヲ尽シ甲（申）べク候。然ハ、軍馬ノ調謀、人数ノ手配リ、彼是数多ニ候得ハ、早々御暇申上度」旨、言上有。将軍家、甚御感マシマシ、「然ハ、早々帰国シテ、軍用意専ニセヨ」トノ上意ナリ。島津ハ夫ヨリ薩摩へ帰国ニソ及ヒケリ。

島津義弘軍用意之事

斯テ島津兵庫頭義弘ハ、薩摩国へ下着シ、家門十家ノ人々ハ申スニ不レ逮、新納武蔵守一氏、種島大膳、里見大内蔵、畑勘解由、秋月右衛門、江本三良左衛門、岸辺文左衛門、松尾隼人、佐野帯刀、花形小刑部、三好典膳、其外譜代恩顧ノ諸士、大広間、大書院、椽《（縁）》側迄祇候シテ、威儀ヲ正シテ烈座有ル時ニ、義弘出給フ。其装束ハ、白錬ノ下袴、唐織ノ羽織ヲ着シ、直平頭　』9
巾ヲカツキ、金造リノ太刀二尺九寸有ケルヲ、児小性ニモタセ、小脇指ヲ指テ、中央ノ上座ニ着給フ。列座ノ家門并座中ノ諸士ニ向テ申サレケルハ、「今度琉球征伐可レ致旨、鉤《（欽）》命ヲ蒙レリ。殊某一人ニテ征伐可レ致トノ儀也。誠以テ、弓馬ノ誉レ、家ノ面目、何事カ是ニシカン。依之、義弘ハ亦各ノ武略、智謀ヲ頼ム計リナリ。何モ我ニ一命ヲ給リ候ヘ。義ヲ金石ニヒシ、名ヲ末代ニ残サルベシ。彼地征伐ノ軍儀、宜敷評シ申サン。勝負ハ時ノ運ニ任スルト言ナレハ、血気ニハヤラズ、小敵ヲモ不レ侮、大敵ニモ恐ズ、血気、僥倖ヲ頼ム事ナシ。欠引、士卒働キ、詞謀ノ儀、大将分ノ者肝要也。彼ノ国心愚ナレハトテ、無謀ノ軍スル事ナカレ、計略油断ナク廟算シテ、ナサン工夫思慮ヲ廻ス事第一也」ト有ケレハ、座中ノ諸士、「アツ」ト平伏ノミシテ候ヒシカ、大身ハ身ヲ重ンシ口ヲ閉チ、小身ハ身ヲ顧テ謙退シ詞ヲ出サス。

然ル処ニ、新納武蔵守一氏トテ、俸録既ニ十二万石ヲ領シ、文武備シ老臣進ミ出テ申ケルハ、「御諚ノ赴、畏テ承リヌ。夫レ琉球ノ地タルハ、当国ヨリ海陸ノ行程、百七十里隔ツ也〈唐土六丁一里ニテ、一千二リト云也〉。彼ノ地、船ノ揚リ場ニ関所　』10
有。要渓灘ト号シ、夫ヨリ五十里過テ〈唐土三百里〉、城廓有。是ヲ千里山ト言。前ニ流ルル川、岩石ソバ立、滝波逆巻漂々トシテ、アタカモ龍門ノ滝トモ言ツベシ。此城ヨリ七里計隔テ、辰巳ノ方ニ当リテ、帰竹城トテ、三里四方ノ城地有。夫ヨリ南ノ方ニ当テ、一ツノ島有。此島凡二里四方米蔵有。米穀、雑穀ヲ納タル蔵、百七十二ヶ所有依テ、号テ米倉島ト申ナリ。左ヘ廻リテ湊有。是ヲ乱炮録《（ママ）》ト申ナリ。爰ニ又一ツノ関所有。是方一里也。夫ヨリ五里続タル松原有。但シ、松原ノ中ニ平城有。是ヲ過テ、三里目ニ高サ三十丈ノ場《（揚）》土ノ楼門有。此門ヲ高鳳門ト号ス。次ニ五丁過テ鉄石門有。此鉄石門ハ常ニ千人ノ兵士、番手、組テ、弓矢、鉄砲、兵杖ヲ揃へ、最武備厳シク見へ、是ヨリ南側左右ニハ、商売人、細工人、軒ヲ並べ市店構テ立並ブ。此町ノ長サ凡百七十丁計、夫ヨリ一ツノ門有。是都入門ト云フ。都ノ惣門ナリ。是ヨリ前後左右ニ諸官人屋敷、大身、小身入乱レ、軒ヲ並テ有事数万軒、此間二里ナリ。打越テ石垣ノ高サ二十丈計、惣築地有。廻リニ大堀ヲ構、方四里ノ城地、四方ニ橋ヲ掛ル事百七十二ヶ所、後ニ日　　』11

項(マヽ)山トテ高山有。是ヨリ山ヲ越テ八里後ニ詰城有。此処ニハ琉球ノ大師王俊辰玄、其勢三万余騎ニテ守護スル也ト承リ、其外番所番所ノ数、アゲテカソフルニ暇アラス。夫ヨリ合戦ノ道ハ、第一ニ地ノ利ニ通セサレハ、思ヒノ外ノ不覚アルモノニテ候。此分ハ、我ラ若年ノ節、琉球国へ商人ノ体ニヤツシ、浦々里々山川モ悉ク走リ廻リ、人柄ノ風俗気質、武備ノ強弱、武夫々剛億迄聞知リ見届置、又絵図認、胸臆ニ記シ、毎年々、如斯思ヒ入テ、見届ケ候。若又怪シマレハ、高麗ノ忍ヒノ者ト偽リ、御名ヲモ出サス、己一身終迄ト、息左衛門尉ニモ申付、我死セハ志ヲ告ケヨト、申置所ナリ。併此儀ヲ是トスルニ非ス。若シモノ時ニ、太守ノ御用ニモ立ンカト存シ、微忠ノ志迄ナリ。若此上ナカラ、悉(委)ク彼地ノ風俗、地ノ理存知シ旁ハ、必シモ遠慮ナク申上ラレ、此度大切ノ鉤(欽)命承ラセ給フ。殿ノ御為ナレハ、心底ヲ不残可レ被申上、其謙退ナク、ヲコカマシキ儀申上候モ、太守ノ御大切サ、負任ノ重キ、曽ハ御家ノ武備ヲ顕シ度志迄ニテ候。依之、各へ対シ、聊モ遠慮ナク申上候」トソ申ケル。

何レモ「アツ」ト感シ、義弘喜悦限リナク、「偖々　　』12

驚入タル武蔵守カ智弁、武備アラカシメ先見ノ明分、賞スルニ堪タリ。此度ノ惣大将ハ、其方ヲハ軍師ニ任スル間、人数ノ手配リ、兵糧出納、一切ノ軍師ニ、汝等(マヽ)附与スルノ間、則是ヲ授ル也」トテ、三尺四寸ノ金造リノ大刀ヲ一腰、手ツカラ取出シ、スルリト抜、側ナル高机ヲ、真二ツニ打割申サレケル。「此度琉球征伐ニ付キ、自今以後、列座ノ面々凱陣迄、武蔵守カ下知ニ背ニ於テハ、唯今ノ机ノ如ク、此太刀ニ掛テ討テ捨ベシ。夫レ軍令ニハ、親疎ヲイトハス、皆是我ガ私ニ非ス。君ニ忠シ、国恩報シ、何レモ戦功ヲ顕シ、名ヲ万天ニアゲ、栄ヲ子孫ニ暉（輝）スベシ。武蔵守ニ太刀ヲルル（ママ）」トテ、渡サレケル。誠ニ良将ノ人ヲ用ユルハ、最カクコソ有ベケレト、心有人ハ感称セサルハナカリケリ。

武蔵守膝行テ、太刀ヲ取謹テ押戴キ、座中ニ向ヒ申ケルハ、「唯今我君御諚ノ如ク向後、某諸士ノ上ニ立、軍馬ノ指揮申也。身不省ニシテ、不才不学ノ某、係ル大役ヲ蒙ル事、恐スクナカラズ。依之、不及儀カチニ可レ有之。能キ謀有之ハ、遠慮ナク可レ被申。必々独高名ニセントテ、ダシ抜キ、或ハ妬ミ、傍輩ヲ助ズ、心々ノ働シテ軍令ヲ背給ハハ、親疎ヲ　』13

不構、討テ捨申サン。此儀全ク私ニ非ス。君命ノ重キ事ヲ知ル故也。殊古ヘヨリ、琉球国迄討取事、短智浅学ノ我ラナレハ、未妙計謀ヲ不レ聴。国ニ報スルナレハ、私セリ合、又ハ合戦トウハ似ベカラス、天外地外ハイサ知ズ、一身ノ微力ヲ竭シ責ナビケ。主君ノ誉レヲ天下ノ後記ニ備ヘ、名誉ヲ子孫ノ面目武名ヲ後代ニ輝スベシ。イサイサ思ヒ立日コソ吉日、良辰ナリ。則明日卯ノ上刻ヨリ、御城下五百石以上、不残出仕アルベシ。万石以上三十六人、外ニ島津氏十家有。千石以上、千百九十二人。此旨急度厳重ニ相守ラレヨ」ト審ニ申渡シ、弥明日迄ノ内ニ、甲冑、弓箭、馬鞍、其外武具ノ用意心カケラルヘシ。巨細ノ軍略ニ於テハ、御捨家（ママ）ニ記録スベシトテ、諸士ハ段々暇ヲ乞、己ガ宿所へ帰リケリ。

武蔵守軍慮ノ程、寔ニ軍将ノ機備リ、合戦ヲ見サル内ヨリ士卒迄、イサミ進ンテ支度ス。武蔵守ガ智謀ノ程、感スルニ堪リケル。夫ヨリ一家中、賑々敷、門出ノ嘉儀、人ノ調練、三ヶ国ノ賑合頼母シケレ。

別テ、出陣多キ中ニ、佐野帯刀若年ナカラ、兵具何角ニ義ヲ尽シ、士卒ニ至ルマテ、左モカウヨト見ヘニケル。　』14

薩琉軍鑑巻之一終

薩琉軍鑑巻之二

新納武蔵守一氏備立之事

慶長十四己酉四月十六日卯ノ上刻ニモ成ヌレハ、軍師新納武蔵守一氏、嫡子左衛門尉一俊ヲ誘引シテ、御旗屋ノ上座ニ居リケリ。新納ガ其日ノ装束ニハ、水色ノ大紋ニ、鶴ノ丸ノ紋所付タルヲ着シ、紫色ノ野襷結ヒサゲ、一尺二寸ノ折太刀、三尺四寸ノ義弘卿ヨリ給ハリシ太刀ヲ帯キ、宋(采)幣手ニ握リ、上座ニ居ル。偖、掛並シハ、三幅対ノカケ物也。中央ハ太公望ノ絵像、左ハ義経公、右ハ』15日本ノ忠将、河内判官楠正成公ノ絵像ナリ。花瓶、香炉、神酒、洗米ノ備ヘ物、灯明赫々トシ、アタリモ曜(耀)ク計ナリ。出仕ノ武士、異儀(マヽ)ヲ正シ、装束ヲ改メ、役儀ノ尊早(卑)ノ俸録、甲乙ノ嘉例ニ随テ列座ス。

新納武蔵守一揖ノ後、執筆藤右衛門ヲ召出シ、軍ノ手配リ、役割、委細ニ記シ、偖、武蔵守書付ヲ致ス。

其文ニ曰、

今度琉球国御征伐之

鉤(欽)命有之。因茲新納武蔵守一氏、蒙太守之命、軍師之名、最不省ノ身、雖恐入ト、亦君恩余身者カ。然ハ各諸士達、一所懸命ノ戦場、不性ノ某下知、於軍頭、不懐妬怨ノ心、可被抽忠誠者也。依テ記書ノ趣如件。

慶長十四年己酉四月十六日

島津兵庫頭従三位宰相源義弘卿

軍師　新納武蔵守一氏判』16

備立之覚

先備　八万石　　　種島大膳豊時

左ノ一ノ手

一　鉄砲　三百挺　持人手代リ共足軽九百人

但組頭五人騎馬供五人宛

一　弓　三百張　持人手代リ共足軽九百人

但組頭五人騎馬供五人宛

一　鎗　三百筋　歩行武者六百人

但組頭二人騎馬供五人

一　騎馬　三百騎　頭二騎供同断

一　熊手　　三百人

頭二騎供五人宛

一　鳶口　　三百人

頭二騎供五人宛

一　大鼓　　三十人

頭二騎　　歩行武者

一　鐘　　三十人

頭二騎　　歩行武者

一　貝　　三十人

頭二人　　歩行武者

大将種島大膳　鎗馬　侍五十人 馬廻リ侍四十人　」17

弓　五十張

鉄砲　三十挺　手代共従士　百六十人

弓　五十張　手代共従士　百六十人

鉄砲　三十挺

押侍五十人

都合人数三千九百五十五人

先備　八万石　里見大内蔵久秀

一　鉄砲　三百挺　持人手代リ共 足軽九百人

但組頭五人騎馬供五人宛

一　弓　三百張　持人手代リ共 足軽九百人

但組頭五人騎馬供五人宛

一　鑓　三百筋　歩行武者六百人

但組頭二人騎馬供五人宛

一　騎馬　三百騎　頭二騎供同断

一　熊手　三百人

頭二騎供五人宛

一　鳶口　三百人

頭二騎供五人宛　』18

一　太鼓　三十人

頭二騎供五人宛

一　貝　三十人

頭二騎供五人宛

一　鐘　三十人

頭二人歩行武者

大将里見大内蔵　馬鎗　侍五人 馬廻リ侍四十人

弓　五十張　手代共

鉄砲　三十挺　従士　百六十人

弓　五十張　手代共

鉄砲　三十挺　従士　百六十人

押侍五十人

都合人数三千九百五十五人

二番備　五万五千石　畑勘解由道房

一　鉄砲　百挺　持人手代リ共 足軽二百人

但組頭二騎供五人宛

一　弓　五十張　持人手代リ共 足軽百人

但組頭二騎供五人宛

一　鑓　三十筋　歩行武者百人

但組頭二騎供五人宛　』19

一　騎馬　百騎　頭二騎

大将畑勘解由　馬鎗　侍三十人　馬廻リ侍二十人

押侍二十人

都合人数六百十九人〈大将共也。雑兵ハ数ニ不入〉

右

二番先備　五万五千石　江本三郎右衛門重躬

一　鉄砲　百挺　持人手代リ共　足軽二百人

但組頭二騎供五人宛

一　弓　五十挺（ママ）　持人手代リ共　足軽百人

但組頭二騎供五人宛

一　鎗　五十筋　歩行武者百人

但組頭二騎供五人宛

一　騎馬　百騎　頭二騎供五人宛

大将江本三郎右衛門　馬鎗　侍三十人　馬廻リ侍二十人

押二十人

都合人数六百十九人〈大将共侍ノ分、雑兵共数ニ不入〉』20

三番備　十万石　秋月右衛門佐之常

一　弓　百張　手代リ共持筒足軽二百人

但組頭二騎供五人宛

一　鉄砲　百挺　手代リ共足軽二百人

一　鉄砲　百挺　手代リ共足軽二百人

但組頭四騎供五人宛

一　鑓　百筋　手代リ共歩行武者二百人

一　鑓　百筋　手代リ共歩行武者二百人

但組頭四騎供五人宛

一　弓　百張　騎馬二百騎

一　弓　百張　騎馬二百騎

一　鎗　百筋　騎馬　百騎

一　同　百筋　同　百騎

一　鉄砲　百挺　歩行武者二百人

一　同　百挺　同　二百人

一　侍百人　二行　楯五十枚百人

一　旗馬印　同五十枚百人

一　纏役　　六人

一　物頭　　十騎　各鑓供十人宛

但組頭五騎供五人各鑓　』21

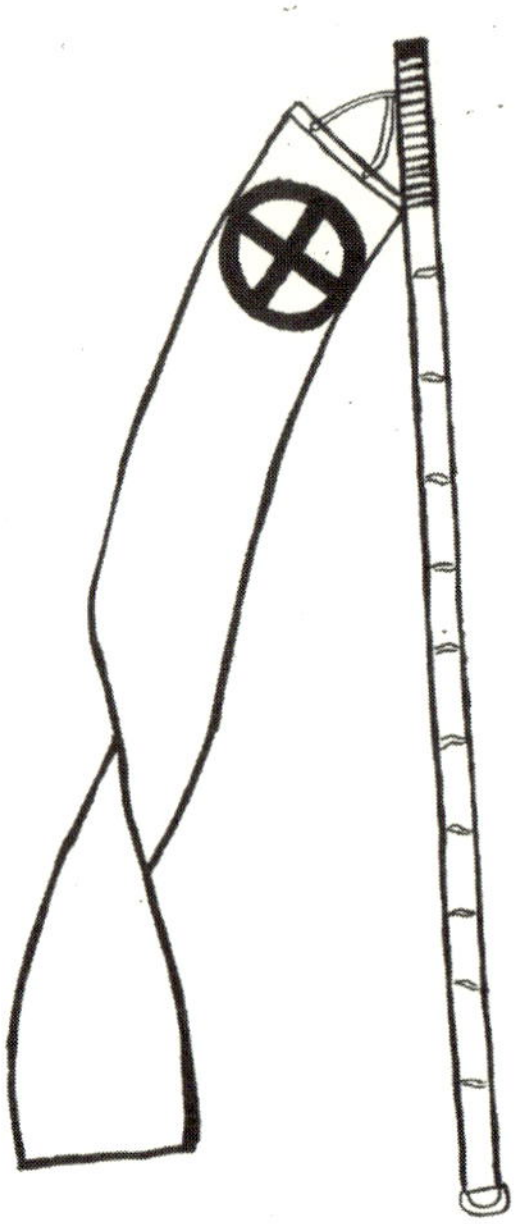

大将秋月右衛門佐　馬鎗　侍四十人 馬廻リ侍三十人各鑓

一　鎗　五十筋　徒士百人〈二行ニ並ヒ〉

押侍五十人

都合人数二千七百三十三人〈大将分共侍分計、雑兵ハ数ニ不入〉　』22

四番備　十万石　松尾隼人正勝国

一　鉄砲　百挺　手代リナシ足軽百人

一　弓　百張　同足軽二百人

一　弓鉄砲　騎馬二百騎

物頭騎馬十騎供五人宛

一　力者　百人

一　鳶口、長柄、熊手、階子、駆夫、細引、大手（ママ）、木斧、鉄棒

一　騎馬　三十騎　猩々皮鉄砲五十挺

一　同　三十騎　持足軽五十人

但二騎ニ供五人宛

大将松尾隼人正　馬鎗　侍四十人　馬廻リ侍三十人各鑓

歩立ニ侍三十人

一　歩行士　百人

一　歩行士　百人　押侍五十人

都合人数二千三十人〈大将共侍分計、雑兵数ニ不入〉

五番備　十一万八千石　佐野帯刀政形

頭五騎供五人宛　鉄砲百挺　鑓五十筋　』23

同　百挺　同五十筋

各持足軽六百人手代共

一　騎馬　百騎　鐙五十筋

一　同　百騎　同五十筋

歩行武者百人百人　各鉄砲百挺

右者頭五騎供十人宛

一　棒　二百本　二百人

一　熊手　三百本　三百人

大将佐野帯刀　馬鎗　馬廻リ二十人各鎗 同　二十人各鎗

歩行士　三十六人

押士　五十人

都合人数二千四百十二人

一　弓　百張　手代リ共　先手足軽三百人

一　同　百張　手代リ共　同　三百人

小頭六十人

騎馬十二騎供十二人宛

一　鉄砲　百挺　二行立足軽三百人

小頭三十人

一　騎馬　六騎　供十人宛 但シ五十人二騎宛

一　楯　五十枚　雑兵二百人
一　同　五十枚　同　二百人
　　但一枚四人掛リ
一　侍　百騎
一　馬印　纏組十人
一　弓　百張　持弓足軽三百人』24
一　同　百張　持弓足軽三百人
　　足軽小頭六十人
一　騎馬　十二騎　〔供十人宛／但シ五十人ニ騎宛〕
一　鉄砲　百挺　足軽三百人二行並
　　小頭三十人
一　騎馬　六騎　〔供十人宛但シ五十人／騎馬二騎宛〕
一　鎗　百筋　歩行武者二百人
　大将軍師　十二万石　新納武蔵守一氏
一　騎　百五十騎　〔馬廻リ侍百人／同　百人〕
　　歩行侍二百人得物得物ヲ持
　　　押侍　百人
　都合人数三千七百四十七人〈大将共雑兵数ニ不入〉

其外幕下ノ面々

一　騎馬　上下二百人　一万石　花形小形部　氏頼
一　同　二百人　一万石　三好典膳　定次
一　同　二百人　一万石　天野新兵衛　近俊
一　同　三百人　一万五千石　池田新五左衛門　忠常
一　同　五百人　一万八千石　花房兵庫　国重
一　同　四百人　一万五千石　小松原佐内左衛門　安信
一　同　百七十人　一万石　浜宮蔵内　行重
一　同　二百二十人　一万石　金波門　定継
一　騎馬　百五十人　一万石　島津主水　時信 』25
一　同　百七十人　一万石　矢塚甚五左衛門　忠久
一　同　百八十人　一万石　大崎三郎左衛門　豊宗
一　同　百人　七千石　篠原治部　久春
一　同　七十人　二千石　中条左右衛門　春氏
一　同　八十五人　五千八百石　和気治左衛門　国清
一　同　八十人　七千石　中村右近右衛門　敦貫
一　同　八十五人　五千石　木戸清左衛門　成永
惣押大将　二万八千石　米倉主計頭　清時

上下千四百人
一　小荷駄　千六百五十疋　一駄三人掛
一　歩荷　七千六百五十九荷
此持人二万二千九百七十人
一　車　十四輌　車子　百人
此外軍用具船積也
一　先陣騎馬数合二千六百十三騎
一　同持人数合五千百八十八人
一　同人数合四万六百八十六人

後陣
一　上下　千人　三万石　鈴木内蔵助
一　同　百人　吉岡主税
一　同　百人　有馬内記
一　同　二百人　氏江藤左衛門
一　同　百五十人　小浜勝右衛門
一　同　二百人　楼田武左衛門
一　同　三百人　大和田形部』26
一　同　二百人　横須賀左膳

一　同　百人　前田金左衛門
一　同　二百人　内本半之右衛門
一　同　百人　長谷川式部
一　同　二百人　今井半蔵

惣目付

一　同　二千人　永井靫負元勝
一　同　百人　岸左右衛門
一　同　二百人　向井権左衛門
一　同　百人　太田庄左衛門
一　同　百人　亀井蔵人
一　同　二百人　玉井重内
一　同　百人　川畑主税
一　同　三百人　関団之進
一　同　二百人　道明寺内記
一　同　百人　中川大助
一　同　二百人　佐久間彦十郎

惣人数六千四百五十八人

三百二十三人　騎馬

内　二十三騎　　大将分
　雑兵共に六千百四人

外ニ薩摩之十家ヨリ百人ニ五騎宛騎馬

一　一万人　　島津大内蔵』27
一　五千人　　島津采女
一　三千五百人　島津玄番
一　三千四百人　島津主税
一　千人　　島津内匠
一　千五百人　島津監物
一　千人　　島津右近
一　五百人　島津右京
一　千百人　島津主殿

　惣人数合二万七千人

一　十騎　大将之分
一　又千三百人騎馬
一　六万石　　大内大学
一　六万石　　島津石見
一　一万三千石　伊藤勘介

一　一万三千石　落代文左衛門

一　一万三千石　高井伊兵衛

一　一万三千石　海老源蔵

一　一万三千石　折木信濃

一　一万三千石　三好大膳

一　一万三千石　多田与八郎

一　一万三千石　白川外記

一　一万三千石　酒依八蔵

一　一万三千石　平松玄番〈本ハ松平〉

一　一万三千石　内藤勘四郎

一　一万三千石　矢部出納

一　一万三千石　牧野多門　』28

一　一万三千石　井田木工

又二万五千五百四十人　雑兵

惣騎馬数四千三百十九人

惣侍数合二万千七十八人

惣人数歩行足軽雑兵共ニ合五万四百五十人

先陣、後陣足軽雑兵共ニ合二万六千人

都合惣人数、十万一千八百五十四人〈先陣、後陣共〉

弓　　二千六百二十張
鑓　　三千六百二十筋
鉄砲　三千七百四十挺

琉球征伐、二十万騎ト沙汰ス。
右島津十家ハ、島津家門衆トテ称スル也。外ノ大名ト違ヒ、連枝ヲ分セズ、十家ノ名跡佗ヘ譲ラズ。夫レニヨリ、譜代ノ家老ヨリ出仕等ハ、太守ト同席ノ由、島津家ノ広大成ル事、外々ヨリ推量、勘弁ノヲヨブ処ニ有ズ。不レ知人ハ、誠ニセザルモ理リ也。分限ヲ見シニ、十万石以上ノ家、六、七家之有。一万石以上六十余家、一万石以下筆ニモ尽シ難シ。惣、家中ノ捧録高、四百万石余ノ知行出ル由、十人以下アゲテ数ルニ遑アラズト言。

薩琉軍鑑巻之二終　』29

[第一冊了]

薩琉軍鑑巻之三

巻之四

薩琉軍鑑巻之三

薩摩勢琉球国江乱入事

爾程、薩摩勢ハ軍用一斎ニ整ヒケル。依之、慶長十四年己酉四月二十一日、早天ニ成ケレハ、鹿児島ヲ発向シテ、北西方、交ノ浦ヨリ兵船ニ取乗テ、鬼界ガ島ニ渡リ、一日逗留シテ、其翌日、又兵船ノ纜ヲ解テ漕、舟数万艘漕出シ、微風順路ニシテ、秋津島ト唐土ノ海上浪静ニシテ、時ヲ得テ、八日ノ日数ヲ経テ、彼ノ琉球国ノ船着キ成、要渓灘モ程ナクテ、海上ヨリ四、五里北ニ当テ、遠目鏡ヲ伺フ処ニ、乱　』1

杭、逆茂木ナトニテ、要害ノ相見ヘ候。「此儘船可」仕哉。但シ別ノ御軍謀モ有ヤ否」ト、註進コソ致シケリ。「要渓灘ニテコソアレ」ト、武蔵守申ヨフ、「爰ハ、サマテノ要害ナシ。我委細是ヲ知ル。兵ハ迅速尊フナレハ、先手ノ者シテ、鉦、鐘、笛、貝、太鼓撃シメ、無二無三ニ、鉄砲ヲツルベ打ニ撃ツベシ。然ラハ、敵ノ怖畏ヲウツ故、度ヲ失ヒ、驚キ騒ンハ必定ナリ。其時鑓襖ヲ造リ突乱、クツハミヲ揃ヘテ掛ケ、散シ逃ル敵ニ追スカフテ、千里山迄追詰。此山ノ麓ニ陣取ハ、軍法ニ甚忌ム処アレハ、三里退テ野陣ヲ張、夜討手段モサマサマ有ベシ。カタカタ、敵ヲアナトリ油断シ給フナ。逆寄セ有モノゾ」ト、細カニ申シ含テ、又申ヨフ、「五里ト申セト、六丁一里ニタラズ。心安シ。イサイサ晋メヤ、人々」ト、下知頻リナレハ、種島大膳ガ組下ノ内、向坂権右衛門、柴田武右衛門、和田千之亮、菊地清六郎、原田庄内ナドト言ハヤリ雄ノ若士、「我劣ラシ」ト、鉄砲引提、身ヲ堅メ、船ハタニ、ツツ立上リ申ヨフ、「要渓灘モ程近シ。千里山ハ僅二三十丁、唯一揉ニ按ミ破レ」ト言儘ニ、艫拍子ヲハヤメ、南ノ岸ニ着ト岸ニヒトシク、先手ノ鉄砲三百挺、二ツ玉ニ、薬十分込ミ、一度ニドツト、ツルベ打ニ打ケレハ、百千ノ雷、一度　』2

ニ落カカルカト怪シマレ、煙天ニ霞テ夥シ。

此要渓灘ハ琉球ノ守将軍、陳文碩ト言者、僅ニ三百騎ニテ在番シタリシガ、今日日本薩摩勢来ラントハ夢ニモ知ラズ、怖畏ニ寄セラレ、殊大軍涌ガ如クニ来ルヲ、「此兵ハ天ヨリ降リケン。地ヨリヤ涌出ルカ」ト、思量スル隙モナク、顛倒千驚シ、手足ノ置処ナク、或ハ槃《（繫）》ル馬ニ鞭ヲウチ、或ハ弦ナキ弓ニ矢ヲハケ、一領ノ鎧ニ五人、三人取付、我ヨ人ヨト争フモアリ。有《（ママ）》往左往ニ逃廻ル。菊地清六郎、原田庄内ナト、獅子分身《（ママ）》ノ勢ヒヲナシ、竪横無尽ニ突伏セ突伏セ、首ヲハ令ノ如クトラズシテ、剪テハ落シ、突テハ倒サント、乱シテ討捨ケル。

琉球方ノ大将陳文碩、眼ヲ怒ラシ、歯ヲクイシハリ、身ヲ揉テ、大音上テ、「大概察スル処、日本薩摩ノ勢ノ狼藉ト見ヘタリ。イカニ日本勢ナレハトテ、鬼神ニテモアラジ。此所ニテ暫ク踏堅メ、千里山ヘ早馬ヲ立、加勢ヲ乞ハン。夫レ迄要害ヲ堅メヨ」ト、「打潰サレタル堀、杭ヲ二度取繕ヒ、防ケ《（ママ）》、コタヱン」ト、下知スル処ニ、薩摩勢、ドツト来リ、四方ヨリ打テ係ル。琉球勢ウロタヘ廻リ、鉄砲ニアタリ、又ハ味方ノ鑓先ニ突ヌカレ、死スル者其員ヲ不レ知、一人モ敵ニ向テ戦フ者更ニナシ。手負、死人向塚ヲ築キ、死骸ハ　』3算ヲ乱シテ夥シ。

一ノ先手ノ大将種島大膳、ヱツボニ入申ケルハ、「夫レ敵国ニ入テ、手合ノ軍ニ手ヌルクシテハ、気ヲ呑ルルモノナリ。依之、短兵急ニ攻破リ策《（ママ）》ス、然ルニ、カク怖畏ニ押寄シニ依テ、敵ウロタヘ廻ルハ、全ク功ノ印ソヤ。軍師ノ令ノ如ク、首ヲ取ニ不レ及シ《（ママ）》、キツテ鑓ヲ入ヨ」ト、下知ヲスル。左ナキダニ、血気ニハヤリシ向坂権右衛門、柴田武右衛門、和田千之亮、火ヲカケテ、爰ニ押寄、カシコニ追詰、聚散離合、進退因施《（周旋）》、度ニ当リ、万卒鯨波ヲ造リカケ、揉立揉立責タリケレハ、大将陳文碩心ハヤタケニハヤレトモ、敵、雲霞ノ如クナレハ、火ノ中、煙ノ中イワズ、セメテ命助ラント逃廻ルヲ、撫剪リニシ、或ハ鉄砲、鑓タメシニ、皆悉ク討亡サレ、残ル者共、纔二、三十騎、右往左往ニ逃散タリケリ。

彼ノ武蔵守遥ニ見テ、「ソレ、余スナ者共」ト下知ヲナス。皆バラバラトカケ来リ、ヅダヅダニ切散ラシ、勝鬨挙テ、腰兵糧、竹葉ナト採出シ、暫ク軍勢ノ気力ヲ休メ、後詰ニ掟シ、「第三番備ニ有秋月右衛門佐之常ガ組ヨリ、騎馬四百騎、弓二百張、備ヲ乱シテ、千里山ノ此方ナル城廓ニ取掛ルベシ。シカシナカラ、味方ノ勝軍ヲ頼ンテ、敵ヲアナトリ、油断有ベカラズ。随分事ヲ慎。最、刻限今申ノ下ナレハ、彼地ノ合　』4 戦ハ定テ夜ニ入ベシ。然ラハ、提火提、松明ノ用意有ベシ。早々急カレ、然ルベシ」ト、下知有レハ、「委細相心得候」トテ、我モ我モト進発ス。

爾程、千里山ノ城ニハ、大将孟亀霊ト言者、凡二万計ノ軍卒ヲ相備へ、用心厳ク守リ居リ。然ルニ誰言トモナク、「要渓灘ノ要害破レ、将軍陳文碩モ討レヌ」ト聞ヘケレハ、孟亀霊大キニ驚キ、此事如何ト下軍令、朱博説(伝)ト言者ヲ呼出シ、此旨如何ト会議ス。朱博説(伝)聴テ、「事ノ実否未知ト申セ共、虚説ニモセヨ、タトへ見廻ノ御勢進ラレ候共、ツイヱナラン。此上ハ可レ然人ヲ一両人被遣、事真事ニ候ハハ、当地ヲ堅ク御守リ有テ、救ヒノ勢ヲ乞ヒ、其勢参着スル間、丈夫ニ持堅メ、救ノ勢来ラハ、城中ヨリモ討テ出、敵ヲ中ニ挟ミ、引韜《ツツン》テ、首尾顧事アタハサラメ、度ヲ失ハセンハ必定也。其時城中ヨリ奇兵出シ、勢ヲ千里ノ外へ追散シ申サン事、案ノ外成ベカラズ」ト、手ニ取ヨウニソ申ケル。

大将孟亀霊、是ヲ聴、「最然ルベシ」トテ、四方ニハ柵ヲフリ、鉄砲、連城銃《イシビヤ》ノ用意厳重ニシテ、都へ早馬ヲ立、急ヲ告ル事、櫛ノ歯ヲ曳ク如ク、暫ク有テ薩摩勢、暴風ノ如ク地ヲ巻テ寄セ来リ、追テ、搦手、一度ニ鬨ヲドツト挙、鉄砲ヲ打カケ撃カケ、頻リニ揉テ攻タリケル。サレ共城中思ヒモフケシ　』5 事ナレハ、合鬨モナク、熊(態)ト静リカヱリテ音モナシ。薩摩勢、大キニ勇ンテ、「カク密ニ見ユルハ、我々ガ大軍成ヲ恐レ、落失ケルカ、但シハ、憶シテ出サルカ、何分一責セメテ見ン」トテ、「既ニ責ン」ト、秋月(ママ)ヲ下知セントシタリシヲ、武蔵守申ケルハ、「日本ハ血気ノ勇、外国ハヌルケレ共、軍慮、計策ハ、昔、孫子、呉子、張子房、韓信、陳平、孔明ナトガ伝ヲ授シ者多ケレハ、イカヨウノ計略アルヘキモ知レ難シ。指曳ニ思慮ヲ廻シ、必々敵ヲ括《アナド》リ、深入スル事ナカレ。怪我ナト有ラハ日本ノ恥辱、唐士(土)へ聞ヘテモ無智無謀ノ軍立ト言レンハ、永ク日本ノ弓箭ノ名折也。能々慎ミ給フベシ」ト下知ヲナシ、「一揉モンテ取巻ケ」トテ、ヱイヤ声ヲ挙テ、城ノ曲輪ノ追手ノ堀際迄追寄セケリ。

兎角スル程ニ、日モ西山ニ傾キケレハ、急ニ用意ノ炬《タイマツ》、桃灯持ハコビ、暮ニ及ベハ、手ン手ンニ、松明、桃灯星ノ如ク立聯《ツラ》ネ、早々追手、搦手ノ城ノ橋ヲ渡リテ、屏ヲ飛越飛込、早乗取レト、大キニ競ヒ、既ニ橋ヲ渡ラント押寄ケルニ、如何シケン、城中ヨリ門ヲ開キ、彼ノ橋ヲ速ニ引テ、城中ヘ取入ケル。是コソ日本テ言フ算盤橋トカヤ。掛出スモ自由ニシテ、引入ル時モ、ヲノツカラ便有、如レ此拵タル。事ニ見ユル寄手ノ者共、案ニ相違シ堀』6端ニ徘徊シ、アキレハテテ立タリケリ。

偶堀ヲ渡リテ見レハ、長サ数十丈ノ谷ニテ、岩石ソバ立、剣ヲ植シ如ク、見ルサヘ心キヱヌベシ。搦手、千里山トテ、高山石壁巌々トシテスル（見）トナリ。余リ詮方ナケレハ、「先ツ其夜ハ空ク、城外ヲ曳退テ陣ヲ取、遠篝ヲ焼《タキ》テ夜ヲ明サン」ト言合リ。

薩摩勢討死之事

千里カ場内ニハ、朱伝説カ計略ニテ、寄手ヲ屈セシメンカタメニ、熊（態）ト日ヲ暮シ、静リカヱツテ亡（態）然トシテ、音モセズ控居ケルカ、夜モ三更ノ時ニ至テ、朱伝説大手ノ高櫓ニカケ上リ、寄手ノ勢ヲ能々見スマシ、本丸ヘ窃ニ来リ、孟亀霊ニ対シテ、「偖々、当城ノ寄手薩摩勢、今日味方ノ計略ニ滅気ヲ屈レ、遠篝ヲ焼《タヒ》テ軍威アガラス。大将、士卒共ニ倦怠タルノ体見ヘ候。今晩丑ノ刻ニ、一夜討致シ、寄手ノ奴原ニ、肝ヲ潰サスヨウニ致シ申ベク」ト言。孟亀霊、歓悦ノ眉ヲヒラキ、「善々、イミシクモ申サレタルモノカナ。天晴、御辺ハ古《イニシヘ》ノ諸葛亮、司馬仲達カ兵機ヲカクセシニ異《コトナラ》ズ。我是ニ不レ逮。戦ノ指揮、采拝、一向御辺ニ任スル」ト有ケレハ、朱伝説悦ヒイサミ、其用意ヲソシタリケル。

先ツ逞兵ヲ揃テ、三百人鉾、長刀　』7
ヲ持セ、手ン手ンニ炬用意シ、南ノ方ノ城門ヲ窃ニ押明、薩摩勢ノ内、松尾隼人正勝国カ陣取ル広原へ討テ入、無二無三ニ鉄砲ヲ打カケ、鉾、長刀ヲ突入テ、竪横十文字ニ投ケ立ル。隼人正勢ヲ立直サントシテ、陣ノ動捻(揺)シテウロタヘ廻ル軍勢モ有、隼人正大音上、「キタナシ味方ノ勢、夜討ハ小勢ナリツルソ。透間ヲアラセズ防ケヤ者共」ト、四方八方白眼廻セハ、隼人正カ詞ニ力ヲ得テ、火花ヲ散シ、琉球、薩摩共戦フタリ。然ル処、城方ヨリ貝、太鼓扣立《タタキ》、吹立テ、其(ママ)陸続トシテ何千騎トモ知ラス、雲霞ノ如ク洄《ウツマ》キ出、隼人正カ陣屋ニ火ヲカクル。折節山風烈《ハゲ》敷、何方《アナタ》、此方《コナタ》ニ火移リ、佐野帯刀政形カ陣屋ニモ猛火移リテ夥ク、是ヨリ寄手ノ惣陣大キニ騒動シ、彼方《カナタ》、此方ヲ不分、何レ隙有トモ見ヘサリケリ。

佐野帯刀下ノ士ニ、沼田郷左衛門ト言勇者有ケルカ、唯一騎カケ廻リ、手ニ達ツ者ヲ幸ニ、八方花形車剪リ、或ハ胴切、腰車、大袈裟、竪割、キラヒナク、時ノ間ニ敵四、五十人切倒シ、「傍輩、ツツケヤ、ツツケヤ」ト、声ヲカケ一足モ退カス、夜刃(叉)ノ荒タル勢ヒシテ、奮然トシテ働キケル。今宵稀ナル働キナリ。然所、琉球兵ノ内ヨリ、其丈七尺余ノ大男、タケハツクン立延タル荒馬ニ、金覆輪ノ鞍ヲ置、鎧堅メ打乗、一丈八尺　』8
ノ鉾ヲ取ノベ、四方八面突廻リ、人馬共ニ嫌ヒナク薙倒シ、関羽、樊噲ノ如ク働ケル故、日本勢木ノ葉ヲ散ス如ク逃散タリケリ。郷左衛門是ヲ見テ、「ニツクキ奴ガ働キカナ」ト、真《マツ》シクラニ渡リ合ヒ、七、八十合戦ヒテ、互ニ秘術ヲ尽シケル。誠ニ琉球ノ勇将ト日本ノ勇士ト、武勇競《クラ》ベノ事ナレハ、何レモ勝劣見ヘサリケル処ニ、ヒラメク太刀ノ光リ雷光ノ如ク、突出ス鉾ハ龍ノ洞ヲ出如ク凄《スサマ》シカリケル勢ヒナリ。時ニ琉球ノ大男、鉾ヲ妻手ヘカラリト落シ、郷左衛門カ鎧ノアゲ巻ヲ掴《ツカン》デ、中ニズンド指上、大地ヘ今ヤ投ント見ル所ニ、差上ラレナカラ、腰刀抜クカト見ヘシカ、忽チニ彼ノ大男ノ額カマチヲ、割ヨ砕ケト、ハツシト討、折レテヒルムヲ、ヒラリト下リ、ツツト寄テ引カツキ、尻居ニドフト打スヘ透サス、シツカト押ヘ、首中ニ掻キ剪リ、首引提立挙ル処ニ、琉球兵数十騎カケ来リ、郷左衛門ヲ真《マン》中ニ取巻、十方ヨリ討テ掛ル。郷左衛門事トモセズ、「己ラ手並ハ見セシ如ク、イデイデ遑トラセン」ト、四尺七寸ノ大太刀、鉄ノ棒ノ如キ重子厚キヲ振リ廻シ、十方ニ切テカカレハ、続テ大勢駆ケ来リ、新《アラ》手ノ勢立替リ、無二無三ニ取巻ハ、爰ヲ全ト火花ヲ散シテ戦ヒケルカ、敵ハ重ル大　』9
勢、郷左衛門ハ只一人、ヤヤトモスレハ討ルルヨウニ見ヘケル所ニ、佐野帯刀遥ニ是ヲ見付、韋駄天走リニ馬ヲ馳付テ、「郷左衛門ヲ討スナ。続ケヤ者共」ト、大音上テ前後左右ヨリ討テ掛レハ、琉球モ（ママ）叶ハシトヤ思ヒケン。八方ヘ逃散タリ。

佐野《ノ》帯刀味方ノ軍兵ヲ呼集メ、逃ル敵ニ追付ントセシ所、軍師新納武蔵守ヨリ五、六騎鞭ニ鐙ヲ合セ馳来リ。高声ニ申ケルハ、「今宵ノ騒動最前ヨリ山ノ手ノ陣屋ニテ承リ届ケ（ママ）候処、今晩外候（ママ）、遠見ノ怠リ不届キ千万、言語道断ニ存ル也。佐野《ノ》帯刀殿ノ組下遠見ノ者共急度制法ヲ加ヘラレ可レ然存候。偖、明日ハ軍勢ヲ引分ケ、是ヨリ巽ノ方ヘ七里去ツテ、帰竹城ト言有。某自身罷向ヒ申也。今暁（晩）油断ノ過怠トシテ、佐野帯刀ニハ此城ヲ攻メ亡サルヘシ」ト、相演（ママ）ハス。次ニ、「今宵討死ノ次第、性名誌シ可レ被レ遣」ト述タリ。帯刀聴テ、「相心得候」トテ、筆者ニ命シ、是ヲ印シ則使者ニテ申送ル。　』10

鉄砲組之内　蜂屋藤内
和久左衛門
太田左野右衛門
島村忠兵衛
秦権兵衛
中西永（主）水

弓組之内
牧原津右衛門
向井玄番
田中久之亮
佐和六良左衛門
柴田久三郎
友田泉右衛門

鎗組之内
玉本八左衛門
津部常右衛門
塚本小伝治
失（矢）部矢柄

以上侍合十六人、足軽五十七人、手負四十一人
惣合三百二十人　』11

琉球之兵士討死左之通
官録之者八人、内一人秀孟勇、沼田郷左衛門討取
中官之者百十七人
雑兵三百六人
惣合四百三十一人、手負者数不知

此書付使者持帰リ武蔵守ニ渡ス。一覧シテ大キニ怒リ、深ク佐野帯刀不覚ヲヲ（ママ）論シ、味方多ク討セシ事ヲ本意ナクヲモヱリ。

是ヨリ帯刀ト武蔵守不和ナリシカ、果シテ後日、日頭山ニテノ合戦ニ、帯刀ヒルイナキ高名働セシカトモ、終ニ討死シタリケリ。是全ク此恥辱ヲ雪カント、十分ノ功ヲ心サシ、惣勢ニモ調シ合セス、一身ヲ亡セシ事、アア惜シイカナ。ヲシムベシ、ヲシムベシ。

薩琉軍鑑巻之三終　』12

襲兵《シユヘイ》当爰《トウエン》如何《イカン》未聞《ミモン》琉球《リウキウ》
国敵《コクテキ》於《ヲ》薩州《サツシウ》　雖然《スイセン》理不《リフ》
尽《ジン》囲《イ》之《シ》者汝等《シヤニヨトウ》当《トウ》以《イ》盤石《ハンセキ》
如壁印《ニヨヘキイン》自滅《シメツ》無《ム》疑《キ》迅速《シンソク》可《カ》
退《タイ》々《カ》々《タイ》云云《ウンウン》

是ヲ聞ケル軍勢イカントモ念得カネケル。

爰ニ里見大内蔵組ノ内ニ、浜崎与五右衛門ト言者、蛮夷ノ言葉ヲ知リテ、書付ヲ以テ新納武蔵守方へ為ㇾ持遣ス。

武蔵守大キニ歓ヒ、披キ見ルニ、其詞ニ曰、

我国へ軍勢ヲ爰ニ向ハルルハ、不思議千万。昔ヨリ琉球ヨリ薩摩へ敵シタル事一度モナシト雖、理不尽ニ取カコマハ、則盤石ヲ以テ鶏卵《タマゴ》ヲ打砕クニヒトシ。』13

薩琉軍鑑巻之四

帰竹城合戦之事

明レハ四月二十三日、薩摩勢備ヘヲ立テ、右ノ九十（マヽ）五人、第二左ノ備ヘ、畑勘解由道房、人数六百十九人、同右ノ二ノ手ニ江本三良左衛門重躬、人数合六百十九人発、帰竹城ヘト向ヒケル。此城ハ琉球王ノ一類、季（李）将軍玄国候慶善ト言者守護シテ居ス。手下ハ張助幡、石徳、孔松、隆子、林玄助（的）抔《ナ》ドト言勇士有。凡軍勢一万五千人、騎馬共ニタテ籠ル。

二十三日ノ早天ニ、追手、搦手一同ニ押寄テ、鬨ヲドツト上ニケル。暫ク有テ、追手城戸ノ高櫓ヘ武者一騎カケ揚リ、サマノ（マヽ）板ヲハ八文字ニ開キ、大音上テ申ケルハ、「汝ラ自滅疑ナシ。急ニ退クベシ、退クベシ」ト言ハ、武蔵守カラカラト打笑ヒ、「己《ヲノレ》ハ此国ノ弁舌者ト見ヘタリ。詞ヲ以テ取ヒシガントノ儀ナラン。去サトモ此様成。甲（申）分ニテ伏セサランヤ。唯無二無三ニ責破レ」ト、揉ミニ按ンテ下知ヲナセハ、ハヤリヲノ若士共、我モ我モト打寄テ、兼テ用意ノ渡リ橋ヲ堀ノ上ヘハネ倒シ、三方ヨリ攻掛リ、或ハ具足ノ上帯ニ手ヲ掛ケ、塀ニ登ントスルモ有、ヱイヤ声ヲ揚競ヒアヘリ。

然ル所ニ、城中ヨリ兼テ巧ミ置タル　』14

カ、丸石ノ二人シテ持ベキ石ヲ百計、ドウドウト投カクレハ、楯ノ板ヲ微塵ニ打砕キ、或ハ兜ノ鉢ヲ割レ、具足ヲ打ヒシカレ、頭ヲ割レ死スルモ有、暫シノ間ニ手負、死人山ノ如ク、サレトモ武蔵守、厳ク下知ヲ加ヘ、大音上テ申ケルハ、「此城ハ少々軍兵損ス共、一時責ニ攻崩シ、敵ノ力ヲ落サント、武勇ノ程ヲ見セヨ」ト下知ス故、親討ルレド不ㇾ顧、主討ルレ共郎等助ケズ、前後ヲ見ルニ遑ナク、討レタル者ノ死骸ヲ足タマリトシテ、飛越、ハネ越責入ントスレハ、城内ヨリモ油断ナク鎗、長刀ニテ突落シ、切倒シ、大木、大石透間ナク投カケ投カケ、箭種惜マズ散々ニ雨ノ降如クニ射カケケル。次ニ鉄砲ヲ打出シケル。故、寄手ノ者共面ヲ向ベキヨウモナク、皆々兜ノ錣ヲ傾ケ、鎧ノ袖ヲ顔ニ当テ打伏タル風情也。手負死人千余人、朱ニ染テ見ヘタリケル。
　軍師新納武蔵守気ヲイラチ、「此纔成小城ニテ、味方多ク討ルルコソ本意《ホイ》ナケレ、所詮防クトモ、責亡サテ有ベ
キカ」、軍卒ニ下知ヲナシ、四方ヨリ枯草、枯木ヲ運ヒ寄セ、或ハ車ニテ取寄セ、或ハ人夫ニテ順ニ送ラセ、屏ノ
下成堀ノ内へ打込ミ打込ミ、又近辺ノ民家ヲ数千軒時ノ間ニ打壊リ、藁葺ノ霤、柱、壁垣等ニ至ル迄、車ニテ積寄
セ、堀へ投込ミ投込ミ埋ル事、唯三　』15
時計リノ間ニ埋タリ。草ハ堀ヨリ三尺計リ高ク成リ、武蔵守イサミヲナシ、「今コソト、日比ノ火玉ヲ取出シ、屏
トモ櫓トモイハズ、バラリバラリトアラレノ如ク打カクレハ、矢倉ニ燃ヘ付、塀ヲ打越シ、目アテヲ違ヘズ、投入
ル火玉ハ、城内陣所陣所ニ燃付モヘ上ル。武蔵守見スマシテ、数千本ノ皮団《ウチハ》ヲ持シ、四方ヨリ大勢ニテアヲギ立サ
セ、皆城中へソ吹込ケル。折節風起リ、此風ヲ考テ只今是ヲ行ヒケルコソ不思儀ナレ。
　二ノ丸、本丸残リナク、惣方一度ニ火移リ防カントスルニ便リナク、大将季（李）将軍玄国候、「今ハ軍是迄」ト、書
院ノ側へカケ寄リ、剣ヲ抜キ既ニ自害ト見ヘシ所ニ、張助幡走リ来テ、押留テ申ケルハ、「コハ御短慮ナリ。生ハ
遠クシテ得難シ、死ハ一旦ニ遂ケ易シ。死シテ何トセン。何卒某一方ヲ切払ヒ申ヘシ。然ラハ一条ノ血路ヲ開キ、
南ノ小門ヨリ抜ケ出、船ニ乗リ、米倉島へ心サシ、立退ベシ。イサ御出」ト、長サ一丈八尺ノ長刀ヲ水車ノ如ニ廻
シテ、小門ヲサツト開キ出見渡セハ、イマダ橋へハ火移ラズ。張助幡、「天ノ与へ」ト悦ンテ、彼ノ長刀ヲ振リ廻シ、
「我君続キ給へ」ト、一文字ニカケ出ルニ、火ノ中、煙ノ中ヨリモ、薩摩勢ノ中ニ、横須賀久米右衛門、太田段右
衛門、向坂専右衛門ト　』16
名乗リカケテ、四方ヨリ討テカカル。張助幡大ノ眼ヲ見開キ、「蝿虫ノ如キ奴原、琉球一ノ剛将軍張助幡ト言者、
定メテ音ニモ聴ツラン。此長刀ニ掛テ殺サン事ノ不便サヨ」ト、一来無二ニ打掛ル。薩摩方ニモ、爰ニ群リ、カシ
コニ寄合、渡合渡合、火花ヲ散シ戦へハ、横須賀久米右衛門、左ノ肩ヨリ切掛ル所ニ、張助幡長刀ヲ突ササへ、横

須賀カ兜ノ鉢ヲ、「砕ケヨ割レヨ」ト、ハツシハツシト打討レテ、横須賀大キニヒルムヲ、カイ潜リ、ハラリズント投ケケレハ、横須賀ハ二ツニ成テ失《ウセ》テケリ。太田段右衛門、向坂専右衛門左右ヨリ立挟ミ討ントス。張助幡ヒラリト引テ、両手ヲ延シ、二人ガ具足ノ揚巻掻ツカミ、双方ヘ一度ニドット投付レハ、堀際ノ大石ニアタリ、艮《(即)》座ニ空ク成ニケリ。偖々ムザン成リケル事ドモナリ。

張助幡打笑ヒ、「左モ有ン」ト言儘ニ、季《(李)》将軍ヲ肩ニ懸、四、五丁程行シ処ニ、又薩摩ノ軍勢三、四十騎群リ来テ、「遯《ノガ》サシ」ト、前後左右ノ道ヲ塞キケレハ、季《(李)》将軍ハ恐レヲナシ、「最早是迄」ト、剣ニ手ヲ掛ケ、既ニカフヨト見ヘシ処ニ、張助幡、ハツタト斜眼《ニラミ》、「偖々言甲斐モナキ御心底ヤ。某カ全体一寸モ続キナハ、魂魄其中ニ留リ、サモシキ負ハヨモセマシ。龍ハ一寸ニシテ、其気ヲ顕ハス。イハンヤ　』17万物ノ霊タル物ヲヤ」ト、大音上ケ、「是コソ琉球国第二諸候季《(李)》将軍玄国候ノ御門家、張助幡ト言者ナリ。我ト思ハン者ハ、都ノ土産ニ首ノ遑ヲトラスヘシ」ト、彼大長刀ヲ水車ニ廻シ、八方払ヒ惣マクリ向フ者ヲ、逆掛リ、カラ竹割リ、大袈裟、車切、胴剪リ、嫌ヒナク、或ハ打倒シ、払ヒノケ、片時ノ間ニ六、七騎切殺サレ、馬武者ハ馬ノ平首、向フ足、ハラリハラリト薙捨、落ル処ヲ討テ廃テ、此勢《イキヲ》ヒニ恐レテ日本勢敢テ近ツク者モナシ。張助幡気ヲ休メ、シヅシヅト行ケレハ、季《(李)》将軍息ヲツギテ、タドリタドリ米倉島ヲサシテ急キケル。

然ル処ニ新納武蔵守、鹿毛ノ馬ニ金覆輪ノ鞍ヲ置キ乗リ散ラシ、十文字ノ鑓追取、八方ニ眼ヲ配リ、大音上、「アレアレ南ノ海手ニ小船一艘、真一文字ニ走レルハ、此城ノ大将季《(李)》将軍ト見ヘタリ。然レトモ早二、三里モ隔タレハ、早船ニテモ遅カルヘシ。如何ハセン」ト身ヲ揉ム処ヘ、種島大膳、早馬ニテカケ来タリ、是モ大音上、「イカニ新納殿、季《(李)》将軍ヲ逃シテハ後日ノ妨ケ、又ハ味方ノ不格ナリ。是非是非、相留メ申度、我ラカ組子ノ船手ノ者、只今鉄砲ノ者共ヲ相揃」申ベシ。最足軽キ鳥船ニ帆ヲ十分ニ懸テ、飛カ如ク追カケサセ、二、三里計リニ追寄セ、既ニ是ヨリ弓、鉄砲、火玉ナト丸雪《アラレ》ノ　』18

如ク打掛、射懸、短兵急ニ進ミタリ。アハヤ此舟微塵ニナラント見ル処ニ、件ノ張助幡少シモ騒ズ、一身百術ニ用ヒ、恐レワナナキ季（李）将軍ヲハ舟底ニ押シ隠シ、己《オノ》レカ船ノ中ニ横サマニ伏シテ、楯ノ板ヲ両手持テ、討カケル火玉ヲ打払ヒ打落シ、二時計リササヘテ、天運ニ任セ働ケル。又起上リ片手ニ楯ヲ押ヘテ、浪ノ上ヲ平地ノ如クノ心地シテ、玉失（矢）ヲ請ツ払ヒツ、又三、四丁漕行ケル。

薩摩勢乗リ寄セ、乗リ寄セ、湊ヨリ杌（猶）船ヲ出サントスル処ニ、新納武蔵守早船ヲ遣シ、鳥舟共ヲ押シ留メケル。「イミハ季（李）将軍ニ付行シ勇士ハ天晴無双ノ剛ノ者ナリ。彼ノ古三国ノ時、曹操カ勇士ノ内、玄徳ノ弟、関羽、張飛ナドト言者、彼レニハヨモ及ハシメン。此勇士ヲハ助置キ、往々ハ方便ヲ以テ、何卒味方ニ招キタシ。適レ古今ノ勇士也。誠ニ忠臣哉」ト、感シツツ、「追事必々無用ナリ」ト申シケル。寔ニ武蔵守カ下知ノ程情有リケル事共ナリ。

新納又下知シテ曰、「是ヨリ直ニ彼ノ乱蛇浦ヘ進ン」ト触ケレハ、帰竹城ノ火ヲシメシ（ママ）勝鬨揚テ、サット引ク。夫レヨリ又、「五里ノ松原ヘモ手配リシテ戦フベシ」ト下知イタシケル。』19

乱蛇浦並松原合戦之事

斯テ薩摩勢、諸大将両方ヘ手分ケシテ進ミケル。先乱蛇浦ヘハ、秋月右衛門佐之常、三好典膳定次、花形小刑部氏頼、花房兵庫忠常、池田新五左衛門国重、小松原左内左衛門安信、浜部藤内行重、金波門定継、島津主水時信、失（矢）塚新五左衛門豊宗等也。松原ノ城ニハ、大島三良左衛門忠久、天野新兵衛近俊、篠原治部久春、中原左衛門春氏、中村右近右衛門敦貫、和気治左衛門国清、木戸清左衛門成永以下簱本ノ歴々、我劣ラシト、揉立揉立晋ミケル。

翌日昼時ニ、乱蛇浦ニ着ケレハ、早鉄砲ヲ打掛打掛、前後惣懸リ右往左往ニ掛リシニ、終ニ囲ム。関所ナレハ、漸ク人数二、三百人タテ籠リシヲ取巻テ、鬨ヲドツトソ揚ケニケル。関屋ノ内ヨリモ又鉄砲ヲツルベ打ニ放チケレハ、玉ハタガイニ飛違ヘテ、イナコノ如ク飛散タリ。池田新五左衛門大キニイラツテ申ケルハ、「迚モ鉄砲、箭軍ニテハ埒明不レ申。鎗襖ヲ造テ突テ入ラン」ト言儘ニ、鎗追取走リ行ク。是ヨリ鈴木三左衛門、三浦三左衛門、柴田小式部、熟九助、間《ハザマ》孫八郎ナドト言フ剛勢、荒者、我モ我モト掛ケ出シ、跡ヨリ、力者数百人駆失、鉄砲ヲ　』20

引提引提、思ヒ思ヒ、我劣ラシト、塀モ柱モヒタ打ニ打墜チ、早四方ヨリ火ヲカクレハ、陣屋ノ大将公辟《ハイ（山都）》師大キニ驚キ騒キ、立馬ニ打乗リ、逸参ニ表ヲサシテ逃行ケルヲ、花房兵庫ガ家臣、玉沢与左衛門ト言者、「大将キタナシ。返セ」ト声ヲカケ、一文字ニカケ付ケ、馬ノ尾筒ヲ捕ヘテ、クルリクルリト引廻シ、ヱイヤット言儘ニ、人馬共ニモンドリ打セ返ス処ヲ透サス、飛懸ツテ採テ押ヘ、首カキ切テ立揚リ、大音上、「関ノ大将公辟《（山都）》師、鬼神ノ如ク申セシヲ、花房兵庫忠常ガ郎等玉沢与左衛門美照討取タリ」トソ呼ハツタリ。新納武蔵守遥ニ是ヲ見テ、「倍臣ノ一番高名、是抜群ナリ」トテ、早速牒面ニ是ヲ記シ、「帰国シテ後、太守ヨリ御褒美有ン」トテ、当座ノ褒美ヲ致シ、軍功ヲコソ称シケル。

偖、乱蛇浦落失セシカハ、「彼ノ五里ツツキノ松原ニ火ヲ掛ケテ焼責ニセヨ」ト言儘ニ、ハヤ松原ニサシ掛ルト、ヒトシク焼立焼立、三里計リモ過ヌレハ、松原ノ其中ニ平城一ツ有ケリ。爰ニハ琉球ノ探題ニ武平候林漬《（ママ）》子ト言者、二千余騎ニテタテ籠ル。遠見ノ者共火ノ手ヲ見付テ追々ニ注進ス。林漬《（ママ）》子甚驚キ周章テ、「偖如何セン」ト、下司ヲ呼出シ、此儀ヲ評定ス。門下ノ川統《（ママ）》子ト言フ賓客有リシカ、進ミ出テ申ケルハ、「此コ　』21

ロ日本薩摩ノ勢乱入ノ由、其聞ヘ有処、手前要害ノミニシテ、都ヘノ注進モ之無、安閑トシテ居玉給ヘル事、武略ニ不足ニ似タリ。シカシ、寄セ来ル敵ニ対シ居ナカラ徳ヲ請ヘキ理モ有ルマシ。兎角某承リ向ヒ、機変ノ術ヲ尽シ、敵ヲヲヒヤカシ申サン。其間ニ先々帝都ヘ早馬ヲ立ラレ、大軍ヲ以テ一度ニ敵ヲ取ヒシキ、其時イカヨウ共機ニ望ンテ変ニ応スヘシ。先迎敵ノ用意有ベシ」ト申ケレハ、武平候大キニ喜悦シテ、「誠ニ才智ノ侍ナリ。此度ノ兵事ハ、スベテ此川統《（ママ）》子ニ任セテ政務ヲ致スベシ」トソ定メケル。

薩琉軍鑑巻之四終　』22

[第二冊了]

薩琉軍鑑巻之五
日項(ママ)山合戦並佐野帯刀政形高名討死之事
付リ家来ノ面々武勇働之事　』1

薩琉軍鑑巻之五
日項(ママ)山合戦並佐野帯刀政形討死之事

爾程、薩摩ノ軍勢イサミ誇テ、松原ノ城ト乱蛇浦ト二手ニ成テ攻ケルガ、彼(後)ノ陣ノ大将佐野帯刀政形ハ、手下ノ諸士、兵卒ヲ松原ノ側へ招キ寄セ、「此間某千里山ノ軍謀ヲ仕損シ残念ニ存ル。軍師新納武蔵守ニ恥シメラレ、事骨髄ニ徹シ、イカントモ仕リ難シ。最淳(彼)ガ言モ君へノ忠ノ意趣ニ恥カシメタルニモ有ズ。自カラ軍師ノ権ト言者ナリ。又、我恥辱ト思フモ、淳(彼)ニ恥カシメラレタルヲ、怒リ含ムニテハ、神以テサラサラナシ。仮借《カリソメ》ナカラ大将ノ名ヲ免《ユルサ》レ、外国へ向フ者カ、敵ノ謀力ニテ夜討ニ惣陣ヲ追焼レ、諸士数多討セタルハ、専《モツハラ》其不格ハ我ニ有リ。帰国ノ後、主君義弘公へ面目ナシ迚モ、我名ハクジケタル。依テ、今日松原ノ城へ馳向ヒ、十死一生ノ軍シテ責破リ、一向ニ討死セント思フナリ。夫レ共首尾克ク攻破シモノナラハ、前々ノ不格ノ名ヲ繕《ツクノヒ》ヒ候ハハ、討死スルモ又不格ナリ。万一運命至ラスシテ本望遂スンハ、潔《イサギヨク》城ノ石垣ヲ枕トシテ死セン。敵味方ノ目ヲ驚シ、別テ軍師武蔵　』2
守、我ヲ言謀(ママ)ノ者ト思ヒシヅラ当テニモ、速ニ諌死スヘシ。期(斯)アラハ、千里山ニテ不格シ、味方ノ兵ヲ損シ、汚名ヲススガントハ。各イカニ」ト有ケレハ、中ニモ帯刀ガ家ノ子、三好八左衛門、板橋伝左衛門トテ、棒録五百石ト七百石アタヘタリシ者成ルカ、両人共帯刀ガ前ニ進ミ出テ申ケルハ、「誠ニ軍師武蔵守殿ノ千里山ニテ恥カシメヲ申サレシハ、全ク理ノ当前ニシテ諸士ヲ励ス謀ノ一言ナリケレハ、千万至極セリ。シカシ当家モ島津譜代ノ家ニシテ武蔵守殿トモ劣ヌ家筋、如レ是ノ御身トシテ、少シノ不格ヲ恥辱ニ思シ召シ、又ハ軍師ヘ頬《ツラ》アテトシテ討死シ給ン事、恐レナガラ若輩成ル儀ト奉レ存ナリ。且ハ義弘卿ヘノ御不忠トヤ申ベキ。其上不格ノ御最期有ルナラハ、御先祖ヘ対シ殊外ノ御不孝ナルベシ。兎角千辛万劣(苦)ヲ凌キ、御命ヲ全フシテ始終ノ都合セン事コソ能キ計略ニテ候得」ト、言葉ヲ尽シ諫言ス。

帯刀倩《ツラツラ》聴キ感悦シ、「天晴無双ノ忠臣哉。イシクモ諫シ者共哉。汝等《ラ》ニサヘ面目ナシ。成程忠孝二ツノ道弁《ワキマヘ》ザルニモ有ズ。イカニセン老臣ノ列ニ聯ル者ガ、外国ニテ不格ノ名ヲ取リシコソ、我運命ノ拙キ故ナリ。此度某、事道ノ不格ヲ取リ、今発向ノ武蔵守ガ琉球退治ノ呈(全)』3

功ヲ治メ帰国セハ、子々孫々功名ヲ高ブリ、余人ハ有テナキガ如クセン。又殿ニモ其功ヲ賞シ、国中ノ政道ナドモ皆渠(彼)ガ心任セ成ルベシ。然ラハ、万一邪《ヨコシマ》非《ヒ》道モ出来ヌル時ハ、御国万民ノ歎キニモナリ。百性恨ミナハ御家ノ御為ニ甚宜シカラズ。故ニ某此度抜群ノ功ヲ立テ、軍師ニ面目ヲ雪《ススギ》返シ、御国ニテモ独ノ政道ニナラサル様ニ致シ度事ナリ。此儀則忠ナリ。又先祖ノ考也ヨシ。運命尽キテ、夫レ故落命セハ、夫レコソ本望ナリ。汝ラガ金言《キンケン》、我是ヲ聴入レザルニ有ズ。右ノ段々演ル如クナレハ、必々此度ハ九死一生ト思フナリ。各モ掛ル不性ノ時ハ逢シモ気ノ毒千万ナレトモ、何レモノ命、我ニ給ハレカシ。是ヨリ一向日頂(ママ)山ヘ赴キ、琉球ノ都ノ惣門ノ中ナレハ、則日頂(ママ)山ノ頂《イタタキ》ヨリ死生シラズ、マツ下リニ、逆落シ、古ノ義経公、一ノ谷着伝ヲ継《ツキ》、日本流ノ厳キ事ヲ琉球ノ者ハ言ニ逮ズ、一千二百余州ノ唐士(土)迄名ヲ響シ、毛唐人共(其)ニ肝ヲヒヤサセ申ベシ。各一所懸命ノ戦イニ三途ノ川ヲ供シテ給ハルベシ」ト言捨テ、「ツツケヤ者共、ハヤ時移ル」ト下知ヲナシ、「我ト思ハン人々ハ、某ニ続クベシ」ト詞ヲ放ツテ、少シモ猶予セズ打立ハ、三好八左衛門、板橋伝左衛門、其外究竟ノ若者共詞ヲ　』4

揃へテ、「仰ニヤヲヨブベキ。命ハ風ノ蘁（塵）ト軽ンシ、義ヲ鉄（金）石ニヒスルナラハ、イカナル天魔疫神モヤワカ恐デ有ルベキヤ」ト、銘々大キニイサンテ、命ナガラヱント思フ者ハ雑兵ニ至ルマデ一人モナク見ヘシ事コソ頼母シケリ。

時ニ其勢都合究竟ノ若侍スグッテ、都合一千八百余騎皆々、「必死」と絢束シ立出。時ニ八左衛門、伝左衛門下知シテ曰、「敵一人ニ味方三人宛向フベシ。強勢ノ敵ト見ハ、味方三手一処ニ成テ傍輩ヲ救フベシ。随分随分励レヨ」ト、タガヒニ進ンテ、其夜三更ノコロ窃（ママ）ニ。三十丈ノ揚土門ノ立凰（ママ）門ト号ク、此辺ニ小山、一ヶ所ノ番所アリ。此処ノ案内兼テ具ニ聞置ケレハ、組子ノ諸士ニ用意サセ、手ニ手ニ松明灯シツツ、カツラヲツタイ、岩カドニ打登リ、嶮岨ニ辛労シテ、漸日頂（ママ）山ニ至リテ、向フヲ遥ニ見渡セハ、番所ハヒツソト静リケリ。帯刀悦ヒ、「時コソヨケレ、シスマシタリ。是ヨリ取ヒシギ、番ノ関屋ヲ打破リ、其上都ノ竪横町小路町小路、少シモ不残焼払イ、帝都切込戦ハン」、鉄砲ヲ打入レサセテ、鯨波ヲドット揚ケニケリ。関屋ノ者共寝入リハナノ事ナレハ、纍《ヲビへ》周章ル計リナリ。

帯刀ガ組下ノハヤリヲノ侍共、我劣ラシト、塀へ掛ケ揚リ、乗リ込ント、イドミケル中ニモ』5鈴木八良次、和田藤右衛門ト言者、帯刀ガ小性ニテ、両人多年無二ノ間《アイダ》柄ナリシガ、イサヤ城ノ中へ一番乗リセントスルニ、和田ハ小男、鈴木ハ大男ナリケレハ、八良次ヒラリト飛ンテ、和田ガ鎧ノ上帯ニ手ヲ掛ケ、其儘肩ニ両足ヲ掛、「御免候へ、和田殿。某一番乗リ仕ル。往昔ノ筒井浄妙、一来法師ニハアラネ共、互ニ主君へ忠義ナリ」ト申セハ、和田聞テ、「言フニヤ及ハん。中々御断ニハ不レ逮」ト神妙ニ申ケリ。八良次、塀ノ霤ニ飛揚リ、内ヲ覘《ノゾケ》バ、番ノ兵共、「スハヤ、敵ヨ」ト言儘ニ、四、五人飛出、鎗、熊手ニテ突カクル。八良次、ニッコト笑ヒ、「ヤサシキ夷ノアリサマカナ」ト、三尺二寸ノ太刀、玉チル如キノ業物ヲ、雷光ノ如クヒラメカシ、ハラリハラリト切リ散シ、返ス太刀ニテ拍子ヲ取リ、屏ノ中へ飛コンタリ。一番ニ続テ和田藤右衛門、二番ニ加藤弥兵衛、横田嘉助。此嘉助ハ大男ニシテ、古ノ朝比奈共言ツベシ。何レモ階子ヲ掛ケ並へ、突トモ射レトモイトハハ、兜ノ錣《シロロ》ヲカタムケ、鎧ノ袖ヲユリ合セ、ハラリハラリト飛コミ飛コミ、入ヤイナ抜キツレテ四方八方切リ散シケレハ、琉球兵トモ騒動シ、ウロタヘテ逃廻ル。
其中ニモ歴々ト見ヘタル者数多有リ。和田藤右衛門、横田嘉助、敵一両人引捕ヘ、』6
太刀ヲ咽ニ押当テ、「汝ラ命ガ惜クハ、関屋ノ大将ノ名ハ何ト言モノ、何国《（ママ）》ニ居ル。明白ニ申べシ。少モ偽ルモノナラハ刺シ殺ス」ト、既ニ危急ヲヨヒケリ。彼雑兵フルイフルイ、言葉シドロニ申ヨウ、「大将ハ季《（李）》将軍ガ弟ニテ、季志教《（李志発）》ト申者、年ハ三十ニミテズ《（ママ）》、則アレニ見ヘシ書院ノ中、障子ニ影ノ移リ見ユル処ナリ。命ヲ助ケ給ハハ案内仕ラン」ト申ケル。嘉助打笑ヒ、「誠ニ汝ハ天晴ノ功ノ者ナリ。後ニ褒美トラセン」ト、笑ヒ笑ヒ行ケレハ、程ナク書院先キ高キ椽ノソバニ寄リ、見レハ灯《トモシビ》チラチラト見ヘケリ。
嘉助障子ニ窟《アナ》ヲ明ケテ窺ヒ見レハ、大将季志教《（李志発）》牀机ニ腰ヲカケ、剣引提テ、スハト言ハノ風情ニテ、両方ニ武者二人、鋒引提詰居タリ。嘉助、藤右衛門ニ囁キ、我着タル兜ヲヌギ、四尺計リノ長刀ノ先キニシツカト括《クク》リ付ケ、障子ヲサラリト明ルト、イナ是ヲサシ出シケレハ、季志教《（李志発）》キツト見テ、「心得タリ」ト言フママニ、抜待掛タル剣ヲ以テ、件ノ兜ノ真中ヲ、只一討ト切リ付ル。嘉助ソツト跡ヘ引ク気色《ケシキ》ヲ見セケレハ、季志教《（李志発）》、「得タリ」ト勝ニ乗テ、「今一討」ト振リ上ゲル処ニ、長三尺計リノ剣ナレハ、天井ノ長押ニ打コミ、抜ントスル処ヲ、嘉助透サズ飛込、長刀ノ石突ニテ、胸イタヲドウトツキケ』7レハ、季志教《（李志発）》アヲノキニドツト倒レ、嘉助躍リ挙《アガ》リ、飛カカツテ首ヲ取リ立上ラントスル処ニ、左右ノ老臣、一度ニ鉾ヲ持テ突カカル。「サツシタリ」ト大声掛ケ、鉾ノ塩首シツカト握リ、アナタヘモチリ、コナタヘ開キ、暫ク揉合アユミシニ、踏ハヅシタル処ヘ、和田藤右衛門走リ来テ、一人ノ老臣ノ細首ヲ打落シケレハ、嘉助力ヲ得テ、ニツコト笑ヒ鉾ヲモギ採リ捻ヂ倒ス処ヘ、味方ノ大勢蒐《ハセ》付キ、彼老人ヲ中ニ取込打討タリ。嘉助大音上ケ、「関屋ノ大将季志教《（李志発）》ヲ、佐野帯刀政形ガ郎等横田嘉助村秀ガ討捕タリ」ト高ラカニ呼ハリケル。帯刀モ一サンニ乗リ込、団扇《ウチワ》ヲ以テ嘉助アホギ立テ、「我家ノ朝比奈、武蔵坊ナリト、甚褒美デカシタリ」ト申ケリ。

偖、是ヨリ直ニ日頂山《(ママ)》へ真下リニ都へ逆落シニ責入リ、火攻メニセント、揉ニモフテソ急キケル。ハヤ日頂山《(ママ)》ニ成ヌレハ、ヱイヤ声ヲ出シ、真逆落シニシテ西ヲ見レハ、琉球国ノ都ノ町小路、万軒ノ軒ヲ並べ、此方ニハ二丈計リノ高石垣、惣門、築地有リ。廻リニ大堀有テ、四方四里計リノ王城四方ニ数百ノ橋有リ。佐野帯刀ヱミヲ含テ、「是コソ琉球国ノ都ナラン。一番乗ハ佐野帯刀政形ナリ。軍師新納武蔵守ニ今コソ意地ヲ立ヌキケリ。イ　』8 ザ一番乗リノ火ノテヲ揚テシルスベシ。イザメヤ《(ママ)》若者、郎等、アレニ見ヘタル町ノ内ヲ打散シテ、処々ニ火ヲ放テ焼攻ニセン。某ハ其内ニ大師王俊辰玄ガ楯籠ル、都後詰ノ城へ怖畏ニ馳向ハン。和田藤右衛門、横田嘉助両人ハ山越ニ忍ヒ出、五里松原ニ控居ル軍師武蔵守へ参リ、佐野帯刀政形ハ琉球国都入一番乗リ致シ候ナリト、此趣ヲ帳面ニ聢《シカト》記シ置キ、義弘卿へ舟ニテ早速注中遣サルベシト、武蔵守へ申ベシ。其上返答ヲ聞キ急キ帰ルベシ。急ゲ急ゲ」ト下知スレハ、両人、「御意ヲ背クニテハナケレ共、此御使ハ外ノ者へ御付ラレ下サレ。我々一番ノリノ御供仕リ、剛敵ト見ルナラハ、日本流ノ早業ヲ唐人共ニ見セ申度シ」、帯刀聴テ、「最ナカラ、両人ハ関屋ノ一番乗リ、殊大将季志教《(李志発)》ヲナンノ苦モナク討捕ヒ、ルイナキ働、勿論道スカラノ程モ心許ナク、依之両人へ申付ル也」ト有ケレハ、最早《モハヤ》此上ハ辞退ニ不ㇾ逮、早速両人カケ出シケル。

偖、残ル若者共、爰彼方ニ火ヲ付ル所ハ、名ニヲフ日頂山《(ママ)》ニテ、山嵐《(颪)》モ烈《ハゲシ》ク、猛火八方ニ飛散リ飛散リ、黒雲靉靆如ク人顔モ見へ別ス。十方一度ニ焼ケ廻リ、天ヲ照シ地ヲ灼《コガ》シ、琉球ノ大平日久ク、干戈ヲ忘レ居タリケレハ、城下ノ百性、町人恐レワナナキ騒　』9 動シ、貨財、雑具ナド東西へ持ハコビ、妻子、従類泣キサケヒ、老タル親ヲ肩ニ掛ケ、幼ヲ抱テ、夫婦手ヲ曳キ、東西ヲ弁《ワキマヘ》ズ南北へ逃迷ヒ、目モアテラレヌ有リサマナリ。

城下如ㇾ是ナレハ、都城ノ儀ハ猶以テナリ。折節風ハ烈ク目モアカズ、時ニ新納武蔵守数万ノ軍兵引具シ鉄砲、惣筒払ツテ乱レ入ル。三貿《(災)》ノ一度ニ来ルモカクヤラントソ見ヘシ処ニ、琉球ノ諸王、公達方角モワキマヘズ、カチハダシニテ行方ヲ求メ御座《ヲワシマ》ス。諸士ノ周章《アハテ》大形ナラズ、鉾ノ有処ヲシラズ。

帯刀ハ詰ノ城へ向ヒケルガ、城中ノ大将大師王俊辰玄、琉球無双ノ大将ニテ、要害堅固ノ城ニ籠リ、日夜用心厳ク守リ有ケレハ、帯刀ハ小勢成《ナレ》ハ、輙責落《タヤスク》スベシトハ見へサリケリ。帯刀モ、「此度ハ九死一生ノ合戦」ト、兼テ思ヒ詰シ事ナレハ、追手ノ堀際迄打寄セ、少モ離ズ左右ヲ進メ、剛億ヲ察シ、先キへ先キへト進ミケル。

時ニ追手ノ高櫓、高欄ノ元ニ武者一人蒐《カケ》上リ、通辞ヲ以テ大音上、寄手ノ大将へ申ス。「当城ノ大将大師王俊辰玄、勢ヒ尽《ツキ》テ薩州へ降参致シ申スベシ。然レ共上下大勢ノ儀ナレハ、雑具ノ片付キ旁隙取申スベシ。今晩丑ノ刻、大手ノ門ヲ開キ、御陣門ニ下ルベシ。先ツ夫レ迄ハ、暫シノ間《アイダ》囲ミノ進御解キ下サルベシ」トソ　』10申シケル。運ノキワメノカナシサハ、帯刀是ヲ誠ト思ヒ、イカニモ降参ユルスベシ。「弥相違ナキヨフニ」ト返答シ、十四、五丁退陣シテ、前後左右ノ囲ヲ解キニケリ。惜イカナ帯刀猛勇ナレ共、今少ト智不レ足。又夫レ約ヲナシテ和ヲ乞ハ謀ト言ヲシラズ。然ラハ約ヲ堅クシテ、人質ニテモ取ルベキニ、一言ノ弁舌ニ掛ケラレテ、囲ヲ解キ、嗚呼惜ムベシ、惜ムベシ。前々ノ軍功モ水ノ淡ト成ヌル。只血気ニハヤリ意地ヲ立テ、方寸乱レシ故也。

城中ニハ王俊辰玄、「緩兵ノ計略ヲ敵ニクワセシ、スマシタリ」ト歓ヒ、諸軍ニ申シケルハ、「汝ラ心ヲ用ユベシ。日本薩摩勢故モナク狼藉シテ国土ヲ乱ス。我是ヲ悲マサランヤ。正ニ国ニ開ス忠節今宵ニ有リ。是ヨリ夜討シテ、彼ノ奴原一人モ不レ残討捕テ、大王ノ御感ニ預リ奉リ、此度討レタル者共ノ孝養トシ、国恩ヲ報ズベシ」ト申含メテ、イサミ晋ンテ合詞合印、夜討ノ号令、手組ヲシ残ル処モナク一斎シ、其夜ノ更ルヲ待居タル。

程ナク丑ノ刻ニモナリシカハ、「最早《モハヤ》時節」ト密《ヒソヤカ》ニ、則王俊辰玄ガ甥王青(香)、王翳《エイ》、王兵(丘)トテ、兄弟三人共ニ武勇強勢ノ者共也。分テ王翳ハ大力ニテ、一丈二尺ノ鉄ノ棒、重サ百八十斤有シヲ、小童ノ呉竹ノ杖ヲ以テ遊ブニヒトシ。往古ノ呂　』11布共言ツベシ。此臣下ニ趙昌、龍歓トテ強力有リ。王青(香)ヲ先手ノ大将トシテ、其勢五千余騎逞兵ヲ引卒シ、中陣ハ王俊辰玄、是モ五千余騎、後陣ハ流君了、又川統（流）子、三千余騎、左ノ陣ハ張助幡ガ弟ニ張助际《ジ》、二千余騎、右ノ陣ハ季将軍ノ甥玄剛子、郎等ニハ松韓、石痽《タイ》、松馣《アン》ナドト言フ勇士共、中ニモ松韓ハ剛力ニテ智勇モ有リ。

六軍等クハイヲ含ミ、鎗ヲ伏セ、馬ノ水付シツカトシメ、鎧ノ草摺リタタミ挙、諸軍勢ヒツソトシテ出行ズ（ママ）。帯刀ガ陣所四、五軒、此方《コナタ》ト思フ比《コロ》、旗ノ手ヲサツト揚ケ、貝、太鼓ヲタタキ立テ、吹立テ、鉄砲ヲツルベ、鯨波《トキノコヘ》ヲドツト上ケ、宛《アタカ》モ雷神ノ耳ヘ響クガ如クナリ。無二無三ニ込入リケル。帯刀方ニハ此間ダノ労レト言、殊和談降参ニ心ヲユルシ居タリケレハ、大キニ驚キ、一鐺モ合サントスル者モナシ。只木ニ宿リシ寝鳥ヲサスヨリイト安ク討ルル者、其数ヲシラズ。

帯刀、八左衛門、伝左衛門、藤馬、八良次、弥兵衛、衛士等ハ、兼テ小手、腹巻ユルサズ、帯刀ハ腹巻計リニテ飛テ出、大薙刀ニテ、爰ヲ専途ト戦イケル。王俊辰玄、大声ニテ、「葉武者ニハ目ナカケソ。大将ト見ハ取巻テ遯スベカラズ」ト呼リテ、二、三百人ノ真中ニ帯刀一人取ンテ、火水ニナレト揉合ケル。帯刀ハ四　』12
方八面ニ眼ヲ配リ、韋駄天ノ如ク、当ル者ヲ幸ニ、胴切、梨子割、車切、或ハ大袈裟、従横無尽ニ薙立レハ、アタリニ近付ク者モナシ。少シ息ツギ大ワラハニ成リ、必死ト成テ戦《タタカヘ》バ、琉球勢モ少シシラケテソ見ヘタリケリ。中陣ノ大将王俊辰玄下知シテ曰、「帯刀ナレハトテ鬼神ニテハヨモ有ラシ。只一人ノ大将ヲ六軍一所ニ集リテ、カホドサモシキ働ハ、日本迄ノ笑草、帰国ノ後サミセラレン事ノ口惜ヤ。此人数ニテ討モラスト言フハイカン。ツツケヤ、ツツケヤ軍兵共」ト、四方八面ニ厳ク下知ヲ致シケレハ、先手ノ中ヨリ王翳、趙昌、龍歓、此三人一手ニ成テ、帯刀ヲ目ガケ、真中ニ王翳、弓手ニ趙昌、妻手ニ龍歓討テ掛ル。王翳ハ重サ百八十斤ノ鉄ノ棒ヲ真向、微塵ニナレト打付ル。帯刀ヒラリト妻手ヘ透ス。サシツタリト、趙昌鐺ヲ捻テ突カクル。カイククツテ左ヘハヅス。龍歓大長刀ヲ水車ニ廻シ、刃向フテ掛レハ、帯刀ハ一来三変ニ身ヲナシ、秘術ヲ尽シテ戦イケル。

遥ニ三好八左衛門、是ヲ見テ、伝左衛門、藤馬、八良次、弥兵衛、衛士等、「大将危シ」ト、韋駄天走リニ掛ケ付ケ、龍歓ト衛士ト渡リ合、七十余合戦イケル。龍歓ハ琉球国ニ名ヲ得シ勇士、事ニナレタル武士ナレハ、サコソ有ン。衛士ハ僅《ワズカ》十六歳《サイ》、帯　』13 刀ガソバ小性ナリ。サレ共剣術ハ九郎義経ニ等《ヒトシ》ク、和田藤馬ハ、藤右衛門ガ兄也。是モ猛勇ニテ関口流ノ師範タリ。趙昌ニ渡リ合、百二十余合戦ヘトモ、何レモ小劣見ヘサリケリ。其内和田ハ、趙昌ヨリ小兵ニテ、ヤヤ共スレハ請太刀ニナリシカ、請直シテ切結ブ。王翳ニハ三好八左衛門、板橋伝左衛門、加藤弥兵衛、鈴木八良次、横田嘉右衛門、是ハ嘉助カ伯父ニテ、強力鹿児島ニ肩ヲ並ル者ナシ。是ハ戸田流ノ名人ナリ。右ノ五人双方ヨリ討テ掛レハ、王翳本陣ヲ目ガケテ逃ケ走ル。

嘉右衛門声ヲカケ、「琉球第一ノ人ト名乗リシ士ガ、後ヲ見スルハ何事ゾ。日本ニテハ討死スル共、敵ニ後ヲ見スル事ナシ」ト恥シムレハ、唐人ノヤサシサハ、是ヲ誠ト心ヘ取テ返シ、板橋伝左衛門ト切結ブ。イカガシタリケン。伝左衛門只一討微塵ニ成テ失セニケル。帯刀是ヲ見テ、「言甲斐ナキ者共カナ」ト、又王翳ト戦イケル。八十余合ニ及ベ共、サラニ勝負モ付カサリケリ。横合ヨリ、「加藤弥兵衛」ト名乗リカケ、王翳ガ鉾ノ柄ヲカラリト踏落シツケ入、腰車ニテ、二ツニナレト大薙刀ヲ救フタリ。王翳ヒラリト飛上リ、中ニテ剣ヲ抜キ合セテ、六十余合戦イケリ。

八左衛門、嘉右衛門左右ヨリ掛リシカバ、王翳　』14 既ニ危ク見ヘシ時、右陣ノ松韓、石瘂、松醃、又後陣ノ川統（流）子惣掛リニ成シカハ、味方ハ主従八騎、射韝《コテ》、腹巻計リニテモノノ具セズ。敵ハ大勢流石ノ猛将勇士ナレ共、当惑ノ体ニ見ヘシ処ニ、衛士、龍歓ト二時計リ戦イシカ、龍歓気ヲイラチ、「手取リニスル共、何程ノ事アラン」ト、只一討ト切付レハ、衛士シツンテ飛鳥ノ如ク後ヘ廻リ、龍歓ガ首、水モタマラズ打落シ、大音上テ、「鬼神ト聞ヘシ龍歓ヲ、佐野帯刀政形ガ郎等衛士俊定、生年十六ニテ首取タリ。我ト思ハン者共ハ組留ヨ」ト呼ハリケル。帯刀是ヲ見テ、「高名ト誉ニケリ。藤馬力ヲ添ヨ」ト下知スレハ、取テ返シ趙昌ヲ目ガケ、藤馬小(に)声ヲカケ、「龍歓ハ某討捕タリ。貴所モ早ク趙昌ヲ討捕、暇ヲ得サセヨ」ト言儘ニ、趙昌ガ高股《モモ》ヲ、衛士切テ落セハ、サシツタリト、和田藤馬乗カカツテ首中ニ討落シ、「和田藤馬照房、猛勇ト名ヲ得タル趙昌ヲ討捕タリ」ト高声ニ名乗リ、大将ヲ救ハント二人馳付、数万騎ガ中ヘ割テ入リ、当ル者ヲ幸ニ截リ伏、薙伏セ、人ナキ処ヲ行ガ如ク也。

惜シイカナ。三好八左衛門、王翳ガ弟王兵(丘)ガ一箭ニ射落サレ、終ニ空ク成ニケル。鈴木八良次二時計リノ戦ヒニ目ニ余ル強敵六、七騎、雑兵四、五十人討テ、暫ク息ヲツキツ　』15 ル処ニ、何国(ママ)トモナク流矢一筋来テ、胸板ニハツシト立ツ、痛手ナレハ、少モタマラズ妻手ノ方ヘドット伏ス。王俊辰玄ガ臣下嬰勃ト言者、首カキ截リ、本陣サシテ帰ラントセシ所ヲ、嘉右衛門飛カカツテ、腰車ニ切テ落シ、八良次兼之ガ当敵ノ嬰勃ヲ、横田嘉右衛門村直、首捕テシツシツト引ニケル。

サレ共、潮ノ涌ガ如ク、新手ヲ段々繰出シ、入レ替入レ替責ケレハ、味方ハ纔ニ大将帯刀、郎等ニハ横田嘉右衛門、衛士、弥兵衛、主従五人ナリ。残ル家臣、雑兵、或ハ討レ、又ハ手負、逃散テ、頼ム方ナク見ヘニケル。殊抜カケノ事ナレハ、味方ニ続ク勢ハナシ。各、「一働シテ、敵ニ目ヲサマサセ、潔ク討死セン」ト、一息ヅキテ、「イササラバ、今一合戦ト立ン」トセシガ、何レモ深手数多ナリ。

名ニアフ猛将、剛勇ノ士ニテ、少シモ苦ニセズ、真先ニ加藤弥兵衛勝清、二番ニ衛士、三番ニ大将帯刀政形、和田藤馬照房、横田嘉右衛門村直、主従五騎、敵ノ数万ヲ左右ニ請ケ、死物クルヒニ働シハ、スサマシカリシ事トモナリ。王俊辰玄下知シテ、「僅四、五騎ノ兵、タトヘ往古ノ玄徳ノ弟関羽、張飛、趙雲、記(魏)延ノ再来タリ共、何程ノ事有ベシ。続ケヤ兵共」ト厳ク下知ヲナセハ、弥兵衛ニ松韓、石痽、衛士ニハ川統(流)子、松醃、大将帯刀ニ王　』16 青(香)、王翳、王兵(丘)、張助幡(昕)、山道大人、玄劉志、淮奇沛、蘇張渾(準)、周耶子等ノ猛勇、剛力九人帯刀一人ヲ目カケ討テ掛ル。

時ニ藤馬、嘉右衛門、左右ヨリ大将ヲ隔テ、「サモシヤ唐人共、日本人ハ敵一人ニ味方一人死《（宛）》、敵五騎ニ味方五騎宛ナリ。迚モ叶ハシト思フ故ナラン。サラハ暇ヲトラセン」ト、両人火花ヲ散シ切結ブ。中ニモ王翳、松韓ハ項羽、呂布ニ劣ルマシキ強勢ナリ。嘉右衛門、松韓ト組合シガ、嘉右衛門ハ松韓ヨリ力劣リシカハ、既ニ危ク見ヘケルガ、如何シタリケン、下ヨリ松韓ガ胸板ヲ突キ、キウ所ノ痛弱ル処ヲ起テ、直ニ首カキ切タリ。又、藤馬ハ王翳ト戦ヒケルガ、終ニ勝負ナシ。

其内ニ数万ノ人数ニテ射ル箭ハ雨ノ降ル如クナリ。加藤弥兵衛ハ石痤ヲ梨子割ニシテ立ツ処ヲ、張助幡《（昕）》、周耶子、淮奇沛、蘇《（ママ）》、何モ三方ヨリ討テ掛ル。弥兵衛隙ナク働ケ共、終ニ周耶子ガタメニ切倒サレ、漂《タタヨフ》処ヲ淮奇沛、只一討ト飛カカルヲ弥兵衛、淮奇沛ガ首ヲ切リ、ソバ成ル張助幡《（昕）》、直ニ弥兵衛ガ首ヲ討落ス。タガイニ討ツ討レツ、火水ニ成テ戦ヘ共、薩摩勢ハ跡ヨリ続ク勢モナク、敵ハ新手ヲ入レ替入レ替、爰ヲセントゾキリ結ブ。

衛士ハ川統《（流）》子ヲ切殺《コロ》シ、松龝ニ渡合、三十余合戦イ、終ニ松龝ヲモ截リ伏セ、』17両人ノ首ヲカキ落シ、帯刀ヲ救ハントカケ行ク処、又劉子ニ渡リ合、劉子ハ銅竹ノ鞭、四尺五寸有ルヲ持テ、イカナル敵ヲモ打ヒシグ大力ナリ。サレ共衛士ハ聞ユル早業ニテ、銅竹ノ鞭ヲ打落シ、直ニ付ケ込、馬ノ前足切リナクリケレハ、玄劉子、馬ヨリドツト落ル処ヲ首中ニ討落ス。蘇張渾《（準）》、是ヲ見ルヨリ大太刀抜テ切付ル。サシツタリト、カイ潜《クグ》リ付入テ打、太刀先高股ヲ切下ル。深手ナレハ急イテ逃ルヲ捨テ、王翳ヲ目カケテ飛懸ル。幼年ノ働キフテキ成ル次第ナリ。琉球勢、大将ヨリ士卒ニ至ル迄、衛士、嘉右衛門ヲ恐レ感心セサルハナシ。然レドモ両人深手数多ナレハ、ヒルム姿ウタテカリケル次第ナリ。王翳ハ藤馬ヲ真二ツニナシ、返ス刀ニテ嘉右衛門ト戦ヒシガ、嘉右衛門危ク見ヘシ処ヲ、衛士飛掛ツテ、王翳ガ首水モタマラズ打落ス。「琉球一番ノ猛将ヲ、衛士俊貞討捕タリ」ト大音ニ呼ハリケル。

其内ニ佐野帯刀秘術ヲ尽シ戦ヒケルガ、大勢ニ取巻レ手下ノ軍勢ハ、右往左往ニ討散サレ、続ク家臣ハ皆討レ、今ハ嘉右衛門ト衛士計リナリ。帯刀モ心ハヤタケニハヤレ共、運ノ尽シハ是非モナシ。時ニ王俊辰玄ガ下士ニ山道大人ト言者、後ヨリ鉾ヲ持テダマシ寄リ、「ウン」ト言フ　』18
テ突ク。切先左ノアバラヨリ、右ノ肩ヘツラヌカレ、直ニ首ヲカキ落シ、大音上テ、「寄手ノ大将佐野帯刀政形ヲ討捕リ」ト呼ハル声聞テ、家士共大キニ驚キ、「何大将ハ討レ給フトヤ。此上命ナカラヘテ何カセン。サアコイ」ト言フ儘ニ、敵ノ中ヘカケ入テ、死ニモノクルヒ、メツタ無性ノナグリ剪リ、五十余人剪リ倒シ、山道大人ヲ目ガケ、終ニ両人シテ討捕、「主人ノ敵、思ヒ知レ」ト言ママニ、首打落シ、「今ハ本望トゲタリ。是迄ナリ」ト両人刺違ヘ、終ニ空クナリニケリ。此衛士ト嘉右衛門ガ働キハ、王翳ガ存生ニ敵ナカラモ惜ミケリ。

倭帯刀、今少ト智不レ足故、流石猛将共討死セザル（ママ）事、残念残念。

時ニ帯刀ガ次男主水政道、十七歳《サイ》成リシガ、父ノ討死ヲ聴ヤイナ、鑓追取テ馬ニ乗リ、「敵ト討死セン」ト、無二無三ニ蒐《カケ》出スヲ、家臣坂部兵内、轡ニスガリ押シ留《トド》メ、「親殿ノ討死ハ、元来思ヒモフケラレ、道ヲ励テノ討死ニテ候。然ルニ君、此処ニテ犬死ナドシ給ハハ、御国ニ居給フ御惣領、股ハ母君様ヘ、誰有テ此儀委細ニ申上ル者有ルベキヤ。折ヲ以テ義弘卿ヘ此度大殿ノ大功、御手柄ノ程、逐一ニ仰上ラルベシ。左ナクテハ親殿ハ犬死同前、初メヨリ武道ノ意地ヲ立ヌキ、御覚悟ノ討死、此儀ヲ思ヒアキラメ、討　』19
死御無用」ト、サマサマ教訓シケレハ、得心有テ、家来ノ生キ残リシ者共、並ニ手負共引マトヒ、本国ヘト心サス。

倭惣領又ハ母公ヘノ土産ニセント、兵内ヘ申シ付ケ、家頼共ノ高名ヲ逐一ニ記サセタリ。

一　衛士俊貞切留シハ、先ツ龍歓、川統（流）子、松麁、玄劉志、蘇張淳（準）、中ニモ王翳ハ琉球シテ討捕、猛将七人、士卒、雑兵ハ数不レ知。

一　和田藤馬照房切留シハ、趙昌一人。
一　鈴木八良次兼之ハ、大将分七人並ニ士卒五十一人。
一　横田嘉右衛門村直切留シハ、嬰勃、周耶子、王青（香）、張助幡（际）、大将分五人、猛士二十人、士卒、雑兵数不知。
一　加藤弥兵衛勝清ハ、石痽、漼奇沛、大将二人、猛士六人、士卒三十人。
其外ハ委クシレズ。帯刀ノ大功抜群ナレ共、惜ムベシ運ノ不レ足事、是非モナク討死コソ本意ナレ。

爾程、帯刀如レ此大功立テシ故、惣勢心安ク都城乱入シテ、薩摩勢弥強ク見ヘテ、軍師武蔵守ガ仕合トナルトカヤ。　』20
一　私評ニ曰、佐野帯刀政形ハ、元来知勇兼備ノ大将成ベキ身ナレ共、運ノ慵キ故、初ノ夜討ニ油断故仕損シ、新納武蔵守ニ恥アタヱラレ、此一理ニ窮《キウ》定シ、必死ト思ヒタルハ、過去ニ緑ノ種ヲ不植。今都入一番乗リ、勝誇リ気高ブリ、殊必死ノ身誰ヲ頼ンヤ。敵ノ降参ヲ誠ニシタル正直ハ、和国神道ノ験シ也。勇者ハヲソレズシテ、身ヲ不顧、一手柄シテ諸人ノ目ヲサマサセ、名ヲ雪ント一筋ニ思ヒ入、計略ニモセヨ、命カギリ討亡サント思ヒ定メ、我勇ヲ立テ、気ヲユルメ囲ヲ解タルハ、是運ノ尽キ、我ヲ忘レタリ。然レ共、猛将殊剛勇ノ家士付キ従《シタガ》イ、帯刀無ンバ何ンゾ是ヲ亡サンヤ。武蔵守、帯刀ヲ憎ンデ見下ケ、其上我身ヲ漫シ、火ノ手ヲ見ハ、早々救ヒノ勢ヲ出シ救ハテ、カナハサル軍師ノ常成ベシ。然レ共、其気ノ付サルハ、智恵ノ不レ足ト油断ト也。其上ニ邪気ヲハサミシ故トナラン。了簡付難シ。誇ント思フ悪心聞ユ。何ハトモアレ惜イ哉。帯刀ガ討死惜ムベシ、歎ムベシ、歎ムベシ。　』21
薩琉軍鑑巻之五終　』22

［第三冊了］

薩琉軍鑑巻之六

一　琉球国都責並諸官人降参之事付大王公達生捕之事

義弘卿大王江対面永大帰伏ニ依テ帰帆合体之事

巻之七

一　島津家分限禄上ル書付之写

薩琉軍鑑巻之六

琉球国都責並諸官人降参之事

斯テ琉球都ノ惣門破レシカハ、軍師新納武蔵守ヲ初メトシテ晋ム軍勢ニハ、種島大膳豊時、里見大内蔵久秀、畑勘解由道房、江本三良右衛門重躬、秋月右衛門佐之常、松尾隼人頭勝国等ヲ宗徒トシテ、旗本ノ諸士、花形小刑部氏頼、三好典膳定次、花房兵庫国重、池田新五左衛門忠常、小松原左内左衛門安信、浜宮藤内行重、金波門定継、島津主水時信、矢塚甚五左衛門忠久、大崎三良左衛門豊宗、』1天野新兵衛近俊、篠原治部久春、中条左右衛門春氏、中村右近右衛門敦貫、和気治左衛門国晴、木戸清左衛門成永、惣押、米倉主計頭清時、惣人数十万余人、車（軍）馬爽《サワヤカ》ニ隊伍《タイコ》ヲ相守テ、前後見合、軍令正シク相護ル。

武蔵守下知シテ曰、「必々謾《ミダリ》（漫）ニ殺ス事一人不レ懸、上宦、中宦ノ者共ヲ随分生捕、葉武者、下宦ノ者ヲ討捨ベシ。乱防、狼藉スベカラス」ト申渡セハ、此軍令ヲ守リテ、テキタイセシ者ヲハ首ヲ討、或ハ引組、分捕高名スベシ。

然ル処ニ高凰門ノ側ヨリ、其勢三、四千騎計リ陸続トシテ、真先ニ琉球王季（李）千候ト印セシ旗、風ニ靡《ナヒカセ》テ薩摩勢ニ討テ掛ル。薩摩方ハ小松原左内左衛門、金波門、大崎三良左衛門、矢塚甚五左衛門ナドト言フハヤリヲノ若侍、鎧襖ヲ造リ控ヘタリ。

係ル処へ身ノタケ七尺余リニ見ヘタル大男、大荒目ノ胴丸ニ、三枚兜ノ緒ヲシメ、丈《タケ》長ナル馬ニ乗リ、一丈計リノ鉄棒ヲ握リ、馬ヲ踊ラセカカリケル。矢塚甚五左衛門、歩《カチ》ニテ鎗ヲ持テカカリケル処ニ、彼ノ大男鐙踏ンハリ、鉄棒ヲ振リ上ケ、ヱイヤ声ヲ出シテ、微塵ニセントスル処ヲ、甚五左衛門ヒラリト飛チカヘ、馬ノ後ヘクルリト廻リ、馬ノ尾筒ヲシタタカニ突キケレハ、馬ハ頻リニハネ上リ、乗人ヲ真逆サマニ落ス処　』2 ヲ、透サズ甚五左衛門走リ寄リ、鎗ナゲ捨、取テ押ヘ首カキ切リ、ニツコト笑ヒ立タル処へ、琉兵共五、六騎ドットヲメイテ取リ巻タリ。甚五左衛門目ヲヌラシ（ママ）、「己《ヲノレ》ラ如キノ奴原、百騎、二百騎取リ囲ムハ何程ノ事有ベキヤ」ト、左リニツキ、右ニ払ヒ、従横無尽ニ戦フ処へ、又琉兵共イヤガ上ニカサナリ、「夫レ逃スナ」ト、甚五左衛門一人追、取リ巻キ、既ニ危ク見ヘシ処へ、大崎三良左衛門、小松原左内左衛門、金波門、「味方討スナ。カカレヤ、カカレヤ」ト下知スレハ、薩摩勢二、三百人、得モノ得モノヲ携《タツサヘ》、一度ニ乱レカカル。カナハシト、五騎ノ者共木ノ葉ノ散ル如ク何国共ナク逃ケ失セケリ。残軍兵、蜘ノ子散ス如ク逃タリケリ。

係ル処へ琉球ノ勇将ト見ヘテ、金重手ノ鎧ヲ着シ、腰ニ剣ヲ横タヘ、半弓ヲ負《ヲイ》、透間、モナク連《ツラナ》リ、蘆《アシ》毛ノ馬ニ黒キ鞍置テ打乗リ、穂先三尺計リニ見ヘタル鉾ヲ振リテ、薩摩勢ノ群ル真中へ乗リ入リ、人モナキ気色《ケシキ》ニテ大音上テ申ケルハ、「賤キ奴原、無名ノ軍ヲ起シ、当国へ乱レ入ル事、憎ンテモアマリ有リ。琉球国ニ於テ古今無双ノ名ヲ取シ、旗将軍千戸候泰均《キン》ト言フ者ナリ。和兵ノ中ニ覚有ル者、我鋒先ニテ遑トラセン」ト言儘、弓手妻手へ突カケ突カケ、或ハ人馬共尻居ニ打伏、又引掛ケテ　』3 ハ中ニサシ上ケ、猛虎千里（羊）ノ群ニ入リシ如ク、ハラリハラリト当ル者ヲ幸ニ薙ケレハ、向フ者コソナカリケリ。

此如クニテハ薩摩勢、「如何アラン」ト見ル処ニ、初ニ討死有リシ佐野帯刀ガ家頼ニ、横田嘉助村秀ト言フ者、「帯刀ノ孝養ノ軍セン」ト、只一人取テ返シ、陣中ニ居タリシガ、元ヨリ薩摩ノ印有レハ、大勢ノ中ニ琉球ノ大男首十四、五級、馬ノ鞍ニククリ付ケ伏居タリシガ、此アリサマヲ急度ト見テ、「天晴敵ヤ」ト、ニツコト笑ヒ、彼ノ旗将軍也ト（ママ）弓手ニ馬ヲ乗寄セ、三尺四寸ノ太刀ヲ以テ、嘉助ヲガミ討ニ、丁ト打、彼ノ大男鉾ヲ取テ直シ、ハツシト討、嘉助カイ潜テ飛上リ、打太刀鋒ノ柄塩首ヨリ切リ折レ、「心得タリ」ト言儘ニ、ツツト入リ、嘉助ガ上帯《ヲビ》カイ掴ンテ、弓手ヘ三間計リ投ケ付タリ。嘉助中ニテヒラリト返シ、抜タル刀ニテ、真向ヘハツシト切付ル。手コタヘシタルト覚ヘシガ、彼男ヒラリトハヅシ逃処ヲ、馬ノヒラ首シタタカニ切リ込シカバ、馬ハ手負テハネ上ル。主ハ屏風タヲシニ、トント落ル。スカサズ嘉助雷光ノヒラメク如ク切付レハ、腰ナル剣ノ柄ニテ、丁ト請留メ、ツツト入テ、又嘉助ヲアヲノケニヘネ倒シ上ニ乗カカツテ、首ニ手ヲ掛、「捻チ首ニセン」ト思ヒ、彼《カ》』4方《ナタ》コナタヲ見廻ス内、嘉助モ今ハ一生懸命ニヲヨビシガ、運ニカナイシカ、彼是スル隙ニ、九寸五分ヲ漸ニ抜クカト思ヘハ、下ヨリクツト突キ上ケタリ。彼ノ大男ノ左ノアバラヨリ肝《キモ》先キヘヱグリ息絶ル時ニ、大勢走リ来テ、嘉助ヲ真中ニ引包ンテ、「己《ヲノレ》倍臣ノ身トシテ手柄顔ハ何事ゾ。慮外ヲ言ハ討捨ン」ト、詰メ寄リケル。嘉助獅子ノ怒リヲナシ、「事新《アタラシ》キサルマツ共、倍臣ノ手並ト直衆ノ手並ト競テ見ン」ト言儘ニ、三尺四寸ノ血マブレノ大太刀ヲ八相ニ構《カマヘ》、寄ハ切ント眼ヲクバリ、勢ヒコンテ立タリケル。若士共、「シヤコイツ、モノモノシ」ト、三十人追取リ廻ス。

嘉助既ニ危ク見ヘシ処ニ、目付ノ者共ノ訴ニヨリ、軍師武蔵守馬ニ白淡ハマセ、唯逸参ニ乗リ着テ、「ヤアヤア若者共、纔ノ口論ニテ味方ヲ取巻、手籠《コメ》ニスルハ軍ノ作法ヲ知タルカ。先ツ第一、君ヘノ不忠、同士討ハ軍中ノ禁制、若軍令ヲ背ク者ハ、親疎ヲ不撰同罪タルベシ」ト、大音上テ下知シケレハ、各ハツト鎮《シズマリ》ヌ。武蔵守、嘉助ヲ馬ノ前ニ呼寄セ、馬上ヨリ手ヲ取テ申ケルハ、「偖々、其方ハ適ナル士ナリ。汝ガ主人帯刀ハ、余リ勇士過意地ヲ立抜キ、琉球国征伐初テ数多ノ手柄、諸人ノ悉ク知ル処大功顕シ、依レ之、惣軍勢心安ク都』5

城へ入タリ。我イカテ是ヲ称ゼサラン。惜ムベシ。帯刀短慮ニシテ、調シ合サス、一身ノ功ヲ立ントシテ、敵ニ謀ラレシ事、痛惜スルニ余リ有リ。其方薩州(ママ)ニ名ヲ得シ其許、其外、嘉右衛門、和田藤馬、衛士、鈴木八良次、加藤弥兵衛、家老両人天晴ノ勇士、分テ嘉右衛門、衛士ハ強勢ノ者、和漢ニ稀ナリ。此度処々ノ働共、偖々驚入タリ。シカシナカラ主人ノ短慮故、アッタラ猛勇共ノ討死、言語ニ絶シ残念ナリ。然レ共、各儀心安ク都入セシ事、全ク佐野帯刀ノカゲナラスヤ」、鬼神ノヨウナル武蔵守泪ヲ流シ、「君ヘノ忠臣此上ナシ」ト申ケレハ、嘉助承リ、骨髄ニ徹シケルカ、武蔵守又申ヨウ「汝カ主人大功呉々褒美シ、殊剛将ノ旗将軍泰均ヲ討捕シ事、又是ニ上タル働ナシ。適忠義、忠義」ト扇ヲ以テアフキ立テゾ甲(申)サレケル。嘉助ハツト平伏シ、「誠ニ軍師公ノ御物語リ、身ニ余リ難シ。此上ハ主人大功顕シ候儀、委ク御達シ下サレナハ、是ニ越タル事ハアラジ」ト、泪ナカラ申シケル。武蔵守カレガ心底ヲ察シ入リ、サシウツムイテ居タリケル。一座ノ面々殊外成ル忠士ト人コゾッテ感シケル。

係ル処へ、西ノ方ヨリ紅ノ旗押立、嵐ニ吹キ散ル木ノ葉ノ如ク、凡四、五百騎程、大鼓ヲウチ鯨波ヲ上ケ、バラバラト』6

カケ来ルハ、「里見大内蔵、江本三郎右衛門、両将ノ手ヘ大師王俊辰、季(李)将軍光録、太夫陣跡、元祐困目成、中良将大司、従玄善右将軍、彼是上下七十三人召捕ヘ来レリ」ト高声ニ訴ヘケル。軍師武蔵守是ヲ聞テ、大慶不斜、「神妙ノ大功、各御手柄之段早々牒面ニ記シ申シ上ベシ。此上ハ琉球大王ノ行衛、並ニ王子達ヲ尋出シタル者アラハ抜群ノ恩賞ヲ与フベシ」ト、夫レ夫レニ触ケレハ、一、二、三迄ノ陣ヲ崩シ、小屋(ママ)組々ハ言フニ及ハズ、若者、旗本ノ諸士、八方ヘ手配リシテ、草ヲ分ケテゾ捜《サガシ》ケル。サナカラ小鳥ノ綑(網)ニカケラレ塒《ネクラ》ウロウロ捜ニ異《コトナラ》ズ。綑(網)代ノ魚共言ツベシ。

中ニモ、後陣鈴木内蔵助カ組子、吉崎紋右衛門、浜田郷助両人ハ計略ヲ思ヒツキ、町人ノ姿トナリ、町々在々処々ヲクマナク尋廻リケルカ、焼残リシ寺ノ内ニ、女童ノナク声ス。吉崎、浜田不審ニ思ヒ、門ノ内ニ入レハ、寺僧ニ人立出、「只今乱逆ノ折柄、見馴ヌ男共ウロタヘ漂《サマヨウ》ハ合点ユカズ。何者ゾ」ト咎メケル。両人ワザト声ヲヒソメ、「我々両人ハ当所京城ノ者ナルガ、先月中比《コロ》ヨリ商売ノ絹布ヲ持テ、日本九州ノ辺へ参リケルガ、御国ヘハ大軍ノ者来リ、乱逆最中ニテ王、卿方ノ御行衛知レスト承リ。何卒尋出奉リ、我々密ニ供奉シ、朝』7鮮国ヘヲトシ奉リ、御命サヘ全クハ、重テ御帰洛ノ計略ヲナシ奉ランガ為ニ、如此両人忍ヒメクリシ」ト、泪ヲ流シテ誠シカニ申シケル。流石坊主ノカナシサ、軍略智謀ニウトク、是ヲ誠ト心得、「偖々ヤサシキ志カナ。其国ヘ住居シテ回恩ヲ報シ奉ラント思フ儀、殊勝千万ナリ。何ヲカツツマン。当寺ヘ王、卿、諸官、王子達モ渡ラセ給フゾ、先々拝シ奉リ、委細ノ趣申上ラレヨ」ト有リケレハ、両人大キニ歓ヒ、「シスマシタリ」ト、互ニ目配リ相図ヲナシ、カクト方丈ヘ達シケレハ、琉球王、並ニ王公、諸官皆々歓ヒ立出、「今迄ハ賤キ民百性ト思ヒ、何ノ弁モナカリシカ、物ノ詞モ捨スト言フ、古人ノ語ゾ思ヒ出ル」ト有テ、「近々」ト、呼寄セ対面ニヲヨビケル。吉崎隠レテ、腰ニ付タルホラ貝ヲ吹立吹立相図ヲナセハ、「スワヤ」ト言ヘル程コソ有レ、薩摩ノ勢雲霞ノ如ク押寄、表門裏門十重二十重ニ取巻キケル処ニ、若輩者ノ業ニヤアリケン。四方ヨリ火ヲ放チケレハ、猛火サカンニ燃上リ、寺中大キニ譟動シ処ニ、車《（軍）》兵共我先ト寺内ヘ潮ノ湧如ク、コミ入コミ入捕テ押ヘ、直ニ縄カケ、又捕ヘテ引ククリ、少シノ間ニ王、公、諸官上下百七十余人搦捕、惣押ニハ、又火ヲカケ焼払フ。

偖、町々小路小路ニ、新納武蔵守高札ヲ』8立ケル。其文言、

定

一　味方諸軍狼藉之事

一　押賞乱防之事

一　女人淫汙或奪捕事

一　猥ニ放火之事

一　高名手柄実検之役人可為目利次第之事

一　直参倍臣高下有間敷事

一　諸軍勢猥ニ人殺ス事

右之条々堅ク可相守、若違乱之輩於有之ハ、急度可被為厳科者也。

慶長十四己酉年六月十六日

島津義弘卿軍師新納武蔵守在判

如此ノ高札立タリケリ。諸軍勢敢テ狼藉ヲナサズ、民百性少モ苦メズ、皆々安堵ヲ思ヒヲナシ、耕作、商事常ノ如ク也。

斯テ武蔵守喜悦ノ余リ、本国薩摩へ早船ヲ仕立、首尾克ク退治ノ旨、委細ニ注　』9
進シタリケリ。先ツ夫レ迄ハ琉球国ノ焼跡ニ陣屋ヲ構へ、国中ノ仕置堅ク申付、惣軍勢ヲ押分テ、処々ノ掃除迄念ヲ入レ、跡ヲ清メ、夜廻リ厳ク申渡シ、此度ノ高名ヲゾ記シケル。

覚

一　首数百十級　種島大膳手へ

一　同　七十級　里見大内蔵手へ

一　同　五十三級　畑勘解由手へ

一　同　五十級　江本三郎右衛門手へ

一　同　四十級　秋月右衛門手へ

一　同　四十四級　松尾隼人手へ

一　同　百五十七級　佐野帯刀手へ

内二十八級、大将猛勇之者也。

右佐野帯刀儀、琉球国都城へ一番乗リ、其功名抜群也。

一　首数十二級　花形小刑部手へ

一　同　十三級　三好典膳手へ

一　同　八ツ級　花房兵庫手へ

旗本其外討死之分

一　池田新五左衛門

一　金波門

一　小松原左内左衛門　』10

一　佐野帯刀政形並ニ家士十二人、士卒雑兵百十一人

一　天野新兵衛、雑兵三十人

一　吉岡主税、家頼計二十一人

一　有馬内記、家頼十一人

一　米倉主計頭、同七十人

一　氏江藤左衛門、同侍分四十人

一　小浜勝右衛門、組子侍二十人、雑兵五人

右高名帳大略、猶委細武蔵守記シテ、帰国之節、持参可仕候。

惣テ此度ノ合戦、慶長十四己酉四月中旬ヨリ初テ、同年ノ冬迄モ隙取ベキニ、佐野帯刀ガ大功ニ依テ、四月中旬ヨリ六月迄、纔日数六十三日ニテ平治セシ事、誠ニ以テ帯刀ノ大功、武蔵守ガ軍慮ユユシサト感称コソシケルナリ。爾程、薩摩ノ大樹《（太守）》兵庫頭義弘卿、武蔵守ガ註進ヲ以テ、早速駿府　前将軍家康公ヘ早馬飛シ、右之次第、微細ニ言上有リ。家康公上聞ニ達シ、「先々彼ノ国ノ王公ヲ薩摩ヘ召寄セ、東朝ヘ自今已後帰伏スベキヤ否問窮候得」トノ厳命也。義弘卿畏リ奉リ、ヤ□《（ガ）》テ、琉球国ヘ早船ヲ以テ、「急キ帰国致スベシ」トノ御事ナレハ、軍師武蔵守惣軍中ヘ触ヲ廻シ、落居ノ内、彼ノ国ノ城代、城番ヲ入置ケル。』11

一　要渓灘之番手　種島大膳預リ
一　千里山之城　里見大内蔵預リ
一　帰竹城　畑勘解由預リ
一　米倉島　江本三郎右衛門預リ
一　乱蛇浦　秋月右衛門佐預リ
一　高凰門　篠原治部預リ
一　早場《（町）》　鈴木内蔵助預リ
一　王城　松尾隼人預リ
　　横田武左衛門
　　大和田刑部
一　日頭山後詰城　横須賀左膳預リ
　　前田金左衛門
　　島津内匠

一　惣押

島津采女
島津玄蕃
新納武蔵守
同嫡子左衛門尉

右之通リニ申シ渡シ、惣勢ハ先々休息ノタメ薩州ヘ引取ケリ。

島津氏殊外喜悦アリ。ソレソレノ軍功ノ恩賞アリ。委細戦場ノ絵図ヲ以テ勘弁セラレ、猶又武蔵守具ク演説致シケル。味方軍兵ノ甲　』12
乙、敵方ノ強弱等物語リシテ、次ニ彼ノ国ノ諸官人生捕、逐一ニ引出シヌ。義弘卿唐木書院ニ呼出シ対面セラレ仰ケルハ、「末代迄和国ニ帰伏シ給フベキヤ」、答テ、「琉球何ゾ変アラン」ト、一通リノ書物ニ手判ヲ押シテ指上ル。義弘卿喜悦有リ、「則和漢合体ノ約ヲ窮メ、祝儀ノ盃ヲワリテ、先々休息シ、日ヨリ見合、帰帆有ルベシ」ト、御暇給リ、各退散ニ及ヒケル。次ニ武蔵守ヲ召レ、軍功ヲ賞シ、「暫ク休息有ベシ」ト、御機嫌甚ウルハシク、御暇ヲ下サレ、武蔵守、「有リ難シ」ト宿所ヘコソハ帰リケル。

偖又琉球王、卿、帆舟数多纜ヲ解テ押シ出ス。順風ニ任セ程ナク本国ニ入給フ。宮殿、楼閣、門々、築地、玉ノイラカヲ並ベ、替ヌ花ノ都ト成リ、世コゾツテ歓ヒヲナシニケリトカヤ。前ノ約諾ヲ違ズ、毎年年貢ヲ捧ケケル。後ニハ島津家ト婚姻ヲナシ、合体ノ国トナリ。誠ニ以テ外国迄島津家ノ武威ヲ恐レケリ。

猶松平ノ常盤ナル賢君ノ余威蒙シ処ナリ。是モ日本ノ武名余国ニ勝ルル故ナリ。今帰伏シテ献上物東都マテ捧ルトカヤ。目出度カリシ御代ソカシ。』13。

私評ニ曰、義弘卿武威ノ徳タル事、感シテモ猶余リ有リ。時ニ武蔵守軍勢身苦ク、諸軍同事、故ニ一氏ニ軍功ヲ称セラレタルハ如何ニ。佐野帯刀政形ハ琉球ヘ一番乗リ、其上大功ヲ顕シ、忠義ニ一命ヲ投《ナゲウッ》タル処、何ノ御沙汰モナシ、是如何ン。但シ、武蔵守言上セサルヤ。渟《（彼）》ガ次男主水政道、十七歳ニテ父ト共ニ討死セントセシ大孝ノ者、諸人知ル処ナリ。父子共御沙汰ナシ。是如何ニ。夫レ唐ノ諸葛孔明ハ、星ノ旋ルヲ視テ、明日ノ軍ノ勝負ヲ校ヘ知リ、居ナガラ何レノ手、何番目ノ備ヘ危キ事ヲ察シテ、救ノ勢ヲ出シタリト聞ク。軍師タル身ハ聡明叡智ニシテ、智仁勇三徳兼備セザレハ、大将ニ有ラズ。武蔵守ハ邪佞私欲ニ迷ヒケルヤ。救ノ勢モナシ。情ナクモ帯刀ニ討死サセ、此度政形ナクンバ、誰カ多クノ敵ヲ亡サン。軍中ニテ詞ヲ飾リ、「抜群ノ忠孝心、易ク都《（ママ）》セシ事、全ク以テ帯刀ノカゲナリ」ト言シ詞ハ、時宣計リナリ。大将ノ役闕タル武蔵守、何ノ功有テ軍功ノ褒美ヲ貪シ事ナルソ。』14

是レ不審不審。

薩琉軍鑑巻之六終

薩琉軍鑑巻之七

島津家分限禄書上ノ写

島津家中ノ広太ナルニ付キ、先年従　公儀御尋ニ付、其節有増帳面差上ラレシニ、又此度従　右大臣様　上意有之ニ付キ、老中迄帳面差上ラレ候。則書付ノ表左ノ通リ。』15

一　二十四万石　居城琉球口押　島津内膳

一　十八万石　同九州口押　町田勘兵衛

右之両人ハ先年書付ニ除キ候ヘ共、此度御改ニ書出ス。

一　十三万石　町田右近

一　九万石　島田図書

右之両人ハ江戸年来相務候由。
一　八万石　　伊勢兵庫
一　六万石　　島津因幡
一　六万石　　島津和泉
右和泉組中、一万石ヨリ三万石十五人、千石宛十五人有之由、御家中入替リニ相務ル。

大奥口番　』16

一　五万石　　島津下野
一　五万石　　島津土佐
一　三万石　　島津外記
一　三万石　　伊勢帯刀
一　三万石　　大友荒四郎
一　三万石　　島津勘四郎
右組子、五百石ヨリ千石迄ノ知行取、一組ニ百人宛、小頭三千石宛也。
一　一万石　　島津主水
一　八千石　　島津勘左衛門
右組子、五百石ヨリ千万迄、一組ニ五十人、小頭千三百石宛、江戸へ此内相務ル。　』17
一　八千石　　酒井万之烝

一　八千石　　島津重左衛門
一　八千石　　白藤上野
一　八千石　　浦部藤助
一　八千石　　早田筑後
一　八千石　　内藤瀬左衛門
一　八千石　　伊勢但馬
一　八千石　　曽我修理
一　八千石　　八木勘助
一　八千石　　菊地紋四郎
一　八千石　　藤原徳平
一　八千石　　大庭武右衛門
一　八千石　　原田近江
一　八千石　　小澄才蔵』18
一　八千石　　熊谷大膳
一　八千石　　大島大蔵
右知行取、大名分三十四人。
一　九百石宛　　近習十七人
此知行合、一万五千三百石。
一　七千石　　番頭八人

此知行合、五万六千石。
一　八千石宛　　　用人六人
此知行合、四万八千石。
一　三千石宛　　　籏奉行五人
此知行合、一万五千石。
一　二千石宛　　　弓大将四人
此知行合、八千石。
一　二千石宛　　　指筒大将四人
此知行合、八千石。
一　千石宛　　　歩行頭七人
此知行合、七千石。
一　五百石宛　　　大目付二人
此知行合、千石。』19
一　五百石宛　　　平目付五人
此知行合、二千五百石。
一　五百石宛　　　小使組十七人
此知行合、九千六百九十石。
一　八百石宛　　　使者役八人
此知行合、六千四百石。

一　九百石宛　　　広間番三十人
此知行合、二万七千石。
一　千石宛　　　寺社奉行二人
此知行合、二千石。
一　三百石宛　　　火消頭二人
此知行合、六百石。
一　四百石宛　　　小納戸六人
此知行合、二千四百石。
一　千石宛　　　勘定頭二人
此知行合、二千石。
一　三百石宛　　　町奉行二人
此知行合、六百石。
一　四百石宛　　　内使者二人
此知行合、八百石。
一　五百石宛　　　『20 大庀邑（ママ）徒三十人
此知行合、一万五千石。
一　七百石宛　　　宗旨改役二人
此知行合、千四百石。
一　三百宛　　　大納戸八人

此知行合、二千四百石。

一　三百宛　　進物番三十人

此知行合、九千石。

一　千石宛　　腰物奉行七人

此知行合、七千石。

一　千石宛　　寄合百人

此知行合、十万石。

右之外、親カカリ無、奉公ノ者、一万石ヨリ二千石迄三十人。

書上知行高

都合二百十二万二千六百九十石也

城国騎馬二千三百六十人　』21

一　知行取大将分計リ、四百十万石余。此外役人分ハトクト知レ難ク、勿論御代々上意ニテ、書上ノ度々、其時々勅番ノ当役計リ、書上甲乙雖有之ト、御改モ無之由。

一　日向、大隅、薩摩、琉球合テ四ヶ国、殊日向ノ国ニ大名分多ク有之由。元来、伊勢安濃ノ津、志摩、鳥羽二ヶ国領シケル故ニ島津ト言ヘル由、源家ノ随一也。

于時享保十七壬子年正月御改書付也。

薩琉軍鑑巻之七大尾　』22

宝暦七丁丑年三月上旬写

明和三丙戌季九月上旬再写之　』23

［第四冊了］

3　刈谷市中央図書館村上文庫蔵『琉球征伐記』（A4・③）解題と翻刻

〔解題〕

ここに翻刻した刈谷市中央図書館村上文庫蔵『琉球征伐記』（A4・③、以下、刈谷本）は、A1『薩琉軍談』〈丙系〉の増広本、『琉球征伐記』諸本の一伝本である。

刈谷本は、幕末から明治にかけて活躍した国学者、村上忠順《むらかみただまさ》の旧蔵書として知られている。村上忠順は、文化九年（一八一二）に刈谷藩医、村上忠幹《ただもと》の二男に生まれ、兄の死後、家業である医師を継ぐものの、国学を志し、本居宣長の孫弟子、本居内遠の弟子となる。その後、修道館（三河県宝飯郡国府村、現豊川市国府町にあった郷校）の助教となり、明治十七年（一八八四）に没した▼注[1]。

刈谷本の一番の特徴は、冒頭に「源家濫觴之事」という頼朝までの源氏の由来譚が付加されていることにある。ほかの伝本にこの章段が語られることはない。ここには、「清濁昇降リ、而為レ天為《ナシ》レ地、則日月星辰在ハレ地ニ、則山河草木、尊卑上下、而為君為臣、在レ君則王侯公伯在臣」と、君があってこその臣であることが説かれる。この思想は、本文篇「諸本解題」で述べた朱子学的な考えと共通する。伝本の転写の過程で付加されたものであると思われる。この「源家濫觴之事」の書き込みには、「鬚切」言説が展開されている。「鬚切」は、源氏嫡々に相伝され、源頼朝が所持したとされる刀である。その「鬚切」をめぐって、対外状況が切迫化する幕末（嘉永六年・一八五三）

において、島津斉興《しまづなりおき》に献上されるという言説が浮上し、以後の島津氏の系譜意識に影響していくことがすでに指摘されており[注2]、刈谷本には、そうした歴史認識が反映している可能性がある。

また「鬚切」言説以外にも、当本には五箇所の書入が確認できる。この書入は、豊田市中央図書館蔵本（A4・④、以下、豊田本）、名古屋市鶴舞中央図書館蔵本（A4・⑤以下、鶴舞本）、琉球大学蔵本（A4・⑥、以下、琉大本）では、本文に組み込まれている。[注3] 琉大本はほかの伝本と比べると叙述が少ない。本文に組み込まれている状態を古態であるとするならば、琉大本のような伝本から、豊田本、鶴舞本に転写されていったと考えられるだろうか。すると、刈谷本の書入は、本文から抜き出して書入化されたものだろうか。さらなる検討が要される。

『琉球征伐記』は〈薩琉軍記〉諸本において、早い段階で『薩琉軍談』から分かれ、『琉球静謐記』の生成にも影響を与えている。『薩琉軍談』系統の諸本分岐を明らかにする上でも重要な系統本である。また、真偽は別にして、〈薩琉軍記〉伝本中において、最も古い年時の本奥書を有し、冒頭に島津氏に関する伝承を描く伝本として、刈谷本は評価されるべきであろう。よって、ここに翻刻を掲げる。

▼注

（1）村上忠順については、豊田市郷土資料館編『村上忠順展―幕末に活躍した勤皇の国学者―』（豊田市教育委員会、一九八八年）による。

（2）鈴木彰「島津斉興と源氏重代の太刀「鬚切」・鎌倉鶴岡相承院―源頼朝を媒とした関係―」（『軍記と語り物』46、二〇一〇年三月）。

（3）人物に対する注記の書入は、割注として組み込まれている。早大本では、すべての書入が、割注として組み込まれている。

〔書誌〕

［刊写・年時］写本・江戸後期から末期頃か

［外題］琉球征伐記（簽・書・原）

［内題］なし

［尾題］琉球征伐記（下巻末尾のみ）

［表紙］原表紙、無紋、藍

［見返し］原見返し、本文共紙

［料紙］楮紙

［装訂］袋綴

［絵画］なし

［数量］三巻三冊

［寸法］二七・四×一八・六糎

［丁数］67丁（巻一・22丁、巻二・17丁、巻三・28丁）

［用字］漢字・片仮名

［蔵書印］「参河碧海／村上図書」（村上忠順）（長方形・朱印・全冊・1オ・右下）

［本奥書］「薩州之隠士／喜水軒書」「寛永元仲秋日」（巻三・28丁ウ）

［請求番号］W三〇四五

〔**翻刻**〕

琉球征伐記　上　』表紙題簽
源家濫觴之事
島津家来由之事
琉球征伐之来歴
惟新入道参府之事
義弘入道登城之事
島津家軍評諚之事
新納武蔵守軍配之事　』見返し

源家濫觴之事

清濁昇降リ、而為レ天為《ナシ》レ地為レ天ト（ママ）、則日月星辰在レ地ニ、則山河草木、尊早（卑）上下、而為君為臣、在レ君則王侯公佰（伯）在臣。則源平藤橘、所謂橘者、聖武天皇、以葛城王、始為橘氏。藤者、天智御宇、以内府鎌足、始為藤氏。平者、宇多之朝、以高望王、始為平氏。源者、清和天皇之支流也。

抑此君ハ、本朝人皇ノ始テ神武天皇ヨリ五十六代ノ帝祚也。第一ノ宮貞明親王ハ、譲位受禅アリテ、陽成天皇ト号シ奉ル。第六宮中務卿正四位上貞純《スミ》親王ハ、一条大宮桃薗《ソノ》宮ニ住《スミ》給フ。御子経基王ハ、第六ノ皇子ノ御孫タルニヨリ、世以テ六孫王ト称シケリ。其気質《シツ》之稟威《ヒンイ》アツテ猛カラス。武毅《キ》勇烈覆二扶桑一、文藻博覧快《カカヤカシ》二月域一、兼テハ善属《ゾクシ》二倭歌一ヲ給ヘハ、可レ謂文質《イッツ》彬《ヒン》々タル君子ナリ。其御子多田満仲ハ、武勇ノ名将、倭歌ノ遠人トハ、此若君ノ御事也。誠ニ由々数（敷）見エニケリ。源氏ノ大祖、一流ノ正統、左斯コソ有ヘケレト、称嘆セヌハ無リケリ。嫡子頼光、頼信、頼義、義家、義忠、為義、義朝ニ相至レリ。』1

島津家来由之

薩州島津ノ来由ヲ尋ルニ、人皇五十六代ノ聖主、清和天皇ノ後、征夷大将軍右大将源朝臣頼朝公ノ枝子、島津三郎忠久ニ初レリ。其根元ハ、去ル建久元年庚午十月三日、頼朝公上洛シ玉ヒ、暫ク在京シ玉フ、南都大仏殿供養有リ。京都満留ノ内、如何成垣見ヘニヤ、若狭ノ局ト申セシ美人ニ契リヲコメ、互浅カラス、頼朝帰国ノ後、深ク慕ヒ玉ヒ、窃ニ比岐藤四郎ニ計リ、鎌倉ニ迎ヘ下シ、寵愛浅カラス、終ニ妊シ玉ヒケレハ、近侍ノ者ニ示シ合ハサレ、御怡悦斜ナラス。

然ニ蔵《カク》セバ、弥顕ルト云ヘリ。御台所政子ノ前ハ、聞シ召サレ、大ニ嫉妬シ、「此女ヲ殺サバヤ」ト、比(北)条ノ一族、蜜ニ蜜ノ相談、表向キハ知ズノ思ニ居ケリ。政子ノ前ヒソカニ梶原平三景時ヲメサレテ宣ク、「若狭局、君ヲ誑《タブラカ》シ、様々ノ追従、此節懐妊ノ聞《キコ》ヘアリ。抑我君天下創業ノ日ヨリ、今日ノ栄花一度伊藤祐親カ害ヲ免レ玉シヨリ、我父時政、忠義ヲ存シテノ事、一々云ニ不及。其方カ能ク存シテノ事也。然ルニ、君其好ミヲ忘レ玉ヒ、御心乱レ自ラ是ヲ恨ムト云ヘトモ、是非モ無シ所セン。件ノ女、若狭局ヲヒソカニ殺シ、後ノ憂ヲ散スヘシ。此義其方エ頼ミ入ル。鎌倉ニテ害スルモ外聞アリ。其方、京都エ召連殺スヘシ。上方ノ女共エ、自今ノ鎮シトナサン。此政子カ威勢、日本国ノ人々ニ知ラシメン」ト、居尺高ニ成リ宣ハ、流石ノ梶原モ驚キ入リテ、暫言モ無《ヲモ(ママ)》クケレハ、御台イヨイヨ怒リツヨク、』2

「景時、如何ニ如何ニ」ト問玉ヘハ、梶原謹而答テ曰、「尤御憤リハ御コトワリニ候ヘトモ、若狭ハ君一旦ノ御寵愛、何ソ思召変アラン。併シ君ノ御血脈ヲ宿セリ。未タ産以前ニ是ヲ害スルハ、君ヲ害スルニ同シ。天ノ照ランモ恐レ多シ。只願クハ、平産後ヲ待テ仰付ラレヨ」ト諫メ申セハ、御台ノ玉ク、「此節別而寵愛甚シキモ、懐妊ノ故ヲ以也。

若シ此儘ニ捨置ク、則ハ自ラ遠レテ後悔益無キ次第、夫トモ汝承引セスンハ、自ラ兼テ覚語セリ。サアサア返問聞ン」ト宣ヘハ、サシモノ梶原、只凶然トシテ踞《ウズクマ》ル良有リテ申テ云ク、「諸大名多キ中ニ某ニ命セラル。畏リ奉テ候。能計フヘシ。御心安カレ」ト、退出シテ、ツラツラ思フ様、「抑女ト云者ハ、上下押並《ヲシ》テ嫉妬ノ心厚キ者ノ、世別テ、御台元来ノ御心免許有ヘカラス。一度君ノ御耳ニ返シ、其後ノ故計ル時ハ、是主命也」ト思惟《イ》シテ、御前ノ首尾ヲ見合、閑ニ達スレハ、頼朝公大ニ仰天シ玉ヒ、涙ヲハラハラト流シ玉ヒ、「我日本六拾余州ヲ掌ニ握シ、武将ノ身トシテ、妾腹三子ヲ好ム夫ヲ殺セト政子カ奸言、是ヲ制スルコト能ハサル者ハ（ママ）、時政カ当代ノ功アル故也。汝カ心ニ任穴モ、角モ計申セ」ト宣ヒテ、又サメサメト泣キ玉ヘハ、梶原モ言ナク、スコスコト御前ヲ立ツテ、我カ家ニ帰リ、ツクツクト思案シテ、畠山重忠ノ宅ニ行テ訪尋ス。

　重忠立出対面シ、礼畢テ後、景時、件ノ始終一々申シケレハ、重忠少モ驚カス、謂テ云ク、「女性ノ　』3嫉妬ハ、和漢ノ常也。元来君ノ御不行跡ノ致《イタ》ス処也。然レトモ、是以下様ノ者ニモ有ル事、君ニヲヒテヲヤ。若狭トヤランヲ、御台ノ害セヨトノ義モ、ツムカレス。京都ヘ同道アリテ、尤ナランカ」ト申サレケレハ、梶原案ニ相違シテ、重忠ノ一言トハウニクシテ（ママ）居タリシカ、暫アリテ、「拙者一人ノ計ヒ如何ナリ。御辺ノ差図ヲ以テ計ヒ度」ト申。畠山完爾ト笑テ、「大勢ノ御家人ノ内ニ、貴殿エノ内意ノ仰、争カ他人ノ了簡蛩（ママ）ク上京アレ」ト云ニ、梶原行当テ、是非ニ及ハズ。若狭局ヲ（ノ）屋形ニ行キ、京都ニ送リ帰セトノ御台所ノ仰、アララ相ノフレハ、若狭ハ憂トモ知ス、身ノ泣クヨリ外ノ事モナク、頼朝公ニモ今ノ別レノ御対面モナキ故ニ、局ハ是恨ム。梶原、ヤウヤウニスカシテ、都ヲサシテ連登ル。去程、重忠ハ梶原カ帰リシ後、家来半沢六郎親忠ヲ呼、シカシカノ事言ヒ聞セ、「梶原カ政子ノ前ニ随ヒ、若狭ヲ殺ハ、汝ハ当座ノ事ニ准《ナゾラヘ》テ、梶原ヲ殺シ、早ク帰国スヘシ」ト、計ノ数々申含メラレテ、六良領掌シ、都ヲサシテ上リケル。

　時ニ梶原ハ、日数ツモリ都ニ着シカハ、若狭ノ局ヲ介抱シテ、「何国ニヤ捨ン。何処ニテヤ殺ン」ト、様々心ヲ砕クヲリフシ、半沢六良長途ノ内、形ヲカクシ、身ヲ縮メ、漸ク上京シテ、梶原ヲ暫モ油断ナク附廻ル。此事ヲ知ラス梶原ハ、思ヒ案シ、「此事御台所、耳ニ入、家禄ハ申ニヤ及フ。何』4様ニ罪セラルトモ、君ノ御種如何シテ殺シ奉ラン」ト、潜ニ京都ヲ退キ、幸ヒカナ、津ノ国阿部野ニ少シノ好ミアレハ、是ヲ便リト志、若狭ノ局ヲ介抱シテイルト云トモ、鎌倉ヘノ聞エ、上方ノ唱旁以テ心ヲ労シテ、行ク程ニ、阿部野ニモ成シカハ、所縁ノ方ヲ尋ヌレハ、其人ハ断テ、跡形モナク、流石ノ梶原、渡ニ舟ヲ失フ如ク、只凶然タル斗也。

去程ニ、半沢六郎ハ、梶原カ行跡ハ如何ト、アトヲ慕フ。阿部野ニ行、能々窺所ニ、梶原カ真心ヲ以、若狭ノ局ヲ介抱スル事見テ大ニ仰天シ、覚エス走ロ出テ、梶原平三ニ向テ申様、「此度ノ御難義蒙ラルル事、主人ノ重忠、事御心庭ヲ推《スイ》シ申シ、則御跡ヲ慕ヒ蒐附テ、御力《チカラ》ヲソエヨト申附ケ、急ニ是マテ参リ候。如何ニ計ヒ玉フ」ト云ヘハ、梶原大ニ驚キ、「先立テ、御主人重忠殿エ御相談申ノ処ニ、存ノ外ニ御アイサツ斗方《トハウ》ニクレ、力ニ不及、此ノ此《コト(如)》クノ首尾」ト、具ニ云ケレハ、半沢聞トトケ、「是ヨリ如何セン。害心ヲ翻シ、貞心ヲ起シ、同心シテ、一先ツ中国ニ趣キテ、備中ノ国ハ梶原カ領内ナレハ、急キ下リテ、トモ角モ介抱セン。併シ臨月ナレハ、尤心許無シ」ト、両人鬼《ヲニ》ヲアサムク勇士ト云ヘトモ、手馴ヌ事ノセツナサニ、女性ノ心ヲサツシ、津ノ国サシテ下ラントシケルカ、遥々海陸ヲ見ヤリテ、又モヤ弱気ツキ、両人トモニ、諸神、諸仏ヲフシヲカミテ、加被《(護)》力無クンハ、此難争カ免ント、是ヨリ婦人ヲ』5伴ヒ、住吉ノ神社ヲサシテ詣テ、広前ニ畏リ三人共ニ手ヲ合、丹誠ヲ抜テ、安産ノ祈リ、此女性身心、快楽ヲ祈リテ、後両人、女性ヲ守護シテ、玉垣ノ外エ立出ンハ、女性忽気色損シ、已ニ絶セラル。梶原、半沢兎角スベキ様ナク、一人ハ抱ヘ、一人ハ水ヲ口ニ洒キ入レトモ、弥《(悶)》ヘ苦ム所ニ、宮人等立集、色々介抱セシカハ、神力、神変ノ致ス処ヤ。産婦ノ顔色忽快然トシテ、平産シ玉フ。宮人ノ尽《(妻)》女等打寄リ取リ上ケ見レハ、貴シメヤカルナ男子、出誕マシマス。梶原、半沢大ニ悦ビ、若子ノ顔《カン》相ヲ見奉レハ、「頼朝公ノ容貌、能ク似タマフモノカナ」ト、心ニ勇ヲ成シ、「婦人ノ様体ハ盤石ニ坐シ、端垣ニ手ヲ掛ケ玉ヒシハ、実ヤ神力ノ加被《（護）》ナリ」ト、イヨイヨ両人悦ヒ、宮人ノ家室ニ労リマイラセ、母子ノ安穏ヲ見テ、宮人ノ男女共、「是ハ只事ナラス。身ヲ温メテサヘ、冷ヘ安ク悩モノナルニ、石ノ上ニテ平産、母子ノ健《スミヤカ》ナル有様、何ノ国、何処ノ如何ナル人ノ御方ナルソ」ト尋ンモ、大将軍ノ御子トモ云ハレス、両人ウロタエテ、「去ルカタ」ト計返答シテ、「暫此処ニ居テ、若京都ノ所司代北条時政ニ聞ツケラレテハ宜シカラス」ト、母子ヲ介抱シテ、宮人等ニ一礼シ、「先、備中サシテハ下ラン」ト、難波ノ浦ノ心サシ、ソロリソロリト行ク道ニ、供人引連レテ来ル者アリ。

両人身ヲ浦《ヒソ（潜）》メテ窺フ処ニ、彼者右ノ母子ヲツクツク見テ、梶原、半沢トモ□□《（知ラ）》ス近寄リテ申様、「此方様ノ体、尋常　』6ナラス。如何様、子細アラン。語玉ヘ」ト申其顔相、誠余リテ見エタリ。両人怪シミナカラ、仕方尽タル今ノ風情、若ヤ便リモ成ラレメチ《（ママ）》ト小声ニナリテ、真此ノ訳ト細ニ演《エン》説ツセハ、彼男、ハツト驚キ、地ニ頭ヲ平伏シ、「私義ハ筑紫カタ、薩州鹿護島ノ住人、島津八郎大夫ト申者。此度不思議霊告蒙リ、遥々住吉エ詣スル道中、係ル貴族ニ参リ逢奉ル。是ソ忝モ明紳ノ御引合、夫程進退ノ窮リシ処ナラハ、拙者イマタ定レル妻女無シ。幸ニソ私カ為メニ、御母子下サレナハ、国本ニ伴ヒ下リ、養育致シ、家系ヲ継セ度シ」ト、親節面ニアラハレ申シケレハ、両人斜ナラスノ悦ヒ、互ニ領掌シテ、若狭ノ相別レ、東西ニコソ立去リシハ、誠ヤ不思議ノ縁ソカシ。

斯テ両人ハ鎌倉ニ帰リ、平三ハ直ニ御台所エ拝謁シ、「右若狭ヲ上方ニ同道シ、天下ノ人口ヲ塞ト存シ、不便ナカラモ、溺水サセ殺シ候」ト言上スレハ、政子太《（ママ）》ニ悦玉ヒ、梶原ニ深恩賞シ玉ヒケル。半沢ハ主人重忠ニ向ヒ、梶原カ都ニテノ首尾、イサイニ申上レハ、重忠モ大ニ感悦シ、空知ス貌ニテ、ウチ過ス。梶原ハ頼朝公ノ御前ニ参リ、右段々申上クレハ、君大ニ感賞シ玉ヒ、梶原カ忠義、天下無双ト思シ召シ玉フ。

年ヲ歴テ、右大将家、島津父子ヲ召出サレ、薩州、大隅并日向ノ国ノ内ヲ玉フ。島津三郎忠久ト云。是中興元祖也。是ヨリシテ、忠義、久経、忠宗、氏父(久)、元久、忠国、義久、義弘ニシテ、国乱ル。羽柴秀吉、大軍ヲ以テ、薩州ヲシタカフ。』7

琉球征伐之来歴

慶長十四年ノ春ノ比、大御所家康公ノ長臣、本多正信以下窃ニ召テ宣ク、「今天下ノ諸大名ヲ計ヒ見ルニ、各文武ヲ備へ、天下ノ大方ヲ守ル。中ニモ島津ハ、国数有リテ、家系西国ニ冠タリ。去ル関ヶ原以来、其非ヲ後悔シテ入道ス。関(開)説ク、誠ニ剃髪セシニモアラス。是疑ノ一ツ也。年月ヲ経ルト云トモ、駿府并ニ江府エ参勤ノ礼モ無ク、同名又八郎ニ家名ヲ譲ルト云トモ、未タ継目ノ礼モ無シ。若年ノ公達、夫ハ慶長五年ノ事、旁々非礼多端也。目附ヲ入ト云トモ、誠ノ入道カ何レト弁難シ。一察入スンハ有ルヘカラス。然トモ、彼ハ遠国、殊ニ其家大身ニシテ甚ク(タ)武備有。カレヲ征伐セハ、同用ヲツイヘスヘシ。然ト云トモ、其儘差置カタシ。我熟思ニ、入道ヲ当城エ召シ寄セテ、直下ニ琉球ヲ、入道カ自身ノ勢ニテ征伐セシメン。若シ入道ウタカヒヲ生シテ参府セズンハ、其非ヲ討タン。誰カ是ヲ否ヤト謂ンヤ。旁々如何」ト宣ヘハ、老臣以下各感シテ平伏ス。即日戸田三郎右衛門ヲ召シテ、則入道ヲ召ノ台命ヲ下サル。戸田畏テ、鞭ヲ上ケ、薩州ヲ差シテ馳セ下ル。是則公御計也。

惟新入道参府之事

斯テ、戸田日数ヲ歴テ、薩州ニ着ケレハ、薩州ノ諸役人』8出迎ヒ、客屋ヲ設ケ、様々饗応美善ヲ尽シテ後、入道城中江ムカヱ入レ、上座ニ着キ、台命之趣、相伸ヘケレハ、入道畏テ参府ヲ領掌スレハ、戸田大ニ祝(悦)ヒ申、「速ニ御請、神妙ノ致ス処也」ト挨拶シテ、既ニ発足セント欲スル処ニ、入道挿《(押)》シ止メ、「遥々ノ大命、難有奉存候。御上使ノ供仕、参府仕ヘシ。暫ク滞駕奉希《コイネガヒ》」ト申サレケレハ、上使モ其機ヲ驚《(ママ)》、客屋ニ帰ル。入道ノ長臣等諫云、「関ヶ原以来、当家関東江対シテ無礼有リ。是非一度ハ其過怠ノ来ラン事也。此度ノ招待《シヤウダイ》、更々心得難シ。参府之義ハ君ノ浮沈、御思慮第一也」ト、同音ニ申ケレハ、入道笑ヒ玉ヒ、「人々ノ諫言、理ノ当然ナリ。然ト云トモ、家康ノ平常ヲ不知也。彼ノス計至極《(ママ)》ノ大将ナリト云トモ、随分事ニ念入玉フ。生得ニシテ、少モ麁抹無シ。此度入道ヲ御召ノ掟意、定テ深図アラン。行時身心安シ。行サル時ハ身ノ上危シ。謁見ノ序ヲ以テ、事ノ宜キニ随フベシ」ト宣ヘハ、皆々怪ミナカラ退出ス。

去程ニ、入道ハ、供人態ト小勢ニシテ、戸田ト同道シテ、行程数日、駿府ニ着キ、戸田早ク登城シテ、入道同道ノ次第、薩州馳走ノコト、悉ク言上スレハ、公大ニ感シ玉ヒ、長臣等ヲ召シ玉ヒ、入道拝謁ノ用意ヲ仰付ラル。本多正信欽テ申ス様、「義弘入道ハ、元来武道ノ達人、勇猛也。　』9

御用心有テ然ヘシ」ト申上ル。公、聞召サレ、「我心ニハ深ク存ル子細有リ。抑此度入道ヲ呼ヒ寄セ、琉球征伐ノ役ヲ援《サツク(授)》ル事、種々了間アリ。太閤秀吉、朝鮮征伐ノ時、琉球人身方ニ参リテ案内セヨト、専使ヲ以厳命アレトモ、一図肯《ウケカハ》ス、終《ツイ》ニ一度ノ返朝ニモ不及今ニ過ス。是ヲ以テ見ル則《(時)》ハ、彼国ノ剛強人ノ武勇知ル処也。然時ハ、島津カ身ノ勢斗ヲ以戦難。我思フニ若入道カ勢、彼国ニ乱入、戦勝テ、琉球王ヲ生捕リ、我国ヘ引キ入ル則《(時)》ハ、威外ニ尓《(示)》シテ、神国ノ余慶、是則一挙両得ト云ヒ、又一箭以鳥ヲ落ストモ云ヘキカ。併夫々ノ用意ヲ以テ対面セン」ト宣ヘハ、本多以下、各感心シテ、上段之左右、近臣列ヲ正シ、入道召シ玉フ。入道、戸田カ手引ヲ以テ御前ヘ出仕ナリ。

義弘入道登城之事

神君家康公、胸《ムネ》ニハ経天《クハウ》地緯《イ》ノ才ヲ蔵シテ、腹ニハ安邦定国ノ計ヲ隠スノ良将。義弘ハ当代ノ英雄。入道、御前近ク進奇《(ママ)》、年来疎濶ノ情ヲ相伸ヘ、欽テ相見ノ礼ヲ申ス。家康公、重而宣ク、「去ル慶長五年、関ヶ原以来、四夷八蛮ニ兵乱ノ愁ナク、民ニ飢渇ノ苦ミモ無ク、天下泰平是ニ過ス。是ヲ以テ諸家、和ヲ本トシテ、交代セルカ致ス処也。御辺近年ハ、隠生無《サゾ》々身心安楽ニ住セラルヘシ。入道中上ルハ、「身ヲ　』10 辺境ニ入レ、外事ノ身ニ関《アツカ》ルト無ク、誠ニ小人ノ閑居、幼ヨリ斧以テ身ヲ労セシニ、当時静謐ニ住シテ、身心倦労シ申候」ト言上スレハ、公ノ仰ニ、「此度入道ヲ招請セシハ、第一ハ、久シク対面セス、床シク思カ故、第二ハ、抑琉球国ハ日本ニ隣テ離島ナリ。昔日大閣《（太閤）》、朝鮮征伐ノ時、彼ノ地ニ使㕝《（者）》ヲ遺《（遣）》シテ、案内セヨト也。然リト云トモ、終ニ再ヒ返答無シ。大閣《（太閤）》怒リ玉ヒ、朝鮮落着次第、彼島ヲ討ント欲シ玉処ニ、落命セラル。其後予モ是ヲ憤ルト云トモ、政事繁多ニシテ、黙止《モクシュ》セリ。其意限晴カタシ。薩州ハ彼ノ国ニ近シ。殊ニ島津家ノ武城、尤諸人感称ス。入道今日致仕ノ身、薩州勢ヲ引率セラレ、彼国ヲ召捕テ、本国へ来ス時ハ、大明、朝鮮ノ聞、予カ一生ノ悦、貴老モ又外聞実義、何ソ是ニ過ヤ。早島津ノ自勢ヲ以彼国ヲ征伐セラルヘシ」ト宣ハ、入道畏テ、「斯ル不思議ノ台命ヲ蒙ル。我幼少ノ昔ヨリ、彼国ノ征伐ハ、何レ有ヘキ事ト、思惟仕候得共、今日ニ送過セリ。凡大小名数有ル中ニ、入道ノ某ニ厳命セラルル事、家ノ面目、身ノ名誉、大ニ怡悦セリ。直ニ御暇給ハリテ、本国ニ帰、時日ヲ移サス、軍勢ヲ催シ、押《ヨシ》渡シ、早ク凱歌ヲ奏スヘシ」ト、更ニ恐ル気色無シ。源公大ニ感シ玉ヒ、「逐《（追）》日軍ノ一左右ヲ待ツ」ト、金作左文字ノ刀、鞍置馬一疋、餞別印《センヘツイン》ヲ給ケリハ、両種頂戴シテ、本国へ帰ラル。誠ヤ近代無双ノ公言、語絶事也。　』11

島津家軍評諚之事

斯テ、島津兵庫頭義弘入道惟新ハ、本国薩州ニ帰城シテ、一族、郎徒、并ニ外様大小名、其外執権新納一氏、種島大膳、里見大内蔵、畑勘解由、秋月右衛門、江本三良左門《（左衛門）》、岸部文左門《（左衛門）》、松尾隼人、佐野帯刀、花形刑部、三好典膳、其外普代恩顧ノ武士ハ言ニ不及、日向、大隅、惣テ三ヶ国ノ諸士ヲ、大書院、広間、遠士ノ間ニ呼ヒヨセラル。各何事ノ出来テヤト、時刻ヲ違ス何(伺)候シテ、御用如何ト、片唾《ズ》ヲ呑ンテ居所ヘ、義弘入道、其日ノ装束ニハ、白練ノ素絹ニ、短刀、弐尺九寸ノ細金作ノ太刀ヲ、小性ニ持セ、中央ノ上段ニ着座ナル。同名大隅守家久出座ナシ。弥不審晴レサル所ニ、入道諸士ニ向ヒテ、「今日汝等ヲ呼出ス事、天晴珍事出来セリ。其子細ハ、某去ル慶長五年以後、駿府、江城エノ参勤ヲ怠ル事、偏ニ逆従(徒)石田ニ与セシ事ヲ恥テ也。駿江ノ両公ヲ初メ、諸有司マテモ定テ是ヲ憎ムヘシト思フ処ニ、此度スルカヨリ招キハ、前非ヲ過《アヤ》ムルカト、大ニ怪《アヤシム》トコロニ、厳命黙止《モタシ》カタク、参府スト云トモ、関ヶ原以来ノ過怠、身ニ覚悟シテ、入道カ身ハ風前ノ灯ト参謁ニ及ンテ、家康甚ダ叮嚀ノ礼貌、更ニ怪ムニ堪タリ。然シテ後、家康言閑《コトハシツカ》ニ、琉球征伐ノ厳命此ノ如々(ママ)。同シ日本ノ内ノ征伐スラ辞スル子細モアラシカ、異国征伐ノコト、国取大名多キ中ニ、某シ隠居入道　』12

ノ身ニ、此ノ如キノ台命、弓矢ノ家ノ面目、異国、本朝ノ外聞、身ノ誉レ、各ニ悦ヒ申サルヘシ。然ル上ハ、命ハ楊雄カ矢先ニ掛ケテ、義ヲ金鉄ニ比シテ、名ヲ末代ニ残スヘシ。各彼ノ地征伐ノ軍議、計略勝ヲ千里ノ外ニ決スルノ志ヲ廻ラシ、大功ヲ立ラレヨ」ト、顔色快気ニ宣ハ、満座ノ人々一度ニアツト平伏シ、大禄ハ身ヲ重シテ口ヲ閉、小知ハ身ヲ憚テ詞ヲ出サス、只忙然トシテ、暫シ座席モ興サメテ見ユル所ニ、執権武蔵守一氏、智勇兼備、一家ノ棟梁トシテ、知行十二万石ノ大身ナルカ、集ヲ進出テ云ク、「只今御諚ノ趣キ、珍事トハ云トモ、兵家ノ常駭《ヲドロ》キ恐ルヘキ、謂無シ。関東之厳命退テ幸ヲ廻シ見レハ、去ル慶長五年以来、当家エ過怠ヲ報セントスレトモ、国大ニシテ道遠《トヲ》シ。国用ノ多分勝負ヲ未然ヲ恐レテ、手ヲ出シ玉ハス。然ト云トモ、関ヶ原退ノ以来ノ忍難ク、此度他邦ノ手ヲ借リテ、当家ヲ凶ス。然ラスンハ、坐ヲ他国ノ手ニ入ルノ謀斗(計)、小児ハ知ラス、其内心明カ也。然ル所ノ謀計ヲ、却テ身方ノ用トシテ、流球ヲ当家ノ手ニ入ンコト、某カ肺肝ニ有リ。其子細如何ト云ハ、先ハ彼琉球国エハ、是ヨリ海上百七十里ノ行程ナリ。舟ノ着所ヲ要渓灘《タン》ト云、関所有リ。夫ヨリ五十里行テ城、千里山ト云城郭有リ。此城五里四方ニシテ後ハ、千里山ト云フ嶮山、前ハ大川、岩石　』13

聳テ、恰《アタカ》モ龍門ノ灘《カハセ》ノ如ク、段々ト流レ落ツ。夫ヨリ七里斗辰巳ノ方三里四方、虎竹城ト云。此ノ城竹林ニシテ、猛虎ノ栖ムヘキ所也。是ヨリ南ハ海上漫々、十里斗ノ西ニ当リテ、一箇ノ離島有リ。凡五、六里四方ノ島ナリ。琉球王ヨリ米穀、雑コクヲ収納スル倉庫、百七十ヶ所有リ。是ニ依テ、右ヨリ米倉島ト云フ。左ニ当テ湊有リ。是ノ所ワケテ蛇《ヘビ》多シ。故ニ乱蛇島（ママ）ト云フ。一ヶノ関所一里程ノ要害也。夫ヨリ五里続キタル松原、此所ニ平城有リ。夫ヨリ三里行テ、高サ三十丈ノ揚土ノ楼門有リ。是ニ依テ高鳳門ト号ス。夫ヨリ五、六十リシテ、金告石門有リ。此所ニハ、常ニ数千人ノ兵士揃、番手ヲ組ンテ、弓矢、鉄炮、兵杖ヲ并ヘ、武備厳重也。是則王城ノ惣門也。是ヨリ左右両側ニ、商人、細工人、軒ヲ并ヘ、店屋ヲ構ヘ立ナラフ。此町ノ長サ、凡東西百四、五十丁。夫ヨリ都ニ入門、是ヨリ左右ニ諸官人ノ屋究《クハウ》（宅）数万軒。夫ヨリ二里斗ノ并木ノ馬場ヲ打越シテ、石垣ヲ高サ二丈計ノ惣筑（ママ）地、四方ニ惣堀ヲ掘リ、四里四方ノ城地、四方ニ橋ヲ掛ル事、百七十二ヶ所、後ニ日頭《トウ》山ト云高山有。是ノ山ノ後ニ、詰ノ城アリ。此所ニ大師王俊并ニ辰変（亥）、数千人ヲ以守護セリト承及テ候。大概此ノ如シ」ト言上スレハ、入道ヲ始、満座ノ人々感心シテ、「誠カナ。名　』14
医ハ脈ヲ見テ五臓ヲ悟、歌人ハ居ナカラ名所ヲ知ルト云ヘリ。誠ニ弓矢ノ達人、天晴ノ知識哉」ト、異口同音ニ申ケレハ、一氏、完爾トシテ曰ク、「全ク居ナカラ知ルニアラス。某シ生年十六才ノ時、君父ノ御前病ト称シ籠居スルコト幾許月、其形商人ニ似セ、彼琉球ニ渡海シテ、津々浦々ニ至迄見マワリ、土地、利鈲、風俗、武備ノ強弱、武士ノ剛臆、委ク見㞒（尽）シ、地利ノ絵々《カト》写シ、胸中ニ記シ、又二十七才ノ時モ、此ノ如クシ、若万一モ怪メラレハ、朝鮮ノ者ト偽リ、国ノ名ヲ出サス。夫トモ叶サル時ハ、一命ヲ捨ント、兼而覚悟シ、何トソ一度琉球ヲ手ニ入レント、思惟セシトコロニ、此如キノ台命、ネコフ処ノ幸」ト、勇進ンテ申ケレハ、入道モ甚感心シ玉ヒ、「実驚キ入タル一氏カ才智、賞シテモ余リ有。則此度ノ総大将トシテ、軍師ニ任スル条、人数ノ手配リ、兵粮ノ出納、一切万事汝ニ附与ス。則是ヲ印トシテ、是ヲ授ル也」ト、三尺四寸金作リノ太刀、スルリト抜キ、前ナル高概ヲ真二ツ打切リ玉ヒ、「列座ノ面々承知スヘシ。自今如此一氏ヲ以軍師トス。一言ニテモ、一氏カ下知違背ス者、真此ノ如シ」ト、件ノ太刀ヲ、一氏ニ下シ玉ヘハ、一氏立出、謹而頂戴シ奉レハ、入道快気ニ座ヲ立玉ヘハ、一氏諸士ニ向、「身不肖ナル某申ナレトモ、主命黙止カタク、軍役ヲ蒙ル上ハ、向後軍馬ヲ指揮スヘシ。一座ノ面々功ヲ立玉ヒ、上ハ霄(胥)漢、下ハナイリニイタル　』15

迄、一命ヲ君ニ奉リ、琉球国ヲ責メナヒケ、主君ノ恩賞ニ預リ、子々孫々ニ至マテ、後栄ヲ楽ミ玉ヘ」ト云ケレハ、満座同音ニ、是ヲ賀ス。

斯テ一氏、衆ニ向テ曰、「主君ノ思召立コソ、最上吉ナリ。明日卯ノ上刻、御旗屋エ、五百石以上、一人モ残ス出仕有ヘシ。其時ニ号令申渡スヘシ。此旨急度相守リ、明朝マテノ内、甲冑、弓箭、馬鞍ノ用意有ヘシ。巨細ノ軍議、御旗屋ニ於テ評諚《ツカサトル》シ申サン」ト、各退出ス。

新納武蔵守軍配之事

慶長十四年四月十六日卯ノ上刻、新納一氏、嫡子左衛門一俊ヲ誘引シテ、御旗屋ヱ出ル。一氏其日ノ装束ニハ、水衣ノ大紋、靏ノ丸ノ定紋、紫ノ露結ヒ下ケ、一尺二寸ノ短刀、三尺四寸許領ノ太刀ヲ帯テ、銀ノ采配手ニ持チ、南面ノ上段ニ着座ス。床ハ三幅一対ノ掛物、中央ニハ太公望、左ハ義経、右ハ楠正成、花瓶ニハ出陣ノ花香炉、神酒、洗米ノ備ヘ物、灯明トホシ、宝剣三振立并ヘ、出仕ノ謁士ヲ待居タル。

去程ニ島津一家ノ座々、大小ノ士装束ヲ改、禄ノ甲乙、家ノ格式ニシタカヒ列座ス。一氏諸士ニ揖シテ後、執筆ノ役人、本月藤左衛門ヲ召出シ、軍配役割、委細ニ記禄セシム。其條ニ曰ク、

今度琉球国征伐ノ台命被仰付。依之、一氏軍将ヲ蒙主命、汚名余身切也。然者、汝等諸　武士一所懸命ノ場也。　』16

尤於軍陣、戦場、可レ被レ抽二誠忠労、精神一ヲ者也。仍如件。

慶長十四年（己酉）四月十六日　新納武蔵守一氏判

一　先備左ノ一　八万石　種子島大膳豊時

鉄炮三百挺　足軽九百人　手替トモ

頭人五人ハ騎馬

弓三百張　足軽九百人

鎗三百筋　歩行武者六百人　手替トモ

頭人二騎

騎馬三百騎　頭人二騎

熊手三百本　頭人二騎　三百人

鳶口三百本　頭二騎　三百人

太鞁　頭二騎　三十人

鐘　同　三十人

貝　同　三十人

二十五騎　馬廻二十人　鎗弓五張　鉄炮三十挺

隊将大膳

二十五騎　馬廻二十人　鎗弓五張　鉄炮三十挺

右人数合三千七百四十人　』17

一　先備右ノ一　　　八万石　　里見大内蔵久秀
鉄炮三百挺　　足軽九百人　手替トモ
弓三百張　　足軽九百人　手替トモ
鎗三百筋　　歩行武者六百人　手替トモ
騎馬三百　　頭二騎　　大鞁　　頭二キ　　三十人
熊手三百本　　頭二騎　　貝　　頭二キ　　同
鳶口三百本　　頭二騎　　鐘　　頭二キ　　同
二十五騎　　　馬廻二十人　弓五張　鉄炮三十挺　八十人
隊将里見　　　　　　　　　　　　　　後押五十人
二十五騎　　　馬廻二十人　弓五張　鉄炮　挺　八十人
右人数合三千七百四十四人
一　二ノ左備　　　五万石　　畑勘ヶ由道房
鉄炮百挺　　頭二騎　　二百人足軽　手替トモ
弓五十挺　　頭同　　百人足軽　　同
鎗五十筋　　頭二キ　　歩行武者百人
馬廻二十人　押畑勘ヶ由　六百人雑兵共

一　二右備　五万石　江本三郎左衛門重躬』18
右畑備人数同前
一　三ノ左備　十万石　秋月右衛門之常
弓百張　足軽二百人　鉄炮百挺　足軽二百人
弓百張　同　鉄炮同　同
鎗百筋　騎馬百人　楯
侍百人二行　旗頭五騎五十人
同　同　楯
鎗五十筋　徒士百人
押秋月之常
徒士百人
右合人数九百五十人
一　四ノ備　七万石　松尾隼人勝国
鉄炮百挺　二百人
手替トモ　頭二騎三十人
弓百張　二百人
鳶口　階子　力者百人

頭二騎三十人

長柄鎗　細引　雑兵千人

騎馬三十

猩々皮鉄炮五十挺　頭二騎三十人

同　二十

徒士三十人　押松尾　弐千四十人

一　五ノ備　十万石　佐野帯刀政形

鉄炮百挺　足軽二百人

頭二騎五十人

弓百張　同　二百人　』19

鎗五十筋　歩行武者五十人

頭二騎五十人

鎗五十筋　同

棒二百本

人数五百人　頭五騎五十人

熊手三百本

歩行武者馬廻三十六人　押百人

佐野　二千百八十人　旗五十人

一
弓百張二百人　鉄炮五十挺百人
頭二騎五十人　頭二騎五十人
弓百張同　鉄炮五十挺百人
鉄炮五十挺　鎗五十筋
足軽百人　右二行各歩行武者
同　同　鎗五十筋
楯五枚
馬印五十人　旗五十人
楯五枚
徒士五十人　鎗五十筋
騎馬百疋七百人　二行二百人
徒士五十人　同同
馬十疋　新納武蔵守一氏　三百人　二千四百五十人
騎馬上下二百人　花形小刑部氏《ウシ》頼　一万石
同　二百人　三好典膳定次　一万石
同　三百人　花房兵庫忠道　一万五千石
同　五百人　池田新左衛門国重　一万八千石

同　四百五十人　小松原佐内左衛門安信　一万五千石　』20
同　百七十人　浜宮藤内行重　二万石
同　二百二十人　二里波門定治　一万石
同　百五十人　島津主水時頼　一万石
同　百七十　矢塚甚五左門（マヽ）豊宗　一万石
同　百八十五人　大崎三郎左門（マヽ）忠久　一万石
同　二百人　天野新兵衛近俊　一万石
同　百人　篠原治部久春　七千石
同　七十人　中条左門（マヽ）春民　五千石
同　八十人　中村右近右衛門数冬　五千石
同　八十五人　和気治左衛門国晴　五千八百石
同　七十三人　木戸清左衛門俊長　五千石
　惣押米倉主計清昌上下四百人
小荷駄千六百五十疋　歩行荷七千六百九十荷
車十四輌
　惣騎馬合千五騎　雑兵二万八千七百九十人
　後陣　鈴木内蔵重郷　上下千人
吉岡主膳　百五十人　有馬内記　百人

小浜勝右衛門　百人　　桜田武左衛門　二百人
大輪田刑部　三百人　　横須賀左膳　二百人
前田十左衛門　百人　　内本半之右衛門　二百人　」21
氏江藤左衛門　二百人　　長谷川式部　百人
今井半蔵　二百人
　惣目付　永井靫負元勝　二千人
岸左門㑘（ママ）　百人　　玉沢十内　二百人
亀井蔵人　百人　　川端主膳　百人
向井権左衛門　二百人　　関団之丞　三百人
吉田庄左衛門　百人　　中川大助　百人
道明寺外記　二百人　　佐久間喜十郎　二百人

　　右惣人数合六千四百五十人
　　外ニ手替リ㑘（ママ）備三万人余

　此外ニ島津家門ノ大名ト称スル人々ニハ、
島津大内蔵　一万人　　同　采女　五千人
島津玄番　三千五百人　　同　主税　千人

同　左京　　二千人　　同　内匠　　千人
同　監物　　千五百人　　同　右近　　千人
同　主殿　　千五百人　　合二万八千人余

凡此ノ十家ハ大名ト称シテ、諸人是ヲ重シ、然リト云トモ、此度ノ琉球ノ軍役ニ於テハ、一氏カ号令ニ随フ。

大船百十艘　　中船三百二十　　小船五十
馬船百五十　　合五百三十艘　』22

［上巻了］

琉球征伐記　中　』表紙題簽
薩摩勢琉球乱入之事
城中ヨリ夜討之事
虎竹城攻伐之事　』見返し

薩摩勢琉球乱入之事

去程、薩州之大将新納武蔵守一氏主命ヲ蒙リ、慶長十四年己酉四月二十一日最上吉日、払暁ニ鹿護島ヨリ発馬シテ、西北方交ノ浦ヨリ数百ノ兵船ヲ発シテ、鬼界島ヲサシテ押渡ル。斯テ一日、船休シテ天気ヲ窺ヒシニ、元来一氏忠信ノ義士、龍部之《タイ》感動、海上風波静ニシテ、同二十八日、琉球国ニ聞エタル要渓難（ママ）ニ程近シ。海上四、五里シテ斥候ノ士、一氏カ船ニ来テ申テ曰ク、遠目鑑ヲ以テ窺申ケレハ、「是ヨリ四、五里、比ニ当テ、要害厳シキコト、乱株《クヒ》、逆茂木透間ナク、一ヶ城相見エ候。此儘着船可仕哉。如何」ト言上スレハ、一氏聞トヒトシク、「夫コソ要渓灘ト云ナル城也。サマテノ要害ニモアラス。番舟、番兵不レ屑《イサキヨク》、我苟モ是ヲ知ル。何ソ恐ルニ足ンヤ。兵ハ神速ヲ貴トストイヘリ。種島組下ノ廻兵、午(手)々ニ太鞁、貝、鐘《カネ》ヲナラシ、吹立、無二ニ矢石ヲ飛シ、責立ヘシ。元来敵兵不意ニ驚キ、度ヲ矢(失)フベシ。其時、我兵鎗ヲフスマニ作テ突乱シ、騎馬ヲ以テ、縦横無碍ニ操立ヘシ。敵ノ逃ルニ追スゴウテ、千里山マテ行詰併、大山ノ麓ニ陣ノ居《スヘ》シ事軍法ノ忌事、三里斗退テ野陣ヲ馴レテ、餱食ヲ支度シテ、夜討等ノ午(手)段モ有ルヘシ。倉卒ニ兵船ヲ寄スヘシ」ト下知スレハ、則種島大膳、軍命ヲ聞トイナヤ、我組下ニ伝説スレハ、五千　』1
五百六十九人勇進テ立ハヤル就中、向坂権之右衛門、乗(柴)田武右衛門、和田千之丞、菊池源六、原田庄内ト云、早雄ノ若侍、我劣ラシト鉄炮ヲ引サケ、舟張ニ衝《ツッ》立上リ、要渓灘モ程近、一揉ニ揉破レト、櫓械《ロカイ》(ママ)ヲ早メテ行程ニ、ハヤ南ノ岸ニ着クトヒトシク、先午(手)ノ鉄炮三百挺、一度ニツルヘ放カクレハ、百千ノ雷一度ニ落ルカ如ニテ、黒煙空ニ覆ヒ、天地破烈ノ勢也。

抑此悪(要)渓灘ニハ、破師将軍季発、琉球ノ守護陳文碩、并幕下ノ笵俊喜ト云フ勇烈ノ者、三千騎斗ニテ□番籠城タリ。シカルニ薩州ノ大軍寄来ントハ、元来思ヒヨラス、大ニ気ヲ失ヒ、此勢瞻云鬼モ身ニ添、アハテフタメキケルニ、元来不敵ノ笵俊喜、フン然ト呵テ、「急ニ大略ノ備ヲ設タリ。陳文碩ノ高櫓ニ出迎」ト云ヘトモ、俄ノ周章、武器モ不調シテ、「多ハ歩卒、騎馬ハ少シ。弓、鉄炮トテモ大ナラス。如何セン」ト、俊喜ヲ呼フ。俊喜許諾シテ、防キ戦フ。虽(雖)然、目余ル大勢、仕方尽キタル処ヲ、種島大膳、大音上ケ、「敵ハ逸足モ成タルソヤ。一人モ遁スナ。討トレ」ト、日本スルトキ飛道具、無二一無三ニ討掛ケ、立脚モナク、逃色見セ色メキ立テ見エタル処ヲ、得リ賢(ママ)ト、鎗、長刀、日本ノ舞刀透間ナク撫廻レハ、即時ニ午(手)負、死人数シレス。イヨイヨ大膳ヱツホニ入、「須破ヤ《(スハヤ)》、身方ノ勝利也。掛レ掛レ」ト下知スレハ、元来ハゲミシ柴田以下ノ五人　』2

獅子忿訊《ジン》ノ怒リヲアラハセ、縦横無尽ニ突キ伏セ、切伏セ、掛廻ル。総大将一氏、「敵ノ首ヲ取ニ不及」ト下知スレハ、切テ落シ、突倒ス。サナカラ麻ヲ乱セシ如ク也リ。

笵俊喜、眼ヲ瞋《イカラ》シ、歯ヲ食ヒシハリ、シタンヽ《(タ)》踏テ大音上、「察スル処、此敵、日本薩州ト見エタリ。狼藉甚過タリ。如何ニ多勢ナレハトテ、鬼神ニモアラシ。此所ニテ暫ク踏留リ、千里山エ早馬ヲ立、加勢ヲ乞ヒ、要害堅固ニ構テ、居民ヲ懐ケ、勢ヲ伏テ相待タン」ト、垪《(塀)》、櫓、竹垣繕ヒマハシ、手配リスル。高櫓狭間板押シ開キ、大声上、カク申ス者ハ《(ママ)》、「当城ノ勢権《(執)》笵俊喜、汝ラ、ヤサシヤ。当国エ乱入スル事、如何小国ノ機風ナレバ迚、欲《ヨク》心熾盛、カカル浅間シキ行跡、ツイニ諧《カノウ(ママ)》マシ。速ニ本土ニ帰テスンハ、汝等ハ塚中ノ枯骨、豈ニ定ヤ云ニ」ト、大膳、之ヲ聞テ大ニ怒リ、「我カ日本、仁義、大上ノ君子、国君ノ命重スルコト、日月ヲ仰カ如シ。此故ニ、此度薩州ノ太守義弘ノ厳命、此国ヲ征伐ス。早ク門ヲ関テ、可乞降ヲ。我カ名ハ種島大膳也リ」ト呼ハツテ、夫ヨリ兎角ノ問答無、城中ヨリ矢石ヲ飛ス事、雨ノ如ク也リ。大膳弥怒リ、「此城即時踏セ」ト、曳々々《(ママ)》声ヲ出シ、攻掛ル。一氏、馬ヲ飛シテ走リ来リ、此様ヲ見テ製《(ママ)》シテ云、「我《(ママ)》責ハ匹夫ノ勇ニシテ、功微《スクノ》フシテ、徳薄ク成ル者也リ。只奇計ヲ以テ反復スヘシ。暫ク人馬ニ生ヲク　』3 レヨ」ト、少キ緩《ユルメ》ヲ呉レケレハ、城中ノ小勢モ、同ク勢ヲ養ヒケリ。

斯テ一氏ハ、敵ノ不意ヲ討ント、兼テ用意ノ投松明、火箭数ヲ尽テ燃《モヘ》掛レハ、監城一火ニ焼キ立ラレ、城中貴賤家ヲ失フ犬ノ如ク、胡乱《ゴヲ》シ吟フ処ヲ、薩州勢、トツト大勢四方ヨリ爰ニ馳セ散リ、彼ニ蒐廻レハ、流石ノ俊喜モ忙然ト、心ハ矢尽早《ヤタケニ(矢尺ニ)》レトモ、網ヲ洩レタル魚ニ似テ、更ニ弁ヘ難キ処ニ、雲霞ノ如キ日本勢、四方ヨリ取マキテ、恰《アタカモ》鉄桶ノ中ニ入タル如ク遁レ様モ無ク、火ノ内煙ノ内ト不レ云、責テ□助リタシト、逃出ントスル処ヲ、武蔵守遥ニ見テ、「夫余スナ。洩スナ」ト、ハラハラトカケヨリ給ニ、文碩、俊喜ヲ討取ル。分捕功名夫レ夫レ也。勝凱三度祝儀シテ、事初メ吉シト、腰兵粮取出シ、暫ク諸軍ノ気ヲ休ム。一氏下知シテ曰ク、「後陳控シ第三ノ備ヘ、秋月右衛門、騎馬四百、鉄炮二百張ツツ備ヲ乱シテ、千里山ノ城エ攻掛ルヘシ。只今則限《コク（刻）》申ノ刻、定テ合戦夜ニ入ヘシ。投松明ヲ用意アレ。陳法、号令、油断ク急レ候」ト、下知スレハ、兼テ軍令堅キ一《（ママ）》氏、畏テ各進発ス。

　去程ニ、千里山ノ城中ニハ、孟亀霊ト云大将、琉球王撰ニ依テ、凡軍勢弐万五千余騎、雑兵都合五万余、平日武備ニヲコタラス、害ニ依テ守リタリ。斯ル処ニ、誰《タレ》ガ風説トモ無ク、要渓灘堅メヲ、日本勢不意ニ寄セ来テ、即時ニ責破リ、主将陳　』4
文碩并范俊喜等討死ト、人談喧《ダンケン》シ、是ヲ聞トシトシク、孟亀霊大ニ驚キ、軍師朱伝説ヲ呼ヒ出シ、此説《セツ》如何ト高議スレハ、伝説少モ驚ス、「事ノ実未タ知レスト云トモ、当国第一ノ堅メ、先製《（ママ）》セラルル時ハ、当主ノ不詳也。日東《（ママ）》ノ勢軍、当国矛《キウ》盾ノ所謂更ニナシ。然ハ、決《ケツシ》テ虚説ナラン。併試《ヘダテ》ノ勢、一、二千人援兵トシテ実否ヲ正シ。若シ実ナル時ハ、都エ早馬ヲ以テ注進シ、弥城ヲ堅固ニ籠城スヘシ。日本勢寄来タハ、計テ討ン。援兵来ラハ、城中ヨリ討テ出、敵ヲ中ニ取込メ引包ンテ討タバ、不知案内、日本人不叶シテ失ンハ必定ナリ。元来当城兵精足《（根）》リ、其身不省ナレトモ、変ニ応シ、新手ヲ入防キ戦フ程ナラハ、日本人不残討取ヘシ。少モ賢慮煩セラルル事ナカレ」ト、知術謀計ヲ兼備コル《（ママ）》ノ朱伝説、言ヲ放テ諌メケル。孟亀霊、大ニ悦ヒ、「此□尤微妙ナリ」ト、四方ニ柵ヲ振リ、鉄炮、石火矢ノ設ケヲ成シ、都城ヱ早馬羽書ヲ飛シ、軍勢ノ手分ヲ定メ、号令斯ノ如ク取行ヒ、要渓灘エ救ヒノ勢、二千人発馬セントスル間モアラセズ、薩軍大手、搦手一同ニ、ハヤ城中エ取掛ケ、三度ノ鯨波ヲトツト上ケ、鉄炮、石火矢打立責掛タリ。然ト云トモ、城中更ニ驚ス、兼テ設ケシ朱伝説カ計、静リカヱツテ音モナク、無人城ト見タリケリ。　』5

　勢ヒ掛テ、薩州勢大ニ勇ヲナシ、先手秋月右衛門大音上、「斯ク潜《ヒソカ》ナルハ、我大軍ニ恐レテ、落失セタルカ。但シハ、臆シテ出合ハスト覚エタリ。何分一当短平急ニ拉キ、分捕、功名、誉ヲ顕シ、名ヲ琉地ニ残セヤ」ト曳々声シテ、太皷、貝、鐘、天地モ崩ル斗也リ。然トモ、城中更ニ無音モ静リ入リテ取不合。程無夕陽西ニ傾キケレハ、兼テ用意ノ松明必（マヽ）シメキ渡テ、手々ニ振立、数千ノ桃灯如星ノ立連ネ、大手、搦手、一同ニ、ハヤク剰（乗レ）ヤト云ママニ、能ク能ク見レハ、堀□所々ニ橋掛タリ。能クモ、アハテ逃タル者カナト、先手ノ大勢、既ニ橋エ越ユルトコロヲ、城中ヨリ人出ルト見エシカ、彼ノ橋ヲ、サラサラサツト城中へ引取ケル。是日本ニテ、突出シ橋ト云モノ、掛引自由ニコシラエタリ。寄手大ニ驚キ、堀ハタニ徘回シテモ仕方ナク、堀ヲ越ントスレハ、千丈壁潭岩石漸々ニソバ立、更ニ術尽テ、夜明ナハ、別ニ計アラントテ、即時ニ、三里退キ陳ヲ居エ、篝ヲ焼テソ待ケル。

城中ヨリ夜討之事

呉子ノ云ク、敵ヲ軽ンスル者ハ、必破レルト也。

千里城ノ内ニハ、朱伝説謀略ヲ構エ、寄手ヲ屈セントシテ、終日ノ合戦、終ニ一度モ矢玉ヲ用ヒス、静テ音モナク控ヱシカ、夜三更ノ頃、高櫓ニ登リ、寄手ノ陣勢ヲ見テ、本丸ニ至　』6リ、大将孟亀霊ニ云テ曰ク、「日本勢、今日ノ城攻ニ気ヲ屈シ、倦怠《ケンタイ》ノ色相見エ候。是則将怠リ士卒ウムノ所ナリ。今夜丑ノ下刻ニ、敵陳エ夜討シテ、日本ノ逞《タクマ》シキ豪気ヲ拉《トリヒシ》グベシ。是又兵法ニ攻、其不備、其不意ヲ出ト申モノ也リ」ト相伸レハ、亀霊攸前トシテ、「万端、将軍ニマカス。併シ事ヲ損スルコトナカレ」、朱伝説領掌シテ、急ニ用意ヲス。先一二（三）究竟（ノ）兵三百人ニ鉾、鎗ヲ持セ、手々ニ松明ヲ携エ、城門南ノ方、潜々開カセ、寄手大将松尾隼人カ陳ニ、鉄炮ノ者三百人、相印相図、言ヲ定、トツ□（ト）押掛打立、無二無三ニ突立、薙立賢（堅）横無尽ニ責□□（立レ）ハ、松尾ノ勢、終日ノ合戦ニ疲レ、前後モ不知平収（眠）シテ居ル所へ、思ヒモ寄ス、上下ウロタヱ、足ノ踏ヲ覚エス、只悦惚《エツソウ》トシテ、夢ノ如ク成ル処ヲ、城兵ハ元来期シタル故ニ、朱伝説ガ下知ニシタカヒ、喚キ呼ンテ責戦フ故、薩州勢弥度ヲ矢（失）フ斗也。隼人此体ヲ見テ、勃然ト大ニ怒リ大音上、「キタナキ味方ノ面々、君命ヲ重（ン）シスル者ハ、命ヲ此陳ニナケ打ツヘシ。夜討ハ合戦ノ常、小勢ノ敵ナルソ、引包ンテ討殺セ。好ムトコロノ幸ナリ。日本ノ手并ヲ見セヨヤ」

ト、自ラ鎗ヲ振テ、敵勢ヘ突入、アリサマ天晴繞勇ヤト見エタリケリ。

是ヨリ身方ノ勢、大ニ』7
力ヲ得テ、討ツ討レツ、ヘ《(ウ)》エヘ下ノ戦ニ、双方ノ死人、手負数知シレス、血ハ流テ川ヲ成シ、肉ハ積テ山トナル。重テ隼人下知ヲシテ云ク、「帰ル敵ニ引添テ、今夜ノ内ニ城ノリセヨ」ト高声ニ呼ハレハ、双方手角《ゴ(午)》ト成ツテ、見エケル。然ル処ニ、城方ヨリ、太鼓ヲ打、鐘ヲ鳴シ、其勢何万騎トモ知レス。湖ノ湧カ如ク、渦《ウズマ》キ立テ押シ掛ケ、隼人カ陳ニ火ヲ放チ掛ケ、一片《ヘン》ノ煙ト、雷火ノ落ルカ如ク、暁風烈々トシテ、コナタエ火移リ、佐野帯刀カ陳営ニモ猛火一同ニ掛リ、薩州ノ諸将、大ニ仰天シテ、火ヲ防カントスレトモ、敵鉾遁レ難ク入リ乱レテソ見エタリ。

然ルニ帯刀カ組下ニ、沼田郷左衛門ト云武勇ノ達者有リ。只一騎蒐廻リ、我手ニ廻ル敵兵ヲ八方ヘ討、暫ノ間ニ、敵十四、五人討捕テ大音上、「如何ニ蛮兵慥《タシカ》ニ聞テ、日本人ハ、主君ニ一命ヲ奉リ、忠戦ヲ志ス。勇士ノ行ヒ、沼田郷左衛門、我ト思ハン琉兵有ラハ、近ク寄テ勝負セヨ。身方ノ面《メン》々続《ツヅ》ケ続ケ」ト大音上ケ、ハセ廻ル。此時琉球ノ軍ヨリ、六尺余リノ大兵、五尺《イッキ》余リノ白馬ニ打乗リ、一丈斗ノ蛇鉾ヲ振テ、四方八面《ニ》突テ廻ル。其勢ヒ万夫夫当ニシテ、薩州勢一人モ近付者ナク辟易シテソ詠メ居ル。是琉球ノ猛将ニ呉蟠亭《ゴハンテイ》ト云者也。沼田迄《キッ》ト見テ、「天晴、敵ナカラモ希代ノ者ノ』8
働也。其ヲ引ナ」ト討テ掛ル。蟠亭、完爾トシテ、「汝、我ニ対セントハ、駑馬ノ麒麟ニ遊ヒ、鳥《(烏)》鵲ノ鳳凰ニ類スルカ如シ。シイテヤ冥土ノ道ヲ見セン」ト云ヘハ、沼田大ニ怒リ、四尺三寸ノ太刀、真向ヨリ討蒐ル。蟠亭心得、矛ノ柄テ受流シ、長肘《チウ》ヲ差ノハシ、沼田カ鎧ノ上帯引掴テ、急度サシ上ケ、持テ廻リ、大地エ打付、微塵ニセント勢ヒ掛ル有様ハ、身ノ毛ヨタツテ恐シ。然トモ、沼田ハ聞ユル早業、我カ帯セシ太刀ノ柄ニテ、蟠亭カ頬《ホウ》ノ横カマチ、微塵ニナレト、ハツシト突ク突レテ、少シ漂《タタヨ》フトコヲロ、組トヒトシク、両馬カ間エ、トウト落、上ニ成リ、下ニ成、暫シノ内運命トヤ云ハン沼田終ニ上ニ成リ、取テ押シツケ、蟠亭ガ首、水モ溜ラス切テ落、立アカラントスル処ヱ、琉兵群リ来リ、沼田ヲ中ニ追取込メ、引包ンテ、四方ヨリ討ントシケリ。沼田一世一大事、火出ル斗リ戦ヒシカ、敵ハ大勢、我一人、討レツベク見エケル処エ、佐野帯刀、馬ヲ打テハセ来リ、「沼田ヲ討スナ。帯刀是ニ有」ト、自ラ鎗ヲ追取テ、当ルヲ幸ヒ、突倒セハ、精神大ニ増シ、爰ヲ詮ト戦ヘハ、琉兵多ク討レ勝利ヲ得タル。朱伝説纔ニ命助リテ、八方コソ逃散タリ。

斯テ、帯刀ガ鯨波《トキ》ヲ上、「城ヲ乗取ヘシ」ト下知スル処ニ、軍師新納一氏ノ使者五、六騎蒐来リ大音上ケ、「今暁ノ戦、佐野帯刀カ物見、遠見ノ役人緩怠、不　』9 届千万也。組下ノ遠見ノ者、急度軍令ニ可行。又明朝ハ身方勢ヲ分テ、是ヨリ巽《タツミ》ノ方、七里去ツテ虎竹城ト云ヘル要害有リ。某自身発向スベシ。今夜ノ不覚油断ノ過怠、千里城ヲ自力ヲ以テ責亡ザルヘシ」ト、傍若無人ニ相述、次ニ、「今夜ノ軍次矛(第)、味方討死ニ父名ヲ書印遣スベシ。本国エ注進セン」トナリ。帯刀心ノ内忿怒スト云トモ押包、「軍令畏入候」ト、則チ姓名ヲ注ス。

討死鉄炮組ノ内

蜂屋藤内　和久佐左衛門　太田作之右衛門
島村宇兵衛　秦村権兵衛　中西主水

弓組之内

数原津右衛門　向井玄番　田中久之丞
佐和六良左衛門　柴田久三郎　友江亀右衛門

鎗組之内

玉木八良右衛門　沢辺六良右衛門　塚本小伝次
矢部矢柄

以上拾六人、軽卒五十七人、雑兵弐百七拾九人、手負四拾一人、琉兵討死三十六人手負不知。右之書付、使番持帰ル。一氏一覧ノ上、大ニ怒リ、「帯刀不覚ノ仕方言語道断也リ」ト云。後日、日頭山之軍ニ、帯刀比類ナキ功名シ、討死也リ。此時ノ恥辱雪カン為、武士ノ身コソセツナケレ。』10

虎竹城征伐之事

水到清、則無魚、人到察、則無徒《イタヅラ》ト云ヘリ。去程武蔵守一氏、佐野帯刀ヲ折檻シテ、怠リヲ警メケル事、将ノ軍令《ツカサトル》ト云トモ、却テ恨ノ根元トナツテ、帯刀討死ヲ期シタル。則不仁ト云ヘリ。人到察ト云ヘシ。且権ニ傲《ホコ》ルトヤ云ハシ。

度《ケイ(慶)》長十四年五月二日之早朝、薩州第一右ノ先備里見大内蔵久秀、人数合五千五百七拾人、同第二左先陣畑勘解由道房、七百人、同右之先陣江本三郎左衛門重躬、五百人、各一氏ノ号令ニ依テ、虎*竹城エソ進発ス。其行装美々輔フ見エタリ。抑此ノ虎竹城ニハ琉球王ノ一族、李将軍玄国侯善慶守護シ在城□リ、幕下ニハ、張助幡、石徳孔、隆子松、林元的、右四人、智勇兼備、七道八達、是ニ依、虎竹ノ四傑ト云。城兵合一万五千余騎、武備間断無シテ居ル処《トコロ》ニ、要渓ノ飛檄《ケギ》、千里城ノ注進、櫛歯挽カ如シ。是ニ依テ、主将并四楪《(ママ)》ノ面々、本丸ニ聚金《(合)》ニシテ、酉卯商議《(ママ)》ニ及。

斯ル処ニ薩州勢、間ニ髪ヲ容レス、大手、搦手一同ニ押寄セ、陸続シテ攻立ル。皷、鐘ノヒキ、鯨波ノ音、天地ヲ動ス斗也。城中ヨリモ声ヲ合セ、矢玉ヲ飛シ、一時ノ争シ、敵身方死傷スル人数知レス。双方戦レ屈シテ見上タル処ニ、大手ノ木戸ノ高櫓狭門ノ板ヲ板《(ママ)》八字ニ開キ、鎧タル一人大音上、』11

「利剣当爰如何《リケントウエンショカ》未間《ヒフン(聞)》琉国敵薩《リウケサ》州乎虽然理不尽取囲之《スツイシ》者汝等以盤石砕卵《スイラン》自滅無疑訊速可退《ジンソクカタイ》可退」ト、国語ヲ以テ詈リ立ト云トモ、軍中不通聞得ル者無シ。里見大内蔵組下、浜崎与左衛門ト云ル通詞《(ママ)》ナリ。委ク聞得テ、筆ヲ執リ和

解シテ、一氏方エ上達ス。其文ニ云ク、

俄に軍勢伐爰に向るる事、不思儀千万、昔より琉球国、薩摩へ敵対致たる事なし。しか　るに理《（ママ）》ふすに取囲まるるにおゐてハ、盤石石々《（ママ）》以て、卵を打くたくか如く、り《（自）》滅疑有へ　からす。速に可退、可退、と也。

武蔵守、此文言ヲ見終テ、呵々大笑シテ云ク、「離島ノ蛮、存外ノ利根、文筆誓《（ママ）》ヲ者ト相見タリ。詞鋒ヲ以テ、我々カ、エイ気ヲ拉《ツブ》ント欲スルノ計策也。必其儀ニ乗ヘカラス、只一皷シテ、王責ニ村《（討）》破レ」ト、采牌トツテ下知スレハ、早雄ノ若侍、争カ猶豫スヘシ。短兵直ニ城エ乗セント、楯ヲ放却シ、鎧袖ヲ連ネ、雌雄ヲ決セント揉立ル。

元来鉷《キヨウ》壁、石城、人力ノ及処ニアラス。剰、李将軍智術ノ名将、組下ニハ、四人ノ股肱耳目ノ臣、千変万化シテ防キ戦フ故、寄手ノ老若、大ニ気ヲ屑シテ見エシ処ニ、一氏兼テ製作ノ組城楼《セイロウ》、模《ボ（横）》ニ倒セハ、忽梯《カケハシ》ト成ル。三方ヨリ、曳《エイヤ》々声シテ責立、或ハ鎗、薙　』12刀ヲ橋トシテ、鎧ノ上帯ニ手ヲ掛ケ、非落離非落離ト乗リウツラントスル時、城ノ中ヨリ、大小石木、雨ノ降カ如ク投ケ掛レハ、寄手ノ備へ、忽チクジケ、或ハ楯ノ板、冑ノ鉢微塵ニ砕カレ、鎧モ拉カレ、散々ノ体、片時《ヘン》ノ間ニ、手負、死人山ノ如クニ築キ上タリ。武蔵守忿怒シテ、「命ヲ風塵ニ北《（比）》シ、名ヲ泰山ノ如クシテ責ヨ。一足モ迄《ヒカント（退）》スル者ハ討テ捨シ□。引ナ、引ナ」ト、曳《エイヤ》々声、自ラ采牌打振テ下知スレハ、士卒是ニ気ヲ励シ、親討ルレトモ子ハ顧ミス、主ハ死スレト郎等ハ勇ヲ成シ、死骸ヲ足之タマリニシテ、乗リ越エ、ハネ越エ責入ラント揉立ツト云トモ、城ノ中ヨリ、遠キ者ハ弓、鉄炮、近キ者ハ大石、大木、鎗、長刀少シモ閑断無ク、防戦ノ術ヲ尽シケレハ、鬼モ欺《アソム》ク寄手ノ面々、攻伐ノ道モ絶エ、甲ノヲ頷《ユル（傾）》ンテ、鎧ノ神《（袖）》ヲ顔ニ当テ、打シホレタル風情ナリ。忽死傷数千人ニ及フ。軍師一氏、気ヲイラチ、「左斗ノ小城壱ツ、身方多討セシ事本意ナラス。所詮何ンカ月カカルトモ、責メホサテ置ヘキ乎。併我一計アリ。攻場五、六丁程モ退ヘシ」ト下知スレハ、下心ニハ退屈シ、命ハ重シ。畏入テソ引揚《ア》ケタリ。

斯テ一氏ハ使番ヲ召シ寄セ、爾々ノ事中附、早ク事ヲ討ントヤ也。使番ノ面々城外ノ百姓、町人ノ居宅数百家破却シテ、城下エ運セ民家ヲ懐《ナツ》ケ、金銀ヲ与エ、山々谷々ノ樹草ヲカラセ、壕《カウ》中ニ運セ打込ンテ、件ノ破家ヲ山ノ如クニ積上ケ、足掛リ、』13

雲梯《キサハシ》、井楼、器陳具取揃《モツトモ》エ、将卒ニ軍令シテ、五月三日ノ夜羊《(半)》モ過キ、兼テ用意ノ火玉、数十万投ケ掛ケ、霜ノ如ク打附クレハ、堀櫓ニ燃ツキ、火玉ハ城中エ飛マシ、陳々小屋小屋ニ燃ツキ、火勢盛ンニ成リケレハ、城中ヨリモ力ヲ尽シ、龍吐水ノ水ハシキヲ以テ防キケレトモ、一斉ニ燃付キ、防ニ便無ク忙然トシテ居ル処、一氏見スマシ、曽テ用意ノ草団扇数千本、四方ヨリアヲキ立、城中エ吹コメバ、城ノ大将李将軍、防クニ力ヲ失ヒ、早ク中軍ニ朔《サ》ケ入、妻室、幼児ヲ左右ニ愛シ、泪ヲハラハラト流シ、「我王ノ一族ト生レ、苟モ当城ヲ豫《アヅカ》《(預)》リ、国民ヲ治メ、臣例ヲ養コト多年、終三日モ国政ニ怠リ無シ。何ヲ料ラン、今日ノ禍ヒ、四老臣以下、手尽シテ防クト云トモ、日本火攻、城営委《(悉)》ク火炎《ホノヲ》ト成ル迚モ、遣《(慣)》レヌ命、夫婦一所ニ死ヘシ。豎《(ママ)》夕不便之妻子ヤ」ト、大声揚テ泣キケレハ、妻ノ美婦人、泪ヲ押エ、「国恩ノタメニ命ヲ殺スハ、勇夫ノ常ト聞ケリ。争カ歎ク処ニアラズ。今頭燃ノ場ニ倒テ、児女ノ如□行跡、若和人ノタメニ擒玉ハハハ《(ママ)》、後悔益無シ。君ハ如何ニモシテ身ヲ遁レ、大王ノ先途見届ケ玉エ。必ス心ヲ殺シ玉フナ」ト云捨テ、直夫ノ剣ヲヌキ、五、三歳ノ幼児ヲ着シ殺シ、心ヨゲニ自害シテ、ウツフシニフシタル有様、天晴貞女ノ行跡、心ノ内ゾ哀レナリ。

李将軍、夢幻前後不覚ニ見エタル処エ、張助幡走リ来テ、此体』14

フ《(ヲ)》見、南無三室《(宝)》ト驚ク処、李将軍、妻ノ最期ノ物語聊云ヒ聞セ、其儘《ママ》自害ト剣ヲ取ル。張助幡飛ヒ掛テ押シ止メ、「生ハ易フシテ堅シ。死ハ堅フシテ易シト至《(云エ)》リ。婦人ノ遣《(遺)》意空ク仕玉フ乎。左斗ノ事ニ望テ死スルハ、大丈《(ママ)》ニアラス。下官一方ヲ切払《ハラ》ヒ、何トソ南ノ小門ヲ抜ケ出、小舟ニ棹シ、米倉島へ落行、都ノ一左右ヲ聞キ、事叶ハサル時ハ、朝鮮ニ渡リ他力ヲ以テ汚名ヲ雪クヘシ。是忠義ノ大度ナラス《(ママ)》ヤ。唱《イザ》サセ玉ヘ」ト引立ル。李将軍ハ双涙雨ノ如ク、貞女ニ足ヲ止メラレ、忠臣ニ手ヲ引カレ火炎ノ中ヲ立出ル。

斯テ張助幡先ニ立テ、一丈八尺□《(ノ)》大長刀、車輪ノ如ク振マワシ、南門差シテ菟ケ山《(出)》ニレハ、幸橋ニ火ハ附ケトモ落ハセズ、「是天ノ与エ也。我君続キ玉エヤ」ト一足飛ニ行ク処ニ、火炎ノ中ヨリ薩州勢之内、横須賀久米右衛門、太田段右衛門、向坂千左衛門ト名乗テ、王《(三)》方ヨリ、遁スマシト討テ掛ル。張助幡、大ノ眼ヲ開キ、「如何ニ日木《(本)》ノ蒼蠅《アヲ》トモ騒《ウゴ》クマイ。琉球国ニ隠レナキ、張助幡ヲ知ラスヤ」ト、長刀ヲ追取、伸ヘシ《(マヽ)》人ヲ相手ニ攻メ戦フ。久米右衛門ハ左ヨリ、三尺弐寸ノ大刀ヲ以テ切掛レハ、助幡長刀取直シ、久米右衛門ガ甲ノ鉢、割ヨ砕ヨト、丁ト打、討レテヒルム処ヲ、破落離《ハラリ》、スント薙払エハ、鎧モタマラス、二ツニ成テ矢《(失)》セニケリ。太田、向坂怒リヲ成シ、左右ヨリ一度ニトツト切掛ル。助幡完爾ト笑ヒ、比羅離ト身ヲカフス《(ワ)》ヤ、否ツト入テ、二人ガ総角《アケマキ》、』15左右ニ引掴ミ、一度ニ、ウント投ケ附クレハ、二、三間那遇《ソツバ》ナル《(マヽ)》盤石ニ打付ケラレ、微塵ニ成テ死シタリケリ。助幡ハ気味能快リ、李将軍ヲ肩ニ掛ケ、四、五町斗行処ニ、薩州勢透間モナク大勢シテ追掛ル。李将軍是ヲ見テ、「今ハ遁レス処、他国ノ雑兵ノ手ニ掛ケンヨリ、生害セン」ト云ケレハ、助幡、ハツト睨ミ、「甲斐ナキ御心候。下官カ骸《カバネ》一寸続《ツツ》カハ、鬼云魄《(魂)》其所ニ止リテ、君ノ先途、何国マテモ見続キ奉ラン」ト、大音上ケ、「是ハ琉球国第二ノ詩《(侍)》侯、李将軍玄国侯ノ幕下ニ、張助幡ト云大功ノ者也。此国ニ入来タル盗人トモ、一々首ヲ並ヘシ」ト、四方ヲ払ヒ、八方ヲ薙立レハ、少ノ間ニ十人斗モ打倒サル。騎馬ノ者ハ、馬ノ平首諸膝薙レテ落ルモ有リ。此勢、「再ヒ燕人張飛カ出来タルカ」ト怪マル。士卒大ヒニ恐怖シテ、近ク者更ニ無シ。張助幡少シ気ヲ答《(養)》ハヒ、李将軍ハ大ヒニ悦ヒ蘇スルカ如。主従二騎、湊ノ方ニ赴キ、小舟一艘引キ附ケ、ユラリト打乗リ、我長刀ヲ棹テ、米倉島差シテ急キケル。

此日武蔵守一氏、緋ノ鎧、同□《(毛)》冑ニ鍬方打テ、槁首ニ着ナシ、鹿毛ノ馬ニ、金幅倫鞍置テ、馬上繞《マトウ》テ乗シメ、十文字ノ鎗、乎《(平)》首ニ引添、四方八方ニ眼ヲ配リ大音上ケ、「アレニ南ノ海手、小舟一艘真一文字ニ漕行ハ、件ノ曲者ト見エタリ。如使(何)セン」ト、気ヲイラツ。斯ル処、種島大膳飛カ如ク蒐ケ来テ、「如何ニ一氏殿、李将軍ヲ助ケテハ、後日身方害ナラント、』16我組子、舟手ノ者ニ弓、鉄炮相添テ、ヲツカケ討取レト申附候」ト、云トモ敢《アヘ》ス、舟子ノ面々櫓械《カイ》ヲ立テ、十分ニ飛カ如クニ追ツカケ、敵舟近ク成ル儘ニ、弓、鉄炮、雨ヤ霜(ママ)トヤ放チ掛ケレハ、張助幡モ術計尽キ、李将軍ヲ舟底ニ押隠シ、片手ニハ楯ヲ持テ、矢玉ヲ防キ、片手ニテハ械ヲツカフ有様、サナカラ魏ノ曹操ヲ許楮カ双《タスケ》(介)シニ彷彿《ハウヒツ》タリ。斯シテ海エ三、四町過行。薩州勢、火水ナレト追掛ケントスル処ニ、武蔵守重テ早舟ヲ飛シテ云様、「彼ノ李将軍ニ随ヒシ勇子、天晴ノ忠志也。凡日本ニモ、斯ル例ヲ不聞。助命シテ本国ニ連レ帰リ、身方ニナサシモノ、必追ヘカラス。他日又謀斗(計)アラン」ト制《イマシニ》ケレハ、追手ノ舟ハ委(悉)馳帰ル。』17

［中巻了］

琉球征伐記　下　』表紙題簽

乱蛇浦并松原合戦之事

日頭山合戦并佐野帯刀討死之事

琉球之都城落没之事

武蔵守一氏凱陣

義弘入道琉球王ニ謁見　』見返し

　　乱蛇浦并松原合戦之事

兵書ニ曰、魁《クハイ》則製レ人ヲ。

武蔵守一氏、虎竹城ヲ平定シテ、強勢遠近ニ震ヒケレハ、琉人肝ヲ消シテ、敵スル者無。一氏下知シテ云テ《(ク)》、「是ヨリ*乱蛇浦エ進テ、夫レヨリ松原ノ城へ手ヲ掛ケ進発スヘシ。乱蛇浦ノ方エハ、秋月右衛門、花形小形《(刑)》部、三好典膳、花房兵庫、池田新左衛門、小松原左内左衛門、浜宮藤内、二里波門、島津主水、矢塚甚五左衛門等也。五里松原ノ方へハ、大崎三郎左衛門、天野新之丞、篠原治部、中条左門、中村右近、和気治左衛門、木戸清左衛門等、其外旗本ノ士、我劣シト進、此時五月中旬数《スウ》万ノ勢、午時ノ末、乱蛇浦ニ着クトヒトシク、矢玉ヲ飛シ、短兵ニ責メ立ル。此浦ハ都ノ関所、平日無ク㆑怠リ守護ノ大将公山都師、人数二、三百ヲ以テ堅メタリ。然ニ薩州勢、雲霞ノ如ク寄来ル。公山都師、大ニ驚キ騒キ、西ヲ差シテ逃ケ去ル。花房ガ手下、玉沢与左衛門、「得タリ賢《ケン》シ」ト追掛ケ、馬ノ尾ヲツカンテ引廻シ、馬ヨリ落ルヲ、取テ押へ、首打落シ大音上ケ、「公山ヲ花房カ家ノ子、玉沢与左衛門討取タリ」ト呼バツテ立上ル。

一氏是ヲ聞、「抜群ノ功名也」ト云テ記ス。「乱蛇浦落城シケレハ、彼ノ五里ノ松原ノ平城ニ攻メ掛ルヘシ。先松林ニ火ヲ掛ケ焼責セン。用意ヲセヨ」ト、大キ成林ニ火ヲ掛ケ、焼キ立、焼キ立、三里行テ、一ツノ平城有リ。』1
爰ニ琉球ノ代将《(マヽ)》武平候林渓子ト云者、二千人斗ニテ左城セ《(マヽ)》ルヲ遠見ノ役人、追々ノ注進ニ、武平候、大ニ驚キ、如何セント評議ニ及ブ。門下ニ*川流子ト云賓客アリ（是主城ノ隠士也。所節此城ニ有リ）。進ミ出テ曰ク、「事今ニ至テハ、都へ援兵ヲ乞トモ、頭燃ヲ赦ヲ《(マヽ)》べカラス。然アラハ、手ヲ空フシテ、死ヲ待ツトモ、武略ノ鈍似テ、勇士ノ本意ナラス。敵寄セ来ラハ、小子向テ一戦セン。是則以㆑逸ヲ待㆑労也リ。未前ニハ計カタシ。敵ニ望ンテ寄《(奇)》変アラン。其間ニ都へ早馬ヲ出シ、戦見ン」ト云ヘハ、武平候、大ニ悦ヒ、「誠ニ公ノ妙論、奇計極テ好シ」ト一決シテ、万事ヲ川流子ニソ任セケリ。

日頭山合戦并佐野帯刀討死之事

弱能製レ強ヲト云ヘリ。

去程ニ、佐野帯刀ハ島津家ノ長臣ニシテ、十万石ノ所領ヲ拝シ、代々家富ミ栄ヘ、其身文武之道ニ委ク、仁慈ヲ以テ人ヲ仕フ。此度後陳ノ一隊、去ル千里ガ城ノ合戦、敵、身方不意ヲ夜討シテ後、一氏自ラ己《ヲノレ》ガ権ヲ以、帯刀ニ過怠ヲ掛ケ、自力ヲ以テ、千里城ヲ攻伐セヨト下知セラレ、恨徹《テツス》二骨髄一ト云トモ仕方無ク、日数ヲ経過クル処ニ、千里山ノ城将*孟亀霊、双方不劣ノ豪将、毎日ノ矢軍スル内、帯刀ハ一氏カ不興ヲ蒙リ、進退極テ居ル中ヲバ、*朱伝説聞得テ、孟亀霊ニ向テ云ク、「抑、此度当城ノ痛ハ、　』2
佐野ガ一命ヲ軽ンスル故也。然ニ、佐野ガ一氏ニ、セツカンセラレテ、当惑ノ時節也。係ル時、此方ヨリ利害ヲ以テ、島津降ヲ乞ハ、一氏ニ訟《ウツタヘ》無ク、帯刀ガ自力ノ功ト悦ヒ、薩州ヘ通セン。然ハ、一氏大ニ憤テ、同士討アラン。其キヨニ乗テ、我逸勢ヲ以砕カン。時何ノ障アランヤ」ト云。亀霊大ニ悦ビ、「是鉄ヲ点（転）シテ□（金）ト成シタルノ計、汝宜クスヘシ」ト有ケレハ、伝説早速ニ弁舌ノ人ヲ以テ、口陳スレバ、帯刀此趣ヲ聞テ、長臣三好八左衛門、倉橋伝左衛門以下ヲ召シ集メ評諚ス。政形曰ク、「諺ニ捨ル神アレバ、扶ケル神有リトハ此事也。我甚悦フ処也。彼レガ望ニ任セ和睦シテ、城中ニテ互ノ誓言、東（束）帯□テ対面セン。其時十分ニ彼ガ心ヲ緩フシ、亀霊、伝説ヲハカラメ、城ヲ乗取リ、一氏ニ其功ヲ報セン事、太慶是ニ過ズ」ト云ケレハ、諸士頭ヲ傾ケ、各是ニ応スレハ、又重テ双方ノ使者往来シテ和義相調ヒ、斯テ帯刀ハ、下ニハ腹巻シメ、大紋差貫シテ、徐々ノ体、郎等ニハ三好、倉橋ノ両家老ヲ始メ、勇士ヲ許多《ソコバク》左右ヲ固メ、我カ隊中ニ機密ヲ示シ、何用心モ空ラ知ラス顔ニテ城中差シテ行ク。

城将ノ孟亀霊、朱伝説、諸兵美ヲ尽シ、楽器ヲ吹鳴シ、礼シテ迎、上坐定テ後、亀霊ガ曰ク、「貴国ノ大勢来陳ノ後、暫ノ対陳、互ニ国ノ威ヲ争フ事、武ノ節義止ム事ヲ　』3
不得ノ処也。然ニ、迚モ闘争不レ叶、意ヲ知テ和義ヲ乞処ニ、貴体曲テ未陳ス。是大器大用ノスル処也。恩免ノ情、生々世々難レ忘」ト面ニ顕レタリ。帯刀、涙ヲ流シ、「国恩ニ身ヲ殺スハ、勇士ノ常也。双方互ノ意恨更ニ無シ。

今日ニ到テ和義ノ情、薩州へ飛檄シテ達セリ。然ル上ハ、自今水魚ノ□(交)ヲスベシ」ト、叮寧ニ相述フレハ、朱伝説以下、三好以下双方左右ノ臣等モ喜悦ノ眉ヲ開ケリ。是ヨリ亀霊大ニ宴ヲ設テ、胡楽ヲ奏シ、賓主太平ヲ歌フ斗也。斯テ帯刀、一氏ガ我意ヲ云物語シ、又ハ悪口シテ、互ニ酔ヲ尽シ、本陣サシテ帰リケリ。

　斯テ亀霊ハ、朱伝説ト共ニ悦ヒ、「此下一氏へ聞へナハ、近日彼等同士軍起ラン。其時両勇ノ虚ヲ討ン」ト、何ノ用心モ無ク、睡眠ノ室ニ入ニケリ。帯刀ハ遥ニ本国ノ方ヲ拝シ、「今夜敵陣ヲ討テ、従来ノ恥辱ヲ雪カシメ玉へ」ト、丹誠ニ祈誓シテ、其後、三好、倉橋以下ノ人数ヲ配リ、相図、詞、相印シ、其勢合テ五千余人、丑ノ中剋、太鼓□(ヲ)打立、弓、鉄炮、天地モ崩ルル斗、大手、搦手、一同ニ鯨波ヲ、吐ト上ケケレハ、城中ニハ、「此頃ノ計コト、偏ニ帯刀、一氏カ不知ヲ悦ヒ、同士討アルコソ待テ計ラン」ト欲スルノ処、思設ケヌ寄手ノ勇勢、陣中ノ周章、上下混乱、山ノ崩ルル斗也。帯刀、大音上ケ、「雑人ハ目ニ(ナ)掛ソ、両大将　『4ヲ搦取レ」ト下知スルヤ否、横田加助、左右ニ近付ク奴原取テハ投ケ、切テハ落シ、中軍ニ入テ、奥ノ方ヲ見レハ、大将亀霊悦ノ酒宴ニ酔ヒ伏シ、鯨波ニ驚キ起キ出テ、鎧ヲ着スル処ヲ、加助、ツト入テ討倒し、押へテ縄ヲ掛ケ、大音上ケ、「城将孟亀霊ヲ横田加助搦メタリ。我主□(人)帯刀ニ随フ者ハ好シ。左無者ハ撫切」ト呼レハ、誰一人向フ者モナク、散々ニ遁ケ迷フ。

　城中入込、帯刀勢、我劣ラシト大声上ケ、猛虎群羊《ヨウ》ニ入カ如シ。城ノ軍師朱伝説、兼テ敵ヲ計ラントシテ、却テ敵ニ計レタル事、無念ニ思ヒ、「一先亀霊ヲ唱《イザナ》ヒ、一方ヲ切リ開キ、王城へ逃帰リ、重テ此ハヂヲ雪カン」ト、中軍ニ入ラントスル処へ、薩州勢群リ来リ、八方ヨリ討コト砕ガ如シ。伝説案ニ違ヒ進退茲ニ究テモ、然トシテ立タリケル処へ、加藤弥兵衛、刀剣ヲ以テ掛リケレハ、伝説、心得タリト大成刀ヲ以テ、龍虎ノ如ク互ニ秘術ヲ尽シ挑合スル。係ル処へ、帯刀ニ男佐野主水政道十八才、馳来テ、「如何ニ弥兵衛、其ノ者ヲ生捕レ」ト、後ヨリ鎧ヲ攫《ツカ》(ン)シテ投ケ掛シ。「夫搦ヨ」ト云トヒトシク、加藤ハ縄ヲゾ掛ニケル。其外城中ノ猛将勇士多ク討、残兵散々ニ、ニゲテ行ク。

帯刀令シテ云ク、「降参ノ輩殺ベカラス」ト下知シ、三度凱歌ヲ上テ、中軍ニ居テ、　』5 両人ヲ召出シ、「汝ヲ《（ラ）》美クモ詐謀《サホウ》ヲ以テ、我レニ味方討ヲサセ、中ヲ切ラントノ心術、我其気ヲ知ルト云トモ、ワサト不レ知体ヲシテ、却テ汝等ガ不意討チシハ、忝モ神国ノ威風、自今以後欽《ツツシン》テ国命ヲ犯スコトナカレ。併両人ヲ初メ、妻子、一族従類、一命ヲ助ケ、安ジウ令メン。両人ハ暫ク我薩州ニ渡リ、主将ニ謁見スヘシ。其余ハ残リ留ルベシ」ト、小舟ニノセテ、日本ニ遣シ、場内ノ宝蔵ニ印シ《（ママ）》封シ、番人ヲ附ケ、其身ハ日頭山ヘト進発ス。士卒ノ功不功ヲ、性命ヲ記シ、一氏ニ注進シ勇マズト云者無シ。

去程ニ佐野帯刀ハ、則チ日頭山ニ到リ、我カ手下ノ諸士ヲ招キ申ケルハ、「汝ヲ《（ラ）》千里城ノ働、神妙ノ至リ、軍功先立テ、薩州ニ報ス。先日一氏ガ折檻ノ辱ヲ雪クニ似テ大悦セリ。併シ、一旦一氏ニ恥シメラレシ一言ノ恨ニ、骨身ニ徹シ忘レザル処也。今日、日頭山并高鳳門ノ軍ニ、九死一生ノ働シテ、辱雪ント思フナリ。万一運命拙《ツタナ》ク討死セハ、永ク琉国ノ鬼ト成テ、名ヲ両国耀サ□《（ン）》。一氏ニ頬当《ツラ》シテ、本懐ヲトゲン」ト、顔色変シテ見ヘタリケリ。家ノ子、三好、倉橋涙ヲ流シ申ケルハ、「誠ヤ一氏殿ノ忿怒ハ理ノ当然トハ申ナガラ、当家モ亦島津家譜代、一氏殿ニ劣ルヘキ乎。然レバ、我カ主君ノ御憤リモ理ナリ。併シ、私ノ宿意ニ依テ、入道様ノ先途ヲ見届ケ　』6 玉ハス、猥リノ討死シ玉フ事、不忠不孝ノ至リ也。千辛万苦ヲ経ルトモ、一命ヲ全シテ始終ノ勝ヲ取玉ヘ」ト、諫ヲ尽シ申ケレハ、帯刀モ涙ヲ流シ、「両人ノ忠義悦シ。尤忠孝二ツノ道弁ヘザルニハアラネドモ、当時威勢強キ一氏、此国ヲ退治ノ後帰国シテ、子々孫々マテ己ガ功ト、一人シテ高慢シ、人ヲ芥ノ如クニシテ、又国中モ一氏ガ政道ニナラバ、其功ニホコリ、邪義モ有ル時ハ、国民ノ煩ト成ルハ必定也。然ハ御家ノ為メニモ宜カラス、此ユヘニ今度一命ヲ掛ケ、抜群ノ功ヲ立、武蔵守ニ閉口サセン。国ニ両雄有ル時ハ、我意無カルヘシ。是ヲ以テ、若シ大功立ズンハ、討死セシト心ニ決セリ。是ヨリ日頭山ニ差シ掛リ、都ノ惣門、山ノ頂上ヨリ、真下リニ逆落シテ、打破ラント思フナリ。組下ノ面々、我カ手ノ者、我レト思ハンスル人ハ、某ニ続カレヨ。又ハ止リ度方ハ止ルベシ。少モウラミトセズ」ト、血眼ニ成テ、馬ノ鼻ヲ立直セハ、両家老ヲ初メ、「仰、至極仕候。誰カ命ニ背クヘシ。何国マテモ御供申サン」ト、人々大ニ勇ヲナシ、其勢合テ五千余人、必死ト心ヲ定、勇ミ進テ行程ニ、其夜ノ三更ノ頃、名高キ琉球、揚土門ニ着ニケル。

抑此門者、高サ三十丈ノ楼門ニシテ、高鳳門ト名ク、帝都ノ要害ニシテ、日頭山ノ東ニ有リ、此所ニ小山一ツ頂ニ番所一ヶ要害アリ。此案内兼テ聞及フ斗ナリ。　』7

組子ノ若侍ニ、横田加助ト云者、何トカシタリケン。田夫一人ヲ生捕采（来）ル。帯刀自ラ対面シテ、此山ノ案内頼申スノ由シ、田夫畏テ先ニ行ク。跡ヨリ手々ニ忍ヒ、松明忍ヒ桃灯ヲ持チ、木ノ根、松ノ枝、藤桂ニ取付、岩石ニ取付、辛苦シテ念無ク頂上ニ登リ、向フヲ見レハ、番所、何ノ用心モ無ク、甚タ油断ノテイ、是則チ琉球ノ運ノ窮達、天道命ヲ政ル所也リ。帯刀大ニ悦ヒ、「シスマレタリ。此番所ヲ打破リテ、惣門ニ乱入リ、堅（竪）横ノ町并ヲ焼払ヒ、都城ヲ攻メトラン」ト、勇ヲ成シ、先ツ鉄炮ヲ打入サセ、鯨波ヲ吐ト揚ケレバ、関守ノ大将軍ハ日頭山ニ有リ。今月ヤ来月ニハ、中々以テ気ヅカイナナント心得テ、深更タノミテ油断、寝ホレテ忘マイセリ。帯刀方ノ早リ雄ノ兵士、我劣ラシト、堀ニ飛入、塀ニ手ヲ掛ケ、石垣ニ上ラント排（挑ミ）シケル。中ニモ鈴田八郎治、和田藤右衛門、両三人（ママ）ハ帯刀ガ小性、多年水魚ノ如ク交リシカ、唱ヤ一番ノリセント、両人一度ニ向ヒケルガ、元来鈴田ハ大兵、和田ハ小兵、飛落（ママ）、鈴田カ鎧ノ上帯ニ手ヲ掛ケ、「御免候へ、鈴田殿」ト肩ニ上リ、「薩州ノ軍将佐野帯刀政形カ郎等ニ、和田藤右衛門コソ一番ノリ仕テ候。互ニ主君ヘノ忠義ナリ」ト呼テ立上ル。鈴田モ笑テ、「御辺ハ一来法師ナリ」ト同ク飛上リ、城内ヲ窺ヒ見レハ、琉兵トモ、「ソレ敵ソ」ト云儘ニ、四、五人ノ勇士、　』8

鎗、長刀、熊手等、手々ニ持テ、突キ掛ル。鈴田笑テ、「能クモ向フ者カナ」ト、三尺二寸ノ大刀ヲ以テ、ハラリハラリト切散シ、塀ノ内へ飛入リ、二番ニ和田、三番ニハ加藤、横田加助。中ニモ加助ハ門番ヲ切リ殺シ、門ヲ開キ、身方ノ勢ヲ呼入ルレハ、各々抜キ□レテ、四方八面切散セハ、敵勢大ニ周章シ、其中ニモ城中歴々ト見ヘテ、鎗ヲ以テ突掛ル。加助事トモセズ申様、「此処ノ大将ノ名ハ何ト申、イヅクニ有ゾ。明白ニ申スヘシ聞ン、聞ン」ト責附ル。敵答テ云様、「李将軍ノ弟李志発ト申ス。アレナル書院ノ奥ニ一ツノ岩窟ノ内ニ有リ」ト云。横田ハ件ノ男ニ縄掛ケ、「案内セヨ」ト、先ニ立テ岩窟ニ至リ、戸ノ間ヨリ見レハ、李志発トヲボシキ、床机ニ腰ヲ掛ケ、剣ヲ抜キ、左右ニハ武者五、六人、攻メ来ラバ、討テ出ントノ気色也。横田、後ヲ見レハ、加藤弥兵衛有ケレハ、岐《キ》ト目配シテ、我ガ着《チャク》スル甲ヲ脱キ、聢ト結ヒツケ、戸ヲサツト明ク。件ノ甲ヲツツ入レハ、李志発、心得タリト、丁ト切ル所ヲ、ツケ込切テ掛ル処ヲ、和田ツト入リ、李志発ガ胸板ヲ、ハツタト蹴レバ、則チ倒ル処ヲ、加藤首カキ切ラント欲ル時、件ノ五、六人ノ武者、左右ヨリ突掛ケレハ、加助ハ両手ヲ以テ、二本ノ鎗ヲ塩《(ママ)》首ヲ取、アナタヘワカレ挑ミ合フ処ヘ、大勢ノ味方来テ相戦フ。其内ニ加助、李志発カ首ヲ取リ、大音　』9 ニ、「大将李志発ヲ、佐野帯刀カ組ニ横田加助討取」ト呼ハレハ、帯刀馳来リ、団扇ヲ以アヲキ立、アヲキ立、大ニ称美セリ。

是ヨリ直ニ日頭山ニ上リ、都ノ惣門ヲ崩サント行程ニ、日頭山成リケレハ、則惣門ノ内、都ノ町数幾千万軒ヲ并テ歴然タリ。凡三丈余ノ高石垣、惣築地、四方ニ大堀シテ、四里四方ノ王城、四方ニ橋ヲ掛ケ渡ス。帯刀完爾ト笑ヒ、「琉球ノ平城一番手ハ、此政《マサ》形ナリ。一氏ニ鼻明セ、従来ノ辱ヲ雪ン」ト、勇ミ悦ヒ、「一番手ノ卯々《(ママ)》火ヲ揚ケズンハ叶マシ」ト、「若者共放火セヨ。某ハ大師主《(王)》俊并辰亥ガ楯籠ル、後結《(詰)》ノ城ヘ蒐ケ向ハン。和田、横田ハ、先ツ一氏陳ニ行テ、帯刀コソ王城ヘ一番乗リ仕候ト、此旨御帳面ニ記シ玉ハルヘシト申、一氏ガ返答ヲ聞テ帰ルヘシ。急《(ママ)》々々」ト、馳行ク。

去程ニ、日頭山高鳳門トハ、琉球国ノ将軍多ク、矢玉ヲ揃ヘ守リシ処ニ、帯刀カ不意ノ軍ニ驚キ、例ノ日本人手ヒドキ武道ヲ聞、ヲヂシテ立足モ無ク逃テ行クヲ、町々小路ニ走リ廻テ、爰彼ニ火ヲ放テハ、折節ノ猛風ニ火勢盛ニ上リ、天ヲクラマス。城中、城外ノ百性、町人、俄ノ働乱ニアハテ驚キ、材宝道具ヲ東西ヘ持運ヒ、妻子、従類呼喚ヒ、老タル者ヲ肩ニカケ、幼子ヲ懐キ抱キ、四方ヘ逃ケ迷ヒタル有様、目モ当テラレ　』10
ズ。時ヲ移ス、新納武蔵守一氏、数万ノ軍勢引卒シテ、炮ヲ放テ、矢ヲ放ツ。其勢山ノ崩ルル如ク、琉球ノ諸公、方角ヲ失ヒ散乱ス。

帯刀ハ、後結《(詰)》ノ城ニ向ヒケルガ、大将ノ王俊ハ琉国ノ名将ニテ、日夜怠リ無ク備タリ。政形カ小勢ヲ以テ、短兵急ニ拉ント、拙《(採)》立拙《(採)》立レトモ、容易ク責落スベシトハ見ヘザリケリ。然リト云トモ、政形兼テ十死一生ノ合戦ト、思ヒ言告タル事ナレバ、争カ猶予スヘキ、大手ノ堀際ヲ離レス下知ヲ成シ、真先ニコソ進ケル。是ヲ此城ノ合戦第一ト見ヘタリ。時ニ大手ノ高揩《ヤクラ》ノ上ニ武者一人上リ、通詞ヲ以テ大音上ケ、「寄手ノ大将ニ物申サン。当城ノ大将ニ《(ママ)》王俊、一度防戦スト云トモ、狐《(孤)》城守リカタシ。依レ之薩州王ヘ降参ス。然トモ、上下大勢ニ候ヘハ、雑具等片付候間、片付次第、城ヲ今晩丑ノ下刻、大手ノ門ヲ開キ申シ、御陣門ニ降参仕ルヘシ。只慈心ヲ以テ、暫ク囲ヲ御トキ下サルヘシ」ト呼タリ。帯刀政形、其言ヲ聞テ、大ニ悦ヒ同心フ《(ママ)》。時ニ同名主水政道、生年十七才、進出テ云、「尤仰ノ如ク降ヲ許サレ、然ルベカランカ雖、然蛮《(ママ)》ハ常ニ不真ヲ懐ク。此度、数日籠城、粮米尽テ、人和セズ。又、戦ヲ《(ノ)》度コトニ利ヲ失フ。平ナル時ハ、左モ有ルベシ。合戦未夕両日ナラサルニ、況城中勢多、粮足リ、然ニ降参トハ不心得、若敵計ヲ以テ、味方　』11
囲ヲ引カセ、飽マテ味方ニ怠倦ヲツケ備ナキヲ討ント欲スル。安ナラズヤ。審シ、只一応モ、二応モ御計有テ、然ヘシ」ト云ヘハ、長臣以下同音ニ、「尤。此理然ベシ」ト申ス時ニ、帯刀悦《ヨロコヒ》ニ《(ママ)》点頭シテ云、「汝等ガ諫メ、尤ノ至リ、併天ノ与フルヲ取サレハ、却テワザワイヲ受クト云リ。此度王俊カ降ヲ乞フ事、ウタカイノ無キニアラス。然レトモ、要渓灘以来、琉地ノ所々、委ク我君ノ有トナル。琉兵、皆日本ノ武道ヲ恐ル。何ソ詐リヲ成シ領掌セズンハ、有ルベカラス。人々心ヲ乱スコトナカレ」トテ、城中ニ向テ、許免ノ返詞ヲ云ツカハスニ、誠ヤ極運ノ致ス処ト云トモ、浅智トヤ云ハン。且又、其機ヲ知テ、知ラサルノズルヤ（ママ）。何心無ク、十四、五町退テ、陣ヲ取リ、惣兵退ケタリ。

斯テ王俊、大キニ悦ヒ、辰亥等ニ向テ云、「凡日本ハ上智ノ国ト聞ク。殊ニ帯刀ハ智勇兼備ノ者。然ルニ、我詐謀ヲ実トシテ囲ヲ解ク。是天伐ニ幸セリ。約束ノ刻限、丑ノ上刻ニハ、敵必備ヲ成サン。三更之頃、敵終日戦ニツカレタル怠リヲ見スマシテ、我カ矛（弟）ノ王香ニ、五百人、投ケ弓、鉄炮ヲ添テ、敵陣エ夜討スベシ。敵周章スル時、我レ自ラ千五百人ヲ引卒シ、大掛リニ蒐テ討ツベシ。若敵用心有テ、戦難義ナラバ、辰亥、三千余、味方ヲ救フヘシ。軍令正ク相印、相言　』12

前後ヲ備ヘ、馬ニハ口ヲ包、人ハ枚《ハイ》ヲ含マセ、徐《ヤス》々ト押シ寄スル。スデニ帯刀ガ陣近ク成ルトヒトシク、旗ノ手ヲ颯ト上ゲ、鐘、大鼓ヲ打、鉄炮ヲツルベ放シ、鯨波ヲ吐トアゲテ切リ込ミ、縦横無碍ニ討立レバ、薩州勢速日ノ疲レト云ヒ、和談降参ニ心ヲ放《ユル》シ、油断ノ所へ、俄ニ討入ケレバ、大ニ驚キ、鎧ヨ、甲ヨトヒシメキ立、笑止ト云フモ余有リ。

帯刀ハ中軍ニ臥シ居タル処、寝耳ニ鉄炮ノ声ニ驚キ、六具堅メル隙モナク、長刀ヲ以テ戦フタリ。敵ノ大将王俊大音上ケ、「雑人ニ目ナカケソ。大将トミバ討テ取レ」ト、三百人、トツト喚テ蒐入レハ、帯刀一人ヲ中ニ取込テ、火水ニナレト戦ヒケリ。帯刀ハ四方ニ蒐ケ抜テ、八方ニ当レ共、只一人終ニ叶ハズ。敵三、四人、鎗先ヲ揃ヘ突テ掛ケ、左ノ股ヲ、シタタカニ突貫レ漂フ処ヲ、王俊ガ手下ニ、山道大人ト名ノリ、ツト入テ首討落シ大声上（ママ）、「大将ヲ討取タリ。残党ヲ追払ヘ」ト喚キ叫テ攻メ立ル。帯刀ガ勢大将ハ討レ玉ヒ、今ハ何ヲカ期セント、大勢抜ツレ、切込ミテ、向フ者ヲ幸ニ討捨テ、切捨テ散リニ戦ヒケレハ、薩州勢五百九十人余、暫時ノ間ニ死タリケリ。

二男主水政道ハ、後陣ニ居タリシガ、父ヲ諫メテモ用ヒラレズ、只鬱々トシテ、夜トモニ寝モセラレス居タル所ニ、　』13

内陣、外陣騒キ立、敵、味方ノ数声ヲ聞ト、大ニ驚キ、「扨コヲ斯（マヽ）」ト思ヒツレト、馬引寄セ、ユラリト打ノリ、蒐ケ出ス。次ヽテ（マヽ）家ノ子、坂ア（下）兵内、其外郎等、陪従、「早政形ハ討ヒ玉ヒ、身方ノ陣勢崩レタリ」ト聞トヒトシク、「父ト一所ニ」ト、蹈コム処ヲ、坂ア（下）兵内轡ニスガリ押止メ、「大将ノ御討死ハ、千里城以来、武蔵守一氏殿ト、武道ノ憤リヲ立テシ故ナリ。然ルニ若大将、此処ニテ討死マシマサハ、御国元ニ御座ス母公、并兄御子様ヘノ不礼也。若討レナサルル時ンハ、御家来一人モ生テ本国ヘ帰ル者無シ。此度ノ首尾告者無キ時ハ、則政形公ノ大功モ水トナラン。平生ヲ全ク、帰国ノ後、殿トハ入道様ヘ、此度ノ首尾逐一ニ上聞ニ達シ玉ヘ」ト言ヲ尽シテ諫レハ、是非無ク政道、死ヲ止リ、双涙雨《アメ》ニ如ク也。

斯テ一氏、惣勢引卒シテ、矢玉ノ力ヲカラス。心易ク都ノ内ニ入リ、四方八面ニ火ヲ掛ケ、曳々声シテ、攻立、切立、秋ノ木ノ葉ヲ払フ如ク討立ル。琉球此時ニハメツノ運数至レリトソ知ラレケリ。

琉球之都城落没之事

乱極テ治ヲ生シ、天運環ノ端無キガ如シト云リ。

都ノ惣門破レシカバ、惣軍師新納武蔵守一氏、同左衛門一俊ヲ初トシテ、種島大膳豊時、里見大内蔵久秀、畑勘解由道房、江本三郎左衛門重躬、秋月右衛門之常、』14
松尾隼人勝国、是等ハ宗従トシテ、旗本ノ諸士ニハ、花形小形（刑）部、三好典膳、花房兵庫、池田新五左衛門、小松原左内、浜宮藤内、二里波門、大崎三郎左衛門、天野新兵衛、篠原治部、中条左（マヽ）門、渡辺又吉、青貫右近右衛門、石井与右衛門、和気治左衛門、惣押米倉主計ヲ初、隊伍ヲ守リテソ見ヘタリケリ。一氏下知シテ云ク、「上宦中官ハ一人モ許サス搦メ取ヘシ。下官下郎ハ討捨ニ仕ル」ト、聞トヒトシク、馬蹄ニチクヲ蹴立テ、大刀先ニ火花ヲ散シ、引組テ勝負ヲ決スルモ有リ、分捕功名様々也。

然ルニ高鳳門ノ傍ヨリ、其勢三千斗リ、真先ニ季《（李）》千候ト書タル旗ヲ出シ、討テ掛ル。薩州方ニハ、小松、矢塚ナトノ若侍、鎗フスマヲ作リテ控ヘタリ。係ル所へ、警雲堂ト云勇将一員蒐ケ来ル。面ハ蟹ノ如ク、身長八尺有余ノ文兵、二丈余ノ鉄ノ竹使《（ママ）》ヲ、麻ヲ振カ如ク、日本ノ勢中へ討テ入ル。其様夜叉カ荒タルガ如クナレハ、数万ノ味方、目ト目ヲ見合、誰有リテ向ハン者、一人モ無シ。中ニモ矢塚ハ、元来大胆《タン》ノ不敵ノ者ニテ、鎗ヲ以テ突出、火水ニナレト戦フ処ニ、警雲《（ママ）》ガ怒レル声、雷ノ落掛ルガ如ク、曳ヤト打下ス所ヲ、矢塚ヒラリカヘシ、雲堂ガ後へ廻リ、馬ノ尻ヲ突キシカバ、雲堂コラヘズシテ、真逆ニ落チ倒レシ処ヲ透サス押ヘテ、首ヲ討取タリ。此ノ勢ニ驚、敵、風ニ木葉ノ散乱セルガ如ニ逃失ヌ。得タリト味方　』15 進テ、ヲイ討ス。

然ル処ニ、一ツノ山間アリ。紅凹《テツ》ノ面中ヲ戴キ、其面朱ノ如、眼丸ク大ニシテ、大ノ男、手ニ丈八ノ点銅弟《（オ）》ヲ提ケ、風車ノ如ク振テ、勢ノ内ヲ行コト、人無里ヲ行カ如ク、近ク者一人モナシ。佐野主水カ組下ニ、横田加助ト云大勇ノ者、是ヲ見テ、「事可レキ笑恵比須カ有様ニ物見セン」ト云儘ニ、三尺五寸ノ太刀ニテ、請ツ流シツ戦ヒシカ、矛ノ塩首ヨリ金物カケラ切リ落シテ、太刀ニテ首本ノブカニ切込、ヨハル処ヲ首討落シ、当ルカ幸ヒ切テ入リ、早三十人余モ琉卒ヲ討テ、「佐野帯刀カ組子、横田加助、都ノ一番乗リ、今日味方ノ勝利モ皆帯刀ガ大功ナリ。人々ノ一番乗リ顔《カヲ》致サルルコソ可笑ケレ」ト、カラカラト笑ケリ。此言ヲ聞ケル若侍、多勢走リ来リ、真中ニ引包ンテ、「其方如キノ陪臣、広言ハ必ス命ヲ失フ本タリ。今一言吐出セ、討殺サン」ト、口々ニ言葉ヲハナチケレハ、加助笑テ、「組子ガ手柄スルカ、真士ガスルカ見セン」ト飛テ掛ケレハ、三十余人ノ中ニ取籠、焉《（爰）》ヲ最期ト切ムスブ。一氏飛来テ、大ニ止メ、「同士討ハ兵家ノ一大事、是ヲ忌ムノ処也。若我カ下知ニシタカワスンバ、急度軍令ヲ正スヘシ」ト、大音上ケテ呼ハレハ、左右、アット平伏ス。

係ル処ニ、西ノ方ニ紅ノ旗ヲ颯ト立サセ、其勢五、六百人程出タリケル時ニ、里見大蔵、江本両人也。一氏采配ヲ以テ両人ヲ招キ、委細ヲ聞テ、大ニ怡悦シ、降参ノ人々ヲ呼ヒ出ス。一番ニ琉球ノ大師　』16
王俊、季（李）将軍光禄、大夫陳跡元、中郎時大、司従玄谷公、左将軍金幔舎、上中下官七十三人各戮《リ》クセラレテ畏ル。一氏、我両将へ比類ナキ手柄ヲ賀シテ後、王俊ニ向テ云、「汝チ先立テ佐野帯刀ヲ討取、今又生ヲ貴ヒ降参ヲ乞フ。如何シ審々語レ。聞ン」、王俊答テ云ク、「謀ヲ以帯刀ヲ討シ時ハ、琉国都城ニ座ス。是主命也。臣タルノ道ナリ。今乞レ降ヲハ一命助ニ斗ノ意チナシ。斯ク惣門破レテ後、王ノ行方知レス。然ル時ハ、誰カ為ニ守リ、何ヲ空ク死セン。両国和ス時ハ、王ノ行方ヲ尋、主君ノタメニ一命ヲ重ンス」ト、憚ル処ナク申シケル。一氏聞テ、「尤陳謝。然ト云トモ、奇計アル者怒々（ママ）スル処アラス。王ノ行方タヲ明ラカニ申セ」ト拷問トストモ、更ニ「不知」ト云時、一氏、「夫々ニ功名ヲ記シ、第一琉球王ノ行方ヲ知テ、搦取テ出ス者、急度恩掌スヘシ」ト、所々ニ高札立ツレハ、我モ我モト尋求ケル。

中ニモ味方ノ隊将、鈴木内蔵助カ組ニ、吉崎門右衛門、浜田卿（郷）助両人、琉国ノ町人一人近付ケ、通詞ヲ以テサトシ、琉球ノ人相、形ヲヤツシ、在々所々ヲ窺ヒシニ、東北ノ方、日本道、三、四里斗モ行キツラント思処ニ、一ヶノ寺アリ。二人不審ニ思ヒ、夫寄リテ窺ヒ見聞ハ、女ノ声ニテ哭《コク》スル声アリ。両人猶々立聞ク処ニ、寺僧一人出、「今乱逆ノ時、何者ナレハ寺内ヲ窺フ」ト大ニ唱ス。曰ク、「早ヤ日本ノ　』17
強勇、都ノ城ヲ落ス。王公モ行方シレスト聞ヤ否ヤ、一度朝鮮国ノ方へ渡リ、御運ノ時ヲ申サント、下郎ニハ候へトモ、国ノ恩ヲ思、王公ノ行方ヲ尋ル者ナリ」ト、誠シヤカニ申ケレハ、流石沙門ノ哀サハ、是ヲ誠ト心得テ、「志シ至極ナリ。今ハ何ヲカ乞ン。当寺ニコソ国王ヲ初奉リ、王子、諸官人蟄居シ玉フ。先々此段申上ン」ト、客殿ニ入リ、斯ト申上クレハ、国王并ニ諸臣、大ニ悦ヒ、「是天命ノ然所也」ト、則チ上改事、趙文言ヲ以テ両人ノ者ヲ頼思召ス。「早ク朝鮮国へ供シ奉レ」ト、御感甚シク、御香一炷下シ玉フ。其隙ニ浜田郷助、門前ニカケ出テ、貝ヲ吹立、相図ヲ成セハ、薩州ノ軍勢、大勢来テ、鯨波、ドツト作リ、太鼓、鐘ヲ打立ツレハ、痛《イタハ》シヤ国王并王子ハ云ニ不レ及、上下ノ官人、侍女、下部喚ヒ立レバ、寺中ノ僧マテ混乱スルコト、目モアテラレヌ次第成リ。吉崎、浜田ノ両人、弥勇ヲ成シ、百重、千重ニ、国王、公子、王候、諸官人、百七十余人ヲ擒ニシテ、凱歌ヲ三度上ゲ、惣軍悦ノ声ヲ上ク。武蔵守、「吉崎ト浜田ヲシテ、当軍第一ノ功名ナリ。此上ニモ、虎竹城ニテ悪戦シテ逃込セン張助幡ヲ搦来ル者ニハ、千金ノ恩賞セン。先王城落去ノ上ハ、治国安民スベシ」ト、高ク札ヲ掛ク。

掟

一　諸軍勢狼藉之事　　一　押買乱妨之事』18

一　放火之事　　一　女淫犯之事

一　功名手柄可為実検之役人目利之事

一　真士陪臣甲乙之事

右之條々堅可相守、ハ（若）右違乱之輩於有之、急度可被処厳科者也。

年号月日　　新納武蔵守一氏判

此ノ如ク号令厳ク行ヘハ、琉氏安堵ノ思ヲ成シ。薩兵イヨイヨ法ヲ守リテ、本国ヘ勝軍ヲ申シテ帰陣セント、悦ハザルハナカリケリ。』19

功名帳

一　首　百十二　種島

一　同　七十三　里見

一　同　五十三　畑

五十　江本

百十二　　秋月
九十六　　松尾
百九十六　佐野
三十二　　花形
四十一　　三好
六十三　　花房

身方《味方》討死ノ人数

一　佐野帯刀、同士、雑兵、百十一人。

一　米倉、池田新五左衛門、小松原左内、二里波門。　』20

同随兵、五十一人。天野新兵衛同士、三十人。米倉主計家来、七十人。吉岡主膳家来、二十人。有馬内記、十一人。氏江藤左衛門組子、真士、四十人。小浜勝左衛門侍分、二十人、下夫五人。

都合（ママ）

此度琉球征伐ハ、四月下旬渡海シテ、六月中旬ニ落去セリ。然ル則ハ、島津家ノ武勇、機鋒ノスルドキ事、到テ知ルベシ。誠ヤ武家ノ亀鑑也。　』21

要渓　　種
千里山（日本道五里ツツキタル大山城有リ）　里
虎竹城　　畑
米倉島　　江本

乱蛇浦　秋月
高鳳門（琉球第一ノ要害ト云。高サ二十丈計リニ築タル門アリ）　篠原治部
都城町奉行　鈴木内蔵助
王城　松尾
桜田武左衛門、大輪田形(刑)部、横須賀大膳、前田十左衛門、右四人、松尾ニ組ス。
日頭山　島津大内蔵、同采女、同玄蕃
惣押　新納左衛門一俊

右之通諸役付ケ、王城落着ク次第、一々ニ書記シテ、薩州ニ上達シテ、其身ハ王城ニ滞陣ス。

去程ニ、右ノ注進ノ発舟、薩州ニ着岸シテ、一氏ノ書記、入道殿告玉ヘ上ケレハ、同苗家久卿ヲ初、家門ノ歴々、普代ノ郎従ヲ御前ニ召サシ、一氏ノ記録披見有リテ後、喜悦ノ眉ヲ開キ玉ヒ、人々ニ向テ云ク、「此度駿府ノ厳命、此入道彼島ニ渡リテ、自耳ノ征戦セヨト、然ルニ座ヲ此ノ如キ凱歌ヲ聞ク事、一ニハ武蔵守ガ武略ノ長シタル故ニハ、味方ノ将卒、身命ヲ擲テ戦功有キ所以也。帯刀ヲ初トシ、』22将卒多ク死傷セリ。哀レニモ又不便也。一氏帰国ノ後対面シテ、功不功一々正スベシ。此度ノ大儀、関東ヘ対シテ忠ト云ヒ、元祖忠久ヘ対シテ、孝ト弓馬ノ面目、主従ノ名誉、更無此スル。先専使ヲ以テ、駿、江両城ヘ注進スヘシ」ト、相良五大夫ヲ以テ、両公ヘ上達ス。

相良海陸四百余里、昼夜ノ堺モナク、駿府ニ着クトヒトシク、本多正純ニ便リテ言上スレハ、源君逐一ニ聞シ召サレ、書記ノ次第披見有リテ、大ニ感称シ玉ヒ、相良ヲ御前ニ召レ、言上ノ趣キ御聞キ有リテ、公仰ニ云ク、「宰相入道ハ、昔シ武内大臣再生ト覚ヘタリ。纔両月ノ内、異島平定ノ功、前代未曾有、末代ニモ希有ナリ。武蔵守一氏如キノ忠臣、多ク扶持セラルル入道ノ智仁勇、三徳ノ長者、実ニ君、君タレハ、臣モ臣タルト謂乎。子孫ノ後栄

疑無シ」ト甚御感有リテ、則名代トシテ、相良ニ御土器ヲ下サレ、御引出物、山ノ如クニ拝領シテ、江戸へ注進ノ趣キ言上スレハ、「数百里ノ路ヲ昼夜ノ苦労、何ソ汝ガ足ヲ労セン。此方ヨリ江戸へハ注進スベシ。汝ハ寛々ト休息スヘシ」ト、御暇ヲ下サル。相良ハ旅宿ニ帰リケリ。

重テ相良ヲ御前ニ召サレ、「入道此度琉球王ヲ生捕リ、彼ノ国ウィ平均スル事、神国一等ノ悦也。加輪、彼国ノ支配等マテ、予カ命ヲ窺ルル事神妙也。汝早ク帰リテ、入道ニ報シテ、彼琉球王、并ニ頭人ヲ召寄セ、一氏同伴シテ参府スベシ。猶此』23方ヨリモ、重テ使節以テ申スベシ。罷リ立テ」ト上意ナリテ、簾中ニ入リ玉フ。

斯テ相良五太夫、駿馬ヲ飛シテ帰国シテ、駿府ノ首尾、一々言上スレハ、入道斜ナラズ、悦喜シテ、再小舟ノ飛檄、琉球ヲサシテ遣ハサル。

武蔵守一氏凱陣

去程ニ、武蔵守一氏ハ、琉球ノ旧都ニ在陣シテ、諸大将ヲ労ヒ、万民ヲ憐ミ、降王并諸官人ヲ懐ケテ、只日本ノ一左右ヲ待詫ヒテ居タル処ニ、薩州入道殿ヨリ、駿府ノ厳命、入道殿ノ内意ノ趣キ、悉ク演説シテ、専使来謁ス。一氏ハ天ニ仰キ、地ニ伏シテ、「我苟モ天道ニ叶ヒ、此国ヲ以テ平定セシ功、台聴ニ達シ、過分ノ貴命ヲ蒙ル事、生前大度不レ過レ之」、則諸大将、諸士卒ニ号令ヲ伝へ、其後琉球王ヲ呼ヒ出シ、「日本ノ君命ニ依テ、薩州へ誘引ス。然リト云へトモ、更ニ驚怖《フ》スル事ナカレ、仮令貴公ノ為メニ、斧ヲ玉フトモ、我一命ニカヘテ、永ク琉球王ノ位ヲ失ズ、子孫《ソン》ノ相続疑無キ処也」ト申シケレハ、琉球王涙ヲ流シ、「我不徳ニシテ、氏ヲ治ル才無ク、亡国ノ王、此ノ如ク捉《ニギ》ラル命ハ、貴兄ノ手ニ任ス所、希スル心ハ、薩州王ノ哀憐、貴兄ノ節操《サウ》ト斗」ト、伏俯《ウツブシ》シテゾ居レケル。

斯テ諸大将役附ニ附、相堅メ一氏ハ降王以下ヲ同船シテ、薩州へコソ凱陣ス。

義弘入道琉球王ニ謁見　』24

薩州ノ大将武蔵守一氏、琉球ノ諸王子ヲ引テ、鹿児島ニ帰陣シテ、城中ヱ斯ト申上クレハ、義弘、家久ヲ初メ、一家中所々ニ迎ヘ、各無為ヲ賀ス。一氏以下将卒、蘇生ノ心地シテ、妻子、従類ニ対面シテ、喜悦ノ涙喘《ルイセン》敢ズ。一氏、琉王ヲ旅館ニ移シ、様々馳走シテ、休息セシメ、其身ハ諸大将ヲ誘引シテ、入道并ニ家久ニ拝謁ス。入道殿、一氏ヲ御前近ク、「先以御辺カ武功莫太ニシテ、琉球倉卒ノ平定、古今希有ノ働、関東両公モ感悦ノ段、相良五太夫カ演説、此ノ如シ」ト、恰キ雀躍《シヤクヤク》セルガ如シ。一氏謹テ、「君ノ武徳、外士マテ其余慶、琉球平定諸将、諸卒紛骨裁身シテノ功也。是ニ依テ、琉球王ヲ旅館ニ移シ置ケリ。御前ニアワサルヘキヤ、否」ト言上スレハ、入道点頭玉ヒ、琉球王ヲアワス。城中、城外、奇麗ヲ尽シ、天晴荘観、言語ヲ絶ス。

島津家門衆　　琉球　　　　諸　諸
又八郎家久　　土産　琉球王　王　宦
従三位宰相入道　七種　　　　子　人
　　　　　　献上
武蔵守　　　　諸役人
其外島津家大名家　諸奉行

入道芴ヲ正シテ云ク、「大王久ク大名ヲ聞ク。終ニ面接セス。此ノ度、貴国へ勢ヲ入ルル事ハ、全ク自己ノ意恨無シト云ヘトモ、』25君命ノ重キガ故也。先年、太閤秀吉ノ時、軍命ヲ背カル。先王ノ余殃、今大王ノ身ニ逮《ヲヨベ》リ。此後ハ大王ノ子々孫々、日本ニ随順シテ、年貢ヲ納メラルヘキヤ」ト、琉球王涙ヲ流シテ、謹テ申テ云ク、「予不徳ニシテ、国政不隠《ヲン》、剰、先王ノ余殃《アフ》ヲ身ニ請ケ、尊命ノ責ヲ蒙ル。我国、大明、朝鮮ニモ属セズ、方量此《セイ》ニ少ノ離島、自今日本国王ノ聖化ニ随ヒ、子孫永ク薩州王ノ幕下ニ候シテ、年貢怠慢無ク、課役ノ否申スベカラス。且又、盟誓ヲ奉ルヘシ」ト、諸王子、諸宦人ヲ見マワセハ、何レモ、ハツト平伏ス。其時一氏進出テ云ク、「我君ノ仁心、争カ疎略ヲ存セラルヘキ、暫ク旅館ニ退出アレ。日本国王ノ台命ヲ窺フヘシ」ト、則チ琉球王ト共ニ、御前ヲ辞シ去テ、旅館へ帰リケル。

斯テ琉球王来朝ノ趣、薩州勢帰国セシ段、駿府へ言上スレハ、源公微細ニ聞シ召シ、王使トシテ、薩州へ下サル。人ハ酒井河内守重忠厳命ヲ蒙ル。東海道、西海道ノ諸大名、地頭、代官、上使下向ニツキ、人馬ノ手支無キ様ニト、琉球人、駿、江両城へ往来スル道中、途橋掃除等ノ事マテ、夫々ニ仰付ラル。程無ク上使、薩州へ下着アレバ、入道ヨリノ饗応善尽シ、美ヲ尽シ御馳走ナリ。上使、台命ノ趣、「今度琉球国征伐軍功、入道ノ武威、御感ニ思召ル所也。忠賞《(恩)》ハ重テ台命ヲ下サルヘシ。琉球王并ニ　』26　諸宦人トモニ、武蔵守召ツレ、駿府へ参上仕ルヘシ」ト也。入道ヲ初メ、台命有難ク御請申上、琉球王ヲ召シ連レ、一氏、駿府ヲサシテ罷下ル。酒井ハ三日先立テ帰ラル。

日数ヲ歴テ、酒井、駿府ニ帰参、薩州ニテ琉球王ノ行跡参府ノ次第、一々言上スレハ、公悦ヒ玉ヒ、旅館ヲ点シテ、琉球王ノ接《セウ》シ玉フ。武蔵守一氏、駿府ニ下着シテ、此趣ヲ言上ス。公吉日ヲ撰ミ、琉球王ヲ召シ玉ヒ、武蔵守ニ御目見仕候様ニ仰付ラル時ニ、一氏、琉球王ヲツレテ御城エ上リテ、台命ヲウカカウ。源公、琉球王ニ向玉ヒ、「汝ガ先主、日本ノ軍令ヲ背ク、頓ニ征伐スヘキ処也。若前非ヲ悔ヒテ、年貢ヲ来舟セバ、免除スベシト猶予ス。然ト云ヘトモ、年々其怠リ、此度島津ニ申渡、勢ヲ以テ征スルニ及ンテ、日本ノ武道、汝ガ国、将卒、其手談思ヒ知ルベシ。自今汝カ国ヲ以テ、島津ニ附属ス。謹テ怠ナク、日本ノ国用ヲ達スヘシ。毎歳駿、江へ拝謁スヘシ」ト厳重ニ宣ニハ、琉球王ヲ始メ、諸宦人首ヲタレ欽テ領掌ス。次ニ一氏ヲ召レ、「汝、陪臣ト云ヘトモ、此度ノ戦功ニヨツテ召ス。弥島津家ノ棟梁タルベシ」ト、御太刀、黄金被下ル。家ノ面目ト、難有ク御礼申上ル。重テ仰ニ、又八郎家久大隅守ニ叙セラレ、松平ノ姓ヲ給ヒケル。此旨相心得入道ヘモ可レ申ト、御イトマ玉ヒ、』27
薩州差シテ帰リケリ。

一氏ハ琉球王トモナイ帰国シテ、駿府ノ首尾悉ク言上シ、則チ御朱印ヲ入道ヘ相渡セハ、入道父子ヲ始メ、一家中ノ悦ヒ太（大）方ナラズ。琉球王、上下共ニ饗応《ヲウ》事終テ後、様々日本ノ重宝御出下サレ、舟楫《イ》ヲ装ヒ、諸役人ヲ相添ヘ、子々孫々ニ至ルマテ、薩州ノ幕下ニ職シ、年貢怠ルマシキト盟約シ、本国ニ帰ラシメ、扨又新納武蔵守一氏父子ヲ始メ、恩賞セラレ、琉球国ニテ討死ノ大小、人夫ノ沙汰ニ及ヒ、追善ノ供養ヲシテ、家嫡松平大隅守源家久初メテ、駿府、江戸ノ両公ヘ参礼、首尾能ク相詞（調）ヒ、是ヨリ連綿トシテ参勤、誠ヤ神徳、武徳、餘度徳川ノ流派《ハイ》ト成リテ、島津ノ浪静ナルコソ目出ケレ。

琉球征伐終　薩州之隠士
喜水軒書

寛永元仲秋日　』28

［下巻了］

【書入】

（上1ウ）治承四年庚子五月二十三日、征夷大将軍正二位源朝臣頼朝、于時前右兵衛佑従四位下、行左馬頭兼播磨守義朝三男。母散位藤原季範女、勢多大宮司也。治承二十年治（ママ）正治元年正月十三日薨ス。五十三歳。源家中興ノ正統、是ヨリ征夷大将軍ノ号初マル。源氏調法髭切者、奥州ノ住人文寿矢カヂ作ル也。此ツルキノ徳以テ天下ヲ治ト也。

（中11オ）虎竹城ト云ハ、城下三方、大薪中広ク大竹生シ、虎モ住ムヘキ有様ニテ虎竹ト云。

(中17オ) 助幡ハ二里波門。季《(李)》将軍、石徳功、柳子松、林元的。石徳功ハ長谷川式部。隆子松ハ今井伊蔵。生ハ易フシテ堅シ。死ハ堅クシテ易シ。李将軍、林元的ニ自、種島大膳。

(下1オ〜2オ) 乱蛇浦ト云ハ、道、王城ニ近シ。去レトモ、琉球国ハ熱地ニテ、四、五月ノ比、日本の六月ヨリ暑気強ク、草ヲヒシゲリ、雨シゲク、其上乱蛇浦ハ昔ヨリ、大小ノ蛇多ク、人通レハ惣身ニマトヒツキ、此節薩州勢、右ノ蛇ニ□□□マリ、乱蛇浦半道程ニテ引退キ評設《(ママ)》シ、所ノ者、此段ヲ問カ、然ルニ此近辺ノ村大《(人)》申テ曰ク、「当国ノ者ハ此道ヲヨケ、城下ヘハ廻リ道ノ本道ヲ行申候。タマタマ急ク事ニテ参リ候節ハ、コキウヲスリ道《トヲ》リ候。蛇コキウノ声ヲ聞テハ、悉ク恐レ、近ヨリ不申候由云ニヨリ、士卒、コキウヲ持セ、鎌ヲ持テ、行先草ヲカリ、士卒此道ヨリ進ミ責入ル。

(下2オ) △川流子ハ初メ琉球王ニ仕フ。

(下2ウ) △孟亀霊、本ハ大明ノ者、孟子ノ末ト云。

(下2ウ) △朱伝説、朱氏ニン《(シ)》テ、大明ノ者ナリ。兵書ヲ学フ。

4　架蔵『琉球静謐記』（A5・⑧）解題と翻刻

〔解題〕

ここに翻刻した架蔵『琉球静謐記』（A5・⑧）は、A1『薩琉軍談』に物語が増補され編まれたテキストである。『薩琉軍談』には物語展開に無理が散見されるが、『琉球静謐記』ではその物語が補填され、一つの完成形であると言ってよい。基礎テキストからの変遷を示す意味で、ここに架蔵本の翻刻を掲げた。

『琉球静謐記』には、内題が「琉球征伐記」となっているものがあり本書がそれである。異同はあるものの同内容であり、A4『琉球征伐記』との混同を避けるため書名を『琉球静謐記』と統一している。

立教大学図書館蔵本（A5・⑨、以下立教本）とはかなり近しい関係性にある。完全に一致するわけでなく、当本の末尾、

誠に龍伯公の威武、新納を始め、諸士の功勇、外国に揮し事、伝べき事にや。是も我神国の高徳、又東照明君の御威勢の余光と有難事ぞかし。伝べし、伝べし。

は、立教本には見られない特徴である。これによれば琉球という外国で武威を示すことを語り継ぐべきことであるとされる。委しくは本論を参照していただきたいが、やはり、対外的な情勢の変化により、対外戦争で勝つ物語が

求められていたということだろう。

明かな誤脱は立教本をもとに（ ）で補った。また本書にはルビが片仮名で記されている。誤りも多いが底本通り翻刻した。

〔**書誌**〕

［刊写・年時］写本・江戸後期から末期頃か
［外題］琉球征伐記（直・書・原）
［内題］琉球征伐記
［尾題］琉球征伐記（下巻末尾のみ）
［表紙］原表紙、無紋、素紙
［見返し］原見返し、本文共紙
［料紙］楮紙
［装訂］袋綴
［絵画］白描二面（「馬印」「旗」巻一・十二丁オ、「公山都師の旗」巻三・十二丁ウ）
［数量］五巻五冊
［寸法］二七・六×一九・七糎
［丁数］81丁（巻一・20丁、巻二・15丁、巻三・14丁、巻四・16丁、巻五・16丁）
［用字］漢字・平仮名
［蔵書印］ナシ

〔奥書〕ナシ
〔備考〕ナシ

〔翻刻〕

琉球征伐記　壱　』（表紙・外題）

琉球征伐記巻之壱

目録

琉球征伐記巻之壱

島津入道龍伯琉球責台命を蒙る事

慶長十四己酉年三月、征夷大将軍源家康公并御嫡子秀忠公、京都二條御城にて、薩摩の国の主島津兵庫頭義弘入道龍伯を召出され、仰渡されけるは、「抑日本今一にまして東夷西戎《シウ》皆我国の徳風を仰ぐ。近頃朝鮮国、我朝に帰伏したる処に、太閤逝去の後は、我国の威勢すこし怠《ヨコタ》るに似たり。汝が分国より程近き琉球国、元は朝鮮の幕下にて有しが、近年は朝鮮えもしたがわず、勿論日本への帰伏せず。大明の年号を用るの聞え有。今天下閑暇《カンカ》の時なれば、汝が国の諸士、手を空しうしてあらんも益なし。且は武道の励《ハゲミ》みとも成、又は朝鮮を威《ヲド》して、いよいよ我国に随がわしむる一助とも成べし。早々此後　』1

軍を催し、叢爾《ソウシ》たる琉球国を、汝が一旗《モツ》を以責随えば、直に琉球を恩賞に賜るべし」と仰られければ、島津義弘入道龍伯謹て座を退き、三拝して畏り、「御使の赴、御尤千万に承存。以諸国の大名多き中に某一人に仰付られ候段、不肖の此身冥加に相計ひ、武運の開くる処、何事か是にしかんや。入道年取寄候得共、愚息にて候又八郎并家臣等、数多御座得ば、随分武略智謀を廻らし、日を経ずして責随へ候わん。少の尊慮に掛らるべからず。あら嬉しやな、白髪の此義弘入道、その上に飽《アキ》果候に、今又鞍馬に跨《マタ》がり、軍船に打乗て、老の楽、此上の御悪や候べき。左候へば、軍馬の調練、人数の手配り、彼是一日も早く、急ぎ度候得ば、早御暇申上」度とて言上有、君甚御感ましまし、「然らば、早々帰国し、軍用専らにせよ。汝が分国ハ近国の大名に命じ、国境を急度相守らしむべし。汝一国の兵数を尽して打立べし。兵の迎急《ケウキ》なり。必軍を慎みて、功遅《コウヲソ》しとて、非道に軍民の命を失ふべからず」と、再三御懇意の上意なれば、龍伯入道難有とて御請申上、秀忠公に向ひ被申けるは、「臣老年におよび、此大事を被仰渡事、身に取て難有覚候。誠に御懇の上意を蒙り候段、心身に余り、此趣、家の子に申聞せ、御威光を頭にいただき、首尾能琉球を責随え、悉く御家人となし、明年の春の頃は、おかしき馬のりどもを召れ、醍醐の花見の御供の御一笑に備へ奉らん」と、おどけまじりに申ながら、流石《サスガ》老人の歓び、涙止め兼て、座を立れけるが、宿所に帰らるるが否、早馬にて帰国せられけるとぞ聞くべし。　』2

島津龍伯軍評定之事并琉球軍陣起り之事

斯て、島津兵庫頭源義弘入道龍伯、薩摩え帰りけるが、一族の歴々は云に及ず、執権新納武蔵守一氏、種が島大膳、里見内蔵、畑勘ヶ解、秋月右衛門、江本三郎左衛門、岸部文左衛門、松尾隼人、佐野帯刀《タテハキ》、花形小刑部《キャウブ》、三好典膳、其外譜《フ》代恩顧《コ》の武士、薩州は申に及ず、日向、大隅都内三ヶ国の諸士、大広間、大書院、縁側まで郡参して、上意の赴如何ぞと異義《（ママ）》を正して、座列を改め、頭を下《サゲ》て畏る。義弘入道龍伯は、白練の素袴に直平《チヨツ》頭巾《ヅキン》を被《カツギ》、金作りの喰出《ハミ》しのちいさかたな、弐尺九寸有ける細《ホソ》身の金作りの太刀を小性にもたせて、中央《ハウ》の座に着、四方の諸士に向ひ申されけるは、「書付を以て申渡す通、此度琉球征伐の事某一人撰み出しに預る事、弓馬の面目家の誉れ、何事か如之。然ば、命を養ゆうが矢先にかけ、義を紀信が忠に習ひ、名を末代に残さむ事、此一拳に有。何れの彼地征伐の軍略、計策《ケイサク》宜敷廻らされ、大功を立られよ。先何れの地より発向し、いか成処より攻入らん。いかに、いかに」と申たまへども、座中、はつと平伏し、大身の身を重んじて口を閉《ト》ち、小身ハ聞を憚りて言葉を出さず。

然所に、新納武蔵守一氏《カツウヂ》とて、禄拾弐万石を賜り、文武兼備の勇将成しが、進み出て申されけるは、「それ琉球国の地は、是より海陸百七拾里の行程《コウテイ》也。舩の揚り場に関所有。此関所を要渓灘《ケイタン》と申候。それより五拾里過て城墎《クハク》有。此所を千里山と云。前に流るる川有。岩石峙《ソハダ》ち浪波逆立、淡《タン》々として、殆《アタカ》も龍門の瀧とやいわん。此城より七里斗過、巽《タツミ》の方に当つて虎竹城とて三里四方の城地有。夫より南の方は海上拾里斗西にあたつて一つの島有。此島をよそ二　』3 里四方、米穀を納置、百七拾ヶ所有。依号して米倉島といふ。左りえ廻りて湊有。是を乱蛇浦といふ。爰に又関所有。是も方弐里斗ならん。夫より続きたる松原有。五里と号す。其松原のすえに五里松原平城といふ有。是を過て三日路、高さ三拾五丈の揚土門の楼閣《ヲヲカク》有。是を高凰門と号す。次に五里斗過て鉄石門あり。此鉄石門には常に千人の兵士を置。番手を組、弓矢、鉄炮、兵杖《テウ》を揃て、尤武備厳重にそなへ、両側《カハ》に商人、細工人、軒をならべて店みせを構。此町の長さ凡東西百四拾町斗、夫より一の門有。是を都門といふ。都《ミヤコ》の惣門なり。是より前後左右に諸官人の屋敷屋敷、大身小身入乱れ、軒をあらそひ、凡数万軒、此間三四里斗、石垣の高さ弐丈斗、惣築地厳敷廻りに大成堀を構て、凡里の《（ママ）》城墎也。四方に橋を掛事百七拾二、後に日頭山迚高山有。是を越して八里、後詰の城あり。

此所に琉球の大師王俊辰亥《ガイ》といふ者、三万余騎にて守護すると承り、其外番所番所、あげてかぞふべからず。先某が存ずるは大略如斯に候」と、つまびらかに語りければ、龍伯を始として、座中の諸武士感せぬものはなかりける。

誠成り候、「俗説の如く、名医は色を見て五臓のやまひを知り、歌人は居ながら千里の名所を知るとは、此武蔵守殿はこそ尤弓矢の知識かな」と、人々感じ申ければ、武蔵守打笑ひ、「いやとよ歌人は家に有て名所を知ると雖も、某若年の時分琉球国え商人の体を鑢《ヤツ(ママ)》し、浦々里々山川悉く掛廻り、土地の気風、ならわし、武備を《(ママ)》強弱《きやうちやく》、武士の剛臆、皆々見届候。又絵図に認、胸《ケウ》中に印し、猶又毎年毎年忍びを入て見届させ、万一あやしめられは高麗の忍びの者と偽り、御国の名を出さず。身終らば愚息左衛門尉にも申付、死せば又子孫に伝へよと申置る」と　』4申ければ、義弘入道龍伯喜悦限りなく、「扨々驚き入たる武蔵が、さつ智勘弁賞するに余り有。今度の謀、汝は軍師に任ずる条、人数の手配り、兵粮の出入、軍慮の事、汝に附助する間、琉球の地に至りなば、上は天より下は地下迄、汝が心儘に計ふべし。我一族、古老の臣たりとも、汝が下知に従はずんば、切て後我に告べし。是を授る成」とて、三尺四寸の金作りの太刀一振取出し、すつはと抜て空中を切、「列座の面々、真如斯、自今已後武蔵守一氏《カツ》軍師たるの間、一言にても武蔵守が下知に背かば、御《(此)》刀にて打て捨る事をゆるす。各身を慎ミ、命を全ふして、功を立、万天に名を残されよ。武蔵守に此太刀与ふ成」とて出されければ、武蔵守謹て太刀を押いただき、座中に向ひ、「唯今我君の仰の如く向後、諸将の上に軍馬の指図申べし。不肖の某ながら、主命遁る所なし。已来御免に預るべし。然ば諸大将、一命を義の的にして、琉球国を責討て。主君の亀鏡に備へ給へ。高名自然に子孫に面目を耀《カガヤカ》し、いざいざ用意仕たまえ。思立日を吉日と承候得ば、則明日卯の上刻、御籏本え五百石已上は一人も残らず出仕有べし。此旨急度打守られ、時刻怠り給ふな」といひわたし、「扨明朝迄の内に、甲冑、弓矢、馬鞍の用意心掛有べし。若或は従《シウ》者の武具にと、雑具并兵粮等の事に付、御不足あらん人々は不肖には候得ども、某兼て少々用意致候得ば、乍憚急ぎを補《ヲギナバ》申べし。猶又巨《コ》細の軍略は、明日御籏本にて申続べし」と、顕然として申渡ければ、堂上堂下自然と頭をかたむけ、諸士は則龍伯公え一礼し、武蔵守に暇を乞ひ、己が宿所えぞ帰りける。』5

琉球国陣発《ヲコリ》り之事

抑此陣の起りを聞に、一朝一夕の事にあらず。先年、太閤秀吉公朝鮮征伐の折から、琉球にも今や責らるると、軍兵を揃、兵具をととのへ、手支もなかりしかば、琉球人は何となく勝軍したる様に思ひなし、酒を賞、羊《ヒツジ》を殺し、悦び勇みける。其後、日本の海賊ども少々琉球え寄けるとも、琉球人能働、却て海賊を殺し、舩を奪ひ取ける。其後、清朝よりも使を渡し、琉球の武威を窺ひけれども、手強く返答して帰しぬ。其後、明清のあらそひの時なれば、事無事に納りけるを、国威の余国にくわわる様に云なしける。

其後、弥武事に誇《ホコリ》り、武具を用意し、勇を鳴らしけるに、胴丸の具足に青貝の細工を蛇皮《シャビ》を以威《ヲドシ》し立、多く赤漆《ウルシ》をもつて拵けるに、甚軽して見事成事いふ斗なし。外国えも粗《ホボ》広まりける。日本薩摩抔えも商人求め来りしかば、弥武威顕はる所と、琉球大王も大に悦びける。文官郎中宦に朱伝清といふ者有けるが、此事を諫《イサメ》て曰、「それ我国は小国なれども、数百年乱世の禍なきものは、柔《ヂウ》を以他国にしめし、和を以表とし、礼を以て大国にまじわる故也。元文柔の国、今にして武威を強くす。是国をあやまる源なり。古へより戦ひ多き外国え、兵具を渡す事、却て国を伺はるる端《ハシ》を引出さん。其故は、むかし漢土遼東《リヤウトウ》に住者、頭の白き豕《イノコ》をもちたり。珍らしき事限なしと愛せしが、普天の下に、王のあるに非ずといふ事なし。此珍しき獣《ケダ》ものを我と一人慰んは、王土にすめる本意にあらず。是を天子に奉らばやと思ひ、はるはる豕《イノコ》を引て洛陽に登りけるが、都には頭斗かは、全体の白き豕多かりしかば、大に恥て引帰りしといふ事有。今一戦に僅《ハツカ》に海賊を退たり迚、武』6具に誇りて武をしめす。其理有事をしらず。唯前の如く、和柔《チウ》を先とせられん事を」と申せしかども、群《クン》臣皆用ず。いよいよ武威にほこる事のみ聞えしかば、朱伝清の朝廷の交りもよからず、弟朱伝説《セツ》が方に書を残し、髪を止しめて海辺え退きけると聞へし。朱伝説に与へける書は、不思議に日本に渡り、西国辺の人今に持伝へたりと承る。其文章甚た古雅《カ》なり。「乱近きにあらん。汝よく辺土を防ぎ怠《ヨコタル》る事なかれ。若時にのぞんでもあらば、身死して国に報ずべし」と、叮嚀にいましめける。扨こそ千里山の合戦にも比事を思ひ出し、毎度海辺の諸大将えも常に合戦の怠りをいましめ、図に当る謀事をいひ送りけれども、元来武を用ひざる国故、事ととのわず、空敷成て、具身は千里山城に死しけれども、名は琉球にぞ高かりける。

　されども、近年は武蔵守の計いとして、薩摩の国より、不断商人の往来をゆるし、琉球の人々には念比に馴染ける。武蔵守は、「内々琉球を討ばや」と思ひ、是より忍び忍びに、近習の者を商人に仕立入置ける。近年は琉球、薩摩打交り、商内するもの多かりける。されば兵具、胴丸等を渡りけるに、武蔵守、義弘の御前に持参して、「此兵具御覧候へ。細工はたくみに見事に候へども、一度軍中に用る時は、青貝折れて、漆砕《ウルシクダ》け永陣の用に立難し。大に火攻を用るならば、是体の練《キタイ》の鉄《カネ》は、暫くもたまるべからず。琉球は幸計よき地なり。あわれ公辺の御免しを請させ給ひ、御馬を向られんには、武蔵守が一手にても、一年の内には退治易かるべし。何卒とぞ願わせたまへ」と内々勧しめ申けるは、義弘入道も尤と同じ玉ひて、公方家へ度々内縁を以て申入られけれども、其沙汰のびのびになりけるが、天運時いたりけん、此度仰を蒙り　』7
て、島津氏の高名を極られける。然ども諸大名の中なれば、初て聞し様に御請申されけると也。

新納武蔵守進発之事

斯て慶長十四年己《つちのと》酉四月十六日卯上刻、軍師武蔵守一氏、嫡子左衛門一俊《カットシ》を誘《ユウ》引せしめ、御旗本の上段に座し、武蔵守其日の出立には、水色の大紋に鶴丸の紋所、紫色の露結びさげ、三尺弐寸の打太刀に、三尺四寸の龍伯公より相伝の太刀をはき、銀の采配手に握《ニギ》り、南向ひに掛られし三幅対の懸物には、中央は大公望、左は義経、右は楠正成の絵像、花瓶、香炉、造酒、洗米のそなへもの、灯火《トモシビ》かくせんとして、宝剣三振立ならべ、出仕の諸士、威儀を正し、装束を改禄の甲乙《コウオツ》、家の嘉例に随ひ列座す。武蔵守、諸士に一ゆうして後、執筆本目藤左衛門を召出し、軍配、役割、委細記之。

其條て、

今度琉球奉御征伐之台命周茲新納武蔵守一氏蒙主命、御軍師之汚名《ヲ》殆《ホドント》余身、然者汝等諸武士一処懸《ケン》命之場所、於軍神可抽《スすンす》誠精《セイゼイ》者也。仍而記録如件。

慶長十四年己《つちのと》酉四月十六日

島津兵庫頭源朝臣義弘入道龍伯

軍師新納武蔵守一氏判

先備　禄八万石　種島大膳豊時

左一手鉄炮三百挺　手替り足軽九百人

但組頭五人騎馬

弓　三百挺　歩《カラ》武者手替り足軽六百人　』8

但組頭弐人騎馬

騎馬三百騎　頭弐騎

熊手三百　同二人六百人

鳶《トビ》口三百　同六百人

太皷三十　同六拾人

鐘　三十　同六拾人

貝　三十　同六拾人
種島大膳　槍《ヤリ》馬　侍五拾人
弓　五張　鉄砲三拾挺
弓　五張　同三拾挺
押え五拾人
右都合人数弐千三百七拾人
先備　禄八万石　里見大蔵久秀
右の手鉄炮三百挺　手替り足軽九百人
但組頭五人　騎馬
弓　三百張　同足軽九百人
同弐百人騎馬
槍《ヤ》　三百　足軽九百人
騎馬三百　頭弐騎
熊手三百　頭弐騎六百人
鳶《トビ》口三百　同六百人
太皷三拾　同六拾人
鐘　三拾　同六十人
貝　三拾　同六十人　』9
里見大蔵　槍馬　侍五拾人

馬廻　四拾人
弓　五張　　鉄炮三拾挺
弓　五張　　鉄砲同
右都合人数弐千三百七拾八人
第弐先備　畑勘ヶ由道房
鉄炮百挺　頭弐人　手替り弐百人
弓五拾張　頭弐人　同弐百人
鎗五拾筋　　　　同百人
騎馬百騎　　　　押え三拾人
畑勘解由　槍馬　　押え三拾人
第三先備　五万石　江本三郎左衛門重躬《ミ》
鉄炮百挺　頭弐人　足軽弐百人
弓五拾張　同　　同
鎗五拾筋　　　　同
騎馬百騎　押え侍三拾人
江本三郎左衛門　鎗馬
第三備　拾一万石　秋月右衛門之常《ユキツネ》
弓百張　　鉄炮百挺
同百張　　同百挺

鎗百筋　騎馬弐百騎
同同　同同
同同　同同』10
同同　同同
同同　同同
弓百張　弓百張
侍百人　弐行楯同　旗
秋月右衛門　鎗馬　鎗五拾筋　徒士百人押え
第四備　松尾隼人勝国
鉄炮百挺　騎馬三拾騎
弓百張　同同
鳶口五拾人　長柄五拾人
熊手同　階《ハシ》子同
かけ矢　細引五拾人
騎馬三拾　騎馬三拾
猩々緋包鉄炮五拾挺　頭分弐騎
松尾隼人　鎗馬　押え三拾人
第五　佐野帯刀政形
頭五騎

鉄炮百挺　鎗五拾筋
鉄炮百挺　鎗五拾筋
騎馬百人　同同
同　同
佐野帯刀　鎗馬　押え五拾人
第六備　新納武蔵守一氏』11
侍百人　騎馬鎗百筋
歩武者百人　鉄砲百挺
同
雑兵五百人　頭人棒弐百人
熊手弐百人
弓百張
同　同
鉄炮五拾挺　同
楯五枚　楯五枚
馬印
籏

新納武蔵守一氏　馬廻百人　鎗馬押

同同

騎馬上下弐百人　花形小刑部《ギャウフ》氏頼

同弐百人　三好典膳定次

同三百人　花房兵庫之常

同五百人　池田新五右衛門国重

同四百拾人　小松原左内左衛門安信

同百七拾人　浜宮藤内重行

同弐百二十人　二里波門定次

同百五拾人　島津主水時信

同百七拾人　矢塚甚五左衛門豊国

同弐百人　大崎三郎左衛門忠久

同弐百人　七千石　天野新兵衛近俊《トシ》　』12

同百人　同　篠《シノ》原治部久秀

同七拾人　六千八百石　中條左内春氏

同八拾人　中村左近右衛門数冬

同八拾五人　和気治右衛門国清

同七拾人　木戸清左衛門年長

惣押上下四百人　弐万八千石　米倉主計清氏

惣騎馬合千五百騎　雑兵弐万八千七百九拾人

後陣

鈴《スス》木内蔵助重郷《サト》　上下千人

吉田主膳　同百人

有馬内記　上下百人

氏江藤左衛門　同弐百人

前田十左衛門　同

内本守左衛門　同

小浜庄左衛門　同五拾人

桜田武左衛門　同弐百人

大輪田刑部　同百人

横須賀左膳　同三百人

長谷《ハセ》川式部　同百人

今井半蔵　同弐百人

惣目附

永井靭負元勝　弐千人

』13

岸左門　同百人
向井権左衛門　同弐百人
太田荘《セウ》左衛門　同百人
亀井蔵人　同
玉沢十内　同弐百人
関段之烝　同三百人
道明寺外《ゲ》記　同弐百人
中川大助　同百人
佐久間彦十郎　同弐百人

惣人数四万六千八百七拾三人　外に手替脇備惣人数三万人
都合七万六千八百七拾三人

此外に
島津采女　上下五千人
島津大内蔵　同壱万人
島津玄蕃　同三千五百人
島津主税《チカラ》　同三千四百人
島津内近　同千人

島津監物　　同千五百人
島津右近　　同千人
島津右京　　同五百人
島津主殿《トノモ》　同千五百人

右十家島津の家門、大名分と称ずるなり。凡勘弁の及所にあらず。知らざる人は信せられとも、分限帳を見るに、弐拾万石以上　』14 の家、五、六家、拾万石以上弐拾家、録一万石、五、六拾家有と也。惣、家中え四百万石の知行出さると云々。

佐野帯刀《タテワキ》出陣怪異之事

斯て、諸将思ひ思ひに、兵具衣服など改、雑具小荷駄を取計ひ、出立の用意有ける中に、佐野氏の家に不思儀の事こそ有ける。四月十一日、「既に此度琉球軍用の兵具を着し見るべし」とて、手廻の腰元に云付て、新に威《ヲト》されたる鎧、并に下着の衣服抔取揃、床には勝軍の飾りもの、床の掛物は摩利支天の絵像を掛、一家一族寄集り、酒をいはゐ、赤飯を取はやし抔、此度の首途《カドイデ》をことぶき、則、下着の小袖を着せられんと取寄て、箱を開き見られけるに、白小袖有しかば、是は下着ならんとて、先着せられ、段々其下を見られけるに、皆喪《モ》の服にして、麻の衣に鈍《カブ》色の素襖《スヲヲ》抔出しかば、帯刀《タテワキ》大に怒り、いかなれば斯いまいましきものを出し置けるを、近習の者を手討にせられんとしけるを、奥方、其外有合人々取さへ、無事におさまりける。人々の曽《カツ》て此事を云出さず、兎角目出度事のみ云て、首尾能いはゐは澁たり。

扨、出陣有けれども、女子はもの毎《ゴト》気にかかり習(ママ)ひ何国も同事にて、奥方此事を殊の外、心にかけられければ、当主の間内々にて、当所の氏神え奉幣《ホウヘイ》を、特別て此事のみ祈念有、日陣中勝利をぞいのられける。然に、使者、社頭に詣ふて、湯立をみこに命じけるが、如何仕たりけん、湯かつて沸《ハ》かさりければ、色々すれども湯玉の出る程はたぎらず。時刻も押移りければ、「是は神前の釜あらたに拵へし故、いまだ火とりなき故ならん」と、みこおこなひをなし、延命無難勝軍の祈祷、　』15
御供米なんどを（取揃へ）、使者は帰られける。此社えは、城下より六里の道成ゆへ、前日より使者立、宵より神社におこなひありども、帰りは翌日の昼にもおよぶべき事成に、佐野氏えの宅えは、今朝六ツ頃かと覚て、使者帰りしかば、奥方、子息達皆々出られて対面有けるに、使者御札を指上るに、其札しら紙にて、何とも文字なかりければ、奥方を始、付々、「抔是はいかなる事にや」と尋られければ、使者申けるは、「殿は既に御命御座なく候へば、白紙にて奉幣《ヘイ》いたし候」と申て、使者は御前を立にける。何れも、「如何にや。斯不吉の事を申ぞ。憎き事かな。それ門前の使者を捕らへよ」と、ひしめきけるに、何国共なく空かき曇《クモ》り、今迄夜明たりとみへけるに、いまだ月あきらかにして、もの色見わけ難く程なり。使者も祈祷の□も見へざりければ、是は不思議とて、惣門番所え尋にけされ□に、「曽《カツ》て人の出入なく、時刻は丑みつすぎ」と申ける。「是はいかに、正敷夜あけたる様にへたるに」と皆々おどろきける。奥、家老、近習の人々、「いまいまき《（ママ）》事かな。狐《キツネ》、狸《タヌキ》の仕業成べし。宵よりきつねの鳴声、其上今使者の来りける時、又暗く成しに、屋の上を狐数十走り候」由、番の人々申ければ、「扨は弥きつねの誑《タブラ》かしけるにこそ」とて、「翌日狐狩して思ひ知らせん」と詈《ノノシ》りけれども、元来島津家は稲荷信仰《ゴウ》深かりければ、其事を嘿黙《モダ》されける。

其故は島津の家と申は、数代薩摩鹿児島の住人にして、家栄けるが、文治三年の比か、鎌倉右大将頼朝、天下の武将たりしが、丹後局といふ容《ヨウ》顔美麗の女性を殊の外御寵愛他に異なりしかば、比翼《ヒヨク》連理の御契り浅からぬ月日重りて、此局《ツボネ》懐胎の身と成給ふ。政子の前の御　』16
耳に達しければ、高きも賤《イヤ》しきも嫉妬のならひなれば、殊の外おん憤《イキドヲ》り有て、頼朝卿にふかく隠し、畠山庄司重忠に仰て、「松葉が谷に引出し首を刎《ハネ》よ」との仰にて、重忠領掌仕《セウシ》ながら、「正敷此女中のはらには我君の御種やどり給へば、害《ガイ》し奉るも勿体なし。され共御台所の仰も黙止難く、いかさま方便有べき事なり」とて、家臣本田次郎近経を呼て、「ヶ様ヶ様の次第也。汝是より丹後の局を具し奉り、潜に何国迄も参り、御身ふたつに成給ひしならば、若君にも姫君にもせよ、育《ソダテ》守立、何国にてもしかるべきと思ふ武士を頼み、由緒を語りてあつくべし」と申渡しければ、本田承り、御介抱いたしたれよと、夜に紛れて、丹後局を具し奉り、鎌倉を忍び出、夫より上方えと心ざし、西国え赴れ、賎《シヅ》の女《メ》の都登りに身を省《ヤツ》し、本田も商□姿に替て、遥々都路に登り、其比六波羅には、帝都守護職□して、北条時政の二男、江馬の小四郎義時の在京なれば、本田思案を廻らし、都の中は是もとめ難しとて、東寺、四ツ塚、鳥羽なわて、浮世の中の浮島や、伏見の里は(よ)り淀川つたひ、八幡、山崎ふしおがみ、心もすまぬ芥川《アクタ》をも打廻て、枚方や守口そこそこに、見渡す甲斐もあらじ吹、生《イ》狗(ママ)のあらし小夜《サヨ》更て、ささら浪寄難波や、大江の岸《キシ》に着ければ、言しや丹後の局も旅労《ツカ》れ、本多もこころつけまいらせ、途有漁翁が柴の扉《トボソ》に、少しの間立休らいけるが、つぼね、本多に打向ひ、「実哉、津の国、住吉の御神と申けるは、うはつつを、中つのを、底つつほの三神、第四の御殿は神功皇后にてまします。彼皇后は八幡宮の御母君にて御懐胎の御身ながら、新羅、百済を責させ給ひ、御帰陣の後、安々と御誕生ましましせしを栄へ』17ますとうけ給る。自らも鎌倉殿の御たねを宿しながら、旅路の空にさまよふなれば、先住よしの御社へ詣て、平産を祈り奉らん」と。

斯て難波を立出て、早くも爰に住の江の岸に寄る波、夕風に松の木の間や、青海波《セイガイハ》四社の宝前の森々《シン》と、丹後局も殊勝《シュセウ》さよ、信心肝《キモ》に命じつつ、暫くぬかつき、こころの願ひをかけまくも、賢《かしこ》き神の御利生をも蒙らんと、社壇の傍《カタハラ》に有ける石の御垣、途《シ》有石の上に腰打掛、暫く休らいたまひしに、不思議や、俄に産の気頻りなれば、本多もさまさまこころを尽して介抱すれども、日は暮はつる。如何せんとさまよふ所に、ふしぎや、あたりに数千の狐火灯《トモ》し立、御身を守護する気色不思儀なれば、やうやう是に刀《(カ)》を得て、兎や角とする程に、はややすやすと平産有、玉のやう成□子出生ましましける。あたりの神官、民家にも告有たりと□、皆々出来り様子を尋るに、爾々と語りければ、何れも労《イタハ》り介抱し、夜明ければ、丹後の局を具し奉り、様々保養せしめ、一七日も立けれハ、心地もすずしく成給ひしゆへ、又々是より西国方え赴かんと、宿のあるじに暇をこひて立出る。

住吉、難波の間なるを、ある茶屋に腰を掛居られし所え、築紫侍とおほしきが、馬鞍乗りもの、きらびやかに、弐三百人打連て通りしが、乗ものの内より丹後の局をちらと見て、乗物を立させ、彼茶屋に立寄、「卒爾ながら物尋申さん。某は九州薩摩鹿児《カゴ》島の城主、島津四郎太夫と申者、此方には馴ぬ女中、賎き人とは見へたまわず、雅方《(ママ)》を抱《イダキ》て、何国え御出ぞや」と尋られければ、丹後の局はおもはゆく、「名もなき賎の女」とばかり答へられける。

此時彼侍申　　』18

けるは、「某尋ぬる事、余の義にあらず。夜前、夢のうちに白髪の老人来りたまひ、「汝明日行逢女あらん。是を婦妻にして、其子を守立べし。汝が家栄ん」と告給ふ。其御名をは尋ければ、「我は稲荷大明神の御使者成」とて、白狐《コ》と現じてうせにけり。扨は其夜きつね火の照して守護有けるよ」と、有難くおもわれければ、本田次郎近俊申けるは、「ヶ様に御尋に預るも他生の縁成べし。此方にまさしく覚の御事とぞ。貴所もいまだ定まる御妻室も候わず。国の方え具して帰られて、此若君を守立給へ」と申ければ、島津大によろこびて、「いかにも貴殿のしめしに随ひなんとも、此女中はいか成方ぞ」と尋けるに、本多、「今は何をかつつみ申さんや。是こそは当時鎌倉殿のおもひ人、丹後の局と申たる御方なれども、御台所の御怒□かき故、害したれとの御事なれども、主君畠山重忠が□てヶ様の旅廻候ぞ」と有の儘に語りける。島津いよいよ感心し、「誠に名にあふ清和の正統《トウ》、鎌倉殿の若、某ごとき者の夫妻に申請るは、憚なれども、天の与へ、神の告、旁辞《ジ》しがたし。某養君に申おろし、名せきを継《ツガセ》せ奉り、先祖の為、子孫の後栄、何事か是に如之《シカン》」と歓ひいさみ、輿よ車よとて、頓て帰国せられける。彼若君、日々に随ひ、月を越し、成長の後、島津左近太夫義俊と名乗られける。

頼朝公、後々此事を聞し召、恩愛捨難く、薩摩、大隅、日向を相添て給はりける。是より数代相続して、西国に覇《ハ》として、代々名将出給ふ。これ薩摩家の先祖也。扨此若君誕生の場は、住吉の社内に旧跡残りて、島津稲荷とて、一社にいわゐ、今にれいげん著し。

斯のことく故有事なれば、大殿え聞えてもいかがなり、其上宣しから』19ざる事なれば、穏便に鎮めよと其沙汰も止にけるが、其日の昼過に実の使者帰り来りて、延命無難勝いくさの札など、御目に掛、吉事のみ物語仕ければ、人々少し色を直してよろこばれけるが、日を経ずして、琉球表日頭山の合戦に、帯刀殿討死と告来りければ、人々心におもひ当り、最哀《イトド》は深かりける。

琉球征伐記巻之壱□

[一冊目了]

琉球征伐記　弐　』（表紙・外題）

琉球征伐記巻之弐

目録

薩摩勢渡海之事、并新納武蔵守智謀之事

斯て薩摩勢琉球え発向するよし、追々注進有ければ、王城には琉球文武の諸大将を集め、「如何有べし」と評義区々《マチ》成ければ、光録大夫陳跡元《チンセキゲン》、列《レツ》を出て申されけるは、「此度の軍寒《（ママ）》、大事とてぞ存候へ。其故は、元日本人は武芸に熟《シユク》し、勇気巻《スルドク》して、戦の後なれば、軍兵皆戦ひを常の業とすると承る。然ば、供にたたかひまじへ難し。朝鮮の大国だに一戦にたたかひ負《マケ》て後、大明の兵を借てこそ、やうやう日本勢を退候。況や琉球国は外に救ひの国なく、内に守りの勢少なく、唯和睦をねがわれて、年々の貢《ミツギ》を定め、薩摩の兵を帰さするより外、方便《テデテ》有べ』1からず」と申されければ、琉球王は少し怒りの色あらわれ、何とものを宣はざる処に、右の列座の中より、大師王俊辰亥《シンガイ》進み出て申されけるは、「陳跡元《チンセキ》の言葉、理に当れりども存《（ママ）》ず候。其故は、他国てわ能者にして、我国の人物、豈無用の者ならんや。十室の勇、忠臣あらんと古人もいひ、大国征伐の兵あれば、諸国守護の備有。日本人武に猛くとも、我国又機変功《（巧）》手の余国の及ばざる処有。昔より水来れば土を以て防ぎ、兵来れば城を以防といへり。豈千里の国を以て、一倭奴《ハヌ》の兵に驚かんや。当国の湊は要渓灘《ケイダン》の一つにして、外には船の掛るべき地もなし。此湊に大城を築、守護の兵、ものを入置、且湊の船掛に南蛮鉄を以、大に鉄の網を作り、是を岸の辺に引掛、水中には鉄の錐《キリ》を水底《ミナソコ》に縦置、又長葦《イ》島とて、一つのはなれ島有。今葦茂《アシシゲリ》て兵を隠に利有。此処に毒矢、鉄炮の射《イ》手を隠し置、湊の岸には石弓、鉄炮を多く備へて相待んに、敵よするとも岸に掛るべき処なし。案内をしらざれば、錐の上に乗掛て船を覆《クツル》べし。自ら亡ふべし。若又岸によるとも、岸頭《ガンイウ》より弓、鉄炮を打立、おもひもよらず、はなれ島より後陣をさんざんに射《イ》させなば、敵大きに驚き引返さんか、其上湊えかからずんば、十日二十日の間には、などか暴風ふき起る日なからん。さすれば沖に漂《タダヨイ》、海底にしづみて、一騎も帰るものなく、再び我をただしく見る事もあとふまじ。此謀に随ひ給わば、勝事疑ひ有べからず」と、言葉をはなつて申ければ、琉球王、大に歓び、此義に同

じ、「此外別に妙策《サク》有べからず」と、他論をすてて、大師の謀にぞ随われける。さるに依て、要渓灘方の如く用意有。其次の城に千里山の城、虎竹城、其外海辺続島、ことごとく手配り掛　』2
ければ、薩摩勢遅しと相待ける。

去程に、薩摩勢は、慶長十四年四月二十一日の暁天に、鹿児島を打立て、大小の旛印、前後数拾里に打囲み、家々の旛の紋、西風に翻《ヒルガ》えし、壮士鎧の金ものは青海原に輝《カガヤ》かし、北西の交の浦より兵船を押出し押出し、鬼界が島に渡り、一日逗留し、其翌日、又兵船の纜《トモ》縄を解《トイ》て、列を定漕《コギ》出ぬ。海日静にして、激《イ》風の順路《ロ》、時を得て、八日の日数を経る程もなく、彼琉球国に聞たる第一の湊、要渓灘《ケイダン》も程近く、船の井楼《ロウ》より、あわや見ゆるといふ処に、ものの見の早船、新納武蔵守が屋形船に漕付て申けるは、「遠目鏡を以要渓灘の体を伺ひ候処、乱杭《グイ》、さかもぎ、桶《トウ》のごとく要害厳重相見へ候。此儘着船仕るべきや。別に御軍略も候や」と申ければ、武蔵守、諸将に向て申けるは、「是湊第一の関所也。我兼てより商人の中に味方の者を間者《カン》に入置たれば、敵の用意は此日と逐一に能知たり。湊の船掛には、鉄の網を張、海底には錐《キリ》を縦て、船をくつがへさんと待と聞。是城に琉球細工人の心なり。婦人、小児は欺べし。いかんぞ我国せいれんの大軍、斯のごときの方便《テダテ》にあたらんや。いで一戦に揉《モミ》破り、唐人の肝《キモ》を掴《トリヒシ》ぎ、狼《ウロ》狽《タヘ》廻るを一見せば、誠に戦《（ママ）》路の歴《（ママ）》成べし。さらば味方よりも其用意せよや」と、「前船には筏を組で流し掛、水中の錐を押倒し、跡船には火薬、火炮を多く用意して鉄の網を焼切よ」と下知せられ、先秋月左衛門尉之《ユキ》常を呼ひて、「御辺は一旛の勢を以、向ふにしげりし見ゆる島有。長葦《イ》島名付て、琉球より兵を伏たりと聞。速に責掛り、伏勢逃まとふとも、是を追ふ事勿《ナカル》。唯此葦《アシ》を刈取て、一本も残さず船に積、後陣に命じて残らず積来るべし。必捨る事なかれ」と下知せられければ、秋月一手の勢は、遥に　』3
片脇成長葦《イ》島に漕付て、ことごとく葦を切取けるに、大成は弐、三丈も有ける。

是を船に積けるに、積余りたるを、纜《モトツナトモ》解て筏《イカダ》に結ばせ、山の如く後陣の船に引ならべ、海の上をぞ引寄ける。

此島の伏勢は元来小勢なれば、中々叶ひ難しとや思ひけむ、一矢をも射ずして、小舩に取乗、ちりぢりに逃帰りける。其島を味方の舩宿り定めける。海上後陣の舩に迄わ（ママ）渡して、其返‖路を得たりとかや。されば此あしの筏海中を引けるに、要渓灘の城より海上を詠（眺）て、「あな夥《ヲイタダ》しの軍舩や」と、琉球の軍武肝《キモ》を失ひける。要渓灘破て岸に上る時も、武蔵守が下知として、あし一本も捨させず、苫《トマ》に編《アミ》て巻立、後軍の車に積揚てはこび来りて、野陣には是を陣屋の屋根に用ひて、炎熱《エンネツ》、雨露《ウロ》を防がせける。雑兵弐万人斗、此一事にのミにかかり居ければ、下部のどもは、「あらむつかしの武蔵守殿の軍令や。今やけふは止《ヤム》か、明日はすてさするるか」とつぶやきけるが、其後虎竹城火攻の時、車ともに城えはせ落し、焼草に用ひられ、大功早速に成就しければ、諸万人舌鳴らし、武蔵守が智、凡《ボン》慮《リョ》のおよぶ処にあらずとて誉感じけるとなり。守琉球におひても其名をあらわしける。

要渓灘軍之事、并玄天祥戦死之事

搦手の秋月勢、長葦《イ》島え向ひければ、武蔵守采配を取て、「さらば先陣より押寄、勢兵は迅速《テンソク》を尊ぶなれば、先手の者ども一里にせまらば、指図の如く、彼要害を打破れ。弐陣ハ銅鐘、笛貝、太鼓を打立打立、無弐無三に火矢、鉄炮をつるへ打にはなすべし。然ば敵兵途《じ》を失ひけん事必定なり。其時、鑓ふすまを作り、第一は　』4杉形‖にそなへて敵陣を突やぶれ、第弐ハ騎馬を以掛ちらし、逃る敵に追すかふて、要渓灘を責おとし、千里山迄も追詰よ。但山の麓には陣取まじ。敵を高みに請るは、兵家の忌所なれば、三里退て野陣を張、夜は篝火を焚《タキ》て味方後陣のまよわぬやうにすべし。道は平野にして切所なし。兵疲《ツカレ》なば入替り、一人高名にぞ（そ）なへんと味方の難義を見捨べからず。使番迄もなく、家臣の久徳図書、金野左衛門、下知を伝へよ」といふに、久徳、金野、采配を取、馬をならべて（ママ）つつ立上る。

早諸手に聞伝へ、種が島大膳が組下の向《コウ》坂権左衛門、柴口武右衛門、和田文之烝、菊地清六、原田荘内なんとと云、早り雄《ヲ》の若侍、我劣《ヲト》らじと、鉄炮を引提引提、ひしひしと合期《ゴウコ》して、用意全くそなわれば、舩ばかりにつつ立上り、「さあさあ要渓灘も程近し。千里山も見ゆぞ。櫓械《ロカイ》をはやめ、楫《カヂ》を取、舩をいそけ」と、暫時隙なく、舩岸に着と等しく、先手の鉄炮三百挺、ばらばらと打掛れば、中陣、後陣、一度に𠹭《ドツ》と鯨波を揚て、鉄炮を釣へ打に打掛れば、百万の雷《イカヅチ》の一度に落掛るかとあやしまれ、黒煙天に覆《ヲヲ》ひ、すさまじかりける形勢《アリサマ》也。此要渓灘を守る大将は、琉球の四将軍、陳父碩《ブセキ》といふもの成しが、水中の錐《キリ》は押流され、鉄のあみは焼破られ、薩摩勢、はや岸に上ると聞へしかば、大きにおどろき馬を出す所に、舩手の組頭、范俊《ハンシユン》喜といふもの、わつか三百騎に討なされ、焼爛《タタラ》れて逃帰る。其外所々の番兵も、今日薩摩勢の斯急に岸に着んとは思ひもよらざりければ、唯天よりや降《フリ》けん、地よりや涌けんと思雄（唯）するにいとまなく、周章《アハ（て）》でさわぎて、手足を置に所なく、或はつなげる馬に鞭《ムチ》を打、あをれどもうごかず。或はづせる弓に矢をはげて射れども、　』5

大軍の勢ひに乗を掘《トリヒシガ》れ、手負死人其数を知らず。誰一人もまさしく敵に向ふとは見へざりける。

一の先手、種ヶ島大膳、ゐつぼに入、「さあ味方勝軍ぞ得たり。かしこし。鎗を入れよ」と下知すれば、諸軍いよいよ勇みをなし、爰に戦ひ、彼所に責伏、琉球勢を討取事数知れず。名乗れ名乗れといへども、こと葉通せず。衣服替れば大将も見わけ難く、其中には上官上将もあらめども、多くは突捨にぞ仕たりけり。舩中よりも励にはげみし向坂権左衛門、柴口武右衛門、和田久之烝、菊地清六、原田荘内抔、龍虎の走る勢をなし、横無尽に突廻る。使番は、廻り廻りに馬を乗掛来り、「首を取には及はぬぞ。唯突捨よと、軍師武蔵守の下知成ぞ」と、大音に呼わりて蒐《カケ》廻れば、軍勢ども爰に切伏、彼所《カシコ》に打伏せ、算を乱して責戦ふ。琉球の大将文碩《セキ》、眼をいからし、歯《ハ》を喰しばり、身を揉《モミ》で、大喝《カツ》一声、乱るる琉兵を立直し、大音揚ける所、「日本にも薩摩一州の軍勢也。日本勢も人なり。鬼神にても有まじ。何条命をすてば、敵を追返さん事やあるべき。此所にて暫く踏かため、千里山え早馬を立、加勢を乞、当方より打破らん。引な、引な」と下知する所を、薩摩の同勢、組頭、一勢一勢引わけ引わけ、馬上に鎗を引添て、乗入乗入陣を破る。雑兵どもは陣屋、在家に火を放ち、四方より鯨波《トキ》を揚、爰かしこに打合打合、「万卒没《ホツ》して一卒に成とも引な、引な」と声掛、ゑいゑい声にて、揉《モミ》立揉《モミ》立責ければ、大将陳父碩《ブセキ》、小勢にて、心はやたけにはやれども、雲霞の大勢取巻て、四方を囲む事殆《アタカ》も鉄桶の如くなれば、左に突き右に突ども出る事あたわず。いかがせんと見る処に、副将玄天祥、一千の勢を引て、切て　』6入、陳文碩を助てたたかひけるが、范俊喜も又舩手の敗兵を集て、切てかかりければ、是に利を得て、琉球勢旗の色をたて直し、毒矢を射掛、火炮を放して切て掛る。種ヶ島大膳、歯がみをなし、「是体の琉球武者の陣を破るに難き事か」とて、自十文字の鑓を取て、忽騎馬武者三人、馬上より突落し、我身も甲《カブト》の吹返し、草摺のはづれに矢弐三拾筋、蓑《ミノ》の毛の如く請ながら、猶も進であけに成て戦れける。三軍是に励まされ、我劣らじと切立る程に、終に玄天祥も乱刀のもとに切殺されける。

是を見て陳父碩、雑兵にまぎれ落て、残る軍兵どもも命を助からんと逃廻る。元来不怠の築紫勢、鉄炮にて打殺し、鎗にためして、大半は打ころさるる。わつかに残る兵も大雨の後の蟻《アリ》の如く岩影にひそみ、人家に屈《カカミ》て、おのが様々に立退ける。弐拾とも三拾騎とも打かこみ、切て出るものあらされば、元来新納武蔵守、小山の上に馬まわりの勢を真黒に立ておわしければ、馬印をぬいで采配となし、四方に向て下知せられけるゆへ、遁れ出べき様もなし。唯砧《チン》上の肉の如く、切ちらされてうせにける。斯て勝どき挙《アゲ》させ、軍伍を厳にして、腰兵粮、小筒《ササエ》など静に遣わせ、後陣の勢をぞまたれける。

千里山合戦之事、附り朱伝説夜討之事

去程に、長葦島《イトウ》え向ひし秋月左衛門尉之常も勝利を得て立帰れば、新納武蔵守、秋月之常《ユキ》に申されけるは、「御辺、其手の組手の外に、騎馬四百、弓弐百張指添けすべし。早々に逃る敵を追て、地向ひ千里山のあなた、南北の山の

麓《フモト》に平か成　』7

岡有べし。是を本陣として、速に千里山に向ひて戦るべし。迅雷《シンライ》耳を覆ふに及ずといふ謀事、今日の事也。そなへ乱れなんと心に掛るべからず。早合戦を始るべし。後軍次第を以進まんなれば、其手のいくさ危しとも、気遣有べからず。元より愚弱の琉球勢なれば、追手の備の乱れをうたんなどとと云心付べからず。今日の敗軍の事のみいひ出して、おぢ恐るる計にてぞ有べし。其臆病の心よみかへらざる先に、一刻も早く追掛らるべし。尤刻限は今未の下刻なれば、彼地にての合戦は、定て夜軍成べし。提火、たい松の用意あるべし。唯一あゆみもいそぎ候へ」と下知あれば、軍師の命、委細心得て、秋月一手の勢、籏の手も下さず、真黒に成て追発《ハツ》す。

去程に、千里山の城の大将には孟亀霊《モウキレイ》といふて、琉球にて武文の誉《ホマレ》名高き大将、弐万余騎にて固たり。日本勢、要渓灘にて相戦ふと聞へしかば、「加勢にや出ん、待てやたたかわん」と、思案いまだ決せざる処に、誰いふともなく、要渓灘の要害ことごとく破れて、軍将陳父碩も討ぬと、軍中色めき立ければ、孟亀霊大きにおどろき、即時に下軍令、朱伝説を呼出し、此事如何と高議す。朱伝説が曰、「軍中風説は信じ難しといへども、日本勢は朝鮮の軍にても承り侍ぬ勇剛にして、すすむ事を好む。彼既に要渓灘の要害破て上る程ならば、初度の一軍定て破竹の如く成べし。陳父碩《ブセキ》は元文人なり。日本勢の相手にあらず。かならず破する事疑ひなし。さあれども血気に進《スス》む日本勢、明日は此表に取掛候わんとこそ存候。見取(所)、救ゑ(ママ)のつわものを出すとも、無用の事成べし。早々星野都《セイヤト》え注進を遣われん、且救の兵を乞、先当城を堅固に持固め、彼が勢　』8

の少し緩《タルム》むを待て、一軍候方然べし。其中には都より援《エン》兵来るべし。さあらは、表裏よりもみ会て、一戦するならば、薩摩勢を追ちらし、千里の波濤《ハトウ》に追ちらし、片甲をも返すべからず。さすれば、我国速に帰りみるの憂《ウレイ》、永く終ん。今度の一戦、全く琉球一国の安危《キ》に掛る所成べし」と、利害明に、弁舌流るる如く申述ければ、大将孟亀霊、「誠に申されたり。千兵ハ得安く、一将ハ求め難し金言、今思ひあたれり。我国万里の長城を得たり」と悦で、則四方に柵《サク》をふり、火炮、矢石を用意して、一路は都え早馬を立て急を告、一路は近郷の民兵を積り、粟穀《ソク》を廻らし、城に入、逆木《サカモギ》を引、堀をほり、丈夫に城を構ける。

則、南門に馬を立、下知する処に、忽怪《アヤ》敷煙《エン》風巻上り、土煙夥敷、石を飛し砂《スナ》を揚て、一枚の軍勢掛来る。是は味方の援軍か、又何国の援《エン》兵かと見る処に、吹はらふ嵐の下に轡の紋の旗、弐、三十流れ立つづき、薩摩の兵、連綿《ラン》として幾万騎とも知れ難し。されども亀霊《キレイ》、伝説《セツ》、些《チツ》とも恐れず、早々城中え取籠り、静まりかへつて音もせず。（秋）月の先手、城外迄詰寄、見渡せば、（門も）閉ず、橋も引ざりければ、薩摩勢大きに勇で、「琉球の弱者《ヨハ》ども、早落失やしつらん。此儘一責て見よや」とて、備も定めず、曳《エイ》こゑ出して寄掛たり。日も早西山に落ちて道暗かりければ、夫松明の用意せよとひしめき、手々に松明、挑灯、星の如く立つらね、四門の堀際《ギハ》に、混々《ヒタヒタ》と詰寄て、早り雄《ヲ》の若武者ども、橋を渡り越んとする処に、いかがあやつりけん、城中より門を動かすかと見へつるが、彼橋はたはたと畳んで、城中に引入、門も同時に閉たりける。怪しといふもをろかなり。後に聞けば、掛る時もからくりにて、自由に延縮みするよし、日本にて聞伝へたる、そろ　』9ばん橋といふものの由、操《アヤツ》りたるこしらへなり。今少し軍勢を橋にのぼせて引たらんには、深き堀に落て、あやまたず討るべきを、城中の支度、いまだととのはざるにや有けん、又琉兵の臆してや有けん、此謀事にても敵一人もあやまちなかりける。されども惘果《アキレ》て肝《キモ》も潰《ツブ》し、城端に徘徊してぞ立たりけり。

抑此千里山の城は、三方は岩石聳《ソヒヘ》、剣《ツルギ》を極たる如く、其間を山水廻り、藍の如く其深き事計るべからず。後は千里山といへる高山、石壁《セキヘキ》重々と立たれば、越難く、寄手心は、はやれども、責べきやうもなかりければ、先其夜は空敷、城外に遠篝《カガリ》を焚《タイ》て、武蔵守が指図せし南北の平岡に陣して、明るをおそしと待掛たり。従陣も追々と馳来りけるが、其夜の当番の大将の先手松尾隼人、本陣は佐野帯刀、惣軍師新納武蔵守一氏も遥に下て陣を進められけるとぞ聞えし。

抑今度佐野帯刀、本陣と成事は、要渓灘破て軍師武蔵守、秋月一手を千里山に指向て後、自兵を引て馳せ行んとして、佐野に向て申されけるは、「御辺は此地に残りて、党を鎮め、跡をくろめて来らるべし。敵地始て手に入なれば、土民の変も計難し。かかる処に居るは重き事也。油断有べからず」と申されければ、帯刀膝《［墨消］ザ》立直し、いわれけるは、「公は軍師の命なれば此役有べし。我々は何にても敵地に向ひて鎗をあらそふべきなり。今日の合戦が一族の者、軍の手に逢ざるを以、無用の人と思ひ給ふか、既に君命を受る処は、公も我も替る事なし。命を戦場にさらさん事は、元来我願ひ也。豈《アニ》人の跡にのみたらんや。願は、我をして兵を引て馳行事をゆるし給へ。軍師、跡を能し来り給へ。我も跡に留めんとならば、其掛る処は重　』10
職成とも、我決してせず。若此事免《ユル》し給ずんば、速に我首を刎て、其後事を行ひ給也」、武蔵守が曰、「是、互に君の事也。あらそふべからず。然共、今千里山に向ふは大将の役也。掛る処甚重し。先陣の秋月、一手大身なれども、兵を休めず、敵に向ふ事計あらば、此一軍は物の用に立難し。古人もいはずや、百里を馳するもの、上将軍のつまづくも《（ママ）》。しかれば、後軍甚大事也。故に我軽々敷人に与す」、帯刀が曰、「我もし公に劣て、後軍を能せずんば、再公に対面すべからす」、武蔵守、身をかろんずる事を歎び《（ママ）》すといへども、佐野も又一国の大老なれば、止事を得ずして、陣を弐つにわけて、先陣ハ松尾隼人、後陣は佐野帯刀と定む。されば、佐野帯刀、千里山の城下に着しかども、先陣あやまらず、陣中唯琉兵の臆病成をさけしみ語り合て、おのづから軍伍も疎《ヨロソカ》に成たりける。

斯て城中には日本勢の重るを見て、朱伝説、高櫓《ヤクラ》に登り、よせ手の陣取を能々見渡して、本丸え来り、孟亀霊に対して申けるは、「既に籠城の義に決すると雖ども、今我敵の陣取の体を見るに、軍法に怠《ヲコタ》る所の者多し。其上篝の色悪敷、軍威揚ず。大将、士卒共に怠りの体に相見へ候。あわれ、今夜逞兵を勝《スグツ》て、一《（ママ）》夜せば、勝事《□ツ》掌《タナココロ》の中にあらん。其勢を得て、先日敗軍の機をたすけ、永々籠城せば、敵退屈して引退くべし。今勝べきの図有を勝《（ママ）》すは、始終心おくるべし。君はよく城を守給へ。我兵を引卒して、勝軍を全し帰るべし。其故は先陣の平岡の陣と後陣の間に山林有、首尾相応せず。中軍を討共、救事難かるべし。其間に味方軽々と勢を引揚て、重て計事を成さん。本陣と見ゆる所に甚無勢也。是に軍勢重らば、いかんともすべき様なし。此駒長 』11 失ふべからず。いざ打立ん」といひければ、孟亀霊悦んで曰、「此謀事、我心に能叶へり。汝は誠に千里の駒なり」とて、則、采幣をあたへ、征伐を任せられければ、忝と一揖して、逞兵三百人、鉄炮三百挺、めつから（ママ）打物、手に手に松明を用意、既に城門を出んとして、馬を返し、本陣に来りて、孟亀霊に向ひ、「今夜の軍功必ならん。唯君、此城をはなる事なかれ。我譬城下に戦ひ死すとも、此城を出給ふ事なかれ」、再三是をいましめければ、孟亀霊かいわく、「我児女にあらず。なんぞ其利害をしらざらん。君、速に進め。跡を以心を労すべからず」、伝説よろこんで、丑の上刻に南門を開らかせ、橋をさらさらと掛渡して、薩摩勢の内、松尾隼人勝国が陣取たりける広野へ討て入、陣屋に火を掛、無二無三に鉄炮を打掛、鉾を突入、竪横十文字に薙《ナギ》立れは、さしもの隼人が勢、俄の事に仰天し、討るるもの数しらず。

　されば（ママ）松尾隼人は大剛の大将なれば、些《チツ》ともとうせす。床机《セウギ》に座し、団《ダン》扇を取て、乱るる軍兵を下知し、大音揚、「夜討は小勢と覚るぞ。陣屋をまもつて防ぎ戦へ。よわものの琉球ものに後を見せば、何んぞ再び本国え帰るべき。隼人爰に有。一人も退くべからず」と、身を揉《モン》て下知すれば、馬廻りの者百騎斗、「仰にや及べき。唯討死候」とて、火花をちらし、ふせぎ戦ふ程に、終に陣屋を一歩《ホ》も退ず。互に討るる者、麻《アサ》の如く、夜明に近からんする時、琉球の軍中の松明、一度にばつと消て、忽簫然《セウゼン》と成ければ、「敵打捨てや帰りぬ。引やしつらん」と、思ふ処に、千里山城外一面に、松明はつと灯《トモ》すと見へけるが、足本に鯨《トキ》波の声を発《ハツ》し、潮《ウシヲ》の涌《ハク》か如く琉球勢討て出る。

　本陣佐野は、松尾が陣の火の手を見て、刀追取立出る処に、足本に噇《ドツ》と時をつくり、帯刀が陣屋 』12 一度にはつと燃上る。是は何国の敵ぞと驚処に、折節山嵐、海風吹立ければ、惣軍大きに騒動して、帯刀が陣、崩れ立ければ、敵兵いよいよ勢を得て、雲霞の如く、ひしひしと鎗を入、鉄炮を打掛、短《タン》兵急に掘《トリモミ》々。

佐野帯刀が手下の侍に、沼《ヌ》田郷右（ママ）衛門といふもの、小兵なれども勇の聞へ有者なりけるが、唯一騎掛廻り、手にあたる敵を幸に、八方無尽《ジン》に打ふせ、或は切（腰切）、車切、又は殻《カラ》竹割、時の間に、敵三拾人切伏、俸輩《ホウバイ》続けと声を掛、一歩も退す戦事、誠に今夜の目を驚かしたる働也。掛処に、琉兵の中より七尺有余《ユウヨ》の男、金覆輪の鞍置て、朱の如毛生て、さも怖《ヲソロ》敷馬の太《フト》く逞《タクマ》しきに打乗て、一丈八尺の蛇茅《ジャボウ》を追取延《ノベ》て、四方八面に切て廻る。沼《ヌ》田然度見て、一文字に向ひ進んたり。琉球武者、是を見て、曳《エイ》といふて、猿のごときの臂《ヒヂ》を呉延、郷左衛門が鎧の上帯掴《ツカ》んで、すんと指上、大地えどうと投る処を、郷左衛門は指上られながら、腰刀を抜《ヌグ》と見へしが、たちまちに琉兵の頬《ホウ》の横かまちを、破《ハレ》よ、砕《クダケ》よと、はつしと打うたれて、互に大地え倒《タオ》れけるが、沼田早く起上り、刀をすて引組、尻居にどうと押すへ押えて、首を掻落し、其血を啜《ススツ》て息を継、立上らんとする処に、琉兵拾騎斗り騎来り、郷左衛門を真中に取込、四方より討て掛る。沼田も爰を専度《センド》と火花をちらして戦けるが、敵大勢の上、只今投《ナゲ》られしとき、腰痛《イタ》みて、既に討れぬべく見へける所に、佐野帯刀、韋駄《イダ》天の如く鞭を揚て掛来り、「沼田討すな。続や」と大音上て、下知すれば、薩摩勢十方より取て返し、前後左右より討て掛る。琉兵八方へ逃ちりたり。

佐野が家の子、三好《ヨシ》八左衛門、狛板伝左衛門、和田藤右衛門、横田嘉助、味方を（助け）切て入、琉兵を追出し、念なふ陣屋を取返す。斯る処え城主　』13

孟亀霊か簱印かと覚て、大軍蟻《アリ》の如く討て掛る。佐野帯刀、血眼《チマナコ》に成て、前後を下知し、一足も引ずす戦ければ、玉木八左衛門、沢部常右衛門、先にすすみ討死す。和田藤右衛門、横田嘉助、「爰を引て、諸陣に笑わるる抔《な》」と、互に恥しめ、勇を振ひ、威を逞ましうして戦えば、いつはつべき合戦とも見えざりける。短夜の事なれば、山の端、早白く成けるにぞ、両陣ともにわかれにけり。

此夜の合戦、琉球陣におひて、始て日本の負軍也。されば其夜の討死を印して、軍師新納武蔵守へ遣しける時、帯刀、無念止事を得ず。既に自害せんとおもわれけるが、「所詮此度の軍に比類なき高名して、心能討死し、君への忠義を尽してこそ」と思ひ返し、執筆に命せられ、則討死帳をぞ書せける。則、佐野一手の侍分、斯の如く也。

覚

一　鎗組之内　玉木八左衛門
沢部常右衛門
塚本小伝治
矢塚矢柄

一　鉄炮組之内　蜂屋藤内
佐久佐左衛門
太田佐右衛門
島村宇兵衛
秦《ハタ》権兵衛

一　弓組之内　中西主水
牧野伴右衛門
向井玄番　』14
田井久之烝
佐和六郎右衛門
柴田久三郎
友江泉右衛門

其外雑兵之分略之。

琉球征伐記巻之弐終　』15

[二冊目了]

琉球征伐記　三　』（表紙・外題）

琉球征伐記巻之三

目録

琉球征伐記巻之三

千里山落城之事

夜明ければ、城中の琉兵、松尾、佐野両人の前より、大渓川《ケイセン》の辺迄、乱麻《ランマ》、茂葦《モイ》の如くみちみちたり。秋月右衛門尉之《ユキ》常、夜中は陣を堅めて待れけるが、明行儘に此体を見渡し、馬上より諸士に向ひ、微笑《ビセウ》して申されけるは、「琉球の大将、誠に兵陣に馴《ナレ》ず、破るに難き事なし。是、我国の洪《コウ》福也」、諸士皆曰、「琉軍両陣を破て、機変《ヘン》知り難し。旦又、後に千里山の堅城有。何故に、やぶり安しと宣《ノタモ》ふぞ」、之常の曰、「是、甚た知りやすき事也。其例《タメシ》遠きにあらず。近くは天正の頃、柴田勝家、柳が瀬にたたかひし刻《キザミ》、其甥、佐久間盛政、中川瀬平が陣を夜打し、砦《トリデ》の城を落し、勝に乗て陣を返さず、大将秀吉公掛付給ひて、越前の兵《ツハモノ》、陣を直す事あたわず、敗軍して、柴田氏亡びぬ。

我軍師武蔵守いかんそ此心付さらんや。琉兵もし夜中に兵を入れて、千里山の城を能守る時は、勝負も色知るべからず。一夜の軍の勝になあひて、僅《ハズカ》に一陣を貪《ムサボツ》て、後軍の新手に向ふに、なんぞ討負ざる事あらん。其上あれ見よ、軍に紀律《キリツ》なし。兵唯林しのしげきが如く、我孤軍成といへども、全く恐るる事なし。（兵を孤軍《コグン》成といへども、（ママ・衍文）全く恐るる事なし。）兵を城門え向、陣を乱石灘に押廻し、今に琉兵の破れ来るを待べし。武蔵守、必十里の道をば一時に来て、城兵を破事、辰巳の刻に過べからず。今日千里山を抜ずんば、後又得難し、諸将動給へ」といひければ、諸将皆、尤と同じて、わざと戦へ（ママ）ば向わず。乱石深《セキシン》林の間をわけて、城門にむかつて軍兵を押出しける。

武蔵守が陣えは、卯の上刻に城兵討て出たりと聞へければ、取ものも取あへず、馬をはやめて打　』2

処え追々注進来りて、則、佐野、松尾が両陣破れらり（ママ）と聞へしかば、軍中色を失ふ。武蔵守笑て曰、「一陣をやぶつて城中へ兵を返さば、味方手を失ふべし。両陣を破らば、兵いまだ城中に入事不能、我手の両将もとみくつれなんとする者にあらず。定て手いたく働んか、さすれば此陣を進めんには城兵の退口に行者なん（ママ）、其上、秋月右衛門先陣に有。定て我兵を進めん事を知て、城中え向ふべし。千里山の城を抜事、今日の中に有候。いそげ、いそげ」と、采配を取て一騎掛に馬を馳出し、「あわれ、軍陣の御（神）加護にて城兵の引ぬ中にはせ付させ給へ」と高声に、呼わり呼わり掛行ば、諸士悉く飯を腰に付、或は道に干飯を噛《カン》で、我先にと掛付たり。

元来、琉球勢、朱伝説《セツ》が謀に依て、城中を出さる処に、今朝約束を変て軍勢を出したる謂《イハレ》をよく聞に、城の大将孟亀霊が嬖《ヘン》臣に、参軍主簿の宦、曹世録《ソウセイロク》といふもの有しが、朱伝説と常に不和成しかば、何にても某（其）謀を妨んとせしが、奇策《キサク》を立て、奇代の功を立んとす。其上、主人孟亀霊も甚称美せられけるを、深くそねみ、既に伝説兵を引て、城門を出ける跡にて、世録、則、孟亀霊に向て申けるは、「敵既に両陣有。我に一千の兵をあたへ給へ。西の陣に向て軍立し、決して勝を全して返らん」と、再三空（ママ）しかども、孟亀霊、且て免さず。既に伝説、松尾が陣を焼討けるを見て、城中へ似せの使を作り、則伝説が使者とて、亀霊に向て申けるは、「日本勢をこたつて備なし、君一陣を以、跡より向ひ給わば、惣陣悉く敗軍すべし。既に陣の大将の首を得たり。後陣皆逃走るかと覚たり。此期会失ふべからず。早々陣を寄せられ候へ」と、息を切ていわせければ、亀霊、猶予《ユウヨ》して、いまだ決せず、「いかがせん」と、おもふ　』3

処に、世録、諸軍を馳、「大将令《レイ》有。諸軍早々城門を出て、敵にかかるべし」といふて、自ら有合勢六七百余人を引て、城門を開きて出て行。是に依て諸門の軍将、我も我もと馳出る。孟亀霊、是を見て、「こは如何いか（マヽ）成天魔の仕業ぞ。汝ら何とて我下知を背く、引よ、引よ」といひながら、采《サイ》配を手に取て、城門迄出られしに、前後の諸軍是を見て、「大将も早出馬有たるぞ。いそげ、いそげ」と、一擁《ヤウ》して押出しければ、最早先軍は合戦を始めたりと覚て、佐野が陣、七段八続にぞ乱れければ、弥琉兵力を得て、城を払て出ける程に、孟亀霊も止事を得ず。乱雲の靉靆《タナビク》如く、城兵を急に虎路《コロ》の陣に直し、薩摩の陣にぞ向ひける。朱伝説は後陣の騒《サハガ》敷におどろき振替りて是を見れば、城中の兵、雲の如く打出ければ、朱伝説、「こはいかに。味方の負《マケ》いくさ引出さん。いかなれば孟亀霊、我謀を用ざるにや。速に陣を纏《マトム》べし」と、自ら馬を立直し、諸勢を引廻さんとすれども、夜中の事なれば、進退《タイ》自由ならず。兎角する程に、夜明ければ、則、孟亀霊が陣え使者をはせて、「早々其陣を纏て引給へ。某先、城中に立帰り城を守り申べし」といひ捨て、手勢引具し引返す。秋月右衛門が先手の勢、山路より掛出掛出て、さんさんに戦ふ故、僅数拾騎の勢と共に城中に立帰り、息を継《ツイ》て、味方を（待つ）。孟亀霊、今夜の軍、前後、曹世録が偽りに出ると聞へしかば、大におどろき、味方の勢を引纏《マド》めんとしけれども、松尾、佐野が両陣の勢夜討の恥辱を雪がんと、死（命）を捨て喰留る故に、軍進退軽からず。

とかや（とやかく）斯弓鉄炮にてあしらふ処に、要渓灘の大路より、薩摩の籏頭見ゆるといふ程こそあれ。孟亀霊が陣、色めき立、是を見て、新納が先備、畑勘解由《ハタカゲ》道房、真先に　』4

進んで、「唯、かかれ、かかれ」と呼はつて鎗を入れば、諸一同に鎗を入、喚叫で切立る。孟亀霊、曹世録を呼で、

「汝いかんぞかかるいくさを仕出せる。すみやかに進んで敵をやぶれ」、曹世録、大に恥、馬を進めて、敵陣を突退き、今度の罪を補《ヲギナ》わんと向ひけるが、里見大内蔵が、横合より進を見て、叶わじとや思ひけん、馬をかへすと見えけるが、死生をしらず落失ける。先陣、弐陣、破れしかば、孟亀霊も今はかなわじと、城中え引返しけるが、秋月右衛門が大勢、行先をさへぎりたるを見てければ、迚も城中え入事あたわじと思ひけん。身ちかき兵を随へ、皆歩《カチ》立に成て、元より案内は能知たり。乱山にわけ入て米倉島《ヘイサウトウ》へ退きたるとぞ聞えし。日本勢も勝軍はしてけれども、案内を知らざれば、討取兵多からずと也。孟亀霊は米倉島え落行しが、落来る兵甚多くして、頼みたる兵多くは討れざりければ、再び後日の謀をぞ廻しける。

　武蔵守は念なふも孟亀を打破りしかば、秋月勢と一処に成、千里山の城えぞ向ひける。松尾、佐野の弐備も夜討の押付せに無念に思ひけるにや、軍勢何れも手痛《イタ》く戦ひけると見えて、隊《タイ》将何れも失五筋六筋折掛ぬはなかりける。新納武蔵守、佐野帯刀に打向ひ、「昨夜の合戦は全く斥候《ものみ》、遠見の怠りと存候。急度制法を加られ候へ。斥候のおこたりは、則、将の油断に出るとこそ存候へ。帯刀殿、誤りなきにはあらず」と申されければ、帯刀も口惜き事とおもわるる色見へけるが、扨こそ討死と思ひ定めて、後日に比類なき働して、名を後世に曜《カガヤカ》し、身は異国の叢《クサムラ》の末葉の露とぞ消られける。武門の意地ぞ勇々しけれ。

　大軍既に千里山の城下に向ひければ、朱伝説、本丸に登て、軍勢を集るに、僅《ハズカ》百騎にも足らざりければ、迚《トテ》も此城かかへ　』5

難しと思ひければ、下将に向て、「汝ら早く此城を立去べし。我は自殺《ジガイ》すべし」といひければ、下将、皆申けるは、「孟亀霊主公さへ既に落給へり。君は元来此城の本主にあらず」、朱伝説、泣て申けるは、「我中山王の命を蒙りて、辺土を守る。今斯の如く罪なしとせば、此城の本主にあらずといへども、君命、又我に託《タク》せらるるが故、逃べからず。降るべからす」と、涙、雨のごとし。則剣《ケン》を取、西門に登り、王城の方に向ひて再拝《サイハイ》し、「臣が忠義、今日には始、我兄の諫《イサメ》、空《ムナ》しくなり、後に臣が謀事、終に聞かれず。我君をして倭奴《ハヌ》の為に、恥しめを蒙らしむ。恨むべし、恨むべし」と、いひ止《ヤン》で自剣《ケン》に伏して死にける。されば其日の中に、千里山城落去しければ、薩摩の諸軍勢、入替り虎竹城え向ふ評議をぞなしにける。

虎竹城火攻之事、附り張助幡《テウチヨハン》勇力之事

明れば二十三日、薩摩勢備定りて、右之一手は大蔵久秀、其勢合て弐千三百七拾八人、第二の先備は畑勘解由《ハタカゲユ》道房、人数五百人なり。其次は江本三郎左衛門尉重躬《ミ》、人数三百七拾人、巽《タツミ》の方虎竹城えと向ひける。此虎竹城には中山王の一族、李将軍玄国侯《カウ》慶善、守護として居す。附下に、張助幡、石徳、孔隆子《コウリウシ》、松林《セウリン》、元帰《ゲンキ》なんどとて、万丈不当の勇士有、凡軍勢一万五千余騎楯籠《タテコモ》る。

二十三日の暁《キヤウ》天に合期《ゴウゴ》し、一続に押寄、鯨波《トキ》を撞《ドツ》とぞ揚にける。暫く有て追手の城戸の櫓へ、厳敷鎧《ヨロヲ》たる武者一騎掛上り、挟間《ハザマ》の板を八文字に押開き大声に、

「りきいとるにやくるるまじよひりちしよさひるみゐんきるにやあにやるみゆるりんりんきゐぬたあいたひしなどとよひ　』6

し」、ききしらぬ琉球詞、

「通辞や有、いつくに」と呼湊《ツトヲ(添)》ふ内に、里見大蔵が組下に浜島五右衛門は、花点《テン》見点を付る程のものにて、諸国の言語《ゲンギヨ》に通達したるものなれば、忽《タチマチ》矢立を取て漢字《カンチ》に写し、里見大蔵に見せけり。誠に博《ハク》学の徳、尊むべき事なり。

其詞に、

「理剣《リケン》当《アタル》爰《ココニ》如何《イカン》未《イマダ》聞《キキ》琉球国《リウキウコク》敵《テキスルヲ》於薩州乎　雖《イエドモ》然《シカリ》（理）不尽《フジンニ》取囲《トリカコミ》レ之者汝等以盤石《バンセキヲ》如《ゴトシ》レ砕《クダク》二鶏卵《ケイランヲ》自《ジ》滅《メツ》無《ナシ》レ疑《ウタガイ》　別《ベツニ》在《アリ》二奇術《キシユツ》迅速《チンソク》可　退《シリゾク》　々々」。

里見、則、新納武蔵守方え申遣しける。其口上の略、

「今度、俄に軍勢を爰え向はるる事、いか成故ぞ。昔より琉球国より薩摩え敵したる事、唯の一度もなし。然りとといへども、理不尽《ジン》に爰を責討におゐては、汝らを盤石をもつて、玉子を打潰《ツブ》す如く、自滅さする方便《テデテ》有。かならず速に退き去べし」と云々。

武蔵守からからと打笑ひ、「異国多説客を用と聞、きやつ定て琉球弁舌の士ならん。我勢を詞を以、緩《タユ》まさむとする成べし。諸軍に通ぜざるこそ幸なれ。斯の如き事、心に紀せず。唯無弐無三に責破れよ」と、里見大蔵を始め三手の軍勢に下知すれば、早雄《ハヤリヲ》の若武者ども、早、混《モタ(ひた)》々と責寄、兼て用意の渡橋《トキャウ》、堀の上にはねたをし、三方より責掛り、或は鎧の上帯に手を掛て、ひらりと城に乗移らんとするも有、又は鎧の袖に縋《スガ》りて飛込んとするもあり。或、声揚て責掛る。城中にも兼て期したりけん、石弓を一度に切てはなち、漂《タダ》やう所を、大木大石を投掛投掛防ぎければ、先に近んたる者ども、或は楯《タテ》の板を微塵《ミヂン》に砕《クダ》かれ、かぶとの鉢《ハチ》を破れ、鎧を打ひしがれ、手足を損して、はつと引、武蔵守下　』7

知して、「城上塀《ヘイ》堅く、樹林蜜にたり。是を責るに益《ヘキ》なく、囲《カコム》にかたしといへども、火を以責なば、其功かならず速ならんとて、焼草を積て、火矢を射《イ》るべし。堀深くとも、何程の事あらん」と、身を揉《モミ》で下知すれば、先陣、手に手に焼草を投込、火炮を打掛責立れば、城中にも兼て用意をやしたりけん、水はちきを城上に廻らし掛て、爰を専途《センド》と防ぎし程に、薩摩勢終に利なくして、我掛し橋さへ焼落すにいたれども、城中厳然として少も弱らず。

時に新納武蔵守、敵の防戦の体をみて、笑て申けるは、「限有ものをもつて、限なきものを防ぐ。豈《アニ》終に支《ササヘ》る事を得んや」、諸将皆曰、「何を限有、何を限なしとはの給ふぞ」、武蔵守かいはく、「城上へ水を廻らすものは人の力なり。是限有。責る処の火具は大成る時は、敵の城門、樹木の《(も)》皆、我火具の助となる。満城悉く灰《ハイ》と成とも猶余り有。諸将、能勤給へ。我又兼て用意有」とて、後陣に下知していひけるは、「要渓灘にて苅集《カリアツメ》し、葦《アシ》の車を押来る

べし」と下知しければ、諸軍速《スミヤカ》に押来り、又一面に雑兵に命じ、近郷の在家を毀《コボ》たせ、是を堀の端えそ運《ハコ》ばせける。城中の兵、車の多く集るを見て、何をするぞと見る処に、中軍より一声の太鼓を打と等《ひと》しく、彼車数千輛《リヤウ》を一度に噇《ドツ》と投込投込、焼草を下し、民家を毀《コボ》ち、雑具の類、悉く城え投入る程に、暫時の内に城の塀より一丈斗も高く積上たり。城中、是はとおどろく処に、中軍より弐番の太鼓を打ならせば、一声に連鉄炮を放して火矢をつるべ打立れば、車の中よりも火迸《ホドバシ》り出、一勢に烈《レツ》々と燃《モヘ》上れば、又中軍より三番の太鼓を鳴《ナ》らせば、寄手は数千の大団扇を持来り、拍子《ヒヤシ》を取てあをぎ立れば、火はいよいよ盛んにして、水は九牛が一毛にも及ばねば、水はちきの』8兵も怺《コ》らへ難く、火は城上の樹木にかかり、折節浜風烈《ハゲ》敷吹来り、陣屋陣屋も燃《モヘ》付し程に、車輪の如く成炎《ホノヲ》、方々に飛散て、さしも大剛の聞へ有、石徳、孔隆子《コウリウシ》、松（林）なんどを始として、一足も引しと戦ひし。金鉄の剛卒《コウソツ》一万余騎、火裏《カハリ》の猛塵《モウヂン》と燃《モヘ》揚る。

　薩軍いよいよいさみをなし、鯨波《トキ》の声を揚て責寄ければ、城中防ぎ難く、諸の城に取籠る。城の大将李将軍玄国《ゲンコク》侯《コウ》も、「今は是迄」と思われければ、深《シン》殿に入、宝剣《ケン》を抜、王城に向て三拝し、続て既に自殺に及んとする処に、驍将張助幡《ケウセウテウチヨハン》、走り来り押止めて申けるは、「生はかたし、死は易《ヤス》し云。甲斐《カヒ》なくも渡らせ給ふものかな。何卒某一方を打破り、御供申、是非の血戦して、南門を抜出、小舩に取乗、米倉島《ベイソウトウ》え志しなん。いざ御出」といふ儘に、一丈八尺の薙刀《ナギナタ》、水車に振廻し、小門を颯《サツ》と打開きて見たりけるに、いまだ此橋えは火移らざりければ、張助幡は天のあたへと悦び、平生の勇力を揮《フル》ひ掛出、「我君続き給へ」と一文字に、はせ行を煙の中より、薩摩勢、あますましとて打て掛る。張助幡は且戦ひ、且走る。横須賀久右衛門、太田段左衛門、向坂仙左衛門、是を見て、「いかさま城の大将ぞと見ゆるぞ」と、後陣えも知らせ、早々馬を乗寄、三人共に名乗掛名乗掛、四方より討て掛る。張助幡、大の眼をくわつと見開き、「薩兵の青蠅《ハイ》ども奇怪《キクハイ》の行跡《フルマイ》也。いで、琉球の其内に張助幡といふ大勇不敵の者成ぞ。此長刀の先に掛、馬前の塵《チリ》と成すべし」と詈《ノノシリ》りて、一来一往、無二無三に討て掛る。薩将、爰に乗ぬけ、彼所に寄せ合、爰をせんどと戦ひしが、中にも横須賀久右衛門は、九州にて剛力の聞へ有。打物取て人の免したる勇兵なれば、「組で討か、切て落すか、いかさま遁さじもの」と、左の方より切て掛る処に、張助幡、薙刀《ナギナタ》を追取のべ、久米右衛門が甲《カブト》の鉢《ハチ》をしたたかに打。久米右衛門、　』9
刀にて請流さんとしけれども共、張助幡が刀、大なれば、馬人共にどうと倒けるを、久米右衛門は手綱をくれて、やつといふて馬を立直しける処を、張助幡、刀を取直し打払ふと見えけるが、雷光一激《ゲキ》、哀むべし、薩州の剛士、横須賀久米右衛門は、弐つに成て馬より落。太田、向坂、些《チツ》ともひるまず、太田段左衛門は左より掛り、向坂仙左衛門は右より掛り、三馬等しく寄とこそ見へしが、張助幡、左右の臂《ヒヂ》を指延て、弐人が鎧の上帯、引掴んで、双方一度に曳とさしあげ、四五丈斗投付れば、塀隙の大石に打砕《クダ》かれ、両士は微塵《ミヂン》に成てぞ失にけり。武家の習、勇士に逢て討死する事珍しからずといへども、我国の三勇士千里の波路をしのぎ来て、忽一時に胡国の塵《チリ》とぞきゑうせぬ。無ざんといふも余り有。今に至て琉球に、張助幡が激塵石とて残るとかや。かかるふかき敵地に威を揚やう成も、却《カヘツ》て日本の威をまし、深き東君の賢慮とこそ聞へける。

張助幡が怪力に前路開けしかば、李将軍を守護し、四五町斗馳行処に、又薩州勢、三四拾騎遁さじものと、前後の道を取塞《フサ》ぐ。李将軍は心におそれを生じ、張助幡に申されけるは、「将軍の勇、千軍を破るに難からずといへども、薩州の軍兵、雲の如し。終には遁るる事あたわじ、我爰に自害せん。将軍速に去て、再び後日の軍せよ」といひ終り、既に生害せんとせられければ、張助幡、はたとにらみ云、「甲斐なき御事かな。某が肉身一寸続かば、魂共肉に止りて、やわかきたなくも君を敵の手には渡さじ。今既に城をはなる。爰にて生害あらんには、虎を餌飼《エガイ（絵書い）》て（虎に）ならず、却て犬にだも類せずの譏《ソシリ》あらんか。今、大国の連子、長城を預る主にして、婦人にも劣りたる御心こそ口惜けれ。唯、臣が馬の後に立て来り給へ」　』10
と、真先に進、大音上、「琉球国第弐の諸侯、李将軍玄国侯《カウ》の幕《バツ》下に、張助幡といふ剛の者ぞ。手並は先に覚つらん。

薩州海賊ども一々首の暇とらせん」と呼わつて、四方八面薙払ひ、矢石こもこも下る中を、長刀を振て馳通るに、忽馬前の雑兵七八人なぎたおしければ、此勢に恐れをなし、薩摩勢も追止まりければ、張助幡は、李将軍をかきいだき、早々に退き去る。湊《ミナト》の方え赴、猟《リヤウ》船の小船に取乗、自ら棹《サヲ》さし、米倉島え走らんとす。

掛る所に、新納武蔵守は鹿毛の駒にうつみ、鞍に打跨がり、十文字の鎗、追取て、千境《キヤウ》八荒に眼《マナコ》をくばり、大音揚、「あれあれ南の海手に小船一艘走り行は、城の大将李将軍と見へたり。最早弐三里も隔《ヘダ》てぬらん。如何せむ」といふ処に、種ヶ島大膳、一文字に馳来り、馬上に礼して申けるは、「李将軍は中山王の代継と聞、助置ては、後日の変《ヘン》斗るべからず。是非、是非。打取申たし。軍船を呼寄、彼是と延引に及ぶ。我等が組下は、皆海上調練《レン》の者共なれば、商船を奪取、弓鉄炮のものを揃、追掛申さん」といひければ、武蔵守、尤と同じ、是かろき島船に帆を十分に掛、飛が如くに追掛たり。はや其間、弐三町に成しかば、頻りに時の声発し、弓鉄炮を霰《アラレ》の如く打掛たり。張助幡、少しも騒がす、李将軍を船底に打伏、其上に打跨《マタ》がり、百術千機に心を用ひ、鉄の楯《タテ》を左右に取て、打はらひ打はらひ支《ササ》へけるが、敵少し退ば、片手に櫓《ロ(ママ)》を押し、平地を走れる如く、両の脚《アシ》のごとく、鉄炮の中を事共せずして、三四町斗、漕《コギ》行ける。薩摩は乗寄乗寄、又方々の湊《ミナト》よりなを軍船を出さんと閧《ヒシメ》きけるを、新納武蔵守、早々に走り廻り、軍使を立、大に制して申けるは、「今、張助幡が働、誠に古曹操《ソウサウ》が臣、典韋《イ》、許褚《キヨチヨ》といふとも及ぶべからず。早々追捨帰るべし。』11
窮寇《キウカウ》は追べからずと云り。もし、米倉島より追ひの勢あらば、味方危ふし」とて、早々勢纏《マド》めて引ければ、李将軍は危き命をのがれける。張助幡が忠義、勇猛、後世に名を残し、敵も味方も感称しける。

扨新納武蔵守は、さらば此勢にて本道をすすみ、乱蛇浦《ランジヤホ》の関を破らんとて進みけるが、又五里松原えも手配りありて諸軍を正し向われける。

乱蛇浦落去之事、附り并玉沢与左衛門が事

斯て、薩州の諸大将は、両方えわかれ進発す。先乱蛇浦の方えは、秋月右衛門之常《ユキ》、花形小刑部、三好典膳、花房兵庫、池田新五左衛門、小松原左内左衛門、浜辺《(宮)》藤門、二重《(里)》波門、島津主水、矢塚甚五左衛門、其外諸軍勢、陣を堅め相向ふ。五里松原の城えは、大崎三郎左衛門、天野新兵衛、篠原治部、中條左衛門、中村右近右衛門、和気治右衛門、木戸清左衛門、已下尤旗下の歴々故、我劣《ヲト》らしと揉《モミ》立てすすみける。翌日の昼過に秋月勢、乱蛇浦に着ければ、早々鉄炮を打込、前後惣寄に押掛たり。此関所には、やうやう其勢弐三千余騎、楯籠りしが、門の逞敷をや頼けん、関屋の内よりも鉄炮をつるべはなし、半弓に毒を塗て射出しけるは、唯秋の野に蝗《イナゴ》、蜻蛉《トンボウ》抔の群《ムレ》飛に異ならず。池田新五左衛門、大にいらち、「迚も矢軍、鉄炮斗にて事行へきか」とて、馬より飛下り、鎗追取て、打振打振走り行。是を見て、鈴木三左衛門、三浦半兵衛、柴田小式部、贄九郎間源八なんど、筑紫に聞ゆる荒者ども、我も我もと掛出る。其諸《(ママ)》より刀者数百人掛出掛出、大の槌を引提、我おとらじと思ひ思ひに掛依て、塀も垣も混《ヒタ》打にうち毀ち、則四方に火を掛れば、大将公山都師、大におどろき有、合寄立の勢数万人相随

公山都師の旗

』12

を馬に引添込入、敵をはつと追出し追出し、「最早叶わじ」と、ものも《(お)》ひしかば、騒ぎ立たる真中を、西を指てぞ逃出たり。

花房兵庫が家人寄組に玉沢与左衛門といふ者、急度見て、頓て追付、馬の尾筒を手にくるくると巻、曳《エイ》やつと声を掛引。当る都《ト》師も馬上の達者、鞭《ムチ》をくわへて乗出す。玉沢も太刀にて、ゑいやつと引とむれば、乗出し乗出せば引とどめ、互に暫し引合しが、終に馬共に打返し、もんどりうたせ、尾を放《ハナ》せば、馬は掛出し、主は大地えどうと

落、則押へて首掻《カキ》切て（立）あがり、雑兵の持たる籏をうばひ、其名を目当に、「当関の大将公山都師を花房兵庫が家来、玉沢左衛門討取たり」と、天も響《ヒビ》けと呼わつたり。武蔵守、是を聞、「倍臣抜群《バイシンバツクン》の高名也。帳面に記し、帰国には君上の御沙汰有て、恩賞軽かるまじ。当座の褒美成」とて、着たる冑《カブト》を脱《ヌギ》て出されける。諸軍大に羨《ウラヤミ》で、「一歩《ホ》も早々都に進《スス》み、高名をなさん」とて打続、軍陣のつかれをいひ出すもの一人もなく、玉沢は帰国の後、島津殿直参に召出し、弐千石の知行を給わりける。

此与左衛門が父は、玉沢兵部とて、島津家の組頭並成しが、太閤《コウ》、島津征伐《セイバツ》の刻、根白川の合戦に、宮部善祥防（坊）がこもりし砦を責損じ、其身も討死しける。後に其子与一郎とて、甚雅《イトケ（稚）》なくて一族どもにかかり居たりしが、母思ふ様、「何卒《（何卒）》して、此子を人となし、父が家名を挙、高名をも成し給へ」と、明変（ママ）太宰府の天神へ詣《モヲ》ふて、祈念他事なかりける故、遠き所なれば、心に任せず、必二十五日には、精進潔裁《ケッサイ（ママ）》して、此小児を連て道迄出て、伏拝《フシヲガミ》帰られけるが、此子、今年十七歳、元服し、玉沢与左衛門と名乗ける。

扨此軍始りしかば、母に暇《イトマ》を乞て、万里の波濤をしのぎ、花房兵庫が手に従《シタゴ》ふてぞ向ひける。旅立に趣しかば、母常々信じける天神の尊像を　』13

渡し、「必ず二十五日には精進し、此御神に高名祈るべし」と、呉々申ける故、与左衛門も其事思ひ出して、道々の神社にも、天神の御社あれば、必おがみ奉りける。島へ渡りて後は、天神の宮とてなかりけるに、昨夜、乱蛇浦の道に何やらん、神社の如きもの見へて、神主とおぼしき者有。又日本人かと思ふ様成。像も多かりける。祭も有と見へて、供《ク》ものなど見へけれども、人民皆々逃散て、あたりに、ものとわん民家もなし。行逢たりとも言葉通じ兼ける故、謂《イハレ》は知れ難し。然ども日本人の像と見へける。朝比奈義秀、長崎為元抔の外も、此島に渡りて、神々も祝われける人多しとは見へける。天神の尊像、又は蛭子の像の如きも有ける。後に考ふるに、与左衛門はうれしく思ひ、則奉幣《ホウヘイ》し、頭をたたき祈けるは、「霊位、もし日本の人の霊ならんには、我に刀（力）を添しめ給へ」と、念此にねんじて、立帰りけるが、翌日軍に公山都師を、ふしきに打取、高名限りなしとて、家をも起し、又は父が名をも挙《アゲ》ける。則、二十五日成ければ、いまいま《(いよいよ)》天神感応をば仰《アヲギ》ける。

されば、大将討れて、残党こう《(ら)》ゆべきもあらざれば、十方に散乱して落て行。武蔵守は諸勢を制し、追討して日数を送らば、「帝都又用心きびしく成事もこそ、唯捨て進め」とて、真先に馬を出して、五里松原に向ひしかば、諸軍勢も凱《カチ》時を作りて、気色ほうてぞ向ひける。

附、琉球王は源性也。若鎮西八郎為朝の末源ならんか。神主、木像此類多し。（ゑひすの像は唐の明皇の像と云伝ふ。蜀）都遷《センカウ》行の後、日本、琉球等に来りて釣せる事ありといふ。烏帽子も唐制に同じ。名も明皇、幼名三郎といふ。日本に蛭子といふも、若玄宗皇帝の像成歟。

琉球征伐記巻之三終　』14

[三冊目了]

琉球征伐記　四　』（表紙・外題）

琉球征伐記巻之四

目録

一五里松原妖《ヨヲ》陣之事

一佐野帯刀日頭山抜《ヌケ》掛之事

一佐野帯刀一日抜三関《クハン》事

一琉球王城落る事幷佐野帯刀討死之事

琉球征伐記巻之四

五里松原妖《ヨウ》陣之事

乱蛇浦、既に落去せしかば、五里松原の平城え向わんと諸手の陣を一所に寄、次第を守りて進みける。此平城の外、数拾里が其間、松、檜の類ひ、夥敷茂《シゲ》りければ、「伏勢も有ぬべし、其樹林を焼払てすすめよ」と、手に手に当り、焼草を持道を焼立て、汗《カン》馬に踏立すすみたる。

彼松原平城に、琉球国の探題《タンダイ》、武平侯《カウ》林渓子《ケイシ》といふもの、弐千余騎斗にて楯籠しが、遠見の者、追々に注をしければ、林渓子、甚おどろき、「先々の城兵多、将猛《タケキ》さへ、一日も怺《コ》らへず攻おとさる。いわんや、此城の無勢にて防ぎ難し。いかがはせん」と、群《グン》下を集て評義す時に、渓林（林渓子）が末子、林良といふもの有、死（列）を出て申けるは、「臣が門下に川流子といふ賓客有。彼常に諸葛亮《カツリヤウ》』1

が秘宝を伝へ、六甲六丁《リツコウリクテイ》の神をつかふ。万馬の軍といふとも、我片手を振うならば、粉と成らんといへり。此度此者を用ひて、敵を退け玉へ」、林渓子大に悦び、流子を召出し、是を見るに、其色、青白《セイハク》、（清）痩《シウ》、鶴髪《カクハツ》の異《イ》人の相有しかば、大に悦んで、「先生、此役幾許《ハク》の兵を用ひてか、薩兵をしりぞけんぞ」、川流子か曰、「薩兵の剛勇絶倫なり。事に日本、今多戦の後なれば、正を以ては勝難し。臣に一つの術有。百万の剛兵、千里の長城に比すべし。君、枕を高ふして臣が功をなすを見給ふべし。兵は一千人、日は三日を限りて、倭奴《ハヌ》をして此国を去らしむべし」、林渓子、大によろこび、輩《カレ》が謀に随ふ。則、兵一千人をあたへて、敵に向はしめ、又一路は、馬を飛せて帝都え急を告たりける。

斯て、新納武蔵守は五里松原の道々を焼討に進んでければ、夜既に明んとするころを（ママ）、平城に三里斗も有なんと思ふ処に、満山の火、忽に消て、時ならず寒気甚（ママ）にて、冷風、人の骨《ホネ》に染《シム》事を覚て、諸軍勢の毛の穴立て、手足も嘯《スク》む様とぞおぼへへける。是は如何と思ふ処に、忽向ふに一帯《タイ》の長城顕出、兵は雲霞の如く、剣戟《ケンゲキ》、旗旌《キセイ》、あたりを曜《カガヤカ》し、其色玲瓏《レイロウ》として瑠璃《ルリ》の如し。前軍、大に驚き、此趣を本陣に達しければ、新納武蔵守、（馬）を飛して馳来り。此体を見て、案内のもの（を呼んで、此城の名を問ふ。案内者）答て曰、「我常に此地を往来する事数度なれども、終に掛る城有るを見ず。松原平城と申は猶此城のすゐなり。斯の如きの堅城は、王城といふとも及べからず。怪べし、怪べし」、其言葉、未終らさる内に、城門を大に開きて、一人の異将あらわれ出、馬上より呼わつて曰、「薩将、早々帰り去るべし。我、今此城を一夜に築く。豈《アニ》天の助にあらさらんや。若迷《マヨイ》を取て退かずんば、天兵を以て打ひしぎ、片甲《ヘンカウ》も返すべからず」、早々通辞《ツウジ》の者、この言葉を（うつ）して、武蔵守に見せしかば、又通辞を　』2もつて呼わらせけるは、「両手に向ふ大将は、則今度征伐の元師、薩摩国主の名代、惣軍師新納武蔵守一氏ぞ。豈《アニ》是体の幼術《ヤウジュツ》に驚かんや。能妖《ヤウ》をなせ。我能正を（なさん）。若此長城、我軍を防ぐ事一日せば、我兵を引て国に帰るべし。汝、若一日防ぐ事あたハずんば、国を明て、我に降《クダ》るべし」といひ止んで、左《サ》右の軍士に向て申けるは、「我蛮《バン》国に、よく斯くの如きの妖《ヨウ》術有事をきけり。是、異草異獣《シウ》を焼し煙なり。青色にして水寒《サム》し、甚しきものは、是水物の怪《クハイ》なるべし。陰は陽に敵せば唯強く、火を以て責る時は、其草根《ソウコン》、獣骨《チウコツ》、悉く焼たて、此術破るべし」と、前軍に令《レイ》して、酒食をかふむらしめ、鉄炮火矢等の焼草、夥敷積上て、一声の鉄炮を合図にして、一度に責掛る。暫くは城門堅く厳然《ケンゼン》として、火皆消けるが、次第に火薬を打懸、焼草を投込投込する程に、火勢、一片にやけ登り、日の光、相照らし、午の時に及ばんとする頃、城郭一時に解《トケ》て、雪霜の如く消て、其臭《クサ》き事斗なし。草間に座したる一千の弱兵、蜂の子をちらすが如くに逃走る。川流子《センリウシ》も術の調はさるを見て、単騎《タンキ》にして逃去けるが、何国えか行けん、終に行方を知る者なかりける。

　川流子か軍、破れたると聞へしかば、武平侯《カウ》林渓子《ケイシ》、今は此城持難くおぼへければ、勢の向わぬ先に、城を開き、帝城えぞ引かれける。

佐野帯刀、日頭山抜掛之事

去程に、薩州勢、乱蛇浦、松原平城、弐ヶ所念なふ責おとしければ、いよいよいさみ進んで、弐路の勢を一所に待揃、揚士(土)門より王城え向わんと軍勢の備を定めらる。掛る所に、後陣の大将佐野帯刀政形、我手の諸将をまねき集て申されけるは、「我等、今度　』3
千里山の城責におゐて、武蔵守に恥しめられける一言、骨髄《コツズイ》に徹《テツ》し無念類なし。去に依て、今日王城え抜掛して、十死一生の軍して攻破るべく存るなり。若運命時至らずんば、城を枕に潔《イサギ》よく討死して、敵味方の目を驚かし、本国え聞へ列て、新納武蔵守が頬《ツラ》あてにすべしと思ひ詰てこそ候へ。弓馬の家の名を残すを以て道にす。旁いかに」と申さるれば、佐野が家の子、三好八左衛門、板橋伝左衛門とて、禄五百石と七百石とあたへ置れ、身近き近習の士成しが、両人帯刀の前に進み出、「誠此度討死を思召定めらるるの段、御顔色にもあらわれ候。寔御尤至極とは申ながら、理の当然とは存ぜず候。其故は、当家も島津におゐては譜《フ》代にして、新納武蔵守に下知を請べき故なしといへども、此度琉球陣の先途をも見届られず、猥に討死なされ候事、且は龍伯公えの不忠成べし。其上、抜掛等の軍して、若不覚の御最期にも極るものならば、御名跡も断絶《ダンゼツ》に及ぶ事有つらんか。さも候へば、御先祖へ対し御不孝とも申べし。兎角千辛《シン》万苦《ク》しても御命を全ふし、始終《シジウ》の御手柄こそ本義にして候わん」と言葉を尽して諫めければ、帯刀涙をはらはらと流し、「汝らがいさめ、誠に忠孝の道、国家の損益、其理甚当れり。それをも知らざるにはあらねども、古今の道有。爰を能聞わくべし。世上、戦国の時節は、汝らが申所皆理なり。今四海静にして、我が日の本、又兵の動《ウゴ》く事有べからず。我今討死して、国にも家にも損益のかかる所にあらず。此軍も既に大半琉球を打取なれば、元より弱敵の者ども、頓て降参にぞ奉り候わん。然時は新納武蔵守、功を高ふして国に帰らんか。帯刀こそ千里山にて不覚有けりなんと云　』4

れんは、無念の事成べし。生て武蔵守と肩《カタ》をならべ、彼か下風にたたん事、我何のかんばせかあらん。両雄は必ならひたたず。若武蔵守、我事を悪敷申なし、君前あしからんには、無念の余り彼と指違へんか、さすれば家中の騒《サウ》動《ドウ》と成、国の大事とも成なんと、是治世の変《ヘン》なり。我今討死すれば、我子はいまだ幼《イトケ》なし、必国主并武蔵守も憐《アハレ》みて、家恙なかるべし。然ば却て国に理有、家に利あり。去に依て、今度我誓て討死すべし。汝ら心あらんものは我に続くべし。若心得ずと思わんものは、後軍を守つて続くべからず。我恨事なし」と申されければ、三好八左衛門、倉(板)橋伝左衛門、言葉を揃、「抑さる事ぞ承りて候へ、さ候得ば、誰か御言葉を背くべき」、先斯申、「両人御供候ぞ。此上にも後陣に退き度人々には早々立るべし。迚も死する命ならば花々敷働きして、異国、本朝の人口にそなへん。さらば、計略を以向ひ候ひなん、案内の者に承るに、日頭山は琉球の都の惣門なれば、夜中に此関の後の山に登り、直下《チヨクカ》に見下し、義経流の逆落して打破りてのけ候なん。我とおもわん人々は、某に続き給へ」といひ捨て、刀追取、座を立ければ、義心金鉄の家の子、郎等、其勢都合千五百余騎、皆々十死一生を心に掛、其夜の三更《コウ》に潜《ヒソカ》に人馬を正し、前後唯弐つにわけて、山越の脇道よりぞ、おしまわしける。

　されば、皐月《サツキ》もすゑの弓張《ハリ》月、山越の海、明《アキラ》かなれば、帯刀殿、流石《サスガ》に猛《タケ》き心にも、翌日は討死と思われける。古郷《コキヤウ》の空もなつかしく、振返り見て詠れば、海上びやうびやうとして、望に限りなし。波は朝あらしの吹まくやうと、渤海《ホウカイ》のうみづらは、殊に烈《ハケ》敷おもわれける。海原の緑《ミドリ》の色も日本よりも殊に深く、兎《ウサギ》の走る如きなみかしらは、』5

流るる星と共に消ては顕《アラハ》れ、海際《キワ》の嶺《ミネ》々形ち尖《スルド》く、見もしらぬ大木なんど村立て、我が日の本に皆替り、雲間にきゆる郭公《ホトトギス》は、古郷の妻や子のやがてのたよりに泣さけぶらん。心をば遥に思ひやり、山越に響《ヒビ》く虎狼《ヲヲカミ》の声は、知らぬ国に屍《カバネ》をさらす、明《アス》の日の哀《アハ》れを思ふかと、さしも生死しらずの薩摩勢も、きのふのふみを思ひ返し、けふの便りにいひ残せし事どもを思ひ出て、陣中静にぞ成にけり。かたむく月のひとしつに、最《イトド》あわれのまさりければ、むかし安倍《アベ》の仲麿《マロ》も三笠の月を詠じ、異国の土に終りしも、けふの泉下の友なりとおもわれければ、帯刀殿、鎧の引合より矢立取出し、下着のころもの袖に一首の歌をぞ書れける。

　武士《モノノフ》の引はかへさぬ弓張も月を三笠の山とこひしき

と書印し、いよいよ討死と思ひ定められける。

日頭山もほど近く成ければ、今朝はことに朝霧《キリ》ふかく下りけるを、天の与《アタ》へとよろこびて、いよいよ軍馬を韜《ヒソ》めて軍勢をぞ寄られける。

佐野帯刀、一日抜三関を事

斯て、佐野帯刀は日頭山の城の惣門に至りければ、爰は揚土門とて、三拾五丈の楼閣《ラウカク》也。後の山を見上れば、爰にも一ヶ処の番所あり。此間の路々にあつまれる軍勢も見へて、分内よりもおびただしく見へける。佐野帯刀、則組子の車次助三に令し、「其外諸士の内よりも身軽るに出立、勢数百騎手に手に松明を隠し持、藤かつらに取付、岩石をよぢ上りて、やうやうとして陣屋の後に出陣、中を見渡せば、焚《タキ》捨たる篝《カガリ》火白く、陣中静まつて用心の体も見へざりける。帯刀悦び、「時々《（こそ）》ぞよし。鎮《シツマ》りたり。此番』6所を打破り、直に高凰門を落し、これより三関を抜て、帝城を責おとし、琉球えわたりて一番の高名にあつかれよ。旁」とて、先鉄炮を打入させ、鬨をどつとぞ揚たりける。

麓《ネ》をひへたる中なれば、「すわや敵の寄せたるわ」と、あわでふためき、狼狽《ウロタヘ》廻るを、帯刀が組下、鈴田八郎二、和田藤右衛門といふ者、帯刀が小性にて、たねん無二の中成しが、「今日の一番乗して、帯刀殿の御目返にて討死すべし」と、塀《ヘイ》の下え走り寄、乗込んとせしが、和田は大男なれば、八郎次、ひらりと飛で、和田が鎧の上帯に手を掛、其儘肩の上に両足を揚、「御免候へ、和田殿。御先え一番乗仕候ぞ、筒井浄妙、一来法師にあらねども、互ひに主君え忠義と成申事に候へば、貴公を足溜りと頼み申なり」といひければ、和田、聞ていふにや及ぶ、「御頭神妙に候。併、一番乗は劣らじもの」と、同塀にはねあがり、内を見渡せば、夷兵ども、「すわや塀を乗ぞ」といふ程こそあれ、四五拾人、鎗、薙刀にて突て掛る。八郎次、につこと笑ひ、「ものものしや」といふ儘に、三尺弐寸の太刀抜で、ぼうりぼうり（はらりはらり）と切ちらし、返す太刀にて拍子取、塀の中へぞ飛入ける。

弐番につゞく和田藤右衛門、三番に加藤弥兵衛、横田嘉助、是等を始として、唯階子《ハシゴ》を掛ならべ、突ども射れども厭はこそ（ママ）、飛込飛込ぬぎ（抜き）つれて、四方八面に切ちらし、琉兵どもうろたへたる中に、歴《レキ》々分と見へて、大勢引包みて追崩する中を退くを、和田藤右衛門、横田嘉助、血刀振て追掛し、頭分と見ゆるものを一両人引捕《トラ》へ、太刀を咽《ノド》え突あてて、「汝、此関所の大将は、何といふて、いつくに有ぞ。明白に申せ。陳《チン》せば刺殺《サシコロ》さん」と責めければ、琉球の大人、震《フル》ひわななき、言語《ゲンギョ》も跡先にして、義恩をも打忘れ、通詞え申けるは、』7

「大将は李将軍の舎弟、李志発《リシホツ》と申て、いまだ弐十歳にはならざりける人、則あれに見へし書院の障子の内に、灯火《トモシビ》見へたる処に、私、案内仕ハん」と、家来の身として、主人を討す手引するこそおかしけれ。横田嘉助、からからと打笑ひ、「誠に汝は天晴不思議の忠の者ぞ褒美は命を取らす」とて、投捨、書院の高欄《ラン》に手を打掛、飛上り、「佐野帯刀が内にて、大剛者と呼れたる横田嘉助見参候ぞ」と呼りつつ、障子の隙より内を見れば、大将李志発と見へて、床机《セウギ》に腰打懸、老武者弐人、鉾引提、左右に然度立て、少しも動《ドウ》せず飛入らば、突伏んと待掛たり。嘉助は藤右衛門にささやき、我着たるかぶとを脱、四尺斗の薙刀《ナギナタ》の先に掛て、すつと指込ければ、李志発、心得たりと、かぶとの真甲《マツコウ》を打処を、嘉助、飛込て、薙刀を振廻し、石突をもつて、はつしと（突ければ）、李志発仰向に、どうとたおれ、透さず躍《ヲド》りかかりて押へて、首を掻《カキ》切て立上らんとする処を、左右の老人、両方より鉾を取て突て掛る。嘉助、片手に鑓の塩首掴《ツカ》み、こなたの鎗を会釈《アシロヲ》処に、和田藤右衛門、飛で入、一人の老人の腰を中に討落す。嘉助、大に刀（力）をへて、塩首持て鑓を捻《ネヂ》て、一人を打倒《タヲ》す。藤右衛門、又起しも立ず討取たり。其外琉球宿直《トノイ》の兵、あまた討て出けるを、跡につづく薩摩勢、打立打立、四方八面に追ちらす。嘉助、大音上て、「関所の大将李志発を、佐野帯刀が郎等、横田嘉助といふ者討取たり」と呼わりければ、諸軍いよいよ勇ミをなし、同勢一所に乗込たり。関所の軍勢は、我先にと落失けり。

佐野帯刀は軍勢の足もためす、兵を振て、高凰《コウホウ》門に馳行ける。日頭山下高凰門には、佐野が軍勢を小勢成と見なしければ、城兵法に寄、列を正しく、出迎へ　』8

ける。佐野帯刀是を見て、鉄炮の手を両脇に立、騎馬の兵を真中にすすませ、無弐無三に切て掛る。琉球に名を得たるものと覚て、出立当りを曜《カガヤ》し、鬼髭《ヒゲ》左右にわかれ、真黒成馬の太《フト》く逞《タクマ》敷に打乗、薩摩兵をまねき、何やらん大音にののしりて、鎗を振て突て掛る。佐野が先手、三好八左衛門、「参りそふ」といふ儘に、馬を掛合せ、唯一討に切ておとす。是に劣《ヲト》らぬ勇士と見へて、琉兵六騎、馬の鼻《ハナ》をならべ切て掛る。板橋伝左衛門、鈴田八郎次、江浪重右衛門、掛合たたかふに、帯刀も自身に片鎌《カマ》の鎗を取て立向ふ。蜂谷《ハチヤ》藤次といふ鉄炮大筒の名人有しが、あさま狙《ネラ》ひ打に打はやと、傍《カタハラ》成土山の如く成上に立上り、撰み打にはたと打誤《アヤマ》たず。六騎の武者の跡弐騎、真逆にうち落せば、前の四騎、大におどろき引返さんとする処を、佐野が軍勢、中に引つつみ、ずたずたに切殺す。是を見て前軍色めき立けるを、帯刀、血に染たる大身の鎗を馬に引添、真一文に乗込ければ、三軍悉くすれ立、城中え引入ける。

味方是に機を得て、高凰《コウホウ》門に込入けるを、第二の門の前にて、又手繁《シゲ》く防ぎ戦ふて、颯《サツ》と引、いかさまにも謀事も有げに見へけれども、帯刀少しもぎぎとせず、付入に引続て掛込けるを、弐の門の鉄の揚戸を、上よりどつと引おろしける。横田嘉助、是を見て、急ぎ飛掛り、鉄の戸を丁と握《ニギ》るに、猶止め兼て見へける処、車次助三、同飛掛り、念のふ下までは落さりけり。車次助（ママ）、横田、大音上、「主人、早々に退き給へ。敵謀有」といいければ（ママ）、帯刀少も聞入ず、「其戸を捨て、唯我に付て来るべし。豈《アニ》一足も引べきや」といふ儘に、匹《ヒツ》馬に鞭をふるひ、万弩《ト》の軍え掛込けるに、琉軍、身ふるひ、腕《ウデ》なへ、　』9弓を放す事あたわず。其中に後軍の勢、揚戸よりもくぐり入、塀をはねこへ、大勢込入ければ、（車次、横田もむた骨折たると打笑ひかけ込けるか。）帳前にて大将とおぼしきものも討取ぬ。依て諸軍さんざんにそ乱れける。

いよいよ進んで切廻るに、西の門より人数百人斗、怪《アヤ》敷衣服にて、段々として退も有。車次、横田、あますましと追掛る。引返して防ぎ戦ひ、忽に薩摩勢、弐三十人を手の下に討取。其身の軽き事、蝶鳥の如くにして、身に着たるものは、帝の衣服と見へけるが、矢、鉄炮共に返り兼ける。車次助三、横田嘉助、余りふしぎに思ひ、無弐無三に掛て、一両人生捕て是を見るに、皆婦人なり。着したるものは草の類ひ、木の皮などにて織たるものと見へて、日本の裂《サキ》織などの如く、婦人ならば捕へて益なしとて、打捨て帰りける。

高凰門破れしかば、其関《クハン》には足もためず、鉄石門に立向ふ、こころの程こそ逞《タク》ましけれ。鉄石門には一千の兵、連卒、武を練《ネヂ》りて、関を堅めければ、佐野が向ふを聞ても、少しも騒がす、道にて戦ふて、兼て用意の鉄鹿鎗車《ロクソウシヤ》を押出す。此車は異獣壮馬《チウソウバ》に、鎗を偏《アミ(編)》付て鹿の角の如く（し）、其間より毒火《(矢)》をはなち、鉄炮を打。万騎の軍といふとも追返すにかたからず。則是を数百輌《リヤウ》、前に押立、陣を備へ立向ふ。帯刀、遥に是を見て伝へ聞、「琉球に鹿角《ロクカク》の陣有とは是成べし。いかさま大軍をささゆるに便り有。然ども小勢の軍は、返て是を破るに安かるべし。無理に掛つて戦す、大勢といふとも破るにかたかるべし。水に依て陣をなし、坂の下に有て敵を向へば、獣馬《チウバ》は水を好み、車は坂に下し掛て、引返すに自由成まじ。其時、脇道より急に押し廻し、百騎斗敵陣の後へ廻らば、数千の琉兵たりといふとも破るにかたかるまじ。地形幸、此所に理有。備て戦え」と、軍を三つに分《ハカ》つ。

一軍は帯刀自ら、三好八左衛門、倉橋《(板)》伝左衛門、横田　』10嘉助、加藤弥兵衛、車次助三抔も、聞ゆる勇士百余人、忍びて深き水を渉《ハタ》り越、川端を下りに（押廻す。敵軍は佐野か勢二つに備へ、川に）そふて陣取と見へければ、鉄鹿鎗車《ロクソウシヤ》を駆《カツ》て進み行。既に佐野が勢に行逢程に、互ひに鬨《トキ》を揚、鉄炮を打合えば、跡より鹿角車を城の如くにならべて押来る。佐野勢、防にかたし。坂を下り、水に添て陣を引。琉兵、勝に乗り、あますまじとて追懸るに、忽後陣より告て日（曰）、「山間の細道より、日本勢とおぼへて馳向ひ候」と告しかば、「扨は後へ廻る事もこそ。先返せ」と制すれども、坂を下りに馳下したる車の備へなれば、急《キウ》に引廻す事あたわず。獣馬は炎暑《ヘンショ》に苦しみ来れば、水を見掛て一文字に下る程に、いかんともすべきやうなく、「先に鉄車を打捨て、勢を引わけ、後陣の敵を防げ」とあわてふためき、山路方へ向ひて戦わむとす。佐野帯刀は百余騎の精兵にて進まれけるが、片鎌の鎗を取て、真先に進み、目に余る大軍の中えおめきさけんで切て入。相随勇士ども、思ひ思ひに得道具引提、命を捨て打入程に、一もつて百にあたらずといふ事なく、琉兵見る内に微塵《ミジン》にうち散らされ、八方へ引退ぐ。琉兵の前軍、大におどろき、鹿車を捨て引返せば、佐野が本陣よりも太皷を打て、静々と打て掛る。鹿車は皆敵の要害とぞ成にける。佐野が軍勢、前後を合、勢を揃て、追討に鉄石門に向ひすすみければ、城中の兵ども、「兎やせん、角や」と狼狽《ウロタヘ》廻る。持口といふも定まらず、佐野が軍の破竹の勢ひあたるべからず。其日に城は落にけり。

されば琉球第一に堅めたる連城の三大関、唯一日に責やぶられ、落行勢は、ちりちりにあきれ果たる形勢《アリサマ》にて、王城にさへ止らず、（に）（小）琉球へぞ引退く。』11

琉球王城落る事、附り佐野帯刀討死之事

佐野帯刀と（ママ）関上に夜を明し、また東雲《シノノメ》の中よりも兵を揃打て出。王城を見おろしけるに、流石《サスガ》都の綺《キ》羅美やか、竪《タテ》横小路数万軒甍《イラカ》をならべ、此方には弐丈斗の高塀に、惣構、築地、大塀を四方にほらせ、四里四方斗、王城の四方に、数万の唐橋を掛たり。佐野帯刀、笑《ヘ》みをふくみ、「扨こそ琉球の一番乗は我也。一番手の火を揚に、若武者ども勇めや、勇めや」、郎等と一度にどつと掛おろし、鯨波《トキ》を作りて打て掛れば、はや先手の者ども、都の小路小

路に落乱れ、爰かしこに火を掛れば、所の名あふ日頭山の山おろしに、火風烈敷吹まひて、小山の如き焔《ホノヲ》飛ちりて、万方一時に猛火《モウクハ》さかんに燃あがり、天を焦《コガ》し地を焦す。此国、太平日久しく、大火の有事なき地なれば、城下の民、百姓動乱《ソウドウ》し、資《シ》材雑具を持はこび、妻子従《ジウ》類泣叫《ナキサケム》。老を助、子をかかへ、右往左往に逃まとふ。城下斯のことくなれば、余煙《ヘン》、都《トウ》城えもへかかる。其火煙《ヘン》の中より、薩摩勢、大筒を入替、釣瓶打にはなしかかれば、彼大三災も一度に来るが《（か）》、唯今大地も砕け沈むが《（か）》とおどろき恐れ、琉球の諸王、公《キン》達、故老《コロウ》、旧臣さへ、方角をも弁へず、歩《カチ》跣《ハダシ》にて、行方しらず逃まとふ。諸士多しといへども、鉾《ホコ》を取に、腕、錦の如くに覚、弓を挽《ヒク》に、弦《ツル》は盤石《バンジャク》の如し。前後不覚に逃まよふ。其日に王城落去しければ、王、（后）、公子、何地え落玉ひけん、行方更に知れざりける。一日の内に三関を破り、暫時《ザンジ》に王城を落したるは、佐野帯刀一手の軍功、誠に筆に書処を知らず。

扨帯刀は、軍勢を一人も帝城へ入ず、町はづれの広野に陣を堅めし。則、和田藤左衛門、横田嘉助、両人を　』12

五里松原に扣し、軍師新納武蔵守が元え馳ていわせけるは、「佐野帯刀政形こそ、今日琉球国都入、一番乗仕て候。此旨帳面に駐《シカト》と記《シル》し、早々本国え渡して、主人龍伯公え此趣御達可被下候。千里山城下にて無能《ムノヲ》のやうに思召候わんなれども、又男役仕候ぞ。軍師にも静に御出有べし。王城にて待、御馳走申べきにて候」と申遣しければ、両使者、馬をはやめ、気色ほふてぞ立去ける。帯刀、是を見て、「今生の大言《ゲン》、是迄ぞ」と思ひければ、手廻りの勢を勝《スグツ》て、八百余騎、琉球後詰の為に勇兵を籠られけると聞べし。大師王俊辰亥《シンガイ》が楯籠りける城え、騖《マシクラ》にぞ馳たりける。

後詰の大将辰亥は琉球無双の勇将成しが、湊《ミナト》の要害やぶれ、薩摩勢、向ふよし聞へければ、軍兵をすぐり馳向わんとする処所え、早三関の要害、一日の内に破れ、追すかふて、敵、王城え入たりと追々に告来れば、「こわいかに、斯く早速には進む事ぞ」と、大におどろき有。合勢を引て、王城を救わんと打出る処に、はや王城も落去して、薩兵引違へて押寄来るぞといふ程こそあれ。旗印、山越にほのかに見へければ、道より引返し、一軍して王城の恥辱をすがんと、兵を揃て待居たる。程なく佐野帯刀一手の軍兵勇みほこつて、押寄ければ、王俊（辰）亥《ガイ》、城門に上て、是を見、敵は小勢ぞと、城を出て陣を取。佐野帯刀、是を見て、鎗先を捕へ、鉄炮を釣瓶はなし、どつと喚《ヨメイ》て突て掛りけるに、元来十死と思ひ定めたる佐野が勢なれば、何かはもつてききすべき、城中の先手の勢をまくり立、さんざんに切ちらし、念のふ城え退込で、一の木戸まで責寄ける。

されども要害堅固の城なれば、左右なく責落すべきやうもなく、何はせんと見る処に、追手の高櫓《ヤグラ》、欄干《ランカン》の上に一人の　』13

武（者）あらわれ出、通辞《ツウジ》をもつて大音揚、「寄手の大将にもの申さん。当城の大将、大師王俊辰亥、勢ひ尽て候へば、降参仕らんと存候。但帝城落去のよし、主君、公《キン》達等の事、何方に御入候とも、命御免の事に候わば、今宵当城を明申候べし。御承知におゐては、上下の大勢、雑具を形付候に、陣取候べし。暫く陣を退けられ、御旗本え参り候程を御待候へ」と申ければ、運の極めにや、帯刀、是を寔と思ひ、「委細承り候。王子、大臣等の事、命は別義有べからず。兼々主君薩摩公、申渡され候。別義有べからず」と、降参を約束し、十四五町退ひて、陣を取られけるに、今朝より遠路をはせて、其儘今（合）戦に及ければ、たたかひ労れける上に、弱《ヨハ》武者の琉球勢、さこそと思ひ合せければ、寔に降参して（マヽ）由断して、多くは鎧を脱《ヌギ》、兜を捨て寝たりける。

斯て、城主王俊辰亥は諸勢を集て申されけるは、「我国の威武日本に劣るとは申ながら、一邦の軍勢に国あけて、悉く一ヶ月の間に打負る事こそ口惜けれ。我一度軍を発し、帝城を取返し、琉球国に忠義の臣有事を知らしむべし。各軍中の諸中士（マヽ）、命を捨て国の恥を雪《スス》ぐべし」と、忠義を励まし、其夜の初更に軍勢を押出す。先手は王俊が甥王香、五百余騎、中軍は王俊辰亥、一千五百余騎、後陣は流閑子《リウガンシ》、三千余騎、六軍ひとしく備を立、粛《セウ》々として旗を巻、帯刀が陣に押寄、処近く成ければ、旗の手を颯とのぼし、貝、太鼓を鳴らし、鉄炮、毒火（矢）を射込、どつとさけんで切て入。帯刀方には思ひよらざる事なれば、刀追取起あがれども、敵の分限さら（し）ざれば、三軍大に騒ぎ立て鎮《シツ》まらず。討死するもの、麻のごとし。佐野　』14
帯刀大音上、「約を背く琉兵ども、みぢんになさん」と、傍に有あふ大長刀追取切て廻る。王俊下知して、「葉武者には目を掛ず、日本当手の大将と見るならば、討取て王城を落せし恨を晴すべし」と、四方をつつんで、終に三百人斗の真中え、帯刀一人取籠られ、さんざんに矢を射掛、鎗を並べて突立る。帯刀も爰を専途と戦ひしが、味方は所々え押隔《ヘダテ》られしかば、目の前に琉兵八人、馬武者弐人迄切て落しけれども、其身金鉄ならざれば、身に立所の矢は、蓑《ミノ》の毛《ケ》の如く、又左の脇腹を鎗にて貫ぬかれて、馬より落る処を、王俊が下人、山道大人といふもの、終に首を打取、大音揚、「日本の大将王を討取たるぞ」と呼わりければ、琉兵ども扇をならしてあをぎ立、皆万歳を唱《トナ》へける。佐野が家中のものども、兼て期したる事なれば、三好八左衛門、倉橋（板）伝左衛門を始として、敵中え掛入掛入、思ひ思ひにたたかふて討死するもの、暫時《ザンジ》の間に五百九拾余人なり。

佐野帯刀が二男、主水政常、生年拾七歳になられけるが、父の討死を聞、ともに討死せんと馬に打乗掛出す。家の子坂部兵内、轡《クツワ》に縋《スガ》りて押とどめ、「大旦那の討死なされ候事は、元来新納武蔵守に武道の憤《イキドヲ》りを立られし故也。又は御子孫の御為に候ぞ。然に君此所に討死ましまさば、御国にまします御惣領、奥方抔え誰有て告知らせ、訪《トイ》慰《ナグサム》る人も候まじ。早々帰国ましまして、折を得て大殿龍伯公え、此度の大功を具《ツブサ》に申上給わずば、旦那の忠義も、水の泡とこそ存候へ」と、さまざまに教（訓）制し、馬の口を取て引返せば、主水《モンド》も是非なく、それより打残されたる家来を集て薩摩えぞ帰られける。

佐野　』15
帯刀が血気の合戦に依てこそ、大軍何の憚りなく、琉球城に入しかば、帯刀が手柄は、却て新納武蔵守が高名にぞ成にける。

琉球征伐記巻之四終　』16

［四冊目了］

『琉球征伐記　五　』（表紙・外題）

琉球征伐記巻之五

目録

琉球征伐記

高凰門義戦之事

五里松原の陣え、佐野帯刀か抜掛のよし聞えければ、武蔵守、大におどろき、諸将に向て申されけるは、「帯刀は智勇有と雖ども、又血気にして剛情也。此程の合戦にはらを立、無謀の軍して討死する事やあらん。然ば味方、危《アヤウ》ふきに近からん。法を破るといへども、忠又愛《アイ》すべし。況や佐野は我国の故老、旁見捨難し。速に此陣をよせて、勢を助くべし。但、軍伍厳重そのふべし。王城に近付ては、十歩《ホウ》の間も敵の伺ふ事計るべからず。窮鼠《キウソ》却《カヘ》て猫《ネコ》を食《ハム》といへり。各猥《ミダリ》に陣を進め、前後法によらずんば、其罪軽かるまじ」といいわたし、六軍悉く堅城の如く立、軍使、櫛《クシ》の歯《ハ》を挽《ヒク》が如くに馳廻り、法に依て進む。いきおひ日比に十倍《バイ》して厳重也。

然るに』1

追々注進来り、三関悉くやぶれ、王城既に落たりと聞えしかば、いよいよ軍勢の紀律《キリツ》を正しくして向われける。琉球都城の惣門に指かかりければ、いかさま手繁たたかふて打破りしとみえて、秋の野草の花盛り、猪《イノシシ》の掻《カキ》乱したる如くにて、塀も柱もおれたれば、野分の翌日に異ならず。人民は立騒き、軍卒ハ逃さまよひ、なお人馬の音、此方彼方に聞へければ、新納武蔵守、陣をとどめ、奉行職のもの、弐三拾人に下知を伝へ、馳廻りて、「軍武（民）を撫育し、下々をやすんじ、制法を加へてぞ進み行。軍伍、第一には種ヶ島大膳豊時、第弐には畑勘《ハタカケ》解由道房、第三秋月右衛門尉之《ユキ》常、第四は新納武蔵守、諸将の命を司《ツカサ》取、簱本の歴々并小簱の備、花形小刑部氏頼《ヨリ》、三好典膳定次、花房兵庫忠常、池田新五左衛門国重、二里波門定次、島浦（津）主水《モンド》時信、矢塚甚五左衛門豊宗、大崎三郎左衛門忠久、天野新兵衛近俊《トシ》、篠《シノ》原治部久春、中條左門春氏、中村右近数冬、和気治左衛門国清、木戸清左衛門年長、一勢一勢引分引分、鎗を逆に取て、唯今敵陣に掛入如く、威気揚々として進み行。惣押へは米倉主水清持、小荷駄、車行、都《スベ》て四万六千余騎、軍馬爽《サハヤカ》に、隊伍《ダイゴ》を守り、前後をゆり合せ、一軍より五百騎を乱して、敵を討しむ。但、上官、中官は生捕られよ。下官、下郎は追捨にすべし。もし返し合せば、討捨にすべし。婦人、小児の類ひは必追べからず」と、下知を伝へてぞ進まれける。

掛る処え、高凰門の傍より、其勢三四千騎斗、真先に琉球玉（ママ）李千侯と記したる簱を立、忠死といふ二字を、白絹弐尺斗成小簱にしるし、諸勢残らず是を差、如何さま王城没《ボツ》落を憤《イキドヲ》りて、無念の余り諸勢に義を勧《スス》め、王に勤る軍と見へて、日比の琉球の類にあらず。一文字に簱本を目掛、無二無三に切て入。新納武蔵守、』2

ちつともさわがず、たけく返り見て、長柄のさいはいを取て、一度指招けば、左に小松原左内左衛門、二里波門、（右に）島津主水、矢塚甚五左衛門、備を押直し、鶴翼《クハクヨク》に包ませ、はやり雄の若侍に鑓ふすまを作らせ、相掛に突て掛る。元より必死と思ひ定めたる琉球武者、異口同音に、何やらんとなへのの（ママ）せり切て入。薩摩は馬武者を以掛なやまし、漂《タダヨヲ》処に、鎗、薙《ナギ》刀をもつて切まくれば、志は猛《タケ》けれども、琉兵、軍に紀律《リツ》なく、只爰かしこに村立て討るるもの数をしらず。

終に琉球勢を三町斗突のけたる処に、琉兵の中より八尺有余の大の男、荒めの胴《ドウ》丸、三枚冑《カブト》の緒をしめ、長《タケ》成馬に打乗、弐丈斗の鉄棒追取振廻し、先手の足軽拾人斗なぎふせ、朱の鉄棒を振かたげ、飛鳥のごとく掛廻り、矢塚甚五左衛門、歩立に成て、鎗引提ま（て）掛りける。彼大男是を見て、鉄棒を振、ゑいやつと打付る。あわや微塵《ミヂン》に成けるかと見る処に、矢塚ひらりと飛違え、馬のうしろえ廻りて、馬の尾筒をしたたかに突たりしに、馬は頻りにはね上り、乗手は真逆におつる処を、透さず内かぶとを二突つきて、終におさへて首を取。琉兵の中にても、名有ものにや有けん、同じ毛に鎧たる兵五騎、はつと馳よせ、甚五左衛門を中に取籠、あまさじと討てかかる。甚五左衛門は、大の眼に角を立、ぐわつと見開き、「おのれ如き、百騎、弐百騎取こめばとて、何程の事あらん」と、左にあたり、右に支えて戦ひけれども、稍もすれば討れぬべく見へたる処に、島浦（ママ）左近、大崎三郎左衛門、小松原左内左衛門、二里波門、「味方討すな、かたかた」と呼われば、薩摩勢弐三百騎、一度にどつと乱れ掛れば、五騎の琉兵ども、木の葉の風に吹しくことく、さんざんに切ちらされ、手　』3足の置処を異にして、一足もさらず討れにけり。

然処え金さねの鎧着て、連銭足毛の馬に打乗、面は朱をもつて百度塗たるごときの大男討て出、鉾《ホコ》を振て掛駆廻る。其形勢、夜叉羅刹のごときといふとも、是には過しと見へにける。薩摩勢、是を見て機をのまれ、すこし荒けてためらふ処に、「薩摩勢是に有」と、横田嘉助は最前、日頭山の戦ひの後、此陣え使に来りて、討死の供におくれし事を、世に口惜く思ひ、「帯刀殿教養の軍せん」と、此手に加わり戦ひしが、是を見て、「よき相手御座んなれ」と、真一文字に討て掛る。琉球人も立向、朱にそみたる鉾を揚て、しばし戦ふと見へけるが、嘉助、乳（龍）虎の荒たる如く、おつと喚て、おがみ打にうつ、太刀を請はづしてや有けん、嘉助がちからや強かりけりけん、琉球人は唐竹割に成てぞ失せにけり。跡に続ける琉球人を八方え追ちらし、雑兵七八人切て捨、乗たる太刀を石にあてて押直し、傍の石の上に飛揚り、味方を打見て大音あげ、「是こそ佐野帯刀が家来、最前都入の一番乗して、関屋の大将李志発を討取たる横田嘉助とは我事也。いかに味方の旁、此道に進む人の手柄をおもひ給ひそ、都入の一番乗は、主人帯刀成ぞ。今日懐手にて都見物の各方は、主人の御影なるぞ。おがれ《め》、おがれ《め》」と呼はりたり。是を聞より、味方の若もの、大勢走り出、嘉助を真中に引包、「おのれ、又者の風情として、広言を（吐は）何事ぞ。慮外ものめ、打殺さん」と、大勢抜つれ切てかかる。嘉助、からからと笑ひ、「言あたらしきいひ事かな。倍臣の手並、御直参の手なみと違ふ物か。いざ競えん」と、石をひらりと飛下りたり。「しやものものしや」と、若侍弐三拾人、嘉助を中に取　』4
込て、既にあやうく見へたる処に、新納武蔵守、早馬にて、唯一人掛付、「やあやあ若者ども、卒爾なすべからず。いまだ敵面前に有。同士討は軍中第一の禁制也。法度を背かば、君えの不忠、所々の大功を無になして、罪科申渡すべし」と大音揚て下知すれば、双方共に歯がみをなしてぞしりぞきける。

新納武蔵守が威、蛮夷を抜する事

斯て、琉球の軍勢、一死夫と成て、新納武蔵守が陣へ切入しかども、四武の衛陣、誠に厳守成しかば、一陣をも破事あたわず。況や、味方の頼切たる琉球一の剛兵ども、数をつくして討れければ、今は叶しとや思ひけん、日頭山を押廻し、理輪谷え向て陣を引て帰りける。大将、士卒ともに口ずさみ、「長白山は動ず《ママ》とも、新納が陣は動かず《ママ》べからず」とて、甚おそれける。新納は、敵引とも追んともせず、軍令を堅ふして王城へぞ入られける。軍令に曰、

掟

一味方諸軍勢狼藉之事、附押関《ママ》乱妨事

一婦女を奪取、或は雑具を掠る事、附猥りに火を放事

一高名手柄は実検の役人、目利可為次第事、并直参、倍臣、高下有間捕事

右の条々、堅可相守。若違乱背《輩》お有之は、厳科に処すべき事、斯の如く書記し、諸軍をいましめ於、又残党、山に隠れ、或は島々にひそかに隠れ、米倉島、小琉球抔え落集りたる勢、す　』5　くなからずと聞へしかば、早速に廻文を作り、所々の城々え是を送りぬ。又村郷の門々に是を押て、軍民に示し、通詞をもつてふれわたし、呼わりまわらせける。其詞の略、

　今度琉球表征伐の事、日本国王の台命をば蒙る趣、全く中山王を改易し、国中の人民を屠りたすたぐひの事にあらず。元、琉球は源姓為朝公の後なれば、日本国王の枝葉にして、我主薩摩公とは甥氏の国也。然ば制を、我が日本に更るを道とする処成べし。外国に甘し従ふ、豈誤りならずや、我国、兵を向ふと聞は、速に礼服して、湊口に出迎ひ、旧盟をおさめ、和睦を告、年々貢物を捧て、臣妾と称ずるもの、実に当れり。然をなんぞや、蟷螂の斧を頼みて、数城を構へ、大国の兵を防ぐ。要渓灘、千里山、虎竹城等の戦ひ、汝が将を切、汝が卒を皆殺しにする類ひ、実に我心に出るにあらず。本邦の君主、又心よしとせず。唯止む事を得ず、はやく残卒を引随を、軍門に出らるる時は、隣国のよしみを結ぶ。是千年の因縁、実に国の幸にあらずや。豈本国、汝が君臣をして、疎略の義あらんや。汝等、各都の兵将、今日の事は横田《田横》が海島に死し、予譲が炭をのみし時とは甚異也、死をもつてあらそふものは、皆汝が国君に利あらず。我大軍、島中に充満し、先軍佐野帯刀、汝が国の巣穴を破て、是唯汝等が死力を以守る為也。憤激して斯のごときや。しかれば、国君を困地に置ものは、我にはあらず、諸君が《ママ》汝らなんぞ義に暗きや。速に海島の隅、山渓の阿、屯する処の軍卒を引て、六月を限て、都城に来り集るべし。新納武蔵守、日本の国君に代て、矢を折て、誓をなす処如斯。汝ら　』6

君臣をして、万代に枕を易からしめ、人民をして、永く活地に業をおへしむべし。少も疑ふ事なかれ、台命の趣は、我主薩摩候(侯)龍伯公、一命にかへて、執し申の間、速に都城に来り、期を誤る事なかれと云触たりける。依て、日を経ずして、所々の城郭、悉随て、都城えぞ来りける。されば、都の静成事、平日の如くにぞ見へにける。軍民も大に武蔵守が徳を感じける。

其故と(は)、五里松原の城を、都近く進み来りし時、一人の軍（卒）、民家に入て、民の食をうばひて喰ひけるが、其飯皆砂糖成しかば、諸軍是を聞伝へ、我も我もとあらそひ服し、都近く成しかば、珠玉、衣服迄うばひ取事騒がしければ、武蔵守、是を聞て大に怒り、すみやかに奉行職のものを召寄て曰、「軍卒、何か故に敵地の食をうはふや。軍中、食の令(之)き成べし。兼日一日に米一升を以、一人を扶持せよと制を定む。汝等、貪りて多くあたへざる故に、斯くのごとくならん。先すみやかに頭分のものを切らん」といひければ、奉行頭人、大に迷惑、「全く我軍勢、食の足らざるにて、斯のごとく成にあらず。承り伝ふるに、琉球の人民は砂糖食を喰ふよし申候。是くらわんと軍卒乱れ合て斯のごとし」、武蔵守、甚怒り、奉行頭人をしかりて、自ら前後の陣を掛廻り、民家に狼藉したる兵卒を召捕へしむるに、忽ち拾余人を捕へて来る。是をわけて吟味するに、六七人は食を盗み、六人は珠玉を盗といふ。武蔵守、先食をぬすめる者、六人を軍前に切らしめて、諸陣え首を伝へて、是をいましめ、珠玉をぬすむ六人を引出し、あか裸にして三拾杖打て、ぬすむ処の宝玉を、其先え帰へし、諸軍を引まわし、命を助け追放しぬ。諸将皆

』7

曰、「珠玉は値おもし、食物は至て軽し、いかんぞ軍師、玉をぬすむものを助け、食を盗むものをきらしむるや」、武蔵守答曰、「珠玉は無用のもの、食料は有用の物なり也。無用の者を尊ん（て）、有用のものを軽んずるは、道にあらず。中流に舩をうしなへば、一瓢も千金にあたるといへり。今民、倒懸にくるしむ。食をたつ時は、変目の前に有。かるが故に有用のものを先にし、無用のものを後するなり」と申ければ、諸人皆信服しけり。

扨こそ軍中粛々として、王城に入ても、日本勢、一人も人民、子婦、財宝の類ひを犯あらそふ事なかりしかば、民皆大に武蔵守が仁恵をぞ感じける。此砂糖食を後に見するに、皆草の実にぞ有ける。今いふ処の琉球芋といふものゝたぐひなり。此後、王侯、公子、諸士の人々、一つも無体の事なく、琉球一州悉く鎮まりし、是皆武蔵が功なり。後に人民、歌に作りて感じて調ける。其詞返せずといへども、字にうつして斯の悉《(如)》くとや、「堂々たる大国の将、深国《(閫)》元のごとし。誰か作る。于嗟、日路慈悲節操真有《(弖)》松（大）原哉」とうたふとかや。日路は新納、松大原は松原《(平)》といふ事ぞ。

松尾、里見、全軍を生捕事

爰に、里見大内蔵、江本三郎左衛門、両旛の勢は、五里松原の《(ママ)》王城迄、押陣の刻、遊軍と成て、後陣に打けるが、佐野帯刀が抜掛して三関を破り、王城を降せしと聞て、「先をせられける口惜しさよ」と云て、返ける処に、忽早馬来り、後詰の城の合戦に其身も討死し、手下の勢も残らず討れたると聞へし 』8 かば、組下の諸将も、佐野が手下の中に一族親類も多かりしにより、こわいかにと惘れ果たる体也。里見、江本も、佐野帯刀とは入魂無二の中なりし程に、此頃の形勢にて帯刀が心中も粗知り居たりければ、今討死と聞よりも、里見大蔵、江本に向申けるは、「佐野帯刀討死と承る。此儘に打捨なば、味方の弱りを引出さんと、譬軍令には背くとも、此両旛をもつて王城え入らず。近道より密か兵をはやめ、後詰の城に向ひ、敵勝誇りて、備なからん其油断を討ば、勝事立処に有べし。さなくては、日比好み、佐野帯刀が当の敵を、我々が手に討取らすんば、明《(朋)》友の義立難し。いざ我打立ん」と云ければ、聞もあへず、「義を見てせざるは勇みなし。いふにや及、一足も早く向わん」とて、間道より兵をひそかに進みける。手下の諸士も、佐野組下にこん意成もの多ければ、心中皆々憤激し、勇み進んで馳行ける。

既に一里斗押出し、是より谷道の細道に越ぬけんとする処に、向ふに一群の軍馬、旗押立て見へければ、「是はいかに」といふ処え、忽軍使来りて申て曰、「(是へ)見へ給ふ人々と(は)、里見、江本殿の御勢と見へ申候。斯申候は、松尾隼人にて候。各定て佐野帯刀の弔軍を思召立、軍法を背かれ候と相見へ候。御心中感じ入候。武門のならひ、戦場に命を落す事珍らしからずと雖、今度帯刀の討死は、全千里山の合戦を憤られたるとこそ存候へ。さ候得ば、自からにおゐても、其無念止べきにあらず。甚帯刀殿の鬱憤察入候。さぞや冥途よりも、云甲斐なくおぼされんなれば、それがし一手を以て、弔軍存立て候。然共、諸君の御出馬、甚志感じ入候得ば、願くは御指図こそ受申さん。然といへども、　』9
先陣に於ては、我等に給り候得。若御許可《ユルシ》無くば、此谷道を指し塞、御勢は通らずまじく候。御返答承り、馬をはやめ申度」と申遣しける。里見、江本、聞て、「御憤こそ至極御尤に存候。旦又先陣の御望其理有、互に隠者の義に候得ば、誰か御指図申べき、唯谷を打越候得ば、道三筋有と案内の者申候。三方より引包、一人も討残し申さぬ様に計てこそ、この無念は晴し申すべし」と、「唯々一歩も先え進み給へ」と答ければ、松尾隼人はいさめを駒に加へる心地して、真一文字に馳向ふ。

琉球大師王俊は、日本の陣を打破り、当手の大将を討ければ、味方も若干にうたれけれども、帯刀を討取、王城を落せし怨を報ぬと思ひける。諸軍歓びの酒を汲かわし、「最早日本人は引てや帰らん。斯て隣郷の兵を催ふして追討にせばや」なと義し、居たる処へ旗弐流、真先に押立、一手の勢奔馬のごとく掛来る。大師王俊、日本勢の来るを見て、大きにおどろき、「何さま是は日本勢、いまだ大将の討れたると知らざるべし。大将の首をばしめし、軍勢を引かしむべし」と、則士卒を命じ、帯刀が首を鎗につらぬき、何やらん軍勢とも大音呼わりて、日本の陣にぞ見せにける。薩摩勢、詰る事に何ぞ勇気を緩ますべき、「当手に進む、松尾隼人」と、「佐野帯刀が朋友なるぞ。汝等が首、一々に切掛て其如くにして、帯刀が教養に報ぜん」とて、陣脚をも定めず、矢一筋射違ふ程こそあれ、はつと掛立ければ、王俊が思ひよらざる事なれば、あらけて四方えはつ散る。

後陣川流子、兵を下知して、真一文字に進む処を、松尾隼人、馬の上より鎗追取て擲(擲)落しければ、士卒群がり来て生捕ける。是を見て王俊、王香、左右の軍の兵を正して、再び軍馬』10を立直し、鉄炮を打掛、毒矢を放ち、爰を専途とたたかひしがども、松尾隼人が軍勢は、佐野帯刀が手のものに親類一家多ければ、王俊が軍勢を、親の敵討なんどの如く、憎立ければ、一足も引かす、勇気日比に十倍して、手繁く切て廻る故、琉球の軍勢、当るべからず。終に崩れて引退く。

王俊、王香、前後を下知し、城に入て守れよとて、引まとふて退く処に、城門の傍の道より、くろけむ立て、一手の軍馬切て出る。真先にすすむは里見大内蔵久秀也。ものをも云ず切て掛り、唯一鎗に、前陣の大将王香を、馬の上より突ておとし、下人に命して是を縛らせ、勢に乗て馳せちらせば、琉球勢、ふるひおそれ、唯城中へ掛け入らんと、跡をも見ずして逃行を、松尾、里見は一手に合、息をも継ず引すかふて付入しに、念のふ城を乗ける。

城中には、余多の宦人、集居たりしが、或は老年たる高宦、或は年若き公子のみなれば、ふるひわななき、我先にと西の門より逃崩けるは、王俊も為方なく、引立ける。軍勢に打連れて、跡を防ぎて落行か、弓手の山道より、江本三郎左衛門、討て出、引つつんで討取らんとす。是を見て、王俊は小琉球え退き、再び評義をなすべしとおもひ、諸勢を引具し、かたわら成道より退きけれども、老少の婦女多かりしかば、道を馳する事はやからず、終に里見、松尾両陣、跡を追ひ、先を遮《サヘ》りて、段々として取囲みければ、江本三郎左衛門が軍勢、声々に「降れ、降れ」と呼わらせける。琉球の軍兵、多しと雖ども、ふるひ恐れて、正しく敵に向かふ者なし。

王俊、大きにいかり、諸勢を立直し、打破らんと掛出』11ければ、是に励され、司徒玄谷、左少年(宰)金拾吏、馬をならべて突出るを、松尾、里見大内蔵、柄本迄血に染だる鎗を振て、馬を馳出し、大喝一声しければ、玄谷、金拾吏、目正敷見る事あたわず。魂消気継して、忽馬より逆に落ければ、諸軍是を見て再び戦事あたわず。馬より飛下り、かぶとを脱て、薩軍に向ひ拝伏す。松尾、里見、江本が軍勢、我も我もと是を生捕程に、大師王俊を始として、李将軍啓光録、大夫陣跡元祐、閑自成中郎将李全、大司徒玄谷、左少宰金拾吏、彼是已上七拾三人迄生捕ける。其外金拾軍、遁るるもの一人もなし。

凱哥を揚て本陣、王城え来りければ、武蔵守、大に悦び、「誠に古今いまだ聞ざる手柄、全軍を生捕事の不思義なり」と大に感じ、功名帳に記して、本国えぞわたしける。

琉球平均、并帰陣之事

斯て、新納武蔵守は、王城え引移り、残軍を尋、国王の行衛を捜されける。されば、琉球中山、并ひに王子、王孫達、合戦に落着地もなかりければ、城下より十町斗山の奥に、真石寺という寺有けるに、暫立忍び御座《オハシマス》けるに、内々琉地の商人を内通に頼置しかば、斯て武蔵守に告ければ、早速後陣の内、鈴木内蔵助が組子、吉崎門左衛門、浜田三郎助両人、商人中え立交り、此寺え立越、住僧にたよりて、此度琉球動乱、帝城のおちたる事を歎き憐み、王子達にも、「何方え落給ひけん。あわれ廻り合たれば、朝鮮、大明抔えも、我商舩に乗参らせ落し申さんもの」と、実しやかに語りければ、住僧、心浅くして、是を実ぞと思ひ、』12
琉球王に此事を申ければ、「誠に草刈童子の言葉も捨ずといふ古語、今日の事也。商人こそ能便なり」とて、有の儘に語らせければ、はや后妃、公達抔まろび出、歓び給ふ事限りなし。其時商人の傍に有し、吉崎門左衛門、腰に付たる螺の貝を吹立れば、近郷に隠れしもの、取巻し軍兵、潮の涌がごとく、むらがり来り、前後の門より入込入込、王候（侯）上下百七拾人搦め捕て、王城えぞ帰りける。

掛処え、里見、江本、松尾、後詰の生捕引来りて、程なく小琉球、米倉島、其外所々より、悉く降人来りければ、武蔵守、喜悦限りなく、此旨を薩州え早馬を立て、首（尾）を能退治の趣、委細に注進申上、所々の倉庫を開き、

米銭を出して、国民を賑わし、道路掃除かたの如く申付、一国平均に及しかば、高名帳を記し遣しける。其略、

上宦首討取員数之事

一首数百拾三　種ヶ島大膳手へ討取
一同　七拾三　里見大内蔵手え討取
一同　五拾十三　畑勘解由手え討取
一同　五拾　江本三郎左衛門手え討取
一同　四拾六　秋月左衛門手え討取
一同　四拾四　松尾隼人手え討取
佐野帯刀手え討取
花形小刑部手へ討取
三好典膳手え討取
花房志摩《（兵庫）》手へ討取

其外略之。』13

抑此琉球征伐は、慶長十四酉年四月中旬より、此事起り兼ては一年の軍用はきこへしかども、秋八月迄には落去すべきよし、内々に見計り相極る処に、佐野帯刀が功忠死に依て、六月中旬迄纔に六拾三日が間に退治有しぞ勇々しければ、又手に余る事もやあらんかと、伊集院肥前の守、白坂式部に数千の兵を引卒し、薩州浜表迄出陣して琉球の左右を待れけるに、此注進有ければ、頓がて引返しける。寔に謀略の深とぞ見へし。

兵庫頭義弘入道龍伯は、新納武蔵守が注進を聞しより、大に悦び、駿府え早馬を飛し、右の次第、委細言上、上聞に達しかば、先々琉球王候《（侯）》、薩州え召寄わ、日本帰伏すべきやと、問きわめ候へば、厳命を蒙り、急ぎ早飛脚を

以、其旨琉球え申渡しければ、新納武蔵守、頓て惣軍に触ながし、中山王、諸公、悉く引連て帰国せられける。落去の間、琉球国城預り城代として入置るる人々には、

城代番割

一要渓灘之番所　種ヶ島大膳
一千里山城　里見大内蔵
一松原、虎竹城、但虎竹城は焼失　畑勘解由
一米倉島　江本三郎左衛門
一乱蛇浦　秋月右衛門
一高凰門　篠原治部
一町場　鈴木内蔵助
一日頭山番所　島津玄蕃
一王城　島津大内蔵　』14
松尾隼人
桜田武左衛門
大輪田刑部
横須賀左膳
押物預り　新納武蔵守
一後詰城　島津采女

右之通申渡し、先々休息の為、惣軍番代りを以、薩摩え引取ける。龍伯、大に悦喜、宴開き、それぞれ軍将、功名

働き、委細に絵図を以勘弁せらるるに、武蔵守一氏、一々演説して、味方の働き甲乙、敵の強弱等流るる如く申されけるに、一事残れる事もなかりけり。

其後、琉球生捕に、入道龍伯は唐木の書院にて対面せられ、其後江府え同道有ける。帰伏の趣相調、貢物定まつて、中山王は帰国せられける。龍伯公も、此度琉球国にて得る処の宝、珠玉、悉く献上有て、其内に別て珍らしき鳥類ども多かりける。是は昔建長の年、先祖忠綱より、将軍（頼）嗣公え、白山雀を献せられし例とぞ聞へける。心慮をはすに依てなり。其手柄かぞへ難しと、直に琉球国を下され、家中、新納、佐野、秋月、里見、松尾等に、それぞれに御感状、御感の上意有て、首尾能帰国せられける。頓て武蔵守が大功を賞し、佐野帯刀が討死をあわれみて、一子に跡目相続有て、賞録を賜ける。其外諸士、それぞれに感状し、引出もの、賞録品有。薩摩勢共申けるは、「先年朝鮮にて、万死一生の軍しても給わらざりける賞録を、此度、国順礼同事の遊軍して、子孫の宝を得たり」と悦ける。

此事江戸え聞へ、東都殿中にても、琉球不武の事、とりとり沙汰有ければ、琉』15球国王参勤の時、松平伊豆守殿、折を以相尋られけるは、「いかんぞなれば、琉球国は武道をしらざる国や。兵法の書といふもなきや」と尋られけるに、琉球国の王、答て申されけるは、「我国、むかしより戦争なし。親死し子継、兄死し弟受、故に武に委しからず」と答られければ、伊豆守殿、顔を赤めて退かれける。此言、台聴に達しければ、誠にやさしき事に思召、已来琉球国王を、御老中列の次に座し、拾万石已上の大名の格になし給ふ。

誠に龍伯公の威武、新納を始め、諸士の功勇、外国に揮し事、伝べき事にや。是も我神国の高徳、又東照明君の御威勢の余光と有難事ぞかし。伝べし、伝べし。

琉球征伐記巻之五大尾　』16

［五冊目了］

5　架蔵『島津琉球合戦記』（B1・④）解題と翻刻

〔解題〕

〈薩琉軍記〉は大きく二系統に分けられる。一つはA1『薩琉軍談』を基礎テキストに持つ系統（A群）であり、もう一つが『島津琉球合戦記』を基礎テキストにする系統（B群）である。当本はこのB群の基礎となりうる『島津琉球合戦記』の一伝本となる。B群の特徴は、侵攻時の太守を「家久《いえひさ》」とすること、島津家由来譚を島津家家譜として扱い、寛文十一年（一六七一）の尚貞《しょうてい》襲封に伴う金武王子朝興《きんおうじあさおき》の謝恩使来朝を巻末に配することが指摘できる。

A群の基礎テキストである『薩琉軍談』との相違点は二つあり、第一は「島津氏由来之事」が「島津家久琉球責の台命を蒙る事」の後に位置づけられることである。内容も異なっており、『薩琉軍談』では頼朝の子を宿すのは「若狭局《わかさのつぼね》」であるが、ここでは「比企能員《ひきよしかず》妹（丹後局《たんごのつぼね》）」になっている。生まれた子（島津の祖）も、『薩琉軍談』では「義俊」であり、この系統では「忠久」となっている。島津家の祖先が「丹後局」につながる伝説は著名であり、『寛政重修諸家譜《かんせいちょうしゅうしょかふ》』などにもうかがえる。また、『薩琉軍談』では、頼朝の子を宿した「局」を助ける役割を畠山重忠が担っていたが、ここでは重忠の存在がない。このほか、島津の「稲荷信仰」や「犬追物」の由来などを引いている。「島津氏由来譚」の位置づけが異なっており、『薩琉軍談』では「義俊」が島津家中興の祖であると語られる、義俊の出生譚であるのに対して、ここでは「忠久《ただひさ》」から「綱貴《つなたか》」に至るまでの系譜となっている。島津綱貴は島津家二十代当主であり、結末の寛文十一年の謝恩使の頃には誕生していた。「島津家由来譚」と結末との付合を示す事例であろう。B群でも綱貴までとするのは、この諸本のみである。

第二の相違点は、物語の結末である。生け捕った官人たちと面会し、島津と琉球との同盟は、『薩琉軍談』とも同内容が語られるが、婚姻に関してははっきりと語られていない。それに加えて、家久が徳川家康よりねぎらわれ、褒美として「琉球」を与えられるくだりが語られ、家康と琉球王との対面まで描かれている。さらに、寛文十一年（一六七一）の島津光久と琉球王尚貞との往復書簡が引用され、琉球の「金武王子」が朝貢に来るという後日譚で幕を閉じる。琉球侵攻後の琉球の朝貢の様子を描くことは、侵攻の成果として重要な意義を持つだろう。この寛文十一年の謝恩使は五度目の江戸上り（江戸立ち）である。琉球が日本（ヤマト）へ朝貢に来るという結末は、琉球が日本（ヤマト）の属国となったことを示す重要な位置づけになるだろうが、なぜこの諸本が寛文十一年の謝恩使を結末にしているかは疑問である。〈薩琉軍記〉は『通俗三国志《つうぞくさんごくし》』や近松浄瑠璃の影響下で成立した作品であることは間違いなく、▼注[1]〈薩琉軍記〉の成立が寛文十一年までさかのぼるとは考えられない。「島津家由来譚」が綱貴までを描くことにより、寛文十一年という年には何らかの意味合いが込められていると思われる。この問題については後考に待つ。

この二点はB群の大きな特徴でもあり、A群の『薩琉軍談』とは異なった展開をみせる系統である。A群『薩琉軍談』とB群『島津琉球合戦記』とどちらが成立が早いかという点については未詳である。しかし、奥書からみると、B群は立教大学図書館蔵『琉球軍記』の「寛政七年」（一七九五）までしかさかのぼることができず、▼注[2]管見の限り、江戸中期の写本は確認できていない。奥書のみでうかがえば、B群はA群よりは後の作品群となるだろうが、真偽は定かではない。前述の寛文十一年の問題ともども、今後の伝本調査が待たれる。

ここに翻刻した架蔵本は、前述の特徴を持つため、『島津琉球合戦記』に分類できるが、内容は他本とは異なっている。大きな相違点は、全体的にほかの伝本より内容は簡略化されているが、佐野帯刀の遺児主水政形が遺恨戦を繰り広げる場面が追加されている点である。〈薩琉軍記〉は新納武蔵守と佐野帯刀との対立譚を軸に物語が増広されていく傾向がある。▼注[3] この追加も佐野帯刀譚の増幅によるものだと思われる。ほかにも琉球の武将専流子の記述も増幅されている。松原の戦いで新納武蔵守らを足止めする役目を担うのだが、これもやはり佐野帯刀の物語を際だたせるため、新納武蔵守を足止めする必要があり、改編されたものと思われる。これらの改編によって、他本より成立がくだることが指摘できよう。

成立は古く遡らないが、他本にはうかがえない物語を有し、A1『薩琉軍談』との関わりやB群の増広本であるB2『琉球軍記』とのつながりを考えるうえでも当本は貴重であり、ここに翻刻する。

▼注

（1）第二部第一章第一節「近世期における三国志享受の一様相」。

（2）資料篇6「立教大学図書館蔵『琉球軍記』解題と翻刻」。

（3）第一部第一章第三節「物語展開と方法―人物描写を中心に―」。

〔**書誌**〕

［刊写・年時］写本・江戸後期から末期頃か

［外題］ナシ（簽・破損）

［内題］琉球征伐記

〔尾題〕琉球征伐記
〔表紙〕原表紙、無紋、藍
〔見返し〕原見返し、本文共紙
〔料紙〕楮紙
〔装訂〕袋綴
〔絵画〕ナシ
〔数量〕五巻一冊（五冊合綴）
〔寸法〕二三・七×一六・二糎
〔丁数〕63丁
〔用字〕漢字・平仮名
〔蔵書印〕不明丸墨印
〔書入〕「五冊之内」「毛利／弥兵衛氏」
「石しう／つわの／もの／やしけ氏／はほん」

〔翻刻〕

琉球征伐記巻之一
目録
島津氏家系
蒙㆓台命㆒

新納武蔵守一氏軍略　』1

琉球征伐記

島津氏家系附蒙ル二台命一ヲ

漢書に謂る、戦克の将は国の象牙犬馬の人を当る。則ハ、帷蓋を以て覆レ之。況や、大切の人におゐて、ことや賞せすんば有へからすと云々。

抑薩州の史士従四位の少将大隅守源家久のいにしへをたつぬるに、清和天皇の後胤、源二位の右大将より朝の三男忠久に始て島津の氏を賜ふ。それより連綿と相伝ふ。頼朝かつて比企の判官頼員かいもふとにかよひ情深し、これよりよつて、その室ふかく妬む。本田次郎近経を使し、かの妹をうハはんとはかる時に、本田、その罪なくして死を賜ふを哀れみ、ひそかにともなひ京師にはしる。しかれとも、爰も又東土へ便近き所とおもひ、摂州へ下り鎮西へとこころさすの所に、かの姉かねて懐　』2

胎なり。既に月満、産の気にくるしむ。本田詮方なく、住吉へたち《（う）》越、かの所にて介抱す。ほとなく一子誕生す。時に治承三歳也。

　註に曰、摂州住よしに今に誕生の事跡残れり。この時明神瑞あらハし、狐火及ひ白狐来て母子をまもる。是よりして島津家代々狐を以て祥獣とす、と云々。

それより近経、母子をともなひ、安部野にしはらく居住し、そののち鎌倉に立帰り、より朝に謁す。公大によろこび、島津の荘をあたへ、相州にあり、常により朝ニ近仕忠貞をあらハす。建久七年大隈、日向を賜ハり、豊後の守に任し、畠山重忠のむすめをめどり、三男を産む。嫡子修理の亮忠よしと号す。二男因幡守忠綱と号す。三男左衛門尉忠道と号す。その　』3

後承久四年将軍犬追物御免の時、忠義命を蒙り、射法の故実を言上す。

註に曰、射手は伊集院左衛門尉頼長、氏家太郎敦重、同次郎泰村二十疋也。今に至て島津家ハ犬追物射法の家なり。近代命在て、この事に及と云々。

建久元年十月、島津忠綱高麗の山柄鳥を将軍へ献す。此鳥羽翼白キ事雲のことく声もまた日本の鳥に異り、将ぐんはなはだ愛し玉ふ。

忠綱の二男を久経といふ。久経の息を忠宗といふ。此忠宗和哥をよくす。

風渡る泉の川の黄昏《昏》に山陰涼しうつ蝉の声
忠宗の曾孫を氏久といふ。陸奥、越前の守なり。この人馬術の書を術す。嘉慶年中に卒す。氏』4久に息数多あり。嫡子元久といふ。応永四年に卒す。その舎弟久豊家禄を継、陸奥守に任ず。子息を修理の亮忠国、その子明久、その子忠幸、その子忠良、その子家久なり。

慶長十四年己酉年四月上旬、征夷大将軍従一位右大臣源の家康公、京師城に於て、薩州の太守島津大隈の守源家久をめしての玉ハく、今四海一統に静謐す。そのうへ豊臣の武威によつて、朝鮮国私命にしたかふといへとも、いまた琉球国王命にしたがハず。この儘に差置時は、且武辺のかろきに似たるべきか。いそき薩州の簱下をもつて琉球征伐有へきか。帰陣のうへに於ては、琉球一国すべて薩州の支配たるへき旨、家久謹て領掌し、急ぎ本国にかへり、子息光久及ひ良従めし集め、琉征の軍評まちまちなり。

時に』5家臣新納武蔵守一氏、席を進ミ、琉国要害の体、逐一に言上す。「抑琉球国海陸百七十里、舟の揚り場に関所有り。この所を要渓灘と号す。それより五拾里過て城郭あり。五里四方にて前に川水流岩石そびへ、大瀧ミなぎり落、この城より十里へたてて、南方三里四方の山城地あり。夫より海上十里を過て、西の方に二里四方の島有。是米穀をおさめおく所なり。倉百七拾十ヶ所はかり有り。号て米倉島といふ。又左りへまハりて一島あり。是を乱蛇島と号す。関所あり。それより五里はかり行て松原有り。この中に平城有り。爰を過テ三里はかりゆけバ、高サ三拾四丈の揚土門有り。次に又楼門あり。高鳳門と号く。その次に鉄石門といふあり。この所には常に千人の兵士、番手を組して弓、鉄砲をかまへ、厳重に備フ。是より　』6
西のかたは、ミな商人、職人、軒を並ぶ。この所東西凡百五十丁計、夫より一ツの門有。是より諸官人、大小軒をならへたり。この間二里はかりをすきで（ママ）、石垣高サ二丈計の惣築地あり。廻りに大堀を構へ、凡方四里の城郭に八十二の橋を懸る。後は日頭山とて高山あり。この山を越て八里はかりに、うしろ詰の城あり。此所を琉将王俊辰亥といふ者、三萬騎にて守る。その外所々の番所番所かそふるにいとまあらす。それかし若年の砌、かの地へひそかに趣き、地見の大略かくのことし」と演説すれバ、満座の諸士一同に耳心す。

大将家久、大に感じ、「寔に武蔵守か察智高考、頗る弓箭の知識と謂つへきをや。今度琉征の元師をなんちに授るの條、一戦に切靡け。凱哥を不日に揚へし」と、三尺二寸、金作の太刀を抜き、　』7
前なる三方をきり割りて曰、「列座の面々、今度新納武蔵守一氏、琉征の元師たるの間、かれが指揮にもかく族は、一々かくのことくたるへし」と、太刀を新納に賜ふ。時の面目身に余りて、一氏、御前を退出ス。諸士一同に（ママ）武蔵の守に随心す。

新納武蔵守一氏軍略

斯て慶長十四年、琉征大元師新納武蔵の守一氏、嫡子左衛門の尉一俊を相具し、御殿の上段に座す。照柿の熨斗目、水色の大紋、鶴の丸の紋所、紫色の露結ビ下け、大将より賜りし三尺二寸の差副に、銀の采配を持ちたり。正面の懸け物、中尊は大公望、左ハ九郎判官よしつね、右は楠庭尉正成なり。花瓶、香炉、御酒、洗米を備え、金作

の宝剣三振　』8
立ならへたり。
時に宗徒の諸士装束をあらため、異儀をただし、役儀の甲乙録の高下、家々の格式をもつてす。武蔵の守、執筆本間藤左衛門を以て軍配、役義等、ことことく記録す。

條々

今度琉球御征伐之被レ蒙二台命一ヲ、依レ之、蒙二君命一ヲ、新納武蔵守一氏為二軍師一ト、諸士一命非二塵芥一ニ、可レ抽二忠勤一ヲ者也。依レ之、記録如レシ件ノ。

琉球大元師新納武蔵守一氏判　録十二万石

第一備　種島大膳豊明　録八万石

鉄砲　三百挺　足軽　九百人　内頭五人
弓　三百張　同　九百人　右同断
鑓　三百筋　歩武者六百人　頭二人
騎馬　三百人　頭二人
熊手　三百人　頭二人　』9
飛口　三百人　同
太鼓　三十人　同
鐘　三十人　同
楯　二行　百人　同
力者　百人　同

棒　　二百人　　同

第二備　畑勘解由道房　録五万三千石

列右同断

同押へ　秋月左衛門尉之常　録十万石

列右同断

第三備　江本三郎左衛門尉重躬　録五万三千石

烈同断

第四備　松尾隼人勝国　録十万石

烈右同断

第五備　佐野帯刀政形　録七万石

烈右同断

押　新納武蔵守一氏

馬廻り騎士　上下二百人　』10

花形小形部氏頭　一万石　二百人

三好典膳定俊　一万石　二百人

花房兵庫忠道　一万五千石　三百人

池田新左衛門国重　一万八千石　五百人

小松原左内左衛門忠信　一万五千石　二百二十人

浜宮藤内行重　一万石　二百二十人

二里波門定治　一万石　二百二十人
島浦主水時信　一万石　百五十人
矢島甚五左衛門豊宗　一万石　百五十人
大島三郎左衛門忠久　一万石　百八十人
天野新兵衛近　一万石　二百人
篠原治部久春　七千石　百人
中将（條）左内春氏　五千石　七十人
中村左近衛門牧冬　五千五百石　八十人
和気治左衛門国春　五千八百石　八十五人
木戸清左衛門蔵永　五千石　七十三人
惣押人数上下四百人。是は武蔵守備、押への後軍なり。』11
小荷駄奉行　米倉主水清友　二万八千石　人数不レ知
小荷駄　千六百五拾五荷　人数不レ知
車　十五輪　二百人
後陣
鈴木内蔵助重郷　上下千人
吉田主膳　百人
有馬内記　百人
氏江藤右衛門　百五十人

桜田武衛門　二百人
大和田形部　三百人
小浜勝右衛門　二百人
前田十左衛門　百人
長谷川式部　百人
横須賀左膳　二百人
今井半蔵　二百人
内本半之右衛門　二百人

物目附役

永井靭負元勝　二千人　」12
岸左門　百人
向井権右衛門　二百人
太田庄左衛門　百人
亀井蔵人　百人
玉沢十内　二百人
川端主水　百人
道明寺外記　二百人
関段之丞　三百人
中川大助　百人

佐久間喜大郎　　二百人
惣人数　　四萬六千八百七拾三人
替り脇備人数　三万人
都合七万六千八百七十三人
此外
島津大内蔵　　一万人
同　左京（左京亮）　二千人
同　主税　　三千四百人
同　内匠　　千人　』13
同　左近　　千人
同　玄番　　三千五百人
同　主殿　　千百人
同　監物　　千五百人
同　采女　　五千人
同　左京　　五百人
右之十家ハ、島津氏家門衆にて大名と称す。
惣人数、都て十万五千八百七拾三人。
凡島津家の広大なる事、他より察慮のおよふ所にあらす。その大概をたすぬるに、拾二万石以上の家、五、六家、一万石以上、六、七十家、千石以上百人はかり、その外惣して、家中へ知行するところ四百万石余と云々。

琉球征伐記巻之一終　』14

琉球征伐記巻之二

薩州兵琉球へ乱入

千里城夜軍附和軍敗北　』15

琉球征伐記巻之二

薩兵琉球へ乱入

去ほとに、薩州軍佸一勢に調いしかハ、慶長十四年五月下旬、鹿児島を雷発あり。交野浦より兵船に取乗、鬼界か島に渡り、一日逗留有り。翌日、おのおの舟をうかめ、万里の波上を捲にもんて押すほとに、不日にして琉球国の要渓灘に近く、物見の兵、元師の舟に来て曰、「是より遠目かねを以てうかこふに、要渓灘に乱杭、逆茂木を引、要害堅固の体に相見へ候」と申す。武蔵の守、衆にむかつて曰、「切所の要害さそ有らん。しかし、敵の謀もあらんかと、此所に遅滞し日を送らば、却て謀計をあとふるな覧、おもふに不意の事なれば、いまた番兵なとも墓々しかるまし、元来兵ハ　』16

迅速をたつとむなれは、いさや一当、当テ見ん。先手の兵は銅の笛、貝鉦を鳴し、つつゐて鉄砲をうち込へし。敵周章の色見えん時、各鑓を入て突ミたし、騎馬をもつてかけ崩セ。かならす敵の首級をのそむ事なかれ、只うちすてたるへし。逃る敵に追すかふて、千里山まて押詰よ。しかれとも、此山の麓に陣をとるは、軍法に忌所なれば、三里に野陣を備うへし。王都へ五十里といへとも、一里六丁の積なれば、心易し。いさや進め」と下知すれバ、先鋒種子島大膳の簱下に、向坂、柴口、和田、菊地、原田党、早雄をの面々、我おとらしと鉄砲を引携引携、要渓灘と近付ハ、千里山まて纔三十丁はかりなれば、只一揉にうち破レと、櫓楫をはやめ押ほとに、はや南の』17岸に着と等しく、先手の鉄砲三百挺一度にはなしかくれば、あたかも百千の雷の一度に堕るかことく、くろ煙天を蓋ひ厳音地に響く。

この要渓灘ハ琉球の守ネ山将軍陳文碩か簱下に范俊喜といふ者、纔三百騎にて在番したり。今日薩勢不意に来ルへしとハ夢にもしらす、殊さら大軍に気を取ひしかれ、周章大かたならす。先陣の大将種か島大膳笑壺にいり、「時分はよきそ。蒐れや者とも」と下知すれば、何かハ以て躇ふへき、おもひおもひに鑓を入て突乱す。引つつゐて騎馬の勇士三百余騎、鑣をならへてかけたつる。その有様、偏に水象の浪を割、蒙古の竹林を出ることく憤然として当りかたく、更に刃むかふ者もなく、唯右往左往に敗走す。血ハ流レて広原を』18浸し、骸は積んて岳をなす。大将陳文碩大におとろき、急き千里山江早馬をうつて救をかふ。されとも薩軍短兵急に取懸れは、詮方なく残兵をしたかへ行方なく乱散る。薩兵ハ手合せの軍おもひの儘にうち勝、逃ル敵に追すかふて、千里山にと押逐《(懸)》ル。

この城は大将孟亀霊といふ者、三千余騎にて固めたり。臣下に朱伝説といふ士あり。衆を抽んでて曰、「今度倭軍不意発つて要渓の切所うち越、既に当城を襲う。いそき都へ早馬をうつて救ひを乞、その間城中厳しく守り、猥に出て戦ふ事なかれ。思に和兵、適琉地に来つていまた地理案内くハしからじ。夜にいらバ臨機応変の術有へし。且後詰来りなば、内外より挟てこれをうたば、和軍を敗』19せん事案の中なり」といふ。孟亀霊、是を聞、尤しかるべしと、四方に柵を振り、矢間に鉄砲、石火矢をそなへ、はや馬をうち、急を告る所に、寄手の先陣種子島大膳豊明、二陣畑勘解由道房、同時に押よせ、鬨の声を揚るほと社あれ、鉄砲をうち懸、喚き叫て攻立る。されとも城中鎮りかへつて音もなし。薩兵、おのおの勇をなし、「さては大軍にききおぢして落うせたるか。只しは臆して出さるか。何にもせよ、ただ一息に揉潰せ」と、各城をおつとりまく時、日既に西山にかたふく。新納武蔵守、この体をはるかに見て、「短兵急に乗いれ」と軍使を以て下知をなす。

第三にそなへし秋月右衛門尉行常、「軍は夜にいらん」と察し、兼て投松明を用意し、しつしつと集ミ寄なされとも、』20 将官孟亀霊ハ萬夫不当の勇将、殊更謀臣朱伝説、智ハ孫子か肺肝を出、謀ハ良平をも欺くほとの者なれば、弱能強を制するの術をもつて少しもさハかす持堪ふ。寄手も少し責あぐんと見へし時、日既にくれけれは、三里退て陣を取、遠篝を焼て夜をあかす。

千里城夜軍附和兵敗北

斯て城中にハ朱伝説か謀にて、終日防戦に日をくらす。伝説かねて倭の軍中へしのひを入レおきたれハ、能々見積り、その夜の三更に、程兵五百余騎を勝つて、各投松明ニ火攻をそなへ、城の東門よりひそかに押出し、軍場遥に見渡せば、衆星北に拱し、四更に近くなんなんとす。伝説下知して、「時分ハよきぞ。打』21 入」とて、薩軍の端備へ松尾隼人勝国か陣所へ笑酌もなくうつて入、鉄砲を放し蒐立る。味かたにも兼テ油断はせされとも、目さすもしれぬくらき夜に、いまた見馴ぬ琉地に入方角とてもさたかならねバ、少し漂所を得たりや、応と一同に投松明を打こめ、手々に火箭を射懸たり。さしもの松尾の兵、数多うたれ、是非なく佐野帯刀か陣へ乱かかる。

折ふし風はけしく、炎天をこかし、黒煙り地を蓋ひ、佐野か陣へも火懸りけれハ、これより薩兵大に騒動し、爰かしこに乱れ散て、大に戦ふ。佐野か手下の士、沼田郷左衛門秀虎と名乗、只一騎かけまハり、敵十七、八騎伐ておとし、近付者を靡まハる。爰に孟亀霊か一族に孟飛炎といふ大強の勇士、』22馬を飛してかけ来り、一丈八尺の鉾をおつ取のべ、郷左衛門に渡り合、一往一来切むすぶ。飛炎ハ項羽かいかりをなせバ、秀虎、朝比奈か勇ミあり、互に秘せし所なれば、七転八倒して相戦ふ時に、飛炎鉾を捨て沼田をつかんて中にさし揚け投んとす。秀虎、心利の勇士なれは、のけさまに飛炎か面頬、割れよ砕けよとうちこんたり。大事の痛手なれば、堪らす馬より落るを、おこしも立ず首を取上る所へ、琉兵数十騎かけ来り、郷左衛門を引包ミ、八方よりうつてかかる。佐野帯刀是を見て、威多天のことく蒐来り、「郷左衛門をうたすな」と大音揚て飛かかる。琉兵かなはしとやおもひけん。沼田を捨て乱レ散る。伝説かはも流石に小勢なれは、手かろく軍を引』23て入る。

帯刀政形歯かミをなし、敵の跡を喰留メ、直に城中に付入にせんといさミかくる時に、元師武蔵の守より軍使来り、高こゐに呼ハつて曰、「今夜の騒動、山手の陣屋よりことことく見とどくる所なり。物見の怠り不届千萬。別して佐野帯刀の組下、遠見役の者とも、急度制法をくハへられしかるへし。さて明朝ハ勢を分、これより巽の方七里去て虎竹城といふ有り。此所へむかふべし。まづまづ今夜の戦に手負、うち死の姓名を記し越さるへし」となり。帯刀承り、則、うち死、手負の者悉く姓名をしるし遣す。

討死の分

蜂屋藤内　和久佐右衛門　大田作之右衛門

中西主水　島村宇兵衛　泰村権兵衛　』24

新原伴右衛門　向井玄番　田中久兵衛

右ハ鉄砲組、弓組のうちなり。

玉木八左衛門　沢部常右衛門　塚本小伝治

矢辺矢柄　　佐和六左衛門　左江泉右衛門

以上、侍分十六人、足軽五十七人、雑兵二百七拾九人

手負十一人、都合三百六拾三人

　琉球勢うち死、三十六人、手負数は不㆑知と云々。

武蔵守、書付を一覧し大に怒り、深く帯刀を罪《（ママ）》を問う。政形、答に後誉を以てす。是より両人互に憤心を懐く。まことや諺に両雄並立時ハ、かならす一雄亡ぶと聞なるかな。此後日頭山の合戦に於て、佐野政形比類なき名誉をあらハし、討死して恥辱を雪しハ、此懐報とそきこへたり。』25

琉球征伐記巻之二終　』26

琉球征伐記巻之三

　目録

虎竹城に一氏破㆓琉兵㆒

　附琉将張由幡血戦

乱蛇浦松原琉薩大に戦

　附孔山郡敗死　』27

琉球征伐記巻之三

　虎竹城一氏破㆓琉兵ヲ㆒

去ほとに、新納武蔵守、千里城にハ押への人数を差置、夫より巽の方虎竹城へと雷発す。先備は里見大蔵英久、

人数二千三百余人、次に備畑勘解由道房、その次、江本三郎左衛門重躬、後陣ハ新納武蔵守一氏、自衆軍をひきゐて進みよる。この所ハ琉王の一族李将軍貞国候慶善簱下の張由幡、石徳札、降子松、林玄的などいふ云万夫不当の勇士、凡軍卒一万五千はかりにて楯こもつたり。

追手搦手同時におしよせ、おめき叫てせめたつる時に、大手の櫓より武者壱人大音声を揚て曰、

理剣爰当如是未聞琉国元於薩国無仇然理不尽取囲者汝等 』28

忽以磐如砕雞卵自滅無疑迅速可退ト云々

左有レとも、聴なれぬ琉言なれは、さらにわからす。爰に里見か組か下に浜崎与五左衛門といふ士、諸国の言語を通達しける故、是を聞取、一々書付を以て武蔵守方へ告る。一氏是を見るに、「琉言に曰、軍勢をむけらるる事、是まて見さる所也。元来琉球、薩州へ敵対したる事なし。併しなから、理不尽に攻らるるに於てハ、磐石をもつて卵を砕くかことくせん。自滅うたかひなし。速に退くへし」となり。新納大に笑つて、「きやつハ琉球の弁舌者と見えたり。言をもつて我をとりひしかんとの調略ならん。その儀ならバ、無二無三に攻やぶれ」と下知すれば、早雄の若 』29

侍、我も我もとかけ出し、兼て用意の梯を堀へはねかけ乗いらんとす。城中にもたくハへおきたる大木、大石、雨のことくに投出せバ、是か為に死傷の者多し。されとも勇きつたる味方の軍卒、すこしもひるます、乗越乗越、既に堀際まて押詰る。城兵も爰をやふられしと弓、鉄砲を手しけくうち出し防戦す。去に依て、味方暫時に手負、死人の山を築。

武蔵守是を見て、かくては味かたの兵多く失せんことを愁、即時に下智を伝へ、近辺の民家をこぼち埋草をとりよせ、暫時に三方の堀をうつむ。そのうへに取登り、火箭を射かけ、数千の火玉を飛せたれば、城内の陣小屋に火燃付、黒煙地を蓋ふ。城中是におとろき、 』30

右往左往に周章す。寄手、この体を見て、時分はよきそといふ儘に、同音に鬨を発し責詰る。火勢鬨の声に相和して、ほとなく猛火盛に燃上り、早本丸にも火懸りぬ。

　李将軍慶善も詮方なく、剣をぬきて、自首刎んとす。張由幡、急に押留、「それかし命の有中は努々御生害有へからす。一方をうち破り、君をおとし奉覧」と、慶善を守護し、南門を開キ蒐出す。薩州勢是を見て、横須賀久米右衛門、向坂千左衛門、関段之丞と名乗、その外騎馬武者三拾騎、大将軍と見てければ、我うちとらんとおつ取巻。張由、大キの眼をいからし、方天戟を舞してうつて逐《（懸）》る。その威風憤然として、当かくる関、横須賀、向坂の三士、爰にして討死す。残兵八 』31 方へ蒐散し、君を守護し落てゆかされとも勝ほこつたる。味かたの大軍、追々にかけ来り、行先道をさへきつて、稲麻竹囲のことく盛気勃然として、昔の張子龍か再来とも謂つへし。難なく一方をうち破り、飛かことくかけ抜て、米倉島に続きたる渚にそふてうつて出、小舟に取乗押出す。

　かかる所え武蔵守、十文字の鑓ひつさけ、馬を飛せて蒐来り、大音声を揚て、「海手の小舟は李将軍と相見えたり。あれうち取て、恩忽にあつかれ」と身を揉て下知する所へ、種か島大膳、宙を飛せてかけ付ケ、「先鋒豊明、是に有。李将軍を生捕ん」と早舟に取乗て、飛かことくに追蒐る。既に間五、六十間斗に見なし 』32 三十目玉の鉄砲、雨のことくうち懸る。張由ちつともさハかす、李将軍を舟庭《（底）》に隠し、我身を楯になし、揉に揉ておして行。天その忠貞を感し玉ふか、大膳か乗たる舟、十分に張たる帆縄切レて水に入。その隙に張由か舟、漸こきぬけ、虎の口を脱れ落て行く。豊明、歯かみをなし、身を揉所へ、新納が兵舟、追々漕来り、この体を見て、武蔵の守嘆して曰、「嗚、張由、琉球無双の英雄と謂つへし。天かれか忠烈をかんし、幸に脱る事を得たるならん。臣たるの道、誰もかくこそありたけれ」と感賞数声、軍を納めて陣を張る。

乱蛇浦松原琉薩大戦

去ほとに、薩州勢、二手にわかつて押よする。乱蛇浦へハ秋月右衛門の尉之常、花形小形部うじ房、三好典膳　』33
定治、花房兵庫忠道、池田新左右衛門国重等、先手の兵士三千余騎、松原道へハ、大崎三郎左衛門忠久、天野新兵衛近俊、篠原治部久治、中将左内春氏、中村左近右衛門政冬、和気治左衛門国秀、木戸清左衛門信秋、後軍は元師、衆兵を将ひ、進見行。

乱蛇浦の大将、孔山郡師といふ者かためたり。翌日午の刻、魁将秋月勢、乱蛇浦へ着と等、はや鉄砲をうちかけ、鬨の声を揚て押かくる。城中よりも、弓、鉄砲をうち出し、爰を詮とふせき戦ふ。池田新左右衛門国重、獅子憤震の勇をなし、一番に鑓を入るれば、是に続て鈴木三郎左右衛門、三津判兵衛、間源八、関大太郎、野木団作、大館専蔵、我おとらしと鑓を入れて突ミたす。

かかる所へ力者組の中より、阿部熱太郎、東条八兵衛、村上強八、笹　』34
尾十蔵なと大力の壮士、手々に金鎚、大槌をもつて塀も柱もうち潲ち、四方より火をかくる。此勢に堪かね、城兵四角（ママ）八方へ散乱す。大将孤山、弓折れ、箭尽、西門より逃出、馬を打てはしる所へ、花房兵庫か家臣玉沢与左衛門是を見て、諸鐙をあわせ、のかさじと追逐（懸）る。元来玉沢精兵の手垂なれば、只一箭に孔山を射落し、首を取てさし揚け、天もひひけと大音声をあけて、「乱蛇浦の大将孔山郡師といふ者を、花房兵庫忠道か郎等玉沢与左衛門武繁うち取たり」と呼ハつたり。大将亡ひ、残党まつたからす、乱蛇浦終に落城す。その夜、武蔵守、玉沢に対面し、今日の城攻第一の功を賞し、即座に金作の太刀一振をあたへしとなり。

去程に、松原　』35
道へむかひし輩、道筋の小城小城を焼うちにして、進ミ行事五里はかりにして一城あり。是すなハち琉球の探題武平候林浜、三千騎斗にて楯籠。遠見の者、斯とうつたふ。林浜、衆を集め防戦の軍義をなす。門下に専流子といふ賓客あり。よミよく天文に通しても、能々地の利に達す。けんせんとして曰く、「予きく、民呵政にくるしむ刻バ、天不正の気を降す。当時の形勢、将おこり、君おこたり、当に天運順環して、琉朝命をあらたむるの時節至来せり。今薩兵遠路を来つて城々を襲ひ伐つ。その鋭気当るへからす。見たりに出て戦ハんとせハ、都て敗をとらん。その方寸のはかりことを以て、暫は堪へし。君御隙に皇城へ駕をはせ、』36
大王の安否を見届け玉ふへし。予亦君の安否をきかん中は、当城を敵に渡すことあるまし。凡はかりことハ密なるをよしといへば、君皇城へおもむく事は深く包、臨機応変の謀略有へし」と云。林浜、元より専子か神機妙算有事をよく察し、防戦の指揮、ことことくかれにまかせ、その身ハ皇城へ趣くよういをなす。

琉球征伐記巻之四

目録

琉球征伐記巻之四

日頭山合戦附佐野帯刀戦死

かくて松原道へむかひし輩、道々の小城を乗取り、その勢風塵をまひてきそひ来る。城将専流子、元来孔明か腸に分入たる名将なれは、ちつともたゆますして、軍士に令を下し、八門金鎖の陣を布く。武蔵守、敵中にその備へ有を見て、即時に軍令をなし、陣を鶴翼にそなへて進ミよる時に、乱蛇浦へかかりし秋月勢、敵城をかけくづし、勝ほこつたる大軍、あたかも大浪のみなきるごとくおし来り、只一息に乗破レといさミかかる。

爰に佐野帯刀政形は前の日、千里城の合戦、朱伝説に夜うちせられ、軍事をあやまち、大将武蔵の守と不快な』38

れは、いかにもしてこの恥辱を雪とおもひ、此度皇城の一番乗を心懸、兼て生捕置たる敵卒に地利の案内をよく聞取、ひそかに良従を集メて曰、「予きく、先んする時は人を制し、後るる時ハ人に制せらるると云々。前日千里山の敗軍、新納か謗言、予が骨髄にたつする所なり。去によつて今よひ九死一生の戦をいたし、前辱をつくろハんとおもふ。幸に案内ハきき置つ。是より本軍に引違ひ、間道をめぐつて、ひそかに日頭山へ取登つて、帝城を目の下に見下し、頂上よりさか落しに蒐落し、無二無三に乗込ン。左あれは、この戦においてハ萬に一ツも命を全ふせん事かたかるへし。旁の異見いかか有」ととふ。倉橋伝左衛門〈七百石〉、三好八』39

左右衛門〈五百石〉、衆評をまたす進ミ出、「御尤におほへ候。武門のはけミ、尤こう社有へけれ、しかし、千里山の敗北は、すこふる戦場のならゐにして、あなかち殿の制法拙きにならす。なかんつく、武州の双言時に取つてハ武辺の一筋ともいふへきか、左有るに於てハ怨心をなためられ、百戦百勝の御術こそあらまほし。臣聞、天子は私のいかりを以、公事をあやまたすとこそ承り候」といさめたり。帯刀、その時色を正して曰、「それ四方に使して君命を恥しめさるハ、臣たるの道と云々。抑本国を出より、今度の戦場において武勇をあらハし、英名を後代に伝へ、君の応言に預らん事、人々懇望の所なり。とふに琉征数日、漸々数城を傾け、残るハ皇城はかりなり。臣等』40

の諫たる事なれとも、国にかへり何面目有て、君面に対せん。且ハ武辺の勇なきに似たり。それかしに於てハ、一向手詰の一戦を懸ん」と、寔におもひ切たる形勢、面容にあらわれ、諸士いさむるに詞なし。

時に横田嘉助、和田東右衛門、加藤弥兵衛、鈴田八郎治なと若手の英士かたハらにひかへしか、走馬にむちをくハふることくおとり出、「君の命すてに窮る。不得心のかたかた立去玉へ」とよハれれば、何かハもつて遅くすへき、はやり雄のわか武者、我も我もと進いで、帝城の先かけして討死せんといさミ立。政形大によろこひ、究竟の英士八百余騎を勝つて、残る軍勢をハ二男主水政常〈十七才〉に附ぞくす。遺命ハいにしへの楠公嫡子金吾正行へ庭訓の詞をもつてす。

かくて用意一精に　』41

そなハりしかハ、程兵八百余騎、魚鱗にそなへ、その夜の三更に高鳳の門のうしろなる日頭山に取のほり、帝城を一目に見下し、時分ハよしといふ儘に、鉄砲うちかけ、同音に鬨をとつと作りかけ、日頭山の頂上より逆落しに蒐おとす。その勢恰も、らいていの轟ことくなり。城中かくとハおもひもよらす、「こハいかに、孤軍天より降たるか」と、おのおの周章大かたならす。寄手の大将佐野帯刀、鎧一ツ鍗し、真先にかけ出、大音声をあけて、「大日本薩州の太守大隅の守家久の家臣、佐野帯刀橘の政形、琉球王城の一番乗」とそ呼ハつたり。相したかふ軍勢、おのおの今よいを限りとおもひきつたる勇士なれば、殺気天を突キ、その勢けつぜんとしてあたりがたし。和田東右衛門、鈴田　』42

八兵衛、一番二番に鑓を入レ、鑓下の高名す。程なく惣懸りに押詰メ、難なく城門をうち破り、我も我もと乗込たり。

佐野か郎等に横田嘉助といふ大強不敵の壮士あり。能首とらんと、爰かしこをかけまハり、官人壱人をとらへ、「此陣屋の大将は何者そ。なんぢ案内せよ。左なくバ忽うちころさん」といふ。官人おとろき領掌し、すなわち嘉助を伴ひ、別館に至り、「此内こそを李将軍の舎弟李子発の居所なり」といふ。嘉助よろこひ、うかかひ見れば、ともし火明らかにして、李子発、床几にかかり剣を抜持ち、左右に官士引副たり。嘉助、着たる甲を鑓の石突にくくりつけ、内へ入てうかこふ。子発、長剣をもつて是を伐るに、誤て天上へ切付たり。嘉助、得たりとかけ入り、李子発を突倒ス。』43

両臣、嘉助に渡り合。戦ふ所へ、和田藤右衛門かけ来り、終に両官を伐る。嘉助、子発が首をとつておとりいて、「陣屋の大将李子発といふ者を、横田嘉助うち取たり」とそ、よハわりける。佐野帯刀、聞とひとしくかけ来り、扇子をひらきあふき立て、「天晴、汝ハ我か公時なり」と賞す。

子発うたれしときこへしかハ、琉球いよいよ騒動し、上を下へとひしめく所を、佐野か兵、得たりや、応と矢叫ひし、四方八面にきりまくる。武平候林浜もこの陣にくハハりしか、乱軍の中に命を没す。残る官人、散々に皇居をさして逃て行。

佐野帯刀、皇城の関の紋をおもひの儘にうち破り、「尚、先登りの形勢、新納か方へ知らせん」と、士卒に命し、館舎をうちこぼち、火をかくる。折ふし』44

日頭山の山おろしはけししく吹て、ほとなく陣所陣所へ火うつり、猛火さかんに燃上る。皇居に近き町人、百姓、かのおとにおとろき、「こハいかに成行事よ」と、老たるを助け、おさなきをいたき逃迷ふ。浅間しかりし形勢なり。

政形、和田藤右衛門、横田嘉助よび、「汝両人、いそき松原道へはせ行、武蔵守に対面し、政形こそ今宵帝城の一番乗りを仕候也。いそき帳面にしるし玉ハれ」といい賜り、その身は直にからめ手の城へとはせむかふ。

此所は大師王俊、玉後辰亥等たて籠、しかも無双の要害なれバ、帯刀、矢たけにおもふとも、かなふへくもあらされとも、今度の戦ひ、ひとへにうち死とおもひ切たる事なれハ、強敵を事ともせす、衆軍を勇めきそひ、かかるその鋭気、勃』45

然として、あたかも雷光のけきすることとく、時に大手の櫓より大音によハわつて曰、「城将王俊、勢ひ窮り、和軍へ降んと、去なから城中、大勢なれば、暫く関城の間、虎口を退き玉ふへし。今よひ二更の比、城をひらく。降参仕覧」とそ、よハわりける。政形か運命窮断にや。是を諾し、十五丁退て陣を取。王俊、「仕すましたり」と、よろこひ、「今よひ、敵陣を夜うちにし、一人不〻残うち取、大王の御感にあづかれ」と、士卒に令を下し、合ヒ詞をさだめ、王俊、千五百騎、後軍ハ流蘭、三千余騎、惣勢都合五千余騎、人馬に牧をふくませ、火箭、投松明など、頗る火攻の具を備、しづしづとうちよせ、帯刀か陣をあたかも鉄胴のことく取りかこミ、同音に鬨をあくるとひとしく、鉄砲、火矢を射かけ、』46焼竹を積んて、散々に焼立る。佐野か兵、一昼夜の戦に、身力疲れ、その上、敵将降参といふに心ゆるし、陣中備へなし。されとも義を金石に竟へし勇士なれば、ちつともさわがす、敵を迎ふ。政形、程兵を前後に順へ、大将王俊かひかへたる千五百余騎か真中へおめゐてかけ入。巴の字かり廻り、十文字にかけ通り、七転八倒して相戦ふ。その心ひとへに、大将とちか付組んと思ふに有り。されとも王俊はかり事、衆に越へ勇気無双の大将なれば、備をかためて、能々戦ふ。佐野か勢残りすくなにうちなされ、その身も痛手数多負けれは、今はこれまてと忍ひの緒をきつて捨て、兜を脱て、大童になり、千変万化と手をくだき、死にくるひに成て相戦ふといへども、従兵次第に被討、』47殊に後軍琉蘭か勢おち重り、竹囲のごとく追取こめ、一人も残さしと責立れば、愍むへし。政形、乱軍の中に命をおとす。大将、斯と見てけれバ、残兵、何かためらふべき、我も我もとかけ入かけ入、一人ものこらず討死し、骸ハ戦場にうつむといへども、美名ハ後代に伝へたり。

琉球征伐記巻之四畢　』48

琉球征伐記巻之五

目録

新納帝都を責る

専流子節に死す
附佐野主水勇戦
琉球評定
諸将凱陣　』49

琉球征伐記巻之五
新納帝都を責る附佐野主水勇戦

去ほとに、松原の城将専流子、希代の妙術を以てにいろか大軍を防きこばむ。薩州、一氏、見たりに責時ハ、兵士を多く損せん事をうれゐ、ひそかに籌策をめくらし、水の手を断ち切る。城兵、是によわり、心身を苦所に、和の軍、間道を廻つて、早帝城へ責いるよし風聞するとひとしく、皇城の方にあかつて、大キに火の手を揚る。ほのう、天をこかし、鬨のこゑ、矢叫の音、手に取ことくきこゆれば、城兵、大に色をうしなひ、あきれはてて見えし所、武平候林浜も乱軍の中に討死ときこへしかバ、専流子、今ハ是まてとおもひ、士卒をもつて敵陣へ謂つて曰、「城　』50

将専子、運命爰に窮り、速に自殺せんと欲す。開城のうへ、残卒助命の義、都督の愍心仰くのみ」と、新納これを聞、大に感し、「専子降参のうへは、将士とも一統に継命子細あらし、努々生害の義あるへからす」と返答す。専流子、涙をうかめ、「敵なから天晴智仁の大将哉。去なから、我存命の内、当城をひらきなハ、言葉を盗むの徒なり。専塚下に於、何を面目としてか林浜に見えん」と、頓て門櫓に登り、薩勢に向ひ、懇に継命の恩を謝し、剣を抜て、自首刎て死す。憐むへし。流子、表に江山の秀を聚め、胸には怪天の機を蔵す。その外、林子か賓客として、一言約誓の中儀の為に命を没す事を。(ママ)

斯て皇都の大変、一時に流布し、所々の城々以の外ニ騒倒　』51 し、大王の安否覚賀なく、我も我もと守城を捨て、帝都をさして乱レゆく。依レ之、諸城、累卵のこく（ママ）潰れ、瓦の如く砕けて、薩兵一同に押来り、新納か勢と一手になる。惣軍あわせて拾萬余騎、風史雲を捲き、山口月を吐くかごとく、その勢、りんせんとして、逆浪の漕るにことならす。

爰に佐野帯刀か次男主水政常、行年十七才、父の戦死をきくよりも、恨気むねに満ち、何として王俊をうつ取、この無念をはらさんと家の子、横田嘉助、和田東右衛門を初め、加藤才蔵、鈴田兵八、三好大六、倉橋作内、并ニ従兵、沼田郷左衛門秀虎、堤団右衛門定明、その外程兵前後に随えへ、惣軍、皇城へ着とひとしく、自余の敵には目もかけず、大師王俊か篭たる詰の城へとかけ出す。引続て、秋月　』52 右衛門の尉行常、大軍をひき并進ミよる。兼て主水か心を察し、父の怨をうたさんと敵城をおつ取まき、一人も残さしとひかへしか、主水是を見て、勇進ミ真先に馬をおとらせ大音揚け、「先夜、賊徒にの姦計におち入討死せし、佐野帯刀か次男、同苗主水政常、生年十七才、今朝より父の怨とうつ」と呼ハつて、一文字に突かかる。つつゐて沼田、和田、横田、堤、倉橋、加藤、三好、我劣しと鑓をいれ、散々に責戦ふ。城中もさすか有る勇士なれハ、爰を詮とふせき戦ふ。血ハ流れて、時ならぬ城外に渕をなす。詰にひかへたる秋月右衛門尉、主水に手からを与んと只取巻たるはかりにて、固唾をのんて見物す。取分主水ハ倶不戴天の一戦なれハ、切レ共射れとも、事ともせす。東西にはせ通り、南北に　』53 追なひけ、即時に十三騎斬て落し、六騎に手をおふす。七転八倒して相戦ふ。

横田嘉助ハ先夜の合戦にはつれ、活のこりたるを無念におもふ。「今度ハ是非に死なん物を」と、兜を取てなけ捨、大童に成て、鉄棒をおつ取のへ、当るを幸にうち倒す。その形相、鬼神の所為かとうたかハれ、更に喩に物なし。その外、三好、加藤の勇士、我も我もと踏込踏込、死に身に成て切まくる。さしもの琉兵たまりかね、散々に成て逃てけるを、つゐて城へのり込間、和田藤右衛門、一番に城へかけ入、大音あけ、「佐野帯刀か次男主水政常、後詰の城の一番乗」と天も響けとよハわつたり。きくと等しく、秋月勢同音に時をとつと作りかけ、微塵になれと責立る。新手の鋭気当りかたく、王俊以下ことことく降人に成て　』54

出ければ、のこらず主水か手へからめとり、勝鬨を揚け、勇ミすすむ。

去ほとに、新納大軍一同におしよせ、高鳳門をうちこへ、皇居をさしておそひうつ。その人々には、先鋒種か島大膳豊明、里身大蔵久英、畑勘解由道房、江本三郎左衛門尉重躬、松尾隼人勝国、秋月右衛門尉之常、佐野主水正常、これらを宗徒の将として、その外、惣軍後陣は新納武蔵の守、軍烈はなやかに隊伍をみたさず押とをる。

かかる所に琉将王李と書たる旗を真先におし立、三千斗の勢、道をさへぎる。先鋒種子島大膳、につことわらひ、「やさしき毛唐人かふるまひ哉。あれうちくたけ」と下知すれは、二の身にそなへし大島三郎左衛門忠久、二里波門定治、八島甚五左衛門豊宗、小松原左内左衛門忠信、陣をくりかへ真先に馬をいたす。つつゐて里見、江本か兵、我うちとらんと進よる。王李　』55

か陣より、身の長抜群にたかき兵、指物に郃達と書付たるか、只一騎、長き鉾を持、衆をはなれてよくよく戦ふ。小松原忠信、これを見て、物々しやとかけ来り、郃達と渡り合い、火花をちらしきりむすぶ。されとも郃達したたかなる猛勇なれバ、忠信爰にて討死す。八島甚五左衛門豊宗、敵に首をわたさじとはせ来り、引組んて落る所へ、八島か郎等おち合て、終に郃達をからめ取、是より惣懸りに成て、終に敵軍をおつかへし、皇居をさして乱入る。

敵味方の射ちかふる矢は、秋の野の薄をミだし、砲玉の飛ふ形相は冬天の霰のことし。汗馬を馳違ひ、せいき南北にひきかへる。寄手の将士、勝いくさに競ひ、余りに深入して心ならす、うち死するも有り。敵中にも義を重し、名を恥る輩は、命を葵芥に比して防たたかひ、暫く時　』56

をうつす所に、営中にこへ有て、「李将軍慶善、光録太夫陣跡、左将軍元祐、大司徒貞成、忠南帝候沢郎斎、その外、官士七拾三人、里見大蔵、江本三郎左衛門の手へ生捕たり」と呼ハる。営中、斯のことし。況や下軍に於ておや。既に惣崩レニ成りて右往左往に潰乱す。

薩将、追々にかけ入、大王を生捕高名せんと爰かしこたつぬれとも、更に行かたなし。爰に後軍、鈴木内蔵助重郷の組下に吉崎宇右衛門、浜田郷助、両人即時にはかつて、町人とさまをかへ、ひそかに町家小路なとをうかこふに、焼残りたる寺あり。この中を不審におもひ、寺中へ訪ひ、元より両人心ききの老者なれば、宰府子貢か弁舌をもつて、易々とはかり綶せ、相図の螺貝をふくとひとしく、内蔵の助重郷、胴勢にて寺中へ込いり、王公官人以下、百八　』57

十人、ひとりものこらす生捕り、大将の陣へ引。

新納即時に下知して、軍を納メ、所々に高札を建る。

掟

一　諸軍勢乱妨狼藉并押買之事

一　女犯姦婬并焼亡ノ事

一　高名之品可為実検之支配并直参倍臣高下有間敷事

右條々、可相守。於違背之輩有之者可所厳科者也。

諸卒是を見て、放て狼藉をなさす。国民、安堵かおもひをなす。爰におゐて琉球一円に平静す。

琉球平定掟　諸軍凱陣

去程に、武蔵守本国へ早馬を以勝軍をうつたへ、夫より焼跡に陣屋を構へ、国中の仕置等堅ク申付、諸士へ触て首帳をしたたむ。　』58

琉兵をうち取所の首級員

一　種島大膳手の組へ　　千二百一級
一　佐野帯刀組へ　　五千八十級
一　里見大蔵組へ　　二千六百二級
一　畑勘解由組へ　　千五百十二級
一　秋月右衛門組へ　　一万百十三級
一　佐野主水組へ　　三千四百二級
一　松尾隼人組へ　　二千二百級
一　三好典膳組へ　　八百十五級
一　江本三郎左衛門組へ　　千七十一級
一　花房兵庫組へ　　六百七級
一　花房小形部組へ　　五百八十六級
一　池田進左衛門組へ　　百十八級

薩摩士討死

佐野帯刀政形　　池田新左衛門国重
小松原左内右衛門忠信　　二見波門定治
横須賀久米右衛門　　向坂与左衛門
関団之丞』59
その外雑兵都合一千八百四十三人

凡此度の合戦、慶長十四年五月下旬よりの事なれハ、今年中もかかるへきを、同年七月下旬纔に六十余月に早定せしこと、是全く佐野帯刀、日頭山の一戦に一命を捨て花戦有しによつて也。かるか故に軍敗して後、武蔵守、佐野主水に対面あり、「今度政常か抜くんの戦功を賞し、且父帯刀、帝城一番乗の高名、義心絶倫の振舞なりとふかく感し、凱陣ののち忠賞かろかるまし」と懇に鈁慰す。是に依て正常忽心とけ、永く水魚の思ひをなす。

かくて島津家にハ新納か注進きくとひとしく、早馬をもつて駿府へこのむねを言上あかり、先々琉王を薩州摩へめしよせ、以来本朝へ帰伏すへきやいなやを、たつね究へしとの厳命なり。頓て琉球へ達し、急キ凱陣すへきよしや。武蔵守、惣軍へふれて、琉球所々の城番を定む。』60

一　帝城　松尾隼人佐
一　高鳳門　篠原治部
一　早場　鈴木内蔵助
一　日頭山　佐野主水
一　乱蛇浦　秋月右衛門尉
一　米倉山　江本三郎左衛門尉
一　虎竹城　里見大蔵
一　千里城　畑勘解由
一　要浜灘　種ヶ島大膳
検守　島津采女　島津玄番
惣押　新納左衛門尉一俊〈武蔵守嫡子〉

武さしの守一氏、琉王以下の生捕を引具し帰国有る。その体誠に勇しく見へし。

斯て、太守、唐木の書院におゐて対面、和睦合体の卮相すみ、ほとなく琉球守番の諸将帰国あり。忠賞衆行ハる。同年八月、将軍家より使者至来す。「今度琉征早速勝利有、国王をとりこにし、日本へ帰』61伏せしむる條、希代の壮奐なり。依て兼約のごとく、琉球一円、島津支配たるへき」との厳命なり。島津家つつしんて拝謝し、即日琉王を伴ひ、駿府にいたり、君に謁し奉る。是より琉国永く日本へぞくす。

そののち寛文十一年七月、家嫡光久、琉球をともなひ将軍に、

琉球王書翰

謹而奉レ捧二書翰一ヲ。抑去年、薩州大守光久奉二鈞命一ヲ、而予カ嗣琉球国之爵位一ヲ、奉レ述レ賀ヲ詞使小官、金武王就二光久一ニ、献上不宜ノ士里一ヲ伏、而翼ハ以諸大老指南一ヲ、可レ達二台聴一ニ儀可レ仰、誠恐惶不宣。

寛文十一年五月　中山王尚貞

板倉内膳正殿
土屋但馬守殿
久世大和守殿
稲葉美濃守殿』62

反簡

使義、金武来テ致芳簡面ノ話ノ惟同シ。抑去歳、薩州大守光久申達、琉球国伝封之儀、為安堵之加儀被献使者一ヲ。奉レ之登堂一ニ、如数披露レ之奉レ備、台説一之所使者被召出一、奉拝御前、御気色宜幸甚可被二安堵、遠懐尚認二使者畢不宜。

寛文十一年八月
従四位侍従兼内膳正源重矩

従四位侍従兼但馬守源教直

従四位侍従兼美濃守源宿祢正則

廻報中山館前　』63

6 立教大学図書館蔵『琉球軍記』（B2・②）解題と翻刻

〔解題〕

ここに翻刻した立教大学図書館蔵『琉球軍記』（B2・②、以下、立教本）は、B1『島津琉球合戦記』の増広本、B2『琉球軍記』諸本の一伝本である。

立教本は、寛政七年（一七九五）という伝本三点の中で、最も古い書写年時が記されている。文中に「忠洪《ただひろ》」（島《しま》津《づ》重豪《しげひで》、一七四五～一八三三）の名がみえる。これは『琉球軍記』伝本すべてにうかがえる特徴であるが、立教本が書写された当時、重豪は存命であり、立教本は『琉球軍記』の成立時期に限りなく近い伝本であると言える。奥書にみる「近藤」氏は未詳である。

また、西欧諸国の名が詳しく、日本の対外交流をうかがう上でも恰好のテキストといえ、ここに翻刻を掲げた。

〔書誌〕

［刊写・年時］写本・寛政七年（一七九五）

［外題］琉球軍記（簽・書・原）

［内題］琉球軍記

［表紙］原表紙、無紋縹
［見返し］原見返し、本文共紙
［料紙］楮紙
［装訂］袋綴
［数量］三巻一冊
［寸法］二十三・八×十七・二糎
［丁数］60丁
［用字］漢字・片仮名
［蔵書印］「近藤」（朱方印）、不明朱方印・朱丸印各一種
［本奥書］「寛政七乙卯年正月上旬写之　近藤姓」
［備考］書入アリ（墨、別筆）、補修アリ

〔翻刻〕

琉球軍記　』題簽

（印）』遊紙

琉球軍記巻之上（印）

目録

島津家系

』1

琉球軍記巻之上

島津家系

島津氏ハ源右大将頼朝ノ後胤也。頼朝十三歳ノ時、父左典厩義朝、平治ノ軍ニ討負、落行玉フ。頼朝ヲクレ玉ヒ、美濃、近江ノ間ニテ数ノ危難ニ逢ヒ終ニ弥平兵衛宗清ニ生捕レ死罪ニ行ルベキノ処、池ノ禅尼〈清盛継母〉申シナタメ玉フニヨリ、伊豆ノ国蛭児《ヒルコ》島ニ流サレシカ、爰ニ比企《ヒキ》藤四郎能員カ妹ニ密通アリ。寵愛浅カラス。其名ヲ丹後ノ局ト云。此局懐妊セラレシヲ、頼朝ノ室政子嫉妬ノ心深ク、本多次郎親常ヲ召シテ、彼ノ局ヲ由井ノ浜ニテ頭ヲ刎ベキ旨ヲ仰ラル。親常、「畏リ候」トテ、彼局ヲサソヒ出シ、浜辺マテ倶シ行シカドモ、痛ハシク思ヒ、窃ニ伴フテ京都へ逃登リケル。本多ハ畠山庄司重忠ノ家臣ニテ、相州早川尻ノ産ナリ。畠山ガ家ニ本多次郎親常、榛沢《□リサハ》六郎成清トテ両翼ノ家臣也。親常カツテ頼朝□□恩ヲ破レリ、政子大ニ怒リ、「畠山ハ御妹聟ナレバ、急キ申付ラレテ局ノ行衛ヲ探リ求メヨ」トナリ。然ドモ重忠モ本多ガ忠実ノ志ヲ感ジテ、其行ク先キヲ尋ルヤウニシナガラ、ワザト有ラヌ方ノミヲ探《サガ》サシム。然ニ本多彼局ヲ伴ヒ京都ニ忍居ル事隠ナク聞シカバ、又京都ヲアマネク尋求ルニゾ、親常洛中ニ忍ビ隠ルル事叶ハス。彼局ヲ倶シテ辺鄙ニ行ントセシガ、其道摂州難波ヲ過テ安倍

』2

野ニ至レドモ、阿倍野ハ市中軒ヲ並ベテ賑シク、人目多ヲ以テ、傍ノ野径ニ杖ヲ立テ佇《タタズ》ムウチニ、俄ニ日暮テ方角ヲ知ラズ。迷惑ニ及ブ処ニ燈ノ光近ク見ヘテ前程ヲ照ス。其光ヲ便トシテ、彼宮居ヲサシテ尋行ニ、是レ則住吉ノ御社也。是ニ力ヲ得テ、須臾神前ニ旅寝セントスル時、偶《タマタマ》丹後ノ局俄ニ臨産ノ気ツキタリ。本多甚益難義シテ是ヲ労ワル。サレドモ安産ニシテ男子ヲ生メリ。実ニ治承三年三月二十一日ナリ。

住吉ノ社ノ側ニ島津氏ノ誕生石今ニ残リ世人ノ知ル処ナリ。西国ニ有ナガラ島津ハ住吉ノ産人ナリ。此時、明神母子ニ瑞ヲ垂レ玉ヒ、白狐ニ匹来テ産所ヲ守護セリ。故ニ薩摩ノ家ニハ、狐ヲ以テ祥獣トス。親常、カノ婦人ト幼児ヲ阿倍野ノ民家ニ居住サセ置テ、相州へ立帰リ、「丹後ノ局ハ難産ニテ身マガラレシ」ト、偽リスマシケリ。

其後文治二年、彼ノ児八歳ノ時、窃ニ鎌倉へ迎ヘテ親常相倶シ、頼朝卿ノ見参ニ入シカバ大ニ喜ヒ玉ヒ、相州島津□庄ヲ賜リテ居住ス〈島津ヲ以テ称スルハ、此庄ヨリ出タルユヘナリ〉。其後、政子ニモ万寿君、千幡君、二人ノ男子ヲ設玉ヒ、局モ長沼五郎宗政ニ賜リシカバ、自然ト嫉妬ノ心モ和ラギテ、建久四年富士ノ牧狩ノ時召倶シ玉ヒ、箭先ノ手柄多カリシカバ、則富士野ニテ元服セサシメ、島津靫《ユキエノ》負助忠久ト号シ、右大将家ノ三男トナサル。〈九州軍記ニハ、畠山重忠ノ子分トシテ、則重忠ノ女ヲ以是ニ嫁シ、重忠ノ一字ヲ以テ忠久ト名乗トモ云〉。

建久七年、始テ大隅、日向両国ヲ領シ、畠山庄司次郎重忠ノ女ヲ嫁セ豊後守ニ任セラル。三　』3浦介義澄、犬追フ物ヲ此人ニ授テ彼ノ射法家トナル。忠久ノ嫡子修理助忠義、二男因幡守忠綱、三男左衛門尉忠直ト云。承久四〈承応元年〉、将軍頼経卿、島津氏ヲ以テ犬追物ノ射法ヲ習ハシメント、射手六人ヲ撰テ興行アリ。忠久命ヲ蒙リ頼経卿ノ御前ニ伺候シ射法ヲ一々言上ス。依レ之今代ニ至リ、島津家ハ犬追物ノ故実ノ家ト成レリ。近代ノ将軍家〈台徳公〉モ薩州へ台命有テ御上覧ニ及ヒケリ。

建久元年十月、島津忠綱、高麗国ノ山柄ヲ以テ将軍家頼嗣卿□献ス。此鳥、羽翼白キ事雲ノ如ク、其声モ又日本ノ鳥ニハ異ナリ、将軍甚奇翫シ玉フ。

島津忠義ノ二男久経其ノ箕裘《キキウ》ヲ継キ、久経ノ子ヲ忠宗ト云。和歌ヲ嗜ミ煙景ニ望ム時詠セズト云事ナシ。或時読ル和歌、其題ヲ不知、

風渡る泉の川の夕暮に山陰涼し空蟬の声

忠宗ノ曾孫ヲ氏久ト云。陸奥、越前等ノ太守ト成。此ノ人馬術ニ達シ、馬芸ノ書ヲ作セリ。嘉慶元年ニ卒ス〈行年六十〉。氏久ノ嫡子ヲ元久ト云。応永ノ比卒〈四十九歳〉。二男久豊其家ヲ継。陸奥守ニ任ズ。其子修理亮忠国、其子友久、其子忠幸。其子忠(貴)久、永禄三年ニ卒〈七十七歳〉。次ハ島津修理太夫義久三位法印龍伯、豊臣太閤秀吉公ニ攻ラレ降参シテ家無事ナリ。其子兵庫頭義弘、朝鮮ノ役ニ大功有リ。慶長五年石田治部少輔三成ニ党シテ、関ヶ原敗ルルトイヘドモ恙ナク帰国シ、従三位薩摩宰相ト成ル。其嫡男松平』4大隅守家久、従三位中納言ニ至リ、右大将頼朝卿ノ正統トシテ、五百七十余年連綿シテ、日向、大隅、薩摩三州ヲタモテリ。

琉球地理産物之事

九州ハ異国襲来《ヲソイ》ルノ讐《アタ》ヲフセグ国タルヲ以テ、アタマモルツクシト云ナラワシ、防津モアタヲ防ト云ヘル名ナルヘシ。日本ノ西南ニ当リ、海中一ツノ国有リ琉球国ト云。薩摩ノ国ヲ去ル事三百余里ナリ。

一説ニ本朝人皇七十六代近衛院ノ御宇、六條判官源ノ為義入道ノ八男八郎為朝武勇ニホコリ、父ノ命ニ背クニヨリ、九州ニ追下シケル。モトヨリ精兵ノ大勇者ナレハ鎮西ヲ悉ク攻従ヘ、猶又海中ニ有ル島ゴトニ押渡リ皆切ナレケテ押領シ、殊ニマカセテ遥ニ遠キ沖ニ至リ、亦一ツノ島ヲ求メ得テ、彼島ニ上リテ島ノ中ノ奇怪ヲ駆《カリ》平ゲ、人民按撫シテ領シケル。是レ則今ノ琉球国ナリ。其レヨリ此ノ島人、吾邦ノ風俗ニシタガヒ、日本ノ神祇ヲ崇敬シテ祭レリ。故ニ国中ニ鎮西八郎カ遺跡多ク今ニアリトカヤ。然トモ隋ノ時ヨリ琉球ノ名アリ。為朝ハ隋ヨリ五百ノ春秋

ヲ歴タル事ナレバ、為朝ヨリ以前ハ漢土ヱ属セシト見ヱタリ。皇明世法録ニ曰、「於古為流虬界万濤蜿若虬浮水上因名後転謂之琉球」ト見タリ。

近世、袋中琉球ニ在テ琉球神道記ヲ作レリ。袋中言曰、「琉球国ノ王宮ハ龍宮城ヲ蒙レリ」ト、是ヲ以案ニ、琉球ト云ハ龍宮ノ義ナルベシ。龍宮、琉球音相ヒ近シ。』5

コノ国ハ東南ニ中テ、水中極陰ノ処ナレバ、推テ龍宮ト云ハンモ可ナランカ。龍宮ノ字本仏氏ニ出テタシカナル事ナシ。日本記神代下巻ニ龍宮遊行ノ段アルハ、是モ海中ノ一島ノ事ニシテ、豊玉姫ノ日向ノ都ヨリ去カヱラセ玉フヲ以テ、今ノ薩摩ノ国ハ去妻ノ義、又無目籠ノ着タル所ヲ籠島ト号トナン聞ヱタリサレバ、彦火火出見尊ノ御詠歌ニモ、「沖津鳥鴨ツク島ニアガイネシ妹ハワスレシ世ノコトゴトニ」ト詠セサセ玉ヱリ。龍宮ノ義ニアラズ。

琉球ハ神ヲ祈祷テ医薬ヲシラズ、婦人両夫ニ嫁スル事モナク書ハ五経ナクテ四書アリ。社律虞注ヲ甚用フ。野ニ鹿、牛、羊、豕アリ。虎ハナシ。蛇多シ。木ハ鳳尾蕉、蘇木《ソテツ》、胡椒、黄熟《キャラ》、白壇アリ。学文武芸ハ日本ヲ師トス。鎧ハ皮革ヲユ。矢ハ強ク、二百歩ニ至ル。勇士飢寒、労苦ニナレテ戦ヒニ臨テ倦憊《ウミツカレ》ズ。朝鮮国ノ人ノ如ク賎カラス。尺高ク、色白シ。容貌スグレテ美ニ□テ、人品イト優《ヤサシ》ナリトイヘトモ、勇気、武道ハ朝鮮人ナドノ及ベキニアラズ。然トモ日本人ノ武勇ニハ劣レリ。

代々国王ヲ尚字ヲ以称スル故、又国号尚島トモ云トカヤ。然ルニ明ノ万歴ノ比、琉球王尚元卒シテ、世子尚永王タリ。尚永卒シテ、子ノ尚寧禅《ユヅリ》ヲ受テ国家平安ニ治リケルニ、豊臣関白秀吉公朝鮮ヲ征伐シ玉ントテ、先琉球ヲ従ンタメ、島津兵庫頭義弘ニ命シテ遣レ使、日本ヱ入貢、以レ地属スヘキ旨ヲ申ヲクラレケレバ、琉球王尚寧、父ノ尚永卒シテ程ナケレバ、』6

国ヲ太平ニ治ンコトダニ心モトナキ折カラナレバ、大ニ驚キ日本ノ武威ニ恐レ、西院和尚ヲ使トシテ、日本ニ渡シ種々ノ貢ヲ奉レ献。西院和尚急キ来朝シ、日本ノ都ニ入テ聚洛亭ニ至ケレバ、秀吉ハ威光ノ遠ク外国ニ耀コトヲ大悦シ玉ヒ、琉球ノ使僧ニ御対面アッテ書簡ヲウケ取、種々饗応アリテ、「遠ク海路ヲ凌キ聘礼ヲ致コト神妙ナリ。汝等来朝シテ入貢スルコト甚以満足ナリ。急キ帰国シ、此ノ旨委曲ニ尚寧ニ告ケヨ」トテ、則返簡ヲ遣ワサレ、使僧以下ニ引出物ヲ賜リニ□《(ナ)》□《(ハ)》、皆々厚恩ヲ感戴シ、ヤガテ帰国ニ趣キケリ。琉球既ニ□《(日)》本ヱ貢献ズト聞ヘシカバ、呂宋《ルソン》、南蛮、仏郎機《フツロウキ》等ノ国々皆貢物ヲ捧ゲテ、日本ヘ渡リ関白殿ヘ礼ヲ尽シ好ミヲ結ヒケリ。

然ニ琉球王尚寧卒シテ子ノ尚礼立ツ。尚礼カ子ノ王尚景カ代ニ至リ、秀吉公御薨去ナリ。徳河内府家康公、菅原亜相利家等、秀頼公ヲ補佐シ天下ノ政ヲ聴玉ヘトモ、諸大名心々ニ成リテ世ノ中騒シク、終ニ石田治部少輔兵ヲ起シ、慶長五年ノ秋関ヶ原ノ一戦ニ及ビシカドモ、徳河家ノ利運トナリ、逆臣残ラズ亡ケリ。琉球王コノ難ヲ伝ヘ聞テ、聘使ヲ絶チ貢献ヲヤメ、ソノウヘ日本ヲ襲《ヲソワ》ント催スル由聞ヘケレバ、家康公聞シ召シ、「豊国公ノ時ニハ武威ニ慴伏《ヲソレフクシ》慎ンテ入貢セシニ、今ニアタリ聘礼貢献ヲヤメ、剰ヘ吾日本ヲ計ルコト、秀頼公ノ御年若ヲアナドル」ト云ヒ、且、「日本ノ武威ヲカロンズル成ベシ」トテ、島津大隅守家久ニ命　』7シテ、琉球国ヲ征伐シ玉ヘリ。

被命琉球征伐於島津氏事

家康公ハ慶長十四年己酉ノ春、禁理ヘノ御礼、並幼君〈秀頼公時居大坂城〉ヘモ改春ノ御コトブキヲ仰入ラレンタメ御上洛アリ。大坂ノ母公淀殿ヘモ同ク初陽ノ御祝義ヲ、イト念比ニ演玉ヒテ後、京都二條ノ御城ニ入御アリ。

同三月十八日、俄ニ島津大隅守家久ヲ召レ、「琉球国ノ事ハ故《モト》太閤秀吉公ノ御在世ニ、足下ノ父兵庫頭義弘ノ通路ヲ以テ貢物ヲ渡サセ好ヲ結シ処ニ、此比《コロ》彼ノ国聘礼ヲヤメ我邦ヲ襲ント企ル由、其侭ニサシ置ンコト日本ノ恥辱ナリ。且、朝鮮ハ宗対馬守義成カ任トシテ是ヲ押ヘ、琉球ハ足下父義弘以来島津家押ヘ守ノ処ニ、朝鮮ハヨク日本ト和好ヲナシ聘礼ヲ致スニ、カク小国ノ琉球ヨリ背コトハ、ゴヘンガ家ノ武威ウスキ□似タリ。殊ニ上幼君タレバ、彼等ガ欺キ侮ノ所為ナルヲ、其罪□責メズシテハ叶ベカラズ。急キ本国ヱ下向アリテ、長臣共ト軍議ヲナシ、琉球国ヲ征伐スベシ」トテ、吉例ノ正八幡大菩薩トカキタル白旗ヲ授ケラレ、黒毛ノ駒ニ金覆輪ノ鞍置セテ賜リシカバ、家久是ヲ頂戴シ、本国ヱ急キ下リケリ。

大隅守家久琉球征伐軍議之事

斯テ島津大隅守家久ハ夜ヲ日ニ継テ、薩州ニ帰国シ一家中ノ諸侍ヲアツメ、家康公ノ台命ノ趣ヲ演説シテ、』8
「此度ノ事ハ異国、本朝ノ晴業ニシテ、島津家ノ面目ナレハ、イヅレモ忠実ノ名ヲ後代ニ流サンコト、何ノ悦カ是ニシカンヤ。各琉島征伐ノ軍議ヲ定、計略ヲ廻シ、工夫ヲ遠慮ナク評判シ、大功ヲ樹《タツ》ベシ」ト申サレケレバ、新納《ニイロ》武蔵守一氏《トキウシ》進出テ云ク、「琉球地理ノ案内ハ、某ヨク存知居候。先琉球国ヘハ海上三百里トハ申セトモ、行程ハ百七十里余ニテ、彼ノ島ノ船着ニ関所アリ。是ヲ要渓灘トイフ。ソレヨリ十五里バカリ行テ城郭アリ。五里四方ニテ前ニハ大河流、岩峙《ソビヘ》、漫々タル白波七里バカリ。巽《タツミ》ノ方ニ虎竹城トテ、方三里ノ城アリ。其南ハ海上十里計リ西ニアタツテ一島アリ。凡方二里此処ニ米、粟、雑穀ヲ貯ル大倉アリ。凡二百戸。是米倉島ト号ク。是ヨリ北ヘ廻リテ湊アリ。乱蛇浦ト云。爰ニ又関所アリ。是ヨリ五里計リ続タル松原アリ。其中ニ平城一ツ候。是ヲ過キテ三里バカリ行ケバ、高三十丈ノ揚土門アリ。白土ヲ以塗リ上タレバ、数十里ノ外ニ皓々タリ。其門ノ上ハ楼閣ニシテ、弓箭、鉄炮ヲ篭《コメ》ヲケリ。此高鳳門ト号。次ニ五丁行テ鉄石門アリ。此門ニハ常ニ一千人ノ勇兵ヲ番手トシテ守ラセ、鉄炮、弩《イシユミ》、弓箭、兵杖ヲ備ヘ、武備厳重ニ構ヘタリ。是ヨリ西側ハ商人、諸職人棚ヲ並ベ軒ヲ校《マシエ》テ甚賑ヘリ。此町、家ノ長、東西凡百五六十町有ベシ。夫ヨリ一ノ門アリ。都入門トイフ。此都ノ総門ナリ。此ヨリ内ヘ入テ、前後左右ニ諸宦人ノ屋鋪キ甍《イラカ》ヲ並テアヒ続ケリ。此間ニ高サ二丈、長二里バカリノ石』9
垣ヲ築キ、廻リニ大堀ヲカマヱ水瀰漫《ビマン》ト溢《アフレ》満タリ。凡四里ノ城堀ニテ、四方ニ橋ヲカケルコト百八十二。後ニ日頭山トテ高山アリ。ソレヲ越テ八里奥に後詰ノ城アリ。此所ニハ琉球ノ大師王候辰亥三万余人ニテ守リ居ルトゾ承ル。其外番所番所ニ警固ノ武官多シテ計ヘガタシ。先琉球ノ地理大概《カイ》如ㇾ是ノニ見スカシタレバ、何条ノ事カ候ハン。其御先手ヲ承リ候ハバ、彼ノ都ヲ打破リ中山王ヲ生捕ニ仕ランハ事安カルベク候」ト、詞涼ク申シケル。家久ヲ始メ、伊集院、高橋等ノ長臣、其外満坐ノ諸士大ニ感シケレバ、一氏《トキウシ》申ケルハ、「元来御当家ヨリ押ノ琉島タル間、某十七歳ノ時商人ノ姿身ヲヤツシ便船ニ乗テ彼国ヘワタリ、要害、地形ノ有様ヲ悉ク見届ケシヨリ以来、毎年忍テ渡海シ逐一ニ見極メシニ、万一危シメラルルニ於テハ、「高麗国ノ忍」ト偽リ、日本ノ名ヲ出サズ。腹掻《カキ》切テ死ト覚悟シ、愚息左衛門尉一俊ニモ申ツケ、「若我死ナハ志ヲ紹《ツ》キ、彼国ニ忍渡リ一々ニ見届ケヲキ、マサカノ時ノ御用ニ立ベシ」ト、日比ニ申聞セ候」ト語シカバ、家久益喜悦シ、「此度ニ於テハ汝ヲ軍師トシテ、人数ノ手配、軍法ノ煆錬《タンレン》万事汝ニ任スルゾ」トテ、先祖忠久ヨリ伝タル三尺四寸ノ金作リノ太刀一振取出シ、列坐ノ面々ニ申シ渡ス間、「向後武蔵守下知ニ違背於ㇾ有ㇾ之ハ、如此クナルベシ」トテ、前ナル卓ヲ、丁ト切リ玉ヘバ、真二ツニゾナリタリケル。則手ヅカラ此太刀ヲ一氏ニゾ授ラレケル。一氏取テ押戴キ、諸士ニ向ヒ、』10「凡吉凶ハ人ニ因テ日ニ依ズ。思立コソ吉日ナレ。明十六日卯ノ上刻、面々御旗屋ヱ出勤有ベシ。軍議ノ巨細ヲ定ベシ。兵粮運送ノ義ハ伊集院弾正左衛門尉殿国ニ在テ司ラルベシ」トゾ申渡シケル。

新納一氏琉球出陣勢揃之事

去程ニ、慶長十四年四月十六日卯ノ上刻、島津大隅守家久ハ、カチンノ直垂ニ、忠久ヨリ伝ヘタル緋縅《ヒヲトシ》ノ鎧ニ、銀作ノ太刀ヲ帯ヒ団扇ヲ携ヘ、旗屋ヘ入ラレケレバ、軍師一氏、嫡男左衛門尉一俊ヲ具シ、御屋ノ上段ニ坐シタリケル。一氏其日ノ出立ハ、水色ノ大紋ニ鶴ノ丸ノ紋取、紫ノ総タフヤカニ結カケ、家久ヨリ賜リシ三尺四寸ノ太刀ヲ帯、一尺二寸ノ指添ニ、勝軍木ノ采配ヲ持テ立ツ。南向ノ神壇ヲ構ヘ、中央ハ日本武尊、右ハ九郎判官義経、左ハ楠河内判官正成ノ三幅対ノ画像ヲ掛ケ、正面ニハ八幡大菩薩ノ御旗ヲ立、左右ニハ太公望、孫子ノ旗有リ。華瓶、香炉、御酒、洗米、菓子等ヲ備ヘ、十二ノ灯ヲ挑《カカ》ゲ、金作ノ太刀三振立並ベタリ。出仕ノ諸士思々ノ装束シ、威儀ヲ正シテ着坐シケレハ、新納左衛門尉御酒ヲ取テ旗ヲ祭リ、其後大将家久土器ヲ以テ御酒ヲ戴キ一氏ニ賜ハル。軍師是ヲ頂戴シ諸士ニタマフ。諸士御酒ヲ戴キ、千秋万歳ノ祝言事スミシカバ、一氏中央ニ座シテ、執筆本目藤左衛門ヲ呼テ手配役義ヲ委曲ニ記録セシム。』11

條々

今度琉球征代(伐)之事、依レ蒙二台命一、新納武蔵守一氏軍師トシテ英名殆ト身ニ余レリ。然所汝等諸士一生懸命ノ場所也。猶軍神ニ可レ被レ抽二丹誠一者也。仍而記録如件。

軍師新納武蔵守一氏　在判

先備左之一番　禄八万石　種島大膳豊時

鉄炮　三百挺　人数手替　鳶口　三百人　頭騎馬四人
弓　三百張　人数手替　大鼓　三十人　足軽九百人頭五人
騎馬　三百人　鐘　三十人　騎馬九百人
鎗　三百筋　歩武者手替　頭騎馬　二人
熊手　三百人　頭騎馬　二人
騎馬　六百人　頭　二人

右人数合二千三百七十八人

同　右之二番　禄五万五千石　畑勘解由道房

鉄炮　百挺　手替足軽二百人　鎗　五十筋　手替足軽百人

弓　百張　同断　頭　四騎
同　二之備　同断 江本三郎左衛門重躬
鉄炮　二百挺 手替足軽 鎗　百筋
弓　二百張　同断　百人　侍三十人騎馬　』12
同　三之備　押　十万石 秋月右衛門尉之常
鉄炮　四百挺　鎗　二百五十筋 二行楯同
弓　三百挺　騎馬　六百人　侍百人
旗頭　五騎　馬　一騎　之常　徒士百人
同　四之備　押　十万石 松尾隼人勝国
鉄炮　百五十挺　弓　百張
騎馬　九十人　鳶口　熊手
長柄　鎌　階子　細引
雑兵　千人　頭　二騎
馬　一騎　勝国
同　五之備　押　七万石 佐野帯刀政形
鉄炮　二百五十挺　鎗　百筋　二行
騎馬　二百騎　二行　歩兵　二百人　二行
雑兵　五百人　棒　二百人　二行
熊手　二百人　二行　頭　七騎

歩士　三十六人　　馬　帯刀

弓　二百張　　鑓　二百筋

侍　百人　騎馬　　旗　白地

新納武蔵守一氏　押

惣馬廻

騎馬　三百人　一万五千石 華房兵庫忠通

同　二百人　華形小形（刑）部氏朝　』13

同　二百人　一万石 三好典膳定次

同　五百人　池田新五左衛門国重

同　五百人　一万五千石 小松原左内左衛門安国

同　百七十人　一万石 浜宮藤内行重

同　二百人　一万五千石 二万波門定起

同　百五十人　一万石 島津主水時蔭

同　百七人　一万石 矢島甚五左衛門豊宗

同　百八十五人　一万石 大崎三郎左衛門忠友

同　二百人　一万石 天野新兵衛近俊

同　百人　七千石 篠原治部久春

同　七十人　五千石 中条左内春氏

同　八十人　五千二百名 中村右近右衛門数冬
同　八十人　和気治左衛門国清
同　七十三人　五千石 木戸清左衛門年永
物押上下　四百人　二万八千石 米倉主計清持
小荷駄　千六百五十匹
分荷　七千六百九十五荷
車　十四両
車子　百人
惣騎馬　千五百疋
雑兵　二万八千七百九十人

後陣

鈴木内蔵助　千人
有馬内記　百人
吉田主膳　百人
小浜藤右衛門　二百人
氏郷藤右衛門　百五十人
大輪田刑部　三百人
桜田武右衛門　二百人
前田左衛門　百人

横須賀左膳　二百人

長谷川式部　百人

内本半之右衛門　二百人

今井半蔵　二百人

惣目付

永井靫負　百人

向坂権右衛門　二百人

川端主膳　百人

大田庄左衛門　百人

岸左門　百人

亀井蔵人　百人　』14

玉沢重内　二百人

中川大祐　二百人

道明寺外記　二百人

関団之烝　二百人

佐久間彦十郎　二百人

惣人数合四万六千八百七十三人外手替脇備三万人

都合七万六千八百七十三人

此外ニ、

島津大内之助　一万人　同采女　五千人
同玄蕃　三千五百人　同主税　三千五百人
同左京亮　千人　同内匠　千人
同監物　千五百人　同右京亮　五百人
同右近　千人　同主殿　千五百人

右十家ハ島津家ノ家門衆ニテ、大名分ト称ス。後陣ノ浮武者ナリ。

軍師新納武蔵守一氏記録シテ、其行列ヲ極シカハ、各前後左右ノ次第ヲ守テ、既ニ発足シタリケレハ、大隅守家久ハ門出ヲ祝ヒ、軍勢ヲ出コト其法厳重ナリ。

薩州勢琉球国へ乱入之事

去程ニ、慶長十四年四月二十一日ノ早天ニ、薩州勢鹿児島ヲ折立テ、西北ノ方交野《カフノ》浦ヨリ各兵船ニ取ノツテ、鬼界ガ島ヱ着岸シ、此夜ハ泊明シケリ。明レバ二十二日、滄海原ノ朝ナギニ雲ノ景色モ静ニテ、波タツ風モナカリシカバ、水主《カコ》、楫取《カントリ》拍子ヲ揃ヱ、声ヲ帆ニハリ揚テ、此島ヲ漕イダシ、明ヌ暮ヌト行程ニ、八日路ヲ経テ、名ニヲフ琉球ノ要渓灘ノ湊モハヤ七、八里計ニ見ヘケレバ、船ヲ速メテ漕寄セケル。

琉球　』15

国ニハ、斯ル大変ヲ夢ニモ知ラデ在ケルガ、時シモ夏ノ初、未央ノ柳色ニ出、大液ノ紅ハ緑ノ波ニ錦ヲ晒。中山王尚景ハ日々ニ酒、婦人ニ淫シテ、後庭ノ花ニハ歌舞ノ遊ヲ催シ、前殿ノ月ニハ酒宴ノ興ヲ設ラレケル。此国ノ長吏ニ鄭礼トテ忠貞ノ純臣アリケル。父鄭廻ハ、去ル文禄ノ比、日本ノ関白豊臣秀吉朝鮮ヲ攻ラレシ時、島津中納言義弘ヲ以テ申遣サレケルハ、「琉球国ニモ貢ヲ入礼ヲ致ベシ。左ナクバ攻破ラン」ト有ケレバ、彼ノ鄭廻、秀吉ノ凡人ニアラザルヲ伝ヘ聞テ、王尚寧ヲ諌テ、日本ヱ貢ヲ入、西院和尚ヲ使トシテ礼ヲ厚シカバ、秀吉公モ御威光ノ遠外国ニ被コトヲ悦ヒ玉ヒ、琉球ヘハ手指モセラレス、国家太平ニ治リシニ、鄭廻已ニ下世シケレバ、鄭礼、父カ志ヲツギ、忠実ニシテ、国政ヲ輔ケシガ、尚寧卒後ハ、日本ノ聘使ヲ絶チ貢物ヲ入レザリケレバ、鄭礼、日本ノ不庭ヲセメンコトヲ恐レ、中山王ヲ諌メテ申ケルハ、「吾ガ先君ノ世ニ当リ、日本ノ関白秀吉、朝鮮ノ日本ニソムキシヲ慍リ、武将小西行長、加藤清正ヲ以テ朝鮮ヲ攻ラレシニ、只一戦ニシテ朝鮮ノ都ヲキリ靡《ナビ》ケ、朝鮮王李昭歩徒《カチハタシ》ニテ落行、両王子、后妃生捕レ、国中ヲ攻ナビケ、遂ニ大明迄モ騒動シ、サシモノ大国ノ天子サヘ震襟ヲナヤマシ、和儀ヲトトノヘ、聘使ヲ渡サレヌ。朝鮮ノ八道ソレヨリ已来今ニ困窮スト聞ク。吾国朝鮮、大明ニ比スレバ、視ル程モナキ小国ナリ。然ヲ今日本ノ和好ヲ絶テ、其寇ヲ受　』16ケバ、如何ハシテ是ヲ禦ンヤ。且、日本人ノ武勇ニハ誰カ当ルベキ者候ハン。急キ御図アッテ貢物ヲ日本ヱ渡シ、如レ前好ヲ修ラレヨ。モシ此時ヲシソンジナバ、後君臍ヲ噬《カマ》ン」ト、サモマメヤカニ諌メケレ共、中山王聴モアヘズ、「秀吉ガ武勇コソ秀タレ。彼スデニ死ストイヘバ、恐ルルニ足ラズ。殊ニ今ニ於テ日本ノ諸侯各雄アラソイ、心々ニ成タル折カラナレバ、ナドカハ恐ベキ」トテ、悛ル気色モナカリケレバ、鄭礼ハ詮方ナク其場ヲ退キ、「日本ノ寇ノ至ンコト日アルマジ」トゾ歎キケル。或夜海上殊ノ外騒キヲ聞キ、晨《ツト》ニヲキ高鳳門ノ楼上ニ登リ、遠目鏡ヲ以テ朝露ノ晴レ間ヨリ見渡セバ、日本船トヲホシキ船、数万艘漕ツラネ吹キ貫ノボリ馬印、大旗小旗ヲ飄シ、貝、鐘、大鼓潮ニ響キ、声ヲ帆ニ揚、トモヘヲ碾《キシ》リ寄カケタリ。「スワヤ。案ニ違ハズ日本ヨリ攻メ来レリ」ト、驚キ怒リテ高楼ヲ下リ、俄ニ要渓灘ヘ守リノ軍兵ヲツカハシ、乱橛《ランクイ》、逆茂木ヲ繁ク打テ、旌打立テ、「スハト云ハハ、打テ出ン」ト、鄭礼ガ心ヲ以テ、用心専一トシタル故ニコソ、イマダ急ニハ敗ラレザリケルトカヤ。

　去程ニ、薩州勢ハ船ヲ早メテ、要渓灘ノ四、五里コナタヘ至リケル。左ノ一番船ノ大将種ガ島弾正豊時、遠目鏡ヲ以テ窺ヒ見ラレ乱グイ、逆モギ抔打テキビシク守リ要害堅固ナル体ナレバ、「カカル中ヱ用心モナク、深々ト船ヲ着テハ不覚ヲスベシ。但シハ御軍法モ候ヤ」ト、軍師ニムカヒテ窺レケレバ、武蔵守一氏聞ヒ　』17
テ、「イヤトヨ、彼処ハ格別ノ要害モ候マジ。番兵ナドモ墓々シク置候ハジ。兵法ハ迅速ナルヲヨシトスルコトナレバ、先手ノ兵鉦《カネ》ヲ打、貝、鐘ヲナラシ、鉄炮ヲ雨ノゴトク無二無三ニ放チカケナバ、敵ハ不意ヲウタレテ度ヲ失ヒ、周章騒破《アハテサワキ》レンハ必定ナリ。其時味方ハ鎗ヲ以衾ヲ作リ突乱突乱、騎馬ヲ以テ馳立馳立逃ル所ヲ追ツスガツテ、千里山迄追詰ベシ。然ドモ千里山ノ麓ニ陣ヲ取事ハ軍法ニ忌コトナレバ、三里退ヒテ野陣ヲ張リ、敵ノ虚実ヲウカガヒ□《(テ)》、夜討ヲ出ス手立モ様々有ベシ。但シ都ヱハ五里アマリ有ドモ、六丁一里ナレバ、日本ノ一里ト同ジ。急ギ都ヘ攻入テ琉球王ヲ生捕ニスベシ。勇メヤ。進メ方々」ト下知ヲナシ、種島大膳ノ組下ニ向坂権左衛門、柴口武右衛門、和田千之丞、菊池源六、原田庄内ナト云速リ雄ノ若者ヲ勝リ、「吾ヲトラジ」ト鉄炮ヲ引提ケ、柄物柄物ヲ取リモチ、既ニ要渓灘近クナレバ、「爰ヲ早ク攻敗テ、千里山マデハ僅ニ二、三十丁ナレバ、只タ一揉ニモミ潰セ」ト、櫓械《ロカイ》ヲ早メ漕ツクレバ、早南ノ岸ニ着トヒトシク手々ニ鉄炮ノ火蓋ヲ切テ、二、三万挺一度ニ放シカケレバ、百千ノ雷ノ一時ニ鳴落ルガ如ク黒烟天ニミチ、貝、鐘、大鼓ノ音ニハ大山モ崩ルル如ク、面ヲ向ベキ様モナシ。

註曰、此段日本人ノ攻入シ事、琉球方少モ思ヒ設ケサル事ナレバ、諺ニイヱル寝耳ニ水ニテ、国中ノ士卒ヲ駆集ムル間ナキ故、如レ斯容易《タヤスク》ニ攻入ラレシト見ヱタリ。　』18

琉球人、縦令勇ナシト云トモ、多クノ兵士ヲシテ城郭、諸関所ヲ堅固ニ守ラシメバ、斯一戦モセズジテ攻入ラルル事ハ無カルベシ。要害ノ城郭、日本ノ武威ニテ速ニ責破リタル様ニ見ユレドモ、実ハ士卒ヲ集ルニ間ナク備モ調ハズ、互格ノ軍、五度モ十度モ無レ之ハ、琉球自然ノ天運乎。今ニ至マテ臍《ホソ》ヲ噛《カム》ト云事、左モ可レ有事也。

又私ニ曰、日本勢、「敵ノ要害ヲ堅メ守ル兵多ランカ」ト用心シテ船中ニイタヅラニ日ヲ送リ、寄カケゼル時ニハ、要渓灘ヘ多ク敵兵駆《カリ》集メ、兵具キビシク堅メ守リナバ、敵ノ為ニ気ヲ呑マレ、味方ハ返ツテ敵ヲ不レ恐、直ニ押寄シハ、新納武蔵守寸歩モ先ヲ不レ廻、此方ヨリ敵ノ気ヲ呑計略ナリ。鄭礼ハヤク要渓灘ヲ守ラシメテタニ只一戦ニ破レタリ。

要渓灘合戦並陳文碩討死之事

此所ニハ琉球ノ守島将軍陳文碩ガ麾下ノ薩後喜ト云者、六百余人ニテ守リ居タリ。薩摩勢ニ不意ヲ討レ大軍ニ気ヲ呑レ、ウロタヘサワグ計リニテ、絏《ツナ》ゲル馬ニ鞭ヲ打、弦ナキ弓ニ矢ヲハゲントシテ上ヲ下ヘ返ス処ヲ、日本勢、片端ヨリ打立テ突立切マクレバ、手負、死人数ヲ不レ知。先手ノ大将種島大膳豊時、ヱツボニ入テ、「時分ハヨキゾ。鎗ヲ入テ突キ崩セ」ト下知スレバ、向坂権左衛門、柴口武右衛門、和田千之丞、菊池源六、原田庄内、獅子奮迅ノ怒リヲナシ。縦横　』19

無礙《ムゲ》ニ突キ伏セケル。死骸ハ目ナレヌ山ヲナセトモ、軍師一氏ノ下知ニテ首ヲ取ルニハ及バス、ヒタ切ニ切倒セバ、琉球勢立足モナク切散サレヌ。陳文碩是ヲ見テ、「斯テハ叶フベカラズ」ト、「千里山ヘ早馬ヲ立テ加勢ヲ乞ン」ト、ヒシメク所ヘ早薩摩勢、陳文碩カ陣営ヘ打入、事急ニ攻立ケレバ、心ハ矢猛ニハヤレトモ、如何トモ詮方ナク、サシモノ陳文碩討残サレタル兵、僅ニ三十騎計リ、左右ニ立テ日本勢ヲホコサキニ掛テ多ク打取リ、「爰ヲセント」ト駆立駆立、面モ振ラズ戦フ処ヲ、一氏、遥ニ是ヲ見テ、「アレコソ此浦守ル守島大将軍陳文碩ゾ。討取テ軍神ノ血祭リセヨ」ト下知ヲナシケレバ、味方ノ兵真中ニ取リ込テ、四方ヨリ攻討シカバ、文碩ハ此処ヲ破ラレテ、何面目ニ人ヲ合センヤ。「今ハ是マデノ憂世《ウキヨ》ゾ」ト思フ程戦ヒ、日本ノ兵ヲ討取ル事三人ニシテ、終ニ其場ヲ去ラズ討死シケレバ、武蔵守一氏ハ先琉球ノ咽首タル要渓灘ヲ攻落シ、床机ニ腰掛、勝鬨ヲ作リテ、「物初ヨシ」ト、軍兵ヲ労ラヒ、兵粮ヲ認メサセ、暫ク諸士ヲ休メケル。

去程ニ、味方第三陣ノ主将秋月右衛門尉之常、其間ニ蒐《カリ》ヌケテ、備ヲ乱シ、千里山ヘ攻入ントス。時ニ申ノ刻ナレバ、「定メテ合戦ハ夜ニ入ベシ」ト、投松明ヲ用意シテ、「我先ニ」ト、ススミケル。千里山ノ城ニハ、海東大将軍孟亀霊、二万バカリニテ守リケルガ、「要渓灘ノ構へ破レ、陳文碩討死セシ」ト聞テ、大ニ驚キ、軍令使、朱伝院ヲ呼ンデ、「如何セン」ト評定セシニ、朱伝院聞テ、「事ノ』20
実否相知レヅト云トモ、気早キ日本人ナレバ、左モ候ヒナン。然ルニ早速王城ヱ救勢ヲ乞玉ヒ、ソレ迄城ヲ堅固ニ守リ玉ヒ、援ノ勢来リナバ、敵ヲ当城近クヲビキヨセテ、後詰ノ勢ニ後ヲ囲マセ、城中ヨリ討テ出、敵ヲ中ニ引包ミ、首尾相スクフテ戦ハバ、日本勢度ヲ失ヒ、前後ニ敵ヲ受ケテ詮方ナク成ラン。其時此方ヨリ荒手ヲ入替攻討程ナラバ、ナドカハ勝利ヲ得玉ハザランヤ」ト申ス。孟亀霊、此ヲ聞ヒテ打ウナヅキ、「此義誠ニ然ベシ」トテ、城ノ四方ニ柵ヲ振リ、鉄炮、石火矢ヲ連ネカケ、用心厳ク構テ、都ヱ早馬ヲ立急ヲ告ゲ、援兵ヲ乞ハントス。早其間ニ秋月之常《ユキツネ》カ勢押寄セテ、大手、搦手一度ニドツト鬨ヲツクリ、鉄炮ヲ頻《シキリ》ニ打立ケル。去レドモ城ノ中ニハ鬨ヲモ合サズ、態《ワサ》ト静マリ返ツテ音モナケレバ、「扨ハ味方ノ大軍ニ恐レ、早落失セタルカ。但シハ聞ヲヂシテ出合ザルカ。一攻責メテ心見ン」トテ、一同ニ取カコミシガ、日モ西ニ傾キケレバ、用意セシ松明ヲトモシ立テ、堀ノ橋ヲ渡テ攻入ラント、先手ノ兵五、六十人橋ノ上へ、ヱイヱイ声ヲ上ケ渡カカル処ヲ、城中ノ門ヲ押ヒラキ、橋ヲ城中へ引トリシガ、車ヲカケシ橋ナレバ、大勢カカツテ引程ニナンナク橋ヲ引込シニゾ、ナマシイニ渡リ掛リシ者ドモハ、皆堀ノ中へ落入水ニシヅミ、或ハ巌ニ身ヲヒシキ、或ハ落来ル松明ニ我ト身ヲ焦シテ、悉ク死タリケリ。寄手ノ人々肝ヲ消、アキレ果テ立タリケル。角テモスベキ』21
様ナケレバ、其夜ハ三里退キテ野陣ヲトリ、遠篝《カガリ》ヲ燃テ、徒ラニ夜ヲ明サレケルト聞ヘシ。

琉球軍記巻之上終』22

琉球軍記巻之中

目録

千里山敵夜撃薩兵
一氏鑽燧抜虎竹城張助幡勇護李将軍
乱蛇浦焼斬都尉
五里松原政形入死地
攻日頭山政形魁王城
詰之城政形陥干詐計　』23

琉球軍記巻之中

千里山之琉兵夜撃並薩摩勢討死之事

斯テ、千里山ノ城内ニハ、軍令朱伝院ガ計略ヲ以テ、寄手ノ気ヲ屈センカ為、ワサト鬨ノ声ヲモ合セズ静リ返テ時ヲ移シ、其夜ノ巳ノ三刻ニ至リ、朱伝院ハ大手高楼ニ上ツテ寄手ノ勢ヲ見渡スニ、二、三里計リ退キテ林ノ茂《シゲミ》ニ陣取リシヲ知ツテ、ヤガテ高楼ヨリ下リテ本城ニ行、孟亀霊ニ対面シ、「寄手今日寄セ来レリトイヘドモ、味方是ニカマハズ静リ居ルユヘ大早リノ薩摩武士ナレバ、返而気ヲ屈シ、三里退キ野陣ヲ取テ、卒共ニ倦労《ウミツカレ》タル体ニ相見ヱ候。イザヤ是ヨリ一夜討シテ敵ノ眠リヲ驚シ候ハン」ト云ケレハ、亀霊悦ビ、スグニ夜討ノ用意サセ究竟ノ兵三百人、鉾、鎗ヲ持セ手々ニ松明ヲ燃サセ、城ノ南方ノ門ヨリヒソカニ出シテ、松尾隼人勝国ガ陣取リタル広原へ音モセズ押カケ、無二無三ニ鉄炮ヲ打カケ、事急ニ打入ツテ十文字ニナキ立レバ、隼人ガ軍兵ハ思ヒモ寄ラヌ事ナレバ、寐ヲブレノ目ヲスリ、大ニアハテサハビテ、我レ先ニト逃ケド(ト)マドフ。松尾隼人大ニ怒ツテ大音上ゲ、「キタナキ味方ノ者共カナ。敵ハ小勢ナルゾ。透間ヲアラセズ攻立ヨ」ト下知シ、真先ニ進ミ火花ヲ散シ面モフラズ戦ニゾ、是ニ義ヲハゲマサレ、「吾レモ吾レモ」ト取テ返シ、「ココヲ大事」ト戦フ処ニ、又、城中ヨリ雲霞ノ如クノ多勢、貝《カイ》、鉦《カネ》ヲナラシ大鼓ヲ打テ、其間ニ王城ノ助勢　』24
モ来リ加ハリシガ、弥勇気募ツテ、吾レ先ニ群リ馳セ来リ。松尾隼人ガ陣小屋ニ四方ヨリ火ヲカケタリシカバ、折節風烈クテ、方々ニ火ウツリ、火ノコニマヨヒテ寄手ノ勢、散々ニ討負ケ多ク以テ討死ス。

其間ニ後陣ノ佐野帯刀政形カ陣屋ニ火ウツリシカバ、帯刀取ル物モトリ敢ス、陣屋ヨリカケ出落チ行ル。政形ガ手下ノ沼田郷左衛門ト云大力ノ勇者、只一人掛廻リ琉兵ヲカタツパシヨリナデ切ニ五十余人切倒ス。カカル処ニ、琉兵ニ朱梅喜ト名乗ツテ、其尺《タケ》七尺二寸、夜叉ノ如クナル兵、五尺バカリノ白馬ニ黄金《キン》ノ鞍置キテ打乗リ、一丈八尺蛇矛ヲ取リノベ、向フ者ヲ幸ニ微塵ニ打ヒシギ、郷左衛門ニ打テカカル。沼田少シモ臆セズ、相カカリニシテ、四尺三寸ノ大太刀ト丈八ノ矛ニテ、打合事六十余合ニテ、更ニ勝負ナカリシカバ、朱梅喜、蛇矛ヲ投捨テ、沼田ガ綿カミヲ馬上ヨリ引掴ミ、中ニ指上ケ大地ヘドウト投ケルヲ、郷左衛門落サマニ中ニテヒラリトハネ返リ、持タル太刀ニテ輔車《ツラカマヘ》ヲハタト打テバ、アヤマタズ真向ヲ打破レテ眼クラミ、馬ヨリ下ヘ動ト落ツ。郷左衛門ヤガテ上ニ乗リカカリ、首掻切テ立上ルヲ、「夫遁サジ」ト琉兵数十騎馳セカカリ、郷左衛門ヲ中ニ引包ミ、八方ヨリ打テカカル。沼田ハ今ハ大童ニ成テ、「ココヲ最期」ト切マクルヲ、帯刀政形是ヲ見テ大音上ゲ、「郷左衛門ヲ討スナ」ト呼ハリ、韋《イ》駄《タ》天カカリニモリ返シ、打カカルニゾ、琉兵、「叶フマジ」ト一散ニ逃帰ル。帯刀猶モ味方ヲ励シ、是ヲ追ハントスル処ニ、軍　』25
師新納武蔵守一氏ヨリ軍使ヲ馳セテ、「逃ル敵ヲ追ハズシテ、急キ各引退ゾカルベシ」トノ事ナレバ、皆々、「今ハ是迄ナリ」トテ、山ノ手ノ陣屋ヘ引カヘサレケリ。一氏一入不興気ニテ、「今度味方ノ敗軍ハ、某シガ要渓灘ヲ一戦ニ破リシ事ヲウラヤミネタミテ、秋月之常、松尾勝国、佐野政形トモニ何ノ計モナク大早リニ抜ガケシテ、千里山ヘ向ハレシヲ以テ、千里山ノ軍令朱伝院ハ、イトサガシキ男ナレバ、味方ヲ落シ入レ、或ハ橋ヲ引キ、或ハ夜討ヲ以テ味方ヲ破レリ。殊ニ敵ヨリ夜討出シ陣屋ニ火ヲカケラレ打破ラレン事ハ、之常、勝国共ニ其下知蜜ナラズ。

物見、遠見ノ者共ノ怠リ不届タルニ依テ、フカフカト陣屋ニ火ヲカケラレタル所ナリ。然ハ遠見ノ者共ノ不覚ヲイマシメ、屹度《キット》刑法ヲ加ヘラルベシ。別而佐野帯刀ニ於テハ、吾陣ヲ焼カレナガラ、ヲメヲメト引ント知ラレ、多ク味方ノ士卒ヲ討セタル事、言語道断ノ至リ、其罪深シ故ニ、明日ハ手ヲ分テ、是ヨリ南方へ七里去テ虎竹城ト云フ所有リ。今夜ノ油断、怠リノ過代トシテ、佐野帯刀ヲ以テ、此虎竹城ヲ攻サセ、某シ後陣ニ有テ下知ヲナスベシ。左アラバ、今度佐野帯刀ノ手ニテ討死シタル者共ノ姓名ヲ出サルベシ」ト申渡シケレバ、帯刀政形、「是非ナク相心得候」トテ、其ノ名ヲ詳ニ記シ出シケル。

佐野帯刀政形手下之討死

一　鉄炮組ノ内四人、蜂野藤内、大田佐之右衛門、雁津宇兵衛、和久　佐右衛門　』26

一　弓組ノ内五人、恭権兵衛、牧野半右衛門、田中久之丞、中西主水、　向井玄蕃

一　鎗組ノ内六人、佐野六郎左衛門、塚本小伝次、沢部常右衛門、王　本八左衛門、左令泉左衛門、矢辺矢柄。

以上侍分十六人、足軽五　十七人、雑兵都合討死二百七十九人、手負十一人、合テ三百六十　二人。

琉兵ヲ討取処三十六人。手負其員数難レ知候。

右ノ書付使者ヲ以テ武蔵守一氏へ指出シケレバ、一氏其不覚ヲ大ニ憤リ申サレケルヨリ、其ノ中不和ニ成。快ヨカラサレバ、帯刀是ヲ恨ンデ、後ニ日頭山ノ合戦ノ時、比類ナキ高名シテ、終ニ討死シテ此時ノ恥ヲススギケル也。

新納武蔵守攻ル二虎竹城ヲ一事

明レバ五月朔日、薩摩勢ノ先キ備へ、右ノ一番大内《ヲヲチ》内蔵助正方、人数二千二百七十八人、左ノ一（二）番畑勘解由道房、人数五百人、右ノ二番江本三郎左衛門尉重躬《シゲミ》、人数三百七十人、左ノ二番佐野帯刀政形、人数四百人、南方虎竹城ヘゾ向ヒケル。

此虎竹城ニ琉球王ノ一族李将軍玄国侯慶春守リ居ケル。其手下ノ勇兵、張助幡、石徳、孔隆、松元的ナド云フ万夫不当ノ勇士、凡一万余騎ニテ楯籠レリ。カクテ二十三日ノ暁天ニ薩摩勢大手、搦手一同ニ押寄セ、鬨声ヲドツト揚タリケル。暫ラク有テ櫓ノ上へ武者一人カケ上リ、挟《サ》間ノ板ヲ押開キテ大音声ヲ上ケテ、

「理制当爰如何。未聞敵薩州哉。雖然理不尽取囲者、汝等以磐石　如砕鶏卵《タマゴ》自滅無疑。迅速可退」』27

トゾ呼ハリケル。サレ共聞ナレザル琉球ノ言葉、去ラニ聞分ガタク何ト云事ヲ知ラザレバ、爰ニ里見大内蔵助ノ組下ニ浜島与五左衛門ト云フ者、度々朝鮮、琉球、女直《ヲランカイ》へ渡リ、長崎ヘモ行キ通ヒ、諸国ノ言語ヲヨク聞分、ツカヒ分ル事ノ名人ニテ、誠ニヨキ通辞《釈》ナレバ、此度モ召連レシカバ、彼ノ者へ尋ラレシニ、早速書付ヲ以テ武蔵守ヘツカワス。一氏是ヲ披キ見ラルルニ、「理制当爰如何トハ、俄ニ軍勢ヲ爰ニ向ケラルル事不思議ニシテ、其理当ルヤ如何ト云フ事也。未聞敵薩州哉トハ、未聞ハ、イマダキカズト云コト也。敵薩州哉ト云事ニテ、古へヨリ是マデ琉球ヨリ薩摩へ敵対シタル事ヲ未レ聞ニ、ナセ薩摩ヨリ攻ニ来タルゾト云フ事ナリ。雖然トハ、雖然ト云コト也。理不尽取囲者ハ、理ヲ不尽、取囲者ト云フ事ニテ、然リトイヱドモ、欲心ヲ以テ理不尽ニ此城ヲ取リ囲モノナラバト云フ義ニ候。汝等ハ、汝等ナリ。以磐石如砕鶏卵トハ、以磐石如砕鶏子ト云フコト也。自滅無疑ハ、自滅ル事無疑ト云コト也。迅速可退ハ、迅速ハスミヤカナリ。可退ハ、可レ退ト云事ニテ、云ヒ下セバ、此国ヲ理不尽ニ攻ント取リ囲ナバ、汝等磐石ヲ以テ、玉子ヲ砕如ク自滅セン事無疑。速カニ退キ去ルベシト申事ニテ候」ト書タリケル。武蔵守一氏是ヲ見テ、カラカラト打笑イ、「与五右《（左）》衛門ガ外国ノ言葉ニ通シタルコソ、扨々重宝ノ至リ　』28

也」ト褒美シ、「扨、キヤツハ琉球ノ弁舌者ニテ、詞ヲ以テカサニカカリ、取リヒシガントノ計略ナルベシ。譬ハカノ蘇秦、張儀ガ弁ヲ以テ悪言スル共、是程ノ事ニ臆センヤ。只一時ニ攻メ破レヤ者共」ト、勇テ下知シケル程ニ、流行《ハヤリ》リ男《ヲ》ノ若者共、「我モ我モ」ト先キニ進ミ、兼テ用意セシ渡リ橋ヲ堀ノ上へ倒シカケテ、面々ニカケ渡リ、堀

ニ取リ付乗リ込ントスルモアリ、熊手ニ掛テ柵ヲ引破ラントスルモアリ。ヱイ声ヲ揚テゾ攻タリケル。城中ヨリ是ヲ見テ、櫓ノ上ニ積置キタル大石ノ二、三人シテ持ツヤウナルヲ、二、三百、一同ニ投カケシカバ、或ハ楯板ヲ微塵ニ砕キ、或ハ兜ノ鉢ヲ打割ラレ、即座ニ薩摩勢討殺サレタル者二百人、手負、死人ノ山ヲ築キタル如クナリ。一氏、「気ヲ屈セズ、只ヒタ攻ニ攻メ落セ」ト、ヒマナク下知ヲ加ヘラレシ故、親ハ討ルレ共、子ハ是ヲ不レ顧、主討ルレ共、郎等ハ其ノ死骸ヲ踊リ越ヘテ乗リ込ントス。城中ヨリモ油断ナク鎗ヲ突出シ、大木、大石ヲ打懸、矢種、玉薬ヲヲシマズ射出ス。矢ハ雨ノ如ク打下ス。鉄炮ハ霰ノ如ク寄手ノ人々面ヲ揚ベキヤウナク、錣《シコロ》ヲ傾ケ射向ノ袖ヲカサシ、打払ヘドモ手負、死人千余人、血ハ流レテ川トナリ、骸ハ累々トシテ屠取ノ肉ノ如シ。軍師武蔵守一氏ハ気ヲイラチ、大ニ怒ヲナシ、「此城ニテ味方多ク討ルルコソ安カラネ。所詮日ヲ重ネ月ヲ越ル共、味方過半亡ブル共攻落サデ置ベキカ」トテ、士卒ヲハゲマシ、近辺ノ民家ヲ数百軒打コボタセ、車ニ積ンデ　』29 運ビ寄セ、イヤガ上ニ重ネ上ゲ、枯タル草木ヲ其ノ間へ押シ込ミ、一氏ハ馬ヨリ下テ、潮ヲムスンデ手水シ、日本ノ方へ向ヒ至、誠心ニ遥拝シ、「島津家ノ生土神《ウフスナノ》住吉大明神、此時ニ擁護ノ力ヲ加ヘテ、此城ヲ攻落サセタビ玉ヘ」ト祈リカケ、自身新タニ燧ヲ切テ、神火ト号ケテサシ付ラレシカバ、不思議ヤ一氏ガ信心ノ奇瑞ニヤ、火ハ草木ニ燃付キテ程ナク数千ノ火ノ玉トナリ、櫓ニウツリ塀ヲ越へ城内ノ陣小屋ニ、モヘ付キ、猛火盛ンニ成リシ程ニ、武蔵守大キニ勇ミ悦ヒテ、数百人大団扇ヲ士卒ニ持タシメアヲギ立テテ、アヲキカクレバ、弥炎《ホノヲ》盛ンニ成リ、二ノ丸、本丸残リナク火移リシカバ、城中上ヲ下ヘト返シ、喚メキ叫ンデ火炎《クワエン》ノ中ニ身ヲ焦《コガ》ス者数ヲ知ラズ。

　大将李将軍、「今ハ是迄」ト思ヒケン。既ニ剣ヲ首ニアテントスル処ニ、張助幡スガリ付キテ押留メ、「死ハ安ク、生ハ難シ。是非ニ一方ヲ切破リテ抜出テ落行キ、重ネテ大軍ヲ催シ、忠戦ヲハゲミ玉ヘ」ト諫メテ、真先ニ立テ獅子ノ怒リヲナシ、一方ヲナンナク切リ破リ、南ノ小門ヲ抜出テ、丈八ノ矛ヲ水車ニ振廻シ、幸ト橋ニハ未タ火モ移ラネバ、張助幡ハ、「天ノ与ヘ」ト悦ビ、李将軍ヲ先キニ立テ橋ノ上ヲ掛渡リ、煙リノ中ヲ落テ行ク。薩摩勢ノ中ヨリ、横《ヲウ》須賀久米左衛門、大田団右衛門、向坂専左衛門、三人追カケ打留メントスル所ヲ、張助幡、振返ツテ、屹トニラミ、「蝿《ハイ》虫共事ヲカシヤ。琉島ノ軍令張助幡ゾ。近ク寄ツテ、アタラ　』30命ヲ捨ルカ。イデ物見セン」ト、丈八ノ矛ヲ振リ上テ、メッタ討ニ討テカカル。薩摩勢ハ大勢シテ、「切リ留ン」ト追取リ巻ク。久米左衛門、一番ニ左リノ方ヨリ切テカカル。彼ノ矛ニテ、冑ノ鉢ヲシタタカニ打テバ、鉢砕テ、久米左衛門、目クレテヒルムヲ、又矛ヲ振リ上ゲテ横ニ薙《ナ》ケハ、忽ニ横須賀ハ二ツニ成テ死ニケリ。其ノ間ニ大田団右衛門、向坂専左衛門左右ヨリ打テカカルヲ、張助幡、ヒラリト飛ビシト見ヘケルガ、両手ヲノベテ二人ガ鎧ノ綿ガミヲヒツツカンデ、左右ヘ一度ニ投ゲタリシガ、堀際ノ岩角ヘ二人共ニ打チ付ラレ、微塵ニ成リ、血煙立テゾ失ニケル。張助幡、ニツコト笑イ李将軍ヲ肩ニ引掛ケ四、五丁計リ落行ヲ、猶薩摩勢、「遁スマジ」ト、四、五十騎ニテ道ヲ遮リ、先キヲ塞ク、李将軍、「カクテハトテモ遁ルマジ。生害スベシ」ト申サルルヲ、張助幡大ニ怒ツテ云ヒ、「甲斐ナキ御事カナ。譬ヘ某コノ所ニテ討ルル共、魂魄留リ、米倉マデ守護シ申サン事コソ、忠功ノ第一也。廉忽ノ死ヲシ玉フナ」ト勇メテ、大音上ゲ、「是ハ琉球国第二候李将軍玄国、字ハ慶春、カク申スハ玄国候ノ幕下ニ張助幡ト云フ者ゾ。我レト思ハンヤツハラ寄レヤ寄レヤ」ト呼テ、四角八方ニ薙テ廻リ、向フ者ヲ梨割、立割、車切、ヤニワニ十五騎設シ馬武者ハ、平首切テ刎落シ、諸膝薙テ打伏スレバ、此勢ニ恐ヲナシ近キ追フ者無リシニゾ。李将軍モ此ノ間ニ漸ク息ヲツキ、張助幡ガ肩ニカカリ、湊ノ方ヘ遁レ行キ、折節汀《ミギワ》ニ乗リ捨シ小船ノ　』31有リシニ打乗リ、張助幡自身ニ櫓《ロ》ヲ押シ切リ米倉島ヘゾ漕キ行ケル。味方ノ軍師武蔵守一氏是ヲ追懸、鹿毛ナル馬ニ金幅輪ノ鞍置キテ打乗リ、十文字ノ鎗ヲ引ツ提ケ、浜辺ニカケ出テ八方ニ眼ヲ配リ、「アレアレ、西ノ海手ニ小船一艘走リ行クコソ李将軍ト見ヘタリ。ハヤ二、三里モ沖ニ浮ヘハ、イカナル早船ニテモ追付ク事叶フナジ。今少シノ間ニテ討モラシタルコソ安カラネ」ト申サルレバ、種島大膳是ヲ聞テ、「李将軍、張助幡ハ琉島第一ノ勇将也。討モラシテハ悪カラン。是非海中ニテ討留メン。我等ガ組子ノ弓、鉄炮ノ者ヲ以テ、追掛テ討取リ申サン」トテ、足ノ軽キ船五艘ヲ揃へ、帆ヲ十分ニ巻揚ケ、声ヲ櫓ニソヘテ飛鳥ノ如ク追ヒ至リ、海上二、三町ニ近寄リ、是ヨリ弓、鉄炮ヲ雨ノ如ク放シカクレバ、張助幡気ヲアゼリ、李将軍ヲ船ノ底ニカクシ入レ、其身ハ楯ヲ両手ニ持チ、飛ヒ来ル玉箭ヲ請払、二時計リ支ヘツツ、透間ヲ見テハ櫓ヲ早メ、又玉ヲ請ケ留メ箭ヲ打チ散シ、片手ニハ棹ヲサシ三、四丁逃行クニゾ、薩摩勢ハ気ヲイラチ、「猶遁サジ」ト追懸ル処ニ、イツノ間ニカハ調ヘケン、張助幡、毒箭ヲ連ネ矢継キ、速ニ二十計リ射カケタリ。是ニ中ツテ死者十余人、当ラヌ者モ其毒ノ香ニ咽テ、俄ニ眩惑、嘔吐《ヲヲド》シテ倒レ伏シ、面ヲ向フヤウモナシ。時ニ、一氏懐中ヨリ煉リタル薬ヲ取リ出シ、毒気ニ咽テ、目眩キ伏タル者共ノ鼻ニヌラセシニ、忽毒ノ香ヲ忘レ立揚ツテ、常ノ如ク心能クナリ、又、是 』32

一氏ガ兼テ琉球流ノ毒箭ノ香ヲ消ス薬ノ法ヲ知ツテノ故ナリ。イカナル薬ニヤ有リケン。夫レ毒箭ノ法ハ多クハ烏頭《ウヅ》ヲ以テ製スルトゾ、武備志ニモ見ヘタリ。兎ヤ角スル間ニ、張助幡ガ船ハ三里計リ漕行ケル。薩摩勢ハ猶、「追掛ン」トヒシメク処ヲ、武蔵守是ヲトドメ、「李将軍ヲ討ツ事ハ、イツニテモ安カルベシ。彼レニ随フ張助幡天晴レ無双ノ勇士ニシテ、方便《テタテ》ヲ巡ジ生捕リニシテ、末々ハ味方へ抱へ召ツカフベシ。先ヅハ彼レ等ヲ討洩ストモ、虎竹城ヲ攻落セシコソ各ノ大功ナリ。是ヨリ王城へ早ク打入ルベシ」ト下知シテ、味方ノ船ヲ招キ集メ、是ヨリ湊へ船ヲ向ケ漕カヘサレケルトゾ聞ヘケル。

乱蛇浦合戦之事

去程ニ、軍師新納武蔵守一氏ノ下知ヲ守ツテ、薩摩之諸大名是ヨリ二手ニ分ツテ進ミケル。乱蛇浦ノ方へハ、秋月左衛門尉之常、花形小刑部氏朝、三好典膳定次、花房兵庫忠通、池田新五左衛門国重、小松原左内左衛門安国、浜宮藤内行重、二里波《ハ》門定起、島津主水時陰、矢島甚五左衛門豊宗已下二万余人ニテ向イケリ。五里ノ松原ノ方へハ、大崎三郎左衛門忠友、天野新兵衛近俊、篠原治部久春、中條左衛門春氏、中村右近数冬、和気治左衛門国清、木戸清左衛門年永等ノ歴々、「我劣ラジ」ト、勇ンデ一万二千余人ニテ向ヒケル。翌日ノ午ノ刻計リニ乱蛇浦ニ著キケルガ、此所ハ実ノ城郭ハナ』33シ。大ナル関所ナリ。寄手ノ方ヨリ鉄炮ヲ打カケ、ヲメキ叫ンデ攻カカレバ、関所ヲ守レル大将公山都尉、三、四百人程ノ士卒ニ下知ヲナシ堅ク守リケレバ、急ニ破ルル様子見ヘサリケリ。爰ニ池田新五左衛門尉国重、大ニイラツテ、「鉄炮、矢軍計リニテハ埒明クマジ。鎗ヲ入レテ勝負セヨ」ト下知スレバ、其手ニ随フ鈴木三郎左衛門、三浦半兵衛、楽田九郎、贄《ニヘ》小式部、間源八ナドト云フ早リ雄ノ若者、「我モ我モ」ト真先ニ進ミ、迹ニ続ヒテ究竟ノ者共数百人、大槌《ツチ》、掛矢、玄翁《ケンヲヲ》ヲ引提ケ、塀ヲ打崩シ、堀ニ打込ミ、四方ヨリ松明ヲ打込、火ヲ掛レバ、折節浜風厳シク吹カケ、関屋ノ上ヘモヘカカル。大将公山都尉、俄ニ驚キ噪《サワ》キ、ハダセ馬ニ打乗リ逃出ルヲ、玉沢与五左衛門、「遁サジ」ト追ツ付ヒテ、馬ノ尾ヲ引ツカミ、ヱイヱイト声ヲカケテ引ケレバ、馬ハシキリニ刎上ツテ落ル処、花房兵庫、ヤガテ駆ケ付ケ、公山ト引組、二コロビ三コロビセシガ、ナンナク兵庫、上ニナリ押ヘテ首掻切リ、立上ツテ大音揚ゲ、「乱蛇浦ノ関ノ大将公山都尉ヲ、華房兵庫、玉沢与五左衛門尉討取タリ」ト名乗リシカバ、一氏是ヲ聞キ、「高名帳ニ記シ、主君家久ヘ帰朝ノ後披露スベシ」トテ、先ツ当座ノ感状ヲ出シケル。残ル関守大ニ恐レ、皆散々ニ逃失テ、サシモノ乱蛇浦ノ関一時ノ灰燼《クワイジン》ト成ツテ破レケリ。薩州武士ノ勢ヒハ竹ヲ割ルガ如ク也。

五里松原合戦之事

此ノ松原ト申スハ、其ノ長サ五里幅五町ツヅキテ森々ト』34茂リ、其下、陰ハ闇ノ夜ノ如シ。此松原、真中ニ一ヶ所ノ平城有リ。此城ニハ琉島東南ノ探題武平候林渓子ト云者、二千余人ニテ守護セリ。日本勢ハ大崎三郎左衛門尉、篠原治部大輔ヲ先トシ、船ニテ向ヒケルガ、船ヲ浜ニ着ルト、「先ツ松原ニ火ヲ掛テ、焼攻ニセヨ」ト下知シ、投松明ニ油ヲカケテ火ヲ付ケ、茂リシ梢々ニ投ゲ揚レバ、風ニマカセテ猛火盛ンニ燃上リ、黒煙天ヲカスム。平城ノ遠見ノ者、此火ノ手ヲ見テ、林渓子ニ告ク。林渓子、大ニ驚キ、「何カセン」ト評議ヲスル処ニ、林渓子ガ門下ニ千流子ト云ヘル賓客在リ。進ミ出テ云ク、「頃日ヨリモ日本勢乱入セシヲ聞ナカラ、此要害ノミニシテ、都ヘノ註進モナキハ、武略ノ足サル処ニ候。然レトモ、ハヤ指向フタル敵ヲ其侭ニシテ、手ヲ空シクシテ落行ンハ、薪ヲ負テ焼原ヲ走ルニ同シ。兎角某シ折向ヒ、奇変ニヨツテ奇ヲ発スルノ術ヲ以テ、敵ヲ挫《トリヒシ》グ方便コソ候ハン」ト申ス。林渓子、大ニ悦ビ、「誠ニ汝ガ才ハ、古ヘノ張子房、陣(陳)平ガ再来共云ツベシ」ト、感ジテ同ジケレバ、川流子ハ松原ニ向ヒ、兎ヤ角ト薩摩勢ヲアシラヒ、時刻ヲ延シ居タリケリ。

爰ニ松原ノ後陣ニ向ヒケル大将佐野帯刀政形ハ、手下諸士ヲ招キ、「先日千里山ノ軍ノ時、軍師新納一氏ニ耻シメラレ、一言骨髄《コツスイ》ニ徹《テツ》シ、無念千万也。去ニ依テ、今日ハ松原ノ城ヲ抜懸《ヌキカケ》シ、十死一生ノ合戦シテ攻破ラント思フナリ。万一責落ス事叶ハズンバ、堀際　』35ニ於テ潔シテ討死シ、敵、味方者共ノ眼ヲ驚シテ、一氏ガ面当ニシ、名ヲ末代ニ留、弓馬ノ誉レヲ失フマジト思也。旁《カタ》々イカガ思フゾ」ト云シカバ、佐野ノ家ノ子三好八左衛門、倉橋伝左衛門ト云者、政形ガ前ニ出テ、「イカニモ先日武蔵守殿ノ言葉ハ、理ノ当然トハ申シナガラ、当家ハ主君家久公ニハ由緒アル名家ニテ、島津家累代ノ長臣タリ。新納殿ノ家ニ少シモ劣ルベキ左アレバ、御憤リ御最ニ奉存候。去ナガラ私ノ遺恨ヲ以テ御命ヲ捨ラレ、主君ノマサカノ御用ニモ立玉ハズ、猥ニ討死有ラン事コソ不忠ト成リ候ベシ。其上、万一不覚ノ御最期モ候ハバ、御名跡忽ニ断絶ニ及ビ給ベキカ。然ラバ御先祖ヘ対シ、御不忠トヤ申スベキ、兎ニ角ニ千苦万労ナサレテモ御命ヲ全フシ、始終ノ御勝利ヲ得玉ハン事コソ宜シカルベク候」ト、詞ヲ尽シテ申シケレバ、帯刀ツクツク是ヲ聞テ泪ヲ流シ、「両人トモニイシクモ申シタリ。我トテモ忠孝ノ道ヲ弁ヘザルニハアラネドモ、先度ノ軍ニ遅レヲ取テハ、軍師ノ一氏此国ヲ退治シ帰朝ノ後、子々孫々迄其高名ニホコリ、余人ハ島津ノ御家ニ有テ無モノニ云ハレン事コソ口惜シ。ソレノミナラズ、主君家久公ニモ此度ノ軍功ヲ感ソ玉イテ、国中ノ政道ヲ新納一氏ニ任セ玉ヒナバ、万一彼レガ心ニ奢出来非道ヲナサバ、御家ノ為ニ宜シカラズ。爰ヲ以テ某シ今度抜群ノ功ヲ立テ、タトヒ命ヲ戦場ニ捨トモ武蔵守ガ口ヲ塞ギ、主君ノ　』36
御家運全カラン事ヲ存ジテ、討死ヲ思ヒ極メシ也。然レバ某ニ於テハ此ノ松原ノ手ヲ抜出テ、琉球王城ノ後ロ、日頭山ヘ馳セ上リ、カノ山ノ頂上ヨリ王城ヘ真下リニ落シ入レ、只一時ニ都ヲ討破リ、名ヲ後代ニトドムベシト存シ寄リタリ。我レト思ン人々ハ某ニ続ヒテ手柄ヲ顕シ、名ヲ末代ニ残シ玉ヘ」ト申セシカバ、三好、倉橋詞ヲ揃ヘ、「誠ニ潔ヨキ御下知カナ。命ハ金玉ヨリ重シトイヘトモ、義ニ因テハ風前ノ塵ヨリ軽シ。イザヤ打立玉フベシ」ト、銘々ニ勇ヲナシ、都合其勢千五百騎、各十死一生ト思ヒ定メ、其夜ノ三更ニ密ニ松原ノ陣ヲ出テ、日頭山ヱト馳行キケル。

日頭山合戦之事

去程ニ、佐野帯刀ガ一手ノ勢、味方ノ中ヲ駆抜テ、巳ノ刻計リニ、三十丈ノ高鳳門ノコナタナル小山ニ至リ、此ノ小山頂上ニモ一ヶ所ノ番所有リ。政形兼テ物見ノ者ヲ使《ツカワ》シ、能ク案内ヲ知リケレバ、組子ノ諸士ニ目クバセシテ、手々ニ松明ヲ燈シツレ、カノ小山ノ藤葛《カヅラ》ヲタクリ、岩石ヲ攀《ヨジ》テ絶頂《ゼッテウ》ニ登リ、遥ニ見ヤレバ、番所ヲ守ル者共ハ、前後モ知ラズ能ク臥セリ、番所ハヒツソト静マリテラバ、佐野大ニ悦ビ、「仕済《シスマシ》タリ」ト思ヒ、先ヅ鉄炮ヲ打カケ、鬨声ヲ撞《ドウ》ト上レバ、番所ノ者共、寝耳ニ水ノ入ル如ク驚キ騒ギ、上ヲ下ヘト返シ合セテ、物ノ用ニ立ツベキトモ見ヘズ。佐野方ノ勇士等、「我レ劣ラジ」ト、塀ノ上ヲ乗リ越ヘントス。中ニモ鈴木田、和田等ハ、帯刀ガ　』37
小姓揚リニテ、多年両人共無二ノ中ナリシガ、鈴木田ハ大ノ男、和田ハ小男ナリシニゾ、ヒラリト飛テ、鈴木田ガ鎧ノ上帯ニ手ヲ掛ケ、スグニ肩ニ両手ヲカケ、「御免候ヘ、鈴木田殿。此処ノ一番乗ゾ」ト呼リケレバ、鈴木田ハ、「断リニハ及バズ。御辺ノヤウナル小男コソ、イツニテモ某ヲ階子ニシテコソ登リ玉ン」ト云ヒモアヘズニ、和田ハ塀ノ屋根ヘユラリト飛移リ、内ノテイヲ伺ヘバ、塀内ニハ二十人計リノ敵兵、柄物ヲ構ヘ控ヘシガ、ヤガテ和田ニ突テカカル。和田ハ莞爾《ニッコ》ト打笑ヒ、「物々シヤ」ト云フ侭ニ、三尺二寸ノ太刀ヲ抜キ、塀ノ内ヘ飛ビ入ツテ、カタツパシヨリ切リ散ラセバ、鈴木田ツヅイテ塀ヲ乗リ越ヘ、一々ニ薙立、是ヨリ階子ヲ塀ニ掛テ、味方ヲ越シメ、切先キ双ベ切リ立レバ、琉兵大ニ恐レヲノノギ、周章《アハテ》サマヨウ。其中ニ一人ノ大将ト見ユル者、書院ノ内ニ有テ、羽扇ヲ揚テ下知ヲナス。和田、先ヅ一人ノ士卒ヲトラヘ、「此関ノ大将ハ名ヲ何ト云フ人ゾ。明白ニ申セ。左ナクバ己レ突殺サン」ト、胸ニ刀ヲ刺当テ問ヘバ、彼者ハ大キニ畏レ、身ヲ縮メ、振ヒ振ヒ申スハ、「此関ノ大将ハ李将軍ノ弟、李子景ト申シテ、今年二十八歳。則チアレナル書院ノ内ニヲワスル処、障子ニ燈火ノ影移ル人コソ、夫レニテ候ト、敵ニ主人ノ体ヲツブサニ語ルコソ、下郎ノ習ヒ」ト、云ヒナガラウタテケレ。和田、横田大ニ喜ビ、彼ノ者ニ案内サセ、ヤガテ書院ノ椽(縁)ニ飛上リ、加助、障子ノスキ間ヨリ伺ヘバ、大将李子景、将机《ショウギ》ニ腰ヲ掛ケ、左右ニ老武者二人、鉾《ホコ》ヲカマヘ控ヘタ　』38
リ。横田、和田ト私語《ササヤキ》テ、カノ障子ヲ外ヨリ、サツト急ニ明レバ嵐吹込、燈火消シニゾ、「幸」ト、横田着シタル鎧ヲ脱、長刀ノ先キニ此ノ鎧ヲ結付、内ヘサシ入レシカバ、李子景ハクラガリニテ鎧ヲ、「敵ノ入リシ」ト思ヒ、「心得タリ」ト、丁ト切付シニ、天井ノ長押ニ切付タリ。其隙ニ加助、スカサズ長刀ノ石突ヲ以テ、胸板ヲ撞トツク。突レテ李子景倒ルル処ヲ、横田ヤガテ取テ押ヘ、首掻キ切、立上ラントスル処ヲ、左右ノ老人双方ヨリ討テ掛ル。加助、首引提ナガラ、二人ヲ相手ニシテ、長刀ニテアシラウ処ヘ、和田走リ寄リ、一人ノ老人ヲ切伏セタリ。加助大キニ力ヲ得テ、今一人ノ老人モ長刀ニテ首刎落シ、大音上テ、「此関ノ大将李子景ヲ、佐野政形ガ郎等横田加助討取タリ」ト呼ハリシカバ、佐野政形駆来リ、横田ト和田ヲ扇キ立テ大ニ感シ、「此勢イニ都ノ後、日頭山ニ分ケ上リ、帝城ヲ足下ニ見下シ、真下リニ都ヘ討入ン」ト勇テ、兵粮ツカヒ小路ヲ求メ、葛ヲタクリ、巌ヲツタイテ、人知ヌ様ニ日頭山ヘナンナク上リ着キ、西方見渡セバ、流国ノ都ノ町軒ヲ並ヘ、王城ハ十丈計リノ築地ヲ掛ケ渡シ、其巡リ口ニ三十丈ノ堀ノ水、藍ノ如クタタヘテ、数百ノ橋ヲ掛ケ渡シ、政形是ヲ見テ笑ミヲ含ミ、「琉球ノ都へ打入リ、一番手ハ此刑部政形ナリ。軍師一氏ニ鼻明サセン。一番乗リノ印ニ、若者共、アノ町屋ニ打チ散テ、所々ニ火ヲ掛ヨ。某ハ其隙ニ、大師王後候亥ガ楯籠ル』39琉球ノ後詰ノ城へ馳向ツテ乗ツ取ルベシ。鈴木田、和田両人ハ山越ニ元トノ五里ノ松原ニ忍ヒ行キ、新納一氏ニ向フテ、佐野帯刀コソ、琉球王城ノ一番乗リヲ仕リ候。此旨帳面ニ記サレ、主人家久公へ註進下サルベシト申シテ帰ルベシ」トテ遣シケル。

カクテ佐野ガ手ノ若者共、貝、鐘、太鼓ヲ真下リニ落シ、町中ニ走リ散テ、早爰彼所ニ火ヲカクレバ、日頭山ノ山嵐烈《ヤマヲロシハゲ》シク、猛火盛ンニ燃へ上リ、炎《ホノホ》天ヲ焦シ黒煙ウヅ巻キカカレバ、王城ノ町人共、「コハ何事ゾ」トアハテフタメキ、資財、雑具ヲ東西へ持チ運ビ、妻子ヲ叫、老タルヲ肩ニカケ、幼無《イトケナキ》キヲ抱キ、逃迷フ有様ハ目モ当ラレヌ次第也。カカル処へ、味方ノ軍師新納一氏ノ先手、多勢ヲ以テ鬨ヲ上ゲ、鉄炮ヲ響カセ、王城近ク乱レ入リシカバ、琉球ノ中山王ハ都ニタマリカネ、后妃、諸王子諸共ニ、馬車ニモ乗ル隙ナク、歩行ハダシニテ落行キケリ。

琉球後詰城合戦並佐野帯刀討死之事

佐野帯刀ハ其間ニ後詰ノ城へ寄カケシニ、此城ノ大将王後ハ無双ノ勇将ニテ、要害堅固ニシテ、日夜用心怠ラズ守リ居ケレバ、政形、此度ノ軍ハ十死一生ノ合戦ト思ヒ極メタル事ナレバ、大手ノ堀際迄攻寄セテ、真先ニ進ミ下知ヲナス。時ニ大手ノ高楼ノ上へ武者一人顕レ出、笠ヲ揚テ、降参ノ印』40ヲ見ス。政形是ニ心ヲ緩シ、暫猶予スル間ニ通辞ヲ出シ大音声ニ、「イカニ寄手ノ大将ニ物申サン。当城ノ大将大師候亥、王城ノ破レシヲ聞キ、迚モ薩州勢ニ対シ戦ハン方便ナク、勢尽テ軍門ニ降ル間、少シ攻口ヲクツロゲ玉ハルベシ。追付王後、諸官ヲ引具シ、弓、鉄炮ヲ伏テ、其ノ御陣へ罷リ出申サン」ト云ハシメシカバ、政形、ヤガテ

十四、五丁退キテ、其夜ハ野陣ヲ取リタリケル。王後、敵ヲナンナクタバカリ引カシメ、「思ツボニ入タリ」ト喜ンデ、其夜ノ巳ノ刻ニ、佐野ガ陣へ夜討ヲ出スニ、先陣ハ候亥ガ甥《ヲヒ》王香、五百余騎、中陣ハ大将王後、千六百余騎、後陣、流閑、三千余騎、都合五千余騎、組ヲ分チ、相詞相印ヲ定メ、鎗ヲ伏セ、旗ヲ巻カクシ、諸軍、静ニ打テ出テ、ヤガテ佐野ガ陣近ク成リシカバ、大旗、小旗ヲサット指上ケ、貝ヲ吹、太鼓ヲ打チ、鉄炮ヲ雨ノ如ク放シ、時ヲ作ツテ無二無三ニ攻カカル。思ヒモヨラヌ俄事ナレバ、一太刀合スル迄モナク、鳥ノ塒《トグラ》ヲ追立ラレタル如クニ騒周章、物ノ用ニ立ツ者ナク、大将政形腹巻計リニテ飛テ出、太刀ヲ引提ゲ、木戸ヲ開、前後ニ中リ、左右ヲ切立、「腕《ウデ》ヲ限リ」ト薙《ナイ》デ廻ルヲ、王後ガ兵共声々ニ、「外ノ者ニハ目ナ掛ゾ。大将一人ヲ討取レ」ト、政形ヲ真中ニ取リ囲、政形、八面ニ中リ、土煙ヲ立テ切テ廻共、終ニ叶ハス、左ノ股ヲバ矛ニ貫カレタダヨウ所ヲ、王後ガ手下ノ山道大人ト云フ者、下《ヲ》リ重リ政形ヲ押シ伏セ首掻キ切テ、ツヅ立チ上リ大音上ゲ、「薩州ノ大将佐野帯刀ヲ山道大人討取タリ」ト　』41
呼ハレバ、帯刀ガ手ノ兵、「スワヤ、大将ハ討死トヤ。命生キテ何カセン」ト云ヒモ敢ズ、敵ノ中ニ掛入討死スル者過半ナリ。時ニ佐野政形三十九歳、最期ノ働キ目ヲ驚カシ、琉球王城ノ土ト成テ、名ヲ後世ニ残シケル。

帯刀ガ二男佐野主水政常ハ十七歳ニ成リケルガ、討死ト聞ヨリモ大ニ悲ミ、「一所ニ討死スベシ」トテ、馬ニ討乗リ駆出スヲ、良等坂部兵内、轡ニスガリ押シ止メ、「政形ノ討死シ玉フハ、新納武蔵守へ武道ノ憤リヲ立ラルル所、然ルニ共ニ討死シ玉ハバ、国ニマシマス御母公、兄政勝公ニハ誰カハ孝ヲ尽シ玉ン。其上琉国ノ都ヲ一番ニ破リ玉フ大功ヲ以テ、御家門ノ繁栄ハ長久成ベシ。今ヤミヤミト討死シ玉ハバ、返テ御父尊霊ノ御心ニモ叶ヒ玉フマジ」ト諫メケレバ、主水聞テ、「諫メノ段ハ去ル事ナレ共、昔シノ人見四郎入道恩阿、本間九郎資貞カ赤坂ノ城へ抜懸シテ討死セシモ、孝子ノ道ニ叶ヒ末代マデ称誉セリ。吾父ノ政形モ、独死出ノ旅路ニ趣レン事、サゾヤ徒然ナルベシ。共ニ討死シテ、三途ノ川トヤランノ先懸ヲスベシ」ト、猶進ミ出ントセシヲ、坂部兵内重ネテ強ク押シ止メ、「夫レハ鎌倉ノ代末ニナリ、相模入道宗鑑ガ奢ヲ天悪ミ玉ヒ、北条家ノ後無カラン事ヲ見切テ、本間父子トモニ討死セシナリ。是ハ外国琉島ヲ退治シ玉フ勲功ヲ以テ、島津家ノ繁昌天地ト窮リ無ク、此度父君モ琉球ノ都ヲ打破リ、潔ク討死シ玉ヘバ、其恩賞他ニ異ナリ。』42

御家ノ眉目ニ双フ人候マジ。ソレニ討死センナドト思召コソ然ベカラ御命ヲ全シ玉ヒ、御跡ノ孝養ヲ勤サセ玉ハンコソ然ルベキ御事也」ト、涙ヲ流シ云ケレバ、主水モ、「サコソ」ト思ケン。討死ヲ思ヒ止リケリ。思フニ佐野帯刀、一旦ノ不覚ハ有トモ松原ノ城ヨリ次第ニ攻行バ、イマダ五日十日ニハ王城ハ落マジキニ、帯刀抜駆シテ日頭山ニ向ヒ、王城ヲ一番ニ破リ、後詰ノ城ヲ攻テ討死シケルハ琉球攻第一ノ功ナリ。依レ之島津家久モ、佐野ガ二人ノ男子ニ其遺領七万石ヲ賜リ、名ヲ後代ニ留メケリ。琉球ノ中山王ハ都ヲ出シカドモ、大師王後候亥ガ計略ニテ夜討ヲシスマシ、佐野帯刀ヲ討取シニゾ敗北セシ。琉球モ少シ色ヲゾ直シケル。

琉球軍記巻之中　』43

琉球軍記巻之下

目録

賜琉球于島津家久
中山王尚貞奉使并爵位　』44

琉球軍記巻之下

琉球帝城怪異並薩州勢入琉球之都事

大明神宗皇帝万暦三十六戊申ハ、日本後水尾院慶長十三年ニ当レリ。其年ノ夏ノ比ヨリ琉球ノ帝城ノ堀ノ水、東方五町程ノ間甚ダ黄色ニ変シテ、西方五町計ノ間ハ血ノ如ク赤色也。其余ハ常ノ如ニ清水ナルコト三十日計也シガ、又素《モト》ノ如ク清渡レリ。

又今年春、要渓灘ヨリ乱蛇浦ノ間、海辺ニ其尺一丈ヨリ五、六尺迄、喉ノ下ヨリ二尺程ニテ、其先ニ横七、八寸程ノ鐘木有大魚、幾千万トモ知ラズ浮ミ寄ルコト数日也。是日本ニテ鉦控ブカトト号ル毒魚也。琉球是迄ハ曽テ無キ魚ノ多ク集リシモ又怪異也。

又同秋九月ノ比ヨリ雰《キリアメ》ニモアラズ、煙トモナキ黒気、日頭山ノ峯ヨリ起リ、布ヲ引ク如ク下リテ、帝城ノ王ノ御坐ノ殿ニ入テ、其長サ何程トモ知レズ、一時計リ有テ彼黒気打切リタル如ク成リテ、殿ニ入ルヨト見レバ消失ヌ。是又廿余日ニシテ止ニケル。

又高鳳門ノ高楼ニ、毎夜管弦ノ音有コト三十日計、人ヲ登シテ見レバ、忽音止ヌ。階ヲ下レバ、又始ノ如ク奏ケリ。

又同九月ノ比ヨリ、毎夜天ニ練絹《ネリキヌ》ヲ引シ如クナル雲気、東ヨリ西ニ亘リ長二十計ニ見ヘ、東ニテハ幅三尺計、西ノ端ニテハ三丈計ニ見ヱ、月ヲ越テ消ザリケリ。是ヲ日本ニテ旗雲ト云也。斯ル怪異ノ多ク顕ルル事、是只事ニ非ズト思シニ、果シテ今年〈慶長十四〉、薩摩勢寄来リテ国都ヱ乱入シ、中山王、徒《ハ》　』45

跳《ダシ》ニテ帝城ヲ落ケルコソ不思議ナレ。

　去程ニ琉球ノ都ノ惣門已ニ破レシカバ、薩州ノ軍師新納武蔵守一氏ヲ始トシテ、里見忠冬、種島豊時、畑道房、江本重躬、秋月之常、松尾勝国、華房忠通、華形氏朝、三好忠次、池田国重、小松原安国、浜宮行重、二万《ニマ》定起、島津時蔭、矢鳥(島)豊宗、大崎忠友、天野近俊、篠原久春、中條春氏、中村数冬、和気国清、木戸年永、其外後陣ノ諸士、惣目付、島津十家ノ一門ノ勢、惣押ヘ米倉主計清持、都合四万六千余人、何レモ馬、物具サハヤカニ而隊《タイ》伍ヲ守リ、四方ニ眼ヲ配リ、高サ三十丈ノ高鳳門ヨリ乗リコンデ、武蔵守一氏再配ヲ上ゲ、「上宦、中宦ハ随分ト生捕ニシ、下宦下郎ノ分ハ討捨ニセヨ」トノ下知ニ任セ、カシコヲ守リシ琉兵ト入乱レデ戦ヒ、引組ンテ両馬ガ間ニ落テ首ヲ取ルモアリ。取ラルルモアリ。分捕リ高名様々也。

高鳳門合戦並張倉討死之事

　カカリケル処ヘ高鳳門ノ傍ヨリ、中良将張倉ト名乗リ、其長八尺有余ノ大男、頭ハ豹《ヒヨウ》ノ如ク、面ハ棗《ナツメ》ノ如ク、髭《ヒゲ》ハ胸ノアタリ迄生サカリ、眼ハ星ノカカヤク様ウナル兵、大荒目ノ鎧ヲ着テ、六尺計リノ大馬ニマタガリ、二丈余ノ鉄棒振リ上ゲ、一方ヨリ打テ廻ル。是ニアタル薩摩武士ミジンニ成ラズト云事ナシ。小松原左内、大崎三郎左衛門、矢島甚五左衛門尉ナンドノ勇気ニ早ル人々少シモ恐レズ駆ケ向フ。中ニモ甚五左衛門、歩立ニテ三尺四寸ノ大太刀指シカザシ討テ掛ルヲ、張倉、カラカラト』46打笑ヒ、件ンノ鉄棒ヲ以テ、「微塵ニナサン」ト振上ル。其隙ニ甚五左衛門、一丈計リヒラリト飛ビ違ヘ、馬ノ後ヘクルリト廻リ、馬ノ尾ヅツヲハタト突、馬ハ頻リニ刎上リ、張倉ハ直逆様ニ落ル処ヲ、豊宗、ヤガテ取テ押ヘ首掻落シ、莞爾ト笑フテ立上ル処ヲ、琉兵五騎、豊宗ヲ取廻ス所ヲ、甚五左衛門大ノ眼ヲ怒ラシ、「己等如キノ蠅虫トモ百騎、二百騎取リ巻クトモ何程ノ事アラン」ト、左ニ突、右ニ切、マクリ縦横無尽ニ戦ヒケル。是ヲ見テ大崎三郎左衛門、小松原左内、「甚五左衛門討スナ。カカレヤ、カカレ」ト下知シテ、薩摩ノ兵二、三百騎一度ニドットトテカカル五騎ノ敵ヲ始トシテ、木ノ葉ノ風ニ散ルゴトク跡ヲモ見セズ逃ニケリ。其跡ヨリ三千余騎計リノ兵、真先ニ、琉球第二候李将軍ト書キタル旗押シ立テ討テカカル。薩摩勢事トモセズ。又是ヲカケチラス処ニ、黒糸威ノ鎧着テ、連銭芦毛ノ馬ニ乗リ、太刀ヲ打振ツテ戦フ事、夜叉ノ荒タル如ク、「是ハ最前日頭山ニテ討死シタル佐野政形ガ郎等成ルガ、主人ノ弔軍セン」ト言ママニカケタツルニ、同シ薩摩ノ相印ヲ見テ咎ムル者モアラザレハ、真先ニカケ向イ、琉兵ヲ切テ落シ、ワヅカノ間ニ首十四、五級討取リ、切ツ付ニ結ヒ付ケ大音上ケ、「是ハ佐野帯刀刑部ガ家頼、横田嘉助ト云者ニテ候ヘ。今度琉球ノ都一番乗リハ、主人帯刀政形ナリ。各後ニアラソイ玉フナ」ト呼ハレバ、味方ノ若者共、是ヲ聞テ、「人モナゲナル広言コソ悪ケレ。夫レ打殺セ」ト、罵ツテ打テカカルニ加助、』47

獅子ノ怒リヲナシ、「物々シヤ。都入ニ後レヲ取リタル不覚ノ人々、手並ヲ見セン」ト飛テカカルヲ、二、三十人加助ヲ中ニ取込テ、ココヲセンドト切合フ処ヘ、軍師武蔵守一氏、早馬ニテ、一文字ニカケ来リ、真中ヘ乗リ込ミ、「卒爾ヲスナ、人々。同士討ハ軍中ノ法度也。琉球帝城ノ一番乗リハ、佐野帯刀政形ニテ尤希代ノ高名ゾ。各アラソウ事ナカレ」ト下知シテ、是ヲ静メ左右ヘコソハ引セケリ。

註曰。新納武蔵守ハ我執ナクシテ誠ニ能キ軍師タリ。一旦《イッタン》ハ佐野帯刀ガ不覚ヲイマシムルトイヘ共、帯刀ガ王城ノ一番乗リセシヲ琉球攻第一ノ忠戦ニ立テ、帯刀、大早リニシテ討死スルトイヱドモ、其勲功ヲ吹挙シテ、恩賞ヲ申シ行ヒ、其面目、帯刀政形ガ子孫ニ及ブ事モ、皆一氏ガ廉直ヨリナス処ナリ。

琉球之諸官人被生捕事付長吏鄭礼忠死之事

其間ニ西方ヨリ琉球ノ都ヘ攻入リシ、里見大内蔵助、江本三郎左衛門、両将四、五百騎ニテ鉄石門ヲ破リ、一同ニ乱入シケレバ、琉兵モ手ヲ砕キ防キ戦フトイヱドモ、寄手ノ勢ヒ火ノ盛ンニモユルガ如ク、終ニ大師王後、李将軍玄国候、諫議大夫、陣跡之祐閑、中良将玄谷、左将軍白輝、右将軍張助幡、以下名ニアフ勇将七十三人、両人ガ手ニ生捕シカバ、軍師武蔵守其功ヲ賞シ、佐野帯刀ニツヅヒテ、里見内蔵助、江本三郎左衛門両人、琉国攻第二番ノ高名帳ニ記サレケル。

然ニ琉球　』48

大王尚景並ニ王子等ノ行方知レサレハ、「是ヲ尋出セシ人ハ、抜群ノ忠節ナラン」ト下知セラレケル。爰ニ長吏鄭礼ハ日本ヘ貢ヲ渡シ玉ハン事ヲ諫言シヌレ共、中山王用ヒズ、案ノ如ク薩摩勢寄セ来リ、「帝城ヲ攻破リ、尚氏ノ琉球ニ王タラン事、今ゾ限リナルベシ」トテ、大キニ悲ミ、妻ノ牡丹女ニ云ヒ含メ、「太子尚貞並ニ女王ヲ一先ヅカゲヲカクシ進ラセヨ」ト有シカバ、妻ノ牡丹女、女ナガラモ甲斐甲斐敷、六歳ノ女王《ヒメミヤ》懐ニ入進ラセ、十二歳ニ成玉フ太子貞ノ手ヲ引テ、我ガ二歳ニナル男子ヲ長刀ノサキニククリ付ケ、一方切リヌケ、都ヲ出テ日頭山ヲ越ヘ、人里ヘ行キテ、後詰城ノ後ナル洞ノ中ニゾカクシケル。鄭礼、「今ハ心安シ」トテ、大手ニ出テ、一氏ヲ招キ、「下宦ハ琉球ノ長吏鄭礼ト申者。兼テ日本ヘ貢ヲ中絶セシ事ヲ中山王ヲ諫メ、既ニ使ヲ奉ル沙汰ニ及ビシ内ニ、各多勢ヲ以テ攻メ寄セラレ、帝城ヲ破リ玉フトイヘドモ、中山王全ク異心候ワズ、只隣国ノ好ヲ怠タリシ耳ニ候ヘバ、軍師慈恵ノ御計ヒヲ以テ、尚氏ノ社稷ノ絶サルヤウニ頼ミ入候」ト、涙ヲ流シ申シケレハ、武蔵守モ、鄭礼ガ中山王ヲ諫シ事ハ、先達テ知リシカバ、「汝ノ志神妙也。是ヨリ日本ニ貢ヲ献シテ深ク交和ヲナシナバ、尚氏ノ子孫、必此国ノ王タラン事相違有ベカラズ。足下《ゴヘン》ハ政事ヲ正シ諸民ヲアハレミ社稷ヲ能ク守ルヘシ」ト申セシカバ、鄭礼大キニ喜ビ、「此上ハ何事モ貴公ヲ頼ミ奉ル。我ハ　』49

度々君王ヲ諫テ用ヒラレズ。如此ニ国傾クハ、我レ社稷ヲ守ル徳ナクシテ、其国已ニ廃レルコソ吾ガ恥ニシテ、命ヲ助ルベキ道ナシ。吾レ死ル共魂魄ハ留リ太子尚貞、女王《ヒメミヤ》ニ付ソイ、永ク此国ノ守護ト成ルベシ」ト云モアヘズ、剣ヲヌイテ頭ニ引カケ、両手ヲカケテ、我ト首ヲ半掻切リナガラ、数十丈ノ堀ノ底《ソコ》ヘ飛ビ入ツテコソ失ニケル。琉球王、日本ニシタカビ《（ガヒ）》、再ビ国ヲ保チ、子孫今ニ至テ王タル事ハ、鄭礼ガ忠死ニヨル処ナルベシト見ヘタリケル。

薩摩勢入琉球之都事附大王諸王子降参之事

琉球王並ニ諸王子、何方ヘ落カクレケン。其行方知レザレバ、味方ノ内ニ中山王、后妃、諸王子ヲ尋出ス者ハ抜群ノ手柄タルベシト武蔵守ヨリ触レタリシカバ、鈴木内蔵助組、吉崎右衛門、浜田卿助、両人智弁人ニ勝レタル勇士ナリシガ、思案ヲ廻シ、虜ノ中ニテ智恵有ル者ヲ撰出シ、「大王、諸王子ヲ尋シナバ、其方達モ日本ヘハ大忠節ト申達シ、罪過遁ルルノミナラズ、抜群ノ褒美ニ預ルベシ」ト、ヨクヨクスカシ、通事ヲ以テ、両人謀ノ口上ヲノミコマセ、其身ハ都ノ商人ノ体ニ姿ヲ替ヘテ、在々所々ヲ尋廻リシ処ニ、焼残リシ寺ノ内ニ、女童ノ泣声シキリニ聞ヘシカバ、二人ノ者不思議ニ思ヒ、門ノ内ヘ入ツテ見レバ、一人ノ僧立出テ、「何故旁々ハ是ニ来レルゾ」ト問フ。両人ワザト声ヲヒソメ、寺僧ニ向テ、虜者両人ガ口上ヲ通ジケリ、「我等ハ都ノ町人ナルガ、絹布売 』50 買ノタメニ日本ヘ渡リ候処ニ、薩摩ヨリ此国ヘ軍勢乱入リ、都ニ火ヲカケ攻立ルユヘ、王公、女王方、都ヲ落サセ玉ヒ、御行衛知レズト承リ、セメテハ是迄ノ御恩ヲ送リ、我々ヒソカニ御供シ労リ奉リ相応ノ御用ニモ立申サントゾンジ、カク忍ヒ来リ尋進スル也」ト誠シヤカニ云ヒケレバ、サスガ出家ノ事ナレバ、真実ニ心得テ、「扨々各ヤサシキ志、此国ニ住ンデ其御恩ヲ報シ奉ント思ハルルコソ殊勝ナレ。今ハ何ヲカ隠スベシ。爰ニコソ大王、后妃、太子等諸宦共ニ忍ヒマシマス也。先々御目見ヱ仕リ、ヨキニ労リ奉ラレヨ」ト申シケレバ、両人喜ビ、目クハセシナガラ、「畏リ奉ル」ト申ス。彼ノ僧方丈ヘ入テ、「カク」ト云ヒシニゾ、中山王ヲ始メ、后妃、諸公子、宦人迄大ニ喜ビ、対面シ玉ヱバ、二人ハ恐レ入リ敬フ体ニテ相図ノ笛ヲ籟《フキ》ケレバ、薩摩ノ兵数千人、潮ノ涌如クニ入来リ、カノ寺ノ四方ヲ取リ囲ミ、時ノ声ヲドツト上グレバ、「コハタバカラレシ無念ヤ」ト、面々ニ打テ出ル。俄ノ事ニテ物ノ用ニ立ザル官人ヲバ、日本勢吾先ニト取テ伏セ、一々ニ縄ヲカケ琉球王ヲ始メ、后妃、諸太子、女王、大臣、諸官人、百七十三人、皆々虜ニシタリケル。軍師武蔵守一氏申テ曰、「日本豊臣秀吉公ノ時世、琉球貢ヲ渡シ、隣国ノ好ミヲナス。近年貢ヲ絶シ、剰へ時ヲ伺イ、吾ガ日本ヲ討取ランナドト結構有ル由聞フル故、其無礼ヲ怒リ玉ヒ、』51
日本国王ヨリ島津家久公ニ命ゼラレ、我々ヲ以テ此ノ国ニ渡海シ、其無礼ヲ攻ラルル処也。自今以後、昔ノ如ク吾ガ国へ其方物ヲ供へ、礼使ヲ渡シ隣国ノ交リヲナシ玉フニ於テハ、其侭中山王ヲ以テ国王トシ、先祖ノ祀ヲ絶べカラズ。猶此ノ上ニ日本ニ背ル時ニハ、中山王ノ琉島ノ主タル事モ、尚氏代々国君タル事モ、今日限リタルべシ」ト有リケレバ、琉球王、弁舌タダシキ通辞ヲ以テ、「誠ニ先非ヲ悔テ、身ノ罪ヲ誤リ候。是ヨリ後ハ、神功皇后ノ三韓退治ノ例ヲ以テ、天ノ星降リテ石ト成ル世マデモ、日本ヱ舟楫ヲ絶サズ、貢ヲ供へ使ヲ渡シテ礼ヲナシ、島津君ノ御下知全ク背クべカラザル」旨、天神地祇ニ誓ヲ立テ申シケルニゾ、一氏ヤガテ国王ヲ始メ、各イマシメヲユルシ先一間ナル所ヱ押込メ、昼夜ヲ分アズ守護サセケル。是ヲ聞テ鄭礼ガ妻、牡丹女モ太子尚貞、女王ヲ具シテ出来シカバ、是モ一所ニ入レ進セ、イヨイヨ情深ク心ヲ付ケテイタワリ、味方ノ諸軍ノ乱妨狼藉ヲ堅クイマシメケル。

新納武蔵守琉球掟書並味方首帳討死ノ負数之事

角テ武蔵守一氏、琉球ノ都ノ小路小路ニ高札ヲ立テ、味方ヲ誡ム。其箇條ニ云。

掟

一　味方之諸軍勢狼藉堅ク法度之事

一　押買乱妨仕間敷事並火之用心専一之事　』52

一　高名手柄実検之役可為目利次第之事

一　今度之働直参、倍従之高下有間敷事

右之條々堅ク可相守者也。若違背之輩於有之者、急度可被処罪　過者也。

慶長十四年己酉年六月日

新納武蔵守

是ヲ見テ諸軍勢大ニ恐レ、敢テ狼藉ヲナス者ナケレバ、琉球国ノ町人百姓モ安堵ノ思ヲナシニケル。

扨、武蔵守、先々都ノ焼跡ニ陣ヲ取リ、国中ノ仕置等堅ク申シ付、本国薩摩ヱ早船ヲ以テ勝利ノ趣キヲ註進シ、首帳ヲ認メテ、島津兵庫頭家久ヘゾ送リ遣シケル。

覚

一　首数百三十級　種島大膳手江討取
一　同　百十一　里見内蔵助手江討取
一　同　五十一　畑勘解由手江討取
一　同　五十　江本三郎左衛門手江討取
一　同　四十六　秋月右衛門手江討取
一　同　四十四　松尾隼人手江討取
一　同　四十二　佐野形（刑）部手江討取
一　同　十二　華房兵庫手江討取
一　同　十二　三好典膳手江討取』53
一　同　八ツ　花形小刑部手江討取
一　同　五ツ　中條左内手江討取

一同　三ツ　　米倉主計手江討取
一同　一ツ　　島津主水手江討取
一生捕十六人　　諸卒之内江
一同　二十三人　　同断
一同雑兵百三十三人　　同断

合

味方討死之分
一佐野形(刑)部　　一佐野形(刑)部手雑兵三十一人
一池田新五左衛門　　一小松原左内左衛門
一米倉主計手雑兵七十人　　一二万波門手雑兵五十二人
一吉岡主膳雑兵二十一人　　一天野新兵衛雑兵百十一人
一氏郷藤左衛門侍分二十人 組子二十人　　一有馬紀内雑兵十一人
一小浜勝右衛門組子十二人 雑兵五十人　　一外ニ雑兵三十一人
合組大将三人　　侍分八十二人
雑兵四百三十六人　　討死五百二十一人手負合三百余人

右ハ荒増記シ遣ハス所ナリ。委細は武蔵守方ニ記録シ置キ候。帰国ノ節指上申べシ。「此度ノ琉球攻ハ、慶長十四己酉年四月中旬ヨリ、六月十八日マデ纔六十日余ニ落シヲハンヌ。当年中モカカラント思ヒ候ニ、佐野帯刀刑部ガ働キユヘ、早ク攻付ケ候ヒヌ。尤其身ハ討死仕ルトイヘトモ、第一ノ』54高名也」トノ口上ニテ、急キ本国籠島ヘゾ告タリケル。

新納武蔵守定ル二琉球国之城番一事並薩州勢帰朝之事

琉球攻味方勝利之旨、軍師武蔵守一氏方ヨリ飛船ヲ以テ、薩州ノ本城へ註進シケレバ、島津兵庫頭家久、大ニ悦喜シラレ、先駿府へ早馬ヲ立テ、此ノ趣ヲ言上有リケレバ、東照君、御感甚シク、「外国ノ征伐速ニ勝利ヲ得タル事、家久ノ大手柄也。急キ渡海ノ軍勢ヲ引取セ休息サセ、琉球王ヲモ一所ニ薩州へ召シ寄セ、以来本朝ニ帰伏スベキヤ否ヤ、極メ問ルベシ」トノ厳命ニテ、使者ハ籠島へ帰リ下リシニゾ。兵庫頭家久、則琉国へ飛船ヲ遣シ、「琉球王守護シ、急キ帰国スベシ」トノ趣キヲ告ゲラレシカバ、武蔵守惣軍へ相触レテ、琉球所々城番ヲ定メケル。

一　要渓灘城ハ　種島大膳
一　高鳳門ハ　篠原治部、松尾隼人、横須賀左膳
一　王城ハ　桜田武左衛門、前田十左衛門、大和田刑部
一　千里山ヲ　里見大内蔵
一　虎竹城ヲ　畑勘解由
一　米倉島ヲ　江本三郎左衛門
一　乱蛇浦ヲ　秋月右衛門　』55
一　日頭山ヲ　島津玄蕃、島津宗(采)女
一　王城ノ町場　鈴木内蔵助
一　後詰ノ城ヲ　島津大膳
一　惣押へ　新納左衛門

以上

右ノ通ヲ申渡シ、堅ク相守ルベキ由ヲ下知シテ、新納武蔵守一氏ハ、残人々ヲ相具シ、琉球王ヲ始メ、生捕リノ宦人ヲ皆々屋形船ニテ、キビシク守リ、薩州へ帰朝シ、戦場ノ図ト日記トヲ以テ、味方ノ働キノ甲乙手柄ノ次第、逐一ニ演説シケレバ、島津家久、殊ノ外喜ハレ、「軍師武蔵守一氏ガ下知図ニ叶ヒ、琉球退治ノ大功ヲ立タル事云べキ方ナキ手柄ナリ」ト感ジテ、一番ニ感状ヲ出サレ一万石加増有リ。佐野帯刀刑部政形ガ勇戦、討死ノ大功ヲ称美シテ、嫡子佐野市郎ヲ刑部ニ改メ、遺領七万石不残宛行、二男主水ニモ五千石ヲ知行サセテ感状ヲ出シ、次ニ種島大膳、里見内蔵助、江本三郎左衛門ニモ感状加増有リ。其外其ノ武功ノ品ニ依テ褒美ヲ与ヘ、悉ク手柄ヲ感ジテ其ノ労レヲナグサメラレタリ。

島津家江琉球国恩賜之事

角テ家久ハ唐木ノ書院ヱ琉球王ヲ始メ、生捕ノ宦人ヲ呼ビ寄対面有テ、「向後本朝ニ帰伏シテ、信使ヲ渡シ、貢ヲ備ヘラルベキヤ」ト尋ラレシカバ、中山王ヲ始メ諸宦 』56 人、首ヲ下ゲ、涙ヲ流シ、「天地アラン限リハ家久公ノ下知ニ随ヒテ背キ奉ルマジ」トノ誓ヲ立テ畏マレリ、家久、喜悦限リナク、則両国和睦合体ノ祝儀ノ盃有テ、琉王一間ニ退ゾカレケリ。同七月七日、将軍家台徳公ヨリ、島津家へ御使者ヲ以テ、「琉球征伐、早速ニ勝利ヲ得ラレ、琉球王、日本ニ帰伏スルノ条、比類ナキ高名、神功皇后ヨリ以来ノ勝事ナリ」トテ御感ノ余リ、「琉球半国ハ中山王へ返与ヘ、半国ハ代々島津ノ所領トセラルベシ。是此度ノ勲功御褒美トシテ、琉球国一円ニ支配有ルベシ」トノ御気色タル旨、演ラレシカバ、家久、「面目身ニ余リ、有難キ」旨、拝謝有リ。

同八月八日ニ琉球王ヲ相具シ駿府、江戸へ参上シ、両御所ニ御目見へ仕リ。其ヨリ琉球王ヲ伴ナヒ薩州へ下向シ、琉球王、諸宦人ハ帰国シテ、カノ国ノ王城へ還住アリ。代々日本ニ帰伏シテ安堵ノ思ヒヲナサレケリ。重ネテ大隅守家久ニ高木伊勢守ヲ上使トシテ、米二千俵賜リケル。是ハ家久今度琉球人ヲ江戸へ召シ連レ、参上有リケル故ノ御恩賜トコソ聞ヘケル。家久ハ昇進スミヤカニシテ、従三位中納言ニ至ラレケル。次ハ薩摩中将大隅守光久、次ハ薩摩侍従綱《ツナ》久ヨリ、従四位中将綱貴、薩摩守吉貴、大隅守従四位ノ中将綱豊、薩摩中将宗信、従四位少将重年、同当守忠洪ニ至リ、義久以来十代、籠島ニ居住有テ七十七万八百石ノ太守タリ。高祖島津忠久ハ右大将頼朝卿　』57
ノ三男トシテ、五百七十余年連綿ト栄ヘ、日、薩、隅ノ三国兼琉球国ノ太守タリ。

琉球使价金武来朝書簡並万国一統忝平之事

四ツ海ノ浪静ニ治レル日本ノ繁栄ヲ賀シテ、外国ノ草木迄ナビキ随ヒ、東照宮、既ニ神去セ玉ヒ、日光山ニ永ク御跡ヲ垂レ、次ニ台徳公、大猷公、御代益々安全ニテ万歳ヲ唱ヘテヨリ、厳有公ノ御治世祝シ奉ランタメ、琉球国ノ使金武、海路ハルカニ渡リ来リテ、薩州籠島ニ到着セシカバ、島津大隅守光久、是ヲ具シテ東都へ参上シ、寛文十一年七月二十八日、薩摩ノ屋鋪ヨリ登城シテ御礼申上ケル。此ノ時琉球王尚景ハ世ヲ去ラレ、太子中山王尚貞ノ代ト成リ、金武ハ則尚貞第二ノ王子ナルヲ正使トシ、是ニ従ヒ付キテ来朝セシ者ノ名ハ、将軍越成親房ヲ先キトシ。

植本親雲上	稲福親雲上	前田親雲上
宇良親雲上	金城親雲上	平安親雲上
新川親雲上	伊計親雲上	此外小姓六人
保栄理子	大成理子	思治郎
真三郎	大良兼	松兼

合テ二十七人召具シケリ。

琉球王書簡ニ曰。　』58

謹而令呈上一簡候。抑去年薩州太守家久奉鈞命而、予嗣琉球国爵位為レ奉レ述、賀詞使小臣金武王子附、家久献上不典之士宜候。伏而翼以諸大老之指南可達、台聴儀可被仰附候。誠惶誠惶不宜。

寛文十一年五月二十六日　中山王尚貞在判

板倉内膳正殿

土屋但馬守殿

久世大和守殿

稲葉美濃守殿

巳ノ上刻ニ将軍家緋ノ御装束ニテ、大広間ノ上段へ出御御着座ノ時、琉球王ヨリ献上御太刀、馬代、銀五十枚、其外色々有之。金武王子、自分ノ献上又数品有リ。御機嫌宜シク御目見仕ル。

御返簡ニ曰。

使价金武来貢、芳簡被披見面話唯同。抑去年従薩州太守光久申達、琉球伝封之義為安堵之賀儀被進献、士宜件之使者捧之登堂如数披露之奉備。台前之所被召出使者、御気色殊宜幸甚幸甚可被安』59堵猶又諭使者候畢不宜。

寛文十一年八月九日

従四品侍従兼内膳正源朝臣重矩

従四品侍従兼但馬守源朝臣数直

従四品侍従兼大和守源朝臣広之

従四品侍従兼美濃守源朝臣正則

廻報　　中山王

使者金武、遥ニ来リ芳黒到来欣然不浅。抑々琉国可伝統旨、去年従薩州国主光久、被申達之為安堵之慶賀而進献土産如目録使者持来登城、遂披露之奉備上覧之処被召使者台前奉拝謁畢。

寛文十一年八月九日

従四品侍従兼雅楽頭源朝臣忠清

廻報　中山王

同日御暇被レ下、大隅守修理太夫同道シテ金武王子退、大広間之中山王ヱ之進物ヲ積置、金武者次ノ間ヘ退ク。老中、上意之赴ヲ伝ヘラル。三之間ニシテ金武ヱ之賜ヲ、老中、伝ヘ玉ヘバ、金武王子謹而頂戴シ、目出度拝謝而退従、夫首尾克御暇下シ置レ、日数ヲ経而琉球国ヱ帰リケル。サレバ神功皇后三韓御征伐有而、吾ガ国ニシタガイシヨリ以来、豊臣関白秀吉、朝鮮、大明ヲ、ヲビヤカシ玉フヨリ、外国畏レナビク事、草木ノ風ニノベ　』60
フス如ク、鎌倉北條時頼之時代ニ、大元ヨリ日本ヲ攻ント、百万勢船ニテ寄セ来リシニ、神風シキリニ吹キ来リ、異国ノ舟悉ク覆リ、ワヅカニ二、三人辛キ命ヲ遁レ逃帰リヌ。況ヤ小国琉球ヨリ吾ガ日本ニ背キシトテ叶フベキニアラズ。此度イラザル無礼ヲナシテ、却而琉球半国ハ島津氏ノ所領ト成リ、カノ国永々島津候ノ支配ト改リヌ。サレ共中山王尚貞、律儀ニシテ早ク誤リヲ改メ、吾ガ国ニ従ハレシヲ以テ、琉国ノ王位ヲ全フシテ、尚氏連綿ト社稷ノ祀ヲナス事コソ、ユユシケレ。誠ニ朝鮮、琉球ノミナラズ、交趾《カウチ》、阿蘭陀、仏郎機《ギ》、万国共ニ従ヒナビク。吾ガ神国ノ徳《イサ》ヲシコソ、只是　東照大神ノ御恵ミ周ク広キ清和源氏ノ流レ、正シキ君ガ代ニ住ムコソ楽シカリケル事トモナリ。

琉球軍記巻之下大尾　』61

寛政七乙卯年正月上旬写之　近藤姓（印）』見返し

初出一覧

序章　〈薩琉軍記〉研究の過去、現在

第一部　〈薩琉軍記〉の基礎的研究

第一章　〈薩琉軍記〉諸本考

第一節　諸本解題↓（池宮正治・小峯和明『古琉球の文学言説と資料学』三弥井書店、二〇一〇年）

付　節　立教大学図書館蔵「〈薩琉軍記〉コレクション」について↓（「立教大学日本文学」111、二〇一四年一月）

第二節　薩琉軍記遡源考

第三節　物語の展開と方法―人物描写を中心に―↓（「立教大学日本文学」98、二〇〇七年七月）

第四節　異国合戦描写の変遷をめぐって↓（「立教大学日本文学」102、二〇〇九年七月）

第五節　系譜という物語―島津家由来譚の考察―↓（日本文学協会第27回発表大会（二〇〇七年七月）での報告内容をもとに論文化）

第二章　〈薩琉軍記〉世界の考察―成立から伝来、物語内容まで―

第一節　異国侵略を描く叙述形成の一齣―成立、伝来、享受をめぐって―↓（「アジア遊学」155、二〇一二年七月）

第二節　琉球侵略の歴史叙述―日本の対外認識を探る―↓（青山学院大学文学部日本文学科編『日本と〈異国〉の合戦と文学　日本人にとって〈異国〉とは、合戦とは何か』笠間書院、二〇一二年）

第三節　描かれる琉球侵略―武将伝と侵攻の正当化―↓（「アジア遊学」173、二〇一四年三月）

第四節　偽書としての〈薩琉軍記〉―「首里之印」からみる伝本享受の一齣―↓（日本文学協会第34回研究発表大会（二〇一四年七月）での報告内容をもとに論文化）

第二部　〈薩琉軍記〉の創成と展開の諸相

第一章　物語生成を考える―近世の文芸、知識人との関わりから―

第一節　近世期における三国志享受の一様相↓（「説話文学研究」46、二〇一一年七月）

第二節　語り物の影響をさぐる―近松浄瑠璃との比較を中心に―

第三節　敷衍する歴史物語―異国合戦軍記の展開と生長―→（小峯和明監修・目黒将史編『シリーズ日本文学の展望を拓く　第五巻　資料学の現在』（笠間書院、二〇一七年）
第四節　歴史叙述の学問的伝承→（「文学」16―2、二〇一五年三月）
第五節　蝦夷、琉球をめぐる異国合戦言説の展開と方法→（「立教大学日本学研究所年報」13、二〇一五年八月）
第六節　予祝の物語を語る―〈予言文学〉としての歴史叙述―→（「アジア遊学」159、二〇一二年十二月）
第二章　甦る武人伝承―再生する言説―
第一節　渡琉者を巡る物語―円珍伝と為朝渡琉譚をめぐって―→（小峯和明編『東アジアの今昔物語集―翻訳・変成・予言』勉誠出版、二〇一二年）
第二節　琉球言説にみる武人伝承の展開―為朝渡琉譚を例に―→（「中世文学」55、二〇一〇年六月）
第三節　語り継がれる為朝、百合若伝説―対外戦争と武人伝承の再生産―
第四節　為朝渡琉譚の行方―伊波普猷の言説を読む―→（「軍記と語り物」52、二〇一六年三月）

終章　琉球から朝鮮・天草へ―異国合戦軍記への視座―

資料篇
〈薩琉軍記〉伝本一覧
1　立教大学図書館蔵『薩琉軍談』→（池宮正治・小峯和明『古琉球の文学言説と資料学』三弥井書店、二〇一〇年）
2　国立公文書館蔵『薩琉軍鑑』→（「立教大学大学院日本文学論叢」9、二〇〇九年八月）
3　刈谷市立図書館村上文庫蔵『琉球征伐記』→（「立教大学大学院日本文学論叢」10、二〇一〇年八月）
4　架蔵本『琉球静謐記』
5　架蔵本『島津琉球合戦記』→（「立教大学大学院日本文学論叢」13、二〇一三年十月）
6　立教大学図書館蔵『琉球軍記』→（「立教大学大学院日本文学論叢」7、二〇〇七年八月）

［付記］本著への収録にあたってこれらの論文を大幅に改稿した。ただし論旨に大きな変更点はない。また翻刻についてては初出からの転載となる。

あとがき

あとがきを書くにあたって、まずは〈薩琉軍記〉との出会いから語らねばならないだろう。いわき明星大学卒業後、立教大学博士課程前期課程に進学した。そこで小峯和明先生の教えを受けるわけだが、当時小峯先生は、鶴見大学のゼミで『北野天神縁起』の注釈を行っており、そのゼミに参加させていただいていた。鶴見大学のゼミには、先輩である故山本五月さんも参加されていて、まるで先生が二人のようであったことをよく覚えている。山本さんにはたびたび叱咤激励され、気にかけていただいた。その帰り道に小峯先生から、「〈薩琉軍記〉というものがあるが研究してみないか」と話をしていただいたのが、〈薩琉軍記〉を認識した初めての瞬間であった。

この時お話しいただいたのが〈薩琉軍記〉で本当によかったと思っている。本著にもたびたび登場するが、小峯先生が侵略文学として提唱した〈朝鮮軍記〉〈島原天草軍記〉といった書物では、参加した大名の多さもあり、様々な系統の諸本が膨大に残されている。それに対して〈薩琉軍記〉は、諸本は多数あるものの、基本的には新納武蔵守と佐野帯刀との対立を描く、架空の琉球侵略物語であることは一貫している。だからこそ一つの研究書としてまとめられることができたのだと思う。〈薩琉軍記〉との出会いは、ある種の縁であり、幸運であった。この出会いの仲介をしていただき、これまでご指導いただいた小峯和明先生には記しても足りない恩義がある。

「序」でも述べたが、研究を始めた当初の〈薩琉軍記〉研究には、当時鹿児島にいらっしゃった野中哲照さんの伝本研究があり、それを元手にした、科研報告書における小峯先生の論考と、出口久徳さんによりまとめられた伝本一覧があった。しかし、その全容はまだまだよくわからないものであり、謎の多い書物であったことは確かである。その謎の多い部分が私の琴線に触れ、以降修士論文、博士論文で〈薩琉軍記〉の研究を行ってきた。本著は二〇一〇年八月に提出した博士論文『薩琉軍記研究』が基になっているが、刊行までに間が空いたこともあり、内容は大きく様変わりしたものとなった。刊行までここまで時間がかかった理由は、偏に私の怠惰が故である。

二〇一一年三月、立教大学を修了する。その年の三月十一日に東日本大震災があり、学位授与式も中止となった。学位は文学部事務室で受け取り、拍手で祝福していただいた。震災のショックもあり、一時何も手につかなかった時期がある。学術振興会特別研究員への申請も怠った。その時に叱咤激励いただいたのが佐伯真一先生である。佐伯先生には学部のころよりお世話になっており、ゼミにも参加させていただいていたこともある。その後、青山学院大学において特別研究員の受け入れになっていただき、また本著完成まで様々にアドバイスいただいた。

たびたび沖縄を訪れる機会にも恵まれた。沖縄では特に池宮正治先生にご所蔵の伝本の調査などでお世話になった。池宮先生の昔語りで、「仲原（善忠）先生がね、〈薩琉軍記〉のことを、でたらめなこと（歴史）ばかり書かれていると怒っていらして」と、遠い目で話されていたことが今でも鮮明に思い出される。

また、ここまで研究を進めてくるにあたって、様々な研究会での活動が糧になっている。早稲田大学で行われていた「今昔の会」では毎週一話『今昔物語集』を読み、一人では読み逃してしまう内容も細かく読み進めることができた。この時の経験は今となっても大きい。一時、参加人数が少なくなったこともあったが、私自身のまだ続けたいというわがままもあり、立教大学に場所を移して会を継続できた。その頃から鈴木彰さんには、いろいろとご意見をいただいており、最近では「さんごの会」を通して、様々にご教示いただいている。また「今昔の会」は春夏と合宿を行っていたが（現在は夏のみ）、二〇〇九年夏のいわき合宿では、いわき時代からつながりのある原克昭さん、琉球の研究仲間である木村淳也さんとともに、無理に〈磐城から琉球へ〉と題したシンポジウムを行ったこともあった。お二人にとっては、はた迷惑な話かもしれないが、私にとってはとてもありがたく、よい思い出である。学振の頃から小此木敏明さん、木村淳也さんとともに始めた「異域の会」は、〈薩琉軍記〉を踏まえた次の課題となっている。二〇一九年説話文学会九月例会において「〈異域〉説話」をテーマに報告させていただくこともできた。お二人とは年齢が近いこともあり、何事も忌憚なく相談できる同志であると思っている。そのほか、たびたび沖縄に同行したこともあった「琉球の会」など、これまで参加させていただいた研究会をすべて挙げることはできない。また、出口久徳さんや宮腰直人さんなど諸先輩からも常に気にかけていただいている。ここに名前を挙げることができなかった方々もたくさんいらっしゃるが、これら研究会の中で学友に恵まれ、新たな知見を開くことができた。皆さんに感謝申し上げるとともに、今後とも研究会を中心としたつながりを構築していきたい。

第一部第一章第一節の付節として、「立教大学図書館蔵「〈薩琉軍記〉コレクション」について」という論考をいれさせていただいた。これは小峯先生の定年記念号の『立教大学日本文学』に載せたものを改稿したものである。小峯先生の退職にあたり、それまで科研費で購入した伝本を一括して図書館に移管したことに言及している。詳しくは本論を読んでいただきたいが、私には、一機関名を冠したこの論考を、どうしても本著のなかに入れ込みたいという思いがあった。〈薩琉軍記〉は最近は軍記研究者を中心に、その存在は知られてきたものの、一般に周知されている作品とは言いがたい。研究者にしたって、「目黒がやってるあれね」くらいの認識だろう。私の仕事の一つの終着点は（終わりは始まりでもあるが）、〈薩琉軍記〉の問題点を明らかにするとともに、作品を世に広め、今後も研究が続いていく土台を築くことであろう。〈薩琉軍記〉研究が今後も続いていくためには、私が行ってきたことの検証、批判がどうしても必要になるのではなかろうか。そのためにはテキストを見られる環境整備が必要不可欠だと思われる。私立大学の図書館にそのすべてを押しつけるのは酷な要望であるのかもしれないが、〈薩琉軍記〉研究の基点として、今後とも伝本の蒐集を続けていっていただけることを願ってやまない。

一冊の研究書としてまとめるにあたって、繰り返しの記述が多くなってしまったことは否めない。細かく繰り返しを削除していくことも考えたが、論文集という性格上、必ずしも頭から通して読まれるものではないことを思い、各論の中で必要と思われるものは残した。通して読んだ時には、わずらわしさを感じるかもしれないが、ご容赦いただきたい。

私は新潟県の旧会津藩領の育ちである。中学生、高校生の頃は『三国志演義』を読みふけった。本著の中で三国志に関わる論文を記せたことは、ある種感慨深い。その後、福島県いわき市の大学に進学する。卒論は『牛一信長記』である。いわき時代には田嶋一夫先生、渡邉匡一先生に多大なお世話になった。田嶋先生がご存命中に本著を届けられなかったことは、悔やんでも悔やみきれない。渡邉先生にはいわき市如来寺の調査に連れて行っていただくなど、調査の「いろは」を教えていただいた。卒業旅行では沖縄にも連れて行っていただいたが、その時にはここまで沖縄に関わることになるとは露も思わなかった。

私の研究の根っこには、これらの時代の生活がある。そのことに気づくのは〈薩琉軍記〉に出会ってから少し時間が経ってのことだ。始めは会津出身の人間が薩摩に関することを研究するのはおもしろいじゃないかという程度の認識だった。その後、考えを深めていくことになる。会津藩は明治になり政府によって見捨てられた存在である。その会津と戦時中に捨て石にされた沖縄とを重ね合わせて考えるようになった。さらには、現在の日本と琉球との重ね合わせから、歴史とは何か、国際社会における日本とは何なのかを考えさせられた。そうして自分自身の根っこと琉球（沖縄）とが深くつながっていることに気づいた。私が琉球（沖縄）について考えることは、自分の根っこ（アイデンティティー）を見つけ出すことにほかならない。自分自身のアイデンティティーを探ることこそ人文学なのであろう。つまり、私にとって〈薩琉軍記〉研究は一種の自分探しなのだ。

いささか長くなってしまった。こうして振り返ってみると、私は出会いに本当に恵まれている。人や資料との出会いは縁だ。その縁に最大限恩返しできていないのは私自身の能力不足なのだろう。そのことについては忸怩たる思いもあるが、本著を刊行することにより、少しでもその縁に報いたいものである。本著を刊行するまでの様々な出会いに深謝したい。

末筆ながら、執筆に際して貴重な資料の閲覧、複写のご許可をいただきました諸機関、皆さまに改めて御礼申し上げます。そして本著の出版をご快諾していただき、仕事の遅れがちな私を励まし、万事ご手配いただいた文学通信の岡田圭介社長、丁寧な校正作業をしていただいた西内友美さんに心より感謝申し上げます。また、ここまで研究を続けることができたのは両親の支えがあってのことである。そのことを感謝しつつ、本著を一つの区切りとして捧げたい。

本著の刊行にあたって、独立行政法人日本学術振興会令和元年度科学研究費助成事業（科学研究費補助金）（研究成果公開促進費）「学術図書」（課題番号　19HP5038）の交付を受けた。記して謝意を表する。

二〇一九年十二月朔日　立教大学新座図書館にて記す

目黒将史

書名索引

地名索引

〈薩琉軍記〉地名

索引（人名・地名・書名）

凡例

- 本索引は、本書に登場する固有名詞の索引である。人名、地名、書名の三類に分かち、各類において見出し語を五十音順に配列し、頁を示した。別称については（　）内に示したが、表記の誤差、誤写などの軽微な違いについては示さなかった。網羅的な索引ではなく、基本的に論旨に関わるものを中心に採用した。ただし、資料篇の翻刻本文は歴史上の人物、他の物語に登場する人物についても採用した。表、注、引用本文からは採用しなかった。近代の研究者、研究書・資料集などは、考察の対象になっているもののみ採用した。
- 人名について、基本として姓名で立項した。例えば、「家康」の場合、「徳川家康」で立項した。〈薩琉軍記〉において創作された人物は、物語の中で重要な位置づけにある人物のみ採用し、冒頭に物語の登場順に配列した。固有名詞的機能をもつ、仏、菩薩、神などの名称も含めた。「天皇」「院」の表記は省略した。
- 地名について、〈薩琉軍記〉において創作された地名を冒頭に物語の登場順に配列した。「日本」「琉球」は立項しなかった。
- 書名について、〈薩琉軍記〉諸本を冒頭に諸本番号順に配列した。「〈薩琉軍記〉」は立項しなかった。

人名索引

〈薩琉軍記〉人名

［著者］

目黒将史（めぐろ・まさし）

1979年12月21日生。立教大学兼任講師、青山学院大学非常勤講師、和洋女子大学非常勤講師。専門は日本中世、近世文学、軍記文学。著書に『シリーズ　日本文学の展望を拓く　第五巻　資料学の現在』（編著、笠間書院、2017年）、『奈良絵本　釈迦の本地　原色影印・翻刻・注解』（共編、勉誠出版、2018年）、論文に「寺院における初学をめぐって―良住堅束の例をもとに―」（『仏教文学』42号、2017年4月）、「島津義弘―島津退き口の歴史叙述をめぐって」（『アジア遊学』212号、勉誠出版、2017年8月）などがある。

薩琉軍《さつりゅうぐん》記《き》論《ろん》

架空の琉球侵略物語はなぜ必要とされたのか

2019（令和1）年12月20日　第1版第1刷発行

ISBN978-4-909658-20-3　C0095　©2019 Meguro Masashi

発行所　株式会社 文学通信

〒170-0002　東京都豊島区巣鴨1-35-6-201

電話03-5939-9027　Fax 03-5939-9094

メールinfo@bungaku-report.com ウェブhttp://bungaku-report.com

発行人　岡田圭介

印刷・製本　モリモト印刷

ご意見・ご感想はこちらからも送れます。上記のQRコードを読み取ってください。

落丁本はお取り替えいたしますので、ご一報ください。書影は自由にお使いください。

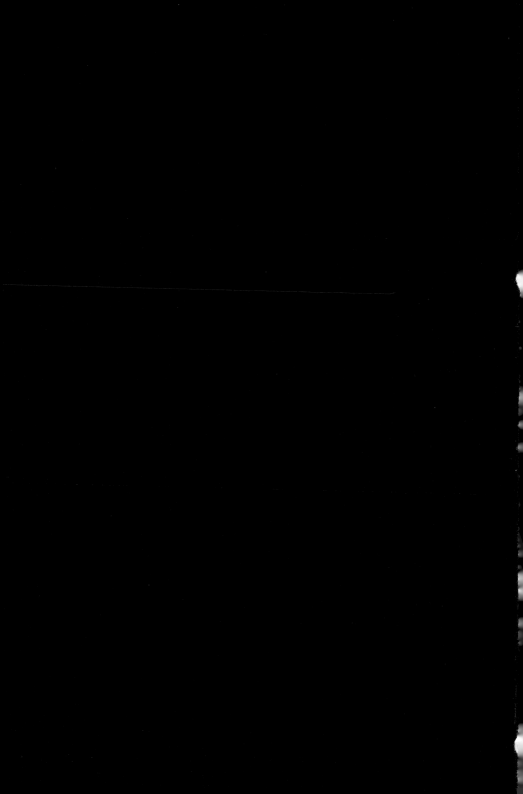